方李邦琴北京大学人文学科文库出版基金赞助
北京大学"双一流"建设成果

北京大学人文学科文库 | 北大欧美文学研究丛书

心灵的重构
后世俗美国小说研究

Soul Remaking: Studies in the Postsecular American Fiction

刘建华 著

北京大学出版社
PEKING UNIVERSITY PRESS

图书在版编目 (CIP) 数据

心灵的重构：后世俗美国小说研究 / 刘建华著. 北京：北京大学出版社，2024.8. -- (北京大学人文学科文库). -- ISBN 978-7-301-35173-4

Ⅰ.I712.074

中国国家版本馆 CIP 数据核字第 2024V62K77 号

书　　名	心灵的重构——后世俗美国小说研究 XINLING DE CHONGGOU——HOUSHISU MEIGUO XIAOSHUO YANJIU
著作责任者	刘建华　著
责任编辑	吴宇森
标准书号	ISBN 978-7-301-35173-4
出版发行	北京大学出版社
地　　址	北京市海淀区成府路 205 号　100871
网　　址	http://www.pup.cn　新浪微博：@北京大学出版社
电子邮箱	编辑部 pupwaiwen@pup.cn　总编室 zpup@pup.cn
电　　话	邮购部 010-62752015　发行部 010-62750672 编辑部 010-62759634
印刷者	北京中科印刷有限公司
经销者	新华书店 650 毫米 ×980 毫米　16 开本　23.5 印张　328 千字 2024 年 8 月第 1 版　2024 年 8 月第 1 次印刷
定　　价	139.00 元

未经许可，不得以任何方式复制或抄袭本书之部分或全部内容。
版权所有，侵权必究
举报电话：010-62752024　电子邮箱：fd@pup.cn
图书如有印装质量问题，请与出版部联系，电话：010-62756370

盲从者和迷信者常把人世称作"泪之谷",一个由此我们可被上帝的某种任意介入赎回并带到天堂的地方。多么狭隘天真的想法啊!如果你们愿意,可把人世称作"心灵建构之谷"。①

——济慈

---

① John Keats, *Selected Letters of John Keats*, ed. Grant F. Scott (Cambridge, Massachusetts and London, England: Harvard University Press, 2002), 290.

总　序

袁行霈

　　人文学科是北京大学的传统优势学科。早在京师大学堂建立之初,就设立了经学科、文学科,预科学生必须在五种外语中选修一种。京师大学堂于1912年改为现名,1917年,蔡元培先生出任北京大学校长,他"循思想自由原则,取兼容并包主义",促进了思想解放和学术繁荣。1921年北大成立了四个全校性的研究所,下设自然科学、社会科学、国学和外国文学四门,人文学科仍然居于重要地位,广受社会的关注。这个传统一直沿袭下来。中华人民共和国成立后,1952年北京大学与清华大学、燕京大学三校的文、理科合并为现在的北京大学,大师云集,人文荟萃,成果斐然。改革开放后,北京大学的历史翻开了新的一页。

　　近十几年来,人文学科在学科建设、人才培养、师资队伍建设、教学科研等各方面改善了条件,取得了显著成绩。北大的人文学科门类齐全,在国内整体上居于优势地位,在世界上也占有引人瞩目的地位,相继出版了《中华文明史》《世界文明史》《世界现代化历程》《中国儒学史》《中国美学通史》《欧洲文学史》等高水平的著作,并主持了许多重大的考古项目,这些成果发挥着引领学术前进的作用。目前北大还承担着《儒藏》《中华文明探源》

《北京大学藏西汉竹书》的整理与研究工作,以及《新编新注十三经》等重要项目。

与此同时,我们也清醒地看到,北大人文学科整体的绝对优势正在减弱,有的学科只具备了相对优势;有的成果规模优势明显,高度优势还有待提升。北大出了许多成果,但还要出思想,要产生影响人类命运和前途的思想理论。我们距离理想的目标还有相当长的距离,需要人文学科的老师和同学们加倍努力。

我曾经说过,与自然科学或社会科学相比,人文学科的成果难以直接转化为生产力,给社会带来财富,人们或以为无用。其实,人文学科力求揭示人生的意义和价值,塑造理想的人格,指点人生趋向完美的境地。它能丰富人的精神,美化人的心灵,提升人的品德,协调人和自然的关系以及人和人的关系,促使人把自己掌握的知识和技术用到造福于人类的正道上来,这是人文无用之大用!试想,如果我们的心灵中没有诗意,我们的记忆中没有历史,我们的思考中没有哲理,我们的生活将成为什么样子?国家的强盛与否,将来不仅要看经济实力、国防实力,也要看国民的精神世界是否丰富,活得充实不充实,愉快不愉快,自在不自在,美不美。

一个民族,如果从根本上丧失了对人文学科的热情,丧失了对人文精神的追求和坚守,这个民族就丧失了进步的精神源泉。文化是一个民族的标志,是一个民族的根,在经济全球化的大趋势中,拥有几千年文化传统的中华民族,必须自觉维护自己的根,并以开放的态度吸取世界上其他民族的优秀文化,以跟上世界的潮流。站在这样的高度看待人文学科,我们深感责任之重大与紧迫。

北大人文学科的老师们蕴藏着巨大的潜力和创造性。我相信,只要使老师们的潜力充分发挥出来,北大人文学科便能克服种种障碍,在国内外开辟出一片新天地。

人文学科的研究主要是著书立说,以个体撰写著作为一大特点。除了需要协同研究的集体大项目外,我们还希望为教师独立探索,撰写、出版专著搭建平台,形成既具个体思想,又汇聚集体智慧的系列研究成果。

为此,北京大学人文学部决定编辑出版"北京大学人文学科文库",旨在汇集新时代北大人文学科的优秀成果,弘扬北大人文学科的学术传统,展示北大人文学科的整体实力和研究特色,为推动北大世界一流大学建设、促进人文学术发展做出贡献。

我们需要努力营造宽松的学术环境、浓厚的研究气氛。既要提倡教师根据国家的需要选择研究课题,集中人力物力进行研究,也鼓励教师按照自己的兴趣自由地选择课题。鼓励自由选题是"北京大学人文学科文库"的一个特点。

我们不可满足于泛泛的议论,也不可追求热闹,而应沉潜下来,认真钻研,将切实的成果贡献给社会。学术质量是"北京大学人文学科文库"的一大追求。文库的撰稿者会力求通过自己潜心研究、多年积累而成的优秀成果,来展示自己的学术水平。

我们要保持优良的学风,进一步突出北大的个性与特色。北大人要有大志气、大眼光、大手笔、大格局、大气象,做一些符合北大地位的事,做一些开风气之先的事。北大不能随波逐流,不能甘于平庸,不能跟在别人后面小打小闹。北大的学者要有与北大相称的气质、气节、气派、气势、气宇、气度、气韵和气象。北大的学者要致力于弘扬民族精神和时代精神,以提升国民的人文素质为己任。而承担这样的使命,首先要有谦逊的态度,向人民群众学习,向兄弟院校学习。切不可妄自尊大,目空一切。这也是"北京大学人文学科文库"力求展现的北大的人文素质。

这个文库目前有以下17套丛书:

"北大中国文学研究丛书"

"北大中国语言学研究丛书"

"北大比较文学与世界文学研究丛书"

"北大中国史研究丛书"

"北大世界史研究丛书"

"北大考古学研究丛书"

"北大马克思主义哲学研究丛书"

"北大中国哲学研究丛书"
"北大外国哲学研究丛书"
"北大东方文学研究丛书"
"北大欧美文学研究丛书"
"北大外国语言学研究丛书"
"北大艺术学研究丛书"
"北大对外汉语研究丛书"
"北大古典学研究丛书"
"北大人文学古今融通研究丛书"
"北大人文跨学科研究丛书"

这17套丛书仅收入学术新作,涵盖了北大人文学科的多个领域,它们的推出有利于读者整体了解当下北大人文学者的科研动态、学术实力和研究特色。这一文库将持续编辑出版,我们相信通过老中青学者的不断努力,其影响会越来越大,并将对北大人文学科的建设和北大创建世界一流大学起到积极作用,进而引起国际学术界的瞩目。

丛书序言

　　北京大学的欧美文学研究具有深厚的历史积淀，承继五四运动之使命，早在1921年便建立了独立的外国文学研究所，系北京大学首批成立的四个全校性研究机构之一，为中国人文学科拓展了重要的研究领域，注入了新的思想活力。新中国成立之后，尤其是经过1952年的全国院系调整，北京大学欧美文学的教学和研究力量不断得到充实与加强，汇集了冯至、朱光潜、曹靖华、杨业治、罗大冈、田德望、吴达元、杨周翰、李赋宁、赵萝蕤等一大批著名学者，以学养深厚、学风严谨、成果卓越而著称。改革开放以来，北大的欧美文学研究进入了新的历史发展时期，形成了一支思想活跃、视野开阔、积极进取、富有批判精神的研究队伍，高水平论著不断问世，在国内外产生了重要的学术影响。新世纪之初，北京大学组建了欧美文学研究中心，研究力量得到进一步加强。北大的欧美文学研究人员确定了新时期的发展目标和探索重点，踏实求真，努力开拓学术前沿，承担多项国际合作和国内重要科研课题，注重与国内同行的交流和与国际同行的直接对话，在我国的欧美文学研究中发挥着越来越重要的作用。

　　为了弘扬北京大学欧美文学研究的学术传统、促进欧美文学研究的深入发展，北大欧美文学研究中心在成立之初就开始组织撰写"北大欧美文学研究丛书"。本套丛书涉及欧美文学研究的多个方面,包括欧美经典作家作品研究、欧美文学流派或文学体裁研究、欧美文学与宗教研究、欧美文论与文化研究等。这是一套开放性的丛书,重积累、求创新、促发展,旨在展示多元文化背景下北大欧美文学研究的成果和视角,加强与国际国内同行的交流,为拓展和深化当代欧美文学研究做出自己的贡献。通过这套丛书,我们也希望广大文学研究者和爱好者对北大欧美文学研究的方向、方法和热点问题有所了解;北大的欧美文学研究者也能借此对自己的学术探讨进行总结、回顾、审视、反思,在历史和现实的坐标中确定自身的位置。此外,我们也希望这套丛书的撰写与出版有力促进外国文学教学和人才的培养,使研究与教学互为促进、互为补充。

这套丛书的研究和出版得到了北京大学、北京大学外国语学院以及北京大学出版社的大力支持。若没有上述单位的鼎力相助,这套丛书是难以面世的。

2016年春,北京大学人文学部开始建设"北京大学人文学科文库",旨在展示北大人文学科的整体实力和研究特色。"北大欧美文学研究丛书"进入文库继续出版,希望与文库收录的相关人文学科的优秀成果一起,为展现北大学人的探索精神、推动北大世界一流大学建设、促进人文学术发展贡献力量。

申 丹
2016 年 4 月

目 录

绪 论 …………………………………………… 1

第一章 上帝的形迹：戈德斯坦的《上帝存在的 36 个理由》………………………………………… 34
第二章 依照神的形象：盖恩斯的《死前一课》……… 61
第三章 修道的境界：萨尔兹曼的《夜不能寐》……… 95
第四章 信仰与创造：米尔豪泽的《马丁·德莱斯勒》
 ………………………………………………… 119
第五章 神学与女性命运：沃克的《紫色》………… 156
第六章 宗教与种族关系：鲁宾逊的《基列德》…… 189
第七章 宗教与恐怖主义：厄普代克的《恐怖分子》
 ………………………………………………… 203
第八章 上帝的改造：多克托罗的《上帝之城》…… 278

结 语 ………………………………………… 336
引用文献 ……………………………………… 349
后 记 ………………………………………… 362

绪 论

一

本书研究的是近年来开始受到重视的后世俗(postsecular)美国小说。

至于什么是后世俗和后世俗美国小说,我们先来了解一下后世俗美国小说研究的先驱①麦克卢尔(John A. McClure)的解释。在麦克卢尔看来,后世俗既指一个时期,又指一种对待世俗和宗教的态度,后世俗小说就是出现在这一时期、持有这种态度的小说。麦克卢尔的代表作《部分信仰——品钦和莫里森时代的后世俗小说》(*Partial Faiths: Postsecular Fiction in the Age of Pynchon and Morrison*, 2007,以下简称《部分信仰》)的书名就能反映他对后世俗的上述两种理解:主标题"部分信仰"

---

① 路德维希在评价麦克卢尔对后世俗美国小说研究的贡献时用了两个"第一":"当麦克卢尔在《现代小说研究》上发表他 1995 年那篇有关后世俗的论文时,他也许是第一位记录当代小说和理论中的'再神圣化'趋势的文学学者。……2007 年 12 月,麦克卢尔发表了《部分信仰——品钦和莫里森时代的后世俗小说》,第一部专门研究当代后世俗小说的论著。在这本书里,麦克卢尔提出了'部分信仰'这一术语,用以描述后世俗文学。" Kathryn Ludwig, "Postsecularism and Literature: Prophetic and Apocalyptic Readings in Don DeLillo, E. L. Doctorow and Toni Morrison" (Dissertation Purdue University, 2010), 7。

与对待世俗和宗教的态度有关;副标题"品钦和莫里森时代的后世俗小说"与这种态度开始流行的时期有关。

在麦克卢尔心目中,作为一个时期,后世俗大约始于品钦和莫里森创作或发表他们的处女作的 20 世纪 60 年代。① 虽然《部分信仰》重点讨论的品钦和莫里森的作品,包括品钦的《万有引力之虹》(Gravity's Rainbow,1973)和《葡萄园》(Vineland,1990)、莫里森的《宠儿》(Beloved,1987)和《天堂》(Paradise,1998),都是发表于 1970 年之后,但书里讨论的最早的作品莫马迪(N. Scott Momaday)的《日诞之地》(House Made of Dawn,1968)发表于 60 年代。

对于作为一种对待世俗和宗教的态度的后世俗,麦克卢尔是这么界定的:"后世俗主义(postsecularism)是一种存在和观察的方式。无论对现实中的世俗建构还是教条化的宗教信仰,它都持批判的态度。"② 这就是说,对待世俗和宗教的后世俗态度是批判的态度,既批判宗教又批判世俗,不像之前的世俗化那样只批判宗教不批判世俗。至于如何看待这一定义,后面将会讨论,这里继续介绍麦克卢尔对后世俗的理解。

麦克卢尔对后世俗的理解所根据的主要是瓦蒂默(Gianni Vattimo)、罗蒂(Richard Rorty)、康诺利(William Connolly)和德里达等人的理论。在这些理论家看来,20 世纪发生的种种社会悲剧严重损害了有关世俗启蒙、社会进步和人类解放的现代宏大叙事。与此同时,哲学的发展逐渐削弱了世俗理性的绝对权威,理性的去神话倾向最终把矛头转向了自己,甚至把理性的去神话理想自身也看成神话。面对着近年来日益严重的生态危机、社会暴力等问题,理性产生了一种前所未有的失败感。这些情况为宗教复兴提供了空间。但宗教在历史上并不总能起到引导人类和谐生存

---

① 品钦的第一部小说《V.》发表于 1963 年。莫里森的第一部小说《最蓝的眼睛》(*The Bluest Eye*)发表于 1970 年,但莫里森说它的创作始于 1964 年。Danille Taylor-Guthrie, ed., *Conversations with Toni Morrison* (Jackson: University Press of Mississippi, 1994), 61, 199—200。

② John A. McClure, *Partial Faiths: Postsecular Fiction in the Age of Pynchon and Morrison* (Athens and London: The University of Georgia Press, 2007), ix.

的作用,因而在宗教强劲回归的今天,必须注意克服宗教的教条化和滋生暴力的倾向。麦克卢尔注意到,宗教史学家伊利亚德(Mircea Eliade)三十多年前曾提出"反向去神秘化"(demystification in reverse)的建议,即既肯定神灵的神秘性,又不返回思想封闭、愚昧无知的前批判时期,从而预言了后世俗主义的两大任务:(一)提供不同于无情的世俗认知和存在方式的精神方案;(二)给思考、异议、差异和革新留出空间。在这些学者的理论中,麦克卢尔看到了世俗与宗教关系的新变化以及一种新话语的萌发:"正是在传统世俗话语和传统宗教话语之间的空间里,我们看到了后世俗话语的诞生。"①

在瓦蒂默的"弱宗教"(weak religion)理论中,麦克卢尔发现了如何让宗教"负责任地回归"这一后世俗方案的"最可行"表述。瓦蒂默所谓的弱宗教针对的是崇尚基要主义的强宗教。基要主义信奉全能上帝及其通过代言人、经文和机构所传达的律法,而以阐释学、后结构主义和实用主义的有关思想为指导的弱宗教则反对绝对性主张和整体性方案,抵制宗教机构的权欲。通过废弃超越性、永恒、绝对真理等概念,弱宗教使人们重新意识到自己的历史性、有限性和不可靠性,使爱而不是对审判和永恒的期待成为其教义的核心。

在德里达的"去宗教化的宗教"(religion without religion)这一概念中,麦克卢尔发现了第二种"有效弱化"宗教的"当代策略"。"去宗教化的宗教"是德里达在《死亡的礼物》(*The Gift of Death*,1995)一书里提出来的。麦克卢尔在《部分信仰》里介绍了《死亡的礼物》里唯一包含了"去宗教化的宗教"的一段话。在这段话里,德里达说欧洲哲学史上有一个康德、黑格尔、克尔恺郭尔和海德格尔等人在某种程度上所代表的"传统","它提出了教条的一种非教条对立物,一种哲学和形而上学意义上的对立

---

① John A. McClure, *Partial Faiths: Postsecular Fiction in the Age of Pynchon and Morrison*, 12.

物,总之,一种能'重复'去宗教化的宗教可能性的思维方式"①。根据这段话里的"去宗教化的宗教可能性",麦克卢尔归纳出了"可能性策略",认为这一策略是"典型的后世俗文学修辞",就像库什纳(Tony Kushner)的剧作《天使在美国:一首有关国家主题的同性恋幻想曲》(*Angels in America*: *A Gay Fantasia on National Themes*,1991—1993)所做的那样只是"不断地提出主题方面的问题",却"永远也不去解答"。②

除了瓦蒂默的"弱宗教"和德里达的"去宗教化的宗教",麦克卢尔还在康诺利的"后有神论、后世俗"认知和存在方式里发现了有关弱化宗教的第三种表述。康诺利认为,"后有神论、后世俗"认知和存在方式出现在宗教信仰和世俗信仰之间,极具精神活力,与传统的"强制性神学"格格不入;它肯定了尼采关于既让宗教直觉自由生长又不让有神论提供满足的想法,以及他关于现代人应拒绝上帝形象中的"父亲""审判者"和"奖赏者"等角色的主张。康诺利的后世俗主义反对"至高无上的神性和话语",认为宗教的根本目的不是追求"永恒",而是"敬畏生命和地球",将自我与道德协调起来。麦克卢尔发现,康诺利的后世俗主义与瓦蒂默的弱宗教思想"相像"③,都拒绝至高无上的上帝及其话语,反对将永恒当作宗教的

---

① 译自 Jacques Derrida, *The Gift of Death*, trans. David Wills (Chicago: The University of Chicago Press, 1995), 49. 其实,麦克卢尔对德里达这段话的理解是有偏差的。他以为德里达是要弱化宗教,因而在解释中用了"weakening"一词,而德里达的实际说法则是"nondogmatic doublet of dogma"和"religion without religion",其真实目的是要废弃而不是弱化已经教条化了的宗教教义,使宗教成为一种纯洁的神圣形式,真正服务于作为绝对他者的弥赛亚或他在《马克思的幽灵:债务国家、哀悼活动和新国际》里所说的"去宗教化的弥赛亚主义"。[Jacques Derrida, *Specters of Marx*: *The State of the Debt*, *the Work of Mourning*, *and the New International*, trans. Peggy Kamuf (London and New York: Routledge, 1994), 59.] 与麦克卢尔相比,亨格福特更理解德里达的真实目的。她把德里达所追求的神圣形式借来指后现代美国文学中无宗教内容但有宗教权威的"超越性形式"(transcendent form),说自己的研究与麦克卢尔的研究的一个主要差异是不关注作家们"对上帝的信仰",而关注他们"对文学的信仰"。Amy Hungerford, *Postmodern Belief*: *American Literature and Religion since 1960* (Princeton and Oxford: Princeton University Press, 2010), xviii, xvi.

② John A. McClure, *Partial Faiths*: *Postsecular Fiction in the Age of Pynchon and Morrison*, 14.

③ Ibid.

基本目标,主张用对生命和地球的敬畏取而代之。这种尘世思想对宗教统治传统和世俗统治传统这两种统治传统均提出了挑战,既反对基督教中超越尘世和迷信天启的传统,又反对工业化世界里忽视地球的工具主义意识形态。

梳理完欧美有关理论家的观点之后,麦克卢尔对后世俗主义的宗教观和世俗观作了这样的总结:"因此,后世俗信仰拒绝宗教统治制度所必需的一切宏大地图和台词。它斩断了从愤怒的神祇到尚武的牧师再到好斗的民众之间的控制链。另外,由于承认自己的可质疑性,出于一些深层而不只是实用主义的理由,它也乐于倾听多元公共空间里他者的声音,与他们开展对话。同时,对于教条的、有着自己的血腥史的世俗主义,它也拒绝其宏大地图和必胜主义剧本。"①也就是说,宗教和世俗都具有支撑其统治制度的宏大叙事,后世俗主义的任务就是对它们都加以拒绝。

所谓后世俗美国小说,按照麦克卢尔对于后世俗的上述解释,指的就是后世俗时期出现的、所持的宗教观和世俗观符合后世俗主义的美国小说。在结合当代欧美哲学中的后世俗理论介绍了自己对后世俗的理解之后,麦克卢尔对后世俗美国小说作了如下描述:

> 然而,小说家们,比如德里罗、厄德里克、莫里森、翁达杰、品钦、西尔科等,也对后世俗主义和种种的后世俗主义存在方式作了积极的探讨。这些被评论家们纳入不同类别的小说家都以故事的形式思考后世俗运动和理论家及社会学家用抽象的方式所研究的种种可能性。他们都讲述了有关宗教影响下的新型观察及存在的故事。而且在所有的故事里,它们所发明、研究和肯定的信仰都具有极大的部分性和开放性。对于再魅化的宇宙,它们没有也不想提供任何全面的"描绘"。它们不承诺任何全面的救赎。它们的部分性还有另一层意思,那就是它们对于社会改造和幸福生活理想的投入也是有选择的。当

---

① John A. McClure, *Partial Faiths: Postsecular Fiction in the Age of Pynchon and Morrison*, 17.

然,在各个方面,后世俗主义与复活的基要主义都是格格不入的。①对于这段描述,麦克卢尔在谈到后世俗美国小说的三个核心特征时把它归纳为三点:(一)这些作品都写了世俗人物向宗教的回归;(二)它们的"存在论标志"是用宗教瓦解现实中的世俗结构;(三)它们的"观念学标志"是让高度弱化的宗教信仰与世俗的进步价值观及方案重新结合。②

关于后世俗美国小说在内容和形式上的常见特点,麦克卢尔谈了不少,归结起来约有九个:(一)此类作品里的人物只是部分地皈依宗教,没有完全脱离世俗进入一个井然有序的宗教信仰体系,因而处于一种"思想混杂、令人困惑的中间地带",但对此地带没有觉得特别不适,并不追求完整形态的宗教信仰;(二)与一般的皈依故事不同,此类作品没有呈现形态完整的宗教世界;(三)在此类作品中出现的神有多个,不是一个;(四)此类作品中,宗教世界的形态变化不定或数量众多;(五)此类作品中常有奇迹和神迹出现,反映自然规律的偶然性;(六)此类作品表现不稳定状态的方式比较平静,作家和人物都不急于拨乱反正;(七)此类作品中的宗教团体规模较小、结构松散、不太持久;(八)这些宗教团体成员的社会地位较低,活动场所通常在路边、林中或废弃的教堂里,不太正式或固定;(九)此类作品怀疑圣典的永恒结构和固定地位,作品里常见的神圣话语中没有哪一种拥有完整性和权威性。

二

麦克卢尔的研究是开创性的。他说其研究要提供一种"描述当代小说形态的新方法"③,这一点可以说他做到了。他不但发现了当代美国小说中存在"数量惊人"的后世俗小说,也通过细致的描述相当可信地展现了后世俗小说的形态特征,为当代美国小说研究开辟了一个广阔的新领域。

---

① John A. McClure, *Partial Faiths: Postsecular Fiction in the Age of Pynchon and Morrison*, ix.
② Ibid., 3.
③ Ibid., ix.

然而，也正是因为这个领域很新，可以借鉴的经验和理论不多，麦克卢尔的研究难免存在一些需要进一步探讨的问题。对于他为后世俗主义下的定义（"后世俗主义是一种存在和观察的方式。无论对现实中的世俗建构还是教条化的宗教信仰，它都持批判的态度。"），我们就可以提出一些问题，比如：

（一）定义里的一个关键词是"批判"，既批判"现实中的世俗建构"，又批判"教条化的宗教信仰"。这就是说，后世俗主义的主要任务是批判，批判任何体系化、教条化的信仰，无论它是世俗的还是宗教的。至于怎么批、批到什么程度，定义里没有说。那么是否可以根据麦克卢尔的《部分信仰》书名里的关键词"部分"，认为这一批判是要破除信仰的完整性，将它们部分化，而不是将它们完全批倒、彻底除掉呢？

（二）按照这一定义，后世俗主义要批判的信仰不是一类，而是世俗信仰和宗教信仰两类。但在对后世俗美国小说的具体论述中，比如在上面提到的后世俗美国小说的九个特点中，后世俗主义所批判的信仰却不是两类，而是宗教信仰一类。麦克卢尔是否认为，宗教信仰的复兴意味着世俗信仰已经衰落，因而就没有批判它的太大必要，只要集中力量批判宗教信仰就行了？

（三）麦克卢尔在定义里明确表示，后世俗主义批判的是"教条化的宗教信仰"，不是所有的宗教信仰。可是"教条化"该怎么理解？什么样的宗教信仰是教条化的，什么样的又不是呢？从《部分信仰》里的具体论述中，我们可以发现，他所谓的教条化的宗教信仰指的是规模宏大、形态完整稳定、能够提供详细的世界图式和明确的价值导向的宗教信仰，简言之，就是完整信仰。这种信仰与他所推崇的规模小、不完整、不固定、"思想混杂""令人困惑"的部分信仰截然相反。可是如果认为完整信仰都是教条都应该批判，部分信仰都不是教条都不该批判，这是否就是在将部分信仰绝对化和教条化？另外，判断信仰的好坏是否还不能仅根据它的形态，而是更应该看它的性质和实效？

（四）麦克卢尔在定义里强调后世俗主义的主要任务是批判，通过批判把世俗信仰和宗教信仰都部分化。可是这么做的目的是什么？是否为了建构更好的信仰？要建构更好的信仰，是否就应该让不同信仰对话交流、取长补短，而不仅仅是批判它们？但这种建设性目的和措施在麦克卢尔的书里却很难找到。在他的心目中，最好的信仰就是部分信仰，而获得部分信仰的途径就是对完整信仰进行批判和部分化。因此，他的后世俗主义定义里只有批判，没有对话和建构。

上述问题可以反映，麦克卢尔对于后世俗主义的理解受到了解构性后现代主义的影响。与解构性后现代主义者一样，他也是见不得宏大叙事，见了就要解构和部分化。他之所以要将世俗信仰部分化，并不是因为他是反对世俗的教徒，而是因为世俗信仰有宏大叙事。他之所以要将宗教信仰部分化，也不是因为他是反对宗教的世俗主义者，而是因为宗教信仰也有宏大叙事。他所谓的"部分信仰"可被看作瓦蒂默的"弱宗教"的同义词。他在《部分信仰》里所做的可以说就是把解构性后现代主义的宗教观运用于后世俗小说研究。这种宗教观是哲学意义上的，借来研究后世俗小说比较省事，只要关注作品如何把宏大信仰解构成部分信仰就行了，无须在意这种做法和信仰的社会学价值，无须考虑宗教、世俗、后世俗等概念的社会学意义，无须关注真实社会环境里不同信仰对话时会碰到的各种复杂问题。这也许就是为什么麦克卢尔喜欢解构性后现代主义者们的宗教观，不喜欢质疑后现代主义、主张教俗对话而不是解构宗教的哈贝马斯(Jürgen Habermas)这样的学者的宗教观。其实，后世俗这个概念更多的是与哈贝马斯的名字是连在一起的，是随着哈贝马斯对它的讨论和使用而开始流行的。① 而在《部分信仰》里，哈贝马斯的名字只是夹在别的名字中间出现过两次，对于他的理论则一句介绍也没有。

哈贝马斯对后世俗乃至宗教的认识经历了一个相当长的过程。波蒂

---

① 宗教史学家布鲁斯指出："'后世俗欧洲'这一话题的流行始于于尔根·哈贝马斯。"至于这一话题开始流行的时间和社会原因，他认为："从 20 世纪 50 年代到 80 年代，欧洲的社会学家们不大关注宗教，因为谁也不关注它。如今一些学者谈论后世俗欧洲，主要是由于非基督徒移民使得宗教重新受到媒体关注。" Steve Bruce, *Secularization: In Defence of an Unfashionable Theory* (New York: Oxford University Press, 2011), 203, 217。

尔(Phillippe Portier)将这一过程分为三个阶段:(一)20世纪80年代之前,哈贝马斯把宗教看作"异化现实"和"控制工具"而加以反对;(二)80年代中期到21世纪初,哈贝马斯不再那样对待宗教,把它看作人们的私事;(三)自那时以来,哈贝马斯认识到宗教对社会的积极作用。① 门迪塔(Eduardo Mendieta)将哈贝马斯的学术生涯分为四个时期——哲学人类学时期(1952—1971)、重建历史唯物主义与建立交往行为理论时期(1971—1982)、后形而上学思想与商议民主时期(1982—2000)、后世俗意识与全球化社会时期(2001年至今),认为他在每一个时期都讨论过宗教,尤其是在第四个时期。从第一个时期开始,哈贝马斯讨论宗教先后用了不同角度,包括他对知识的超工具性的论述、对交往行为中超越参与各方的上帝般结合力和约束力的论述、对宗教作为一种将世界语言化的特殊结果的论述以及自20世纪90年代末以来关于宗教对商议民主的挑战的论述。也就是说,哈贝马斯讨论宗教用了哲学、社会学、伦理学、政治学等多种角度。② 虽然波蒂尔和门迪塔的看法不尽相同,但结论基本一致,都认为哈贝马斯对宗教的关注经历了一个由少到多的变化,对宗教的社会作用经历了一个由怀疑到肯定的变化。

哈贝马斯对于宗教的重视基于他对宗教价值的认识。在1999年的一次访谈中,他这样评价了犹太教和基督教对西方现代社会的影响:

> 对于现代性标准的自我认识而言,基督教所起的不仅仅是前导或催化的作用。派生出自由、团结、自主、解放、私德、人权、民主等理想的共同平等主义,就是犹太教的公正伦理和基督教的仁爱伦理的直接遗产。这一本质不变的遗产一直是批判性借鉴和重释的对象。至今也没有出现任何可以替代它的东西。面对当前后民族社会的种种挑

---

① Rosalía Sánchez, "'San' Jürgen Habermas," <http://www.elmundo.es/elmundo/2011/10/07/cultura/1317980044.html>. Accessed 6 June, 2023.

② Eduardo Mendieta, "Appendix: Religion in Habermas's Work" in *Habermas and Religion*, eds. Craig Calhoun, Eduardo Mendieta, and Jonathan VanAntwerpen (Cambridge, UK: Polity Press, 2013), 682−709.

战，我们今天必须一如既往地从这一遗产中吸取营养。其他的一切都是后现代空谈。①

麦克卢尔对于宗教价值的认识没有达到这种程度。他虽然没有否定宗教的价值，但也没有提到它的平等主义思想及其所产生的自由、团结、自主、解放、私德、人权、民主等现代理想。在他心目中，宗教的主要价值在于它是世俗理性的对手，可被用来抵制世俗理性的无限扩张。但无论怎样，宗教里也有宏大叙事，和世俗的宏大叙事一样危险，因此就必须毫不留情地加以弱化或部分化。如果他对宗教里的平等主义思想有足够的认识，他的态度也许就会不太一样。

正是由于麦克卢尔认为宗教和世俗理性都是宏大叙事的来源，都应该加以批判，所以他的后世俗定义里的关键词就是"批判"。而在哈贝马斯下的后世俗定义里，关键词除了上面那段话里的"吸取"，还有"接受"和"学习"等。下面是哈贝马斯为后世俗下的定义之一：

> 我使用"后世俗"一词，是从社会学角度描述已基本世俗化或"不上教堂"的社会里的一种意识转变，即这些社会如今已经接受宗教仍然存在以及宗教声音仍在国家公共空间里和全球政治舞台上产生影响的事实。②

这个定义里的一个关键词是"接受"，表示接受当代社会里的这样两个事实：一是宗教并没有在现代化和世俗化的进程中消失，而是"仍然存在"；二是宗教仍然能在国家公共空间里乃至全球政治舞台上"产生影响"，而且这种影响会随着经济全球化的推进、移民人数的增加、文化多元化程度的提高而越来越大。

这就是说，西方的世俗化发展至今，结果宗教不但没有消失，反而在产生更大的影响，因此西方开始反躬自省，觉得有必要接受和借鉴宗教，

---

① Jürgen Habermas, *Religion and Rationality: Essays on Reason, God, and Modernity*, ed. Eduardo Mendieta (Cambridge, Massachusetts: MIT Press, 2002), 149.

② Jürgen Habermas, "Reply to My Critics" in *Habermas and Religion*, eds. Calhoun, Mendieta, and VanAntwerpen, trans. Ciaran Cronin, 605−681.

尤其是在世俗化的社会改造方案遭遇越来越多麻烦的情况下。这可以说是哈贝马斯在上述后世俗定义里所说的"意识转变"的意思。值得注意的是，哈贝马斯所说的"意识转变"指的是世俗社会这边的转变，不是宗教那边的转变。他没有像麦克卢尔那样要求宗教也实行转变，把自己的完整信仰转变成部分信仰。哈贝马斯也批评宗教，但更知道如何尊重它、向它学习，尤其是在进入 21 世纪之后。

哈贝马斯的《信仰与知识》是一篇影响深远的文章，被称为后世俗研究史上的"分水岭"[①]，有助于我们深入了解他的后世俗思想，对于我们研究后世俗小说也很有指导意义。这篇文章是哈贝马斯 2001 年 10 月 14 日在法兰克福接受德国出版业与图书销售业协会颁发的和平奖仪式上所作的演讲。既然是接受和平奖，演讲自然要谈与和平有关的话题，尤其是在"9・11"事件刚发生一个月之后。哈贝马斯的演讲围绕关乎和平的一远一近两件大事：远的是在西方引起广泛争议的旨在将人工具化的基因工程项目；近的就是"9・11"事件。这两件事除了都与和平有关，还有一个相似点，就是都与宗教有关。基因工程要通过改变人的基因将人"自我工具化"或"自我最优化"，被宗教界认为"败坏道德"，因而遭到强烈反对。[②] "9・11"袭击的主要执行者阿塔（Mohamed Atta）的遗书和本・拉登（Osama bin Laden）的声明都表明，这一针对"西方文明的资本主义要塞"的袭击"是以宗教信仰为动机的"。以美国总统小布什为代表的复仇派的言论则带有明显的"《旧约》的语气"。

对于这两个都与和平和宗教有关的事件，哈贝马斯在具体讨论中根据它们的轻重缓急作了精心的安排。有关基因工程项目的讨论被安排在文章的开头和结尾，构成了一个框架和背景。有关"9・11"事件的讨论被

[①] John D. Boy, "What We Talk about when We Talk about the Postsecular," <http://tif.ssrc.org/2011/03/15/what-we-talk-about-when-we-talk-about-the-postsecular/>. Accessed 18 April, 2024.

[②] Jürgen Habermas, "Faith and Knowledge" in *The Frankfurt School on Religion: The Key Writings by the Major Thinkers*, ed. Eduardo Mendieta (New York and London: Routledge, 2005), 327—338.

安排在文章的中间,占了文章的大部分篇幅,显然是哈贝马斯的关注重点。在对这一重点的讨论中,哈贝马斯没有追加任何愤怒的谴责,而是试图冷静地回答两个问题:(一)"9·11"事件为什么会发生?(二)如何避免此类事件?关于第一个问题,哈贝马斯认为,一个主要原因就是非西方国家正在经历传统生活方式迅速瓦解所造成的痛苦,又没有西方当年享有的许多世纪的漫长时间来消化这种痛苦,因而感到了更大的痛苦和羞辱,这就更容易导致暴力事件。至于如何避免此类事件的问题,哈贝马斯认为,重要的是西方要牢记自己的世俗化过程尚未结束,要清楚世俗化意味着什么,这样才能理解和同情非西方国家在世俗化过程中的遭遇。另外,把西方的经历和感受说出来,也能帮助非西方更好地了解西方和应对自己的问题。总之,哈贝马斯认为,避免此类以宗教信仰为动机的暴力事件的主要途径是自省,不是小布什政府所发动的反恐战争①,而要作好这种自省,就必须具备有关世俗化历史的可靠知识。

可以说,这篇文章标题里的"信仰"指宗教信仰,既指与"9·11"事件的动机有关的伊斯兰教信仰,也指欧洲世俗化过程中的基督教信仰。文章标题里的"知识"指为了避免恐怖主义而应让西方人和非西方人都有所了解的西方世俗化历史以及有关的世俗知识,包括文章所涉及的生物学、天文学、哲学和伦理学等。通过回顾西方的世俗化历史,文章得出的一个结论是,世俗化分破坏型和非破坏型,非破坏型的世俗化方式就是翻译,即把宗教思想翻译成通俗易懂的世俗语言。这种翻译的过程就是世俗与宗教开展对话、互相学习的过程,有助于增进彼此间的了解,避免误解和冲突,和平共处。②

---

① 2001年10月7日,即哈贝马斯作此演讲的前一周,以美国为首的联军进入阿富汗,对基地组织和塔利班发动空袭,反恐战争正式开始。

② 也有人觉得这种翻译含有重世俗轻宗教、重语言轻态度的倾向,认为"重要的不是公共话语的语言,而是其行为的方式,即其背后的关注、动机、意向"。[Nigel Biggar, "Not Translation, but Conversation: Theology in Public Debate about Euthanasia," in Nigel Biggar and Linda Hogan, eds., *Religious Voices in Public Places* (Oxford: Oxford University Press, 2009), 151—193.] 当然,最理想的状态还是既有良好的态度又有合适的语言,而且这种理想状态只有在翻译实践中、在教俗双方的不断交往中才有接近的可能。

受其"9·11"主题的影响,这篇以"信仰与知识"为题的文章的着眼点是西方知识与非西方信仰的对话。为了给这种对话提供经验和方向,哈贝马斯用了大量篇幅讨论西方内部的知识与信仰在世俗化史中的对话,还就基因工程项目这一次要话题谈了西方内部的知识与信仰在当下的对话。哈贝马斯认为,对话和翻译都是为了建立和扩大共同语言和"民主常识"。他所说的民主常识不属于知识或信仰,与它们都保持距离,又都向它们开放。它是知识和信仰之外的第三方,但随着知识与信仰对话的深入、彼此间共识和共同语言的增加,它会不断扩大,联系和协调知识和信仰、避免它们发生矛盾和冲突的能力也不断增强。

在哈贝马斯看来,这一扩大和增强到一定程度的民主常识的存在是后世俗社会的一个思想标志。所谓后世俗社会,就是"适应了宗教在世俗化仍在进行的环境里继续存在这一事实"的社会。在后世俗社会里,以前的那种认为世俗知识与宗教信仰不共戴天、它们的关系是有我无你的"零和游戏"的观点就显得"格格不入",就"遮蔽了经过民主塑造和启蒙并已成长为第三方的共识的教化作用"。正是由于这一共识的成长和教化,当代世俗社会才学会了适应宗教的继续存在,才开始反省世俗化并学着与宗教开展对话。因此,后世俗社会的出现主要是由于世俗社会的思想意识发生了变化。这就是为什么哈贝马斯在后来的定义中把后世俗具体化为世俗社会里的"意识转变",转变得开始接受宗教在世俗化环境里的存在以及在公共空间里的影响。简言之,后世俗意识表现为反省世俗化、转变对宗教的态度、倡导教俗对话。在刚发生"9·11"事件的情况下,这种反省和对话对于理解这一事件的根由、寻找恰当的应对和防范措施,是非常必要的。

这种反省和对话不仅是"9·11"事件这样的现实问题的要求,也是知识和信仰的基本属性的要求。在《信仰与知识》中,哈贝马斯用了不少篇幅讨论科学语言的局限性和宗教语言的丰富性。科学知识确实必不可少,我们常识中的错觉必须靠科学来纠正,哥白尼和达尔文的发现就彻底改变了以地球为中心和以人类为中心的传统宇宙观。但科学知识也有局限性。大脑科学能够解释人类思想活动的生理机制,却解释不了思想的文化内容和社会意义。科学知识企图把常识完全吸收、把人脑完全客体化和自然化、把人的自我理解完全非社会化、把人类意识的倾向性和行为的规范性完全解释清楚,这些愿望在哈贝马斯看来是不可能实现的。人的行为是自然事件,也是社会事件,因而仅把它看作科学的对象,不考虑行为者的自我理解、所处环境里的行为规范等方面的问题,是不可能真正理解它的。按照哈贝马斯的看法,科学的语言是关于是什么的描述性语言,不是关于应该是什么的辩护性语言。仅用描述性语言这一种语言来理解和表述,局限是不言而喻的。

如果把知识的语言看作描述性的,把信仰的语言看作辩护性的,那么知识和信仰之间对话和翻译的难度就更加明显了。① 在回溯西方世俗化历史的过程中,哈贝马斯指出,康德以来的德国哲学史可被看作一部教俗对话和翻译的历史。然而,这一翻译中的损失是相当可观的,比如宗教语言中的 sin 被译成世俗语言中的 culpability 后,就失去了很多意味,包括违反上帝旨意、祈求上帝原谅、希望补偿受害者等。因此,哈贝马斯强调借用宗教视角的重要性。在《信仰与知识》的结尾,他借用宗教视角解释了《圣经》里"上帝照着自己的形象造人"(Genesis 1:27)这句话,指出上帝造人的"造"字除了字面意思还有三个重要含义:一是爱;二是自由;三是平等。所谓爱,就是上帝造人是出于爱,上帝是爱人的。所谓自由,就是上帝造人时给了人以能力和自由,然后就不再去决定人,让人自由地自己作决定。所谓平等,就是上帝造人时给予人的能力和自由都是均等的,

---

① 对于宗教信仰和知识,卡普托曾作过一个比较简明的区分:"宗教真理是一种无知识真理。"他解释说:"不确定性是信仰的发祥地,……因为有不确定性,所以信仰才是信仰而不是知识,所以信仰才会成为无知识真理。"[John D. Caputo, *On Religion* (New York: Routledge, 2001), 115, 128.] 不过卡普托这里所说的"知识"也许是把"确定性"绝对化、完全否定"宗教真理"和教俗对话可能性的特定"知识",不是通常意义上的知识,所以他这里用的始终是"Knowledge",不是"knowledge"。其实,信仰与知识之间的界线并不绝对。克罗斯比认为,信仰包含世界观、信赖、热爱、希望、勇气、怀疑等六种成分,从不同方面与知识形成一种"相互依存"的关系:"信仰有一个必不可少的知识面;知识有一个必不可少的信仰面。"Donald A. Crosby, *Faith and Reason: Their Roles in Religious and Secular Life* (Albany: State University of New York Press, 2011), 13, 37.

不偏不倚。如果"造"字的这些特殊含义丧失了,如果上帝被某个人所取代,如果这个人背离上帝的做法开始决定人,比如想通过基因工程将人工具化,那么这就是在改变人的自然属性,同时又是在破坏平等出自上帝之手的人类所共有的能确保各自差异性的同等自由。

  仅从宗教语言中的这个"造"字,就可看到宗教语言与世俗语言的差异以及它们之间对话和翻译的艰难性和必要性。哈贝马斯在《信仰与知识》结尾强调这个"造"字所包含的爱、自由和平等等意思,也是在就文章所针对的基因工程项目和"9·11"事件以及它们所涉及的教俗关系含蓄地表达自己的看法。他似乎在说,如果教俗双方能够真诚对话,如果宗教所崇尚的爱、自由和平等等理想能够深入人心,那么基因工程项目和"9·11"这样的事件是可以避免的。哈贝马斯还在文中引用了他的法兰克福学派前辈的话来强调宗教的价值以及教俗对话的必要性。阿多诺(Theodor W. Adorno)的"若无照耀世界的救赎之光,知识就黯淡无光"说的是知识的局限性在所难免,克服它必须借助于信仰。霍克海默(Max Horkheimer)说批判理论"知道没有上帝,却仍然信仰他",是在承认批判理论有局限性,需要依靠信仰来实现超越。

  在强调宗教的价值以及教俗对话的必要性的同时,哈贝马斯并没有忘记宗教滋生暴力的潜在可能。他在借用宗教视角说明宗教的价值以及世俗社会有必要向宗教学习之后,也借用自由国家的视角对宗教提出了一些要求。其中的一个核心要求就是宗教在传播信仰时必须诉诸理性,为此就需要做到:(一)接受其他教派和宗教的认识差异;(二)适应科学在世俗知识中的主导地位;(三)接受法治国家所依据的世俗道德。然而,在所有这些要求中,哈贝马斯并没有要求宗教将其信仰,尤其是对于爱、自由、平等等核心理想的信仰,弱化成麦克卢尔所说的部分信仰。

  归纳起来,哈贝马斯的后世俗观主要包括反省世俗化、转变对宗教的态度、倡导教俗对话三个方面。前两个方面麦克卢尔在《部分信仰》里也有讨论,但他在第二个方面的认识比较有限,转变对宗教的态度在他那里主要是给予宗教更多关注,关注宗教的主要理由在于其问题而不是价值。由于对宗教价值缺乏足够认识,麦克卢尔也就看不到教俗对话的必要性。教俗关系在他的论述中基本上是对立关系,那就是互相批判,将各自的信仰弱化成部分信仰,而不是互相学习,携手重构更加合理的信仰体系。信仰体系对于麦克卢尔意味着恐怖主义。批判各种世俗的和宗教的信仰体系,将它们部分化,是他的反恐行动。各种部分信仰之间的真空般安全的"中间地带",是他的反恐行动要达到的目的。哈贝马斯也关心反恐,但在方法上主张的是教俗对话,认为只有通过对话形成共识,才有可能避免冲突。哈贝马斯也不笼统地反对体系。他把教俗对话所形成的共识称作"民主常识",认为这种常识越多、体系越大、协调教俗关系的能力越强就越好。总之,由于对宗教的价值缺乏认识且反对体系,麦克卢尔不主张教俗对话。而哈贝马斯既了解宗教的价值又不反对体系,所以他积极倡导教俗对话。可以说,麦克卢尔的后世俗观是解构性的,而哈贝马斯的后世俗观是建构性的。

  以上介绍和比较能让我们看到,哈贝马斯对后世俗的理解明显不同于麦克卢尔,所以从哈贝马斯的角度看,麦克卢尔的后世俗观确实还存在需要进一步探讨的问题。当然,麦克卢尔的后世俗观并不是凭空想出来的。他受到解构性后现代主义宗教观的影响,更重要的是依据了他所选择的后世俗小说里的描写,因此他的观点有其道理,他的《部分信仰》的经典地位至今没有遭遇实质性质疑。① 可是后世俗美国小说"数量惊人",新的作品层出不穷,作家们的后世俗观不尽相同而且会发展变化,后世俗理论也会发展变化,所以根据某些后世俗小说和后世俗理论所形成的后世俗小说观,不一定适合别的后世俗小说。麦克卢尔所研究的作品都发表于 2000 年之前。与它们相比,2000 年之后尤其是在"9·11"事件和哈贝马斯的《信仰与知识》

---

① 简略的质疑在有的书评里出现过。纽曼觉得麦克卢尔在教俗之间所画的"明确分界线"有"排除两个传统的微妙性"的可能。[Justin Neuman, "*Partial Faiths*: *Postsecular Fiction in the Age of Pynchon and Morrison*: A Review," *Studies in American Fiction* 36, no. 2 (Autumn 2008): 252—255.] 奥布里在肯定"部分信仰"有助于避免教俗双方的极端主义倾向的同时,觉得麦克卢尔的答案有点"太部分化"。Timothy Aubry, "*Partial Faiths*: *Postsecular Fiction in the Age of Pynchon and Morrison*: A Review," *Studies in the Novel* 41, no. 4 (Winter 2009): 492—494.

之后发表的作品在后世俗观上是否会有差异，答案是可想而知的。

　　本书所讨论的作品的出版日期大多晚于《部分信仰》里的作品。《部分信仰》里最早的作品发表于20世纪60年代，而本书里最早的作品发表于20世纪80年代。《部分信仰》里的作品没有一部发表于2000年之后，而本书有五部。这些作品不太符合《部分信仰》对后世俗小说的描述，让我觉得有必要再作些研究。其实，我开始关注当代美国小说中的宗教问题，是在读到《部分信仰》、接触后世俗这一概念之前。我曾在2010年发表的《危机与探索——后现代美国小说研究》里谈到品钦的《V.》(1963)、莫里森的《最蓝的眼睛》(*The Bluest Eye*, 1970)和库弗(Robert Coover)的《布鲁诺教教徒的由来》(*The Origin of the Brunists*, 1966)等作品里的宗教问题，并用了一章以"宗教的本质"为题专门讨论《布鲁诺教教徒的由来》所反映的后现代小说对宗教的理解。读了《部分信仰》之后，我觉得其中总结的后世俗小说特征比较符合《布鲁诺教教徒的由来》。《布鲁诺教教徒的由来》里就有布鲁诺教所炮制的包罗万象的宏大叙事，有这一叙事在现实中屡屡碰壁而被不断弱化或部分化的情况。可是，读到后来的一些作品，比如本书所讨论的《紫色》(*The Color Purple*, 1982)、《死前一课》(*A Lesson Before Dying*, 1993)和《马丁·德莱斯勒》(*Martin Dressler: The Tale of an American Dreamer*, 1996)等发表于20世纪80年代之后的作品，尤其是2000年后发表的《上帝之城》(*City of God: A Novel*, 2000)、《夜不能寐》(*Lying Awake*, 2000)、《基列德》(*Gilead*, 2004)、《恐怖分子》(*Terrorist*, 2006)、《上帝存在的36个理由》(*36 Arguments for the Existence of God: A Work of Fiction*, 2010)等作品，我觉得它们（如果可被称作后期后现代小说的话）[1]在对待宗教的态度上

---

[1] 卡特也把20世纪80年代看作后现代美国小说发展的转折期，认为1945年至1970年的"后现代美学和思想"和1970年开始的"多元文化主义"在1980年后的小说中开始"非同化性的整合"。Martha J. Cutter, "The Novel in a Changing America: Multiculturalism and Other Issues (1970—Present)" in *A Companion to the American Novel*, ed. Alfred Bendixen (Oxford: Wiley-Blackwell, 2012), 109—125。

与《布鲁诺教教徒的由来》等前期后现代小说不太一样。与前期后现代小说相比,它们对待宗教的态度里嘲讽的成分少了,尊重的成分多了。这些作品对宗教仍有批判,但态度更加诚恳,方式更加理性,目的更加积极。读了一些有关后世俗的论述尤其是哈贝马斯的《信仰与知识》之后,我觉得这些后期后现代小说在对待宗教的态度上更加接近哈贝马斯的后世俗观,如果把它们作为后世俗小说来研究会有助于丰富和发展麦克卢尔的研究。

在麦克卢尔所发现的后世俗小说的特征中,一个核心特征,也是他用部分信仰来概括后世俗小说的主要依据,就是作品里的世俗人物开始皈依宗教了,但只是部分地皈依,没有完全脱离世俗进入一个井然有序的宗教信仰体系,而是处于一种"思想混杂、令人困惑的中间地带",他们在这一地带没有感到不适,并不急于进入某种完整形态的信仰。在本书所讨论的后世俗小说中,这种"中间地带"也很普遍,但在两个方面与麦克卢尔的理解不同。第一个方面是人物皈依宗教的时间。这些作品里的主要人物中,有的刚开始皈依;有的皈依了多年,遭遇危机后也没有退教,或只是更换了教派;有的小时候皈依过,后来退出了,现在又开始皈依;有的还没有开始皈依,只是在经历了重大挫折后觉得有必要皈依。也就是说,他们不都像麦克卢尔所说的那样刚开始皈依,所以进入"中间地带"在深浅程度上不尽相同。

第二个也是更主要的不同,是在人物对待"中间地带"的态度上。麦克卢尔认为他们对这个地带"思想混杂、令人困惑"的状态并没有感到不适,甚至还觉得安全,所以就不急于进入井然有序的信仰体系,不急于根据这一体系去克服当下的危机。而在本书所讨论的作品中,情况却相反。《夜不能寐》里,约翰修女在进入修道院28年后,在修道和创作上的成就达到顶峰之时,被查出患有颞叶型癫痫,意识到她与上帝的会面以及她的创作灵感都是来自癫痫导致的幻觉。围绕着是否做手术的问题,她在内心展开了激烈的思想斗争。若做手术,神志正常了,她就将失去见到上帝和获得灵感的可能,她所获得的成就和声誉也将付诸东流。若是不做,她的癫痫就会反复发作,就会破坏修道院里的秩序,自己也无法继续修道。

就这样，个人和修道院、名利和修道等属于世俗和宗教两方面的不同考虑反复较量起来，令约翰修女陷入了严重的危机或麦克卢尔所说的"思想混杂、令人困惑的中间地带"。但遭受危机和疾病双重折磨的约翰修女无法也无意在这一地带久待，不久就去向艾伦德神父请教，得到了一个简明井然的信仰体系："上帝第一，他人第二，自我最后。"①根据这一体系，约翰修女选择了手术。癫痫治愈后，幻觉消失了，约翰修女又回到枯燥的正常生活。但恢复了正常的眼光也使她对自己有了新的认识，那就是她过去28年的修道动机过于务实狭隘，只是为了逃离地狱进入天堂，只是为了自己，一直都没有做到"上帝第一，他人第二，自我最后"。这一认识使她最终走出中间地带，开始朝着新的更高目标脚踏实地地继续修道。麦克卢尔之所以推崇中间地带和部分信仰，除了想避免极端主义和宏大叙事，还有可能认为顶峰和完善是不可能达到的。对此，约翰修女借用教堂窗外的树木作了这样的答复："那些树都往上伸展。它们至死也不可能达到太阳的高度，但在此期间，它们却能提供阴凉、美感和氧气。倒下后，它们能为下一代树木提供肥料。"②总之，《夜不能寐》的主人公约翰修女没有滞留于中间地带，而是在修道院和医院所代表的教俗双方的帮助下成功走出这一地带。这种情况在本书所讨论的作品中非常普遍，是不同于麦克卢尔的描述的一大特点。

麦克卢尔认为后世俗美国小说"数量惊人"是很有道理的。本书所讨论的作品并不是刻意选来的，其中多数作品最初也不是为研究后世俗小说而读的。但是一旦确立后世俗这个视角，这些作品就有了相应的新价值。没有刻意找就能找到这么多作品，这本身就能反映后世俗小说的普遍程度。也许正是因为没有刻意找，本书里的后世俗小说不像麦克卢尔所选的作品那样整齐划一。上面提到这些作品里的人物皈依宗教的时间长短不一，不像麦克卢尔所说的那样都是刚开始皈依。在其他方面，他们

---

① Mark Salzman, *Lying Awake* (New York: Vintage, 2000), 126.
② Ibid., 178.

也是各有特点,比如他们陷入信仰危机或中间地带的原因各不相同,不都像麦克卢尔所说的那样是由于皈依初期教俗双方信仰的激烈冲突。上面提到的约翰修女的危机起因就不是皈依初期的教俗冲突,因为她修道已有28年。她的危机起因可以说是她缺乏有关的医学知识,刚开始见到上帝时不知那是癫痫引起的幻觉。其他作品里还有一些别的起因,包括宗教知识不足、教俗知识都不足、宗教退化、信仰失效等。由于危机起因不同,人物们走出危机的方式也就不同。约翰修女是在修道院和医院的帮助下治好了癫痫,对宗教、世俗和自己有了新的认识,端正了修道动机。其他作品里的人物有的在放弃无效信仰后经朋友帮助找到了新上帝,确立了新信仰;有的通过回忆和对比最后退出了无可救药的旧教派,皈依了较有希望的新教派;有的在身边人的帮助下对宗教和上帝有了更全面的认识;有的在反思人生挫折的过程中开始意识到信仰的必要性。但这些具体差异并不妨碍我们研究这些作品共同的后世俗特点,而且还能反映后世俗小说的真实状态和丰富性。

至于这些作品共同的后世俗特点,上面在与麦克卢尔的描述作对比的过程中谈到一些,这里围绕它们的教俗观稍作归纳。首先,这些作品都比较尊重宗教。无论是早皈依的、刚皈依的还是准备皈依的人物,他们对待宗教都持真诚的态度,皈依宗教不是为了将信仰部分化,而是为了寻找能提供保护、答案和方向的完整信仰。皈依之后,他们也遇到过问题和危机,但他们没有放弃,而是通过主观努力和外界帮助重构自己的信仰或信仰的对象,最终走出了危机,不同程度地实现了自己的愿望。其次,在对待世俗的态度上,这些作品里的人物也不是一味批判。他们皈依宗教多少都与世俗生活里的危机有关,但皈依的目的基本上都是认识和克服世俗危机。确实有人物开始时想通过皈依宗教来脱离世俗世界,但随着对宗教认识的加深,他们对世俗的认识也开始发生变化,对教俗关系的不可割裂性有了越来越多的理解。有些世俗人物在思想境界上甚至超过资深牧师,反映了世俗信仰的精神高度,从世俗角度强调了教俗对话的必要性。

根据后世俗小说的这些不同于麦克卢尔的描述的特点,以及哈贝马斯等人的不同于解构性后现代主义观点的建构性后世俗观,本书试图以"心灵的重构"为题对后世俗小说再作些研究。"心灵"在汉语和英语里都可以指"内心、精神、思想"①,在英语里还可以指"坚定的信仰"②,在这里指包括信仰在内的精神世界,对应于麦克卢尔《部分信仰》里的"信仰"。本书书名里的"重构"对应于麦克卢尔书名里的"部分",以强调后世俗小说里与解构性后世俗观有关但又不同的建构性后世俗观。

三

本书的主体部分由八章构成,每一章重点讨论一部作品。下面就逐一介绍各章的关注重点和相关作品的主要内容。

第一章主要讨论戈德斯坦(Rebecca Newberger Goldstein)的《上帝存在的 36 个理由》对有无上帝存在这一问题的探讨。主人公卡斯先后学过医学、文学和心理学,如今在大学里教授宗教心理学。他的初恋是人类学博士,前妻是诗人,现任女友是博弈论教授。由于涉猎广泛,又习惯用不同视角看待自己和世界,他就成了书里知识最丰富、思想最开放、最有资格参与教俗对话探讨上帝是否存在等问题的人。是他的博士导师约纳斯对哈西德派犹太教的爱好引起了他的宗教兴趣。约纳斯知识渊博,但思想封闭,反对一切科学,研究宗教主要关注其神秘内容。他与拉比会面闭口不谈后者感兴趣的世俗话题,只探讨宗教仪式里细枝末节的意味。卡斯不按他的建议在博士论文里研究土豆布丁的宗教意义,不随他去以色列追逐他的宗教梦,也是在拒绝他的封闭。与极端有神论者约纳斯相反,卡斯的现任女友露辛达是个极端无神论者。她把自己擅长的博弈论奉为圭臬,反对包括宗教在内的一切非理性领域,令人想起"9·11"后出

---

① 中国社会科学院语言研究所词典编辑室编:《现代汉语词典》(第 7 版),北京:商务印书馆,2016 年,第 1455 页。锡塞尔顿解释"soul"的基本意思时用的是"spirit"和"mind"。Anthony C. Thiselton, *A Concise Encyclopedia of the Philosophy of Religion* (Oxford: Oneworld, 2002), 288.

② 惠斯廷用的是"deep convictions"。J. Wentzel Vrede van Huyssteen et al, *Encyclopedia of Science and Religion* (New York: Macmillan Reference USA, 2003), 820.

现的新无神论者。因无法接受卡斯在其著作《宗教幻觉种种》大获成功后得到哈佛大学聘书等事实,她离开了卡斯。自诩为有神论者的诺贝尔经济学奖得主菲德利慕名要与他眼里的无神论者卡斯在哈佛举行辩论,彻底解决上帝是否存在的问题。辩论中,菲德利声称上帝是超验目的和最高权威,没有上帝就没有道德,就会发生"9·11"这样的事件,而且因为上帝不变,道德也不变。卡斯则指出,世上充满痛苦,不受到上帝保护;有无上帝都是信念,不可证明,但不可证明的信念也能产生实效,对人生的影响往往大于道德标准;道德的走向不是由上而下,而是由此及彼,人们遵守道德不是出于对上帝的畏惧,而是出于自己的道德感和道德自身的约束力;道德和科学一样,一直都在发展变化。赢得了辩论的卡斯最后又否定了菲德利强加给他的无神论立场,说自己从不全盘否定宗教,因为真实的宗教形形色色,有的博大精深、开发生命,有的简单幼稚、压抑生命,所以判断宗教应从实际而不是理论出发。卡斯自己的宗教观就是形成于他与宗教的实际接触。他亲眼见到老拉比既通宗教又谙世俗;历史悠久的哈西德教派在改革中保持活力;老拉比的儿子阿扎利亚为了教派利益而放弃个人利益。正是根据自己的实际经验,卡斯写出了享誉世界的《宗教幻觉种种》,驳斥了证明上帝存在的 36 个传统理由,试图说明,上帝只存在于人们的幻觉中,无法证明,但宗教幻觉不一而足,有消极积极之分,不能一概否定。总之,卡斯不是脱离实际的无神论者或有神论者,而是尊重实际的后世俗主义者,能令人想起实事求是的马克思主义宗教观。① 戈

---

① 马克思在《黑格尔法哲学批判》("Critique of Hegel's Philosophy of Right," 1844)里说"宗教是人民的鸦片",提出应废除宗教,因为"废除作为人民的虚幻幸福的宗教是他们的真实幸福的要求"。但他也承认:"宗教里的苦难既是现实苦难的表现,也是对现实苦难的抗议。宗教是被压迫生灵的叹息,是无情世界里的感情,是无魂环境里的灵魂。"[John Raines, ed., *Marx on Religion* (Philadelphia: Temple University Press, 2002), 171.] 因此,雷恩斯认为马克思深知宗教是下层人民表达痛苦、反抗压迫的"积极道德力量",没有简单地全盘否定。(John Raines, ed., *Marx on Religion*, 5.)特纳也认为马克思不是一个"简单的无神论者",而是清楚"简单的无神论",即那种直接否定和废弃有神论主张的无神论,与它所简单拒绝的有神论一样,都是观念性的",因而能"超越"简单绝对、"二元对立"的"观念性"无神论和有神论,对宗教作实事求是的研究。[Denys Turner, "Religion: Illusions and Liberation" in *The Cambridge Companion*(转下页)

德斯坦认为小说比她所学的哲学更适合表现宗教,在这部作品里很好地把学术语言和文学语言结合起来,深刻而又生动地表现了后"9·11"时代的教俗对话。

第二章讨论的是盖恩斯(Ernest Gaines)的《死前一课》里上帝如何在后世俗时代助人重获尊严。这部作品里的一个后世俗标志就是两个脱离宗教多年的非裔主人公(种植园小学教师格兰特和种植园雇工杰弗逊)现在又求助于宗教,以改变他们无望的世俗生活。事由是杰弗逊无意中卷入了一起杀人案,律师在为他辩护时说他是不具作案智力的猪,可他还是被判了死刑。杰弗逊的教母埃玛小姐决意帮杰弗逊找回尊严,使他能像人而不是猪一样走向电椅。由于体力和能力有限,她把这一任务交给了当地受教育最多的格兰特。格兰特对完成任务毫无信心,考虑到:(一)他不可能在几个月内做成埃玛小姐二十多年也没能做成的事;(二)他缺乏帮杰弗逊树立信仰、获得尊严所必需的信仰和尊严;(三)三百多年的种族歧视已使悲观绝望、自暴自弃成为非裔男性根深蒂固的心态。在女友维维安的鼓励下,在埃玛小姐、娄姨和安布罗斯牧师的协助下,格兰特从杰弗逊喜欢的音乐入手,试着与甘愿做猪的杰弗逊交朋友,循序渐进地感化和提升他。同时,在与杰弗逊、维维安和安布罗斯牧师等人的深入交流中,在广大非裔的热情支持下,格兰特对自己、非裔、人类,以及宗教的看法

(接上页)*to Marx*, ed. Terrell Carver (Cambridge, UK: Cambridge University Press, 1991), 320—337.] 吕大吉和高师宁指出,马克思对宗教的批判有一个变化过程:"马克思,特别是恩格斯一生对待宗教的态度有一个从激烈否定到比较温和的过程。"在恩格斯的《论早期基督教的历史》(1894)等晚期论述中,"恩格斯虽未明确地宣称放弃或改变他和马克思在青年黑格尔派时期那种消灭一切宗教而后快的激烈批判态度,但确也没有再像过去那样继续把宗教当成社会主义事业不共戴天的敌人"。(吕大吉、高师宁:《马克思主义宗教理论研究》,北京:中国社会科学出版社,2011年,第287—289页。)总之,马克思主义的宗教观实事求是、与时俱进,很好地反映了真实宗教的复杂性。在国内外有关研究的基础上,党和政府根据实际总结出我国宗教的"五性说"——"长期性、复杂性、群众性、民族性、国际性",进一步发展了马克思主义宗教观。中共中央、国务院:《中共中央、国务院关于加强宗教工作的决定(中发〔2002〕3号)》,载国家宗教事务局党组理论学习中心组编:《中国特色社会主义宗教理论学习读本》,北京:宗教文化出版社,2014年,第153—175页。

也发生了很大变化。他认识到,宗教虽然包含谎言和压抑,长期被白人所滥用,但也能在非裔生活中起到指引方向、抚慰心灵、凝聚力量等积极作用,所以应该加以利用。盖恩斯把杰弗逊的判刑日安排在耶稣诞生日之前不久,把杰弗逊的行刑日安排在耶稣受难日之后不久,把杰弗逊在格兰特的帮助下发生巨大变化的过程安排在耶稣的生日和受难日之间,显然想把杰弗逊与耶稣联系起来。在成功地与杰弗逊做了朋友并使他与埃玛小姐也做了朋友之后,格兰特就以耶稣为榜样鼓励杰弗逊做英雄,为更多的人做好事,希望他能通过充分体现非裔的人性和尊严打破白人的白尊黑卑的神话,激励非裔争取平等权利的斗志。在此过程中,格兰特先后安排学生和非裔民众去监狱看望杰弗逊,使他看到了人们对他的关心和期待。行刑那天,曾被白人称作猪的杰弗逊果然不负众望,以耶稣那样的尊严昂首挺胸地自己走上了电椅。目睹了杰弗逊的全部变化的副狱长保罗称赞格兰特是"了不起的教师"。格兰特之所以能在改变杰弗逊一事上胜过安布罗斯牧师,一个重要原因就是他不像安布罗斯牧师那样保守自负,而是更有后世俗意识,更懂得如何与宗教和杰弗逊进行开放友好、行之有效的对话。在依照神的形象教会了杰弗逊如何面对死亡的同时,格兰特自己也学会了如何面对生活。

第三章主要讨论萨尔兹曼(Mark Salzman)《夜不能寐》的女主人公约翰修女如何在教俗对话中不断加深对宗教、世俗和自己的认识,提高自己的修道境界。约翰修女的名字是她进修道院后根据著名圣徒和诗人圣十字架约翰(St. John of the Cross)的名字自己改的。她原名是海伦,从小跟外公外婆一起生活,不知父亲是谁,跟外地的母亲很少联系。缺少父母关爱、外婆管教较严、上的是教会学校等情况使约翰修女从小就排斥世俗,向往宗教。在一次圣诞节弥撒上,听到牧师说上帝的视角能使人发现地球之美,她便决定终身修道。约翰修女所进的修道院属于以修道刻苦、冥思深刻而著称的赤脚卡迈尔教派(Discalced Carmelites)。到故事开始时的1997年,她已在这里度过28个春秋,在修道和创作上取都得了骄人的成就。可就在这时,她经诊断得了颞叶型癫痫。故事主要围绕她认识疾病、接受手术、适应术后状态这三个部分展开。在认识疾病在多大程度上扭曲了她的修道和创作、使她的成就变为毫无真理可言的幻觉的那一部分，作家通过她的零散回忆，介绍了她将近50年的生活经历。这么多年里，宗教和世俗在她的理解中一直是对立的，没有什么对话。她进修道院就是为了脱离世俗寻找天堂。开始修道之后，她越来越发觉这一任务的艰巨性，到了第13年也没能见上基督一面。这一年，她母亲有一天来修道院找她断绝母女关系，因为她母亲已经以单身女人的身份再婚了，怕约翰修女的出现会破坏她的家庭。约翰修女立即开始寻找"最具杀伤力的话"，却在无意中看到母亲胸前的廉价胸针及其所代表的失败，想起了仁慈的上帝，最后就叫母亲放心并许诺要为她的家庭祈祷。但这次对话并没有改变约翰修女对世俗的基本看法。在去医院查找头疼根源的路上，她依然觉得修道院和世俗世界的差异如同永恒和虚无的差异。正是因为怕失去自己的成就和声誉再退回世俗的虚无，她对是否做手术治癫痫犹豫不决。艾伦德神父给她的建议（"上帝第一，他人第二，自我最后。"）点出了她危机的症结，使她作出了正确的选择。再次来到医院接受手术时，约翰修女对世俗世界的看法开始发生变化。她发现医院与修道院有相似之处，包括都认为合作比个人成就重要、都在努力为他人服务。癫痫治愈、幻觉消失之后，约翰修女觉得失去了模式和意义，开始怀疑一切。谢泼德医生安慰她说这种感觉很普遍，他当年就因为意识到自己学医初衷不正而差一点放弃医学，只是在得知其他学医者的初衷也都不够端正之后才坚持下来。谢泼德医生不仅用精湛的医术治愈了约翰修女的癫痫，还以高尚的医德化解了她的困惑，令她在他身上看到了基督。世俗观变了，约翰修女也有了重新认识宗教的新视角。正是通过这一新视角，约翰修女认识到自己28年来的修道不是为了上帝和他人，而是为了自己，从而决定端正动机重新开始，像基督那样脚踏实地地奋斗到底。

第四章主要围绕米尔豪泽(Steven Millhauser)的《马丁·德莱斯勒》里的主人公马丁的创造经历，讨论创造与信仰的关系。小说聚焦于马丁从9岁(1882年)到33岁这24年的生活。这是一个以爱迪生(Thomas

Edison)为标志的梦想盛行、发明成风的"爱迪生时代"(1879—1900)。马丁的生活地点是当时有"创业之都"之称的纽约。在这样的氛围里,马丁9岁时就做出了他的第一项发明,为家里的雪茄店发明了一棵便于展示不同雪茄的雪茄树。14岁时,八年级还没毕业,他就因为"勤奋""规矩"和"可靠"而被凡德林宾馆雇为服务员。18岁时,他被宾馆经理提拔为秘书。20岁时,他贷款买下濒临倒闭的博物馆,把它改造成餐馆,获得成功。不久,他辞去宾馆的工作专心经营餐馆,开办的几家分店也都生意兴隆。这时,凡德林宾馆陷入危机,马丁卖掉餐馆买下宾馆进行改造,又获成功。接着,马丁先后建成了德莱斯勒和新德莱斯勒这两家广受欢迎的宾馆。小说最后写了马丁在33岁时建成一座名叫大宇宙、旨在取代"上帝的地球"的宏大建筑,结果经营失败。这一悲剧性结尾在小说的开头就有所预示。在介绍完马丁从卑微的出生登上了"梦幻般好运的顶峰"之后,叙述者预言说:"这是一种危险的特权,因为神会忌妒地盯上它,等待差错出现,哪怕是小差错,最后使一切都化为泡影。"马丁之所以能登上"梦幻般好运的顶峰",离不开他的三样特殊素质——统观一切的视角、包罗一切的理念和创造一切的意志。他对自己的局限性也有所意识,承认自己的成功离不开"友善的力量"的牵引。但随着成就的增多,他开始轻视这种"友善的力量",甚至把广告师哈文顿看作上帝。听着哈文顿谈论广告如何使破烂变至宝,马丁觉得"上帝、宇宙之王、美国之神"就在面前。对于越来越自以为是的马丁,"友善的力量"在大宇宙项目开业时松开了他的手。伴随着事业上的失败,马丁的婚姻也解体了。他当年是在不确定自己和卡罗琳是否真心相爱的情况下结的婚,令朋友觉得他仿佛不是生活在"上帝的地球"上。那是一个高楼淹没教堂、上帝被人遗忘的世俗化时代。著名作家惠特曼(Walt Whitman)和詹姆斯(Henry James)当时都指出纽约物质建设与精神建设严重失衡的问题,预言了精神建设滞后会拖累甚至毁掉物质建设。马丁尽情享受创造的快感,在追逐个人梦想的道路上越来越无视"上帝的地球"上的客观规律和社会需求,最终让他的大宇宙变成一座人去楼空的空想纪念碑。马丁的失败证实了有识之士们的预言,也使他开始意识到信仰对于避免创造"迷路"的必要性。

第五章讨论的是沃克(Alice Walker)的《紫色》中的神学思想对女性命运的影响。评论界长期认为《紫色》是写非裔女性悲惨命运的小说,对此沃克一再表达不满,说它是"神学作品",写的是女性人物如何把上帝由白人男性变成没有种族和性别特征的抽象神性。这一神学内容之所以长期被忽视,与世俗主义影响不无关系。而要认识这一内容的重要性,就必须联系女性人物们的命运。其实,书里女性人物们的命运与她们的上帝观密切相关,成一种正比关系。她们纠正自己的上帝观的过程,就是她们对自己所受苦难的原因、克服苦难的途径、争取解放的前景等问题的认识不断深化的过程。这是一部由塞利和耐蒂姐妹所写的90封书信构成的书信体小说,但小说的第一句话并不是她们说的,而是父亲给塞利的警告:"除了上帝,你最好别对任何人说。那种事会把你母亲气死的。"他所说的"那种事"就是他在塞利14岁那年强奸了她。随后,塞利就给上帝写了第一封信,祈求上帝帮她理解自己的不幸,由此开始了她与上帝关系的第一个阶段。她给上帝的56封信大多写于这一阶段。在这些信里,她向上帝述说和祈祷,却一直得不到回应。父亲不断蹂躏她,使她在生了两个孩子后丧失了生育能力,也把她病中的母亲气死了。被迫嫁给阿尔伯特后,塞利遭受新的欺凌。为了躲避父亲和阿尔伯特的伤害,耐蒂跟一对传教士夫妇去了非洲。总之,父亲强加给塞利的上帝是个"坐在天上靠装聋作哑来作威作福"的白人老爷形象。这是塞利在得知父亲不是生父后对舒格说的,就此结束了她与上帝关系的第一个阶段。她不给上帝写信了,开始给在非洲传教的耐蒂写。这是塞利生平中的世俗化阶段,主要原因是她的知识多了,除了知道父亲不是生父、他所强加的上帝不关心非裔女性,还知道阿尔伯特为了报复敢于反抗他的耐蒂而截留了她写给塞利的所有信件。是舒格设法找到了阿尔伯特截留的信件,让塞利和耐蒂恢复了联系。舒格提供了上帝所不能提供的帮助,也接替上帝成了塞利的倾诉对象。第三个阶段始于舒格向塞利介绍了一个新上帝,这个上帝不是他或她,而是它,是内在于万物的神性,人人生而有之、因之平等。这种上帝观给了塞利自信和方向,使她有勇气离开阿尔伯特跟随舒格外出工作,"走进天地万物"。思想得到解放的塞利也有了创意,所做的裤子新颖实用、广受欢迎,不久就成立了自己的裤业公司,经济上获得了独立。塞利上帝观的变化在耐蒂上帝观的变化中得到呼应。在给塞利的信里,耐蒂根据自己的传教经历谈了对上帝的新认识,即上帝是无形的、多元的、强加不得的。这一新上帝也让耐蒂感到"获得了自由"。塞利的最后一封信记录了她和耐蒂、舒格等自由非裔女性的大团圆。这封信又是写给上帝的,但有一个明显差异,那就是在它的开头称呼里,"亲爱的上帝"一前一后出现了两次,中间夹着"亲爱的星辰、亲爱的树木、亲爱的天空、亲爱的人类、亲爱的一切",以强调这个上帝内在于一切、让一切平等的特点。

第六章讨论的主要是鲁宾逊(Marilynne Robinson)的《基列德》如何通过一个三代牧师之家的故事反映宗教的百年衰变以及这一衰变对于种族关系恶化的责任。小说的叙述者和主人公是这个牧师之家的第三代牧师艾姆斯。故事开始时,艾姆斯已经76岁,因心脏不好朝不保夕,便决定给年幼的儿子写一封遗书,表达他对他们母子的遗憾和祝愿。但在写作过程中,这一初衷被逐渐淡忘,起初简单的自我表白变成对复杂社会问题的曲折探讨,其中加进了大量以艾姆斯家族史为主线的历史回顾和以艾姆斯与其教子杰克的纠葛为焦点的现实描写。历史部分始于以布朗(John Brown)领导的武装废奴运动为标志的19世纪50年代,终于以民权运动为标志的20世纪50年代,其中的主要人物是艾姆斯家的三代牧师——祖父、父亲和艾姆斯本人,所表现的主要是他们对待黑人的不同态度。祖父16岁时梦见耶稣叫他解放黑奴,便加入了布朗的队伍,后来又率众参加了南北战争,为废奴事业舍生忘死。到了父亲这一代,争取种族平等的热情开始冷却,信奉和平主义的父亲反对一切暴力。在他担任牧师期间,基列德的种族关系开始恶化,发生了黑人教堂被烧事件。艾姆斯接任牧师后,种族关系进一步恶化,黑人居民最终全部搬离基列德。告别时,黑人牧师向艾姆斯表示了他们的"难过"心情,说小镇对他们有过"很大意义",但艾姆斯从未想过小镇对他们有过什么意义以及这种意义是怎么消失的。就在种族关系严重恶化、黑白通婚极不可能的背景下,艾姆斯叙述中的现在部分开始了,其中的新主人公是他的教子杰克。这个当年的问题青年出走20年后又回来了,想通过其教父的影响为黑人妻子和混血儿子在基列德找一块立足之地。艾姆斯不但没有想到杰克会有这样的返乡目的,还把杰克接近他及其妻子莱拉误解成要在他身后取代他。正值民权运动初期,在与黑人妻子的挚爱中改邪归正的杰克返回基列德的行为具有特殊意义。相信预定论的艾姆斯不信杰克会变好,也不信黑人改变社会地位的斗争能奏效。但熟悉生活的莱拉懂得杰克,当着杰克的面对艾姆斯说出"一切都会变"。直到听了杰克亲口解释,艾姆斯才明白杰克返乡的真正目的,才意识到具有光荣废奴传统的基列德的堕落以及他对于这一堕落的责任。艾姆斯虽然博学多识、一心向教,但他忘记宗教本心、脱离现实生活,反映了宗教的堕落。这种堕落集中表现在他对种族不平等麻木不仁。他也缺乏祖父的那种舍生取义的意愿和勇气。比较而言,没上过神学院但生活经验丰富的杰克和莱拉更能理解宗教的精髓,在信仰和勇气上更接近祖父。在与他们的对话中,在表现这一对话给他带来的冲击和启发的写作中,艾姆斯加深了对自我、种族关系和宗教的社会责任的认识。

第七章主要讨论厄普代克(John Updike)的《恐怖分子》对宗教与恐怖主义关系的思考。此书以"9·11"事件为背景,写了"9·11"纪念日那天新泽西州新景象市的一个恐怖组织对连接新泽西和曼哈顿的林肯隧道发动的一次未遂袭击。开着炸药车去执行任务的艾哈迈德是一个在美国土生土长的穆斯林青年。通过他和其他人物的经历,厄普代克表现了宗教和世俗两方面的影响在恐怖主义产生过程中的作用。书里的教俗对话主要发生在艾哈迈德和杰克之间。故事开始时,艾哈迈德是新景象市中央高中毕业班品学兼优的学生,辅导员杰克在劝他升学深造的过程中了解到他是穆斯林、对美国的高等教育乃至整个社会非常敌视、教了他七年阿拉伯语和《古兰经》的阿訇拉希德对他影响很大，他已决定按拉希德的建议毕业后当货车司机等情况。杰克能够接受艾哈迈德对美国社会信仰缺失、道德堕落等问题的指责，但也觉得他的看法简单绝对，开始对他背后的拉希德产生警惕。通过艾哈迈德的母亲，杰克了解艾哈迈德毕业后的情况，在接到供职于国土安全部的大姨子赫尔迈厄尼的紧急电话后很快就找到了艾哈迈德的炸药车，与他坦诚对话，最终帮他用有爱的公正上帝取代了拉希德灌输的那个无爱的极端上帝，使他主动放弃袭击任务去警察局自首。在这场反恐斗争中，以杰克为代表的世俗一方取得了胜利，但杰克也通过艾哈迈德的视角进一步看到世俗美国的腐败堕落和宗教信仰的积极作用。杰克成功的思想工作与国土安全部失败的打击行动形成了对照。国土安全部想以打入恐怖组织内部的查理参与策划的恐怖袭击为诱饵，把恐怖分子吸引出来一网打尽。但查理因过早暴露而被杀害，炸药车一时不知去向，作为圈套的恐怖袭击险些弄假成真。这一对照有助于强调思想工作在反恐中的重要性，质疑政府为"9·11"所开展的军事报复。厄普代克多角度表现恐怖主义根源的复杂性，也是在批评简单粗暴的反恐做法。小说里恐怖主义的根源有宗教和世俗两类。宗教类根源包括伊斯兰教中被拉希德等恐怖分子极端化了的观点和基督教中被国土安全部部长哈芬瑞福等粗俗信徒极端化了的观点。这些极端化的宗教都与爱无关，是恐怖主义和打着反恐旗号的恐怖主义的工具。小说里恐怖主义的世俗根源有自由主义、消费主义、道德堕落、贫富分化、霸权主义对外政策等。正是由于恐怖主义的根源错综复杂，耐心细致的思想工作就必不可少，尤其是对于艾哈迈德这样被蒙骗和利用的年轻人。除了杰克，书里还写了乔瑞林、黑人牧师、查理等人先后与艾哈迈德进行不同形式的对话，从情感、宗教和历史文化等角度开导和提升他。这部以学校为主要场景、以青年为主要人物、以劝说为主要行动的作品，围绕宗教与恐怖主义的关系强调了两点：一是要关注头脑简单、易被蛊惑的青年信徒；二是要重视思想教育，帮助青年信徒客观全面地认识宗教和社会。

第八章主要讨论多克托罗（E. L. Doctorow）的《上帝之城》中有关改

造上帝对于改造人类的必要性的探讨。这部小说的书名借自圣奥古斯丁(Saint Augustine)的有"基督教的第一部历史哲学著作"之称的《上帝之城》(*The City of God*,413—425)。圣奥古斯丁的《上帝之城》旨在为基督教辩护,其中描绘了充满爱、和平和正义的上帝之城,表达了世人之城(包括被称为"永恒之城"的罗马帝国)必败、上帝之城必胜、世人之城必将被上帝之城取代的历史观。多克托罗的《上帝之城》则不是要为基督教辩护,而是要通过牧师主人公潘姆更改信仰的故事对它进行反思。小说回顾了第一次世界大战(以下简称一战)、第二次世界大战(以下简称二战)、越南战争(以下简称越战)等20世纪的重大灾难,尤其是纳粹对犹太人的迫害;写了潘姆在这些灾难中,在教会对他的反思言论的压制中,看到了"耶稣的追随者领错了路",使人们"走了两千年的弯路"。根据这一认识,潘姆退出了基督教,加入了以撒拉为代表的进化派犹太教。此教派的一项主要活动是研讨犹太教传统,用现代知识对它进行甄别。这一反思活动基于撒拉的三个主要观点:反思是犹太教传统的一个部分;时代的变化提出了新的问题,有文化的人也多了,反思传统有了新的必要和可能;传统界定的是信徒自己,不是上帝和宗教的实质。赞成这些观点的物理学家塞利格曼指出:拒绝现代知识的正统派所崇拜的其实是祖先,不是上帝;祖先的知识有限,他们发明的上帝也有局限;如今人们知道宇宙的年龄约为150亿年,知道宇宙是大爆炸的结果而且还在继续扩大,知道宇宙包含多个由数百万星球构成的星系、星系群和有待认知的黑洞,知道宇宙并非造物主所造的唯一宇宙,知道造物主比这一切都大,因此拒绝现代知识的传统主义者已无法提供一个可信的上帝。长期在寻找可信上帝的潘姆在这种教俗对话中看到了希望。他把上帝的发展变化看作人类发展变化的前提:"如果我们想改造自己,我们就必须改造您,主。"这种改造的目的用撒拉的话说,就是将已经堕落成"杀人的许可证"的上帝改造得能引领人类建设上帝之城,使人类"生活在道德结果之中"。多克托罗的《上帝之城》里充满反思,除了潘姆和撒拉对宗教传统的反思,还有爱因斯坦对物理学传统的反思、维特根斯坦对哲学传统的反思、米德拉什组合和辛纳特拉对经典歌曲的反思、埃弗里特对两次世界大战的反思、越战老兵对越战和战争史的反思等。所有这些反思都试图在回顾灾难深重的20世纪的过程中客观总结经验教训,为"走了两千年的弯路"的人类能够顺利进入新千年和上帝之城建设新阶段而寻找一条新路。

结语部分将介绍格里芬(David Ray Griffin)和科布(John B. Cobb, Jr.)等学者在怀特海(Alfred North Whitehead)过程哲学(Process Philosophy)基础上创建的建构性后现代主义和后现代神学,再结合后现代神学回顾一下本书所讨论的后世俗小说。后现代神学出现在20世纪80年代,早于哈贝马斯的后世俗理论,没有使用后世俗这一概念,但在倡导教俗对话这一点上与后世俗理论是一致的。如同后世俗理论,后现代神学也有很强的建构性。后世俗理论试图通过教俗对话建构民主共识,解决教俗分歧所导致的社会问题。后现代神学试图通过教俗对话重构神学,为公共决策提供新的价值标准,解决现代性对神学的破坏所造成的精神堕落和社会弊病。后世俗理论从社会学角度倡导教俗对话,有助于我们理解后世俗小说的社会学内容。后现代神学从神学角度倡导教俗对话,有助于我们理解后世俗小说的神学内容。

以上介绍可让我们看到,后世俗小说并非都符合麦克卢尔的理解。他理解中的后世俗小说虽然超越了世俗小说[①]开始关心宗教和教俗关系,但这种关系主要表现为互相批判和弱化的对立关系,不是互相学习和

[①] 这里说的世俗小说,指的是体现了"世俗时期"(从文艺复兴到20世纪后期后世俗主义出现)社会对宗教的主流态度的小说,并非所有小说。其实,这一时期也有不少借鉴宗教的小说。《剑桥美国小说史》里有两章分别介绍了成就较大的19世纪和20世纪美国小说在思想和语言上对宗教的借鉴。"宗教与19世纪美国小说"那一章研究的主要是当时非常流行却久被学界忽视的布道小说(homiletic novel),其作者杰克逊发现此类小说并不传统,而是相当现代,具有可观的艺术价值。他还指出:"其实,许多我们认为较为世俗的19世纪小说仍然处理恒久的精神主题或在结构上借鉴精神寓言,尽管宗教在情节方面不太重要或明显。"Gregory S. Jackson, "Religion and the Nineteenth-century American Novel," and Amy Hungerford, "Religion and the Twentieth-century American Novel" in *The Cambridge History of the American Novel*, eds. Leonard Cassuto, Clare Virginia Eby, and Benjamin Reiss (Cambridge: Cambridge University Press, 2011), 167—191, 732—749.

携手建构的对话关系。在本书所讨论的后世俗小说里,对话则远多于对立。对宗教的批判依然还有,但针对的多是落后的、被误解的或被扭曲的部分,而且批判的方式更加理性、更有建设性,麦克卢尔所说的后世俗人物不愿全心全意地信仰、只想抱着"部分信仰"待在"中间地带"的那种情况在这些作品里基本上不存在。如同《上帝之城》里的"神学侦探"潘姆,这些作品里的人物都在不同程度上寻找"可信的上帝"。他们的初衷或如《夜不能寐》里的谢泼德医生所说的那样不够端正,在前进的道路上多少都遭遇了危机和"中间地带",信仰也有部分化甚至完全丧失的时候,但他们都有从危机中查找根源和吸取教训的强烈意愿,都有热心的帮助者,最后都不同程度地找到了"可信的上帝",成功走出了危机或有了这种可能。总之,本书里的这些作品有助于补充麦克卢尔对后世俗小说的描述,丰富我们对后世俗小说的认识。

第一章 上帝的形迹:戈德斯坦的《上帝存在的 36 个理由》

戈德斯坦的《上帝存在的 36 个理由》有一个类似于学术著作的书名(全名为《上帝存在的 36 个理由:虚构作品》。以下简称《理由》),会让读者以为具有学者和作家双重身份[①]的戈德斯坦这里要借"虚构作品"的形式做非虚构的学术工作,用 36 个理由来证明上帝的存在。这就难免会引发一些问题,比如证明上帝的存在于当下有什么必要性、作家之所以要用虚构作品形式是不是因为用非虚构作品形式证明不了、这种证明能否被写成有趣的虚构作品。当然,较为根本的问题还是这部作品的主旨是否真的如其书名所示的那样是要证明上帝的存在。要找到这些问题的答案,我们就不得不深入作品中。

---

① 戈德斯坦是哲学教授。她 1950 年生于纽约州怀特普兰斯市的一个犹太家庭,1972 年以优异成绩毕业于哥伦比亚大学的波那特学院。1977 年从普林斯顿大学获得哲学博士学位后,她先后在波那特学院、拉特格斯大学、康涅狄格州的三一学院等高校教授哲学,业余从事创作,在《理由》之前发表了五部小说——*The Mind-Body Problem* (1983), *The Late-Summer Passion of a Woman of Mind* (1989), *The Dark Sister* (1993), *Mazel* (1995), *Properties of Light* (2000)。她的作品关注大脑与肉体、精神与物质、理性与感性、传统与身份、宗教与世俗的复杂关系,富有形式试验和思想探索。《理由》面世后被《基督教科学箴言报》评为 2010 年最佳小说。由于在此书里成功塑造了一个"有灵魂的无神论者",戈德斯坦被誉为"有灵魂的哲学家小说家"。

第一章　上帝的形迹：戈德斯坦的《上帝存在的 36 个理由》　35

一、结构与主旨

翻开小说，我们首先看到的是一个非常正式的目录，里面整整齐齐地排列着全书 36 章的 36 个标题。每个标题都以"The Argument from"这三个词开始，似乎概括了每章所表现的一个有关上帝存在的理由，总共 36 个。36 章标题之后是附录，其标题与小说的主标题一样，也是"上帝存在的 36 个理由"。目录的最后还有致谢。总之，这个目录在形态上与学术著作的目录相去无几，让人觉得此书俨然是一部神学著作。

那么，此书究竟是学术著作，还是如其副标题所示，是一部小说呢？其实，只要细看一下正文部分的目录，尤其是那 36 个"The Argument from"后面的词语，再把这些词语与附录部分的目录中那 36 个"The Argument from"后面的词语稍加对比，就能形成一个初步的概念。附录目录中那 36 个"The Argument from"后面的词语都大而抽象，比如"宇宙论""本体论""设计论"等，而正文目录中那 36 个"The Argument from"后面的词语都小而具体，比如"难以置信的自我""露辛达""有斑点的物体"等。显然，附录目录里的词语更加正式，更像来自学术著作；正文目录里的那些词语则不太正式，不像来自学术著作，更像来自小说。正文目录里还有"反讽的永恒性""极度的孤独""奇怪的笑声""尸骨""偏见""庄严的感情""沉默拉比的舞蹈"等与人物的命运、心理、反应、状态、观点、动作等有关的词语，也能表示此书是小说。

不过，此书的目录也告诉我们，如同此书的书名不是纯粹的小说书名，此书的内容也不是纯粹的小说内容。首先，它是由两个主要部分构成的。正文部分（约 350 页）是小说，附录部分（约 50 页）则是学术著作。①

---

① 平克非常清楚这一"非小说附录"的学术价值，在论证"没有恰当理由让我们相信上帝存在"这一观点时特意介绍了这一附录的内容。[Steven Pinker, *Enlightenment Now: The Case for Reason, Science, Humanism, and Progress* (New York: Viking, 2018), 421.] 但平克似乎并不清楚这一"非小说附录"在这部小说的形式上和主题上的价值，也不清楚作为该附录作者的卡斯对于上帝和宗教并没有持全盘否定的态度。

其次，正文部分也不是纯粹的小说，因为 36 章的题目里都有"Argument"一词，表示每章除了文学任务，还有提供上帝存在理由的学术任务。那么此书的实际内容是否真的如其目录所反映的这样呢？它想证明上帝存在的任务到底完成得怎么样呢？

读完正文部分，我们会发现，故事的主人公并不是上帝，而是一位名叫卡斯的宗教心理学学者。故事的主要内容似乎与证明上帝存在没有什么直接关系，而是围绕卡斯的三次恋爱、三访原籍、一场辩论等事件讲述卡斯的生活故事。卡斯的故事是分现在和过去两个部分来讲述的。现在部分历时大约一周，过去部分历时大约 20 年。现在部分里，卡斯 42 岁，在马萨诸塞州的一所虚构的法兰克福特大学担任心理学教授。一直默默无闻并被前妻帕斯卡尔抛弃的他，近年来突然交了好运。他的著作《宗教幻觉种种》①出版后大获成功，连续 43 周出现在《纽约时报》畅销书榜上，不但广受学术界的好评，还被译成 27 种文字②畅销全球，让他名利双收。此后，喜事便接踵而至：他先是得到才貌双全的博弈学家露辛达的青睐；最近又收到哈佛大学的聘书；就在他开始考虑是否应聘的当口，他研究生时期的恋人、人类学家罗兹慕名而来；在哈佛大学组织的辩论上，他成功驳倒诺贝尔经济学奖得主菲德利教授有关上帝存在的论断。当然，发生

---

① 卡斯的著作《宗教幻觉种种》(*The Varieties of Religious Illusion*)从书名到基本观点都借鉴了詹姆斯的《宗教经验种种：人性研究》(*The Varieties of Religious Experience: A Study in Human Nature*, 1902)。詹姆斯曾将其著作的基本观点归纳为：(一)所有宗教的宏富和源头都"在于个人的神秘经验"；(二)所有的神学和教规都是"次要"和"附加"的；(三)宗教经验"属于一个比理性更深层、更有活力、更实际的领域"，因而"没有恰当的理性表达"，"也不会被理性辩论和批判所破坏"；(四)宗教"有助于我们生存"，能使我们"获得有关超感官世界的确定性"，能"给一切以意义和价值"，能"使我们幸福"，而且这一切世代相传、终古不息。[Henry James, *The Letters of William James*, v. 2 (Boston: Atlantic Monthly Press, 1920), 149—150.] 詹姆斯的这些重宗教经验轻宗教思辨的观点在卡斯的《宗教幻觉种种》和戈德斯坦的这部以卡斯为主人公的小说里都能找到相似的表达。

② 小说第 11 页上说被译成 27 种文字，第 296 页上又说是 28 种，可能是在故事进展的一周时间里又增加了一种。[Rebecca Newberger Goldstein, *36 Arguments for the Existence of God: A Work of Fiction* (New York: Pantheon Books, 2010), 11, 296.] 以下小说引文在文中标注页码，不另作注。

在现在部分里的也不都是喜事。卡斯久无音信的博士导师约纳斯在《纽约时报》上发表文章抨击他的著作和人格。见到卡斯的哈佛聘书后,露辛达出于忌妒与他分了手。最后,卡斯与罗兹重访他的原籍——哈西德派犹太教教徒聚集地新沃尔登。旧情复燃,使卡斯的故事有了一个比较美满的结尾。

卡斯故事的过去部分被分成许多片段,不规则地安插在现在部分的各章里。大致说来,这一部分可分 20 年前卡斯的大学时代和 10 年前卡斯开始工作以后这两个阶段。20 年前,正在学医的卡斯被约纳斯的学识迷住,不顾家人反对改学文学,并跟随约纳斯从哥伦比亚大学来到法兰克福特大学攻读博士。在此期间,他爱上了正在攻读人类学博士的罗兹,和罗兹一起陪约纳斯访问了新沃尔登,在那里发现拉比的 6 岁儿子阿扎利亚有数学天赋。由于卡斯不愿随迷上犹太教的约纳斯去以色列,也不愿按他的建议在博士论文里研究犹太人食物的神学意义,约纳斯就与他断绝了联系。与此同时,一心向学的罗兹拒绝了卡斯的求婚。10 年前的主要事件包括:获得心理学博士学位的卡斯开始在法兰克福特大学任教;娶诗人帕斯卡尔为妻;帮阿扎利亚进麻省理工学院学习数学;阿扎利亚因父亲去世而放弃学习机会,回新沃尔登接任拉比。

在这 20 年里,卡斯先后受到对宗教感兴趣的约纳斯、罗兹以及哈西德教派老少两位拉比的影响,再加上他本人在哈西德派教徒中的亲身体验和对宗教心理的深入研究,他对上帝和宗教的态度发生了巨大变化,从一个无知的无神论者变成一个有知的有神论者。其实,在写《宗教幻觉种种》时,他已经超越无知的无神论,开始以实事求是的态度研究宗教,但由于该书的主题是"彻底推翻(有关上帝存在的)这些理由对于宗教经验中的实际感受并不会产生什么影响"(11),他还是被读者看成无神论者或"有灵魂的无神论者"。故事结尾,听到他引用朱莉安(Julian of Norwich)[①]的

[①] 朱莉安(1342—1416?),著名神秘主义者,出生并生活在英国诺威奇(Norwich)。她的《圣爱的显现》(*Revelations of Divine Love*)被公认为记录中世纪宗教经验的重要文献。

话来预言美好未来,罗兹觉得这个"闻名全球的无神论者"的宗教观完全被世人误解了(339—340)。

总之,《理由》里的上帝并不像《失乐园》里的上帝那样是一个人物,戈德斯坦也没有像弥尔顿用上帝的具体言行证明上帝英明那样证明上帝存在。

既然上帝在《理由》里不是一个具体人物,没有能证明他存在的任何言行,那么戈德斯坦是否就把他当作抽象品质来证明呢?答案也是否定的。在那个与小说同名的附录里,作者罗列了上帝几乎所有的抽象品质,包括第一因、必然性、完美现实、最高智慧、道德支柱等,但这些抽象品质被罗列出来并不是作为上帝存在的证据,而是作为批判的对象。这一批判不是戈德斯坦直接作出的,而是通过卡斯间接作出的。戈德斯坦把这个附录写成卡斯《宗教幻觉种种》一书里的附录,而她只是移花接木,把这个最受卡斯的编辑和读者推崇的附录拿来做自己作品的附录。戈德斯坦这么做除了能沾卡斯的光,也能方便读者了解卡斯的才华。当然,戈德斯坦让卡斯写这样一个充满批判性和无神论色彩的附录,也是给了他充足理由的,那就是他发现所有用这36种抽象品质来证明上帝存在的理论都不同程度地存在逻辑上的问题。

卡斯的这一批判还基于一个来自实践的重要发现,那就是无论人们怎么批判有关上帝存在的理由、怎么辩论上帝是否存在的问题,都不会对宗教经验产生多大影响。这就是说,他批判上帝存在的理由并不是出于无神论立场。他也不认为自己是无神论者。当然,由于公开批判了有关上帝存在的36个常见理由,他也难以被看作有神论者,尽管他非常尊重宗教。他说过,有神论和无神论都是信仰,而信仰是无法从理论上加以证明的。可以说,他是站在一个富有宗教经验的宗教心理学学者的立场上,以超越了脱离实际的有神论和无神论的客观态度,来批判那些理由的。

卡斯对待宗教的这种态度在一定程度上代表了戈德斯坦的态度。戈德斯坦出生于一个笃信犹太教的家庭,从小到大一直是正统的犹太教信徒。直到大学阶段后期,她才"放弃上帝",成为一个"快乐的小无神论者"。之后,她依然"极为关注犹太人",但"上帝却没有在这当中出现过"。如同卡斯,戈德斯坦也对研究犹太教怀有浓厚兴趣,"曾在不同犹太教会堂做过住堂学者"①。至于创作《理由》的动机,戈德斯坦解释说:"我之所以写那本书,是因为我觉得道金斯②等新无神论者身上缺少某种东西。当然,在哲学层面上,我同意他们的观点。但他们所作的激辩完全停留在理智层面。他们不知精神问题的内心感受。宗教的世界观植根于内心深处,极为生动可感。只有小说才能接近它。"③由此可见,卡斯在对待宗教的态度上确实比较接近戈德斯坦。一方面,他们都倾向于把宗教理论与宗教经验分开。另一方面,他们都有宗教经验,比那些新无神论者更清楚宗教的复杂性。这里我们也能找到本章开头提出的两个问题(戈德斯坦写《理由》证明上帝存在有什么现实意义?她为什么要用小说的形式?)的答案:批判新无神论者无视作为"内心感受"的宗教经验、把宗教问题简单化的错误倾向;小说最适合表现"生动可感"的宗教经验。

既然戈德斯坦创作《理由》主要是针对新无神论者只知理性辩论、不知内心感受、得出的无神论结论与宗教实际不符的问题,那么我们就不能根据此书像学术著作一样的书名、目录和结构,以为此书的主旨就是依靠理性,像新无神论者证明上帝不存在那样证明上帝存在,就要对此书从形

---

① Luke Ford, "Novelist Rebecca Goldstein—The Mind-Body Problem. I Spent 90-minutes over the Phone with Her Tuesday Afternoon, April 11, 2006." <www.lukeford.net/profiles/profiles/rebecca_goldstein.htm>. Accessed 7 June, 2023.

② 道金斯(Clinton Richard Dawkins),牛津大学生物学教授,新无神论者的核心人物之一,与英国记者希钦斯(Christopher Hitchens)、美国神经学家哈里斯(Sam Harris)、美国认知学家登尼特(Daniel Dennett)这三位新无神论者一起被称作"非天启四骑士"(Four Horsemen of the Non-Apocalypse)。他们主张用科学理性批判和清除宗教。他们的主要著作有:Richard Dawkins, *The God Delusion* (Boston: Houghton Mifflin, 2006); Christopher Hitchens, *God Is Not Great: How Religion Poisons Everything* (London: Atlantic, 2007); Sam Harris, *The End of Faith: Religion, Terror, and the Future of Reason* (New York and London: W. W. Norton, 2004); Daniel Dennett, *Breaking the Spell: Religion as a Natural Phenomeno*n (London: Penguin, 2006)。

③ Jake Wallis Simons, "There's a Third Person in this Marriage—Spinaza," *The Times* 12 March 2010.

式到内容所包含的针对理性的讽刺意味有足够的思想准备。我们先来简单看一下书里的第 8 章。在《理由》所有 36 章的标题里，这一章的标题"来自诗歌的存在的理由"比较接近戈德斯坦认为小说适合表现宗教经验的观点，因为诗歌和小说都属于看重感性而不是理性的文学。这个标题的字面意思是，诗歌的存在能证明上帝的存在。打开这一章，我们发现，"诗歌的存在"这个短语出现在一段写卡斯与同学吉迪恩所作的辩论中。吉迪恩的观点是，科学不比艺术，没有真正意义上的天才。卡斯则认为，科学领域也有极具创造力的天才。由于不满人们怀疑科学天才而不怀疑艺术天才的做法，卡斯便引用了诗人史蒂文斯（Wallace Stevens）的一句话："我们不去证明诗歌的存在。"（108）卡斯引用这句话是想说，人们根据诗歌是一种无法用理性证明的虚构性存在就以为诗人的天才也无须证明，这其实是不对的，因为理性并不是证明的唯一工具，还可以用感性工具，尤其是在主要依赖感性的诗歌领域。显然，卡斯引用这句话并不是为了证明上帝的存在。那么戈德斯坦用这句话做此章标题又想表达什么意思？是不是想说上帝如同诗歌也是一种虚构，因而证明其存在仅用理性就会重复新无神论者的错误？

为了进一步理解第 8 章标题以及《理由》书名的意思，我们再来看一下书里与证明上帝存在的话题关系最为明确的一个事件，即哈佛大学组织的一场由卡斯和诺贝尔奖得主菲德利担任辩手、旨在彻底解决上帝是否存在这一问题的辩论。辩论中，菲德利是正方，要为上帝的存在辩护。他主要是从道德角度来辩的，提出的观点包括：上帝是赋予人类行为以正确意图的"大脑"（307），是裁决道德是非的"最高权威"（315）；有了上帝，就有了道德；上帝不变，道德也不变；丧失了永恒不变的上帝和道德，人类就堕落、自私，就会出现纷争和混乱，就会发生"9·11"事件这样的悲剧。作为反方，卡斯认为上帝不存在的主要理由包括：世上充满苦难，许多人毫无选择的自由，甚至连在苦难中成长的机会也没有，所以不存在一个公正强大的造物主的保佑；既然我们早就知道上帝会赋予我们正确的意图，那么上帝就是多余的；既然上帝的裁决并不随意，肯定会有理由，那么这个理由也会使上帝显得多余;道德的走向不是由上而下,而是由此及彼,想要别人怎么待己,就必须怎么待人,因此上帝就没有存在的必要;道德是发展变化的,不是一成不变的,后奴隶制社会的道德不同于奴隶制社会的道德,因此就不存在能够确保道德永恒不变的那个永恒不变的上帝。总之,在卡斯的反驳中,上帝不是不存在就是无必要。但他并没有全盘否定上帝和信仰,而是根据他的宗教经验强调了这样两个基本观点:(一)信仰或感情态度往往先于辩论或理性认识,对人生的影响也往往大于是非标准;(二)宗教感情各色各样,有的简单幼稚、限制思考,应该否定,有的博大精深、激发活力,值得肯定,所以不能全盘否定。①

这场以卡斯的胜利而告终的辩论或许并没有如其组织者所期待的那样彻底解决上帝是否存在的问题,却能够表明卡斯乃至戈德斯坦的不少观点,其中较为重要的也是与《理由》的主旨关系较大的一点,就是缺乏"内心感受"的理性辩论难以证明上帝的存在,无论找出多少理由。在这个意义上,戈德斯坦为《理由》及其36章所起的那些类似于学术著作的名字确实具有反讽意味。也就是说,戈德斯坦只是让《理由》看上去像是在为上帝存在作理性辩护,其实不然,她是在讽刺理性的这种努力,就像讽刺在哈佛辩论中用理性为上帝辩护的菲德利那样。很大程度上,菲德利的败因就在于他相信理性胜于相信上帝。卡斯正是看清并抓住了菲德利有神论的理性主义和功利主义实质,最后将他驳倒。所以,理性辩论难以证明上帝存在这一观点还有另外一层重要意思,那就是证明上帝存在与相信上帝并不完全是一回事,它们有时是分离的,甚至是对立的,就像在菲德利身上所表现的那样。菲德利满口上帝和道德,但他简单绝对的思路和骄横跋扈的言行处处反映出其信仰的虚伪性。

至此,我们可以看到,虽然戈德斯坦是个无神论者,但她清楚上帝问

---

① 博尔对于有神论和无神论之间的争论谈了类似的看法。他认为"区分有神论和无神论之间的做法转移了人们的注意力,把分界线画错了地方",提出"关键是看有神论和无神论面对压迫时主张的是顺从还是抗议"。Roland Boer, *In the Vale of Tears: On Marxism and Theology*, V. (Leiden and Boston: Brill, 2014), 30。

题在实际经验中的复杂性以及全盘否定它的不可能性。我们还可以看到,虽然她讽刺用理性证明上帝存在的做法,更赞成使用感性或文学,但她并没有全盘否定理性在这方面的作用,因为理性在作品中可以分为脱离感性的和联系感性的两种。其实,《理由》就是感性和理性并用的:作品的正文部分用的主要是感性或文学;作品的附录部分用的主要是理性或哲学。在正文部分所列的 36 个理由中,只有一个理由的名称与附录里的一个理由的名称相同,那就是正文里的第 1 个理由和附录里的第 13 个理由。它们的名称都是"来自难以置信的自我的理由"(The Argument from the Improbable Self)。下面我们就来比较一下这两个理由,看看理性和感性是怎么处理相同话题的,都产生了哪些不同效果。

先来看附录里的第 13 个理由及其所在的第 13 节。与附录里的其他 35 节一样,此节也是由"理由""缺陷"和"评论"三部分构成。"理由"部分详细介绍了前人如何把"来自难以置信的自我"看作上帝存在的理由。其中的主要思路是:我是完全独特的,既不代表某一类型的人,也不属于古老的智人,而是一个独一无二的有意识实体,因此世上没有任何存在物能解释我的独特性,因为世上的规律只适用于一般性事物,只有世外关心我的某种存在物才能解释我的独特性;上帝是唯一身处世外又关心我们每一个人的存在物,因此就有上帝存在。"缺陷"部分指出了此理由的缺陷:用独一无二的上帝解释独一无二的我,就是用神秘解释神秘,是不可能有任何结论的。"评论"部分里,卡斯对此理由作了这样的评论:许多其他人原本有可能替代你来到人世,所以为什么来到人世的偏偏是你并没有什么必然的理由,事情就是这么发生的,在你问起你何以会来到人世之前,你已经存在于这个让你出生的人世了。

如上所示,那些把"难以置信的自我"当作理由证明上帝存在的人使用的是理性,靠理性一步一步地由自我的独特性推导出上帝的存在。卡斯讨论此理由用的也是理性,靠理性指出了用神秘解释神秘的荒谬性以及个人存在的偶然性。理由的提出者和卡斯用的都是理性,但比较而言,卡斯的观点更符合真实可感的实际,因而更有说服力。这也说明,理性若想得到正确的结论,就必须联系而不是脱离感性。

再来看《理由》正文第1章如何使用以感性为主的小说处理"来自难以置信的自我的理由"。这一章里,上述那个抽象的"自我"被具体化为两个卡斯,分别是刚接到哈佛大学聘书的现在的卡斯和他记忆中上小学六年级时的过去的卡斯。现在的卡斯在接到哈佛聘书后兴奋得睡不着,于凌晨四点来到哈佛附近的威克斯桥上,在严寒中思考"已经发疯的世界"如何给他的人生带来了"难以置信的逆转"(3—4)。小学六年级时,卡斯也有过一个难忘的失眠之夜,那是在他把自己的上铺让给弟弟杰西之后。在这一章里,叙述者刚提到卡斯在其附录第13节里讨论了"来自难以置信的自我的理由"就说起卡斯的这次失眠,可以说是在暗示这两件事有关系。那么它们究竟有什么关系呢?

在原属于杰西的下铺躺下后,卡斯开始思考为什么他是卡斯而不是杰西的问题。他想到如果他和杰西换了身份,人们能否把他们区分开;还想到自己像是另一个人,正在观察自己如何充当卡斯。最终,他发现:"他越是努力确定他就是这里的卡斯这一事实,有关它的全部想法就会离他越远。"(17)与附录第13节里的那个自我相比,卡斯的这些经验和感想可以反映其自我的这样一些特点:(一)他不觉得其自我和诉求有多重要,同意把他想要的上铺让给杰西,自己睡不想要的下铺;(二)他不认为自我像神那样独一无二,觉得自己与杰西是可以互换的;(三)他不认为自我固定不变,把它看作一个不断"充当"或实现的过程;(四)他不认为自我独特到在世上找不到任何解释、只有在上帝那里才能找到解释的程度,认为人们可以从不同视角反观自己,获得某种程度的自知。

卡斯六年级时就有了这些感想,可见他对自我的认识很早就超过了附录第13节里的那个自我。对过去的卡斯有了一些了解,我们就更容易理解现在的卡斯。现在的卡斯在接到哈佛聘书后再次失眠,于凌晨来到威克斯桥上思考起命运的这一不可思议的转折与现时世界的关系。这番思考在这个名为"来自难以置信的自我的理由"的第1章结尾段里得出了这样一个结论:

这就是存在,感觉中它是如此巨大的一样东西,人进来了,带着惊讶,在这里,人由生物和历史、基因和文化所形成,在这偶然的世界里,在这里,人不知道自己怎么、为什么存在,突然也不知道自己在哪里、是谁或干什么的,只知道自己是存在的一个部分,一个被意识和有意识的部分,在存在中被莫名其妙地产生和维持,尽管人始终对此、对存在及其丰富性、无所不及的广袤性和生生不息的复杂性有所意识,而且人想以某种至少是开始适合它的方式生活,人想尽可能地扩大甚至超出自己在存在中的范围,以某种与作为一个部分并对整个动态的辉煌的无限世界有所意识的特权相称的方式生活,这个世界如此难以置信地包含一个名叫卡斯·塞尔策的宗教心理学家,他在一些外力的推动下做成了一件比构成其难以置信的存在的所有难以置信的成分所能导致的还要难以置信的事情,这件事为他赢得了某个别人的生活,一种更美好的生活,一种更灿烂的生活,一种超出他在充满苦闷和期待的无名期里所渴望的各种生活的生活,因为所有这、这、这、这一切都不可能属于他这个正站在威克斯桥上的人,围着他爱过的前妻帕斯卡尔为他织的围巾,她要织这条围巾的原因他永远也不会知道,也许是想给他某种保护,抵御她知道他不久将会感到的孤独,后来他果然感到了,但现已完全走了出来,此时被提升到崇高之上,他的脸颊因兴奋或寒冷而发红,他拉上拉链的口袋里装着一封印有拉丁词"真理"的信,他会与一个名叫露辛达·曼德尔鲍姆的姑娘分享这一切。(18—19)

在这个由一个复杂长句所表达的有关自我与世界的关系的结论中,我们不难发现过去的卡斯。他依然不觉得自我有多重要,认为自我只是广袤存在中的一小部分、自我的难以置信性来自它无数难以置信的成分、他所取得的成就应归功于外力的推动。他依然不觉得自我像上帝那样独一无二,认为他的成就给他带来的美好生活就像他的成就那样也不是他的专利,而是可以与他人分享的。他依然不认为自我固定不变,明白个人的存在是一种偶然,是由多种因素构成的,身处这个动态世界中的个人具有一定的选择生活道路、改变生存状态的自由和能力。他依然不认为自我能够独特到在世上找不到任何解释、只有在上帝那里才能找到解释的程度,认为人对充满偶然和变化的世界和自我是有所意识的,尽管他有许多不懂的东西。

显然,虽然同样被命名为"来自难以置信的自我的理由",正文第1章里的理由与附录第13节里的理由非常不同。首先是两个"难以置信的自我"不同。附录里自我的"难以置信"指的主要是自我的独特性,即自我的这种不同于任何他人、世上无人能解的独特性是"难以置信的",而正文里自我的"难以置信"指的主要是自我的偶然性,即自我的这种偏偏是自我、不是别人的偶然性。其次,这两个不同理由所证明的上帝是不同的。附录里的理由所证明的上帝存在于世外,全知全能,能够解释世上的一切秘密,而正文里的理由所证明的上帝存在于世上,默默不语,时常显现为偶然性等神秘难解的现象。当然,这两个理由最明显的差异还是在语言上。附录里的语言简明规范,充满逻辑推理,没有感情色彩,而正文里的语言丰富多彩,包含大量复杂的内心感受,也不乏生动的思维活动。

通过上面的简单比较,我们可以看到小说与非小说在处理宗教话题上的差异以及戈德斯坦之所以选择小说的理由。下面我们就来详细讨论《理由》里的小说是如何接近作为内心感受的真实宗教的,主要围绕戈德斯坦谈创作动机时表达的两个观点:(一)新无神论者对宗教的认识"完全停留在理智层面";(二)"宗教的世界观植根于内心深处,极为生动可感。"

二、"野蛮的确定性"

旨在批判新无神论者的《理由》里并没有戴着新无神论者帽子的人物,但有几个人物在思维方式上和对待宗教的态度上与新无神论者非常相似,都带有很多"野蛮的确定性"。

先来看上面那段引文中出现的卡斯的前妻帕斯卡尔。卡斯对于帕斯卡尔的关爱真可谓无微不至。这一点帕斯卡尔非常清楚,但她也发现卡斯有时固执得连一些最简单的事理也弄不明白,令她感到既"神秘难解"又"极其恼火"。比如,卡斯总是不明白她对概率论的理解。在她看来,事情要不就发生,要不就不发生,绝对不可能既发生又不发生,因而"概率就只有百分之百或百分之零。这就是逻辑!"(26)由此她就形成了这样一个封闭的环形思路:可能性就是混乱,混乱就是怯懦,怯懦就是不道德,不道德就是可能性。总之,"凡是帕斯卡尔相信的,都是她所知道的;凡是她所知道的,她的知识都带着野蛮的确定性"(27)。

这个其"知识都带着野蛮的确定性"的帕斯卡尔是诗人。但读过其作品的卡斯的同事莫娜却认为它们都是"反艺术"的"胡话",理由是:"艺术本应增强我们的注意力。而帕斯卡尔却不会懂得什么叫注意力,哪怕注意力咬到了她那瘦小的法国屁股。"(27)除了被帕斯卡尔彻底迷住的卡斯,很少有人对帕斯卡尔的迟钝和野蛮如此视而不见。就连16岁的阿扎利亚第一次见到帕斯卡尔时,也很快就意识到她对犹太文化的无知和偏见。听到帕斯卡尔谈论她对世界的看法("世上的事情要不就是绝对的不可能,概率为零,要不就是绝对的必然,概率是百分之百或无穷大。不过如此。"),熟悉概率论和犹太人受害史的阿扎利亚的眼里立即就充满"惊恐"(269)。

阿扎利亚所感到的"惊恐"不久就在卡斯身上得到了印证。帕斯卡尔因右臂出现肿块而住进了医院,医生们在是否该做手术的问题上争论不休,令一向拒绝可能性、主张非百分之百即百分之零的帕斯卡尔烦恼不堪。整个医院里,只有神经科的麦克斯韦尼医生始终如一地坚决反对手术。与帕斯卡尔一样,麦克斯韦尼所掌握的知识也带有"野蛮的确定性"(29)。因此,帕斯卡尔就对麦克斯韦尼产生了百分之百的爱情,把"忠贞不渝的"卡斯的地位降到了百分之零,最终让毫无思想准备的卡斯饱尝了她"野蛮的确定性"所结出的苦果。

读研究生时,卡斯曾领教过导师约纳斯的"野蛮的确定性"。如同帕斯卡尔,约纳斯的"野蛮的确定性"也是在待人和待己这两个方面都有充分的表现。待人方面,约纳斯很少把他人真正放在眼里。他之所以离开哥伦比亚大学到不知名的法兰克福特大学创建由他一人组成的信仰、文学和价值系,主要是因为他跟原来的同事都闹僵了。他后来之所以离开法兰克福特大学,也是因为他跟该校的冲突无法调和。约纳斯跟哥伦比亚大学同事的矛盾与他的文学观有关。他所开的课程只教"死人白人男人"(247)及其作品,与同事们尤其是系主任的文学观大相径庭,而他又固执己见,导致矛盾不断升级,最后只好选择离开。约纳斯跟法兰克福特大学的矛盾则反映出他科学观上的问题。学校想把他的一人系所占的办公室拿出几间来给新成立的大脑认知科学中心,约纳斯就大发雷霆,觉得他所代表的人文学受到了他所鄙视的科学的挤压。在他看来,科学没有多少真知灼见,基本上就是妄自尊大的科学至上主义。他是这样评论那些大脑认知科学学者的:"这些人都是些无知的暴徒,想要践踏和排挤约纳斯·以利亚·克拉珀所精通和培育的智力和精神生活,那个他用历代的信仰、文学和价值所构建的辉煌领域。这个大脑认知科学中心代表了最为恶劣的科学至上主义,因为它竟然让其符号染指人文研究。"(250)

在待己方面,约纳斯也表现出了"野蛮的确定性",像肆无忌惮地否定别人那样肆无忌惮地肯定自己。其实,在他那里,否定别人和肯定自己往往是密不可分的:否定别人就是为了肯定自己,而要肯定自己就必须否定别人。对于约纳斯的专横和自我中心倾向,罗兹早有察觉。与卡斯第一次陪约纳斯去新沃尔登时,她就发现约纳斯是个"暴君般的傻瓜……只对他自己有兴趣,对一切都漠不关心"(177)。可就是这样一个只顾自己不顾别人的人,最后竟然会去以色列的一个偏僻小城支教。不过,他这么做与其说是去帮助孩子,不如说是为了成全自己。他说那里的孩子"缺乏神圣的学习途径帮他们找到方向"(253),就是在说只有他的学习途径才是神圣的,能够指点迷津。他说"那个圣城斯法特一直是我的脚步所朝向的地方"(254),就是在承认他去那里主要是为了实现他个人的奋斗目标。在写给《纽约时报》的文章里,他在谴责卡斯的同时暗示他已实现这一目标。他把背叛他的卡斯比作背叛耶稣的犹大,就是间接地把自己比作耶稣。文章最后,他甚至毫不掩饰地声称:"我就是方向、真理和生命。除了经由我,没有人能够接近圣父。"(290)

在这样一个浑身"野蛮的确定性"的导师手下读研究生,卡斯的受害程度是不难想象的。罗兹早就注意到约纳斯"整天骑在他的脖子上"(177)。

但直到约纳斯邀他一起去以色列并要他在博士论文里研究土豆布丁的神学意义,卡斯才意识到再不离开就真会成为毫无自由和尊严可言的奴隶了。对于约纳斯,卡斯是自己决定离开的,可在与浑身"野蛮的确定性"的女性的交往中,每次都是他被离弃——先是被帕斯卡尔离弃,后来又被露辛达离弃。

露辛达身上的"野蛮的确定性"多于帕斯卡尔,堪比约纳斯。露辛达貌美才高,研究博弈论成就卓著,各方面都有资格傲世,但也因此而广遭嫉恨,最后不得不离开普林斯顿,来到求贤若渴的法兰克福特大学,不久又成为富有爱心的卡斯的恋人。露辛达的"野蛮的确定性"主要表现在眼里没有人,只有赢,而且还是大赢。她所精通的博弈论恰好助长了她的这一倾向。博弈论认为人人都想以最少的付出获得最大的回报,并根据这一观点来理解人的行为。这一观点本身已经包含了不少"野蛮的确定性",而露辛达还要"将博弈论运用于一切领域",包括"那些似乎与理性毫无关系的领域"(32),将它的"野蛮的确定性"发挥到极致。① 在露辛达眼里,一切都是竞争,人人都是对手,人际关系就是输赢关系。她患有面容失认症,总是不认人,无论问了对方身份、姓名多少遍也记不住。这种毛病跟她眼里只有赢没有人不无关系。

露辛达的面容失认症在她与卡斯的关系中表现得非常充分。成为卡斯的恋人后,露辛达终于记住了他的面容,但对他的其他一切却始终记不住也不关心。露辛达外出开会期间,在电话上都是卡斯关心她,而她却连卡斯将去哈佛参加辩论这样的大事也忘了,被再次告知后也从未想到从博弈论的角度提供任何帮助。她在催生卡斯的成名作方面确实起过至关重要的作用,但那完全是一种偶然。是她出于对宗教心理学的无知和蔑视而提的一个问题,使卡斯开始考虑如何给她一个深入浅出、客观全面的

---

① 露辛达对于博弈论和科学的狂热程度丝毫不亚于宗教极端分子,令人想起伊格尔顿的一个观点,即科学可以成为一种"类宗教追求","破坏宗教信仰的东西也能够强化它"。Terry Eagleton, *Culture and the Death of God* (New Haven and London: Yale University Press, 2014), 142。

解答,最终在克服种种困难之后完成了广受赞誉的《宗教幻觉种种》。

大赢之后,从来就认为自己"不是为赢而生"的卡斯并没有多少赢家的感觉,而是觉得自己只是"穿上了某个别人的衣服"。这完全不符合露辛达的观念。露辛达始终认为自己"不为输而生",只为赢,不是小赢,而是大赢,"任何比大赢逊色的结果都是输"(201)。这就基本上决定了她会离开大赢的卡斯。露辛达开会回来一看到哈佛发给卡斯的聘书就陷入了沉默。卡斯立即开始责备自己没有提前告诉她,就像不解帕斯卡尔跟他离婚前的沉默那样不解露辛达的沉默,最后只好让露辛达像帕斯卡尔那样亲口向他解释。露辛达先是指责卡斯给她看聘书时所流露的"极端洋洋自得"的表情及其所反映的"争强好胜心"。卡斯赶紧承认自己不够资格与她竞争,但露辛达又责怪起卡斯"极端不敏感",给她看聘书时没有考虑正处于学术低谷的她会有何感受。卡斯连忙说聘书对他们二人都有好处,不想这句话不但没有感动露辛达,反而增加了她的不快,使她终于忍不住道出她之所以不快的根由,那就是卡斯所研究的宗教心理学"空洞""低劣",却获得了这么大的成功,而她研究的博弈学"重要得多",成就却在他之下。最后,说完"和你在一起,就是容忍你把所有学术弊端朝我脸上扔"(332),她就毫不犹豫地离开了卡斯。

可以说,露辛达代表了与约纳斯相对应的另外一极。约纳斯是极端地抬高人文学贬低科学,露辛达则是极端地抬高科学贬低人文学。但在"野蛮的确定性"这一点上,他们俩是一样的,无论是在搞自我中心方面,还是在简化世界、划定界限、制造对立、拒绝对话等方面。他们的这种"野蛮的确定性"不但扭曲了世界、伤害了别人,也使他们自己四面受敌,最后成为孤家寡人和野蛮非人。约纳斯自我神化的过程就是沉溺宗教神秘主义传统、脱离现实和人性的自我非人化过程。为了证明其自我中心主义的正确性,露辛达也像约纳斯那样求助于犹太教传统,引用了一位古代拉比的名言——"我不为我谁为我?"但她不知此言还有后半句——"我只为我我是啥?"(244)然而,从卡斯那里得知了这后半句之后,露辛达仍然只为自己考虑,以其缺乏人性的言行为这后半句名言作一个很好的注解。

"野蛮的确定性"是导致非人的一个重要原因，也是非人的一个重要特征。浑身"野蛮的确定性"的帕斯卡尔、约纳斯和露辛达就是《理由》里三个非人的代表。书里也写了一些没有"野蛮的确定性"、充满人性的人物，主要以卡斯、新沃尔登的拉比及其儿子阿扎利亚为代表。

前面提到，卡斯的自我没有多少确定性。上小学时，他就开始考虑自己为何会是自己而不是别人的问题。在其著作大获成功后，他觉得自己只是穿上了某个成功者的衣服。前面还提到，卡斯发现，他越是努力确定自己的身份，就越是觉得难以做到。没有确定的自我也就没有固定封闭的边界，就有开放、交流、沟通和融合的可能。在小说开头的描写中，卡斯虽然独自站在严寒笼罩的威克斯桥上，感到的却是自己的扩散、与世界的融合、对存在的热爱。卡斯的这种胸襟很好地表现在他的《宗教幻觉种种》一书里。关于此书的写作目的，卡斯说是要说明上帝是否存在与宗教经验并无太大关系。也就是说，他想要强调宗教经验的重要性，纠正那种认为宗教只是思维活动、与感觉无关的观点，但他并不否定上帝，对上帝和宗教经验都是开放的。评论界把他称作"有灵魂的无神论者"，是考虑到他的宗教观的特殊性，即与一般的无神论者（包括新无神论者）不同，他是"有灵魂的"，表现在他对上帝和宗教的看法没有"野蛮的确定性"，所根据的并不是狭隘封闭的理论和臆想，而是广泛深入的观察和体验，因而他对上帝和宗教的看法更加全面和真实，对其中的积极成分更有同情心。在《宗教幻觉种种》的附录里，他收集了上帝存在的 36 个理由，逐一加以严格犀利的分析批判，能够令人想到新无神论者们的做法，但他这么做的目的与他们完全不同，他不是要否定上帝的存在，而是要指出这些理由的谬误，说明存在于幻觉中的上帝是无法用理性来证明的。《宗教幻觉种种》之所以在无神论者和有神论者中都受欢迎，一个主要原因是它反映了一个实事求是的学者的真诚态度和丰富人性。

没有真诚态度和丰富人性，没有灵魂，也难以获得真才实学。但卡斯在哈佛辩论中的对手菲德利却只见卡斯的才学，不见卡斯的灵魂。在给卡斯下的挑战书里，菲德利说自己与那些新无神论者的辩论全都轻松获胜,因为他们知识面太窄,"而你却知识广博,熟悉宗教、心理学、哲学、科学和历史,所以将会是个强劲的对手"(225)。如他所言,卡斯果然强劲。面对着被迫采取的无神论立场、菲德利的刁悍和主持人的偏袒等不利因素,卡斯沉着应战,最终取得了胜利。卡斯获胜所依靠的除了菲德利所看重的学识,更多的是他灵魂,包括他的真诚态度和丰富人性。辩论之前,露辛达曾向卡斯表示她无法理解菲德利这个彻头彻尾的理性主义者怎么会站在有神论立场上与卡斯辩论,卡斯解释说:"对于许多人,关注神学不过是政治结盟的需要。我的敌人的敌人就是我的朋友。如果自由派在宗教与理性的辩论中要为进化论和世俗人本主义辩护,那么新保守派就会觉得他们应该为相反的立场辩护。他们也会认为,他们这种完全开化的人质疑上帝的存在是没有问题的,但如果广大群众都开始质疑上帝,那就会造成道德混乱。我猜那就是菲德利所相信的。"(225-226)这就是说,卡斯早就知道菲德利并不是一个真诚的有神论者,他为有神论辩护一定有某种宗教之外的目的。辩论中,卡斯紧紧抓住他的这种不真诚,指出他所谓的上帝不过是其功利意识的代名词,为赢得辩论打开了一个突破口。

可以说,菲德利输掉辩论的主要原因是他缺少灵魂。他不但对上帝不真诚,对卡斯也很不尊重。他以诺贝尔奖得主、社会名流自居,以为与卡斯辩论必胜无疑,所以他的言行举止,包括对卡斯直呼其名的做法,处处都反映出他对卡斯的蔑视。他也是《理由》中较为典型的一个学识浅薄却又充满"野蛮的确定性"的人物。戈德斯坦塑造这样一个有神论者也是在说,正如对无神论者不可一刀切(他们当中既有帕斯卡尔、露辛达等无灵魂的无神论者,又有卡斯这样有灵魂的无神论者),有神论者也不是清一色的都有灵魂(菲德利和约纳斯就是无灵魂的有神论者)。戈德斯坦还写了"野蛮的确定性"在有的人物那里是可被察觉和抑制的。发现阿扎利亚具有数学天赋却又不能像正常环境里的孩子那样自由发展它,罗兹曾不无"野蛮的确定性"地喊出"这是一场该死的悲剧"(205),想把阿扎利亚从他的"宗教狂"家庭里带走。听到卡斯说阿扎利亚其实生活在一个幸福的家庭里，并不像她想象的那样不幸，罗兹的"野蛮的确定性"明显减少了，开始把注意力从阿扎利亚的"宗教狂"家庭转到新沃尔登不同于外界的教育观上。

正如卡斯所言，阿扎利亚并不觉得自己不幸，也不认为自己有什么特殊天赋。听到父亲对客人们说新沃尔登的所有孩子都很特殊，阿扎利亚补充说："如果某个孩子是唯一不特殊的，那么他就因为不特殊而是特殊的。……如果他因为不特殊而特殊了，那么他也就不特殊了。如果他不特殊了，那么他就特殊了，而如果他特殊了，那么他就不特殊了。"(163)这就是6岁的阿扎利亚的特殊观，其不确定性能令人联想到卡斯从小对自己的身份所持的看法。总之，阿扎利亚并不认为特殊和不特殊之间有确定的界线，并不觉得生活在新沃尔登就意味着浪费天赋或罗兹所说的悲剧。

阿扎利亚不但否认人有特殊与不特殊之分，认为特殊或不特殊是由观察角度或衡量标准决定的，对于不同领域之间的界线也很不讲究。在约纳斯眼里，文学与科学之间的界线、文学高于科学的地位都是绝对的。在露辛达眼里，科学与文学之间的界线、科学高于文学的地位也都是绝对的。而在阿扎利亚眼里，数学和宗教之间的界线并不绝对，是可以跨越的，比如他就直接用"天使"一词来指称素数。他也不认为他所喜爱的数学绝对高于宗教。为了哈西德教派的生存与发展，他在父亲去世后毅然放弃了在麻省理工学院深造的机会，回新沃尔登接任拉比，只是在业余研究数学。对于这个从不认为自己特殊、总是围绕集体利益安排个人生活的年轻人，卡斯充满了敬意，曾情不自禁地反问道："谁能比这个小伙子更富有人性呢？"(344)

至于不确定性与道德进步之间的关系，鲍曼(Zygmunt Bauman)说过这样一段话：

> 我们现在认识到，不确定性并不是一种应该通过掌握规则、听从专家建议或仿效别人的做法等途径来消除的短暂麻烦。相反，它是一种永久的生活状态。我们还可以说，它就是道德自我在其中扎根和生长的土壤。道德生活就是一种充满持续不确定性的生活，因此做一个有道德的人必须具备巨大的力量、恢复力和承受各种压力的能力。

道德责任感是无条件的,原则上也是无穷尽的。因此,如果某人对自己的道德行为总不满意,总是痛苦地觉着自己还不够道德,我们就可以说他是一个有道德的人。①

鲍曼这里表达的主要意思是,道德进步是没有止境的,一个对于自己总是不确定或不满意的人,才可能不断进步,变得越来越有道德。相反,一个对于自己总是确定或满意的人,就不可能进步,不可能有道德。这些观点有助于我们进一步理解为什么对于自己总是不确定或不满意的卡斯被人们认为拥有灵魂,为什么对于自己总是不确定或不满意的阿扎利亚被卡斯认为富有人性,为什么浑身"野蛮的确定性"、对于自己总是极端确定或满意的约纳斯、露辛达、帕斯卡尔和菲德利等人到处遭受冷落。

三、"迷人的旋律"

不确定性并不是天生的,而是实事求是地认识世界的结果。在复杂多变的真实世界里,"野蛮的确定性"及其所反映的愚昧和傲慢是没有生命力的。卡斯对宗教所持的不确定的、富有同情心的态度,就是他实事求是地认识宗教的结果。《理由》的一项重要任务是表现真实的宗教经验,这一任务主要是通过卡斯的观察与思考来完成的。可以说,《理由》写的主要是卡斯的宗教观的发展历程。

卡斯在归纳《宗教幻觉种种》时说:"我这本书的全部要点,就是宗教信仰的心理与争论没有什么关系。"(313—314)这就是说,在他看来,宗教主要是经验,不是理论。除了教堂内的经验,卡斯还关注教堂外的"所有广义的宗教经验"。他发现,"宗教思维秘密作用于一切领域,化装出现在最为世俗的场合,在政治、学术和艺术中,甚至在人际关系中"(5)。他写《宗教幻觉种种》就是要表达他的这样一种"信念",即"宗教感觉是以许多不同方式出现的,并不局限于纯粹的宗教场合"(101—102)。

卡斯所说的这种"不局限于纯粹的宗教场合"的"广义的宗教经验",

---

① Zygmunt Bauman, *Alone Again: Ethics After Certainty* (London: Demos, 1994), 36.

能令人联想到同样反对理性神学、强调宗教经验的施莱尔马赫(Friedrich Schleiermacher)给宗教下的一个宽泛定义:"认为一切个体都是整体的一部分、一切有限都代表无限,这就是宗教。"①施莱尔马赫这里想说的是,宗教的作用就是把个体与整体、有限与无限结合起来。这个定义没有提到上帝,但上帝就在整体和无限背后,所以把个体与整体、有限与无限结合起来,也就是把人与上帝结合起来。这种结合在施莱尔马赫看来有助于人克服自私之心,培养公共意识,树立道德观念。根据这个宗教定义,可以说卡斯的宗教经验从他小学六年级时的那个失眠之夜就开始了。那天夜里,他把自己的上铺让给想要上铺的弟弟,然后思考起自己为什么是自己而不是别人,最后发现他在这个人山人海的世界里无论怎么做都难以确定自己的身份。他的这些做法和想法反映他当时就已经开始在自己与他人、个体与整体、有限和无限之间建立联系,为他日后宗教经验的积累和宗教观的形成奠定基础。

不无讽刺意味的是,在卡斯的宗教观形成过程中起了关键作用的,竟是约纳斯和露辛达这两个妄自尊大、从不认为自己是"整体的一部分"、在施莱尔马赫眼里没有宗教素质的人。他们所起的作用其实都是偶然性的,不是有意要帮助卡斯获得任何宗教经验。约纳斯是出于自己的宗教兴趣而叫原籍是新沃尔登的卡斯带他去认识那里的拉比。在那里,卡斯第一次感觉到宗教的复杂性。一方面,他看到在这个由哈西德派犹太教教徒创建的小镇里,所有公共场合都分男区和女区,连道路都分男女两边,似乎有着严重的性别歧视;另一方面,他发现拉比在问到他早年逃离新沃尔登的母亲时表情非常亲切,没有丝毫的责怪。罗兹也发现,虽然她违反规矩在男区里随意说笑,拉比却并不在意,并不比约纳斯更歧视女性。卡斯和罗兹还注意到,一方面,镇里的孩子接受的是传统的教育(主要是阅读意第绪语犹太教经典),不是外界的现代教育;另一方面,不会写

---

① Friedrich Schleiermacher, *On Religion: Speeches to Its Cultured Despisers*, ed. and trans. Richard Crouter (Cambridge: Cambridge University Press, 1988), 25.

英语的 6 岁阿扎利亚却具有罕见的数学才华。至于拉比本人,一方面,他是镇里宗教事务的主管,行使着精神领袖的职责;另一方面,他是新沃尔登的镇长,具有处理各种世俗事务的丰富知识和出色能力。这些看似矛盾的现象在新沃尔登和平自然地交织在一起,让卡斯第一次接触宗教就感到了它的丰富性,使他开始喜欢上这个地方和这里的宗教。

不久,卡斯陪约纳斯又去了一次新沃尔登,参加了那里的共餐仪式,对哈西德教派有了进一步的了解。共餐仪式是哈西德教派特有的一项由男性教徒参加的、可以分享拉比的食物的仪式。卡斯听说过这一仪式,但到了现场才知道仪式已经有了改进,由过去争抢食物改成分发食物,变得"更文明了"(213)。仪式开始后,卡斯的手臂与其他参加者的手臂连到一起,"他感到自己被吸进了一排人、一屋人、一种神秘的友谊"。歌声响起,"所有的男声汇合成为一种有力而又微妙的载体,承载起那迷人的旋律,就像众多巨手轻柔地托起一个纤弱的人体"。卡斯被迷住了,"被它深沉的优美,还有它奇特的亲切"。他觉得自己"就像一个熟悉其母亲的新生儿",情不自禁地加入了这一旋律亲切的吟唱(214—215)。在此过程中,卡斯突然意识到,哈西德教就像迷人的音乐,你可以"直接和亲密"地感知它,但它"抵制解释"(215)。

在其致辞里,拉比说到宗教的一大作用就是净化灵魂,不断将灵魂得到净化的人交还给世界,让他们重新投入神圣的服务之中,直到最后的救赎。众声呼应过后,6 岁的阿扎利亚被抱上桌子。他接过父亲的话头说道:"天使之美降临我们。天使在天上。但也在地上,在一切地方,在一切事物中。既然他们是天使,情况就必须如此。"(218)情况必须如此,天使之美必须降临人间,宗教必须联系世俗,精神追求必须解决实际问题。对于哈西德教派的这种务实精神,就连 6 岁的孩子也耳熟能详。卡斯后来了解到,哈西德教派创立的初衷就是要抵制犹太教中的理智化倾向。这就是为什么他们的礼拜具有较多的"经验、感性和狂喜"(220)成分,为什么他们要跳舞和唱歌。天使之美在天上,也在地上——在狂喜洋溢的教堂里,在手臂连接的舞蹈里,在饱含博爱的歌声里,在热泪盈眶的眼睛里,在充满感激的表情里。在所有这些具体经验中,卡斯第一次感觉到神人合一之美,看到了宗教在这种美感产生过程中的作用。

不过,卡斯那时正在攻读文学博士,还没有开始研究宗教心理。10年后他开始研究宗教心理了,在相当长一段时间内也没有整理和研究他在新沃尔登获得的宗教经验。他甚至都没有回答 16 岁的阿扎利亚向他提的一个问题——"为什么世界各地和所有时代的人都如此强烈地信奉他们找不到证据证明的东西,而且信得如此强烈,以至要根据它来安排自己的一生呢?"(276)使卡斯开始整理和研究宗教经验的是露辛达就其研究领域所提的问题。露辛达起初的问题,包括宗教心理学是不是变态心理学的一个分支、是不是要为作为"集体疯狂"的宗教作进化论解释等,还不难回答。卡斯的回答是:"并不确切。我感兴趣的是宗教在其所有变体中的现象学问题。在其内部的感受是怎样的?它关注的是哪些类型的恐怖行为,以及它阻止和促进哪些类型的感情增长?宗教反应是怎样显现的?包括以那些不像宗教的方式。"(39)真正令卡斯受刺激的是露辛达在谈话结束时问的一个问题,即研究非理性是否有利于宗教心理学这一领域。露辛达问这个"如此直率而又暧昧"的问题就是在说宗教心理学像非理性一样没有学术价值,顿时把卡斯"震"住了。"他必须回答她。他必须从过去 20 年里一直在脑海里翻腾的那些问题中找出一个答案。那些他记忆犹新的与约纳斯·以利亚·克拉珀有关的问题,以及与阿扎利亚有关的问题。他还从未从那段经历中提炼出任何深刻有力的思想。"(40)因此卡斯便有了写作《宗教幻觉种种》的冲动,有了写作过程中在宗教观上的飞跃:"是对不可能的热爱使一切成为可能。他被无限欲望的翅膀击打过,但它们也提升了他。挨击打、受鼓舞和被提升,这三者同时发生。"(40—41)就是在这一不断提升的过程中,卡斯完成了他的著作,充分利用他与约纳斯和阿扎利亚在一起时的经历整理提炼出他对宗教经验复杂性和宗教思维普遍性的认识。罗兹曾说,她一打开《宗教幻觉种种》就看出这是卡斯根据自己的亲身经历写出来的,没有这种经历的人是写不出来的。但罗兹没有看出,卡斯写此书是为了解答露辛达的问题,没有受过露辛达刺激的人也是写不出来的。很难说从不把非理性或与非理性有关的学科放在眼里的露辛达是否真的被卡斯深入浅出的解答说服了,因为她最后与卡斯分手时仍然认为卡斯的研究领域空洞低劣,但她有一段时间一直把卡斯的这本书放在随身带的包里,而且不久之后又同意做他的女朋友,似能说明卡斯的书对她也不是毫无魅力。

当然,让卡斯的宗教观散发最大魅力的,还是他与菲德利的那场哈佛辩论。尽管卡斯不认为自己是无神论者,菲德利却把他当作无神论者来挑战,所以卡斯就不得不违愿地设法证明上帝不存在,反驳菲德利的上帝存在论。辩论中,菲德利多次借用卡斯《宗教幻觉种种》里的观点为自己辩护,增加了卡斯反驳的难度。但卡斯还是在揭露菲德利的有神论的功利主义实质的同时,从世上充满痛苦以及道德能够自律等角度有力维护了无神论,抨击了有神论。然而,在自己书里提出宗教与争论无关这一观点的卡斯并没有陶醉于自己的雄辩,他在辩论中从不同角度反复强调了真实宗教超越辩论或理性的特性。辩论开头,他指出,有神论和无神论都是不可证明的,因为它们所依赖的是信仰,不是经验。辩论中间,他又指出,有些感情态度尽管不教人如何辨别真假,却比争论有力得多,能够左右人们的生活道路。辩论结尾,他郑重声明:"宗教冲动和感情是各式各样的。宗教场合有着肯定生命的丰富感情的自然表达。这就是为什么我从不全盘否定宗教,尽管菲德利教授似乎认为我那么做了。"(323)卡斯的这些深刻、全面的观点最终使他赢得了辩论的胜利和听众的掌声。

菲德利打的是有神论旗号,但他在思想言行上却不像有神论者,而像简单绝对、争强好胜的新无神论者。卡斯虽然被迫为无神论辩护,但他对于宗教的理解和感情却深于一般的有神论者。他对宗教的这种理解和感情,菲德利这种感觉迟钝的理性主义者是不可能获得的。卡斯与16岁的阿扎利亚所作的那次深入而又感人的交谈,就是菲德利这样的人所无法想象的。在这次交谈中,卡斯了解到,阿扎利亚觉得自己如果进麻省理工学院学习,他的生活可能会更加自然,因为新沃尔登的人都把他当圣人,祈祷时都会"愚蠢"地喊着"圣人阿扎利亚",让他觉得这就像"往棺材上铲土"。听到这里,卡斯被感动了,就像10年前看到6岁的阿扎利亚向他挥手告别时那样。但阿扎利亚也告诉卡斯,新沃尔登的法律成了他的第二天性,他必须当好他父亲的儿子,像他父亲那样对祖父带领有幸逃脱纳粹迫害的哈西德教徒于1933年创建的新沃尔登负责,因此他不可能为了个人爱好而牺牲社会责任。没有让各方都满意的答案,对于被称作"圣人"的阿扎利亚也是这样:"我唯一能够证明的就是没有答案。……上大学是必须却不可能。待在新沃尔登是不可能却必须。"(280)主张阿扎利亚上大学的卡斯认为他对人类智力的责任要大于对新沃尔登的责任,阿扎利亚却说人类智力没有他会照样发展,而新沃尔登却不一样,一个民族、一种生活方式、一种文化、一种语言的消失才是真正的悲剧,他不能让祖父从纳粹魔掌中抢救出来的血脉断送在他的手上。这就是16岁的拉比继承人的心理。面对着阿扎利亚"用矛盾的语言倾倒出来的这些痛苦的思想"以及"从他脸上钻出、从眼里涌出并使他上唇颤抖的真实痛苦"(282),卡斯沉默了。生活现实是复杂沉痛的;宗教经验和心理竟然也能如此复杂沉痛。就在这次交谈之后不久,阿扎利亚的父亲突然去世,阿扎利亚立即告别麻省理工学院,回新沃尔登承担起拉比的职责。

卡斯第三次回新沃尔登是在10年之后,在《宗教幻觉种种》大获成功、露辛达与他分手、罗兹回到他身边之后。这一次卡斯是带着罗兹和父母一起去的,人数多于前两次,即使不算之前已回新沃尔登定居的弟弟杰西。从事"高风险"金融活动的杰西是在成为囚犯之后才感受到哈西德教的温暖。被宗教找到的他也找到了宗教,最终回到了新沃尔登,换上了犹太名字"耶什亚"。卡斯的母亲这个早年逃离新沃尔登的叛逆者也回来了。她曾给予阿扎利亚不少帮助,努力开发他的数学天赋,被阿扎利亚看作第二母亲。重回新沃尔登,卡斯的母亲这时已经能够毫无怨言地遵循新沃尔登的规矩了。对此,卡斯的父亲评论道:"她一定是过了她的叛逆期了。"(338)

罗兹关心地询问卡斯是否过了被露辛达离弃后的痛苦期。卡斯说他真的过了,而且还对各式各样的宗教幻觉有了新的见解,那就是"男女迷恋也是一种宗教幻觉"(340)。如同宗教幻觉,它也是一种感情态度,是超越理性的,是无关真假却能左右人生的,是遭受挫折之后仍然无法放弃的。被露辛达离弃的卡斯仍然相信爱。经过20年的分离,卡斯和罗兹终于意识到了他们之间的真爱。他们再次进入教堂,再次被教堂里的气氛带到那个充满美感的辽阔世界:"卡斯一进门,就听到成千上万的载歌载舞者发出的雷鸣般欢乐声,充满生命活力的大厅里的景象给了他有力的一推,使他旋转起来,感官越出原来的轨道,因而他就能识别旋律的浓烈芬芳和感情色彩的变化……"(341)这里的描写再次强调了卡斯之前的感觉,那就是宗教像摄魂夺魄的音乐,你只能直接、亲密地去感受,无法分析,没有答案。

没有答案,连天才的阿扎利亚也没有找到协调必然性和不可能性的办法。"因此,我们要努力地公正对待我们的这个大得难以置信的存在。因此,我们要努力地为自己活着,否则谁会为我们而活呢?而且我们还要努力地为他人活着,否则我们又是什么呢?"尊重存在,利己利人:这是《理由》结尾里的教诲,也是对卡斯宗教研究心得的一种归纳。

小结

《理由》从不同角度强调了这样两个观点:(一)神学争论不重要,关键要看什么神①;(二)判断信仰好与坏,须看效果怎么样②。在《理由》里,比较而言,认为上帝存在而且信仰虔诚的人物,身上"野蛮的确定性"就少、

---

① 沃尔普也认为,"我们并非总靠辩论来学习",因为"我们即使赢了辩论也会出错"。他还指出,上帝不是"神圣的独裁者",而是能"使人宽容和善良""使人的精神成长和升华"的"爱"。[David J. Wolpe, *Why Faith Matters* (New York: HarperCollins, 2008), 195, 104.] 早在1841年,费尔巴哈就在《基督教的本质》里指出了上帝的来源和证明上帝存在的荒谬性。他认为人是上帝的来源:"神格不过是人格的投射。"他还认为上帝是爱,有提升人的作用:"爱就是上帝自身,离开了爱就没有上帝。爱能使人成神、使神成人。" Ludwig Feuerbach, *The Essence of Christianity*, trans. George Eliot (Amherst: Prometheus Books, 1989), 226, 48。

② 伊格尔顿在批判以道金斯为代表的新无神论者们的信仰观时表达了类似的观点。他指出,信仰所关注的主要是"能改变可怕现状的某种东西",而不是"某种东西或某个神的存在"。那些新无神论者之所以认识不到这一点,是因为他们的处境并不"可怕"。关于上帝,伊格尔顿指出,"几乎所有的无神论和不可知论都误入歧途",因为"上帝并不是'存在'于世上的一种实体",并不是认知对象;相信上帝存在也不等于信仰上帝,"据说魔鬼也相信上帝存在,但他们不信仰他"。Terry Eagleton, *Reason, Faith, and Revolution: Reflections on the God Debate* (New Haven and London: Yale University Press, 2009), 37, 111。

爱就多,就更像人;认为上帝不存在或者信仰不虔诚的人物,身上"野蛮的确定性"就多、爱就少,就不太像人。可以说,《理由》里的上帝不是掌控一切的最高权威,而是人类生存的理想境界。① 哪里有这种境界,哪里有人知道自己的局限和差距、注意克服"野蛮的确定性"、不断追求人性的完善,哪里就有上帝。这或许是《理由》认为上帝存在的主要理由。新无神论者们的问题在于无视开放发展的实际经验中的上帝,用陈词滥调拼凑出丑陋上帝再加以粗暴否定,造成了错上加错的结果。② 通过塑造帕斯卡尔、约纳斯、露辛达、菲德利等反面人物和阿扎利亚、卡斯等正面人物,通过表现重视经验和感性的哈西德教派的发展历程和生存状态,《理由》深入揭示了新无神论立场、观点和方法上的"野蛮的确定性",为客观理解后"9·11"时代宗教与社会的关系提供了一个独特的文学视角。

---

① 《理由》的叙述者曾说卡斯"被提升到崇高之上"(19)。
② 正是因为新无神论者们的思路和思想陈旧,所以博尔说他"更倾向于称他们为'新旧无神论者'(new old atheists)"。(Boer, *In the Vale of Tears: On Marxism and Theology*, V, 31.)豪特也认为新无神论者们的著作内容陈旧,像"数代人"之前的著作,虽然在"阐述"上有"新鲜""有趣"之处。John F. Haught, *God and the New Atheism: A Critical Response to Dawkins, Harris, and Hitchens* (Louisville, Kentucky: Westminster John Knox Press, 2008), xiv.

第二章 依照神的形象:盖恩斯的《死前一课》

盖恩斯的《死前一课》曾获1993年度美国全国书评家协会奖,是一部很有影响的作品,被广泛用作美国文学教材,并被译成多种文字。关于这部作品的内容,贝尔(Bernard W. Bell)曾作过这样的归纳:它写的主要是"两个黑人青年争取自由、书写能力和完整性的斗争"①。这两个黑人青年指的分别是种植园小学的教师格兰特和因涉嫌谋财害命被判了死刑的种植园雇工杰弗逊。所谓"争取自由、书写能力和完整性的斗争",用杰弗逊的教母埃玛小姐的话来说,主要指把杰弗逊由白人眼里的"猪"变成"人",使他在被处死那天能够"自己走向电椅"②。也就是说,在具体一点的层面上,这部小说写的是黑人如何争取人的尊严的故事:对被判死刑的杰弗逊而言,就是如何以人的尊严去死;对帮助杰弗逊获得这种尊严的格兰特而言,就是如何以人的尊严去活。在抽象一点的层面上,这部小说写的是如何造人、如何在美国三百年种族歧视所造成的废墟之上重构黑人人

---

① Bernard W. Bell, *The Contemporary African American Novel: Its Folk Roots and Modern Literary Branches* (Amherst: University of Massachusetts Press, 2004), 201.

② Ernest J. Gaines, *A Lesson Before Dying* (New York: Vintage, 1994), 13. 以下小说引文在文中标注页码,不另作注。

格的大问题。①

一、杰弗逊:怎么死?

《死前一课》以法庭对杰弗逊的判决开始。作为小说叙述者的格兰特②以令人困惑的语言叙述道:"我不在那里,但我又在那里。不,我没有去审判现场,我没有亲耳听到判决,因为我一直知道那会是怎样一个判决。然而,我又在那里。我和任何一个在那里的人一样在那里。"(3)格兰特的这段说自己既在场又不在场的开场白主要想表达这么三个意思:(一)他没有出席法庭判决;(二)他一直关注此案的审理,所以他的心一直在场,包括法庭作最终审判那天;(三)他身体不在场的原因是他心里早就知道案子会有什么样的审理结果,所以就没有必要在场。不在场却早就知道审判内容,这除了能反映格兰特的智力和见识不同寻常,也能表示法庭对案子的审理一直带有倾向性。

其实,这个案子并不简单。对于法庭所指控的杀人罪,杰弗逊一直完全否认。按他自己的陈述,事发那天他本来要去酒吧,路上遇到两个开车的熟人说可以带他一程,他就上了他们的车,跟着他们先来到一家酒店。在酒店里,那两个人与酒店老板发生了争执,最后拔枪互射,三个人都中弹身亡,现场只剩下杰弗逊一人。因为不知道如何使用电话,他就没打电话报警。又因为口渴无钱,他就拿了酒店里的酒和钱。就在他往外走的时候,进来了两个白人,发现了他手里的酒和兜里的钱,就指控他是抢劫

---

① 盖恩斯非常熟悉福克纳(William Faulkner)虚构的约克纳帕塔法县和安德森(Sherwood Anderson)虚构的俄亥俄州温斯堡镇。他写路易斯安那州的小镇生活也想表达宏大、永恒的主题。他说过:"我总觉得艺术家写的是完整的东西,他写的是宏大的东西——我不认为他只知道细小琐碎的东西,因为他看得到宏大的东西,并把它写了下来。"John Lowe, ed., *Conversations with Ernest Gaines* (Jackson: University Press of Mississippi, 1995), 309.

② 关于小说的叙述者,艾布拉姆斯一共找了三个,除了"叙述了小说大部分内容"的第一叙述者格兰特,还有在小说结尾承担了少量叙述任务的杰弗逊和第三人称叙述者。杰弗逊通过在狱中所写的日记向读者表达了他的思想感情。第三人称叙述者向读者"全景"式地表现了杰弗逊被处死那天人们的各种反应。Dennis Abrams, *Ernest J. Gaines* (New York: Chelsea House, 2010), 87—88.

杀人的凶手。虽然他所拿的酒和钱不足以证明酒店老板是他杀的,但他是黑人,被杀的酒店老板是白人,而且案子又是发生在民权运动爆发之前种族隔离普遍、种族矛盾尖锐的1948年。这一未被明说的理由从一开始就决定了案子审理的走向,让格兰特早就料到后面会有什么样的判决。

这一种族主义倾向不仅表现在原告的指控中,也表现在辩护律师的辩护中。辩护律师为杰弗逊作无罪辩护时所给的主要理由是:杰弗逊是"执行指令的物体""扶犁的物体""把你的棉花装车的物体""为你挖沟、劈柴、收玉米的物体","脑袋里没有任何计划",因此处死他就如同"把一头猪放进电椅"。(7—8)辩护律师的辩护不涉及作案的过程和动机,只关注杰弗逊的智力水平,以为这才是最根本的,只要证明杰弗逊智力低下、根本达不到制订谋财害命计划的水平,他自然就不是罪犯。不能说辩护律师丝毫没有帮助杰弗逊的意图,但他这么辩护的实际危害也是不难想见的。他反复强调杰弗逊是"物体"和"猪",没有制订谋财害命计划的智力,就等于在说,杰弗逊也没有否认自己犯罪的智力,他为自己所作的无罪申辩都是不值得重视的废话。① 这就给了白人陪审团无视杰弗逊的申辩的更多理由,让他们更加心安理得地判杰弗逊死刑。

小说开头所描写的这个案子的审判,非常集中地反映了三百年种族歧视所造成的将黑人从人变成"猪"的严重结果,为小说里变"猪"为人或重造黑人的核心事件提供了一个很好的背景。实际生活中,在民权运动之前的南方,黑人没有多少发展机会,他们的许多基本人权也被剥夺了。1863年颁布的《解放黑奴宣言》废除了南部联邦中的奴隶制。美国宪法第15条修正案(1870)给了包括黑人在内的"所有人"以投票权。然而,最高法院就普莱西对弗格森一案(*Plessy v. Ferguson*, 1896)的裁决使得种族隔离实际上成为美国的一条法律。根据这一裁决,只要黑人和白人"平等",把他们的各种设施"隔离"开来就不算违法,由此便产生了"隔离

---

① 克拉克也指出,原告认为黑人有"天生的暴力倾向",辩护律师认为黑人有"先天的智力缺陷",他们的观点是"相似的"。Keith Clark, *Navigating the Fiction of Ernest J. Gaines: A Roadmap for Readers* (Baton Rouge: Louisiana State University Press, 2020), 184。

但平等"的观念。不幸的是,被"隔离"开的黑白双方实际上是不"平等"的。20世纪40年代,即《死前一课》里的故事发生的那个年代,南方仍然受着重建期(1865—1877)后制定的许多法律的控制。这些法律通常被称作吉姆·克罗法(Jim Crow laws),制定它们就是为了使前黑奴不得与前奴隶主平等。盖恩斯的家乡和《死前一课》的故事发生地路易斯安那州就有许多此类法律。吉姆·克罗法禁止黑白通婚,违禁者将受到长期监禁或缴纳高额罚金等惩罚。许多法律要求黑人选民缴纳他们无法承受的投票税或参加他们无法通过的资格测试,使得他们无法行使自己的投票权。路易斯安那州甚至有法律规定,不同种族的盲人的居所和设施也必须隔离开来。当时,白人护士和理发师都不能为黑人服务。冒犯白人的黑人会遭受来自三K党等组织的恐吓和暴力或被处以私刑。

  《死前一课》里,杰弗逊没有被处以不经法庭审判的私刑,而是得到了较多的法律关注。法庭审理他的案子在形式上和程序上也还算周全,原告、辩护、陪审团样样都有。然而,原告、辩护律师和陪审团成员都是白人。他们思考问题所根据的不是事实,而是对黑人的偏见。原告不把杰弗逊看作人,说他是个"地地道道的动物——面对着那些仍在流血的尸体,他往兜里塞钱,还喝酒庆祝"(6—7)。辩护律师也没把杰弗逊当人看,把他看作没有头脑的"物体"甚至不值得用电椅处死的"猪"。(7—8)正是在来自原告和辩护双方的一致贬低中,陪审团作出了死刑这一令格兰特和其他黑人早已料到的决定。

  格兰特虽然人不在法庭宣布这一决定的现场,心里却清楚这一决定的内容。杰弗逊的教母埃玛小姐虽然人在现场,却没有认真去听,因为根本用不着:"她甚至都不在听。她对听已经厌倦了。她和我们一样知道结果会是什么。一个白人在一桩抢劫案中被杀,抢劫犯中有两人当场被杀、一人被捕,这个人也必须得死。尽管他对他们说了不,他与抢劫案毫无关系……"然而,埃玛小姐也不是什么也没有听到:"她确实听到了一个字——一个字,没错:'猪'。"(4)于是,埃玛小姐这个在白人眼里同样不具备制订计划的智力的黑人便制订了一个计划,那就是虽然她改变不了杰弗逊的死刑,她要改变他的死法,要把他由"猪"变成人,让他像人那样去死。她也想好了实现这一计划的步骤,包括(一)通过她的好朋友、格兰特的姨姥姥娄姨劝说格兰特参与实施这一计划;(二)去找她曾在他家做过多年女佣的种植园主皮肖先生,请他叫他的大舅子、掌管监狱的治安官盖德瑞先生为探监提供方便;(三)叫格兰特去开导杰弗逊:"我想让教师去看望我的孩子。我想让教师使他知道他不是猪、他是人。"(20—21)

埃玛小姐的这一变"猪"为人的计划,无论对黑人还是白人,都是极其大胆的。听完了埃玛小姐介绍其计划,格兰特当场就宣称它是不可能实现的,理由包括:(一)时间太短,他不可能在这么短的时间内做成埃玛小姐在过去21年里都没做成的事;(二)杰弗逊"已死",过去21年的努力都没有奏效就能说明他已不可救药,因此改变他就是"起死回生"(14)那样的天方夜谭;(三)自己不是全知全能的神:"我必须将他变成人。我是谁?上帝吗?"(31)皮肖先生听完埃玛小姐的描述,立即就问在场的格兰特这是不是他的主意,心想这个计划一定是出自某个不切实际的年轻人的胡思乱想。得到格兰特否定的回答后,他才转身以略微客气的口吻向埃玛小姐表示反对:"此时此刻,如果我是你的话,我会更关心他的灵魂。"埃玛小姐说她既关心他的灵魂又想使他变成人,不想她的话竟令皮肖先生的朋友鲁贡"无法相信这是他亲耳听到的"(22)。"回家去吧,忘掉所有这些愚蠢的想法,"皮肖先生开始不耐烦了,想叫埃玛小姐别再做梦。但埃玛小姐不愿放弃,皮肖先生只好同意去跟盖德瑞先生说。盖德瑞先生最后同意让格兰特去探监,但他对格兰特明确说了他不喜欢这个计划:"因为你这是在违反他(杰弗逊)的意愿硬往他脑子里灌输某种想法,这么做只会激怒他。我更希望看到一头心满意足的猪走向电椅,而不是一头怒气冲冲的猪。这对有关各方都更好。你也无法往那个脑袋里灌输任何东西,如果那里什么也没有的话。祝你好运。但我认为这只是浪费时间。"(49—50)

白人认为这只是浪费时间,有些黑人也这么认为,尤其是被埃玛小姐寄予厚望的格兰特。被迫接受任务后,格兰特起初的消极态度并没有发生明显的变化。盖德瑞先生在找他谈话的过程中,特意问了他对这一计划的看法,他明确地答复说,"相信我,盖德瑞先生,如果要我决定的话,我情愿什么也不做",令盖德瑞先生满意地说出"你和我在这一点上的看法是一致的"。(49)格兰特与白人的看法一致,与如此信任他的埃玛小姐的看法不一致,这无疑让人难以预测埃玛小姐计划的前景。然而,使得这一预测更为困难的,还是来自作为工作对象的杰弗逊的顽强抵制。

埃玛小姐带格兰特第一次探监时,杰弗逊躺在床上不理他们,也不腾出地方来让他们坐,对于埃玛小姐的询问一句也不答。直到埃玛小姐叫他尝尝她带来的食物,他才说了一句"无所谓",还在追问之下解释说"什么都无所谓""一切都一样"(73),因此就什么也没有尝。埃玛小姐离开时跟他打招呼,他也没有任何反应,令埃玛小姐哭着祈求耶稣帮助。连续三次探监都毫无进展之后,埃玛小姐病倒了,格兰特只好独自前往。就在这次与格兰特的单独会面中,杰弗逊较为充分地发泄了一通。他说自己是供人养肥了在圣诞节宰杀的猪,说猪不在乎别人怎么说,然后就趴在地上学猪吃食,发出猪的叫声,还摆出玩世不恭的笑脸。无奈之下,格兰特对他说了白人也断言无法让他理解任何东西,问他是否想让白人赢,想以此来激发他的自尊,但杰弗逊的表情依然如故。被白人称作猪的杰弗逊似乎完全接受了猪的身份,这也许是埃玛小姐的计划遭遇的最大麻烦。在随后的一次探监中,杰弗逊拒绝了埃玛小姐带去的食物,向她要喂猪的玉米,说自己就是猪,养肥了好挨刀,埃玛小姐便抬手打了他,边哭边问自己受此惩罚到底是哪里得罪了上帝。埃玛小姐本人已无法推进计划的实施了,只能依靠别人。

埃玛小姐所能依靠的,主要就是格兰特。而格兰特所能做的,除了继续带去埃玛小姐精心烹制的食物,主要就是利用自己的长项向杰弗逊耐心讲解做人的道理。就在埃玛小姐打了杰弗逊之后的那次单独探监中,格兰特着重向杰弗逊讲了一个基本道理,那就是一个人即使再痛苦,离死亡再近,也不应伤害爱他的人。杰弗逊听不进去,还用粗话说格兰特的女友维维安不好,似乎想通过激怒格兰特来揭示他所说的道理的空洞性,终止他和其他人的骚扰。格兰特真的想到了揍杰弗逊,但忍住了,最后向他坦诚地说出,他自己并没有多少信心和意愿来探监,是维维安使他坚持了下来。听到这些,杰弗逊的眼睛湿润了。这是格兰特第一次看到杰弗逊的泪水,也是第一次看到自己的努力有了正面的回应。

健康状况不好的埃玛小姐不知自己何时才能再次探监,就对格兰特说了"事情就交给你了",并且希望他能与安布罗斯牧师"齐心合力"(164)。对于埃玛小姐交给他的"事情"的性质,格兰特是有所认识的。他对维维安解释说:"她(埃玛小姐)所希望的,就是由他(杰弗逊)和我来改变持续了三百年的一切",即与三百年种族歧视下黑人的困境和命运有关的一切。这是一件非常艰巨的"事情",用格兰特自己的话说,"也会将我压垮",而至于最后能否完成,主要"取决于杰弗逊"。(167)

格兰特受过高等教育,又是教师,他对于南方历史和黑人受压迫史的丰富知识使他甚至比埃玛小姐本人还要清楚其计划的意义。但要实现这一计划,让杰弗逊真正发挥他的决定性作用①,格兰特就必须先转变他的思想,而要实现这一转变,格兰特就必须设法接近他,与他真正做上朋友。就在杰弗逊完全拒绝埃玛小姐带去的食物、埃玛小姐亲自喂他也拒不张口之后,格兰特开始跟他谈音乐。格兰特知道杰弗逊喜欢音乐,尤其是雷德(Tampa Red)②和迪(Mercy Dee)③等黑人乐手所演奏的伤感布鲁斯。当他说到要送给杰弗逊一部收音机、让他可以随时收听"兰迪唱片铺"等音乐节目时,杰弗逊终于忍不住问起兰迪的节目是否还有。当天,格兰特就借钱为杰弗逊买了一部收音机。

通过收音机,格兰特果然走近了杰弗逊。杰弗逊非常喜欢收音机,自从得到它就一直将它开着。而安布罗斯牧师却认为收音机进一步拉大了

---

① 卡米恩认为,杰弗逊是破除白尊黑卑谎言的最佳人选,因为他身上集中了"迟钝""没有文化""温顺""不说话""软弱"等特点,能够"代表广大没有经济和政治地位的美国人"。Karen Carmean, *Ernest J. Gaines: A Critical Companion* (Westport, Connecticut: Greenwood Press, 1998), 129.

② 雷德(1904—1981),美国布鲁斯乐音乐家。

③ 迪(1915—1962),美国布鲁斯乐音乐家。

杰弗逊与他人之间的距离。杰弗逊得到收音机之后的一天,埃玛小姐、娄姨和安布罗斯牧师在他们努力争取来的宽敞的监狱休息室里等着见杰弗逊。杰弗逊却因为狱警不让带收音机而没有来见他们,显然把收音机的位子摆在了三位老人之上。三位老人就只好离开休息室去牢房见杰弗逊。当探监时间结束、副狱长保罗来开牢门时,他发现收音机关了,杰弗逊背冲着三位老人躺在床上。三位老人刚走出牢门,杰弗逊就打开了收音机。这次探监回来一见到格兰特,安布罗斯牧师就开始指责他,说他送给杰弗逊的收音机是个"罪盒"(181),使他无暇顾及上帝、灵魂和其他一切。娄姨甚至要打格兰特,被埃玛小姐拦住。被激怒的格兰特猛烈地反击起来,说收音机与背叛上帝无关,它的作用只是使杰弗逊不去想死亡和自己是猪,而拿走收音机,无法接近他,也就谈不上拯救他的灵魂。

  与其他老人相比,埃玛小姐对收音机的态度比较开通,对格兰特也更加信任。听到盖德瑞先生说,如果收音机惹了什么麻烦,他就没收它,埃玛小姐连忙向他保证没有麻烦。看到娄姨要为收音机打格兰特,埃玛小姐立即上前拦住。安布罗斯牧师指责格兰特和杰弗逊要收音机而不要牧师和上帝,埃玛小姐就安慰他说那只是暂时的,他们以后会要的。但安布罗斯牧师并不相信。在他眼里,格兰特是"魔鬼"(182),不会改变;收音机是"罪盒",音乐是"罪墙"(183),沉溺于这些东西的杰弗逊只会离牧师和上帝更远。显然,安布罗斯牧师眼里只有神魔、善恶的对立和非神即魔、非善即恶的逻辑,没有过渡和变化,没有人及其世俗的日常需求。① 所以,要想改变杰弗逊,格兰特不但要与白人斗,还要与封闭保守的老派黑人斗,否则就连根据杰弗逊的需求接近他的可能也没有。

  安布罗斯牧师把杰弗逊不理他归咎于收音机和送收音机的格兰特,

---

  ① 华盛顿曾给予安布罗斯牧师很高评价,说他"既应上帝召唤要将他的同胞带出绝望走向救赎,又没有忽视他们的日常需求"。[Durthy A. Washington, *Cliffs Notes on Gaines' A Lesson Before Dying* (Lincoln, Nebraska: Cliffs Notes, Inc., 1999), 68.] 这一看法并不全面,比如安布罗斯牧师忽视并反对杰弗逊对音乐的需求,而且因为他反对杰弗逊的这一需求,他没有像格兰特那样与杰弗逊成为朋友,也没有像格兰特那样成功地将杰弗逊由"猪"变成人和英雄。

从未想到在他自己和他所代表的宗教身上找原因,这本身就能反映他的局限与自负。受到指责的格兰特这时也没有接受安布罗斯牧师的建议,即杰弗逊目前需要的不是收音机等别的东西,而是《圣经》。在随后的探监中,格兰特给杰弗逊带去了学生们送的核桃和花生。格兰特没有想到,孩子们的这些与《圣经》无关的普通世俗礼物竟能在杰弗逊身上产生如此大的效果:探监结束时,杰弗逊特意要格兰特替他谢谢孩子们。① 这令格兰特"感觉就像有的人发现宗教那样"(186),高兴得哭了起来。

听到杰弗逊说要感谢,格兰特就像"发现宗教"那样高兴,这表明杰弗逊的这一进步确实令他惊喜,同时也能反映,在格兰特的理解中,宗教并不像安布罗斯牧师所认为的那样绝对高于世俗。在随后与埃玛小姐、娄姨和安布罗斯牧师一起探望杰弗逊时,格兰特再次表达了他对教俗关系的这种理解。他向杰弗逊这样比较了教子和朋友:"教子会服从,而朋友……会做一切事情让朋友高兴。"(190)也就是说,朋友其实要高于教子。格兰特作此比较是想告诉杰弗逊,作为埃玛小姐的教子,他应该服从,应该多少吃一点埃玛小姐带来的食物,而且他更应该做埃玛小姐的朋友,无论在什么情况下,无论自己是否饿或心情是否好,都要先考虑埃玛小姐的心情,都要更加自觉自愿地吃她专门为他准备的食物。随后,格兰特对杰弗逊坦率地谈了他对英雄的看法以及对杰弗逊的希望。谈话中,格兰特还将自己与安布罗斯牧师作了联系,说自己和安布罗斯牧师都不是英雄,都只是白人的奴仆,所以白人对他们都感到安全。

至于什么是英雄,格兰特对杰弗逊解释说:英雄"是为他人做某种事情的人。他所做的这种事情是其他人不做或做不到的。他不同于其他人。他高于其他人"(191)。格兰特说自己当不了英雄,说自己当教师是由于别无选择,并非出于爱好,因而一直厌恶教学,甚至不喜欢在此地生活,这样就不是在为他人做事,就不可能当英雄。格兰特对杰弗逊说:"但

---

① 按照卡米恩的解释,孩子们送的都是"来自土地的礼物",更容易"将杰弗逊与孩子们联系到一起"。Carmean, *Ernest J. Gaines: A Critical Companion*, 130。

是我希望你当。你能够给她(埃玛小姐)、给我、给这里的孩子们某种东西。你能够给他们我所绝对无法给予的某种东西。他们期待着我给,不是你给。那些白人说你给不了任何东西,说你是猪、不是人。但我知道他们错了。你有潜力。我们都有,无论我们是谁。"(191)格兰特不能给而杰弗逊能够给的"某种东西"究竟是什么呢?格兰特说,他自己只能做白人叫他做的事,那就是只教读、写、算术,"其他什么也不教——不教尊严,不教身份,不教关爱"(192)。这就是说,格兰特认为杰弗逊能够给的东西包括"尊严""身份"和"关爱"。给不了广大黑人尤其是黑人孩子这些东西,白人的统治及其白尊黑卑的神话就安全,就像格兰特和安布罗斯牧师给白人的感觉那样。因此,格兰特对杰弗逊说:

> 我需要你。我对你的需要比你对我的任何需要都大得多。我需要知道怎么生活。我想逃走,但是逃往哪里,去做什么呢?这里的人需要我,这我知道,但我觉着我在这里所做的一切都是在使自己窒息。我需要人告诉我该做什么。我需要你告诉我、指点我。我绝不是英雄,我只能给点小东西。那是我必须给的一切。这是我们铲除那个神话的唯一途径。你——你能变得比你所遇到的任何人都伟大。
>
> 请听我说,因为我现在不想对你说谎了。我说的是心里话。你有机会变得比那个种植园或这个小镇里的任何人都伟大。你只要尝试,就能够做到。(193)

杰弗逊是流着泪听完格兰特的这番话的。然后,他吃了埃玛小姐带来的食物,令埃玛小姐和娄姨非常高兴,也令安布罗斯牧师非常忌妒,因为使得埃玛小姐和娄姨高兴的不是他这个圣人,而是格兰特那个"罪人"(196)。

格兰特不喜欢安布罗斯牧师,但在引导杰弗逊学做处处为他人着想的英雄的过程中,他也开始努力控制自己的情绪,试着从不同角度看待牧师的说教。当同样不喜欢牧师的杰弗逊问格兰特世上是否真有牧师所说的天堂时,格兰特的回答只是不知道。当杰弗逊说他由于不认为祈祷有用而没有按牧师的要求做时,格兰特建议他还是做,说那会令埃玛小姐高兴,并说他自己将来可能也会做,如果那对别人有所帮助。当杰弗逊认为上帝应对世上的流血冲突负责时,格兰特没有同意,说杀死耶稣的并非上帝,而是坏人。杰弗逊佩服耶稣对待死亡的态度,说自己也要像他那样走向刑场时"一声不吭"(223)。就这样,在与格兰特的坦诚平等的对话中,而不是在布罗斯牧师居高临下的说教下,杰弗逊一步步地接近着格兰特对他的期待。

虽然杰弗逊说了要像耶稣那样"一声不吭"地面对死亡,但他毕竟不是耶稣。在他痛苦不堪的人生旅途上,他并没有得到多少同情和关心,现在人们却对他寄予这么高的期待。这些都使他难以在走向刑场之前"一声不吭",因此就有了下面这段抱怨和批评:

> 我,威金斯先生。我。要我背十字架。你的十字架,教母的十字架,我自己的十字架。我,威金斯先生。这是个跌跌撞撞的老黑鬼。你们大家的期待太高,威金斯先生。……谁又背过我的十字架呢,威金斯先生?我妈妈?我爸爸?他们在我一丁点儿大的时候就扔下了我。现在也不知道他们在哪儿。我6岁就驾着老水车往地里送水。我拖过棉花袋,砍过甘蔗,往车上装过甘蔗,劈过柴火,修过河堤,从我6岁时就开始了。……是的,我也是人,威金斯先生。但此前没有人知道这一点。白挨骂。白挨打。白干活。笑一下就从我身边走过。人人都认为就应该这么待我。你也一样,威金斯先生。你从来没有重视过我。我自己也没有过。以为我在世上做的都是上帝派给我的。……现在你们大家让我变得比别人都好。怎么变呢,威金斯先生?你告诉我。(224)

格兰特坦诚地说他不知道。不过,这段话表明杰弗逊已经变了。他对社会的不公、对自己的身份和尊严长期遭受忽视的事实已经有了意识,已经变得敢于抱怨和批评了。他已经从一个不敢抬头看格兰特的杰弗逊变成一个要格兰特抬头看他的杰弗逊了。格兰特抬起了头,只见杰弗逊"又大又高,不像他以前戴镣铐时那样低头垂肩了"。"我将尽最大努力,威金斯先生。我只能保证这么多。尽最大努力,"杰弗逊承诺说。"我的眼睛之前是闭着的,杰弗逊。我的眼睛一直是闭着的。是的,我们都需要你。我们当中的任何一个人,"(225)格兰特一边自责一边鼓励道。

变得敢于开口表达自己的杰弗逊又拿起了格兰特给他的本子和铅笔,开始学着记日记。他在日记里记了他所不喜欢的安布罗斯牧师叫他为了将来升天而虔诚祈祷,也记了他所喜欢的黑人萨姆森和布曾经如何质疑和指责上帝或白人的上帝。格兰特给这些日记打了一个"乙",鼓励他多往获救和施救方面思考。杰弗逊在日记里说他喜欢格兰特,但不知怎么表达,因为没有人对他表达过喜欢。他以前只知道通过做砍柴、担水等具体事情来表达他对教母的爱,现在他没有自由做不了这些了,教母也因为身体不好不能来看他了,他就在日记里说他特别想在走前再见她一面。格兰特读了以后说,特别想见某人就是爱,然后给了他一个"乙+"。一天,格兰特的学生们来了,小表妹埃斯特尔还亲了他一下,杰弗逊情不自禁地流下了眼泪。接着,大人们也前所未有地来看他了。他们走后,杰弗逊伏在床上哭了。随后的两则日记都是以"仁慈的上帝、亲爱的耶稣"开始的。日记里,杰弗逊还第一次记下与白人有关的事情,包括白人的好与坏、治安官盖德瑞先生对于他的日记的担心、白人法庭认为他是那两个凶手的同伙的误判。在最后的日记里,杰弗逊写了他仍然不知是否真有天堂,写了他吃光了埃玛小姐为他做的最后一顿饭,结尾还写道:"我曾是一个驾车的送水童,现在我必须做一个坐在电椅里的男子汉。"(234)[①]

杰弗逊被判死刑时格兰特不在现场,行刑时他又不在现场,但这一次他对现场的情况却不像上次那样有把握。他是从副狱长保罗那里了解到

---

① 卡米恩高度评价了杰弗逊的日记,说它"使得杰弗逊的性格极为充分地鲜活起来",其中包含了他的"爱心""见识""人性""才智""敏感""勇气"和"诗的力量"。(Carmean, *Ernest J. Gaines: A Critical Companion*, 121—127.)克拉克说杰弗逊的日记是"其千真万确的人性的表白",是"对小说开头的那些非人化言论的纠正和反驳"。(Clark, *Navigating the Fiction of Ernest J. Gaines: A Roadmap for Readers*, 204.)盖恩斯自己在《写作〈死前一课〉》一文里说,杰弗逊写日记是在"界定他的人性"。Ernest J. Gaines, "Writing *A Lesson before Dying*" in *Mozart and Leadbelly: Stories and Essays*, ed. Ernest. J. Gaines (New York: Vintage, 2005), 61。

杰弗逊最后的表现。保罗告诉他,当行刑者问坐在电椅上的杰弗逊还有什么话要说时,杰弗逊只是请牧师转告埃玛小姐,说他是自己走向电椅的。保罗还告诉他,杰弗逊不但是自己走的,而且走得笔直。在保罗看来,杰弗逊的巨变应归功于格兰特这位"了不起的教师"(254),所以他要与格兰特做朋友,说自己永远也不会忘记杰弗逊。告别了保罗,格兰特回到了学校,从未在学生面前哭过的他在讲台上不禁哭了起来。

二、格兰特:怎么活?

保罗称赞格兰特为"了不起的教师",但格兰特本人并不承认,说自己没什么了不起的,甚至连教师也算不上,因为"你必须有信仰才能当教师"(254)。他不同意保罗把杰弗逊的变化归功于他,而是把这一变化归功于杰弗逊本人及其信仰。

杰弗逊的信仰并不是那种严格意义上的教徒的信仰。安布罗斯牧师说过,杰弗逊11岁时他为他做过洗礼,但杰弗逊"没有保持信仰"(101)。其实,杰弗逊不但没有保持信仰,还对信仰发展出一种敌意。一见到安布罗斯牧师,他眼里就会流露出"痛恨"(121)。他根据自己不得不从6岁就开始干活的苦难经历认识到,"上帝只为白人服务"(227)。虽然他在乡亲们来监狱看他之后写的日记里发出了"仁慈的上帝、亲爱的耶稣"这样的感叹,但他直到最后也不信有天堂存在,也没有跪下祈求上帝拯救他的灵魂。至于耶稣,杰弗逊主要是敬佩他面对死亡一声不吭的勇气和宁死不屈的尊严。这种敬佩也难以被看作严格意义上的宗教信仰。所以,在杰弗逊被处决那天,格兰特才会这样自问:"你信吗,杰弗逊?我是否做了什么使你不信了?如果我做了,请原谅我的愚蠢。因为此时此刻,还能有别的什么吗?"(249)这就是说,此时此刻,生命临终,只有信仰才能帮助临终者。但持这一想法的格兰特不能确定,他这个缺乏信仰者的所有努力是否真能帮助杰弗逊变成埃玛小姐理想中的人或者他理想中的英雄。然而,杰弗逊以自己的实际表现证明,格兰特做到了。

缺乏信仰的格兰特之所以做到了,信仰坚定的安布罗斯牧师之所以没有做到,原因不一而足。其中的一个重要原因,就是格兰特与杰弗逊都缺乏信仰,更准确地说,都不信白人的上帝。格兰特和杰弗逊的生活道路各不相同,但他们都对种族歧视非常敏感,都在受洗之后像安布罗斯牧师所说的那样"没有保持信仰",因为他们都根据自己的亲身经历认定上帝偏袒白人。杰弗逊写道,"上帝只为白人服务"。格兰特说过,安布罗斯牧师去行刑现场是想用"他们(白人)的上帝"(249)安慰杰弗逊。对于这样的上帝,格兰特是拒绝信仰的:

> 别叫我信。别叫我与这些杀人者信相同的上帝或法律。别叫我信上帝能保佑这个国家,而人们却在受着他们同类的审判。审判他的都是他同类中的什么人呢?我在那儿吗?牧师在那儿吗?哈里·威廉斯在那儿吗?法雷尔·亚罗在那儿吗?我姨妈在那儿吗?维维安在那儿吗?不,审判他的不是他的同类——所以我不会信的。(251)

审判杰弗逊的不是上帝,是杰弗逊的同类,但他同类中的黑人都不在场,只有白人在场,而白人对于黑人而言是同类中的异类,所以审判他的又不是他的同类。是歧视黑人、无视真相的异类白人审判并处死了杰弗逊。这些白人所信的上帝是格兰特所不愿信的。没去行刑现场的格兰特在心里对杰弗逊说:"我信的是你。"①无论杰弗逊是否真的成了一个值得格兰特信的对象,杰弗逊在格兰特的期待中是最高大的。就在格兰特说安布罗斯牧师想用"他们的上帝"安慰杰弗逊和"我信的是你"这两句话之间,他在内心还对杰弗逊说过这样的话:"你只需看一下,杰弗逊。你只需看一下。他(安布罗斯牧师)确实勇敢,比我勇敢,比他们任何一个人都勇敢——除了你,我希望。"(249)这就是说,在格兰特的希望中,杰弗逊比非常勇敢的安布罗斯牧师还要勇敢,是最勇敢的人。格兰特所信的就是这

---

① 根据格兰特所说的这句话,凯利认为格兰特的转变是与宗教无关的"世俗救赎"。[Adam Kelly, *American Fiction in Transition Observer-Hero Narrative, the 1990s, and Postmodernism* (New York and London: Bloomsbury Academic, 2013), 18.] 但格兰特是用耶稣的榜样把杰弗逊由"猪"变成一个值得信仰的对象,所以他的救赎并非绝对"世俗"。

样一个杰弗逊。这样一个杰弗逊不但是格兰特所信的,也是他一直在努力塑造的。在把杰弗逊从"猪"重塑为可信之人的过程中,格兰特自己也经历了巨大的变化,包括从无所信到有所信。

埃玛小姐最初请格兰特帮她把杰弗逊由"猪"改造成人时,她并没有想到格兰特也需要改造。听到格兰特说他无法在这么短的时间内完成她21年也没有完成的任务,埃玛小姐的第一反应是"你是教师"(13),意思是教师读书多、能力强,应该能在短期内完成她这个文盲所没有完成的任务。不料格兰特说他教书只教白人叫他教的读、写和算术,白人没叫他教如何使黑人男孩不进酒店。格兰特这么说不只是在强调自己能力有限,还暗讽了作为杰弗逊教母的埃玛小姐的失职,想以此来彻底拒绝她的请求。埃玛小姐果然不再坚持了,但娄姨毫不退让,她厉声叫格兰特闭嘴,强迫他参加了她们的计划。比起埃玛小姐,亲手把格兰特带大的娄姨更了解格兰特,更知道他自身需要改造,也更有资格命令他接受改造。格兰特想冲她叫喊,却又不敢,而且也觉得没有用,因为他曾多次对她抱怨过这里的生活和教学,她一直若无其事。

被硬拉入埃玛小姐的计划后,格兰特在很长一段时间内并不用心。皮肖先生问过他能否在所剩无几的日子里将杰弗逊由"猪"变成人,格兰特的答复是"不知道"(21)。维维安曾告诉他教师有义务,不能像其他人那样随意往徒,格兰特反问道:"有义务做什么——在这个可怕的地方生活和死亡吗?"(29)至于对杰弗逊的义务,格兰特也有许多疑问:

> 我有什么可对他说的呢?我知道人是什么吗?我知道人应该怎么死吗?我自己还正在试图发现人应该怎么活呢?我应该告诉一个从未活过的人应该怎么死吗?……假设我可以去看他,假设我能够接近他并使他意识到他是和其他人一样的人,那又怎么样呢?他仍然会死。……所以我又达到了什么目的?我又做了什么?为什么不让那头猪一无所知地去死呢?(31)

对于埃玛小姐一心想改变的杰弗逊,格兰特不用心。对于他所教的学生,他也不用心。看到一个学生扳着手指做一个简单的乘法题,他就用尺子打他的手,对他喊道,"你应该用脑子来算,不是手指头"(36),令人想起白人律师称杰弗逊是没脑子的猪。发现一个一年级学生上课玩虫子,格兰特就用尺子打了他的头,打出一个包,疼得他"又跳又叫"(38)。接着,格兰特开始对学生训话,说有一个比他们大不了多少的人不久将被处死,这个人被辩护律师称作猪,而他作为教师管教学生,就是要使他们成为有责任心的人。这时,学生中有个叫埃斯特尔的女生哭了起来,因为那个死囚就是她的表哥。对于这个女生,格兰特并没有带着应有的责任心去致歉和抚慰。

格兰特对待黑人死囚和黑人学生缺乏耐心和无所作为的态度除了与黑人尤其是年轻黑人不思进取的心态有关,也与普遍的种族歧视密切相关。治安官约格兰特下午五点到皮肖先生家见面,格兰特五点差十分就到了,治安官却五点半才到,到了以后也没有立即见格兰特,而是先吃晚饭,与皮肖先生交换意见。一直到七点一刻,格兰特饿着肚子站着等了近两个半小时之后,他们才到厨房来见他。让黑人等待似乎成了白人表现权威、驯服黑人的一种方法。开始时格兰特还不断看表,心里不满治安官不守时,可两个多小时等下来,他的锐气就耗得差不多了,所以当治安官等人过来见他时,他情不自禁地犹豫起来:"我应该以我本来的教师身份来行事,还是以白人所期待的黑鬼身份来行事。我决定等着看谈话的进展情况而定。表现出太多的智力对他们将是一种侮辱。表现得没有智力对我是一种更大的侮辱。"(47)最后,他只能以有智力的语言说出治安官爱听的无智力的话,那就是他情愿什么也不对杰弗逊做。

圣拉斐尔教区的教育主管摩根博士是格兰特的顶头上司,他的思想言行较为充分地反映了教育领域的种族歧视。摩根博士的一项例行工作就是视察学校,但他对白人学校和黑人学校的视察次数是不同的。对白人学校,他每年视察两次,而对黑人学校,他每年只视察一次。他对黑人学校负责人很不重视,表现之一就是记不住格兰特的姓"威金斯",总是叫他"希金斯",无论格兰特怎么纠正。摩根博士来格兰特的学校视察,主要关注学生的三个方面的情况：（一）诵读《圣经》和向国旗宣誓的情况；（二）语法、算术、地理等文化课学习方面的情况；（三）健康情况。在总结发言中，摩根博士还强调了强体力劳动在学校教育中的重要性。他的意思是黑人学校的目标就是要把学生都培养成俯首帖耳、身强力壮的劳力。对此格兰特非常清楚，所以当摩根博士检查学生的牙齿时，格兰特觉得他的做法跟奴隶主购买奴隶时的做法一模一样。白人当局对黑人学校的要求非常苛刻，对黑人学校的投入却非常吝啬。格兰特提出与课本、粉笔、加热器等必需品有关的要求时，摩根博士就叫他们自己解决。视察结束，摩根博士要走了，学生们全体起立，站得笔直。对于学生们的这些表现，对于自己反复训练所产生的这些结果，格兰特这时感到的不是骄傲，而是自恨。

格兰特恨自己完全是在为白人培养驯服工具，没有为消除种族歧视、改变黑人地位做什么工作。看到学生们在学校院子里劈柴，格兰特深有感触："我在做什么呢？我走近他们了吗？他们的行为与那些老人当年的行为完全一样。他们要年轻50岁，或许更多，而做的事情却与那些一辈子没上过一天学的老人所做的一样。这只是一种恶性循环吗？我有在做什么吗？"（62）格兰特想到自己当年在这里念书时，也和同学们劈过柴。毕业后，不少同学远走他乡，有的下地务农，有的进城打工，但一个个都先他而去，不是被人所杀，就是因为杀人而被判死刑。那些留存下来的"只是死得慢一点"（63），也没有什么作为。这种结果，当年也像他一样站在围墙边看学生劈柴的安襧老师早就预见到了。老师早就说过："我们中的大多数人将以暴死告终，而那些幸存的将会沦为动物。"他还告诉学生，此地没有自由，逃离是唯一的选择："除了跑了又跑，没有其他选择。"（62）老师英年早逝，享年43岁。格兰特最后一次见到他时，自己已经当上教师，想请他提些建议。老师说："只管尽你的最大努力吧。但那是没有用的。"（66）

教黑人学生的努力没有用，改变黑人命运的努力没有用，怎么努力也没有用：这是来自格兰特的老师的教导，也是格兰特自己的想法。对于埃玛小姐要将杰弗逊由"猪"变人的计划，格兰特说过："如果要我决定的话，我情愿什么也不做。"（49）这还是杰弗逊的结论。他曾在格兰特和埃玛小姐第一次探监时告诉他们:"没有用。什么都没有用。一切都一样。"(73)杰弗逊不但认定了黑人的任何努力都没有用,还趴在地上学起了猪,想要完全接受白人给他的角色,令格兰特质问他是否真的想让白人赢:"你想让我走开,让他赢吗?那个白人?你想让他赢吗?"(84)格兰特对于比自己更自甘堕落的杰弗逊提出的这一质问,是他意欲打破努力无用论、不让白人赢的内心深处真实想法的第一次表露。他的这一想法在他随后的酒吧见闻和思索中得到进一步强化。

在酒吧里,看到人们正在谈论和模仿黑人棒球明星罗宾逊(Jackie Robinson)①,格兰特不禁想起他所崇拜的黑人拳击手路易斯(Joe Louis)②。他清楚地记得,路易斯在第一次交手中败给施梅林(Max Schmeling)后,大家心情十分沉重,连笑都被看作一种罪孽。牧师也加入进来,叫大家耐心等待,说大卫(David)③和歌利亚(Goliath)④后会有期。路易斯和施梅林的第二次交手到来时,格兰特17岁,和大家一起为他们所认识的"唯一英雄"祈祷祝福。比赛开始后,收音机旁一片寂静。人们没忘路易斯和施梅林的第一次交手,都在自问:"上帝会让悲剧重演吗?"结果,路易斯胜了,现场一片沸腾,大家开怀大笑、互相拍背,连续几周把头抬得比世上任何人都高。

听着酒吧里的人们谈论罗宾逊,格兰特又想起大学期间一位矮小的爱尔兰老师所介绍的一个故事,即乔伊斯(James Joyce)⑤的短篇小说集《都柏林人》(*Dubliners*, 1914)中的《会议室里的常春藤日》("Ivy Day in

---

① 罗宾逊(1919—1972),美国黑人棒球运动员,因在1947年的棒球联赛中冲破种族隔离而成为民权运动的偶像。五十年后,为了纪念他对棒球运动和美国社会所产生的巨大影响,棒球界决定在棒球联赛中禁用罗宾逊用过的"42"这个号码。
② 路易斯(1914—1981),美国黑人拳击手。1937年获世界职业重量级冠军。1936年败给前世界冠军、德国拳击手马克斯·施梅林(1905—2005)。纳粹分子把施梅林对路易斯的胜利看作纳粹对民主的胜利。1938年,两位拳手再战,路易斯在第一回合就击败对手,美国人视之为民主的胜利。二战中,路易斯成为激励士气、动员参军的英雄。
③ 大卫,《圣经》里记载的古以色列国王。
④ 歌利亚,被大卫杀死的巨人。
⑤ 乔伊斯(1882—1941),爱尔兰小说家。

the Committee Room")。老师说这个故事超越了种族和阶级,具有普遍意义。格兰特找来故事读了,发现故事写的是一些爱尔兰人聚会谈论政治的情况和爱尔兰伟大的民族主义政治家帕纳尔(Charles Stewart Parnell)①之死,弄不明白它与美国尤其是美国黑人有何关系。直到几年之后,他的经历多了,开始认真听了,听到人们如何谈论他们的英雄、前人及其丰功伟绩,发现到处都能听到这类谈话,他才逐渐理解了这个故事。

格兰特的这些观察、聆听和联想把不同的领域联系起来,比如罗宾逊所从事的棒球和路易斯所从事的拳击;把不同的时代联系起来,比如路易斯所在的现代和大卫所在的古代;把不同的国家联系起来,比如乔伊斯所描写的爱尔兰和格兰特所在的美国;把不同的受压迫者联系起来,比如受英国压迫的爱尔兰人和受白人压迫的美国黑人。在不同的领域、不同的时代、不同的国家和不同的受压迫者的这些联系中,格兰特发现了一个重要的共同点,那就是人们对英雄的崇拜。人们需要英雄,需要英雄的鼓舞和引领作用,尤其是对于受压迫者。② 这些英雄的故事给了格兰特方向和力量,也让他看到了改变杰弗逊的必要性和可能性。这就难怪他想着想着,焦点就移到了杰弗逊的身上:"酒吧尽头的那些老人还在谈论杰基·罗宾逊。但我却不在想杰基、乔·路易斯或那个矮小的爱尔兰人了;我在想镇北监狱里的那间阴冷的、令人压抑的牢房。"(90)

格兰特在想那间牢房,在想如何凭借英雄的力量、参照英雄的榜样将杰弗逊塑造成自己心目中的英雄。格兰特这时看到了机会,长期深藏内心的责任感开始苏醒。对于格兰特内心的这种责任感,维维安非常清楚。这就是为什么听到格兰特说想离开此地,她能十分肯定地说他做不到。格兰特追问为什么说他做不到,她安答道:"你自己就有答案,格兰特。你

---

① 帕纳尔(1846—1891),爱尔兰民族主义者和政治家,19世纪80年代爱尔兰争取自治斗争的领袖。
② 卡米恩指出,《死前一课》里不缺女性英雄(埃玛小姐、娄姨、维维安等都是沉着冷静、坚定不移"革命者"),缺的是男性英雄,"盖恩斯的主要挑战是如何写男人",因为现实中的黑人男性不够男人,只被看作"五分之三个人"。Carmean, *Ernest J. Gaines: A Critical Companion*, 134,129。

对他们的爱胜过你对此地的恨。"(94)

格兰特之所以大学毕业后返乡教书一直不走,按照维维安的看法,就是出于对"他们"即黑人乡亲们的爱。但受了高等教育的格兰特也与他们存在隔阂,一个重要表现是在宗教信仰上。格兰特大学毕业一回来就明确告诉娄姨:"我不再信教了。"对此,娄姨虽然难以接受,但又怕强迫他信教会把他逼走,只好"由他去"(97)。然而,安布罗斯牧师在如何帮助杰弗逊的问题上却不想让格兰特由着自己的想法去做。他要格兰特注意帮助杰弗逊的灵魂。听到格兰特说自己不懂灵魂是什么,他解答道:"我为他做过洗礼。当时他十一二岁。但像太多的其他人,他也没有保持信仰。像你一样。"安布罗斯牧师这里在说,灵魂就是宗教信仰,没有宗教信仰就没有灵魂,当然也就不可能懂灵魂。他的嘴巴在说,他那双盯着格兰特的眼睛也在说,令格兰特从他的眼神里看出"仿佛我是最坏的罪人之一"。他接着问格兰特是否跟杰弗逊谈过上帝,对还未谈过上帝的格兰特反问道:"如果我们不谈上帝,那么世上还有什么足够重要的东西值得我们去跟一个快见上帝的人谈呢?"(101)格兰特便说这个话题由牧师去谈更合适。这一点安布罗斯牧师乐于接受,但还是不放格兰特,又问他会带什么去探监,在得知他带的是食物和衣服等俗物之后说自己要带《圣经》,格兰特只能依随着说好。

关注灵魂、谈论上帝、诵读《圣经》,这些都是格兰特不关心而安布罗斯牧师认为必须关心的东西。不关心这些东西,在安布罗斯牧师看来,就是没有信仰。正是在此意义上,他认为格兰特没有信仰。然而,在格兰特是否有信仰的问题上,维维安的看法完全不同于安布罗斯牧师。她对不上教堂的格兰特说:"我知道你信。你不想这么做,但我知道你信。"格兰特回应道:"我所信的唯一的东西就是我爱你。"(103)维维安和格兰特这里所说的信仰,都不是那种拘泥于宗教形式的信仰,而是一种更为实质性的信仰,那就是对爱的信仰,既包括格兰特所说的对于恋人的爱,也包括维维安所说的那种使得格兰特坚持不走的对于广大黑人的爱。

格兰特和维维安所信仰的这种爱的对象主要是人,不是神,因而爱神胜于爱人的安布罗斯牧师就缺乏这种爱,就无法像格兰特那样与杰弗逊进行交流、做成朋友。安布罗斯牧师曾对沉默不语的杰弗逊说:"年轻人,我每天晚上都为你祈祷,我也知道上帝开始听到我的祈祷。全心全意地信他吧,这样他就会帮你度过苦难。"但是这些话从杰弗逊那里得到的不是感激,而是他用眼睛表达的"痛恨"(121)。

埃玛小姐有信仰也有爱,但她主要用食物来表达爱,方式比较简单,缺乏必要的针对性。杰弗逊看她时眼里虽然没有看安布罗斯牧师时的那种"痛恨",但也没有多少同情。他故意找埃玛小姐要她所没有的玉米,说自己的确是猪,吃了玉米长肥了好挨刀子。埃玛小姐被激怒了,动手打了他,过后又哭着问道:"我究竟对上帝做错了什么而受此惩罚?"(122)对上帝做错了什么?这可能是笃信上帝的埃玛小姐在遭遇挫折时首先想到要问的问题,也是她无法从上帝那里得到答案的问题。按照格兰特的看法,埃玛小姐从未从上帝那里得到过这一问题的答案,从未使她的失败者地位得到任何改变,因为她给杰弗逊当了21年的教母也没有把他由"猪"变成人。

杰弗逊对安布罗斯牧师和埃玛小姐的排斥,在很大程度上反映了老一代黑人在信仰和能力上的局限。埃玛小姐在哭着问完自己对上帝做错什么之后叫格兰特代替她去探监,可以说是在承认自己的局限,把希望寄托于格兰特所代表的青年一代。格兰特并非真的不想去探监,尽管他难以忍受杰弗逊给他的"负罪感",但娄姨说他身为教师就必须去的命令口吻确实令他"发疯"(123)。好在格兰特修养不错,按他自己的说法,他"不会因为任何事情而长时间生气"(125)。与埃玛小姐不同,格兰特对杰弗逊从未动过手或发过火,无论杰弗逊怎么气他。杰弗逊用粗话辱骂维维安时,格兰特也没有动手,而是平和地说出使他坚持来探监的正是维维安。这种耐心和真诚让格兰特第一次看到杰弗逊"发红的眼里的泪水"(130)以及改变他的希望。

受维维安的启发,格兰特也在自己的学校里组织了一场庆圣诞演出。格兰特在通知里点明圣诞演出是为杰弗逊组织的,结果连许多从不参加圣诞或毕业演出的人都来了。这是杰弗逊入狱以来黑人社区最大的一次聚会,是对格兰特及其所负责的杰弗逊改变计划的一个巨大精神支持。演出的主要部分是学生表演的耶稣诞生剧。共有十个学生参加了表演,分别扮演玛利亚、约瑟、二牧羊人、三博士、三民众。小剧以一牧羊人发现东方出现一颗特别明亮的星星开始。二牧羊人正在讨论此星的意味,由右台上来了三博士。在牧羊人的追问下,三博士只是说此星照耀的地方是伯利恒①,他们正赶往那个地方,而至于这颗星的意味,大家到时候就知道了。一牧羊人不信渺小可怜的牧羊人会知道什么,一博士就说:"在上帝眼里,最卑贱者最高贵。"(149)博士们走后,牧羊人跪求羊群平安。第一幕就此结束。幕被再次拉开时,场景变了,玛利亚抱着刚出生的耶稣坐在约瑟身旁。三民众上台,来找星光照耀的马厩。三博士上台,跪在怀抱耶稣的玛利亚的脚下,欢呼救世主诞生。惊讶的玛利亚得知怀里的婴儿就是新生的救世主后,摇着婴儿唱起"普天欢庆,我主降临"(150)。

　　学生们的演出非常成功。台词语法和舞台背景等方面出现的问题并没有影响观众的兴趣。大家对于救世主的渴望,卑贱者对于肯定的渴望,都在小剧里得到很好的满足。但安布罗斯牧师在演出前后的两次讲话中却念念不忘抨击格兰特。在开幕词里,他说道:"一个人无论受教育程度多高(他指的是我,虽然他没点我的名),如果他在其罪孽获得宽恕时不知上帝,他就是被关在冰冷、黑暗的无知牢房里。"(146)在闭幕词里,安布罗斯牧师又说道:"我们都还没有从罪孽之中获得救赎。即使有书本知识,如果我们心里没有上帝,我们仍然还是傻瓜。"(150)在这样一位满嘴上帝却思想僵化、心胸狭窄、爱搞报复的牧师跟前,生活在由这样一位牧师领导的黑人社区里,格兰特无法感到快乐,尽管他组织的圣诞演出非常成功:

　　　　我并不快乐。我一生听到的都是同样的圣诞颂歌,看到的是同样的
　　　　小剧,带着同样的语法错误。牧师领作的总是同样的祈祷,无论在圣

---

① 伯利恒,耶路撒冷南方一镇,相传为耶稣诞生地。

诞节还是礼拜日。同样的人,穿同样的衣服,坐在同样的地方。下一年,一切都同样;下下一年,还是同样。维维安说事情在变。但变在哪里呢?(151)

看着人们围着桌子又吃又喝、谈笑风生、行为"同样",格兰特"独自站立"(151)一旁,不愿参与。

格兰特不愿参与,不愿被同化和俗化,而愿独立思考、改变现状,完成好变"猪"为人的任务。终于有一天,州长确定了杰弗逊的行刑时间——"复活节后第二个星期五即 4 月 8 日的中午至下午 3 点之间"。治安官派人叫安布罗斯牧师和格兰特前去听他传达。听完传达,安布罗斯牧师一言不发,格兰特则开始提问。至于为什么定在那一天,治安官的解释是:"只能定在复活节之前或之后。不可能安排在四旬斋①期间。"(156)后来,格兰特又问了副狱长保罗,得到了较为具体的解释:州长原先想把日期定在圣灰星期三②的前两周,但后来考虑到那天已有行刑安排,在四旬斋一开始就行刑两次,这在拥有大量天主教信徒的本州里显得太多了一点,因此就把杰弗逊的行刑日改到复活节之后。

问完了治安官和保罗,格兰特又开始问自己:"人们怎么就能想出一个日子和一个时间来夺走另一个人的生命?是谁使他们成为上帝?……12 个白人说一个黑人必须死,另一个白人就把日子和时间定了下来,根本不问黑人一声。正义吗?"(157)杰弗逊的行刑时间是星期五的 12 点至 15 点,这让格兰特想到耶稣也是星期五的 12 点至 15 点被处死的。格兰特猜想,白人当权者一定是害怕人们多心,才没让杰弗逊的行刑日过于靠近耶稣受难日,而是往后推迟了两周,这样"就连那少数的敏感者也会忘记救世主的死"(158)。然而,敏感的格兰特没有忘,不但没有忘,还有意要强化杰弗逊与耶稣的关系。

---

① 四旬斋,大斋期,复活节前 40 天。
② 圣灰星期三,四旬斋开始的第一天。基督教有传统在这一天用圣灰在忏悔者的额头上画十字。

在埃玛小姐因体力不支而叫格兰特负起责来并要他与安布罗斯牧师"齐心协力"（164）之后，格兰特向维维安揣测了埃玛小姐的内心想法："为什么不只是安布罗斯牧师？为什么不只是灵魂？不，她需要记忆，关于他像人一样站立的记忆。是啊，她不久就会遇见他，她知道这一点。但她需要记忆，哪怕是在世上持续一天、一小时。"（166）埃玛小姐之所以这样想看到杰弗逊像人一样站立的样子，是因为"我们黑人男人从奴隶制时期开始就不能保护我们的女人。我们待在南方的会被挫败驯服，要不就逃走，留下她们去照顾孩子和自己"。这种情况已经持续了三百年，已经形成了一种"恶性循环"。埃玛小姐所希望的，按照格兰特的理解，就是"由他（杰弗逊）和我来改变持续了三百年的一切"（167）。而在他自己和杰弗逊之间，格兰特认为杰弗逊的作用更重要。当维维安问到这种恶性循环能否被打破时，格兰特回答说："那取决于杰弗逊。"（167）这就意味着，杰弗逊不只是他自己一个人，而是整个黑人男性群体中的一员，有义务打破那个有着三百年历史的恶性循环，格兰特的任务就是帮助他履行好这一义务。

为了帮助杰弗逊，为了首先能够接近他，格兰特为喜爱音乐的杰弗逊买了收音机，产生了很好的效果。但这个收音机也加深了安布罗斯牧师对格兰特的偏见。牧师指责格兰特用收音机使杰弗逊忘记了他最需要的上帝。娄姨甚至说收音机使杰弗逊"背叛了上帝"（182）。面对着这些严厉指责，愤怒的格兰特也毫不客气地喊出"我不懂什么上帝或罪""我不懂什么灵魂"（182），气得安布罗斯牧师把他看作"魔鬼"，气得娄姨直想打他。虽然格兰特明确说了收音机与上帝、罪孽和灵魂无关，那只是帮助杰弗逊忘记死亡、让自己接近杰弗逊的途径，但脑子里只有上帝、罪孽和灵魂而没有人的世俗需要和音乐的安布罗斯牧师理解不了，也不相信格兰特真的成功接近了杰弗逊。

为了进一步接近杰弗逊，格兰特在送收音机之后的那次探监中又给杰弗逊带去了学生送的核桃、花生和他自己买的苹果、糖和连环画。探监结束时，杰弗逊终于说出要格兰特谢谢孩子们这句话，令格兰特高兴得想哭，"就像有的人发现宗教一样"。有的人发现了宗教会高兴得想哭，可这里令格兰特高兴得想哭的却不是宗教,而是杰弗逊,一个不再是满腹怨气、自甘堕落而是懂得感谢的像正常人一样的杰弗逊。这样一个杰弗逊被格兰特比喻成了宗教,除了能说明杰弗逊的进步令格兰特惊喜的程度,还能反映格兰特的宗教观的包容性,更重要的是,杰弗逊的进步让格兰特看到了更具宗教意义的变化的可能性。

格兰特的宗教观的包容性还反映在他对教子与朋友的关系的看法上。在后来一次格兰特与埃玛小姐、娄姨和安布罗斯牧师一起探监的过程中,杰弗逊不说话,也不吃埃玛小姐带去的食物,说自己不饿。格兰特就对他说:"杰弗逊,我希望我们能做朋友。不只是你和我,我还希望你和你教母能做朋友。我希望你不只是做她的教子。教子会服从,而朋友呢,朋友会做一切事情让朋友高兴。"(190)这就是说,在格兰特的理解中,朋友要高于教子,强调服从的传统宗教不足以完善人际关系。按照格兰特的希望,杰弗逊吃了埃玛小姐带去的食物,令埃玛小姐非常高兴。在教杰弗逊做朋友的同时,格兰特自己也开始学做朋友,不仅与杰弗逊,还与埃玛小姐和娄姨,甚至还与视他为魔鬼的安布罗斯牧师。这次探监过程中,安布罗斯牧师作饭前祈祷这一细节得到了较有意味的描写。他的饭前祈祷有两个需要回应的时刻,埃玛小姐和娄姨两次都回应了,不信教的杰弗逊两次都没有回应,而同样不信教的格兰特第一次没有回应,第二次回应了。格兰特回应并不是因为他信教了,而是因为他想与埃玛小姐、娄姨和安布罗斯牧师做朋友,想使他们高兴,也是因为他觉得宗教仪式应该包容与人做朋友、使朋友高兴这样的动机。埃玛小姐、娄姨和安布罗斯牧师果然高兴了,尤其是当他们亲眼看到杰弗逊在格兰特的劝说下吃了埃玛小姐带去的食物、格兰特真的能够接近杰弗逊了。

也就是在与杰弗逊的这次谈话中,在杰弗逊同意做埃玛小姐的朋友后,格兰特向杰弗逊表达了希望他当一个英雄的想法:"英雄是为他人做某种事情的人。他所做的这种事情是其他人不做或做不到的。他不同于其他人。他高于其他人。无论其他人都是什么人,这位英雄,无论他是什么人,都高于他们。"格兰特的这一希望显然超过了埃玛小姐的希望。埃玛小姐只是希望杰弗逊当一个高于猪的人,从未奢望他再去当一个高于人的英雄。格兰特之所以希望杰弗逊当英雄,主要原因是他想让杰弗逊为更多的人做点事情,帮助改善他们的生活:"英雄为其他人做事。他会为他所爱的人民做任何事,因为他知道,那会改善他们的生活。"(191)具体说,就是格兰特想让杰弗逊通过充分体现黑人的人性和气概打破白人的白尊黑卑的神话,鼓舞广大黑人争取平等权利的斗志,激励他们勇敢地行动起来去改善他们的处境。

在鼓励杰弗逊当英雄的同时,格兰特也深刻地批评了自己。他坦诚地告诉杰弗逊:"我当不了英雄。我教书,但我不喜欢教书。我之所以教书,是因为那是一个受过教育的人在当今南方所能做的唯一的事情。我不喜欢它,我恨它。我甚至不喜欢在这里生活。我想离开。我只想为我自己和我的女人而活着,不为任何别人。"(191)除了批评自己因为自私、缺乏责任心而当不了英雄,格兰特也批评了白人的教育体制如何奴役他、不让他和其他黑人当英雄:"我总是在做他们要我做的,教阅读、写作和算术,其他什么也不教——不教尊严,不教身份,不教关爱。他们从不认为我们能够学会这些东西。'教那些黑鬼如何写他们的姓名和如何用手指数数。'然后我就照办,而我又是一直恨自己这么做。"(192)通过这些批评以及教杰弗逊如何当英雄,格兰特自己身上也开始出现英雄豪气。在酒吧里,听到两个混血儿咒骂杰弗逊,说他让大家不得安宁、早该被电死,格兰特上去就与他们厮打起来。虽然这一行为比较鲁莽,格兰特为此而受到维维安的严厉批评,它却是格兰特变化过程中的一个重要标志。在维维安家,维维安摆好饭菜后,格兰特主动作祷告感谢上帝恩赐。他这么做除了想使维维安消气和高兴,也反映了他宗教态度上的新变化,由之前对安布罗斯牧师饭前祈祷的被动回应发展为现在的主动祈祷。

对格兰特成功接近杰弗逊深感忌妒的安布罗斯牧师来找格兰特谈话,说杰弗逊的灵魂还没有获救。格兰特说那由牧师负责,自己帮不了忙。但牧师非要他一起去,因为杰弗逊现在只听他的。格兰特说自己去了不知该说什么,牧师就叫他谈上帝。格兰特说他肯定杰弗逊想听那个,牧师就追问格兰特是否真能肯定。听到格兰特说"也许我对任何东西都不肯定"(214),牧师就声称自己能肯定,那就是要让杰弗逊为离开丑恶世界去美好世界作好准备。格兰特说自己不信另一个世界,牧师就问他是否信上帝。听到格兰特说信而且每天都信,牧师就问他是否只是不信另一个世界,格兰特没有回答。牧师又问他是否想过老一代黑人都是怎么坚持下来的,格兰特又没有回答,只说自己的任务限于使杰弗逊像人而不是像猪那样走上电椅,其他都归牧师负责。

发现谈话没有进展,安布罗斯牧师坐不住了。他站起来走到格兰特跟前教训起来,说格兰特自以为受过教育,其实只学了点读写算术,别的什么都不懂,不懂黑人,不懂娄姨,甚至也不懂自己,说他自己才是受过教育的。他想对格兰特动手,又强忍下来,继续怒喊,说黑人只有痛苦,没有办法摆脱,只能依靠上帝;说他不能让格兰特把杰弗逊的灵魂送进地狱,会竭尽全力与格兰特斗,而且肯定会赢。格兰特说他没有必要斗,自己完全可以不去探监。牧师就说他必须去,因为他欠娄姨的。"我不欠任何人任何东西,"格兰特不假思索地回敬道。听到这话,牧师开始叫他"格兰特小子",还不顾他反对说他不像人,否则甚至会叫他"格兰特先生"。他告诉格兰特,想到放弃的不只是他一个人,古往今来的黑人都想到过,包括埃玛小姐。他说,埃玛小姐活不了一年了,所以必须让她相信杰弗逊会在天国等她,格兰特必须帮助他,也只有格兰特能帮。格兰特自己不想帮杰弗逊跪下去,只想帮他站起来。牧师便说他不知人是可以"既跪又站"(216)的,已经迷路了。格兰特承认自己迷路了,像其他人一样。牧师纠正说不是所有人,他自己就找到路了。格兰特说自己同样希望杰弗逊进天堂,说自己虽然不信天堂,却从未叫杰弗逊不信,当然也绝不对他撒谎。牧师说格兰特只知他撒谎而看不起他,但不知减轻痛苦就不得不撒谎,读写算术不够用,人们送格兰特上大学不是去学那些东西,而是去学如何减轻痛苦,娄姨就是靠撒谎供他念的大学,干活干得手上流血,在教堂里跪着哭得膝盖结痂,而对他却一直撒谎说自己一切都好。牧师最后对格兰特总结道:"那就是我和你小子的区别:那就是为什么我是受过教育的人,而你是个傻瓜。我懂我的人民。我知道他们经历过什么。我知道他们确实欺骗自己,对自己撒谎,希望他们所热爱和相信的那一位能回来解除他们的痛苦。"(218)

　　格兰特看不起安布罗斯牧师并非无缘无故,但安布罗斯牧师在对黑人和宗教的了解方面也确实有胜过格兰特的地方。格兰特确实不知娄姨是如何含辛茹苦供他念完大学的,不知他看不起别人的资格是建立在娄姨的血汗而不是他自己的天赋之上,尽管他跟娄姨住在同一屋檐之下。格兰特厌恶谎言和下跪,不知它们在特定阶段对于帮助弱势群体讲真话和站起来也有某种积极意义。格兰特憎恨偏袒白人的宗教和上帝,不知它们也可以在黑人生活中发挥指引方向、抚慰心灵、凝聚力量等作用。安布罗斯牧师是在格兰特拒绝向他提供帮助之后对他作出上述严厉批评的,旨在帮助他弥补思维方式上、对黑人和自己的认识上的不足,从而使他们俩能真正按照埃玛小姐的希望"齐心协力"、最终实现她的计划。①

　　安布罗斯牧师对格兰特的批评起到了明显的作用。在随后的探监过程中,格兰特在与杰弗逊谈到宗教问题时,观点变得客观、全面了一些。听到杰弗逊说他没有按牧师的建议做祈祷、觉得那么做没有用,格兰特就说那么做会使埃玛小姐高兴,因为那是埃玛小姐所希望的,埃玛小姐希望他将来能进天堂与她做伴。当杰弗逊带着"嘲弄的微笑"问格兰特是否祈祷时,格兰特虽然承认自己不做,但又补充道:"因此我就迷路了,杰弗逊。现在我不信任何东西。不像你教母所做的那样,不像安布罗斯牧师所做的那样,也不像我希望你信的那样。我希望你信,这样有朝一日我就有可

---

　　① 卡米恩认为,"宗教与理性的冲突"在《死前一课》第 27 章里达到"高潮";通过让格兰特了解宗教"谎言"的价值、自己为社区以及娄姨为格兰特所作的"自我牺牲",安布罗斯牧师给格兰特上了"最重要的一课",帮他克服了"在过去和未来这两个世界之间悬浮"的问题。(Carmean, *Ernest J. Gaines: A Critical Companion*, 124.)这些观点是很有道理的,但也需要强调两点:(一)成功转变杰弗逊的主要功臣是格兰特,不是安布罗斯牧师。格兰特转变杰弗逊依靠的也不仅仅是宗教,而是教俗两边的有效资源。(二)《死前一课》里的"课"都是双向的,不是单向的。正如给杰弗逊上课的格兰特也听杰弗逊的课,给格兰特上课的安布罗斯牧师也不得不听格兰特的课。正是在宗教与世俗、老人与青年、男性与女性、集体与个人、过去与未来等的广泛对话和协作中,改变杰弗逊的计划最终得到实现。

能信。"杰弗逊问格兰特是否会信天堂,格兰特肯定地回答说会,"如果那对世上的人有帮助的话"(222)。杰弗逊又问格兰特为什么信上帝,格兰特解释说:"我想是上帝使人互相关心,杰弗逊。我想是上帝使孩子游戏,使人们唱歌。我相信是上帝使爱人相聚。我相信是上帝使树木发芽,使庄稼生长。"杰弗逊问,"是谁使人杀人",想知道是否也是上帝。格兰特答道,"他们曾杀了圣子",想说使人杀人的不是上帝,而是那些不信上帝的人。听了这些,杰弗逊终于说出,他也要像耶稣那样面对死亡,"一声不吭"(223)。

若能亲耳听到格兰特有关信仰、天堂和上帝的上述解答,安布罗斯牧师和娄姨肯定会高兴,就像埃玛小姐见到杰弗逊吃她带去的食物那样。然而,格兰特在克服对来世看法上的不足等方面所取得的进步,并不能使他必然认识自己在对现世看法上的不足,也不能必然使重现世轻来世的杰弗逊感到高兴。对于大家要他代背十字架的愿望,杰弗逊就不太高兴,他质问道:"谁又背过我的十字架呢,威金斯先生?"对于直到现在才来关心他并希望他成为英雄的格兰特,杰弗逊指责道:"……是的,我也是人,威金斯先生。但此前没有人知道这一点。白挨骂。白挨打。白干活。笑一下就从我身边走过。人人都认为就应该这么待我。你也一样,威金斯先生。你从来没有重视过我。"(224)对此,格兰特不得不承认:"我的眼睛之前是闭着的,杰弗逊。我的眼睛一直是闭着的。是的,我们都需要你。我们当中的任何一个人。"(225)

格兰特需要杰弗逊,需要杰弗逊帮助他认识自己和世界,需要杰弗逊成为一个英雄,为他的生活和奋斗提供信心、动力和方向。同样,杰弗逊也需要格兰特,需要格兰特提高他的思想水平和表达能力。格兰特告诉他什么是朋友和英雄以及如何当朋友和英雄,组织大家去监狱看望他、鼓励他,教他如何用笔和纸来表达自己的思想感情。与居高临下、只把杰弗逊看作改造对象的安布罗斯牧师不同,格兰特是在真心与杰弗逊做朋友的过程中不断地改变杰弗逊,同时也不断地改变自己。对于格兰特从一个忽视他的人变成他的好朋友的这一变化,杰弗逊在日记里记下了这样的感受:"威金斯先生我非常想告诉你我喜欢你"(228),"你对我这么好威金斯先生从未有人对我这么好过让我觉得我是一个有身份的人"(232)。杰弗逊的这些肺腑之言可以说是对格兰特变化的最好证明。

然而,直到最后格兰特也没有变得有勇气去行刑现场送别杰弗逊。他没有勇气,那么他一直在鼓励和改变的杰弗逊是否有呢?他不能肯定:

> 谁在陪伴杰弗逊呢?上帝在陪伴你吗,杰弗逊?他在陪伴安布罗斯牧师,因为安布罗斯牧师信。你信吗,杰弗逊?我是否做了什么使你不信了吗?如果我做了,那我就是个傻瓜,请原谅我。因为此时此刻,还能有别的什么吗?
>
> 我知道那个老头儿比我勇敢多了。此刻我不能陪伴你是因为——因为我也许会站立不住。我也许不能陪你走完那最后几步。我也许会使你为难。但那个老头儿就不会。他会是坚强的。他将从他们的上帝那里获取力量。你看着吧,杰弗逊。你看着吧。他是勇敢的,比我勇敢,比他们任何人都勇敢——除了你,我希望。我信的是你。(249)

这里,格兰特首先是惦记杰弗逊,担心他因没有上帝陪伴而遭遇更多痛苦。另外,格兰特也表达了他对信仰的新看法,那就是信仰确有实效,能给人力量,尤其是在面临死亡等灾难的特殊时刻。信仰坚定的牧师就有勇气去行刑现场。从"我知道那个老头儿比我勇敢多了"等话里,可以看出格兰特是在真诚地肯定信仰和安布罗斯牧师,是在坦率地承认自己与安布罗斯牧师的差距。当然,没有勇气去行刑现场的格兰特在承认自己的差距方面还是表现出可嘉的勇气。

对信仰和自己有了新认识的格兰特不再像以前那样排斥祈祷和下跪了。到了杰弗逊被处死的那个时刻,格兰特叫学生们跪下为杰弗逊祈祷。但他自己却没有跪,就像不曾下跪的杰弗逊那样。而且如同杰弗逊,格兰特也认为上帝偏爱白人,也认为这样的上帝是不值得信的:"别叫我信。别叫我与这些杀人者信相同的上帝或法律。"然而这时,自己坚持不信白人的上帝的格兰特却不再反对其他黑人信了,也不再否认这种信仰所具有的某些积极意义了:"但他们必须信。他们必须信,哪怕只是解放思想而不是肉体。只有思想自由了,肉体才有自由的可能。是的,他们必须信。因为我知道当奴隶的意味。我就是一个奴隶。"(251)至于白人的上帝身上具体有哪些东西能够帮助解放而不是禁锢黑人的思想,格兰特这里没有明说。而至于他为什么信杰弗逊,格兰特倒是暗示了一些:

> 我坐在一棵树下,几英尺之外是一座长满牛草的小山。我想我在坐在那里的那段时间里没有看过它一眼。若不是有一只蝴蝶——一只翅膀上有着墨迹般黑点的黄蝴蝶落在那里,我也许根本就不会注意到它。是什么使它落到那里?我闻不到那里有什么能够吸引它的气味。它有许多其他可以栖息的地方……所以它为什么要落到一无所有的牛草山上呢?我盯着它看,看它如何打开翅膀,然后又合上,然后又打开,拍动了一下,又合上待了一两秒钟,然后又打开,飞走了。我看着它飞过那道沟,向下飞入黑人居住区。我一直看着它,直到我再也看不见它。(251—252)

蝴蝶来了又去,但对格兰特而言,蝴蝶的意义却不在蝴蝶的动静本身。蝴蝶让他注意到了一座山,并引发了他对于这座山的一系列思考。同样,杰弗逊来了又去的意义也不限于这一行为自身。他让格兰特注意和思考了许多他不曾注意和思考的东西,让他懂得了该如何生活。杰弗逊与耶稣一样,因诬告而被判死刑;与耶稣一样,在星期五的12点至15点之间被处死;与耶稣一样,面对死亡一声不吭。格兰特信的就是这样一个由他亲自参与塑造的像耶稣一样的人,而且是一个黑人。

格兰特的努力无疑是成功的。坐在电椅上的杰弗逊的最后一句话,就是请安布罗斯牧师转告埃玛小姐:"我是自己走的。"亲眼看到杰弗逊的全部变化的保罗,对造成这一变化的主角格兰特的评价是:"你是一位了不起的教师。"

小结

在《死前一课》里，盖恩斯写的主要是格兰特、埃玛小姐、娄姨和安布罗斯牧师在杰弗逊被处死之前给杰弗逊上的一课，教他如何像人乃至英雄而不是像白人眼里的猪那样面对死亡。但在写格兰特等人给杰弗逊上课的同时，盖恩斯也写了杰弗逊、维维安、埃玛小姐、娄姨和安布罗斯牧师给格兰特上的一课，教他如何像一个有担当、敢作为的教师那样生活。杰弗逊和格兰特都是青年，分别代表没受过教育和受过教育的黑人青年。黑人青年是黑人解放事业的最有活力的担当者，代表着黑人的未来，盖恩斯选择给在黑人青年中具有广泛代表性的杰弗逊和格兰特上课，其意义是不言而喻的。

除了写给杰弗逊和格兰特这样的年轻人上课，盖恩斯也写了格兰特、维维安和杰弗逊等年轻人如何给安布罗斯牧师、埃玛小姐和娄姨等老年人上了一课。由于文化水平较低，又不甚了解年轻人的实际需要，老年人在给年轻人上课时往往思路僵化、观点陈旧、方法单调、效果不佳，因此就不时造成新的矛盾和问题。严峻的事实让这些老年人认识到，如果不与格兰特所代表的青年知识分子合作，他们就难以推进改变黑人及其命运的伟大事业。埃玛小姐一直把格兰特视为其计划的主要执行者，明确叮嘱安布罗斯牧师要与格兰特齐心协力。娄姨以她的家长权威及时打消了格兰特推却或退缩的念头。安布罗斯牧师即使在与格兰特争论最激烈的时候也没有放弃他的想法。两代黑人的通力合作为成功改变杰弗逊提供了可靠保障。

埃玛小姐的计划曾被治安官和皮肖先生等白人当权者看成痴心妄想。有的认为此计划必败的白人甚至放心大胆地打起了赌。这些视黑人为猪并且认为他们不可能变成人的种族偏见常被格兰特用来激将自己和杰弗逊。格兰特给杰弗逊上课的一大目标就是要证明白人编造的白尊黑卑神话是错的。终于有一天，看到杰弗逊开始写日记，白人开始担心了，担心自己会在黑人重写的历史上成为罪人。他们有的为杰弗逊削铅笔，有的提醒他别忘了他们做的好事。通过描写杰弗逊的成功转变以及广大黑人在帮助他实现这一转变的过程中所表现的爱心与智慧,盖恩斯也给白人上了一课。目睹杰弗逊转变的保罗最后对格兰特说:"我永远不想忘了今天。我永远不想忘了他。"(255)由此可见这一课在白人身上所产生的效果。①

  盖恩斯多角度地写了宗教在这一课中的重要作用:(一)是杰弗逊的教母埃玛小姐制订的变"猪"为人的计划,否则一切就无从谈起;(二)正是由于埃玛小姐、娄姨、维维安和安布罗斯牧师这四位虔诚教徒坚定的邀请、要求、支持和鼓励,格兰特才参与了这一计划,一直坚持到最后成功;(三)安布罗斯牧师的训导帮助格兰特进一步认识了自己、娄姨、黑人和宗教,促成了他们的合作;(四)为杰弗逊举行的圣诞演出产生了很好的宣传动员、凝聚人心的效果,使得广大黑人去监狱看望、鼓励杰弗逊,在他被处死那天停工停课为他祈祷;(五)上帝说"最卑贱者最高贵"、卑微的耶稣变成救世主、耶稣面对死亡一声不吭等故事对格兰特和杰弗逊起了很大的鼓舞和指引作用;(六)杰弗逊最后是带着耶稣那样的尊严自己走上电椅;(七)安布罗斯牧师去了行刑现场,为杰弗逊送行并为其灵魂祈祷。

  这一课也探讨了如何改革宗教使之更好地满足黑人进步事业需要的问题。格兰特和杰弗逊之所以不信教,一个主要原因是他们认为上帝只为白人服务。他们之所以不大喜欢安布罗斯牧师,除了他知识结构、思维方式和精神境界等方面的缺陷,主要因为他所代表的宗教偏袒白人。这一宗教能够帮助黑人忍受白人统治下的不公和痛苦,但在揭露和批判种族压迫、唤醒黑人的种族意识、将杰弗逊所代表的广大黑人由"猪"变成人、积极推动黑人进步事业等方面软弱无力,比起格兰特的贡献来存在很大差距。盖恩斯塑造杰弗逊这样一个与耶稣一样因诬告而被判死刑、与耶稣一样在星期五的12点至15点被处死、与耶稣一样面对死亡一声不

---

  ① 盖恩斯说过:"我的文学目的就是要表现人物的发展,让你拿起书看到时觉得真实、不曾见过,让你的品格从那天起开始发展。"Lowe, ed., *Conversations with Ernest Gaines*, 252.

吭的黑人形象,反映了要创造值得黑人信仰的黑人救世主和黑人宗教的意图。① 盖恩斯写格兰特在克服了种种困难后把杰弗逊成功地由"猪"变成人和耶稣那样的英雄,表现了他对最终实现这一意图的信心,以及他对格兰特所代表的有文化、有理想、有能力、有担当、能在世俗与宗教的深度对话中有效利用各种资源改造宗教和现实的年轻一代黑人的厚望。

---

① 卡米恩承认杰弗逊与基督之间有"某些相似之处",但反对把杰弗逊看成基督,认为那么做就"太轻率了"。(Carmean, *Ernest J. Gaines: A Critical Companion*, 132.) 这里想强调的是,盖恩斯在对杰弗逊的刻画中表达了要把他塑造成黑人基督的强烈意图,尽管杰弗逊的形象远不如经过长期塑造的基督那样丰满。

第三章　修道的境界：萨尔兹曼的《夜不能寐》

《夜不能寐》的作者萨尔兹曼的名字对于中国读者来说并不陌生。1982年他以优异成绩从耶鲁大学中国语言文学系毕业后，曾作为耶鲁-中国远征队（Yale-China expedition）成员来到中国，在湖南医学院教了两年英语。主要根据这两年的生活经历，他创作了享誉中美的自传体小说《铁与丝》（Iron and Silk，1986），以独特的视角、生动的笔触和丰富的感情表现了一个名叫马克·萨尔兹曼的美国青年在中国教授英语期间广拜名师学习武术、书法、文学等中国文化的经历，以及与不同阶层中国人的交往和友谊。此书大获成功后，萨尔兹曼又把它改编成电影剧本，并亲自扮演剧中男主角，于1989年摄制完成了电影《铁与丝》，使马克·萨尔兹曼这个人物形象与其创作者马克·萨尔兹曼一道，走进了更多美国人和中国人的视野。此后，萨尔兹曼又陆续发表了《笑经》（The Laughing Sutra，1991）、《独奏者》（The Soloist，1994）、《地域性迷失：在郊区的荒诞成长》（Lost in Place: Growing Up Absurd in Suburbia，1995）、《夜不能寐》、《真实笔记》（True Notebooks，2003）、《空船里的人》（The Man in the Empty Boat，2012）等作品，确立了他在美国文坛的重要地位。

萨尔兹曼的《夜不能寐》被称作"有关宗教信仰的杰作"①和"当今最为精美的小说之一"②。作品写的主要是位于洛杉矶的一所卡迈尔修道院里一位名叫"十字架约翰"的修女（简称"约翰修女"）的成长故事。③ 这个故事里的现在时是 1997 年，即约翰修女 1969 年进入卡迈尔修道院之后的第 28 个年头。就在这一年，在修道和文学创作上都取得突出成就、可以说已达到她个人事业顶峰的约翰修女，被确诊得了颞叶型癫痫。故事主要围绕约翰修女认识疾病、接受手术、适应术后状态这三个部分展开。尤其在认识疾病（认识疾病在多大程度上扭曲了她的修道和创作，使她的修道和创作成就成为毫无真理可言的幻觉）那一部分，作家通过约翰修女的一些零散回忆，表现了她将近 50 年的成长经历。④

关于约翰修女的成长经历，叙述者着重交代了如下七个方面的情况：

（一）她原名叫海伦，由外公外婆带大。书里没有提到她跟母亲有过任何共同生活的经历。一直生活在外地的母亲偶尔会给她写信或打电话，但内容空洞，令她气愤。⑤ 海伦不知道自己的父亲是谁，母亲只说过自己当年不成熟。外公喜欢海伦，在得知她厌恶养鸡场时，曾教她改变视角看世界，但他去世较早。外婆不接海伦母亲的电话，可能也不让她回

---

① W. Shepherdson Abell, "Critics' Choices for Christmas," *Commonweal* 129, no. 21 (6 Dec. 2002): 23.

② Anthony E. Varallo, "*Lying Awake*: A Novel," *The Missouri Review* 24, no. 2 (2001): 209—210.

③ 吉尔摩认为，萨尔兹曼在写修女成长的过程中成功应对了双重挑战：一方面，作为一个"在不信教家庭中长大的不可知论者"，萨尔兹曼可信地表现了修道院生活；另一方面，作为一个男性，萨尔兹曼真实地塑造了修女形象，"挑战了当下那种要求政治正确的观点，即只有女性才能够和才应该描写女性"。Peter Gilmour, "Life in the Convent," *U. S. Catholic* 66, no. 2 (Feb. 2001): 6.

④ 斯宾内拉把《夜不能寐》看作记录约翰修女"精神历程"的"精神日志"。Michael Spinella, "*Lying Awake*," *The Booklist* 97, no. 2 (15 Sep. 2000): 219.

⑤ 伯克哈特在海伦被母亲"抛弃"的经历中找到了海伦后来决定当修女的一个根由，那就是她想找一位"永远也不会抛弃她的爱她的人"。Marian Burkhart, "Epilepsy or Ecstasy?" *Commonweal* 128, no. 7 (6 Apr. 2001): 25.

家。外婆爱看电视,曾要海伦陪她看有关阿波罗 8 号绕月飞行的报道。①就在阿波罗 8 号绕月飞行所赶上的 1968 年圣诞节里,海伦无意间被一位牧师关于改变视角看世界的布道改变了观念,随后就决定出家修道。当时海伦已经高中毕业,正在一家商场工作,年纪在 20 岁上下。至于外婆对海伦的这一人生道路上的重大决定持什么态度,以及她是否来修道院看过海伦,书里没有提到。海伦对外婆似乎也没有什么感情。书里写了她对外公去世感到震惊,但没有写她惦记外婆。

(二)海伦小时候上的是教会学校,读过一些殉道者的故事,对殉道者非常崇拜。她也发现,现实中的教会与书里的不太一样,上帝在日常生活中也没有故事里的那些非凡表现。后来,一位名叫普丽西拉的修女教师改变了她的看法。普丽西拉修女既信神又信己、既祈祷又实干、既服从又自主、既传统又创新,是海伦眼里的"超人"②。普丽西拉修女曾在班里讲过她小时候先学意大利语后去意大利旅行、结果有了更多收获的故事,强调了勤奋刻苦的价值,给海伦留下深刻印象。1968 年的那个圣诞节弥撒上,海伦又见到了普丽西拉修女。普丽西拉修女的虔诚表现与牧师的精彩布道同时发挥作用,进一步坚定了海伦的信仰,使她作出终身修道的决定。

(三)海伦所进的修道院属于赤脚卡迈尔教派(Discalced Carmelites)。这是一个始创于 16 世纪的教派,以修道刻苦、冥思深刻而著称,曾产生过圣特丽萨(St. Teresa of Ávila)③和圣约翰(St. John of the Cross)④等罗马天主教中的杰出神秘主义者。这所名为"圣约瑟夫"的卡迈尔修道院建

---

① 阿波罗 8 号(Apollo 8)1968 年 12 月 21 日于佛罗里达肯尼迪航天中心发射升空,1968 年 12 月 27 日返回地球。这是阿波罗计划中的第二次载人飞行,是人类历史上的第一次绕月球飞行。执行此项任务的三位宇航员分别是指令长博尔曼(Frank F. Borman, II)、指令舱驾驶员洛威尔(James A. Lovell, Jr.)和登月舱驾驶员安德斯(Williams A. Anders)。

② Mark Salzman, *Lying Awake* (New York: Vintage, 2000), 80. 以下小说引文在文中标注页码,不另作注。

③ 圣特丽萨(1515—1582),西班牙神秘主义者,西班牙阿维拉(Ávila)人。

④ 圣约翰(1542—1591),西班牙神秘主义者和诗人,西班牙丰梯维罗斯(Fontiveros)人。

于 1927 年,如今虽然位于洛杉矶市中心区,却只有一条没有路牌的道路与外界连接,长期默默无闻,就像一条"沉船"(8)。海伦 1969 年进入这个"没有电视机、收音机、报纸、电影、时装和男人的世界"(39),到故事开始时的 1997 年,已在这里度过 28 个春秋。

(四)海伦修道的标准高、决心大,进入修道院后将自己的名字改为"十字架约翰",决心以参与创立赤脚卡迈尔教派的著名圣徒和诗人圣十字架约翰为榜样刻苦修道。后来,她果然如其榜样那样在修道和创作上都取得丰硕成果,成为修道院里在这两个领域最有成就的人。她能经常"见到"上帝,直接领受他的教诲。她发表的诗歌散文集《屋顶上的麻雀》大获成功,不但给修道院带来可观的经济收入,也对读者的思想观念和人生道路产生了不小的影响,甚至有成功女性在此书的影响下作出弃俗从道的选择。

(五)在从 1994 年到 1997 年的三年里,约翰修女常受偏头疼折磨。就在她准备应邀出访梵蒂冈的前几个月里,她的偏头疼加重了。经医院检查,她得的是癫痫,属于不太严重的颞叶型癫痫,主要症状包括偏头疼、有幻觉、爱好宗教哲学和文艺创作等。幸运的是,她的癫痫是由一颗不难切除的脑瘤导致的,脑瘤切除了就能彻底治愈。然而,约翰修女却为是否接受手术展开了激烈的思想斗争。究竟是承认自己的病情,承认自己的修道和创作成就只是癫痫引起的幻觉,接受手术治疗,再从头开始艰苦的修道生活,还是不接受手术,继续享受奇特的幻觉和广泛的赞誉,不顾自己的病情给修道院造成的麻烦?最终,她选择了前者。

(六)约翰修女的思想转变得到了多方帮助,既有教内长老的点拨,也有教外专家的启发。德高望重的艾伦德神父建议她摆正自己与上帝和他人的位置,做到上帝第一、他人第二、自己第三,希望她选择手术的倾向非常明显。医术精良、富有同情心的谢泼德医生帮助她了解了自己的病情,看清了自己修道和创作成就的实质,认识到世俗生活与宗教生活在本质上有许多相似之处,尤其是在服从原则、放弃自我、忠于职守、服务他人等方面。

(七)约翰修女治病的过程最终也成了她修道的过程。在此过程中,她逐渐认识到,修道不是为了进入天堂或逃离地狱等个人目的,而是为了清除私心、学会博爱,认识到通向这一目标的道路充满艰辛,想依靠癫痫幻觉等捷径是走不通的,必须坚持不懈一步一步地走。正是由于有了这些认识,失去了成功者光环的约翰修女依然受到其他修女的尊敬。故事结尾,因为对修道的艰难性具有"特殊理解"(181),她被院长任命为一位受其《屋顶上的麻雀》影响而走上修道之路的见习修女的导师。

以上按时间顺序分七个阶段对《夜不能寐》主人公约翰修女的成长经历作了简单梳理与介绍。下面再围绕书里的三大主题——耕耘与收获、视角与真知、静默与言说,对约翰修女的成长和《夜不能寐》的成就作进一步的讨论。

一、耕耘与收获

一分耕耘,一分收获。不事耕耘,没有收获。虚假的耕耘,就只有虚假的收获。总之,人间万事出艰辛,无论做什么,要想有所收获,都必须脚踏实地、吃苦耐劳地辛勤耕耘。这一观点与文学史上其他永恒的主题一样,也是一种老生常谈。但这一老生常谈被萨尔兹曼放在修道领域内深入探讨和反复强调,成了《夜不能寐》里的一个颇有新意和魅力的主题。①

这一主题在萨尔兹曼的处女作《铁与丝》里就反复出现过。《铁与丝》的主人公马克来中国拜武术教练潘老师为师后,潘老师最先问他的两个

---

① 萨尔兹曼在介绍《夜不能寐》的构思时说,他的灵感来自他读到的神经病学家萨克斯(Oliver Sacks)所写的《他的梦幻世界》("A Landscape of His Dreams")一文。文中写了一位 4 岁离开意大利的意大利裔美国人在美国生活了六十多年之后,突然能极为清楚地看到他的意大利故乡,而且还能把故乡的一切在纸上描绘出来,与此相伴的还有一种近似宗教感情的平静、和谐与仁爱,因此他相信描绘他的幻象就是他的使命。萨克斯见了此人,说他得了颞叶癫痫,也叫陀思妥耶夫斯基综合征,这种综合征能强化患者的感情对哲学、宗教、宇宙的兴趣。鉴于这些幻觉对这位病人的生活极为重要,萨克斯最终决定不给他治疗。读了这篇文章,萨尔兹曼说,"我就想,这能为人物构建一种极好的冲突:什么是真实的,我又如何决定呢?"Renee Montagne, "Interview: Author Mark Salzman Discusses His New Book *Lying Awake*," *Morning Edition*: 1, Washington, D.C.: National Public Radio (24 Oct. 2000)。

问题就是"能否吃苦"①和"是否怕苦"。马克的回答分别是"能"和"否",尽管他知道自己是在"说谎"。② 后来,马克问过潘老师如何区分高强的拳手和平庸的拳手,潘老师给的判断标准非常简单,那就是看谁能吃苦:"平庸的拳手懒惰,还试图用迷信来掩盖。而大师则每天吃苦,终生不懈。"(108)

《夜不能寐》里的主要事件是约翰修女对于自己病情的艰难认识过程。这一认识之所以重要和艰难,就是因为它与约翰修女耕耘与收获的性质密切相关。承认自己有癫痫,就意味着她之前的耕耘与收获是虚假的。③ 做手术治愈了自己的癫痫,就意味着她再也不可能得到之前的那种幻觉和灵感,她的修道和创作再也不可能收获之前的那种突出成就,她就再也不可能享有之前的那种令人艳羡的声誉和地位。然而,拒不承认自己的病情以及耕耘与收获中的虚假成分也不行。尽管这种虚假并不是她的有意所为,而是由她无法控制的疾病造成的,但它毕竟是虚假,会随着她病情的加重最终暴露出来,而且弄虚作假也违背了她从小受到的教育和她一向奉行的原则。

约翰修女从小就对虚假的东西非常敏感和厌恶。当年的小海伦接到母亲充满虚情假意的来信或电话,曾想到用恶毒的语言去"伤害"她。星期天外公带她外出,通常都不开车里的收音机,她欣然接受,因为她和外公一样不想听收音机里那些信口开河的牧师们的布道。在学校里,她爱

---

① 萨尔兹曼似乎也很喜欢"吃苦"这个汉语词,他在《铁与丝》里始终把它直译成"eat bitter",以保留它的原味。

② Mark Salzman, *Iron & Silk* (New York: Vintage, 1990), 68. 以下小说引文在文中标注页码,不另作注。

③ 坎贝尔对于萨尔兹曼的这一写法持有异议,说约翰修女所经历的那些"狂喜"虽然是由她的脑瘤引起的,但也不排除有"真实"成分,而约翰修女却"似乎从未考虑过这种可能性",显得"十分奇怪"。他认为,"如果萨尔兹曼当时若把这一想法写进书里,它的内容就会更加丰富"。(Anthony Campbell, "*Lying Awake*," < http://www.acampbell.org.uk/bookreviews/r/salzman.html>. Accessed 7 June, 2023.)但坎贝尔所建议的写法是否可行也是一个问题,因为这取决于如何回答其他一些重要问题,包括:当代医学能否将"真实"成分从脑瘤引起的幻觉中甄选出来?作品的内容是否会过于"丰富",从而使得作品涉猎过多、焦点偏移、感情稀释、结构松散?

读殉道者的故事,十分敬佩他们为了信仰在所不惜的英雄主义精神。同时,她也注意到现在与过去、现实与书本之间的差距,对脱离传统、矫揉造作的现代社会非常不满。普丽西拉修女的出现让她找到了学习的榜样。普丽西拉修女关于她小时候为实现去意大利旅行的愿望而按父母建议刻苦学习意大利语、最后在旅行中得到出乎意料的收获的故事,使她深刻认识到真诚努力、辛勤耕耘的价值。

进入修道院后,海伦将自己的名字改为"十字架约翰",开始像圣十字架约翰那样严格自律、刻苦修道,顺利地度过了见习期,按时在第六年转为正式修女。在随后的 22 年里,约翰修女从未放松过对自己的要求,也从未缺席过修道院里的各项活动,直到三年前她开始受到日益严重的偏头疼的折磨。可是,即便在偏头疼复发时,只要神志清醒、能够下床,她还是坚持参加集体活动,虽然她有时不得不迟到或早退。

渐渐地,约翰修女开始把偏头疼看作上帝给她的额外考验,把伴随头疼而来的幻觉看作上帝对她的额外努力的奖励。为了珍藏这些奖励,记录她在这些幻觉中获得的神启,她经常通宵达旦地进行创作。她的诗文集《屋顶上的麻雀》之所以能大获成功,与她个人的勤奋刻苦是分不开的。然而,她却并不认为自己这么做是在吃苦,尤其是在她开始能在头疼造成的痛苦中"见到"上帝之后。用她自己的话说:"我一点儿也不觉得我在逼迫自己。我是受到了牵引。"她在说这些话时,伊曼纽埃尔院长试图在她脸上寻找任何"骄傲或不自然"的痕迹,结果看到的"只有确定"(34)。

约翰修女的勤奋是确定无疑的,但伊曼纽埃尔院长也清楚,有天赋的人容易骄傲,她在内心问道:"约翰修女是否在将个人利益置于集体利益之上呢?"(34)伊曼纽埃尔院长的疑问不久就得到了证实。正是由于害怕丧失幻觉、神启和灵感,害怕丧失令人羡慕的修道和创作成就,被确诊得了癫痫的约翰修女在是否接受手术的问题上开始犹豫了,开始将个人利益置于集体利益之上。此后不久,她的癫痫再次发作,让她再次看到自己给修道院造成的麻烦,于是便去征求艾伦德神父的意见,得到的建议是:"上帝第一,他人第二,自我最后。你只要坚持这一点,就肯

定能作出正确的决定。"(126)

按照艾伦德神父的建议,约翰修女最终选择了手术。治愈了癫痫,没有了幻觉,约翰修女重新回到单调乏味的正常生活。躺在修道院的疗养室里,她开始以正常人的眼光检视起自己28年来的修道动机,结果发现自己的动机过于务实狭隘,只是为了实现进天堂的梦想。她想起转正宣誓后的那些年里,她曾一度因新鲜感消失、天堂仍未出现而变得极为失望。当时,出于害怕,她将自己的真实感受隐藏起来,打着为上帝服务的旗号不停工作,想在忙碌中忘却自我。后来,她把自己的幻觉解释成上帝的恩宠而不是癫痫的症状,其实是在重温自己的天堂梦。她最终决定做手术也是出于对地狱的恐惧,而不是什么责任感。总之,她发现自己的修道动机一直都不够端正,一直都是以自己为重,不是像艾伦德神父说的那样以上帝和他人为重:

如果我为您服务为进天堂,
就拒绝我进天堂。
如果我为您服务因怕地狱,
就判处我下地狱。
如果我爱您只为爱您,
就请将您给我。(170)

这是约翰修女在痛苦反思后发出的心声,其中表达了她对自己过去28年耕耘的局限性的认识,以及朝着新的更高目标继续耕耘的决心。这个新的目标不再是进入天堂或逃离地狱,不再是为了自己,而是为了他人和上帝,为了上帝所代表的至高理想。

对于正常的人,包括治愈了癫痫、走出了幻觉的约翰修女,这个新目标可能是一辈子也无法达到的,无论怎么辛勤耕耘。然而,朝着这一目标的任何真诚的耕耘并不会毫无收获。教堂窗外的那些树木很好地表达了约翰修女的这一信念:

那些树都往上伸展。它们至死也不可能达到太阳的高度,但在此期

间,它们却能提供阴凉、美感和氧气。倒下后,它们能为下一代树木提供肥料。(178)

二、视角与真知

视角也是一个在《夜不能寐》里反复出现的重要话题。约翰修女成长道路上的每一个进步都离不开她看待自己的视角上的变化。她的视角变化也离不开周围人看待她的不同视角,尤其是艾伦德神父和谢泼德医生的视角。按照艾伦德神父的视角,约翰修女之所以在是否接受手术的问题上犹豫不决,关键是她的视角有问题,具体说,就是她总是站在一己的立场看问题,没有站在上帝和集体的立场上。因此,艾伦德神父向她指出了自我在与上帝和他人的关系中的恰当位置,那就是"上帝第一,他人第二,自我最后",使她开始看到自己的问题的症结,不久便选择了手术。

艾伦德神父代表的是宗教和道德的视角,谢泼德医生代表的则是世俗和科学的视角。谢泼德医生以他丰富的专业知识帮助约翰修女看到了她偏头疼的原因以及她修道和创作成就的实质,进一步改变了她看待自己的视角。谢泼德医生还以他的责任感和同情心改变了约翰修女对于科学和世俗的偏见,使她在服从规则、忠于职守等方面看到了医院与修道院的相似性,在谢泼德医生身上看到了爱人、救人的基督的影子。

按照萨尔兹曼在《铁与丝》里的介绍,马克13岁时看了电影《功夫》之后就开始对奇特的中国文化产生了兴趣。在大学里,马克主修中国语言文学,更加深入地了解了中美文化之间的差异以及视角对于正确认识这些差异的意义。他也许在中国文学课上读过苏轼的《题西林壁》这样的以视角与真知为主题的名作:

横看成岭侧成峰,
远近高低各不同。
不识庐山真面目,
只缘身在此山中。

拘泥于一己或一种文化的视角,就不识观察对象的真实面目,这是贯穿《铁与丝》的一大主题。由视角问题而引发的不同文化之间的误会和冲突,也成为《铁与丝》的丰富戏剧性的主要来源。

《铁与丝》里,刚来中国的马克不自觉地用美国的视角看中国:"我还怀疑武术老师是否会接受一个外国学生,因为我听说他们的思维通常诡秘而又陈旧。"但教他中国文学的魏老师却"使劲摇了摇头"说:"平庸的拳手也许这样,但你会发现,中国的那些最优秀的拳手并不迷信或封闭……"(30)果不其然,一位姓李的医生在发现了马克打拳有形无神的问题后,主动提出要给他一点建议。他把马克带到离马王堆汉墓不远的一个土堆上,对他说:"想一下你脚下的悠久历史吧!……有这么多历史在你脚下,你不觉得感动吗?来,开始练吧,这一次别太在意技巧。只是享受它,就好像这土堆在给你力量。让传统渗透你的全身,这种感觉才会使武术优美起来。那不是一种力量吗?"(34)正是因为接受了中国视角,经过了多位优秀中国拳师的指教,马克的武功才得以不断长进,最后进入一种奇妙的境界:"我觉得自己轻如羽毛,时间也变得毫无意义了。"(211)

相比之下,《夜不能寐》里的约翰修女在接受别人的视角、克服自己的局限方面所走的路要比马克更加艰难曲折。《铁与丝》只写了马克在中国两年的生活经历,《夜不能寐》则写了约翰修女将近50年的生活经历,尤其是她后28年的修道经历。武术对于马克主要还是一种业余爱好,修道对于约翰修女则是一种生活方式。在个性方面,马克随和、开朗、快乐,他的中国学生给他的外号是"活神仙"(208),约翰修女则较为严肃、执着、强硬,她给自己更换的名字借自一位杰出男性,即卡迈尔教派的16世纪著名圣徒和诗人圣十字架约翰。总之,约翰修女不像马克那样易于接受别人的视角、调整自己的视角,因此她的视角与别人的视角之间的关系更为复杂、更有思想性,不像马克的视角与别人的视角之间的关系那样简单有趣。

当年的小海伦有一次陪外公去养鸡场买鸡蛋,看到鸡都被关在笼子里毫无自由可言,感到非常气愤。回家路上,她对外公说:"我讨厌去那个卖鸡蛋的地方。那里气味难闻。"外公"迟疑"了一会儿说:"哪儿的气味都不好闻,宝贝儿。你就对自己说它好闻吧。如果这么做没用,你就试着用嘴呼吸。"(55)外公之所以在听了海伦的话后"迟疑",也许是由于他觉得海伦所讨厌的不只是养鸡场的气味,也不只是养鸡场,因此他不能就事论事地回应她,而应找一个涉及面更大的说法。所以,他在"迟疑"过后说出"哪儿的气味都不好闻"。哪儿的气味都不好闻,而人要存活又不得不呼吸,不得不闻。为了克服这个矛盾,外公建议了两个办法,一个是精神方面的——使自己相信难闻的气味好闻;另一个是物质方面的——改用没有嗅觉的嘴来呼吸。外公这么做是在向海伦提供看待世界的其他视角,帮她走出单一视角所造成的困境。

然而,外公的建议对于改变海伦的视角并没有起到持久的作用。外公去世那年,海伦在电视上看到有关阿波罗 8 号绕月飞行的报道。当宇航员向"美好地球"上的人类念完圣诞节祝词之后①,海伦不禁自问:"美好地球?从远处看,也许是。走近了看,它就没那么美好了。"(87)这里,海伦看待世界的视角与她在外公去世前的视角相比并没有太大差异。她虽然知道远看和近看会导致不同的结论,但她始终把人,尤其是她自己,放在中心。因此,她对世界的看法才会如此悲观,才会如此被牧师的圣诞节布道打动。牧师说:

> 美好的地球。宇航员们是那样描述他们在天上的看法的。但美好的地球并不是一个地方,而是一种心态。地球就是那样的,如果我们用上帝的视角观看的话。

大多数时候,我们把自己放在世界的中心,期待它完全围着我们

---

① 1968 年的平安夜,阿波罗 8 号上的三位宇航员在月球轨道上向地球作了电视直播。直播中,他们朗读了《圣经·创世记》第一章,对"美好地球上的所有人"说了"圣诞快乐"和"愿主保佑你们"。这是历史上观众最多的电视直播之一。任务结束后,在世界各地出席活动时,指令长博尔曼受到了教皇保罗六世的接见。教皇告诉他:"我一生都想向世界说你在平安夜所说的话。"也有无神论者欧黑尔(Madalyn Murray O'Hair)因阿波罗 8 号宇航员朗读《圣经·创世记》而告诉美国国家航空航天局,要求禁止身为政府雇员的宇航员在太空进行宗教活动,结果被法庭驳回,但也使得航空航天局在阿波罗计划的后续任务中要求宇航员不要在太空公开谈论宗教。

转。从这样一个中心作观察,得出的看法就会非常灰暗。然而,如果我们把上帝放在一切的中心,我们的看法就会完全改变。(90)

正是听了牧师的这番话,海伦意识到,视角问题不只是一个远近高低前后左右的纯角度问题,还有一个更为根本的以谁为中心的问题,即以人还是以上帝为中心的问题。由此,海伦开始自问:"以前会不会是我错了?"(90)这就是说,以前她认为世界不美好都是世界的错,而现在她开始觉得世界不美好有可能是她自己错了,那就是她所用的视角是以人尤其是她自己为中心的,不是以上帝为中心的,而如果她采用以上帝为中心的视角,世界就会完全不一样。

带着这样的认识,海伦辞掉了工作,告别了外婆,进修道院当上了修女,想专心培养以上帝为中心的视角,改掉以人为中心的视角。然而,她很快就意识到这一任务的艰巨性:"她闭上眼睛,试图清除脑中一切不是上帝的东西,却发现这就像把大海腾空:你能把那些海水放哪儿呢?"(77)她努力坚持着,但一直没有接近目标的感觉。到了第13年,她这个"基督的新娘"也没有见到她的"新郎"。她曾这么写道:

我就像一只沙漠猫头鹰,
身陷在荒芜的废墟里。
我夜不能寐,唉声叹气,
就像屋顶上的一只孤独麻雀。(98)

就在这一年,约翰修女的母亲在某天来到修道院。之前,约翰修女给她写过信,但没想到她会不回信直接来修道院找她。见面没有说上几句话,约翰修女就明白了母亲此行的目的,那是与她彻底断绝母女关系。母亲已经以单身女人的身份结了婚,生了两个孩子,不想让约翰修女的出现戳破她的谎言,破坏她的家庭。也就是说,母亲不但用谎言否认了约翰修女的存在,还想叫约翰修女支持她的谎言,配合她把这一谎言维持到底。一时间,约翰修女启动了所有的大脑细胞,想找一句"女儿对母亲所能说出的最具杀伤力的话"(105)。可就在这时,她看到母亲胸前的那枚"毫无

品味"的胸针以及它所代表的"失败",顿时又犹豫起来并开始反省:

> 难道她这么快就忘了她应该像爱人的基督那样爱人吗?她母亲不是来改善关系的,而是来求助的。……也许就是在这里,不是在唱诗班里或我的小屋里,我才能发现我的誓言的真正意义。(105—106)

结果,约翰修女不但没对母亲说任何具有"杀伤力"的话,还向母亲问了妹妹和弟弟的名字,并要来他们的照片。端详了一番之后,她把照片放回母亲"颤抖"的手上,说道:"知道了他们的名字,我就可以每天为他们的健康幸福而祈祷。"母亲"费力"地收起照片。她看上去"可怜,不是邪恶"。"我很高兴知道了真相,"约翰修女最后对母亲说,"放心吧,妈妈,愿上帝保佑你。"(107)

什么是上帝的或以上帝为中心的视角呢?根据约翰修女在与母亲见面(这是书里写到的这对母女的仅有的一次见面)过程中所发现的"真正意义",可以说这是一种能从"邪恶"中看出"可怜"的视角,一种能为本应承受"最具杀伤力的话"的人祈祷祝福的视角,一种能使自己和他人得到改变和升华的视角,一种博爱的视角。①

这种视角不是天生的,而是修来的,也是常被遗忘的,就像约翰修女在刚弄清母亲来意时所做的那样。因此,就有必要不断修道,直至完全用上帝的视角取代个人的视角,就像资深修女玛丽·约瑟夫所做的那样。经过61年的长期修炼,约瑟夫修女得到了"活规则"的美名,"体现着默祷生活的最高理想":"按照传统,如果教派的法规丢失了,他们只需看看活规则是如何祈祷的,就能把它们再找回来。"(7)

然而,在达到这种境界之前,遗忘总会发生。约翰修女在被确诊患了癫痫后,就又忘了上帝的视角,不能决定是否应做手术医治这种三年来让

---

① 伯克哈特认为,约翰修女之所以放弃认母的念头,只是因为她看清了母亲的"真相"——"害怕、羞愧、可怜"。[Marian Burkhart, "Epilepsy or Ecstasy?" *Commonweal* 128, no.7 (6 Apr. 2001): 25.] 这一观点不太全面,没有充分考虑约翰修女的爱心这一比她的眼力更为重要的原因。

她在幻觉中见到上帝、获得灵感的疾病。在感情上,她一开始的态度是死也不做手术:"求您了,上帝,拿走一切,拿走我的生命,但不要离开我,不要对我说我根本不认识您。"(67)类似的想法后来还出现过:"如果您在过去三年里向我展示的一切都只是蜃景,那么现在我就陷入有生以来最穷困的境地。丧失您,我就丧失了一切。"(122)但在理智上,她又觉得应该做手术,因为她的那些神秘经验的来源不是上帝的真实显现,而是脑瘤引起的幻觉。在这一激烈的思想斗争中,约翰修女得到了艾伦德神父、约瑟夫修女和其他修女的帮助。

为了帮助约翰修女走出困境,艾伦德神父从纠正她的视角入手,教她正确看待与上帝的距离问题,要她知道有些时候与上帝分开会离他更近:

> 因为与神化自己相比,怀疑自己的灵魂会使我们变得更好。你以为爱上帝就意味着拥有他的陪伴,享受恍惚的状态。那都是围绕着你,不是吗?而爱上帝则应该是一切都围绕着他。应该相信他,把你的一切都交给他。(125)

基于这一认识,艾伦德神父建议约翰修女在作决定时要摆正自我的位置,做到"上帝第一,他人第二,自我第三",也就是说,要克服以自我为中心的视角,坚持以上帝为中心的视角。

艾伦德神父的话给了约翰修女很大触动,使她开始看到自己修道动机里的自私成分,看到自己的作品之所以流行的真实原因,那就是一般人都希望被告知他们能够实现自己的梦想,包括亲眼见到上帝,而她的作品恰好能够满足他们的这种愿望。但她并没有立即作出接受手术的决定。在她入修道院 28 周年纪念日那天,她在日记里写下决不背离上帝这样的话,还想等到圣母哀悼日那天再把自己的病情告诉大家。可就在当天,她犯病晕倒了,醒来时发现自己躺在疗养室里。疲惫的伊曼纽埃尔院长守在她的床前,说她已从艾伦德神父那里了解到她的病情,并向她简单描述了她犯病时的情况:开始时,她对大家说她看到了极为美妙的景象;圣餐仪式开始后,她站立起来,开始在教堂里转悠,盯着天花板轻声哼唱,若不

第三章　修道的境界:萨尔兹曼的《夜不能寐》　109

是及时被人拉住,就会把屏风撞倒。

当天晚上,约翰修女只身一人进了教堂,来打"她的人生之战"(140),为是否接受手术作最终抉择。可是没跪多久她就困了。她回想当年耶稣的信徒因贪睡渎职而给耶稣造成的灾难,还用鞭子抽打自己,但都不能驱散倦意。就在她快要支撑不住之时,"活规则"约瑟夫修女、伊曼纽埃尔院长和其他修女进来了。她们手里的烛光"使黑夜变成白昼"。她们无言的陪伴给了约翰修女巨大的力量。她终于认识到,"放弃她的恍惚状态如果不是一个高尚的决定,至少是一个体面的决定"(142),于是她作出了接受手术的决定。

28年前,为了摆脱世俗寻找天堂,约翰修女选择了修道之路。送她来修道院的出租车离去后,约翰修女"最后看了一眼这个似乎只想毁灭自己的世界,然后就告别了它"(73)。按她当时的看法,世俗世界"似乎只想毁灭自己",没有什么希望。28年后,她离开修道院去医院查找偏头疼的根源时,她对世俗世界的看法基本上没有变。她依然觉得世俗世界就像一座"燃烧的建筑"正在走向毁灭,修道院则是"一个此时即永恒的世界"(40)。然而,当约翰修女再次来到医院接受手术时,她对医院及其所代表的世俗世界的看法开始发生变化。她发现,医院与修道院有相似之处。其一,医生和修女一样都要做事,尽管医院里的"节奏快一点","医生手里拿着的是病历和热饮,不是祷文和念珠"。其二,医院和修道院一样都强调服从,都认为"合作与默契比个人成就更重要"(152)。其三,医生和修女的目标一样,都是"毕生为他人服务"(153)。[1]

送约翰修女来医院的迈克尔修女是修道院的院外修女。她结过婚,生过三个孩子。养大了孩子,处理完丈夫的后事,她当上了住在修道院之

---

[1] 萨尔兹曼对神学和认识论上的对立、确定性和专横持怀疑态度。他说过:"在我们生活的这个时代,确定性顶替了精神性,那些基要主义者对于他们的信仰坚信不疑,而我之所以喜欢那些默祷者,是因为他们愿意承认自己的怀疑。……他们常说,你以为你懂上帝的时候其实是你最不懂上帝的时候。"Carol Lloyd,"Mark Salzman,"＜https://www.salon.com/2001/01/10/salzman/＞. Accessed 18 April, 2024。

外但参加修道院活动的院外修女,为修道院提供各种服务。看到世俗生活和宗教生活这两种对立的生活如此自然地结合在迈克尔修女身上,约翰修女不禁赞道:"你的职业也许是最精彩的。你总是知道哪里最适合你。"但迈克尔修女却否认自己有任何先见之明:"我现在知道了,但那是后见之明。没有谁养大了三个孩子还相信什么确定性的,真的。无论怎样,你还年轻,还没到想清净的时候,你还在半路上。基督没怎么清净过——他一直奋斗到最后。那是你的榜样。"(156)不确定、不封闭、一直努力到最后,迈克尔修女的这些感悟也为纠正约翰修女的视角起了很大作用。

在纠正约翰修女看待世俗世界的视角上起了最大作用的还是谢泼德医生。癫痫治愈、幻觉消失之后的生活,正如谢泼德医生所言,"一开始有点乏味"(158)。对于约翰修女,这种"乏味"主要表现为"模式消失了",一切就像万花筒里构不成图案的彩色碎玻璃,不再具有意义。"在宗教生活里,如果你对你的个人经验失去了信心,就难免会怀疑一切,"仍然相信宗教与世俗截然不同的约翰修女告诉谢泼德医生,想说她比世俗病人更难适应术后生活。谢泼德医生却说"那对所有人都适用",并提到自己在实习阶段曾因意识到学医初衷不对而差一点放弃医学。约翰修女问他怎么又坚持了下来,他答道:"因为所有人选择医学的初衷都不对。这种情况似乎是与这个领域一起出现的。"(159)也就是说,选择任何领域的初衷都可能不大端正,但人们不必因此而放弃所选的领域;通过不断纠正自己的初衷和视角,人们能够在各自的领域里做出成绩。谢泼德医生这番话给约翰修女的启发不亚于修道院前辈们的教诲,所以她才会在听完之后又想起迈克尔修女对她说过的"基督没有清净过,不得不奋斗到最后"(162)。

出院那天,换上修女长袍的约翰修女向穿着白大褂的医生告别,感觉就"像一个边疆卫士隔着疆界向那边的卫士告别"。制服不同,领域不同,但地位却没有什么不同,没有约翰修女以前看法中的那种天壤之别了。约翰修女看待世俗的视角变了,看待宗教的视角也开始发生变化。在电梯里,看着光洁的金属壁里自己的身影,"她长期珍爱的袍子显得有点奇怪,就像是戏装"(165)。回到修道院,约翰修女发现,"修道院的建筑显得单调,修女们的虔诚流露出疲乏的迹象,吟诵的赞美诗就像是读出来的歌剧剧本"(169)。正是带着这种新视角,约翰修女发现自己修道28年来不是为了进天堂就是为了躲地狱,从未有过纯正的动机。

发现了自己修道动机不纯,又没有了任何的幻觉和创作灵感,约翰修女感到极端沮丧。"活规则"约瑟夫修女前来开导她,又向她提出了视角问题:

> 基督去世时并没有看到其工作的完成。按照常人的标准,他是一个失败者,但信仰却将其失败变成了胜利。最重要的是他看待它的角度。上帝曾向你展示过天国的样子,而且你已把它与他人分享了。现在你可以做点更好的事情。……天国虽然难以企及,但我们仍然信仰坚定地不断前行。你如果能写一写这一话题,那该多好啊。……我们对上帝的任何认识都会导向更深层的秘密。有时确实难以接受,但我们不得不继续走下去。(175)

继续走下去,一年又一年,一代又一代,永远不放弃,尽管永远也到达不了目的地。疗养室里,躺在约翰修女对面床上的是特丽萨修女。她曾是约翰修女见习期间的导师。如今,她已经下不了床了,吃饭要人喂,完全丧失了记忆,甚至都忘了自己是谁。她的现状就是其他修女的未来。然而,她为好几代修女的成长提供过帮助,包括约翰修女。在见习修女米丽亚姆的转正仪式上,约翰修女注意到了教堂窗外的树木,想到了它们永远也够不着太阳,但这并不影响它们向上生长的意志,并不影响它们生长时为人们提供阴凉、美感和氧气,倒下后为后代树木提供肥料。

约翰修女医治癫痫的过程也是改变视角的过程。最后,她终于学会了如何客观地看待自己和世界,如何正确地处理自己与上帝和他人的关系。正是鉴于她"对践行上帝意志的艰难性的特殊理解",伊曼纽埃尔院长认为约翰修女是担任新见习修女导师的"合适人选"。约翰修女这时还知道"合适人选"是没有止境的,所以她的回答是:"我将尽力而为,院长。"(181)

三、静默与言说

修道院生活比较特别和神秘,萨尔兹曼选择这一题材,能够唤起读者的好奇心。另外,修道院比较集中、平静和单纯,同时又富有文化气息和精神追求,作家写它,也易于把握和挖掘①,便于以小见大,探讨人性的奥秘和潜能。

其实,《夜不能寐》里的修道院生活并不像想象的那样单纯和平静。以上对约翰修女视角问题的讨论能够表明,修道院里存在不少思想问题和斗争。约翰修女的思想里有问题和斗争;别的修女的思想里也有。在伊曼纽埃尔院长眼里,有问题、有疑惑、有斗争完全是正常的,即使是在修道院这样的环境里,没有反而不正常。她说过:"我更倾向于怀疑那些说自己绝对肯定的人。"(29)

根据伊曼纽埃尔院长的这一观点,可以说约翰修女的问题就在于她对自己修道和创作的动机和成就一直持"绝对肯定"的态度,直到她被查出患了癫痫。还可以说,《夜不能寐》写的是约翰修女由接受"绝对肯定"到怀疑"绝对肯定"的过程。在此过程中,约翰修女的一个较为明显变化就是变得越来越静默,由之前爱说爱写变得爱想爱读。这一点后面还要谈到。

说到"绝对肯定",就不能不提安吉利卡修女。安吉利卡修女在书里第一次出现时,正好看到伯纳黛特修女在驱赶一只松鸦。伯纳黛特修女向安吉利卡修女作了解释,说她赶那只松鸦是因为它刚把一只喝水的鹩鹆赶走。但安吉利卡修女毫不理会,对伯纳黛特修女教训道:"鸟有它们自己的行为方式,因为上帝把它们造成那样,那是他的事。只有人才残忍。"(20)这些话反映出安吉利卡修女在两个看法上的"绝对肯定":(一)鸟不同于人,鸟与鸟之间不存在残忍,伯纳黛特修女所给的解释是谎言;

---

① 也许是因为值得挖掘的东西较多、较难把握,萨尔兹曼写这部篇幅不是很长的作品共用了六年时间。

(二)她自己不残忍,是最懂上帝的超凡之人,而伯纳黛特修女是凡人,因而残忍。

安吉利卡修女的"绝对肯定"还表现在对待疑惑的态度上。有一位修道申请者在来信里表达了一点疑惑。对于她的疑惑和坦诚,伊曼纽埃尔院长表示喜欢。安吉利卡修女则强烈反对,宣称:"在爱上帝的问题上没有任何的中间地带。不是百分之百,就是零。"伯纳黛特修女提醒说,大多数人的情况要比这复杂,安吉利卡修女立即斩钉截铁地回应道:"那种情况也许就不该发生!"(29)

正是这个"百分之百"爱上帝、爱鸟、仇视残忍者的修女把一些金丝雀关进鸟笼里,吊在屋檐下,让它们为她歌唱,令约翰修女想起小时候在养鸡场看到的鸡笼,想起她从小就痛恨的虐待动物的行为,想起她进修道院后一度有过的"被囚禁感"(53)。正是因为有安吉利卡修女这样"绝对肯定"的人存在,"大多数修女认为,修道院生活中的真正惩罚不是隔离,而是不可能与那些你通常不会与之交朋友的人分开"(21)。也就是说,谁搞"绝对肯定",谁就静默不了、友善不了;哪里有"绝对肯定",哪里就安静不了、和谐不了。

修道院里难以安静,除了存在"绝对肯定",在精神上无法摆脱世俗世界的影响,还因为修女们需要吃喝日用、医疗卫生,在物质上也片刻离不开世俗世界。伊曼纽埃尔院长说过:"无论我们听说了多少次追随基督的代价,只要账单来了,我们还是会心惊肉跳,还是会再考虑一下我们是否支付得了。如果我们把信仰变成一种行为,那么它只有在我们感觉踏实时才更有价值。"(172)

但就在修道院里的种种不静之中,许多人默默修炼,练出了独特的性情、见解和静默。约瑟夫修女修道61年,如今是修道院里修道时间最长的修女。她的背因为骨质疏松而完全弓了起来,体质也因为肺炎而大不如前,但她仍然坚持参加各种修道活动,起着"活规则"的示范作用。在讨论克莱尔·巴瓦斯的入院申请的会上,大家七嘴八舌发表了不少看法,有赞同的,有反对的,有不确定的,基本上都与克莱尔的想法有关,难以统一。约瑟夫修女则一直默默听着,直到伊曼纽埃尔请她发言。约瑟夫修女"微笑着"简单说了两句:"牙齿好,举止好,鞋子适当。我喜欢她。"(30)

由此可见,约瑟夫修女少言寡语并不代表她没有看法。她是有看法的,是"喜欢"克莱尔的。另外,她的看法所依据的是细致的观察。"牙齿""举止"和"鞋子"都是看得见、摸得着的具体细节,与其他修女所关注的抽象想法没有直接关系,但也许能反映一个人的一些更为基本的方面,包括教养、习惯、品位和情趣等。这些方面有可能比想法更具生命力,对人生的影响可能也更大。由此也可看到约瑟夫修女对修道目的的理解,即修道不是为了得道成仙脱离生活,而是为了做个真人,更好地生活。

实际生活中,约瑟夫修女常能静默地表现她的敏感性和同情心。有一次,约瑟夫修女和约翰修女赶着去参加集体午祷。途中,约瑟夫修女突然发现,出门前正沉浸于创作的约翰修女忘了把铺在颏下保护袍子的餐巾纸收起来。两个修女一句话也没说,只是交换了一下眼色,发出了"无声的笑声"(14)。一次批评会上,约翰修女的偏头疼犯了,约瑟夫修女注意到她脸色的变化,"悄无声息地坐到了她的身旁",作好了随时提供帮助的准备,令约翰修女觉得约瑟夫修女背弓"仿佛是由于她太久地背负了基督的重荷"(36)。约翰修女要为是否接受手术作出最终决定的那天晚上,是约瑟夫修女在关键时刻带领大家来教堂陪她,"什么也没有说,但意思很清楚:一个修女也许会感到失落,但她绝不孤独"(142)。

理解可分为知识型和行动型两种。这是伊曼纽埃尔院长在动员康复出院的约翰修女担任克莱尔的见习期导师时所作的区分。当时约翰修女觉得自己难以胜任导师职务,说自己"对上帝的意志一无所知"。伊曼纽埃尔院长区分知识型理解和行动型理解是想告诉约翰修女,对上帝意志的理解主要是行动型的,不是知识型的;只要她还在修道院里修道,还在执行上帝的意志,那么她对上帝的意志就不是"一无所知"。区分完了,伊曼纽埃尔院长就没有再说什么,仿佛在用静默的行动强调她的意思。约翰修女也没有立即开口表态。"几只麻雀注意到了院子里的动静,在树上往下叫了几声。它们似乎对一切都有着最佳的理解;它们无论对什么都说是。"这时,约翰修女才对院长说,她将"尽力而为"(181)。

比较而言,知识型的理解主要是靠语言来表达的,行动型的理解则主要靠行动来表达。约瑟夫修女就是主要靠行动来表达她对上帝和他人的理解,总能在别人困难的时候提供及时帮助。当治好了癫痫的约翰修女因为没有创作灵感而感到苦闷时,约瑟夫修女安慰她说:"上帝一定是认为你已经用足了那种天赋。现在他要你再做点别的。……基督去世时并没有看到其工作的完成。按照常人的标准,他是一个失败者,但信仰却将其失败变成了胜利。"(174—175)约翰修女这时意识到,缺乏灵感并不等于缺乏信仰,而对于信仰这本书,她现在需要的是"读",不是"写"(175)。

对此时的约翰修女而言,不写就是不再像她患癫痫期间所做的那样把虚假的东西当作真实的东西来写,就是在没有真实的东西可写的时候保持静默。对于萨尔兹曼,如何写出和写好真实的东西,何时静默何时言说,也是他在《夜不能寐》里反复探讨的问题。这部作品的篇幅不到两百页,但言简意赅,描写和表达的东西很多,涉及宗教与世俗、幻觉与真理、人性与神性、修道与创作、疾病与健康、成功与失败、感性与理性、过去与现在、社会与自然、封闭与开放、唯心与唯物等诸多关系。小说的语言简洁,在第三人称的叙述中掺入了不少的祷文、冥思、独白、诗歌、警句甚至空白,富有变化、寓意和诗韵。这种简洁而又丰富的语言与它的叙述对象是非常相称的。①

关于约翰修女在1994年癫痫首次发作时的感觉,《夜不能寐》里有一段描写,其中涉及了静默和空白:

> 感觉中她的大脑就像一面镜子,里面的一切都来自别处。屋里的静默有了生命,就像一幅中国山水画中的布白,或一首诗中被省略的几个词。被她遗忘在内心深处的某种东西浮现出来。(115)

---

① 萨尔兹曼在谈到《夜不能寐》的题材对其语言的影响时说:"随着我认识了卡迈尔派修女,知道了她们总是在简化、简化、明确化,我想我的题材确实告诉了我应该如何写这本书。" Renee Montagne, "Interview: Author Mark Salzman Discusses His New Book *Lying Awake*," *Morning Edition*:1, Washington, D.C.: National Public Radio (24 Oct. 2000)。

这里,特定的场合使得静默有了生命,有了画中的空白和诗中的省略那样的表达作用。萨尔兹曼选用中国山水画中的布白来比喻具有生命和表达作用的静默,能反映他对中国绘画的了解,更能传达他对静默的表现力的强调,因为布白指的是中国画在画面布局中有意留出的不着墨迹的空白,通常被用来暗示那种超乎语言的空灵妙境。①

为了进一步了解萨尔兹曼如何借鉴中国绘画的布白让静默言说的做法,下面来看一段描写约翰修女癫痫发作时的感觉的文字:

纯粹的意识剥夺了她的一切。她变成一粒灰烬,被无形火焰的热气带往高空。她越升越高,脱离了她所认识的一切。无力救护自己,她朝着无限飘浮而上,直到真空将她体内的弱光吸走。

黑暗如此纯洁,闪闪发光。然后,从黑暗中涌现出一颗

新星。

它的光芒亮于任何恒星,超出可见范围,吞噬一切事物,照亮全部存在。在此辉煌之中,她能够看到永恒,目光无论投向哪里都能发现上帝之爱。(5—6)

---

① 瓦拉娄注意到《夜不能寐》"简短却丰富,容易消化却又精神复杂",但没有注意到书里比"简短"更含蓄的空白。Anthony E. Varallo, "*Lying Awake*: A Novel," *The Missouri Review* 24, no. 2 (2001): 209—210。

这段描写中,萨尔兹曼三次用了空白,每次空三行。至于这些空白的意味,可以说它们表现了约翰修女在由地面升至无限这一过程中所经历的三个过渡阶段(从弱光消失到进入黑暗、从进入黑暗到新星出现、从新星出现到发现上帝),暗示了约翰修女在这些过渡阶段中所体验的难于言说的快感。① 不排除这些空白还可能暗示约翰修女在出现幻觉的整个过程中所经历的三次晕厥。无论指什么,这些空白给读者留下了想象空间,给风格带来了变化,给表达增添了凝练。

说到《夜不能寐》的凝练,还不能不提一下萨尔兹曼在《夜不能寐》的叙述结构上所下的功夫。作品把叙述重点放在了约翰修女故事中的最后一年,即1997年。作品共有七章,其中四章的时间是1997年。显然,约翰修女如何对待癫痫以及术后生活变化是全书的重点。另外三章的时间分别是1969年、1982年和1994年,其中的主要事件分别是约翰修女进入修道院当上修女、约翰修女的母亲来修道院与她断绝关系、约翰修女得了癫痫。这七章的内容并不是完全按照时间的先后顺序排列的。放在第一章的不是1969年,而是1997年(7月—9月初),随后六章的排列才按照了时序——1969年、1982年、1994年、1997年(9月中)、1997年(9月底—10月初)、1997年(10月中—11月)。也就是说,《夜不能寐》并不像传统成长小说那样按照主人公由幼年到老年的顺序来介绍约翰修女的成长,而是先介绍她成长后期的一部分情况,然后再掉过头来介绍这一情况的前因后果。但即使在符合时序的后六章里,也有两点值得强调。一是高度的选择性,即作家在主人公长约50年的成长故事里只选出4年中的主要事件做重点。二是丰富的跳跃性,即围绕那4年中的主要事件,叙述者非常自由地在时间隧道里来回跳跃,在讲述那4年的故事的同时也有选择地介绍另外40多年的有关故事,使主人公得到了较为完整的呈现。

---

① 温道夫认为,通过描写约翰修女的这些有关上帝的"神秘经验",萨尔兹曼也许想说,上帝的实质"超出了人类的知觉、理解和语言"。Thomas A. Wendorf, "Body, Soul, and Beyond: Mystical Experience in Ron Hansen's *Mariette in Ecstasy* and Mark Salzman's *Lying Awake*," *Logos: A Journal of Catholic Thought and Culture* 7, no. 4 (Fall 2004): 37—64.

这两点也有助于理解为什么《夜不能寐》能如此凝练。①

小结

  《夜不能寐》写的是现当代成长小说较少涉足的修道生活，侧重人物的精神成长。故事的场景不像一般成长小说那样多变，而是集中在修道院里。修道院里简单的物质生活有利于作家深入表现人物的精神生活。作家在叙事结构和语言上精益求精，使得这一表现收到了言简意赅的效果。《夜不能寐》没有将修道院生活理想化，没有强化教俗之间的差异，而是深入揭示了二者的相似性和对话的必要性。通过约翰修女艰难曲折的精神成长历程，作品强调了高尚的境界和宽广的胸襟对于人们正确认识和改造世界的价值，以及坚定的信仰、顽强的毅力和务实的态度在接近这种境界和胸襟过程中的作用，无论是在宗教世界还是世俗世界。②

---

  ① 伯克哈特说萨尔兹曼的这部作品"质朴无华"，形式与内容高度统一，以至于故事似乎是"通过他"自然生成的，"而不是由他讲述的"。Marian Burkhart, "Epilepsy or Ecstasy?" *Commonweal* 128, no.7 (6 Apr. 2001): 25。

  ② 路易斯在强调信仰在《夜不能寐》里的重要性时指出，对于"沉默的仁慈上帝"与"受难的无辜者"之间的矛盾，"唯一有意义的答案就是：通过对理解和公正的不懈追求，信仰最终获胜"。Erik K. St. Louis, "*Lying Awake*," *Medscape* 4, no.1 (2002), <http://www.medscape.com/viewarticle/429422>. Accessed 7 June, 2023。

第四章　信仰与创造:米尔豪泽的《马丁·德莱斯勒》

米尔豪泽被称作"20世纪70年代以来的最具独创性的作家之一"①。他的代表作《马丁·德莱斯勒》(全名为《马丁·德莱斯勒:一位美国梦想家的传说》)曾获1997年度普利策小说奖,还入围1996年度美国全国图书奖的终审,是一部非常值得关注的于20世纪末回顾百年之前"美国世纪"开始阶段的历史小说。小说主要通过一个名叫马丁·德莱斯勒的青年从9岁(1882年)到33岁(1905)这24年里的创业故事,反映了纽约这个美国的"创业之都"在19世纪末、20世纪初的发展历史。②

---

① Catherine Kasper, "Steven Millhauser" in Brian W. Shaffer eds., *The Encyclopedia of Twentieth-Century Fiction* (Oxford: Wiley-Blackwell, 2011), 705—706.

② 奥唐奈认为,《马丁·德莱斯勒》不是传统意义上的现实主义历史小说,而是对霍威尔斯(William Dean Howells, 1837—1920)所代表的传统现实主义的后现代模仿,它的现实主义在于表现现实的类像,从而使现实变得"次要、无关",因此《马丁·德莱斯勒》可被看作有关'过去'的类像"。[Patrick O'Donnell, *The American Novel Now: Reading Contemporary American Fiction Since 1980* (Malden, MA: Wiley-Blackwell, 2010), 36—38.] 这些观点有助于我们认识《马丁·德莱斯勒》的时代性。但如果认为史实真的"无关",那就会导致一些麻烦。譬如,如果没有史实,那么我们依照什么来制造类像,又如何判断一个类像的好与坏甚至它究竟是不是类像呢? 奥唐奈还说《马丁·德莱斯勒》表现的是"人造的世界"总是"不及现实本身",可是如果没有他所否认的"现实本身",他的这个结论又何以成立呢?

一、创造梦

19 世纪末至 20 世纪初是美国"狂热的事业心"①和创造性大迸发的时期,有"发明的时代"之称。据成立于 1790 年的美国专利局统计,1860 年以前,美国的发明专利总数只有 3.6 万项。1860 年至 1890 年的 30 年间,发明专利总数达到了 44 万项。1897 年这一年,获得专利的发明就有 2.2 万项。1900 年至 1915 年的 15 年间,发明专利总数攀升到 96.9 万多项,平均每年的发明专利数超过 1860 年之前发明专利的总和。

当时涌现的无数发明家中,首屈一指的要数享誉世界的"发明大王"爱迪生。爱迪生 1847 年 2 月 11 日出生于俄亥俄州北部的迈林镇,父亲是灯塔管理员和木匠。爱迪生在家里的 7 个孩子中排行老小,因猩红热听力受损上学困难,在教师母亲的辅导下靠自学学会了读、写和算术。他自幼爱好科学实验,9 岁时读过帕克(Richard Green Parker)②的《自然与实验哲学》(*Natural and Experimental Philosophy*, 1848)。在数年的打工生涯中,他接触到机械、电气等方面的设备,然后开始尝试发明。他一生获得发明专利约 2600 项,在美国获得 1093 项,在英、法、德等国获得 1500 多项。从 1879 年开始,他在纽约先后创办爱迪生电力照明公司、爱迪生通用电气公司和通用电气公司。爱迪生没受过什么正规教育,却能作出这么多科技发明,为人类进入电气时代起了关键作用,主要原因在于他勤奋好学、勇于探索和善于动手。他几十年如一日,几乎每天都要工作十个多小时,晚上还要读数小时的书,年过 70 还准时到实验室签到上班。若拿他和一般人一生的工作量作比较,他的寿命无疑大大延长了,所以他在 79 岁生日那天骄傲地说自己已是 135 岁的人了。1931 年 10 月 18 日

---

① 恩格斯:《致弗里德里希·阿道夫·左尔格》(1888 年 9 月 10 日),载中共中央马克思恩格斯列宁斯大林著作编译局译:《马克思恩格斯全集》(第三十七卷),北京:人民出版社,1971 年,第 87 页。从 1888 年 8 月 8 日到 9 月 19 日,恩格斯和老友肖莱马、马克思的女儿艾琳娜及其丈夫艾威林对美国作了 50 多天的考察,去了包括纽约在内的多个地方,当时美国的飞速发展给他留下了深刻印象。

② 帕克(1798—1869),美国教育家。

凌晨,84 岁的爱迪生在睡梦中安详离世。胡佛(Herbert Hoover)总统在悼词中称赞他为美国"最伟大的发明家""稀世之才"和"人类恩人"。①

伴随着科技发明的激增,美国第二次产业革命蓬勃兴起,美国经济迅速发展。1860 年,美国工业总产值在世界上排名第四,落后于英国、法国和德国。1894 年,美国跃居世界第一,工业生产总值等于欧洲各国总产值的一半。1913 年,美国的工业总产值超过了世界总产值的三分之一。纽约的发展是美国的发展的一个缩影。到 1860 年,纽约人口增至一百万,当时无论在人口还是工业产值、银行存款、商品贸易等方面都名列全国第一。1883 年,伊斯特河上的布鲁克林桥建成,当时是世界上最长的吊桥,被看作现代工程史上的奇迹。1902 年,作为"摩天楼时代象征物"的福拉特艾恩大厦(Flatiron Building)在纽约的百老汇和第五大道交集处建成。大厦有 21 层,91 米高,当时是"纽约的标志"和"美国第一座真正的摩天大楼"。

在《马丁·德莱斯勒》的开头段里,叙述者先用一句话对主人公马丁·德莱斯勒作了简单介绍,说他是小店主的儿子,却成功地由卑微的出生登上"梦幻般好运的顶峰"②,接着就对他所处的时代作了这样的描述:

> 这是 19 世纪末期,在美国的任何一个街角,你都能看到某个相貌平平的公民似乎注定会发明一种新的瓶盖或罐头盒,创办一个五分价商品的连锁店,销售一种更快更好的电梯,或开办一家巨大的新百货商店,其大型橱窗因玻璃生产技术的进步而成为可能。虽然马丁·德莱斯勒是一个小店店主的儿子,他也做着他的梦……(1)

显然,叙述者准确把握住了 19 世纪末期的美国美梦流行、发明成风的时代特点,并且想强调,马丁·德莱斯勒之所以成为"梦想家",之所以能"幸

---

① Herbert Hoover, "Statement on the Death of Thomas Alva Edison," 18 October 1931, < https://www.presidency.ucsb.edu/documents/statement-the-death-thomas-alva-edison >. Accessed 7 June, 2023.

② Steven Millhouser, *Martin Dressler: The Tale of an American Dreamer* (New York: Crown Publishers, 1996), 1. 以下小说引文在文中标注页码,不另作注。

运地做成了人们甚至都不敢想象的事情:他实现了他的心之所愿"(1—2),与他所处的时代密切相关。

《马丁·德莱斯勒》里,马丁9岁就作出了他的第一项发明,为他父亲的雪茄店橱窗发明了一棵雪茄树——"雪茄树的树干是一根固定在一个圆基座上的木棍,棍子上缠绕着16根用铜丝做的树枝",以便更好地展示不同类别的雪茄。他这一发明的灵感不是从天上掉下来的,也不是关在屋里苦思冥想想出来的,而是"借自"那些开始兴起的百货商厦的豪华橱窗。他母亲经常在星期天带他去逛百老汇。路过那些商厦橱窗时,他们都要驻足观赏。"正是在一次星期天逛街回来之后,马丁开始思考如何改进他父亲的店铺橱窗。"(4)

逛街是马丁了解日新月异的纽约、丰富自己的梦想的一条主要途径。小时候,他跟妈妈一起逛。长大了,他就自己逛。18岁那年被凡德林宾馆的经理威斯特赫文先生任命为经理办公室秘书之后,他就在工作之余通过逛街来学习:

> 周末空了,他就在城市的大街上逛,或者乘坐四条高架铁路线上的火车逛,随意在一个车站下车,走下精美的钢铁阶梯,阶梯上面有尖顶,两边的细长柱子顶部饰有花边状钢制饰物。他到处逛着……一边走一边把一切尽收眼底,腿上有了愉快的紧张感,身上活力涌动,心里欲望萌生,想做点什么,来检验一下自己,以某种方式变成一个更大的自我。(60)

在这个迅速变高变大的城市里,马丁这样的年轻人不可能不产生要干一番事业、变成一个更大自我的梦想。小说用了大量篇幅介绍马丁实现这一梦想的过程。刚过20岁生日,马丁得知天堂博物馆将要倒闭,便贷款买下,将它改造成大都会餐馆及台球厅,获得巨大成功。不久,马丁就辞去凡德林宾馆的工作,把精力全部放在餐馆的经营和发展上,先后在纽约的不同地段开办了几家分店,生意都非常兴旺。这时,凡德林宾馆陷入危机,马丁卖掉餐馆买下宾馆进行改造,又大获成功。接着,马丁又先后建成了德莱斯勒和新德莱斯勒两家宾馆,规模一家比一家大,成就一个比一个大,他的自我也变得越来越大。小说最后写了他在33岁那年建成一座名叫大宇宙、规模举世无双、旨在取代现实世界的宏大建筑。

然而,《马丁·德莱斯勒》所写的并不是马丁从胜利走向胜利的充满乐观主义的故事。他最后建成的大宇宙就是一个失败,也是他有生以来最大的失败。自其开张之日起,大宇宙的入住率从未达到他所预想的百分之九十,最高时只有百分之七十二,而且一路下跌,最后跌到入不敷出的程度。故事是以他找了一个演员做替身、自己净身离开大宇宙而结束的。这个悲剧性结尾在小说开头有过暗示。就在介绍马丁从卑微的出生成功登上"梦幻般好运的顶峰"的第一段末尾,叙述者说道:"然而,这是一种危险的特权,因为神会忌妒地盯上它,等待差错出现,哪怕是小差错,最后使一切都化为泡影。"(2)在后来的故事中,叙述者也交代了马丁对于自己失败原因的思考,从自己的整个创业和生活过程中找出了一些可能的原因。可以说,小说从一开始写马丁的创业及其成就,就开始写他的失败及其原因了。也就是说,小说写的既是马丁成功的故事,又是他失败的故事,成功和失败交织在一起,二者的比例有一个从成功多失败少到成功少失败多的变化过程,贯穿整部小说。

至于马丁所建的大宇宙到底是什么性质的失败、失败的原因究竟是什么等问题,后面有详细讨论。由于《马丁·德莱斯勒》的主要部分写的还是马丁的成就,我们先来看他的成就,尤其是他能取得这些成就的原因。了解了他成功的原因,有助于我们了解他失败的原因。

马丁之所以能取得出超乎常人的成就、成功登上"梦幻般好运的顶峰",主要有五个原因。这五个原因能在很大程度上反映这部小说的内容特色和教诲倾向。概括起来,这五个原因是重学习、重顾客、重理念、重合作、重勤奋。下面就对这五个原因逐一加以解释:

(一)重学习。上面提到,马丁最初发明的雪茄树就是他学习商厦橱窗里商品展示方式的成果。他内心之所以会产生那种"想做点什么,来检验一下自己,以某种方式变成一个更大的自我"的欲望,也是由于他通过逛街这种学习方式了解到纽约的发展走向、人们的所思所想以及他自己的创业机遇。如同爱迪生,马丁接受的学校教育不多,主要靠在实践中自学。14岁上八年级时,由于他"勤奋""规矩"和"可靠"(18),凡德林宾馆决定雇他做服务员。马丁的母亲不同意他去,希望他继续念书,但12岁就开始工作的父亲同意,说"还有其他一些接受教育的途径"(20),结果马丁辍学入职了。马丁有一种"将一切尽收眼底"的能力,被叙述者反复提到(17、24、60)。小时候,有一次跟父母去海边度假,马丁就开始尝试"把一切尽收眼底"。在海里,马丁独自站在一旁,让视线自由移动,看到了起伏的海水、巨大的码头、宫殿般的沙滩、贴浪飞翔的白头灰翅的海鸥、在水里欢笑的母亲、高耸入云的火车站铁塔等。他的感觉和想象也随即自由活动起来,有了一种"奇怪的感觉,即巨大无比的世界正朝着不同方向奔跑"(17)。14岁在凡德林宾馆当上服务员后,马丁开始将宾馆的一切尽收眼底,发现最令他着迷的是宾馆里"巨大的复杂结构、有序的系统、设计完美的机器"。他赞赏宾馆,觉得它是"一个发明、一款精巧设计、一种理念"(24)。马丁熟悉爱迪生的发明,也熟悉人们基于爱迪生的发明所作的新发明,非常欣赏新发明的枝形吊灯把时尚的白炽灯与传统欧洲宫廷吊灯完美结合起来的做法。这种"将一切尽收眼底"的能力使马丁能以超常的速度积累创造发明所必需的信息,也使他能以过人的眼力及时发现一个又一个的创业机会。

(二)重顾客。判断创业成功与否的主要标准是看社会需求是否得到满足、顾客是否欢迎,尤其是在马丁所从事的餐饮、宾馆等直接面向顾客的服务性行业。也许是从小就在父亲的雪茄店里帮忙受父亲熏陶的缘故,马丁具有一种"惊人的天赋:能够迅速识别客人的性情并提供合理、准确的建议"(6)。理解顾客、赢得顾客的信任需要多方面的素质和能力,包括真诚、同情心、表达能力、办事能力。正是因为马丁14岁时就具备了这些素质和能力,凡德林宾馆才决定雇用他,以取代那个不称职的服务员。果然,马丁很快就受到顾客们的欢迎。马丁知道顾客喜欢他并不是因为他的长相,而是因为他有"同情心",能够给予顾客"最为深切的关注"

(23)。即便是汉密尔顿夫人那样挑剔难处的客人,他也能毫无怨言地耐心对待,最后从她那里得到"尊敬人""教养好"(29)等好评。在与顾客的交往中,马丁不但锻炼了自己的能力,也发现了极大的乐趣:"他喜欢接待新客、解答问题、安慰气急败坏者——与人交谈。这里与雪茄店究竟有多少差别呢?人们跟你说话,你应答他们。你努力想象新客们的困惑,满足他们的愿望,使事情变得简单、有序、明确。因此,人们就喜欢他:他对此也深有所知。顾客们开始依赖他,有事就征求他的意见。"(37)马丁在创业生涯中所做成的那些项目都与他顾客至上的理念、对顾客需求的准确把握密切相关。

(三)重理念。与一般创业者不同,马丁非常重视理念,重视各种现象背后的实质和规律,重视对于这些实质和规律的科学归纳。上面提到的他所秉持的顾客至上的理念,就是他对自己从雪茄店到宾馆的成功经营经验的一种理论归纳。他还有一些别的理念也在他成功的创业项目中起了重要作用。进凡德林宾馆工作后,马丁最为痴迷的是宾馆"巨大的复杂结构、有序的系统、设计完美的机器",是它对于"一种理念"(24)的新颖、完美的体现。这种理念马丁小时候跟母亲逛商厦时就开始接触了,而且曾被他用于雪茄树的发明。那就是所有商厦所奉行的兼收并蓄的理念。用马丁的话说,那是商厦"组织空间"的秘诀,使它们能将"大量相互冲突的音调组合成一首复杂而又和谐的曲子"(180)。在将天堂博物馆改造成餐馆的过程中,马丁的合伙人邓迪的理念比较简单务实,那就是使餐馆容纳尽可能多的顾客。而马丁则提议为"一种虚幻却又重要的原则(由许多微小决定导致的、被称作气氛的那种难以捉摸的因素)牺牲一些座位"。也就是说,马丁想要他的餐馆既有座位又有气氛、既有物质粮食又有精神粮食、既能吸引饥饿者又能"吸引并不饥饿的人"(66)。结果他成功了。在改建凡德林宾馆过程中,马丁继续贯彻他所深信的"矛盾"原则,即要使顾客"同时生活在两个世界里"——"由钢铁和发电机构成的新世界"和"由石拱和木雕构成的旧世界"(179)。结果他又获得成功。在马丁看来,宾馆与商厦相似,都希望"吸引和留住顾客",都在为了这一目标而把自己变成一个"小世界"(181),把尽可能多的不同东西吸收进某种结构。谁做到了这一点,谁就具有最大的魅力,谁就成功了。

(四)重合作。马丁的所有成功都离不开他与所聘的机械、设计、广告、管理等各类人才的通力合作。前面提到,在将天堂博物馆改造成何种餐馆的问题上,马丁与合伙人兼工程师邓迪在理念上产生较大分歧。但马丁十分尊重邓迪,对于邓迪的看法,他"每一个都认真听取"。在补充和修改邓迪的看法时,他用的是"劝说",使邓迪不但能听得进他的看法,还能听出"乐趣"(66)。他们的愉快合作为马丁创业生涯中第一个大项目的成功提供了保障。其实,马丁的合作能力在他9岁那年发明雪茄树时就小有显现。起初,马丁的父亲并不接受雪茄树。他是一个非常朴实传统的人,不喜欢任何"轻浮或奢华"的东西。但马丁知道,"条理清楚、心平气和地陈述出来的理由"(4)能改变父亲的态度。他这么做了,最终成功说服父亲接受他的发明。马丁小时候所作的"第一笔成功交易"也是合作的结果。见到凡德林宾馆的职员查理经常在午餐时间来买一种在凡德林宾馆雪茄台上买不到的雪茄,马丁说自己可以每天为他送,以节省他往返路上所花费的"宝贵时间"。至于回报,他只请求查理在宾馆里多多介绍德莱斯勒雪茄店,理由是那个令查理失望的雪茄台肯定也会令别人失望。查理拍着马丁的后背大笑起来,夸他是个"小机灵鬼"(9)。果然,不久就有顾客源源不断地从凡德林宾馆过来了。马丁小时候就显露出的这种突出的合作能力,在他后来与工程师阿灵和广告师哈文顿等人的合作中得到了最为充分的表现和发展。

(五)重勤奋。在很大程度上,以上四点都是以马丁的勤奋为基础的。没有他体力和脑力上的巨大付出,一切都难以做到。马丁的父亲就是一个非常勤奋的人。其雪茄店的营业时间是每周6天,每天14小时。一年到头,他只抽3天时间带全家去海边度假。马丁从小就利用课余时间在父亲的店里帮忙。他手勤脑也勤,因此小小年纪就能"精通雪茄、烟斗和烟草",令一些顾客在意识到自己如此依赖一个孩子的建议时感到既"有趣"又"有点尴尬"(6)。星期天下午,马丁有时会跟母亲去百老汇逛商厦。

第四章 信仰与创造:米尔豪泽的《马丁·德莱斯勒》

但在这些时候,他的大脑并没有闲着。他发明雪茄树的灵感,就是来自他所看到的商厦橱窗。他对商厦组织空间的秘诀的洞悉,就是来自在商厦里的观察和思考。开始在宾馆工作后,马丁更加勤奋。有一段时间,他过着"三重生活"(54):第一重是在凡德林宾馆里工作,周一到周五早 6 点到晚 6 点,周六、周日中午 12 点到晚 6 点,每周总共 72 小时;第二重是在父亲的雪茄店里工作,周一、周二、周四、周六四个晚上 7 点到 9 点,周六上午两三个小时,每周总共 10 或 11 个小时;第三重是去纽约新城区实地考察、寻找机遇,周三、周五、周日的三个晚上、周日上午、周六上午两个小时,每周约 14 小时。也就是说,马丁每周要在这三个领域里工作约 97 个小时,平均每天约 14 小时。认识了弗农家母女三人之后,马丁星期天上午就带她们一起外出逛街。三位女士通常要到 10 点才下楼,而马丁总是早起,5 点 30 分就出门,在这个"大天"中再挤出一个"个人的小天"(即星期天上午的 5 点 30 分到 10 点这段时间),利用这个小天多转一些地方。他把这个小天称作"星期八"(105)。由此可见马丁对时间的珍惜程度。

以上五个主要原因或突出特点使得马丁在创业的道路上取得了一个又一个的成就,尤其是在他懂行且又喜欢的宾馆领域。马丁为了改造而买下的凡德林宾馆楼层不高,只有 6 层。经过他的重新装修,这座老宾馆实现了他所预想的那种新旧两个世界(即现代设备与传统风格)的完美结合。1897 年 10 月,凡德林宾馆重新开张后,客房被抢订一空,地下商场里"顾客盈门"(188)。这是马丁在宾馆建设领域取得的第一个重大成就,那年他才 25 岁。

凡德林宾馆的装修还没结束,马丁就开始物色新地段、规划新宾馆了。新宾馆的名字用的是马丁的姓,叫德莱斯勒。它地上 18 层,地下 3 层,下面还有一个基底层。在马丁的想象中,它将是一个"石筑的梦幻",一首"旷野上的狂想曲","直插蓝天"。马丁要求他的工程师阿灵在设计德莱斯勒宾馆时要像"躲避瘟疫"一样躲避"单调乏味的一致性"(196),要努力创造"令人愉悦的多样性",创造一种"空间无限展开、迂回曲折、每进一道门都有新发现"(197)的感觉。1899 年 8 月 31 日,马丁 27 岁生日那天,德莱斯勒宾馆隆重开张。纽约的主要报纸刊登长篇文章,称赞它"想象丰富""结构巧妙","用精美的设计征服了纯粹的巨大规模"(210)。马丁聘请的广告师哈文顿为德莱斯勒宾馆设计了一场"精明的广告运动",着力突出两个主题:(一)"面向非豪华收入的豪华享受",针对的是正在剧增的中产阶级;(二)既是"乡下休养所"又是"城市新兴地",针对的是市民大众,因为城里人都有一种既想"进入事务中心"又想"逃离事务中心"回归静谧田园的"双重欲望"(211)。总之,马丁力求兼收并蓄、雅俗共赏的"矛盾"原则在建筑设计和广告宣传上都得到很好的贯彻,使德莱斯勒宾馆又大获成功。

紧接着,马丁又开始规划一座更大的宾馆,名叫新德莱斯勒。它地上24层,地下7层,还有一个巨大的基底层。马丁想要这座宾馆"更大胆地吸收老宾馆所体现的那种内在折中主义"(233)①,"用一座大楼表达这座城市分别用它的宾馆、摩天楼和商厦所要表达的东西"(235)。新德莱斯勒还没建好,广告师哈文顿就发起了被他称作"神秘运动"的宣传攻势,"以激发公众的兴趣"(233)。1902年8月31日,马丁30岁生日那天,新德莱斯勒隆重开业。广告上把它称作"世上最大的家庭宾馆"。但也有评论因为宾馆包含了众多历史文化、自然地理、科学技术等方面的教育和娱乐设施而质问新宾馆"是否真的可以被恰当地称作宾馆"。哈文顿似乎早已料到这样的质问,乘机打出这样的广告:"胜似宾馆:一种生活。"(235)新德莱斯勒在突破宾馆传统、开创新式生活方面的努力确实引起广泛关注,为它带来了大量顾客,是马丁创业道路上的又一里程碑。但后来有一篇批评文章引起了马丁的浓厚兴趣,让他觉得自己"真实意图"真正被人理解了,尽管这种理解带着责备的倾向。这篇文章批评新德莱斯勒是一种"混杂的""过渡性的"形式,在此形式中"宾馆开始丧失其本质特点,却又没有成功地发展成别的东西"。文章的结论是,新德莱斯勒的设计者应

---

① 马丁的设计师鲁道夫·阿灵尚内在折中主义。在他看来,外在折中主义就是常见的那种把古代风格与现代设备结合起来的做法,而内在折中主义则是"用现代结构吸纳尽可能多的不同因素"(194)。

该重新思考"现代多重居住"所提出的问题,而不应"屈从于颓废的折中主义的诱惑"(240)。对于这篇文章,马丁的合作者们都认为有点过分,马丁却觉得它的描述"准确",承认新德莱斯勒对传统宾馆的偏离"还不够远",承认自己的视野还"不够大"(241)。

随后,马丁便开始了"够远""够大"的新构想,直到有一天他又来见阿灵。马丁的新构想"非常不同于"一般的宾馆,阿灵不得不作了一次"飞跃"才拿出"惊人"的设计,让马丁看到"他的梦想凝固成形"(246)。这个新构想被马丁命名为大宇宙,它地上30层,地下12层,还有一个基底层,在规模上和"任何其他方面"都超过了新德莱斯勒。因为马丁的观念已经从宾馆飞跃到"某种很新的东西",他的新构想在地产商那里遭到"冷遇"(257),马丁为了得到他们的支持只好作出让步,同意他们拥有百分之四十的股权以及任命财务主管的权利。大宇宙的开业时间是马丁33岁生日5天后的1905年9月5日。看到客房的入住率没有过半,马丁"断定"是因为大宇宙太"奇特"。马丁没有让哈文顿在广告里用宾馆一词,只让他用"大宇宙:一种新的生活观念"这一说法。广告宣传的最后阶段强调了大宇宙的"齐全性"(264),说大宇宙"使得城市不再必要",因为它是一个"齐全的、自给自足的世界",使城市显得"低劣"和"多余"。媒体的报道大多是"正面的",但也不时有"困惑"的声音"不能确定"(265)大宇宙究竟是什么。不少评论谈到大宇宙"破坏期待感"(266)的特点,甚至说大宇宙一天一变,具有"无穷的多样性"(267)。小说里有一个长达5页的段落(267—271),详细介绍了大宇宙的一些特色服务和娱乐设施,包括鬼窟(常有鬼魂从昏暗的钟乳石后飘荡出来扑向游客)、秘密纽约(展现纽约的窃贼、毒贩、地痞经常出没的地方以及销售铜指甲和提供锉尖牙服务的店铺)、疯人院(有二百多位男女演员表演精神病患者遭受各种幻觉的折磨,包括身遭火烧、腿变玻璃、鬼魂附体、鱼鳞裹身、喉咙被扼、虫豕咬噬、身首分离等)、天国(表现一百多个神秘主义者的故事)。

马丁所期待的那篇批评文章终于在大宇宙开业6周后出现在《建筑档案》上,语气之"严厉"大大超出他的想象。文章说,大宇宙"以极端的形式代表了当代对于宏大性和折中性的爱好;它把如此多的矛盾因素汇集到一个巨大空间里,以制造一种混乱的、不确定的印象。可大宇宙究竟是为了什么呢? 如果它想为人们提供一个居住的场所,那么它就是不适合居住的"(274—275)。文章指责大宇宙用如此多的风格把如此多的来自宾馆、博物馆、百货商店、娱乐场、剧院等场所的因素结合到一起,"使得维多利亚晚期的折中主义最为恶劣的过分做法似乎也变成了新古典主义节制做法的一个纯正范例"。文章还指出了大宇宙的这样一种"矛盾感":一方面它的细节反映出设计师对于"宏大感"的迷恋,另一方面它的宏大结构又反映出设计师在细节"精巧性"方面的执着。也就是说,大宇宙既过大又过细,在两个方面都患上了那种"神秘的时代病",即"对于极致的追求"。文章最后指出,大宇宙是对"极致"的一种"极端的"追求,是对时代的一种"建筑上的极端表达",随后必将出现公共建筑领域"向节制、理性和质朴的回归"(275)。马丁对这篇"毫无同情心"却能"洞悉大宇宙实质"(276)的文章很感兴趣。他也意识到,大宇宙的"无限性"(280)也许是顾客减少的一大原因,因为大宾馆一般都把空间分割成一个个"狭小、类似的长方形",也就是说,这些宾馆的成功"秘诀"或许就是"单调性自身"。马丁自问道:大众在需要"最新"的东西的同时,是否也需要"熟悉"的甚至"乏味"的但能提供安全感的东西? 德莱斯勒和新德莱斯勒之所以成功是否并不在于它们的创新,而是在于它们"没有过于偏离家庭宾馆的优良传统"(281)?

二、爱情梦

马丁事业上的兴衰与他感情生活上的起伏在时间上基本吻合,二者也有着相当密切的内在联系。要理解马丁,尤其是他事业上的挫折,就不能不研究他的感情生活。

马丁是在过了22岁生日不久认识的弗农家母女三人。当时,马丁在天堂博物馆基础上改建的大都会餐馆及台球厅大获成功,在凡德林宾馆的经理秘书工作以及雪茄台生意都进展得非常顺利,他已有足够的财力从他父母身边独立出来,住进了一家并不昂贵的宾馆——贝灵顿宾馆。弗农家母女三人因为弗农先生去世后需要节省开销,也住进这家宾馆。这就使马丁有机会在宾馆的餐厅里经常看到由一位母亲和两个女儿所构成的一个"美丽小组"(76)。这位母亲就是弗农太太,名叫玛格丽特,她的大女儿叫卡罗琳,小女儿叫艾默琳。艾默琳的头发是深色的,性格开朗,比较健谈,也显得老成。卡罗琳的头发是浅色的,比较漂亮,不爱说话,也不看人,只是偶尔抬头看一眼窗外。马丁一开始弄错了姐妹俩的关系,以为艾默琳是姐姐、卡罗琳是妹妹。在马丁的感觉中,艾默琳在场就是在场,不在场就是不在场,而卡罗琳在场与不在场差不多,不在场时还能让马丁更觉得她在场,就像"浓重的气味"一样。也就是说,从一开始,"卡罗琳就以某种方式抓住了他"(96)。

当时,马丁正处于事业上升期,星期天要外出考察寻找机会。弗农家母女三人无事可做,常随马丁一起外出,让马丁有了更多机会了解她们,尤其是令他着迷的总是"沉溺在她的漫漫长梦之中"(108)的卡罗琳。终于有一天,马丁来找邓迪,就自己是否应该结婚的问题征求他的意见。邓迪认为娶妻要看人品、要有真爱,便对他说:"在上帝的地球上,一个真正爱你的好姑娘是一个男人的最大礼物。"他问马丁是否爱女方,马丁回答"不确定"(111)。邓迪又问女方是否爱他,马丁回答"不知道"。这就是说,马丁是在对于自己和女方的感情都不清楚的情况下考虑结婚的,就仿佛他不是生活在这个"上帝的地球"上,可以随心所欲、无所顾忌似的。聊到这里,邓迪就坦诚地告诉马丁,在这种情况下,他自己是不会急于结婚的:"我是不会往那里面跳的。"(112)

至于沉浸梦幻和自我的卡罗琳与现实和马丁之间的距离,马丁也不是毫无知觉。他曾把卡罗琳与他所喜欢的女服务员玛丽·哈斯科瓦作过比较。玛丽每个星期天的早上都要来马丁的房间搞卫生。看着玛丽的身影,马丁不禁会产生这样一种幻觉,即他正在把卡罗琳所引起的那种"模糊欲望"发泄在玛丽的身上,玛丽成了他真实的"秘密情人"(113),而他所迷恋的卡罗琳不过是一个只能引发欲望却又没有实体承接这种欲望的幻影。但这个幻影却像幽灵,其魔力超过任何实体,令马丁难以抗拒、无法摆脱,以至于"他一与玛丽·哈斯科瓦说话就会突然想起卡罗琳·弗农"(114)。所以,相对于"纠缠不清"的感情世界,马丁有时更喜欢"棱角分明"的物质世界及其要求提供"准确"解答的那些"确定"的问题。一进入这个世界,马丁就又"坐立不安",想"大干快上",因为在这里"成功唾手可得"(115)。

对于马丁的"大干快上"的计划,弗农母女三人的反应各不相同:玛格丽特"尽义务和费力"地听;卡罗琳"不耐烦但不表现";只有艾默琳能问一些"尖锐的好问题"(125)。艾默琳的关注和支持无疑是非常重要的推动力。马丁接连开了四家餐馆分店都非常成功,事业心也在此过程中不断受到激励,使他觉得自己还应做"某种别的事情,某种更大、更高、更难、更危险、更大胆的事情"(129)。同时,马丁也大胆起用了毫无工作经验的艾默琳。艾默琳"胆大""快捷""敏锐","对待工作的投入程度如同对待恋爱"(132),很快就因为出色的业绩被马丁从一家餐馆的出纳提拔为经理。有空时,马丁总爱去艾默琳负责的餐馆转转,在那里也总能发现一些"变化"和"改进"。艾默琳不但支持他、能干、想法多、说话直率,她身上散发的那种"轻松的自信"和"灿烂的闲适"(168)也令马丁惬意,所以他有事总爱找她商议。除了谈工作上的事,马丁也跟她坦率地谈论个人问题。有一天,艾默琳问马丁这么发奋创业到底想得到什么。马丁随口说出"一切"。艾默琳却说马丁似乎"什么也不想要",说他似乎并不在乎是否有钱,接着就问他若是有了很多钱还会干什么。马丁回答说:"我不知道我想要什么。但我想要的——比这多。"(132)他边说边抬起胳膊横扫了一下,似乎他所说的"这"指的是身边的餐馆,又似乎是指"整个世界"(133)。马丁甚至问过她卡罗琳是否愿意嫁给他的问题,得到的答复是:"那当然有益于卡罗琳。"(136)

当然有益于卡罗琳,但不一定有益于马丁,马丁问卡罗琳是不是这么看的,卡罗琳"厉声"答道,"哦,一切都有益于你"(136)。既然是一切都有益于马丁,那么卡罗琳为什么会用那种声调说呢?这一点马丁没有注意到,也就没有问了。在是否娶卡罗琳的问题上,马丁费了不少神,甚至不一定少于他开一家餐馆所费的神。他反复地将卡罗琳与艾默琳和玛丽作比较,一和艾默琳或玛丽在一起就想到卡罗琳,以至于有了"娶了三位妻子"的感觉。和艾默琳和玛丽在一起,马丁觉得实在和舒适。卡罗琳则像一个"鬼妻"或"梦妻",没有什么实质,却恰恰因此而令马丁觉得她"萦绕心头,无处不在"(133),挤走了另外两位女性。在后来的比较中,马丁还觉得艾默琳是与性无关的朋友,玛丽更像情人,而卡罗琳则与她俩都不同,"她的令人困惑和恼怒的冷漠和难处仿佛就是她的高贵价值的标志"(145)。另外,面对这个"沉溺梦中"的"塔中公主"般的卡罗琳,马丁似乎也能找到当王子的机会,得以像童话中的王子吻醒公主那样唤醒卡罗琳体内"未被唤醒的一切、尚未形成的一切"(139)。

不久,马丁与卡罗琳终于结为伉俪。在婚礼之后返回宾馆的马车里,他们俩还是分开坐着,"中间隔了一段距离"(151)。马丁碰了一下卡罗琳的手,不想使卡罗琳和自己都受到"惊吓"(151—152)。新婚之夜,卡罗琳只顾自己睡,被马丁摇醒后转了个身接着睡。马丁觉得"不公"(157),便出门去找玛丽,与玛丽度过了他的新婚之夜。马丁完全有理由恨卡罗琳的"冷漠",但他又恨不起来,令他自己也感到"惊讶"(166),也许是因为他意识到自己要的就是卡罗琳的"冷漠"。他觉得应该恨卡罗琳的母亲,因为是她使其女儿变得"无视一切",鼓励了她的"病态""倦怠""未醒的生存""梦般的生活",但他也恨不起来。相反,他自己也坠入了"倦怠",有时还佩服"倦怠的力量",佩服它以温柔的细浪拍打他,使他充满一种"甜蜜感人的忧郁"。这是一个"幽灵的世界",他每天晚上沉溺其中。第二天早上,他又从中出来,进入"界限明确的世界",一个"坚实、明确、令人兴奋的世界——一个艾默琳的世界"(167)。

马丁曾对艾默琳说他想要"一切",被艾默琳理解为他想要"一切"都有益于他,服从于他意志和需要。艾默琳和玛丽就是这样的人,服从马丁几乎毫无条件。马丁甚至觉得他和艾默琳已经结婚多年,艾默琳在他的感觉中已经熟悉和顺从得如同"被炉火映亮的屋子里的一件舒适的家具"

(133)。这样的家具令马丁"舒适",但也因为缺乏新鲜感和挑战性而不能令马丁痴迷。与他所熟悉的顾客一样,马丁也是一个矛盾体。漂亮而又冷漠的卡罗琳对马丁似乎永远都有新鲜感和挑战性,令马丁"既恼怒又痴迷"(134)。恼怒的是他难以征服,痴迷的是他渴望征服。这种感情生活中的"恼怒"与"痴迷"、难以征服与渴望征服之间的紧张关系也存在于马丁的事业中,共同构成了推动小说情节发展的主要动力。借助玛格丽特的权威,马丁征服了卡罗琳的肉体,但始终没能征服她的心。最后,卡罗琳不但自己离开了马丁,还把艾默琳从他身边拉走。贝灵顿宾馆的消失也使马丁失去了玛丽。曾在幻觉中拥有"三个妻子"的马丁就这样变成了孤家寡人。马丁曾把艾默琳称作他的"右手"(147)。失去了这个得力助手,他的事业不可能不受影响。

卡罗琳带着艾默琳一起离开马丁的这一结局,是出乎马丁和读者的意料的。马丁是在成功地把天堂博物馆改造成餐馆、事业开始迅速上升之时娶的卡罗琳,是在他成功改造了凡德林宾馆并顺利建成了德莱斯勒宾馆、事业接近成功的顶点之时家庭出现危机。是玛格丽特最先向马丁表达对卡罗琳的担忧。卡罗琳喜欢新建成的德莱斯勒宾馆,但入住不久就变得像"城堡里的公主",又回到她的"老习惯",开始足不出户。玛格丽特想让马丁知道,卡罗琳的变化与他亲近艾默琳、冷落卡罗琳有关。听了这话,马丁觉得自己快要"爆裂",便气愤地说:"那是什么鬼话?艾默琳和我谈的是工作——大量的。假如卡罗琳对所有这些稍有兴趣——"玛格丽特只得承认卡罗琳对马丁的工作确实没有兴趣,叹着气走开了。马丁随后对艾默琳抱怨玛格丽特"不讲道理",想让他放弃工作陪她和卡罗琳玩牌。艾默琳不喜欢马丁这样对她说话。马丁就反问她是否喜欢她母亲对他的说话方式,还问她母亲是否知道"是在对谁说话"(221)。马丁的这句话反映了他身上的一种质变:他已不是从前那个有了不满放在心里、从不顶撞人的他了,不是那个对玛格丽特及其女儿一味恭敬殷勤的他了,而是一个连玛格丽特对他说话都应知道他是谁的他了。也就是说,这句话是马丁告别旧我、宣布新我的宣言,无论在他的感情生活还是事业中都是值得关注的。

不久,克莱尔·穆尔,一位生性活跃的寡妇,与卡罗琳成了好朋友。按照玛格丽特的说法,她们俩"简直是无法分开",每天要互访"一百次"(226),卡罗琳又被拉出其自我,像是换了个人。然而,艾默琳很快就发现卡罗琳开始"忌妒"马丁,因为克莱尔开始把注意力由卡罗琳转向马丁。显然,卡罗琳所"迷恋"的克莱尔开始"厌倦"(228)卡罗琳了。这时,艾默琳向马丁表达了她对于卡罗琳的更大担心,因为她意识到,卡罗琳与克莱尔的关系的性质及其走向很像卡罗琳12岁时与好友凯瑟琳·温特的关系。凯瑟琳各个方面都比卡罗琳强,而卡罗琳吸引凯瑟琳的主要是她的"安静"。凯瑟琳喜欢社交,想"独占"她的卡罗琳便试图限制她,于是就发生了争吵。之后,卡罗琳不理凯瑟琳,凯瑟琳便去结交新友,卡罗琳闭门不出一周不跟任何人说话。艾默琳仔细"观察""研究"了卡罗琳的情绪变化,在分担其痛苦的同时也在其短暂友谊中发现一种"矛盾的因素",那就是如果卡罗琳想通过交友争取一种"独立"于其母亲和妹妹的地位,那么这种努力就总会表现为一种"新的依赖"甚至"极端疯狂的依附",而且"必然以失败告终"。艾默琳还发现,在此类失败中,卡罗琳并不是"唯一的受害者"(229),因为这些友谊从一开始就包含卡罗琳有意无意要通过"展示一个对手"来"伤害"艾默琳的意图。艾默琳由此得出的结论是:"毋庸置疑,卡罗琳的短暂友谊中含有报复的意味。"艾默琳的这一分析令马丁"吃惊",因为他不信卡罗琳有这么坏。可是,她们的饭桌旁的第五张椅子果然很快就空了。事实让马丁不得不承认自己错了、艾默琳对了。克莱尔正是艾默琳所说的那种"利用"别人填补自己的"空虚"的自私冷酷的"吸血鬼女人"(230—231)。这么来看,卡罗琳又从"报复者"变成"被利用者"和"受害者"。其实,在与马丁的关系中,卡罗琳同样既是施害者又是受害者,既有她"待马丁不公"的一面又有马丁冷落她的一面。在这一从施害者到受害者的转变过程中,卡罗琳显然是施害在先,而且她的施害对象也不局限于马丁。

克莱尔离开后,卡罗琳又退缩进其自我。马丁早出晚归时她都在睡觉,回来换衣服准备吃饭时她在玛格丽特屋里,只有在饭桌上才能见到她,觉得她像方糖那样正在"溶化"(233)。也就在这时,标志着马丁的事业巅峰的新德莱斯勒宾馆落成开业。但这一次卡罗琳"强烈反对"(241)入住。她的反对并没有影响马丁在事业上大干快上的步伐,艾默琳的告诫也没有。面对着马不停蹄的马丁,艾默琳曾告诫他不要"背弃"过去的业绩,说老德莱斯勒宾馆"在它那种类型中堪称完美"。马丁知道艾默琳说得有理,意识到自己确实已对德莱斯勒宾馆"完全失去了兴趣",但他争辩说,重要的不是背弃什么,而是要"站稳脚跟向前看"。"站稳脚跟向前看"的说法不错,但在马丁这时的实际行动中,"向前看"远重于"站稳脚跟"。即使在公园里散步,他也忘不了构想他的新项目。内心里,他不认为这样不知足、不停歇有什么"过错"(242),觉得"只有当他想象出某种别的东西、某种大的东西、某种更大的东西、某种像整个世界那么大的东西,他才可能停歇一下"。马丁特别喜欢逛新德莱斯勒的地下商场。在那些由玻璃、彩灯、服装模特儿构成的景观里,世界既"完全显现"又"无法触及",从而创造出一种"诱惑"和"神秘感"(243),令他想起当年跟母亲逛百老汇时看到的那些商厦橱窗。很快,他就决定建造"非常不同于"(246)一般宾馆、能够真正表达他的梦想的建筑——大宇宙。

马丁跟艾默琳谈自己的新决定,艾默琳心不在焉,说卡罗琳的行为最近出现"令人不安的变化"(246),经常"退缩到家里的长沙发上",开始"把退缩变成一种事业",甚至"晚上不愿回她自己的床上"(247)。卡罗琳不回来睡,马丁早出晚归不用担心影响她睡眠了。另外,弗农家母女三人重又团聚,不会因为他娶走一人而拆散这个集体。她们恢复"原状"后,马丁对卡罗琳又有了那种"奇怪的温存"(249)。不回自己床睡的卡罗琳起初会叫艾默琳过来查看马丁的情况。后来,她占据了艾默琳的床,让艾默琳睡沙发。再后来,她就叫艾默琳搬到马丁屋里睡。卡罗琳想跟艾默琳"调换",想当艾默琳或新卡罗琳,告别旧卡罗琳。这在一定程度上是"好事",可一旦超出这一程度,就有可能发生"坏事"(252)。卡罗琳是否有意要破坏自己的婚姻,然后把责任推给艾默琳?对此,艾默琳还不能确定。如果卡罗琳想让艾默琳当马丁的妻子,这一想法尽管"奇怪",却无疑是"慷慨的"。可问题是卡罗琳生性并不慷慨,所以她一定还有艾默琳看不透的"其他动机"。马丁注意到,有两条皱纹出现在艾默琳的眉宇间。马丁还顺着艾默琳提供的线索看到了"某种别的东西",那就是卡罗琳想叫艾默琳当她的"性替身"(253)。但马丁不知并不慷慨的卡罗琳为什么要这么做,也不知艾默琳眉宇间的那两条皱纹是否表明她对卡罗琳的上述目的已有知觉,只是不敢承认。马丁的事业中没有太多复杂有趣的东西。真正复杂有趣的不是工程项目,而是感情、心理,是那些一般人看不透的"别的东西"。

一天晚上,艾默琳进了马丁的屋子没坐多久,卡罗琳也进来了。进来之后,卡罗琳不看马丁,只看艾默琳。马丁注意到,艾默琳与卡罗琳互相对视,一动也不动,"像是被施了魔咒,在某个古老的童话故事里出现的那种魔咒"。马丁记不清是哪个童话故事了,也不确定是否所有童话故事里都有魔咒。但马丁感到,"在这种静止不动之中有某种东西在生长,有某种东西在膨胀"。马丁吃惊地发现,卡罗琳面颊"发光",显得"异常健康",仿佛睡沙发使她恢复了健康,但马丁转念又想到她有病,应该待在床上。马丁看到,在卡罗琳的炯炯目光之下,坐在沙发上的艾默琳倒是面色"憔悴、愁苦"。马丁忽然感到,卡罗琳像个"舞台上的女主角"。直觉告诉他,"某种将要发生的事情、某种必将发生的事情、某种从不可能发生的事情即将发生"。马丁一方面觉得这都是些"胡思乱想",一方面又觉得必须"摆脱魔咒","采取迅速的、非常迅速的行动"。就在这时,卡罗琳从她的披肩下面拿出手枪对准了艾默琳。艾默琳"还是一动不动,只是把双眉皱到了一起"(254)。"梦幻般的一枪响过之后",马丁看到墙体上方崩掉了一块。艾默琳像从梦中惊醒一样从沙发上跳了起来,而卡罗琳则被震耳的枪声吓晕,"缓慢地倒在了地毯上"(255)。艾默琳赶紧过来照看卡罗琳,叫马丁给她一条湿毛巾。

枪击事件后,艾默琳辞掉了她在新德莱斯勒的工作,"全身心地投入对卡罗琳的照顾"。马丁无法与艾默琳讨论工作了,也明显感到艾默琳对他的态度发生了变化。她不再与他单独见面了,偶尔遇到也不抬头看他,"完全扮演起一个犯有通奸罪女子的角色",令马丁感觉"不自在、不快活"。至于卡罗琳,枪击事件似乎将她"从坟墓般的沙发中惊醒",她又回到婚床上,但马丁对她回来并不高兴,反而感到屋里的空气"沉重"(257)起来。马丁在新德莱斯勒待的时间越来越长。起初,他坚持与弗农家母女三人一起吃晚饭。因为觉得不自然,他来的次数减少了,一周只来一两次。一天,马丁想回离别一年多的贝灵顿宾馆看看。他最近经常想起玛丽,想到新婚之夜陪伴他的是她,觉得自己亏待她了。一开始,他以为自己走错了路,结果发现没错,是宾馆消失了。这就是"纽约的特点":"它们前一天还在,第二天就消失了。"更有甚者,就在他的新楼一层一层地起来之时,它就"已经开始消失了"。但他原以为也已消失的凡德林宾馆依然存在。与他一起吃饭的邓迪对纽约的速变并不一味肯定,抱怨说汽车比高架铁路更容易使马受惊。邓迪谨慎地问到他新楼的进展情况和他妻子的情况,马丁"不安起来"(260)。

马丁新建成的大宇宙受到了严厉的批评。他对一篇"毫不留情"却"洞悉大宇宙实质"的文章很感兴趣,想跟艾默琳讨论,但艾默琳对他"关门"了,已经"瞎了、聋了、死了"。马丁觉得这也并非不"正确和恰当",因为艾默琳在他结婚以来确实逐渐"取代"了她姐姐,应该退出,让她姐姐返回其合法的位子。但马丁又觉得这是"残酷和错误"的,因为卡罗琳不会改变自己,所以艾默琳是在为"贫乏的生活"牺牲"丰富的生活"。可是一想到选艾默琳为妻,马丁又感到不快,因为他不喜欢她的"浓眉、宽背和长着钝甲的粗手",只喜欢那个"漂亮而纤弱""难处""沉溺梦幻"的姐姐。想到这里,面对着"莫名其妙的爱情及其毁坏",马丁又感到"愤怒"(276—277)。马丁的"莫名其妙的爱情"给他造成的直接"毁坏"就是卡罗琳和艾默琳都离开了他,而且她们俩紧密地结合到一起,如同"结婚"一般,把马丁"关在门外"。孤独的马丁只能想象艾默琳坐在他的椅子上,穿上他的睡裤,躺到他常躺的一侧。他仿佛看到,他以前在德莱斯勒饭厅常坐的那张空椅子开始"分解",最后突然"消失"(277),就像克莱尔在贝灵顿宾馆的那张椅子。

马丁的婚姻终于破裂了,而且是在他的事业遭受最大挫折之时。马丁同意那种普遍的批评意见(大宇宙"根本不是宾馆",而是"某种非常不同的东西"),觉得大宇宙的"无限性"也许就是它的主要"瑕疵"(280),因为一般宾馆都把空间分割成一个个"狭小、类似的长方形",具有某种使它们得以成功的"单调性",而大宇宙太走极端了,根本没有考虑大众在需要"最新"的东西的同时也需要"熟悉"的甚至"乏味"(281)的但能提供安全感的东西。马丁也想到自己或许是在遭受"惩罚","罪过"或许是他娶了"漂亮的""沉浸梦幻的""睡在塔里的公主"卡罗琳,而不是"相貌平平"但"充满活力"的艾默琳;或许是他"爱卡罗琳不够深"(282),在新婚之夜去敲了玛丽的门。显然,马丁意识到了,他事业上的挫折与他的"莫名其妙的爱情"有着不可分割的联系。从冷清的大宇宙里看着窗外的雪,马丁想到,他所建的项目都已一一"化掉",他的女友、妻子、婚姻都已一一"化掉",他的合作伙伴都已一一"化掉",他的知己艾默琳也已"化掉"。他看见艾默琳和卡罗琳正站在他的"棺材"旁,他躺在"棺材"里,表情"平静"(283),"平静"得就像当年被他安放在雪茄店门口的木头人特库姆瑟。

马丁又有了一个"主意"。他邀请了一批失业的演员,叫他们扮演各种角色,在大宇宙里"创造"一种"祥和、兴旺"的气氛。马丁喜欢这种效果。这种"虚假的生活"在表演中并不那么虚假,而且还显得"真实"。大宇宙里果然出现了"新的活力"(286)。一天傍晚,在餐厅里,马丁发现他附近的一张桌子旁坐着三位女士,像是一位母亲和她的两个女儿,两个女儿头发的颜色一个深一个浅。马丁不知她们是演员还是客人,觉得她们扮演的角色"大胆而残酷",但又觉得她们也许真是母女仨。他想到去前台查一下她们的身份,便睁开了眼,发现大厅里没什么人,这才意识到刚才睡着了。马丁太累了。大宇宙即将"消失",正在他眼里变成"梦幻"。那三位女士是一个"预兆",是来自睡梦深处的"魔女"(288)。那三位来自马丁睡梦深处的女士很可能是以弗农家母女仨为原型的,因为她们的关系以及两个女儿头发的颜色都很像弗农家母女仨。既然那三位女士像弗农家母女仨,那么如果她们是"预兆"和"魔女"的话,弗农家母女三人也应该是"预兆"和"魔女",从马丁认识她们的那一刻起就像"预兆"那样预示了马丁事业上的结局,就像"魔女"那样影响着马丁的命运。而如果她们真的是"预兆"和"魔女"的话,那么她们还可能与马丁睡梦深处的某些神话人物有关,比如古希腊神话中的命运三女神。也许可以说,年纪最小的艾默琳像命运三女神中的小妹克罗托(Clotho),负责生命之线的编织;年纪居中的卡罗琳像命运三女神中的二姐拉切西斯(Lachésis),负责生命之线的分配;年纪最长的玛格丽特像命运三女神中的大姐阿特洛波斯(Atropos),负责切断生命之线。这么来看,弗农家母女仨与马丁命运的关系就更加明显。

三、梦想与信仰

以上分别谈了马丁的工作和家庭,分别从这两个方面找了马丁事业上兴衰的原因。下面再讨论一下与精神追求尤其是宗教信仰有关的问题。表面上看,这方面的问题并不是《马丁·德莱斯勒》里的重点,书里这方面描写的篇幅不大,无法与写马丁的工作和家庭那两方面的篇幅比。但篇幅小并不等于重要性也小。① 小说开头,叙述者在介绍完马丁曾成功地从卑微的出生登上"梦幻般好运的顶峰"之后,又说了这么一句:"这是一种危险的特权,因为神会忌妒地盯上它,等待差错出现,哪怕是小差错,最后使一切都化为泡影。"(2)小说结尾,在思考大宇宙项目失败的原因时,马丁想到也许是神在为他的"差错"或"罪过"而"惩罚"(282)他。至于自己的罪过,马丁起初想到娶了貌美心不美的卡罗琳而不是貌不美心美的艾默琳、新婚之夜受到卡罗琳的冷遇之后去找玛丽、小时候没有真心听父亲的话等,最后又想到"某种比罪过更深的问题",那就是"不服从"上

---

① 伊格尔顿在强调人的生产活动与上帝密切相关时说:"只要男人和女人们还被看作生产者、劳动者、制造者或自我的创造者,上帝就绝不会过时。"(Eagleton, *Culture and the Death of God*, 190.)如此说来,马丁作为一个突出的"生产者、劳动者、制造者或自我的创造者",他的故事里自然就有较多的宗教内容,无论作家写不写。

帝,心怀人类所不该有的"创造世界的欲望",忘了人类做只有上帝才能做的事情就"必然失败"(281—282)。这就是说,无论在小说开头还是小说结尾,无论在叙述者眼里还是马丁自己眼里,马丁最后的失败都与他缺乏精神追求和宗教信仰有关。可以说,《马丁·德莱斯勒》的一大主题,就是人们如果重物质建设轻精神建设,如果自高自大、目无他人、忽视规律、亵渎上帝,那么他们的物质建设就难以持续,他们就会像马丁那样"必然失败"。

《马丁·德莱斯勒》里,有两个相关细节被多次间接或直接地提到:一个是马丁及其父母过星期天的方式,另一个是纽约的三一大教堂的处境。先来看马丁及其父母过星期天的方式。叙述者是从1881年夏天的一个炎热的早晨开始讲述马丁的故事。那年马丁才9岁,就已经为父亲的雪茄店橱窗发明了一棵雪茄树。他的灵感来自母亲带他"星期天下午逛街"路过的那些商厦橱窗。星期天下午,母亲常会穿上"最好的衣服"(3),带着马丁去商厦集中的百老汇逛街购物。这里,叙述者说的只是马丁及其母亲通常如何过星期天下午,没提他们如何过星期天上午、是否像信徒所做的那样去教堂做礼拜。星期天上午,他们家的雪茄店肯定是不营业的,因为叙述者明确交代了,他们家雪茄店的营业时间是"每天14小时,每周6天"(13)。既然叙述者没有直接说马丁及其父母星期天上午是上教堂还是做别的,我们就只能根据叙述者所提供的有关信息来猜了。第一,雪茄店从星期一到星期六每天营业14小时,连当时还是孩子的马丁也必须在课余到店里帮忙,说明雪茄店里的工作较多较累,因此他们星期天上午很可能只是在家休息,哪里也不去,什么也不做,这样叙述者也就没什么好说的。第二,人们通常是穿最好的衣服上教堂,而马丁的母亲穿最好的衣服逛商店,也能表明她不上教堂。第三,叙述者后来多次提到马丁从家里独立出来后是如何过星期天上午的,说他通常五六点钟起床出门到处考察、寻找商机,从未提到他抽时间上教堂。第四,马丁的亲朋好友中也没有人星期天上午上教堂。弗农家母女仨星期天上午通常要睡到九、十点钟,然后跟马丁逛街或做别的事情。温顺善良的玛丽星期天上午也不上教堂。作为宾馆服务员,她有工作要做,每个星期天上午都定点来马丁的房间搞卫生,也为见马丁,因此就有了他们的"星期天上午的友谊"(113)。

再来看书里提到的纽约三一大教堂的处境。三一大教堂在书里出现了两次。第一次是在马丁带领弗农家母女仨乘高架火车游览纽约的途中。他们在车上看到一座"高耸入云"的"奇迹",即 20 层高的美国担保大厦,注意到它"使陈旧的三一大教堂的赤褐色砂石塔楼显得矮小"(95)。三一大教堂第二次出现在马丁重新装修凡德林宾馆的过程中。当时马丁正努力将他所羡慕的商厦组织空间的做法运用到宾馆的装修当中,以达到让顾客"同时生活在两个世界里"(179)的目的。马丁发现,宾馆与商厦相似,都为"吸引和留住顾客"而把自己变成一个"小世界",即把大量不同的东西纳入一个巨大结构之中。这就导致了那些"超过高耸的三一大教堂尖塔"(181)的报业和保险业大楼的出现。前面那次提到三一大教堂时,马丁刚过 22 岁,他的第一家餐馆刚开业。后面这次提到三一大教堂时,马丁将近 25 岁,重新装修凡德林宾馆的工程还没有结束。在相隔不到 3 年的时间内,三一大教堂在高度上就不断被周围新建的大楼所超出,显得越来越矮小陈旧。在此期间,马丁对于现代建筑越来越高、三一大教堂之所以越来越矮的原因也越来越清楚,那就是为了吸引和留住更多顾客,现代建筑就必须拥有更大空间、容纳更多东西,因此就越来越高。而三一大教堂这样的非商业性建筑没有吸引和留住顾客的必要,也就没有扩大升高的可能,只能被周围不断升高的商业性大楼所矮化和吞没。三一大教堂是纽约教堂的代表。① 它被商业性大楼矮化、吞没的处境能够反映当时纽约重物质轻精神问题的严重程度,也有助于解释为什么马丁及其家人和亲朋好友星期天上午都不上教堂。

不上教堂,马丁就失去了接受教育、提高境界的一条重要渠道。马丁

---

① 纽约三一大教堂是美国历史最悠久的教堂之一。三一大教堂初建于 1698 年,先后两次毁于火灾和雪灾,第三次重建完成于 1846 年。当时,高 86 米的三一大教堂是纽约最高的建筑,直到 1890 年才首次被高 94 米的纽约世界大楼(New York World Building, 1890—1955)超过。

14岁进凡德林宾馆当服务员时还没念完八年级。当时他母亲并不同意他辍学工作,但他父亲同意,认为"还有其他接受教育的途径"(20)。这话不无道理,可以从马丁的众多成就中得到证明,比如他从发明雪茄树到建成大宇宙一直坚持的兼收并蓄理念就是在商厦而不是学校学来的。但我们也不得不承认,马丁在实践中所学到的知识是很有限的。在描绘马丁与卡罗琳的新房时,叙述者特意介绍了一下他们的藏书,说卡罗琳的书在书架上摆了"三层",以小说和诗歌为主,而马丁的书只摆了"一层"(154),除了他母亲和姨妈在他小时候送他的男童读物,都是实用性的,包括商务书信、簿记速成、科普读物、维修手册、著名战例、商业指南等。这些书有助于解决马丁工作中的那些看得见、摸得着的问题,而对于他处理精神世界里看不见、摸不着的问题,效用就非常有限了。婚前,马丁的幻觉对玛丽和卡罗琳所作的那些混合,曾把他清晰过人的大脑完全搅乱过。他之所以从"有关女人的这种混乱状态"一进入"棱角分明、其确定的问题要求提供准确解答的世界"就"高兴"(114—115),一个主要原因就是他文化水平低,很不适应精神世界,而在物质世界里就能游刃有余。

然而,马丁所能游刃有余的只是一个层次较低、界线"分明"、"准确解答"不太难找的物质世界。随着物质世界的发展,它对精神的要求会越来越高,与精神世界的界线会越来越模糊,"准确解答"就越来越难找。刚开始在凡德林宾馆工作时,马丁一个人就能使难事变得"简单、有序、明确"(37)。后来,他就越来越难以做到了,就必须有工程师、设计师、广告师等助手和艾默琳这样的知己,有事及时与他们商量,还不一定就能处理好,所以从德莱斯勒项目开始,媒体上的意见从未统一过,尤其是在对大宇宙项目的看法上。到了最后,马丁还必须有演员替身,否则就无法跳出大宇宙和自己,就没有重新认识世界和自己的可能。当年马丁把倒闭的天堂博物馆买下改造成餐馆时,他并不理解天堂博物馆的倒闭以及他的改造在精神与物质的关系方面的意味。尽管他修改了邓迪的设计,在餐馆里留出一些空间来制造针对精神需要的"气氛",但他的这种精神建设完全是以物质利益为目的的。他明确说过,他要使餐馆既吸引饥饿的人又吸引不饿的人，也就是说要吸引尽可能多的顾客，使利润最大化。精神被工具化、物质化了，这在马丁后来的项目尤其是大宇宙里还有更多表现。大宇宙可谓包罗万象，甚至还有鬼窟和天国等较为高级的精神产物，但这些精神产物也不过是吸引顾客的工具，不包含精神教育方面的非功利意图。可以说，马丁所创建的那些兼收并蓄的物质结构都含有精神成分，而且还有越来越多的倾向，但他对这些成分的定位并没有太大变化，它们始终处于从属于物质的地位。它们的这种低下地位也始终反映着马丁在精神方面的严重局限。

马丁精神局限的一个突出表现是在他的上帝观上。说到马丁的上帝观，一个较为明显的特点就是他平时很少用"上帝"一词，尽管他周围的人跟他说话时经常用。马丁起初想拉他雇来经营雪茄台的比尔入伙办餐馆，比尔却说"上帝"(67)才知道他能不能投资入股，表示他不懂餐馆，不适合入股。马丁向邓迪咨询他是否应该结婚，邓迪建议道，在"上帝的地球上"(111)，男人所能得到的最大礼物就是娶到一位跟自己情投意合的好妻子。新婚之夜，遭到卡罗琳拒绝的马丁气急败坏地来敲岳母的房门，开门的艾默琳惊恐地问道："出什么事了？上帝啊！你还好吧？"(160)然而，马丁平时不说"上帝"。对于确实解释不了的现象，尤其是他事业上的幸进，他就用"友善的力量"这一说法。马丁第一次用这一说法是在被任命为凡德林宾馆的经理秘书之后，他觉得"友善的力量"(58)在将他一步步引向为他安排好的目标。这一说法后来反复出现在马丁的思想中，比如在德莱斯勒和新德莱斯勒开业之时。在这两个场合，马丁都觉得"友善的力量"(214、235)在帮助他，牵引他不断前进。在大宇宙开业之后，"友善的力量"也出现了，但这一次它没有像以前那样牵引他，而是如他自己所言，"轻轻地在你无意识时松开了你的手"(293)。"友善的力量"松开了马丁的手，马丁失去了力量和方向，就难免会遭遇挫折。马丁从未说过"友善的力量"就是上帝，但这种力量显然是一种神秘的、超自然的存在，因为一想到它，马丁就会产生"梦幻感"，就会觉得他的"真实生活"不在"这里"，而在遥远的"那里"(59)。然而，尽管存在于遥远的"那里"，这种

"友善的力量"也像上帝那样全知全能,尤其是对于马丁。它知道并"同情他内心最深处的愿望"(235),能够帮他克服困难,使他"做了他喜欢做的","走了他自己的路","建成了他的空中城堡"(288)。

除了"友善的力量",马丁也用过"上帝",是和他的广告师的名字连在一起用的。在与广告师哈文顿见面过程中,马丁第一次了解到广告的真正作用。哈文顿告诉他,广告的作用就是"创造",创造"意义""欲望"和"幸福"。一块肥皂没什么意义,广告则能使它变成"世上最重要的东西"(205—206)。哈文顿还解释说,"这与信念无关",因为广告创造的是"幻觉"(206),如同不会与现实混淆的艺术。当时,哈文顿的严整外表令马丁想到"和尚或牧师"(207),他工作方法上的"时新和有效"(208—209)又令马丁觉得他就是"未来"(209)。无论怎样,哈文顿能给无意义世界以意义,因此马丁觉得"哈文顿是上帝",还认为这就是28岁的哈文顿"从不见老"的原因。想到自己在与"上帝、宇宙之王、美国之神"会面,马丁觉得很有意思。但马丁同时也觉得,不相信无意义宇宙的上帝是"不会相信大宇宙的"(263),除非那是出自他的手。大宇宙失败后,马丁在寻找原因时想到了大宇宙"无疑"是一种"不服从行为",他原本就不该有"创造世界的欲望",更不该有创造世界的行动,因为"只有上帝和哈文顿才配做那种事。其他人都必然失败"(282)。

马丁对于上帝的上述看法包含了这么四层意思:(一)上帝是创造者,创造了世界;(二)人类若能进行非凡的创造,也能成为上帝,比如哈文顿能用广告使世界具有特殊意义,如同创造了一个新世界,就可以被看成上帝;(三)上帝和哈文顿是最大的创造者,能够创造世界,而且必然成功,其他人则无法超越他们,任何想超越他们的尝试都必然失败;(四)上帝支持不以超越他为目标的创造,比如在从发明雪茄树到建成新德莱斯勒的20年里,马丁没做想超越上帝的事,就一直得到"友善的力量"的牵引,只是在他开发旨在取代上帝的真宇宙的大宇宙项目时,"友善的力量"才松开他的手。

马丁的上帝观难免会引起一些疑问。首先,上帝究竟是不是神?从他能创造世界而且无人能超这方面看,他是神。可是从他给哈文顿留下那么大的创造空间、让哈文顿与他平起平坐这方面看,他又不太像神。其次,世界的意义究竟是什么?马丁把哈文顿看作上帝,以为哈文顿真的能像他所说的那样给这个无意义世界以意义。其实哈文顿为推销产品而制造的那些意义并没有多少可信度,他自己也说广告类似于艺术,不能被看作现实。再次,上帝究竟有几个?到了故事结尾,马丁仍然认为有两个。可是既然哈文顿这样绞尽脑汁也没能帮马丁挽救大宇宙的人也能当上帝,那么上帝的数目就难以限量了。一个较大的疑问还是马丁的这种上帝观对于他认识自我、大宇宙的失败和他未来的事业会产生什么样的影响?

马丁的故事似乎表明,承认上帝等至高权威的存在,有利于人类认识自己的局限,避免高傲自大。马丁能把大宇宙项目看作一种不服从上帝、必然失败的行为,说明他对于自己的局限和高傲在大宇宙失败中的责任是有所认识的。然而,对上帝的崇拜最终还是要回归到对人和客观规律的尊重上。如果只是为崇拜上帝而崇拜上帝,那么发明和崇拜上帝的意义也就大打折扣了。① 无论前人发明上帝带着多少目的,他们的根本目的还是为了使人活得有更多自由、活力、快乐和尊严,更加像人,而不是更无自由、活力、快乐和尊严,更不像人。② 上帝不会反对人类创造,也不会反对马丁创造,但是这种创造必须尊重客观规律,符合社会需要。马丁的大宇宙之所以失败,不是因为他创造了,也不是因为上帝反对了,而是因为他的创造没有尊重客观规律,不符合社会需要。之前,马丁之所以有"友善的力量"牵引,也不是因为他只是服从,没有创造,而是因为他的创

---

① 费尔巴哈认为,上帝是人类为超越自身局限而发明的。他说:"神不过是对象化了的人或摆脱了个人局限的抽象人性——被信奉为另类的独特存在。"Feuerbach, *The Essence of Christianity*, 14。

② 与马丁同时代的著名新思想运动(New Thought Movement)学者伍德(1834—1908)把上帝比作能给信仰者以"活力、爱心、美德、健康和幸福"的"永不枯竭的源头"。[Henry Wood, *Ideal Suggestion Through Mental Photography* (Hollister, MO: YOGeBooks, 2015), 39.] 在此基础上,詹姆斯又添加了"热情"和"新的自由度"。William James, *Varieties of Religious Experience: A Study in Human Nature* (London: Routledge, 2002), 42。

造有意无意地尊重了客观规律,符合了社会需要。马丁在寻找大宇宙的失败原因时想到了它是一种"不服从行为"。这里的"不服从"的对象应该是客观规律和社会需要;它们才是最高权威或上帝。然而,对于这一点,马丁直到小说结尾也不完全明白。

小说结尾,找到约翰做其替身后,马丁走出了大宇宙。在河边,他看到一条缓慢行驶的船被树木挡住了,而且没有在他预料的那个时间点从某棵树后出现,他就希望它别再出现,"彻底消失"(292)。可是没过多久,它又出现了。这一细节可以有不同解读,这里想强调的一种读法是,在不合规律和需要的大宇宙失败之后,马丁对于事物运动的自身规律,包括那条船从那棵树后出现所实际需要的时间,还是没有足够的尊重,还是喜欢把自己的意愿强加给世界,结果那条没按他的意愿准时出现的船在他希望它"彻底消失"之时又出乎意料地出现了,使他不尊重客观规律的倾向再次受挫。在小说的结尾段里,叙述者说马丁"已从一场漫长的梦中醒来",对现实已"无法不听"和"无法不看"。最后几句里,马丁感到饿了,但他不急于寻找食物:"暂时,他想再行走一会儿,不去触碰任何东西,而是欣赏一下风景。春风和煦。他并不着急。"(293)从梦中醒过来,从充满主观色彩的世界中走出来,又不急于进入客观世界,而是与它拉开一定的距离,以一种马丁长大以后少有的轻松心态和审美眼光打量它,包括他所建造的在树叶背后若隐若现的大宇宙,或许他又能发现一些自己的问题,就像他9岁那年在橱窗外面打量他所发明的雪茄树时所做的那样。当时他就是不顾父亲的反对,坚持自己的意愿把雪茄树放进了雪茄店的橱窗。放好之后,他来到店外观看,"立即"就发现了一些问题,包括"怪异""细弱""寒酸""愚蠢""丑陋",总之,"不是他想要的"(7)那种。也就是说,马丁小时候是有发现问题的眼力和正视自己的勇气的。24年后,经历了非同寻常的成功和失败,马丁又开始打量起世界和自己,不排除他有可能再次作出比较客观的发现。

生活年代与马丁比较接近的惠特曼(Walt Whitman,1819—1892)和詹姆斯(Henry James,1843—1916)都试图对马丁创业的那个年代作出客观的描述。在《民主的展望》("Democratic Vistas," 1871)①一文里，惠特曼写道，外出度了几周假，他于1870年9月即马丁出生的前两年②回到纽约，又见到繁忙的港口、涌动的人潮、高大的新楼、繁华的商场，感到"自然并不是唯一伟大的作品……人类的作品同样伟大"。然而，惠特曼指出，当我们透过华丽的外表考察"真正重要的人格"时，问题就来了："那里真的有名副其实的男人吗？有身强力壮者吗？有完美的女人，能够与物质上的极大丰富相匹配吗？有蔚然成风的优雅举止吗？有品行高尚的青年和德高望重的长者吗？有与自由和富人相称的艺术吗？有作为伟大物质文明唯一支柱的伟大道德及宗教文明吗？"正是因为没有这些，正是因为担心"伟大物质文明"会因此而不能持久，惠特曼才大声呼唤"一种新型文学"。这种文学不是要反映生活表面、迎合流行趣味、卖弄艺术技巧，而是要"深入生活本质、具有宗教作用、合乎科学精神、处理能力强大、善于传道育人"。只有解决了"真正重要的人格"问题，物质文明的建设才能走上健康持久的道路。

在《美国掠影》(The American Scene, 1907)一书中，詹姆斯记录了他1904年8月到1905年7月重访美国期间的见闻。全书14章中有3章写的是纽约。当时，马丁的大宇宙工程已进入建设的最后阶段。③ 詹姆斯当然不可能见到这个虚构的最大宾馆项目，但他描写了不少真实世界里的大楼和宾馆。他发现，纽约已挤满了摩天大楼，"就像在一个垫子上插上了过多的大针"。他认为，这些大楼与美国的许多其他"可怕事物"一样，都体现了"股息的成功祈祷"，表达着"举世无双、泰然自若的高傲"。④它们就像"花梗无限长的玫瑰"，一旦"科学"发现了更好的盈利方式，就会被"等待中的命运"所"掐掉"(78)。这些"完全出自市场的怪物"没有历史

---

① Walt Whitman, "Democratic Vistas" in *American Literature, American Culture*, ed. Gordon Hutner (New York: Oxford University Press, 1999), 121—138.
② 马丁的生日是1872年8月31日。
③ 马丁的大宇宙1905年9月5日开业。
④ Henry James, *The American Scene* (London: Chapman & Hall, 1907), 77.

和美感可言,却在高度上"残忍地"盖过了历史悠久的三一大教堂,"无情地"剥夺了其美质的"可见性"(79)。大量涌现的宾馆让"美国精神发现了史无前例的用途和价值",在很大程度上表达了"社会的"乃至"美学的"理想,几乎成了"文明的同义词"(103)。然而,宾馆文化也在肆无忌惮地破坏"古老的社会准则",尤其是人类"对于私人生活的那种古老的偏好"(103—104)。隐私和个性已被"美国的组织天才"制造的"公共性"所"吞没"(106—107)。在詹姆斯看来,纽约的这种"活力"和"不停顿的更新"所反映的是它的"不自信",因为它信奉的是物质主义,因为那个"永恒的、强烈的金钱意图"在"玩弄"、"嘲笑"和"吞噬"着"所有的形式"(112)。

  无论惠特曼还是詹姆斯,他们都肯定当时纽约在物质文明建设上的成就,也都指出了它在精神文明建设上的不足,对它的这种与精神文明建设不相称的物质文明建设的可持续性表达了忧虑。正是在这一背景之下,马丁的创业之路从他9岁发明雪茄树开始经历了大约20年的飞跃式发展。同样是在这一背景之下,马丁的事业没有顺利地持续下来,而是在他33岁时遭遇了毁灭性打击。对于不上教堂的马丁来说,在与耶稣受难时的年龄相同的年龄上遭受这样的打击或许并不具有多少宗教意味,他在思索自己失败的原因时就没有想到这一点。然而,根据惠特曼关于美国缺少与"伟大物质文明"相称的"伟大道德及宗教文明"的论断以及詹姆斯认为那些吞没了三一大教堂的"完全出自市场"的高楼大厦会像长梗玫瑰一样被"等待中的命运"所"掐掉"的观点,再联系叙述者在《马丁·德莱斯勒》开头所作的关于成功登上"梦幻般好运的顶峰"的马丁会被神"忌妒地盯上"并会因为任何差错而让"一切都化为泡影"的预言,人们完全有理由谈论马丁失败的宗教意味。

  谈论马丁失败的宗教意味,也要注意避免走极端。马丁的大宇宙项目确实挑战了上帝的造物主地位,但如果因此而把马丁与撒旦相提并论[1],就

---

[1] 萨尔兹曼就把马丁的大宇宙项目看作"撒旦式的'不'"。Arthur Saltzman, "A Wilderness of Size: Steven Millhauser's *Martin Dressler*," *Contemporary Literature* 42, no. 3 (Autumn, 2001): 589—616。

有点极端了。虽然马丁的大宇宙被广告商宣传成一个"齐全的、自给自足的世界",但它只有 30 层,加上地下也不过 43 层,在规模和齐全性等方面根本无法与上帝的宇宙比。另外,虽然马丁不上教堂,上帝观也较成问题,但他并不恶,不是那种违法乱纪、为非歹的坏人。他出生在勤劳本分的小业主家庭,小时候在自家雪茄店里帮忙时就开始接触社会,很早就认识到勤劳、诚实、友善等品质对于处好人际关系、做好生意的重要性,也很早就培养起这些品质并一直努力保持它们,不慎做错了什么会不断反省自责。马丁也不是惠特曼和詹姆斯所批评的那种毫无精神追求的物质主义者。他并不利欲熏心,不搞坑蒙拐骗。① 比较而言,他前期项目的盈利目的要强一些。具备一定经济基础后,这一目的就越来越弱,甚至被遗忘了。十分了解马丁的艾默琳就觉得他似乎"什么也不想要";爱与艾默琳交心的马丁在被她问到发财之后还这么发奋图什么时说:"我不知道我想要什么。"(132)但他想要的东西中肯定包括创造的快感,因为大宇宙失败后他曾说,唯一令他感到欣慰的就是他"做了他喜欢做的"(288)。也许正是出于"喜欢",他做项目并不偷工减料,最后推出的也不是粗制滥造的豆腐渣工程或缺乏想象的低俗工程。

总之,马丁既不是邪恶的撒旦,也不是粗俗的物质主义者,他主要是个梦想家。他的故事也主要是小说副标题所明示的"一位美国梦想家的传说"。他的差错和失败与他梦想家的特点有关。梦想多少都会脱离现实,但也不是所有脱离现实的梦想都会导致失败,要看具体情况。马丁的梦想可大致分为两类:一类是脱离现实的程度不太大而且符合现实发展的规律和需要,这类梦想成功实现的可能性就大,导致失败的可能性就小;另一类是脱离现实的程度大而且不符合现实发展的规律和需要,这类梦想成功实现的可能性就小,导致失败的可能性就大。马丁的大宇宙项

---

① 扎彭也认为马丁并不"唯利是图、道德堕落"。James P. Zappen, "New York City as Dwelling Place: Reinventing the American Dream in Steven Millhauser's *Martin Dressler*, Joseph O'Neill's *Netherland*, and Atticus Lish's *Preparation for the Next Life*," *The Journal of American Culture* 39, no. 2 (Jun 2016): 151—164.

目之前的项目根据的都是前一类梦想,所以都成功了;他的大宇宙项目根据的是后一类梦想,所以就失败了,尽管他通过全方位的无保留投入使自己的梦想在这一项目中得到了完美的体现。

正是因为马丁不是邪恶的撒旦或粗俗的物质主义者,也正是因为他的大宇宙不是粗制滥造的豆腐渣工程或缺乏想象的低俗工程,所以他的失败是悲剧性的。他在 33 岁时遭遇的这一悲剧性失败,能令人联想到耶稣 33 岁时遭遇的悲剧性受难。如同受难的耶稣,失败的马丁也有某种替人受罚的意味。他所替的人既包括像他那样出类拔萃的梦想家,也包括胸怀梦想的普通人。他能用自己从"梦幻般好运的顶峰"跌入谷底的悲剧性失败告诉人们,若要避免类似失败,就必须使梦想符合客观规律和社会需要。

在使梦想符合客观规律和社会需要方面,艾默琳的认识要比马丁清楚和坚定。在很大程度上,艾默琳是马丁的一面镜子,对于读者认识马丁是很有帮助的。虽然艾默琳与马丁一样不上教堂,但她读的书多,而且她读书认真、有始有终,不像卡罗琳那样有始无终。有始有终,这是艾默琳从小养成的习惯。小时候,看到那些被卡罗琳翻了几页就扔到一边的书,艾默琳觉得它们就像"像缺胳膊少腿的布娃娃",心里"难受极了"。再联系卡罗琳在其他方面的表现,艾默琳觉得卡罗琳无论读书还是做别的,兴趣都不在所做的事情上,而是在"发现一种能打发她时间的途径"(248)上,所以才会有始无终。没有兴趣、有始无终,这是艾默琳在卡罗琳身上诊断出的"毛病",也是艾默琳解释卡罗琳人生挫折的依据。在艾默琳眼里,卡罗琳与马丁的婚姻之所以有始无终,若在卡罗琳身上找原因的话,就是她对马丁乃至婚姻本身缺乏真正的兴趣。

与卡罗琳相反,艾默琳做事认真,有始有终。从应马丁之邀经营他的一家餐馆开始,她满腔热情地帮助马丁工作,起早摸黑,任劳任怨。马丁注意到,艾默琳"胆大""快捷""敏锐","对待工作的投入程度如同对待恋爱"(132)。对于工作对象的浓厚兴趣和深入把握使得艾默琳的工作富有创意,马丁总能在她负责的餐馆里看到新的"变化"和"改进"(168)。马丁遇到问题喜欢征求艾默琳的意见,艾默琳总能准确理解马丁的问题,提供慷慨的精神支持,令马丁感到就像"跳上了舒适的蒸汽火车",开始了"兴奋的疾驰"(170)。可是这个开始"疾驰"的马丁不久就出现失控的苗头。得知凡德林宾馆陷入危机之后不久,马丁就把生意兴隆的连锁餐馆统统卖掉,"毫不犹豫地"买下凡德林宾馆进行改造。艾默琳向他指出了这一决定过于"突然""任性"和"令人不安"(176),但这时"任性"起来的马丁已停不下来,在改造完凡德林宾馆后又先后建了德莱斯勒宾馆和新德莱斯勒宾馆。新德莱斯勒刚获成功,马丁就对老德莱斯勒不屑一顾,艾默琳又及时告诫他不要"背弃""堪称完美"的老德莱斯勒等过去的成就。马丁知道艾默琳有理,意识到自己确实已对德莱斯勒宾馆"完全失去兴趣",就像之前对于凡德林宾馆那样,但他坚持认为"向前看"(242)压倒一切。有了一点进展就对过去"完全失去兴趣"、就以"向前看"为由"背弃"它,马丁的这种做法跟卡罗琳把书翻了几页就失去兴趣、就把它扔到一边、再也不去碰它的做法很相似。甚至可以说,马丁后来做项目和娶卡罗琳主要是为了自由梦想和新鲜体验,而不是为了项目和卡罗琳,这在性质上跟卡罗琳读书和嫁给马丁主要是为了消遣而不是书和马丁并没有太大差别。

在艾默琳眼里,马丁背弃过去,就没有未来。过去和未来对艾默琳来说是密不可分的。她曾根据自己对过去的把握多次正确预言了未来。根据卡罗琳的读书习惯,她正确预言了马丁与卡罗琳的婚姻的结果,曾明确告诉马丁"那当然有益于卡罗琳"。根据卡罗琳与凯瑟琳有始无终的交往过程,她正确预言了卡罗琳与克莱尔的关系的结局。根据卡罗琳交友总有报复意图的情况,她正确预言了卡罗琳将会对她和马丁进行报复。艾默琳清楚过去对于认识现在、预知未来的重要意义,所以就清楚马丁背弃过去、背弃老德莱斯勒等成功的工程就是在背弃过去之所以成功的宝贵经验(把梦想与客观规律和社会需要有机结合起来),就是在走向失败。艾默琳的这一预言后来果然应验了。大宇宙项目失败后,马丁曾把原因归结为不尊重上帝、做了只有上帝才配做的事情,没有按艾默琳之前的告诫从背弃过去的成功经验方面去找原因。当然,如果马丁在规划大宇宙时真能意识到自己是在挑战上帝做凡人做了就"必然失败"的事,他也能

第四章 信仰与创造:米尔豪泽的《马丁·德莱斯勒》

避免这一失败。也就是说,如果马丁当年想避免大宇宙的失败,他在尊重上帝和不背弃过去的成功经验这两件事中选做任何一件都行。不幸的是他一件也没做。

小说结尾,虽然马丁对于自己失败的原因仍然没有一个深刻明确的认识,但他的两个想法可以表示他在朝这一目标努力。① 一是他明确认识到,做事情仅靠一己之力是不行的,还必须有某种可以依靠和信仰的东西:"因为当友善的力量轻轻地在你无意识之间松开了你的手,你就需要抓住某种东西,否则就肯定会迷路。"(293)这里的"某种东西"指的是类似于"友善的力量"、能使人不"迷路"的东西。它可以指全知全能、大慈大悲的上帝,也可以指客观规律和社会需要。这就是说,马丁的这一要抓住某种东西以使自己不再迷路的想法,有可能使他认识自己迷路的原因,确立正确可靠的信仰。马丁在小说结尾产生的第二个想法是"与物体稍微拉开点距离"(293)或者"不急"(小说的最后两个字)。自从马丁9岁时作出他的首项发明以来,他一直处在"兴奋的疾驰"中,一个项目接一个项目地做,没有停歇过。虽然他在当时纽约的宾馆业内算得上一个颇有创意的创业者,但在人类创造发明史的漫漫长河中,他不过是一个境界有限的随波逐浪者。他从未停下来好好地想过究竟应该怎么活、怎么做等大问题。现在他"不急"了,与具体事物"拉开距离"了,就有了思考大问题、寻找能使他免于迷路的"某种东西"的必要条件。总之,小说的结尾还是暗示了马丁有可能找到失败的真正原因和前进的正确方向。②

---

① 扎彭认为马丁对自己徒劳的梦想"显然没有任何悔悟和认识",这一看法有点绝对。James P. Zappen, "New York City as Dwelling Place: Reinventing the American Dream in Steven Millhauser's *Martin Dressler*, Joseph O'Neill's *Netherland*, and Atticus Lish's *Preparation for the Next Life*," *The Journal of American Culture* 39, no. 2 (Jun 2016): 151—164。

② 罗德里格斯认为,在用大宇宙取项目取代真实宇宙的同时,马丁用虚幻的自己取代了真实的自己,实施了"自杀"。这就是说,马丁在精神上已经死了,再也不可能找到他失败的原因和前进的方向了。这一观点是值得商榷的。Alicita Rodriguez, "Architecture and Structure in Steven Millhauser's *Martin Dressler: The Tale of an American Dreamer*," *Review of Contemporary Fiction* 26, no. 1 (Spring 2006): 110—126。

小结

正如《马丁·德莱斯勒》的叙述者在小说开头所预言的那样,马丁成功登上了"梦幻般好运的顶峰"之后就开始走下坡路,最后婚姻解体,事业破产,"一切都化为泡影"。按照叙述者在预言里的解释,导致这一结局的原因是马丁出了"差错",从而受到忌妒地盯着他的神的惩罚。

至于马丁究竟出了什么"差错",他的好友邓迪的一句话有助于我们作进一步的思考。这句话是邓迪在劝马丁别娶卡罗琳时说的:"在上帝的地球上,一个真正爱你的好姑娘是一个男人的最大礼物。"(111)邓迪这句话的意思是,对于任何生活在"上帝的地球"上的男人来说,结婚就必须按"上帝的地球"上的规律办,不能随心所欲。既然"上帝的地球"上的幸福婚姻都是建立在男女双方情投意合的基础之上,那么既不确定卡罗琳是否爱自己、又不确定自己是否爱卡罗琳的马丁就不该结婚,结了就不会幸福,就会失败。马丁不听邓迪的劝告,硬是结了婚,后来果然在吃尽苦头后离了婚。就马丁的失败婚姻而言,他的"差错"可以是没有听从邓迪的劝告,也可以是娶了没有真爱的卡罗琳,但最根本的还是他没有真正地生活在"上帝的地球"上,没有遵从"上帝的地球"上的规律。

没有真正地生活在"上帝的地球"上,不遵从"上帝的地球"上的规律,无论做什么都会失败,所以这也是导致马丁事业上失败的根本"差错",而不是他没有听从艾默琳和地产商等人的劝告建了大宇宙项目。说马丁没有生活在"上帝的地球"上,是说他虽然身在"上帝的地球"上,心却不在。他的心在他梦想中的那个地球上,那个地球不属于上帝,不是"上帝的地球",而属于他自己,是马丁的地球。那里没有上帝,他自己就是上帝,可以随心所欲,为所欲为。他建大宇宙项目,就是想把他梦想中完美的马丁的地球外在化,以取代不完美的"上帝的地球",消除包括婚姻失败在内的一切失败。不想这个没有失败、完美无缺的大宇宙项目自己失败了。

小说写大宇宙项目的失败并不是要批评梦想,而是要批评脱离实际、无视规律的梦想。小说批评了马丁的这种梦想,也肯定了他之前的那些联系实际、遵循规律的梦想。小说从正反两方面探讨了梦想,表明了梦想有优劣之分,区分的标准就是看它是否切合实际和规律,用邓迪的话说,即是否贴近"上帝的地球"。马丁的梦想由优变劣的过程,就是他的自我不断膨胀、上帝和他人不断缩小、梦想不断脱离"上帝的地球"直至蜕变成一个没有上帝和他者的空想的过程。① 马丁最后走出的那个空洞的大宇宙就是这一空想的体现。走出了这一空想,回到了"上帝的地球"上,马丁就有可能客观地看待这一空想,最终看出导致这一空想失败的真正"差错"。②

---

① 卡斯佩尔总结说,马丁的故事"实质上是一个有关美国人的抱负和傲慢的故事"。Kasper,"Steven Millhauser" in Shaffer et al eds., *The Encyclopedia of Twentieth-Century Fiction*,705—706。

② "看"与上帝和创造的关系十分密切,是上帝创世过程中不可或缺的一个步骤。在《圣经·创世记》里,上帝每完成一项创造,都要停下来"看"一下所创造的东西,觉得它"好"了,再继续创造,直到第七天完成全部创世工作。可以说,"看"在上帝创世过程中有回顾和评价过去、为未来作准备的意味。米尔豪泽在《马丁·德莱斯勒》结尾写马丁停下来"看",既增加了作品的宗教意味,也暗示了马丁通过回顾和评价过去找到走向未来的正确道路的可能性。

第五章　神学与女性命运:沃克的《紫色》

　　1983年,《紫色》荣获普利策奖和美国全国图书奖,使其作者沃克成为普利策小说奖的首位非裔女性得主。《紫色》也成为迄今唯一获得普利策奖和美国全国图书奖两项大奖的非裔小说。这是一部书信体小说①,由90封②书信构成,其中70封是女主人公塞利写的,20封是其妹妹耐蒂写的。与一般书信体小说相比,这部作品有两个显著特点:(一)书里的信大多是写给上帝的,不是写给人的。这些信都是塞利写的,有56封,比她和耐蒂的通信总量多22封。(二)塞利没有受过多少教育,她写信用的是不太符合语法的非裔女性口语。用非裔女性口语给上帝写信,这就使这些信显得更加特别,也为这种语言表现力的检验和提升找到了一个很有挑战性的场合。③

　　由于书里的许多信是写给上帝的,写信人塞利无法邮寄,也

---

①　《紫色》有"非裔女作家的第一部书信体小说"之称。William L. Andrews, Frances Smith Foster, and Trudier Harris, eds., *The Concise Oxford Companion to African American Literature* (Oxford and New York: Oxford University Press, 2001), 80.

②　不包括两封信中信,即书里第49封和第61封这两封塞利写给上帝的信里所包含的两封耐蒂写给塞利的信。

③　劳瑞特指出:"至少自马克·吐温以来,美国文学喜欢再现人们的言语,但不是黑人的言语,更不是黑人女性的言语,除非是作为嘲弄或搞笑的对象。而在沃克的笔下,这种长期被看作落后低级的语言变成了一种生动活泼的文学语言……"Maria Lauret, *Alice Walker*, Second Edition (London: Palgrave Macmillan, 2011), 90.

不能期待回信,所以它们就起不到方便双向交流的作用。这些信里的交流是单向的,都是塞利说上帝听,说的也只是她这边的事,尽管她能从这种交流中感到某种安慰。这就是说,就其实际作用而言,这些信并不是严格意义上的信,更像是书面祈祷。《新约》所提供的那些祈祷范式①中的基本成分,在这些信里都可以找到。这些信都以"亲爱的上帝"或"上帝"开头,与祈祷的开头一样。有些信,比如最后一封,还以"阿门"结束,也跟祈祷里的情况相同。在这些信里,写信人像做祈祷那样表达自己的愿望,希望能得到上帝的保佑。在第一封信的第一段里,塞利表达了这样一个愿望:"亲爱的上帝:……也许您能给我一点提示,让我能理解我的遭遇。"② 耐蒂也曾把写信,尤其是给生活在水深火热之中的塞利写信,比作祈祷。她在一封信里写道:

> 我记得有一次你说过,你的生活太让你害臊,你都无法对上帝开口说,所以就只好用笔写,尽管你觉得自己写得不好。可是现在,我理解你的意思了。无论上帝是否能读到你的信,我知道你会继续写的。这也为我指明了方向。不管怎样,如果我不给你写信的话,我就觉得像没做祈祷一样难受,仿佛我把自己封闭起来,使自己的心灵窒息。(136)

这里,耐蒂不但把写信比作祈祷,还解释了塞利为什么要写这些祈祷性质的信,那就是塞利的生活经历太令她"害臊",以至于她对上帝也说不出口,只能用笔写。

耐蒂所给的这个令塞利给上帝写信的原因,也可见于《紫色》里的第一句话。这是一句独立的话,是塞利和耐蒂的父亲(她们后来才发现他不是她们的生父)对塞利说的,是给塞利的警告:"除了上帝,你最好别对任何人说。那种事会把你母亲气死。"(1)这就是说,塞利之所以要给上帝写

---

① 比如《马太福音》6:9—13,《路加福音》11:2—4。
② Alice Walker, *The Color Purple* (New York: Pocket Books, 1982), 1. 以下小说引文在文中标注页码,不另作注。

信,是由一件母亲听说后会"气死"、她自己觉得极为"害臊"、父亲警告她"除了上帝……别对任何人说"的事情引起的。这件事情就是她14岁那年,父亲有一天乘母亲外出看病时强奸了她,还在她叫喊时掐住她的脖子叫她"别吱声,适应它"。可是塞利"根本适应不了"(2),也根本理解不了,父亲又不许她对任何人说,她就只好写信对上帝说,开头几句话是:"亲爱的上帝:我今年14岁。我一直是个乖女孩。也许您能给我一点提示,让我能理解我的遭遇。"(1)

这段话里的"理解"是《紫色》里的一个关键词,与女主人公塞利的命运密切相关。《紫色》的故事情节主要围绕塞利从受害者到成功者的转变。这一转变的过程就是塞利理解其遭遇及其有关因素的过程,包括她对父亲和丈夫等男性的理解、对索非亚和舒格等女性的理解、对耐蒂及其非洲传教对象的理解、对自己和家世的理解、对上帝的理解。可以说,此书写的就是塞利这一愚昧无知、饱受欺压的黑人女性在理解世界和自己的过程中争取自由和幸福的故事。

在这个故事里,上帝扮演了什么样的角色?塞利的祈祷又起了什么样的作用呢?要回答这两个问题,我们先来看一下作家自己所提供有关解释。1992年,在《紫色》的10周年纪念版序言里,沃克谈到她创作此书的原意与评论界的理解之间的差异:

> 在它出版之后转瞬即逝的10年里,无论别人怎么看它,我始终都把它看作神学作品,研究的是由宗教返回精神的这一我在成年之后、在创作它之前的很长时间内试图回避的问题……我原以为,一部以"亲爱的上帝"开头的作品,能立即被看作表达想要见到和听到那个原初祖先的愿望的作品。①

进入21世纪,沃克在一次访谈中说道:

《紫色》写的是神学。许多人以为它写的只是乱伦、虐妻、家暴。这些

---

① Alice Walker, "Preface to the Tenth Anniversary Edition" in *The Color Purple* (New York: Harcourt, 1992), xi—xii.

事情书里都有,但你会发现,塞利的变化指向的是她作为全部神性一部分的自我实现。书里说道,上帝是现在、过去和未来的一切。①

在纪念《紫色》发表 30 周年的访谈中,沃克说此书写的主要是塞利的上帝观的变化与她的"斗争"之间的关系:

> 她认为自己不会说、无地位,便给上帝写信,因为她无法写给别人。后来,她发现,她给他写信的那个上帝是个聋子,因为他主要是一个基督教上帝,是强加给黑人的。这时,她就开始给她妹妹写信。最后,她理解了,我们都被神性包围着,我们是它的一个部分,它就是自然。②

在上述解释中,沃克反复强调了神学内容在《紫色》中的重要地位以及这一内容长期遭受忽视的情况。③ 至于人们为什么会忽视这一内容,

---

① Alice Walker, "Alice Walker Calls God 'Mama,'" Interview by Valerie Reiss," <http://www.beliefnet.com/wellness/2007/02/alice-walker-calls-god-mama.aspx>. Accessed 7 June, 2023.

② Alice Walker, "Alice Walker on 30th Anniv. of *The Color Purple*: Racism, Violence Against Women Are Global Issues," <https://zcomm.org/zvideo/the-30th-anniv-of-the-color-purple-racism-violence-against-women-are-global-issues-by-alice-walker/>. Accessed 7 June, 2023.

③ 在《剑桥美国文学史》里,斯坦纳仍然认为《紫色》的"巨大名声"来自"黑人女权主义基本主题","塞利的救赎取决于历史的复原",没有提到作品的神学内容以及信仰对于主人公命运的影响。[Wendy Steiner, "Postmodern Fictions, 1970—1990" in *The Cambridge History of American Literature*, ed. Sacvan Bercovitch (Cambridge: Cambridge University Press, 1999), vol. 7, 425—538.] 20 世纪末开始出现有关《紫色》的神学内容的研究,比如汉金森和蒂伦的研究。汉金森谈到其论文研究的是一个"未被探讨的领域",即"塞利的上帝观从一神论(或传统基督教)到泛神论的转变"如何"代表了和平行于她从忍受父权压迫到联系他人和接受自己的变化"。[Stacie Lynn Hankinson, "From Monotheism to Pantheism: Liberation from Patriarchy in Alice Walker's *The Color Purple*," *Midwest Quarterly*: *A Journal of Contemporary Thought* 38, no. 3 (Spring 1997): 320—328.] 蒂伦在其论文的开头复述了沃克在《紫色》10 周年纪念版序言里说这部"神学作品"的神学内容受忽视及其相关原因的那段话,称其论文要研究"小说为回答'什么是上帝?'所作的持乡哲学和神学思考这一未被探讨的话题",试图表明:"《紫色》重新界定了上帝,告别了父权概念,认为圣灵必须在人、自然和世界的内部找,从而获得一种对个人和社会都没有压迫、专制或伤害的上帝观。" [Jeannine Thyreen, "Alice Walker's *The Color Purple*: Redefining God and (Re)Claiming the Spirit Within," *Christianity and Literature* 49, no. 1 (Autumn 1999): 49—66.] 不过汉金森和蒂伦的研究缺乏之后世俗视角,对《紫色》的神学内容在帮助主人公重新认识教俗关系、全面改变自身命运等方面的积极意义重视不够。

沃克认为可能有两个原因:(一)"或许这是我们时代的标志",即当代人对神学话题不感兴趣;(二)"或许是因为不信教者将上帝从一个提倡父权的男性至上主义者变成了树木、星辰、风和所有别的东西,从而使许多读者看不到此书的意图:探讨人物如何通过她自己的勇气和别人的帮助,从一种精神俘虏的境况中解脱出来,意识到她就像自然一样,焕发着人们迄今所说的那种非常遥远的神性。"(xi)[①]

沃克的这些谈话有助于回答我们上面提出的问题,即上帝和祈祷在塞利的转变过程起了什么样的作用。从这些谈话中我们得知,上帝在塞利的观念中经历了巨大变化,从一开始的那个有形的、强加给非裔女性的白人男性上帝,变成一种无形的、没有种族和性别特征、内在于"一切"事物的、与生俱来的"神性"。这就是说,上帝从一个偏袒某些人的小上帝,变成一个爱护所有人的像"自然"一样博大的大上帝。[②] 随着上帝的这种变化,塞利祈祷的方式和效果也发生了变化,从一开始眼睛向上、消极被动、缺乏实效的祈祷,变成眼睛向内、积极主动、卓有成效的祈祷,使她通过发现自己的神性勇敢地走上摆脱"精神俘虏的境况"、改变自己的命运、实现她"作为全部神性一部分的自我"的道路。下面就结合作品详细讨论上帝和祈祷的这些变化对于女主人公命运的影响。

一、迷惘

对于评论界长期忽视《紫色》的神学内容、过多关注书里的"乱伦、虐妻、家暴"的做法,沃克之所以如此失望的一个主要原因,就是在她看来,行为方式是由上帝观决定的,"乱伦、虐妻、家暴"等问题的根源在错误的上帝观,纠正了错误的上帝观,这些问题就容易解决了。也就是说,在《紫

[①] Alice Walker, "Preface to the Tenth Anniversary Edition" in *The Color Purple* (New York: Harcourt, 1992), xi—xii.

[②] 格里芬认为泛神论也有消极意义,说它的"主要问题"是"皂白不分"。[David Ray Griffin, *God and Religion in the Postmodern World: Essays in Postmodern Theology* (Albany: State University of New York Press, 1989), 59.] 但《紫色》里长期遭受压迫的女主人公们熟知善恶、明辨是非,因而能让泛神论的积极意义得以正常发挥。

色》里,"乱伦、虐妻、家暴"都是末,上帝观是本,关注"乱伦、虐妻、家暴"而忽视上帝观,就是本末倒置,就不能恰当理解这部以本为重的作品。

塞利的上帝观变化可大致分为三个阶段。这三个阶段的一个明显标志就是塞利所写书信的抬头上的变化,即从"亲爱的上帝"变为"亲爱的耐蒂",在最后一封信里又变为"亲爱的上帝、亲爱的星辰、亲爱的树木、亲爱的天空、亲爱的人类、亲爱的一切、亲爱的上帝"。这三类抬头表明了上帝在塞利的心目中经历了有、无、有这样三个阶段。

在第一个阶段,在那些以"亲爱的上帝"或"上帝"开头的信里,上帝被看作一种外在的存在,他有权威,会倾听,能向好人提供帮助。在受父亲蹂躏后写的第一封信里,塞利对上帝说自己是个乖女孩、祈求上帝帮她理解自己的遭遇,就能反映她对上帝的这种看法。她自己理解不了父亲怎么会这样对待自己的女儿,觉得上帝全知全能,所以就向上帝求助。她还认为尽善尽美的上帝更乐于帮助信仰虔诚、品行端正的人,所以在向上帝求助前特意说了自己是个"乖女孩"。

可是上帝的帮助并没有立即到来,父亲的暴行还在继续,但这没有影响塞利对上帝的看法,直到有一天母亲发现塞利怀孕了。母亲向塞利询问孩子的父亲是谁,塞利说是上帝。至于为什么要这么回答,塞利的解释是:"我不认识任何其他男人,也不能说别的。"塞利当时确实不能说"别的",不能说实话,怕说了实话惹怒父亲和"气死"母亲。但塞利的回答也能反映她这时对于上帝的这样三个看法:(一)上帝是男性,也能当父亲,跟她父亲和其他男人一样;(二)上帝是外在的、遥远的,人们不可能去找他核实他是否真是塞利的孩子的父亲;(三)上帝是至高权威,他的名字也具有无可置疑的权威性。用上帝的名字有效回答了母亲的第一个问题后,塞利又用它来回答母亲的第二个问题。塞利的孩子出生不久就消失了,母亲便问她缘由,塞利答道:"上帝抱走了。"塞利的这两个回答有其内在逻辑:既然上帝是孩子的父亲,他就可以将她抱走。但母亲并没有相信塞利的回答。她是在塞利再次怀孕时去世的,咽气前朝着塞利"又喊又骂"(3),显然认为塞利罪孽深重。而作为真正罪人的父亲当时却坐在病床旁握着母亲的手,假模假式地呜咽着,央求她别离开他。

塞利生的第二个孩子也被父亲抱走了没有抱回来。塞利的奶水流淌不止,父亲无法忍受,骂她"邪恶",眼睛开始盯上塞利的妹妹耐蒂。耐蒂害怕起来,塞利就许诺会"依靠上帝的帮助"(4)保护她。其实上帝没有提供什么帮助,每次都是塞利自己在紧急关头及时出现在耐蒂的身旁。最后,父亲只好再娶。

这个靠骂塞利邪恶来掩盖自己的邪恶的父亲也是上教堂的。但他对上帝毫无敬畏之心。他叫塞利别对上帝之外的任何人说他所干的那些见不得人的事,能够说明上帝在他眼里比任何人都软弱无力。他很有可能认为,上帝不过是人们自欺欺人的虚构,为了使塞利这样的单纯善良的轻信之人沉溺于祈祷、幻想和来世,不去观察、思考和反抗,这样像他这样的恶人就可以放心大胆地继续作恶。在教堂里,这个父亲并不专心。有一次,他从教堂回来打了塞利,说在教堂里看见她向一个男人挤眉弄眼。其实,塞利根本没有那么做,只是因为眼里进了异物不舒服眨了几下眼。塞利平时若是看人也不看男人,只看女人,因为女人不会使她"恐惧"。她对上帝说:"您也许会因为我妈妈骂了我而以为我会对她怀恨在心。但我没有。我为妈妈感到悲哀。她是因为信了他的故事才死的。"(6)"他的故事"指的是父亲为诬陷塞利而编造的故事。母亲就是因为信了这种故事才会对塞利"又喊又骂",最后愤然死去。这样邪恶的父亲是无法不让塞利对男人产生"恐惧"的。不过,这时的塞利还没有把父亲的品行与他所去的教堂和所信的上帝联系起来看,仍然以为上帝是一个不同的男人。

在塞利写给上帝的信里,教堂这个本应助人发现上帝的地方并不十分可爱。强暴女儿、气死母亲的父亲上教堂。教堂里的女人们对待塞利也是"有时好,有时不好"(45)。在塞利两次怀孕期间,她们只是"困惑地"盯着她看,没有提供任何帮助。有一个男人在从教堂回家的路上杀死了另外一个男人的妻子。这个失去妻子的男人阿尔伯特后来在教堂里看上了耐蒂,但父亲以耐蒂年纪小为由拒绝了他,把塞利嫁给了他。这个后来使塞利的生活变成"地狱"(207)、与父亲一样被塞利骂作"狗杂种"(199、

207)的阿尔伯特,也是上教堂的。歌手舒格病倒了,教堂里的女人们只是说她的闲话,谁也不肯接纳她。牧师在布道中公开指责舒格"唱歌为钱"和"勾引别的女人的男人"(46),以这些所谓的道德缺陷为由剥夺了舒格蒙受上帝的博爱的机会。所有这些发生在教堂里的事情表明,上教堂是一回事,真懂真信又是一回事,两者在很多情况下是不对等的。有些人上教堂根本不是为了真懂真信,而是为了伪装自己,甚至借上帝来开脱自己的罪责。父亲向阿尔伯特推荐塞利时列举的优点之一,就是塞利不会生孩子给他增加负担,说"上帝已经为她做了手术"(9),这样父亲就把自己的罪责完全推卸给了上帝。

与那些并不真信上帝的信徒相比,在教会里遭受鄙视的塞利对于上帝则是过于相信。塞利知道能否怀孕与月经有关,曾在教会里听人说过,因此也知道自己丧失生育能力是父亲的摧残所致,但她信从上帝"无论如何都要尊敬父母"(44—45)的训诫,总能控制住自己的情绪,默默地忍受父亲的虐待。嫁给阿尔伯特以后,她的忍耐心有增无减。阿尔伯特要打她,她就为他找来皮带。皮带打在她身上,她在信里告诉上帝她通常就这么做:"我所做的就是不叫不喊。我把自己变成树木。我对自己说,塞利,你是一棵树。"(23)变成树木,就是变得只有忍耐性,毫无斗争性。耐蒂向塞利告别时,曾叫她与阿尔伯特斗争,塞利却说"我不知道怎么斗争。我只知道如何活命"。耐蒂说这种活法无异于"活埋",塞利完全同意,还说其实比活埋更糟,因为她还得干活。显然,塞利知道自己生活的可悲程度,只是不知道该如何改变。另外,她已经有了减轻痛苦的办法,那就是给她信仰的上帝写信。她对耐蒂说:"没关系的,没关系的,只要我能拼写出上帝,我就有了依靠。"(18)

上帝是她的依靠,而且是她唯一的极为可靠的依靠。只要能拼出他的名字,能向他祈祷,她就能感到他的回应,感到他在陪她忍受不幸。这样,她就觉得痛苦减轻了,就没有斗争的必要了,就可以继续活着,而如果斗争,就可能丧命。这就是塞利在小姑子凯特叫她与阿尔伯特斗争时内心出现的想法:"我想到了耐蒂,死了。她倒是会斗、会跑。那么做又有什么用呢？我不斗争,听从摆布。但我还活着。"(22)有时,实在难以忍受阿尔伯特的欺负了,塞利还会用"人生短暂……天国永恒"(44)这样的话来安慰自己。也就是说,再大的痛苦也不会长久,也会随着短暂人生的结束而结束;只要她咬牙忍住,不做上帝以及其尘世代理人眼里的坏事,她身后就能进入天堂,享受永恒的幸福。可见,塞利不但相信上帝,还相信来世。

塞利的这句有关来世的话,是对阿尔伯特的大儿子哈珀的妻子索非亚说的。索非亚与耐蒂、凯特一样,也主张斗争,不能接受塞利主张忍耐的观点以及对阿尔伯特唯命是听的态度。她对塞利说:"你应该先把____先生的脑袋砸开……然后再考虑天堂。"(44)索非亚也上教堂,也相信上帝、天堂和祈祷,但她更相信斗争。在她看来,对于阿尔伯特这样的男人,女人如果不砸开他们的脑袋,就没有自己的脑袋;女人如果只是梦想天堂,就没有真正的天堂。为了自己的脑袋和真正的天堂,索非亚一直都在与男人作斗争。她对塞利说:"我有生以来不得不斗。我不得不与我爸爸斗。我不得不与我兄弟斗。我不得不与我堂兄弟表兄弟和叔叔舅舅们斗。在一个男人成堆的家里,女孩子没有安全。"(42)

"没有安全"可分为没有肉体安全和没有头脑安全两个方面,因为像塞利父亲那样的男人都懂得如何在霸占女性肉体的同时控制女性的头脑,以维护自己地位的安全。父亲在强暴塞利时就曾掐住她的脖子不许她叫喊,要她学会适应,事后还警告她除了上帝不能对任何人说。在这种头脑控制之下,塞利慢慢学会了适应,接受了自己的奴隶地位,婚前是父亲的奴隶,婚后是丈夫的奴隶。对于丈夫,塞利不仅能在他打她时帮他找好皮带,还能忠实地记取和传播他的男尊女卑思想。哈珀曾问过父亲如何让索非亚听话,父亲说,"老婆都像孩子。你必须得叫她们知道谁更厉害。最好的办法就是一顿痛打"(37)。没有达到预期效果后,哈珀又拿同样的问题来征求塞利的意见。塞利给的答案与她丈夫的一模一样:"打她。"(38)自己是女性,常挨男性打,知道挨打的滋味,却还建议年轻一代男性去打年轻一代女性,把男性应该打女性、女性应该无条件服从的老传统一代代地传下去。由此可见塞利在肉体和头脑两个层面上被男性奴化的程度。

塞利不知道如何与男性压迫者斗争,以为斗争则死、忍耐则活,结果在忍耐中被逐渐奴化成男性奴化女性的工具和帮凶。是索非亚让她第一次看到女性大胆而又成功的斗争,开始意识到自己的愚昧和堕落。在娘家一直与威胁女性安全的男性作斗争的索非亚,在嫁给她所深爱的哈珀后遇到了同样的威胁。为了迫使索非亚像塞利对他父亲那样对他俯首帖耳,哈珀在得到他父亲和塞利的指教后开始痛打索非亚,不料遭到了索非亚的强力反击。下面是塞利在他们家门口偷看到的一幕:

> 他们像两个男人那样在厮打。家具被弄得七倒八歪。盘子好像都碎了。镜子歪了。窗帘被扯掉了。床垫芯好像也被拉了出来。他们没有注意到我,一直厮打着。他想扇她。但那有什么用呢?她弯腰抄起一根柴火,横打在他眼睛上。他朝她肚子上揭了一拳。她俯身哼了一声,起身就用双手紧紧攥住他的生殖器。他在地上打起滚来。他一手抓住她的衣服后襟拉了起来。她身着套裙站在那里。她的眼睛一眨不眨。他跳了起来用榔头柄勒住了她的脖子,她一使劲把他摔了一个大背包。他砰的一声倒在了炉子旁。(39)

这一幕给了塞利巨大震动。她开始失眠,有一个多月的时间总觉得自己犯了什么罪、违背了什么人的精神,最后发现是索非亚的精神。接着,她开始祈祷,希望索非亚别发现她的罪。但索非亚还是找上门来,质问她为什么叫哈珀打她。塞利只好坦白:"我那么做是因为我是个傻瓜……我那么做是因为我忌妒你。我那么做是因为你能做我做不了的事。"(42)塞利所"做不了的事"就是与压迫女性的男性斗争。既想教训又想激励塞利的索非亚告诉塞利,她的斗争手段还没有用完,哈珀若是再打她,她就把他杀了。塞利对自己给索非亚造成的伤害深表歉意,说自己受到了上帝的惩罚。索非亚觉得塞利就像自己的母亲那样可怜。她的母亲就是对她那歧视女性的父亲俯首帖耳、唯命是听,而她家的六个姐妹与六兄弟中的两个能够齐心协力,与家里的其他五个男性不断斗争。她告诉塞利:"我们要是打起架来,那个场面才惊人呢。"(43)塞利承认自己从未打过活物,甚至都不记得发过火,实在忍受不了就读《圣经》或做祷告。塞利与索非亚又和好了。卸下了思想包袱的塞利又能"睡得像个婴儿"(44)。

塞利的这种"婴儿"般的状态不久又受到索非亚新决定的惊扰。完全认清哈珀想要的"不是妻子,而是狗"(68)之后,索非亚就决定带孩子离开,去她妹妹敖德萨家住一段时间。这令塞利想起自己杳无音信的妹妹耐蒂,非常羡慕索非亚有人投奔。在临行前的那次谈话中,索非亚跟塞利谈到哈珀在他们性生活中的自私霸道,说她有时真想杀了他。塞利试图安慰她,又不得不承认自己无知,因为她丈夫也是一个自私霸道的人,几分钟完事后倒头就睡,塞利只是有一次思念舒格时才有过一点异样的感觉。

与索非亚的这些交往让塞利开始认识到,她所过的这种服从男性、牺牲自我、把幸福寄托于上帝和来世的生活并不是女性的唯一选择,女性是有能力保护自己的权利不受男性侵害的。对于不甘罢休的哈珀,塞利警告说:"有些女人是打不得的。"(66)塞利由教唆哈珀打索非亚到制止他这么做的变化,能够反映她受索非亚影响的程度。

二、醒悟

全书中,对塞利影响最大的还是舒格。塞利第一次见到舒格是在继母为她弄到的照片上,当时顿然就被舒格的美丽迷住了,觉得舒格是她所见过的"最美的女人",比母亲还美,比她自己则要美上"一万倍"。除了美丽,舒格的眼睛也令塞利着迷甚至困惑,因为这双眼睛有着大美人本不该有的眼神,那就是"严肃"和"忧伤"。这个既美丽又神秘的舒格在塞利的第一印象中如同女神。得到照片的那天晚上,塞利"盯着那张照片看了一夜"(7),开始梦想有朝一日能亲眼见到她。不久,塞利对舒格的痴迷使得舒格的照片几乎成了上帝之外的第二个倾诉对象,而且与上帝不同,这个倾诉对象还能及时作出回应。当父亲极力向阿尔伯特推荐塞利而阿尔伯特犹豫不决时,塞利拿出舒格的照片,立即就从照片上的那双眼睛里得到了回答:"是啊,事情有时就是这样。"(9)

直到舒格病倒了,不能在外地唱歌,又没有其他人愿意接纳她,塞利才得到认识她的机会。塞利多次提到自己期待舒格的心情。丈夫驾马车外出五天,塞利"一点儿也不想他",可是一看到丈夫的马车载着舒格从远处来了,塞利立即就兴奋起来,"心脏就像小动物那样跳动起来"(46),感到"不知所措""头脑晕眩""心都跳到了嗓子眼儿",内心反复喊着"快进来。在上帝的帮助下,塞利会使你恢复健康"(47)。舒格进了门,塞利一下子愣住了,仿佛没有听到丈夫叫她为舒格准备好房间的命令:"我没有立即动弹,因为我不能。我需要看到她的眼睛。我的感觉是,只要我看到了她的眼睛,我的脚就可以离开它们所在的地方。"塞利过去一直对丈夫唯命是听,听到他叫唤会立即响应,这时她却变得只有看到舒格的眼睛才能动弹,把舒格放到高于丈夫的位子上。"动起来,"丈夫对她再次喊道,塞利还是没有动。她在看舒格,从她的脸、鼻子、嘴一直看到她的眼睛:"眼睛又大又亮。炽热而凶恶。仿佛她能杀死一条拦路的蛇,尽管她身体有病。"舒格也开始看塞利:"她把我上下打量了一遍,然后咯咯笑了起来,像是致命的响尾蛇发出的声音。你真的很丑,她说道,就像她原先不信似的。"(48)

在与舒格的这次初会中,塞利在进一步看清舒格的美的同时,也注意到她身上的"恶",包括她眼里流露出来的"凶恶"和她嘴里发出的"响尾蛇"般的声音。但塞利很快就开始看到这种"恶"的益处。塞利把舒格与母亲作了比较,发现舒格的病比母亲重,人比母亲"恶",但就是这种"恶"使她得以存活,没有像母亲那样早逝。母亲是在手被父亲攥着的情况下死去的,而舒格的"恶"的表现之一,就是根本不让塞利丈夫碰她:

____先生晚上或白天都在她屋里。但他并没有攥她的手。她太恶,不让他那么做。放开我的手,她对____先生说。你这是怎么了,疯了吗?我不需要一个不敢对他爸爸说不的胆小鬼抓着我。我要的是一个男人。一个男人。她看了他一眼,眼珠翻了一下,笑了起来。那并不是真笑,却使他不敢靠近床。(49)

这里,舒格解释了她为什么不让塞利丈夫碰她,或者说她对什么样的人"恶"。她的"恶"针对的是塞利丈夫这样不敢独立思考、挑战传统、堂堂正正做人的"胆小鬼"。

舒格不让塞利丈夫碰,称呼他也不用尊称,而是直呼其名叫他阿尔伯特,让塞利第一次知道了丈夫的名字。舒格对待阿尔伯特的态度影响了塞利,使她在问丈夫问题时第一次有勇气看了一下他的脸,发现他的下巴很小,比她的还小。在给舒格作洗澡准备时,她甚至有了"变成一个男人"的感觉。然而,这时的塞利离一个真正的人还相差很远。在给舒格洗澡的过程中,她"双手颤抖""呼吸短促",像在做"祈祷"(51)。回答舒格的问题时,她总是用尊称"夫人"。第二天早上,在询问舒格早饭想吃什么时,塞利又迷上了舒格的手,发现它长得"十分标致",具有一种"骇人"的力量,令塞利感到身后有某种力量推她上去"品味"(53)。舒格则明确要求塞利别叫她夫人,说自己"没有那么老"(51),还在塞利问她是否想孩子时说了"一点也不想"(52)。

在随后的日子里,舒格从不同方面有意无意地开导教育塞利,把她往真正的人的路上引。在给舒格洗头梳头的过程中,塞利又喜欢上了舒格浓密卷曲的短发,说要把舒格掉的头发留起来,等攒够了做成假发卷来美化自己的头发。舒格则在塞利为她梳头的过程中产生了灵感,创作了一首新歌。听到舒格唱这首歌,塞利觉得它"低级下流"、让牧师听见了一定会认为有"罪",便问是什么歌。舒格说:"是我创作的东西。是你帮我从脑袋里挖出来的东西。"(55)同样是在梳头的过程中,塞利想的只是如何利用舒格脱落的头发来美化自己,舒格却能发现创作灵感。对于同一首歌,塞利在意的是它是否符合教会的道德标准,舒格在意的却是合作的意义和创造的价值。此时的塞利与舒格的差距是显而易见的。

见塞利缝制百衲被,舒格也试着缝了一块,针脚"稀疏弯曲",令塞利想起舒格唱过的一首调子曲折的歌。她称赞舒格缝得"真好""精美""一流",舒格哼了一声说:"我做的一切在你看来都是精美和一流的,塞利小姐……但那是因为你不会识别。"受到批评的塞利低下了头。在场的阿尔伯特的弟弟托拜厄斯夸塞利比他妻子玛格丽特能干多了,舒格却说"女人各不相同"(59)。托拜厄斯说他同意这种说法,只是无法向世界证明。这时,塞利第一次思考起了世界,想知道"世界与一切有什么关系"。但她并没有询问或继续思考,而是坐在舒格和＿＿＿先生之间继续缝被子,"有生以来第一次感觉真好"(60)。

在塞利的精心照料下,舒格的健康状况大有改善,便同意去哈珀开办的歌厅搞一次演唱。塞利以为自己终于有机会去看舒格如何工作了,但她丈夫不许她去,说那不是妻子们去的地方。舒格便以自己的健康和服饰需人照顾为由决定带塞利去,并用一句"亏得我不是你妻子"(76)堵住了塞利丈夫的嘴。

演唱会上,舒格先唱了一首朋友创作的《好男难寻》,演唱时往塞利丈夫那边看了一眼,塞利也跟着看了过去,发现"这个矮小的男人摆出了一副大架子。似乎他所能做的一切就是坐在他的椅子里"(77)。看着光彩照人的舒格,看着丈夫凝视舒格的眼神,塞利开始自恨起来,恨自己的相貌和穿着。就在她感到无地自容之时,她听到舒格提到她的名字。舒格说她接下来将要演唱《塞利小姐之歌》,一首在她生病期间一直照料她的塞利为她梳头梳出来的歌。这是塞利有生以来第一次听到有人用她的名字命名一样东西。歌词写的又是关于某个渣男没有善待女人的故事,塞利没有太大兴趣,只是跟着哼了一段曲子。

终于有一天,恢复了健康的舒格准备走了。塞利忍不住说出,若是舒格不在身边了,阿尔伯特就会打她。舒格非常吃惊,便决定再住一段时间,直到使得阿尔伯特想不到打她了再走。舒格开始亲近阿尔伯特,同时也进一步了解了塞利与阿尔伯特的不幸婚姻的一些细节。得知塞利从未在性生活中的体验过快感,甚至从未看过自己和阿尔伯特,对于女性的生理特征一无所知,精神上仍然是一个"处女"(81),舒格便对她作了细致的描述,并鼓励她对着镜子看自己。塞利终于鼓起勇气看了,发现自己确实比想象的好看。她也准确地触摸了,立即就有一种触电感传遍全身。

知道了什么是快感的塞利对痛苦也敏感起来。听到舒格与阿尔伯特在隔壁屋里亲热时发出的响声,独自在被窝里抚摸自己的塞利痛苦地"哭了起来"(83)。不管怎样,在舒格的帮助下,塞利离真正的人又近了一步。

她是这样描述自己的进步的:"我的生命在我离开家的那一刻就停止了……也许是进了＿＿先生家后停止的,但它遇到舒格又复活了。"(85)在一次演唱会上,塞利注意到舒格像男人那样跟索非亚打招呼。女人们见面通常谈头发、健康和孩子,舒格则像男人那样对索非亚说,"姑娘,你看上去过得很好啊"(86)。看到所有男人都盯着舒格的胸部,塞利也那么做了,身上立即就兴奋起来,便在心里对舒格说:"姑娘,你看上去真的过得很好啊,仁慈的上帝知道你是这样的。"(85)无论在感觉上还是语言上,塞利都在努力向舒格靠近。

在舒格的影响下,塞利对人的尊严开始有所意识,并试图用这种意识影响他人。哈珀用"尖叫"来称呼他的新女友。塞利得知这个姑娘的名字是玛丽·阿格尼丝后,就建议她叫哈珀用她的真名,以便"他即使在烦恼时也能看到你"(89)。但玛丽这时还不理解为什么要这么做。见她一脸"困惑",塞利只好作罢。其实,塞利自己对人的看法的转变这时也是很有限的,还没有达到能改变她对神的看法的程度。在关于如何救助因顶撞市长夫妇而被抓入狱的索非亚的讨论会上,大家提了各种各样的建议,而塞利却一言不发地在一旁幻想:

> 我想象天使和上帝坐着马车下来了,摇摆着走得很低,把索非亚送回了家。他们的模样在我眼里清清楚楚,就像白昼一样。天使们一身白,长着白头发和白眼睛,就像得了白化病。上帝也是一身白,就像一个在银行工作的胖白人。天使们敲击着铙钹,有一个天使在吹号,上帝喷出一大团火,刹那间索非亚就自由了。(96)

就在塞利做着索非亚获得白人模样的上帝和天使解救的白日梦的同时,讨论会在阿尔伯特的主持下作出了一个决定,让混血的玛丽·阿格尼丝扮成白人,去向她的监狱长叔父求助。不料玛丽在监狱里遭到其叔父的强暴。玛丽回来后说不出口,舒格就反问她,"如果你不能告诉我们,那你能告诉谁呢,上帝吗?"(101)玛丽最终把实情告诉了大家。之后,哈珀跪了下来向玛丽发誓说"我爱你,尖叫",而玛丽"站立起来"严肃地告诉哈珀:"我的名字是玛丽·阿格尼丝。"(102)尊严受到损害的玛丽开始把名字与尊严联系起来,也能勇敢地把自己的这一想法说了出来。

说出来有助于站起来。舒格再次从外地回来时,塞利对她已经没有了上次见面时的那种如见女神般的拘谨。舒格的新婚丈夫格瑞狄经常与阿尔伯特外出喝酒,塞利和舒格有很多聊天的时间:"我和舒格做饭,聊天,搞卫生,聊天,早上醒来,聊天。"(114)①塞利告诉舒格,经过舒格的规劝,阿尔伯特不怎么打她了,性生活方面也作过努力,尽管没有什么实际改善。有天晚上,舒格问到塞利的孩子及其父亲,塞利就把起初对上帝说过的和没有说的都对舒格说了。没有说的包括父亲是如何以找塞利理发为借口进入母亲禁止他进入的塞利的房间、如何在母亲发现塞利房间里的男人头发后编造塞利有男朋友的谎言来为自己开脱等细节,更多的还是塞利的"疼痛"和"恐惧"等感觉。这是一种充满感觉的叙述,与塞利写给上帝的信里那种简单平淡的叙述迥然不同,连豁达超脱的舒格听了以后也不禁哭了起来。这又进一步打开了塞利感情的闸门:

> 我也哭了起来。我哭啊哭啊哭个不停。躺在舒格的怀里,似乎一切都返回我的脑海。那是多么疼痛,我又是多么惊恐。当我剪完他的头发时那种针扎一样的感觉是多么难忍。鲜血是如何从我腿上流下,染红了我的袜子。事后他又是如何不再正面看我。(116)

听到这些,连阅历丰富的舒格也不敢相信自己的耳朵了,承认"我还以为只有白人才能干出那么缺德的事"(116)。

塞利接着又说了母亲去世、妹妹出逃、自己嫁给阿尔伯特后当牛做马,从未有人爱过自己。舒格便说她爱,然后开始吻她,塞利也情不自禁地吻起舒格来,二人都像重回母亲怀抱的"遗失的婴儿"(118)。那一夜,她们俩共眠的感觉令塞利觉得妙不可言:"像什么呢? 有点像和妈妈一起

---

① 劳瑞特将塞利写信与聊天这两种行为作了很好的对照,认为塞利给上帝写信是一种"单独""安静""脱离环境"的行为,无益于"增强自我",而作为"人际交流"的聊天则有益于这一目标。Lauret, *Alice Walker*, Second Edition, 106—107.

睡,只是我记不得和她睡过。有点像和耐蒂睡,只是和耐蒂睡的感觉不曾这么好……那种感觉就像上了天,一点也不像和＿＿先生睡。"(119)这就是说,舒格这时在塞利眼里已经变得更像母亲或极为可亲的人,不再是令她敬而远之的神了。但与这样的能够理解和疼爱她的人在一起,塞利照样能获得超凡脱俗、如同上天的感觉。

舒格喜欢塞利,努力教她如何述说。舒格也喜欢玛丽,努力教她如何唱歌。述说和唱歌不尽相同,但都是表达方式和解放途径。玛丽说自己唱歌嗓音不像舒格那么响亮,别人不会喜欢。舒格却不这么看,叫她想想教堂里的那些古怪的嗓音,想想那些好听的但不像人类所发的声音,然后就开始吟唱起来,像"死亡来临",更像"黑豹"啸叫。她说玛丽唱歌非常性感,见玛丽面红耳赤就笑了起来,说把唱歌跳舞与性爱联系起来没有什么可害羞的,还说正是因为黑人音乐的这一特点,它才被叫作"魔鬼音乐"(120)。舒格清楚,玛丽还没有摆脱教会的影响,人们还不知该追求人的解放还是神的宽恕,所以她鼓励玛丽说:"黑人不知如何行动,当你把歌唱完一半,就能抓住他们。"(121)

同样不知如何行动的塞利,不久就被舒格从阿尔伯特那里拿来的一封信抓住了。这封信是耐蒂写给塞利的,是舒格在阿尔伯特那里发现的。塞利曾跟舒格讲过聪明善良的耐蒂如何出走的故事,猜想她一定是遭遇了不测所以才没有来信。舒格想起阿尔伯特曾在信箱里取过贴有异域风格邮票的信件,就趁他不在家时翻了他的衣兜。这封信包含了三个主要信息:(一)耐蒂没死;(二)是阿尔伯特扣下了耐蒂写给塞利的信;(三)耐蒂一家即将结束传教从非洲回来。塞利知道阿尔伯特卑鄙,但还没有想到他会截留耐蒂的来信,因为他明知耐蒂是她的"一切"(124)。舒格说将设法找到耐蒂的其他来信,但塞利等不及了:"我开始觉得脑袋里电闪雷鸣。不知不觉就拿着打开的剃刀站到了他的椅子背后。"舒格把剃刀拿走了,却拿不走塞利的愤怒:"一整天,我的行为变得像索非亚一样。我说话结巴。我自言自语。我跌跌撞撞地在屋里走来走去,就想叫＿＿先生流血。"舒格以塞利发烧为由将她拉到床上,陪了她一夜,但塞利睡不着、哭

第五章　神学与女性命运：沃克的《紫色》　173

不出、身上发凉，不久就觉得自己"死了"(125)一般。可以说，就在那一刻，那个对男性压迫者百依百顺、不知道如何斗争的塞利消失了。

塞利知道阿尔伯特把重要的东西都锁在箱子里，便和舒格趁他不在打开了箱子，果然在箱底发现了耐蒂的许多来信。她们取出信瓤儿，把信封放回原处。舒格把这些信按时间顺序排列起来，使塞利姐妹关系中的一大块空白得到了填补。在耐蒂第一封来信的开头，她明确地告诉塞利："你必须斗争，离开阿尔伯特。他不是好人。"(131)接着，她就讲述了阿尔伯特在她出逃的路上跟踪她，想占有她，她斗争了，把他伤得不轻，因此他就扬言要让她们姐妹永远得不到对方的音信。

在随后的几封信里，耐蒂反复表达了她对没有回信的塞利的思念，向塞利介绍了她的生活情况，包括她所投靠的塞缪尔牧师及其妻子克林、女儿奥莉维亚、儿子亚当如何待她如同亲人，她和克林如何在街上碰到市长夫人及其因攻击市长而正受惩罚的高傲女佣，她如何决定跟萨穆尔和克林去非洲传教，她如何为传教而学习非洲历史文化并发现自己无知。自从塞利14岁那年怀孕辍学后，耐蒂就一直向她传授在学校里学到的东西，认为她们"只有变聪明了才能逃走"(10)。在她的信里，耐蒂同样注意向塞利介绍她的所读所感和所见所闻。她告诉塞利，非洲有过辉煌的历史，几千年前就有了大型城市；建筑金字塔、奴役古以色列人的埃及人都是有色人种；是那些利欲熏心的非洲人将自己的同胞当作奴隶卖掉。耐蒂以塞缪尔和克林为例告诉塞利，黑人当中也有想让黑人学习文化、健康成长的人，不都像父亲和阿尔伯特那么邪恶，也不都像母亲那样窝囊。耐蒂叫塞利要有信心，要相信上帝和奇迹，因为她的两个孩子在充满慈爱和虔诚的家庭中茁壮成长，现在上帝又派他们的姐姐兼小姨来照顾他们。耐蒂还告诉塞利，她从未想到《圣经》里的埃塞俄比亚人竟是黑人，因为尽管《圣经》里的文字写得很清楚，但里面的插图画的都是白人；《圣经》里写着耶稣的头发像羊毛，也就是说是卷曲的，因此他就是黑人。在这些信里，耐蒂还向塞利描述了她去非洲一路上的见闻，介绍了火车、纽约、曼哈顿、轮船、大海、伦敦、蒙罗维亚、达喀尔等，谈到了她的思考和疑问，包括非洲人当时为什么要卖他们的同胞、他们是怎么做到的、美国黑人为什么还要爱他们。耐蒂告诉塞利,她有太多的话想对塞利说,怎么也说不完,只能"把一切交给上帝"(149)。

刚读完这些信,阿尔伯特就回来了,塞利又忍不住要杀他,被舒格拦住了。舒格提醒她,耐蒂快回来了,别让耐蒂回来见她坐牢。塞利怎么也咽不下这口气,舒格又劝道,"当基督也难",因为耶稣叫人不要杀人,也许还想说"从我做起"(150)。那天夜里,塞利又觉得自己死了,舒格说她没有,"只是愤怒、悲伤和杀人的欲望"使她有了这种感觉,不久活力还会回来。接着,她就建议塞利"做点不同的事"(152),比如学做裤子。塞利说阿尔伯特不让她穿裤子,舒格则说她在地里干活应该穿,还说阿尔伯特以前常和她换衣服穿,喜欢她穿他的裤子,曾是个很有趣的人。最后,舒格和塞利就决定一边做裤子一边读耐蒂的信,用针线取代剃刀。

在随后的六封信里,耐蒂谈的主要是她和塞缪尔一家到达一个名叫奥林卡的非洲村寨开始传教后的生活。其中的一个重要事件涉及耐蒂与塞缪尔的两个孩子的关系。他们刚到奥林卡时,村里就有妇女说那两个孩子的母亲是耐蒂,因为他们的相貌很像耐蒂。克林就开始怀疑和盘问耐蒂,叫她发誓,但还是不相信她,以至要限制她与两个孩子接触。令耐蒂没想到的是,塞缪尔也一直以为那两个孩子是她的,所以才叫她跟他们一起来非洲。后来,耐蒂问了塞缪尔是怎么得到孩子的,从他那里得知了一个"令她毛骨悚然的故事"(180)。

这个故事里有一个十分聪明能干的黑人,他无论种地还是经商都很成功。一天,他被白人以抢了他们生意为由处以私刑,撇下他的妻子和两个年幼的女儿。这个受了强烈刺激的妻子精神失常无法养家,不久就嫁给了一个关心她们的男人。之后,她身体越来越差,十来年后就去世了。塞缪尔就是从这个丈夫手里先后接过一个女婴和一个男婴。当时,这个妻子正卧病在床,塞缪尔就以为她是由于自己带不了孩子才决定送人的。直到耐蒂出现在他家,塞缪尔才记起这个丈夫曾是个无赖。耐蒂告诉塞利,听完塞缪尔的故事,她的泪水浸湿了衬衫。她虔诚地祈祷塞利能收到

这封信,能及时知道"爸不是我们的爸!"(182)

　　读了耐蒂的这封信后,塞利写的一封信虽然还是以"亲爱的上帝"开头,但内容与以前写给上帝的信大不一样了。生父死于私刑、母亲精神失常、孩子不是妹妹弟弟、爸不是爸,所有这些突变同时发生,使塞利顿时"懵了"。她对上帝的态度也发生了突变,开始责怪上帝,说他"一定是睡着了"(183)。随后,塞利就停止给上帝写信,开始给耐蒂写。在给耐蒂的第一封信里,塞利说她有生以来第一次想见爸了。她和舒格驱车来到了爸的住处,发现房子已被改建得富丽堂皇,就像"白人的房子"(185)。妻子他也换了一个年轻的,还不满15岁。塞利对爸说了她从耐蒂信上得知他不是她们的亲爸,爸没有否认,但辩解说白人对她们亲爸处以私刑一事太惨,任何人都会像他一样不把这样的事告诉年幼的女孩子。他的动人理由随即就遭到舒格的否定:"也许不是这样。"(187)他看了看舒格,又看了看塞利,意识到舒格已经知道他当年通过隐瞒真相都干了些什么,便不再表演。从他那里,塞利得知亲爸被埋在母亲旁边,没有墓碑,被处私刑者都不配,后爸也没有为死在他手里的母亲定做墓碑。塞利和舒格在墓地里找来找去,除了几个荒墓和一块锈马蹄铁,没有找到塞利父母的被埋处。实在走不动了,她们就把锈马蹄铁插在她们坐的地方,然后舒格对塞利说:"现在你我就是一家人了。"(189)

　　"我再也不给上帝写信了,给你写,"这是塞利写给耐蒂的第二封信里的第一句话。舒格见后便问上帝怎么了。塞利以为舒格这个"魔王"对上帝毫不关心,舒格却说:"我不像有些人骚扰我们那样骚扰宗教,并不意味着我没有宗教。"她告诉塞利,上帝给了她生命、健康和一个终身爱她的好女人,所以不能说上帝没有为她做什么。塞利强调上帝还给了自己无辜被害的父亲、精神失常的母亲、卑鄙无耻的继父和难以见面的妹妹。她说:"我一直向他祈祷并写信给他的那个上帝是一个男人。我就知道他做事与其他男人完全一样。无用,健忘,卑鄙。"(199)舒格叫她小心,别让上帝听见,可塞利却不信上帝能听到她这样"可怜的黑女人"的声音,毫无顾忌地继续骂他,说她一直非常在乎他,在乎他会怎么想,结果发现他根本就不想,"只是坐在天上靠装聋作哑来作威作福"(200)。

等到塞利骂完了,舒格开始介绍她对上帝的看法,主要围绕上帝在哪里、上帝是什么、如何爱上帝这么三个问题。关于第一个问题,舒格的答案是上帝不在教堂里,教堂只是"分享上帝,不是发现上帝"(201)的地方。也就是说,人们应在教堂之外发现上帝,然后再进教堂跟他人分享自己的发现。因此,就发现上帝而言,上教堂、唱圣歌和养牧师,并不比放松心情、欣赏万物、愉快玩耍更为重要。对此,塞利补充道,教堂里有些人不愿跟她分享上帝,甚至不愿跟她说话。

关于第二个问题,舒格先让塞利谈一下她心目中上帝的模样,塞利就说他高大、年迈、灰须、白肤、蓝眼、冷静,然后承认她自己也不清楚怎么会把上帝看作白人。舒格告诉塞利,那是"白人的白色《圣经》"(201)造成的结果,其实《圣经》不是像塞利以为的那样出自上帝之手,而是出自白人之手,否则书里写的就不会"都是他们做这做那,而黑人所做的只是承受诅咒"。塞利想起耐蒂在信里提到,《圣经》里说耶稣的头发像羊毛。可是在现实中,舒格指出,黑人并不接受一个卷发上帝,而白人上帝又不可能倾听黑人的祈祷,所以她自己信仰的上帝是这样的:"上帝存在于你的体内以及所有其他人的体内。你是带着上帝来到世上的。但只有那些向内寻找它的人才能发现它。有时,它会自我显现,即使你没有寻找或不知该找什么。"因此,"上帝就不是一个他或一个她,而是一个它"(202)。它"什么都不像……它不是什么你可以把它与其他一切东西,包括你自己,分开来看待的东西。我认为上帝是一切……现在、过去或未来的一切。如果你对此有了感觉并在这种感觉中体验到快乐,你就发现它了"(202—203)。

至于如何爱上帝这第三个问题,舒格结合个人经验向塞利介绍了她摆脱假上帝接近真上帝的做法:"我摆脱那个白人老头的第一步是树。然后是空气。然后是鸟。然后是其他人。但是有一天,我正安静地坐着,觉得自己像个无妈的孩子,我就是个无妈的孩子,它就在我身上发生了:那种成为万物一部分、根本无法分离的感觉。我知道了如果我砍树,我的胳膊就会流血。我又笑又哭,绕着房子跑。我非常清楚那是什么。真的,如果它发生了,你是不会错过的。"这就是说,爱上帝就是爱上帝创造并存在于其中的一切。舒格还想告诉塞利,上帝创造的一切,包括性等通常被认为"肮脏"的东西,都是为了让人喜欢:"人们以为取悦上帝是上帝所关心的一切。但是世上的任何傻瓜都能看到,它也总是试图取悦我们。"如果有人不喜欢上帝的创造物,那就辜负了上帝的心意:"如果你路过某块地里的紫色①而没有看到它,上帝会生气的。"(203)

舒格的这些有关上帝的观点使塞利意识到:"我的脑子一直都在上帝身上,以至从来也没有真正注意过上帝的创造物。无论是玉米叶(它是怎么造它的?)还是紫颜色(它是从哪儿来的?)。还是那些小野花。什么也没有。"如今,塞利的"眼睛睁开了",开始觉得自己像个"傻瓜"。随着她的进步,塞利觉得阿尔伯特的恶在退缩,不像以前那样可怕了。她开始理解舒格说过的一些话:"你要想看清任何东西,就必须清除你眼里的男人","男人败坏了一切……他试图让你以为他无处不在。一旦你以为他无处不在,你就会以为他是上帝",因此"我们必须斗争。我很少祈祷"。(204)

---

① 这里舒格只提到紫色,因为她喜欢紫色,也喜欢穿紫色衣服。在以紫色为书名的这部小说里,紫色还有主题方面的意义。罗斯把喜欢紫色的舒格看作"紫色的化身",并围绕紫色的主题意义作了这样的解释:"她兼具红和蓝两种颜色。红色代表爵士乐和生命力,蓝调(或布鲁斯乐)则源自痛苦和失落。红色和蓝色结合在一起,就产生了紫色。"[Gloria Rose, *Cliffs Notes on The Color Purple* (Lincoln, Nebraska: Cliffs Notes, Inc., 1986), 41.] 其实,作为小说核心人物的塞利也喜欢紫色,紫色的主题意义也是最先出现在她对紫色的理解中。她喜欢舒格的紫色衣服,曾说舒格穿上紫色衣服像"女王"(22),这表明紫色在塞利眼里不仅仅是好看的颜色,还代表她所缺乏并向往的尊严。在《紫色》的所有人物中,经历痛苦最多的莫过于塞利,后来为争取尊严而斗争最勇敢的也莫过于塞利。可以说,虽然不会布鲁斯乐和爵士乐,塞利身上集中了更多生活中的蓝色(痛苦)和红色(斗争),是比舒格更大的"紫色的化身"。米勒德认为紫色"集合"了作品里痛苦("伤痕的颜色")、非裔("乌黑发光,如同紫色")、尊严("帝王的颜色")和性爱("性器官的颜色")等"核心主题"。[Kenneth Millard, *Contemporary American Fiction* (New York: Oxford University Press, 2000), 76—77.] 米勒德的这一看法有道理的,但他认为紫色代表与基督教相对立的"不同信仰",把紫色等同于"内在的、自然的和神秘"的神性,则比较牵强,因为在舒格的观念中,神性没有颜色,它是内在于包括紫色在内的"一切"的一种抽象属性。同样,唐纳森把舒格的宗教称作"黑人基督教",也不符合舒格超种族超性别的宗教观和上帝观。Melvin Donalson, "African American Traditions and the American Novel" in *A Companion to the American Novel*, ed. Alfred Bendixen (Oxford: Wiley-Blackwell, 2012), 274—290.

这就是塞利的第二封写给耐蒂而不是上帝的信里的主要内容,其中记录了塞利的上帝观的转变,即摒弃白人上帝、发现作为普遍永恒的内在神性这一新上帝的过程,因此这封以"我再也不给上帝写信"(199)等渎神言论开始的信最后又以"阿门"结尾,表明塞利接受了舒格的上帝观,与舒格在精神上成为更加亲密的一家人。

知道了自己体内也有上帝从而不比任何人差,塞利对于那些以为自己才是上帝的男性的态度发生了巨大变化。在敖德萨为庆祝索非亚提前结束12年刑期而举行的聚会上,舒格宣布塞利将和她一起去孟菲斯。阿尔伯特说他死也不让塞利去,问她到底出了什么毛病。塞利大声回应道:"毛病就出在你这个狗杂种身上……到了该离开你、走进天地万物的时候了。你的尸体正好可以给我做垫子。"阿尔伯特惊讶得不敢相信自己的耳朵。在场的人也都情不自禁地张大了嘴巴。塞利接着说:"你逼得我妹妹耐蒂跟我分开……而她是这世上唯一爱我的人。……但耐蒂和我的孩子不久就要回家了……她回来后,我们会合起伙来揍你。"这时,哈珀跳出来叫塞利住嘴,塞利就指责哈珀老想着控制索非亚,结果把她逼到了白人手里。在一旁惊讶得忘了咀嚼的索非亚发言支持塞利。塞利冲着哈珀继续说:"你们几个孩子都坏透了。你们把我的生活弄得像地狱。而你们坐在这里的爸爸连死马的粪便也不如。"(207)阿尔伯特抬手要打塞利,塞利立即拔出了刀。阿尔伯特说他不会给她一分钱,塞利说她没找他要过任何东西。阿尔伯特说他不会转交耐蒂的来信,塞利就诅咒他,说他若不善待她就会一败涂地、永无希望。塞利这时觉得自己的话张口就来,"好像我一张嘴,就有空气进来形成词语"(213)。阿尔伯特骂塞利又穷又黑又丑又笨,塞利却自豪地说,"但我在这儿"(214)。

来到孟菲斯,塞利想去跟舒格外出演出,帮她熨衣服、做头发、料理生活,但舒格不让,对她解释说:"你不是我的侍女。我带你来孟菲斯不是要你干那个的。我带你来是为了爱你,帮你自立。"(218)塞利便开始做裤子,各式各样的裤子,不断变化布料、花色、腰身、口袋、长短和宽窄,终于为舒格做成一条完美的裤子。接着,塞利又开始为亲朋好友做。喜欢她做的裤子的人越来越多,订单急剧增加,不久塞利就有被订单"淹没"的感觉。舒格把饭厅给塞利做工作间,又雇了两个工人,打出了广告,塞利的"大众裤业无限公司"就这样成立了。在随后写给耐蒂的信里,塞利一开头就急着要与耐蒂分享她从未有过的快乐:"我太高兴了。我有了爱,我有了工作,我有了钱、朋友和时间。"(222)阿尔伯特关于她将一无所有地回家求他的预言就这样彻底破产了。

　　为参加索非亚母亲的葬礼,塞利回去了一趟。她穿的是深蓝色裤子和白色丝绸衬衫,路过阿尔伯特家时,坐在门廊上的阿尔伯特竟然没有认出她来。来到哈珀家,索非亚不禁赞叹塞利"太漂亮了",哈珀则惊讶地一直盯着塞利看,"就像他以前从未见过她似的"(225)。葬礼上,塞利发现阿尔伯特变整洁了。索非亚告诉她,阿尔伯特找到宗教了,不急于作判断了,干活很卖力,从早到晚在地里,还像女人一样干家务,做饭洗碗,话也少了。阿尔伯特过来问候,塞利发现他眼里流露出对她的"畏惧"(229)。过后,索非亚向塞利介绍了阿尔伯特变化的大致过程:塞利走后,阿尔伯特关门闭户,有很长一段时间灵魂不宁、无法入眠。直到按哈珀的建议把耐蒂来信转寄给了塞利,他的情况才开始好转。索非亚由此得出的结论是:"恶也害己。"(231)

　　邪恶的后爸死了,塞利和耐蒂继承了原本属于她们亲爸的所有财产,包括土地、房子和商店。陪同塞利前去接受财产的舒格看着偌大的房子高兴地对塞利说:"上帝知道你在哪里住了。"(252)她们点着了香柏枝,把所有房间都熏了一遍,要把房子里的邪气统统赶走。塞利在给耐蒂的信里写道:"我们有房子了!一所大房子,足以住下我们和我们的孩子、你丈夫和舒格。现在你可以回家了,你有家可回了!"(253)

　　遗产带来的兴奋不久就被两个坏消息冲淡了。一个坏消息是舒格爱上了她乐队里演奏长笛的杰梅因。听到舒格滔滔不绝地谈论他,塞利觉得舒格是在"杀"她。舒格说杰梅因才19岁,跟他的关系肯定长不了,叫塞利只给她6个月,并下跪求她,塞利最后同意留下。另一个坏消息是美国国防部给塞利发来的一封电报上说,耐蒂他们乘坐的从非洲开往美国的轮船在经过直布罗陀时被德国人的水雷炸沉,船上人员无一生还。电报是阿尔伯特转交给塞利的。阿尔伯特这时似乎成了唯一能理解塞利感受的人,说塞利一定还为他曾将她们姐妹分开而恨他。但塞利在给耐蒂的信里说她已经不恨他了。她也不信耐蒂已经遇难,因为她仍能感到她的存在:"也许,如同上帝,你已经变成了别的东西,因此我就必须用不同的方式对你说话,但我觉得你没有死,耐蒂。而且永远也不会。"塞利不恨阿尔伯特一是因为他喜欢舒格,二是因为他有了改进,变得爱干活、讲卫生、能欣赏上帝的创造物、会倾听。他对塞利说,"这是我有生以来第一次活得像个自然人"(267)。

渐渐的,塞利对舒格的看法有了转变:"有时我恨她。觉得我会把她的头发薅下来。但过后我又想,舒格也有过自己的生活的权利。她有权选择和任何人一起看世界。我不能仅仅因为我爱她而剥夺她的任何权利。……我有什么资格告诉她应该爱谁呢?我的责任就是我自己应好好爱她。"(276)阿尔伯特又来向塞利求婚,承诺要与她达成身心两方面的结合,但塞利拒绝了,说她仍然不喜欢男人,建议他们做朋友。① 这时舒格来了信,说她即将回来,但塞利的反应"很平静",做到了"她若回,我高兴。她若不回,我也满足"。塞利已经变得独立和成熟,完成了从上帝和男人的奴仆到真正的人的转变。她与舒格的关系也与以前大不相同。她曾把舒格比作母亲,现在却被舒格看成母亲。舒格回来后对塞利说的第一句话是:"我想你胜过我想我的亲妈。"(290)舒格已和杰梅因分手,让他上大学去了。另外,她已决定退休,准备踏踏实实地陪伴胜似亲妈的塞利安享晚年。

塞利的最后一封信又是写给上帝的,但这封信里的上帝已经完全不同于她前 55 封写给上帝的信里的那个上帝。为了突出这种不同,塞利在

---

① 希尔认为,小说结尾让塞利和阿尔伯特"和解""弱化了小说对男性至上主义的批判"。[Michael Hill, "Toni Morrison and the Post-civil Rights African American Novel" in *The Cambridge History of the American Novel*, eds. Leonard Cassuto, Clare Virginia Eby, and Benjamin Reiss (Cambridge: Cambridge University Press, 2011), 1064—1083.] 对此可以补充两点:(一)塞利与阿尔伯特"和解"是有条件的,那就是经过塞利的严厉批判和他自己的深刻反省,阿尔伯特已经变好;(二)塞利与阿尔伯特"和解"是有保留的,那就是塞利只同意与阿尔伯特做朋友,没有接受他的求婚。

信头称呼里前后两个"亲爱的上帝"之间又加进"亲爱的星辰、亲爱的树木、亲爱的天空、亲爱的人类、亲爱的一切",从而使这最后一封信有了全书90封信中最长的称呼。塞利之所以这么写,可以说是要强调她这时对于上帝的不同理解,即上帝已不再是高高在上的白肤老人,而是内在于万物的抽象神性。① 这里,塞利要感谢这一上帝,感谢它保佑耐蒂一家,使他们终于能够平安回家。尽管塞利一直不信他们遇难的消息,当他们真的出现在眼前时,她还是被完全惊呆了:她"极为惊恐""脑子发木""几乎要死""站立不稳"(293),刚一搂到耐蒂就和她一起倒在地上。很难说这一奇迹般的结果究竟是神秘莫测的神力的成就,还是坚定不移的信仰的胜利,可以肯定的是,这二者对于塞利和耐蒂的成长经历来说都是不可或缺的。内在于一切的神性给了她们对于自由、平等、博爱的希望和实现这些希望的信心和勇气。同时,无论处境多么艰难,她们始终没有放弃信仰和努力。她们的看似偶然的幸福结局中包含着巨大的必然。②

---

① 格雷认为塞利"变成自我的过程与她学习语言是同步的",说她一旦有了自我以及表达自我的语言,"她的书信就不再是写给'上帝'的——从无我者到乌有乡,而是写给她的妹妹耐蒂的。"[Richard Gray, *A History of American Literature*, Second Edition (Oxford: Wiley-Blackwell, 2012), 674.] 这里,格雷没有注意到塞利的最后一封信又是写给上帝的,也没有注意到塞利此时的上帝不再是"乌有乡"里的那个上帝。

② 对于《紫色》的这一幸福结局,麦克高文提到,有评论认为"感情色彩较重",不够真实可信。[Christopher MacGowan, *The Twentieth-Century American Fiction Handbook* (Chichester, West Sussex: Wiley-Blackwell, 2011), 310.] 其实,任何作品的结局都避免不了感情色彩,重要的还是要看这一结局的产生有无必然性。从塞利等主人公思想言行的深刻变化中,我们不难发现这种必然性。唐纳利承认《紫色》是一个"大胆的项目",塞利是一个"极难想象的人物",但她也指出,通过真实表现"塞利每走一步所遇到的最大阻碍是她对于自己'应该'做什么的想法,以及如何清除世代传承下来的关于女性的恰当社会角色的有害观念",作家最终"完全"实现了自己的创作预想。[Mary Donnelly, *Alice Walker: The Color Purple and Other Works* (New York: Marshall Cavendish, 2010), 74.] 沃克曾讨论过黑人作家和白人作家在作品结尾写法上的差异。她发现,白人作家的作品结尾里"充满失败感",而黑人作家的作品结能呈现"更大的自由"。为此,她找了两个方面的原因:(一)白人作家似乎认为"没有值得为之斗争的更好生活",而"黑人作家似乎总会卷入道德上的和/或肉体上的斗争";(二)"黑人从未觉得自己犯过滔天大罪"。Alice Walker, "Saving the Life That Is Your Own: The Importance of Models in the Artist's Life," quoted in *The Cambridge History of American Literature*, ed. Sacvan Bercovitch (Cambridge: Cambridge University Press, 1999), vol. 7, 507.

三、改造

《紫色》里的 90 封信分别出自塞利和耐蒂二人之手。塞利写了 70 封,其中 56 封是写给上帝的,14 封是写给耐蒂的。耐蒂写了 20 封(若算上包含在塞利的第 49 和第 61 这两封信中的两封,共 22 封),全部都是写给塞利的。在耐蒂的这些信里,我们能够看到她的上帝观的变化,以及这一变化与塞利的上帝观变化之间的联系。这一联系主要表现在三个方面:(一)上帝是多元的;(二)上帝是强加不得的;(三)上帝是无形的。

关于上帝是多元的,这在耐蒂为去非洲传教而读书作准备时就有所意识。她发现,《圣经》里所说的埃塞俄比亚人其实都是黑人,这在文字上非常清楚,只是白人后加的那些插图把他们画成了白人。《圣经》里说耶稣的头发像"羊毛"(141),也就是在说耶稣长着卷发,是黑人。在另一本书里,耐蒂读到,非洲文明曾比欧洲文明发达,但后来进入了数百年的"艰难时期",并且因为英国人的出现而变得更加艰难,成百上千万的黑人被剥夺自由、卖身为奴,许多城市在猎获奴隶的战争中被毁。如今,在其最强壮的成员遭受屠杀或被卖为奴之后,非洲人贫病交加、精神沉落,许多人开始"信仰魔鬼,崇拜死亡"(145)。

在奥林卡村村民为耐蒂他们举行的欢迎仪式上,一个最主要的节目就是由一位村民讲述屋顶叶的故事。故事说的是很久以前,村民在他们肥沃的土地上种植各种作物和植物,包括他们用作屋顶建材的屋顶叶。后来,白人商人来了,酋长为了用粮食跟白人做更多生意,开始侵吞公地和收购私地,还把长着屋顶叶的土地开垦了种植庄稼。有一个雨季,一场大暴雨摧毁了村里的所有屋顶,可村民们这时已找不到任何屋顶叶建造新屋顶了。风吹、雨淋、雹打、霜冻之中,村民们只能祈祷、等待,结果多半村民得病而死,还有不少人远走他乡。最后,酋长也在哀怨和绝望中被迫离开奥林卡。直到 5 年后,屋顶叶才从残留的根须中生长起来。在所有棚屋又有了屋顶叶屋顶那天,村民们通过歌舞和讲述屋顶叶故事来进行庆祝,"屋顶叶成了他们的崇拜物"(160)。白人传教士不让村民们举行这种仪式,村民们却坚持下来,把屋顶叶看作他们的上帝。对于这一独特的"奥林卡上帝",耐蒂觉得"完全可以理解"(162)。

至于第二个方面,即上帝是强加不得的,塞缪尔在克林去世之后有了更加深刻的认识。他甚至认为,导致克林生病和死亡的一个重要原因,就是她意识到他们过去 20 年的传教活动已经"彻底失败"。他对耐蒂说:"她的直觉远比我灵敏。她理解人的天赋也多得多。她常说,奥林卡人恨我们,而我们却一直不这么看。但他们确实恨,你知道。"当时,耐蒂就不大知道,还认为那不是"恨",而是"冷漠",并把传教士在当地人中的位置比作"大象身上的苍蝇"(242)。也就是说,在耐蒂看来,传教活动对于当地人即使无益,也不一定有害,所以当地人并不恨它,只是不欢迎它。

为了进一步说明克林和他的结论,塞缪尔举了一个与前辈传教士有关的例子。这个前辈就是克林的姨妈西奥多西娅。西奥多西娅姨妈曾和塞缪尔的姨妈阿尔西娅一起在隶属于比利时的刚果传过教。在一次有许多年轻人参加的家庭聚会上,西奥多西娅姨妈讲了当年她在非洲传教时的冒险经历以及比利时国王利奥波德向她颁发奖章一事。西奥多西娅姨妈的话音刚落,一个年轻人就问她是否知道利奥波德国王曾下令把未完成割胶定量的非洲工人的手砍掉一事。这个年轻人对西奥多西娅姨妈说:"夫人,您不应把奖章视为珍宝,而应把它看作一种象征,象征您无意识中成了这个累死、残害并且最终灭除成千上万非洲人的暴君的帮凶。"塞缪尔没有对耐蒂说他们自己也是帮凶,正在帮助那些荷兰人强行把奥林卡的土地变成橡胶园,但他看到奥林卡人对他们这些传教士的态度"比不欢迎更糟":"噢,耐蒂……那就是问题的核心,你看不见吗。我们爱他们。我们想方设法表达这种爱。他们甚至从不听听我们吃了多少苦。如果听了,他们就说一些傻话。你们为什么不说我们的语言呢?他们问道。为什么你们不记得老做法了?为什么你们在美国不快活,如果那里人人都开汽车的话?"(243)塞缪尔和克林的这些看法对于耐蒂正确回答传教有何作用、上帝可否强加等问题提供了很大帮助。

第三个方面,即上帝无形的观点,可以说是前两种认识发展的必然结果。既然上帝是多元的,又是不可强加的或不同上帝是不可强行互换的,那么与其拘泥于不同上帝的外在特征,让不同上帝互相冲突,就不如关注不同上帝的内在实质或共性,推动不同上帝之间的交流。其实,这正是耐蒂他们在二十多年的传教实践中得出的结论。开始时,耐蒂以为非洲人都是"野蛮人","需要基督和医学指导"(137)。当他们传教活动临近结束、他们认识到基督教上帝不可能取代非洲人已有的上帝时,他们发现自己的基督教上帝也发生了变化:

> 现在,在非洲待了这么多年之后,上帝在我们看来已经变了样了。比以前更具有精神性,更加内在。大多数人认为他必须像什么物或什么人——屋顶叶或基督——但我们不这么看。不再被上帝长相所束缚,我们就获得了自由。
>
> 回到美国后,我们必须就此长谈几次,塞利。也许,塞缪尔和我将在我们社区建立一个新教会,不设任何偶像,鼓励每个人的心灵去直接发现上帝……(264)

这就是说,上帝不是偶像,不像什么物或什么人,不是外在的;上帝是精神性的,是内在的,内在于一切事物,是每一个人都有可能直接发现的。耐蒂在遥远的非洲在塞缪尔的帮助下所发现的新上帝,与塞利在美国在舒格的帮助下所发现的新上帝是一样的。

耐蒂和塞利之所以能够发现相同的新上帝,除了有塞缪尔和舒格等人的帮助,主要是因为她们在自己和他人的实际生活中发现,那个外在的、西方的、白人的、男性的、高高在上的旧上帝,对于遭受剥削和压迫的非西方的、有色人的、女性的生活没有什么积极意义。信奉这样的上帝,人们就会丧失自我价值、自信、独立思考的能力和采取行动的能力,就会永远心甘情愿地做奴隶,把希望寄托于上帝和来世。这就是为什么发现了这个新上帝后,耐蒂感觉"获得了自由",塞利敢于当面揭露阿尔伯特和哈珀的罪恶,敢于离开他们进入天地万物,能够在制作各式裤子的过程中发挥自己的创造性,创造自己的幸福生活和光明未来。

耐蒂在信里向塞利传授的知识和观点不但帮助塞利改变了她的观念和命运,也通过塞利改变了别人,尤其是阿尔伯特。在写给耐蒂的最后两封信里,塞利记叙了这一改变。那是在塞利成立了裤业公司之后,有一天阿尔伯特来看塞利。见塞利在做裤子,阿尔伯特便问她做的裤子有什么特别之处,塞利说了任何人都能穿。阿尔伯特不认为男人和女人能穿同样的衣服,塞利便介绍了耐蒂信里非洲男人的不同观点,告诉他非洲的"男人和女人都欣赏好衣服"(279),使阿尔伯特有生以来"第一次"考虑起非洲人的做法。塞利还告诉阿尔伯特,非洲男人也会做针线活,阿尔伯特便说起他小时候曾跟他妈妈学过针线活,后来因为被人取笑,就停止了,但还是喜欢做。塞利就开始教他做裤子。两个人一边做一边聊,聊起非洲人对于白人的看法。①

塞利告诉阿尔伯特,非洲人认为"白人是黑人的孩子"(279),也就是说,先有黑人,后有白人,白人只是患了白化病的黑人的后代。白人传教士根据"白人的视角"说亚当是人类的祖先,非洲人则根据"他们自己的视角"认为亚当根本不是第一个人,因为在他之前早就有了黑人,而且他也不是第一个白人,因为在他之前曾有三个白色婴儿被杀。这就是说,在非洲人的传说里,人类的祖先是黑人,不是白人,更不是亚当,亚当只是"第一个没被人们杀掉的白人"。听到这里,阿尔伯特开始用"真正深沉"的眼光看待塞利。

塞利接着说,那些非洲人"想要人人完全一样"(280),因而就竭力排

---

① 基亭强调了缝纫在塞利生活中的重要作用,指出缝纫对于塞利是技能,又是艺术;她缝百衲被,又缝裤子;她与女性一起缝,也与男性一起缝;她通过缝纫改变了自己,也改变了别人。[Gail Keating, "Alice Walker: In Praise of Maternal Heritage" in *Bloom's Modern Critical Views: Alice Walker*, ed. Harold Bloom (New York: Chelsea House, 2007), 101—114.] 这里想补充的是,在改变阿尔伯特尤其是他认识世界和自己的视角和观念的过程中,耐蒂有关非洲的来信发挥了很大作用。

除异己，把肤色发白的人杀掉或扔掉，把行为特异的人当作奴隶卖掉，这就是为什么今天的美国黑人依然比较特异："即使今天，也没有人能够对他们说点什么。无法控制。你所看到的每个黑鬼脑子里都有一个自己的王国。"阿尔伯特确实在听，所以就能正确地指出，仅仅因为一点差异就把自己的孩子扔掉是"错误的"。"按照耐蒂的说法，那些非洲人是很糟糕的，"塞利告诉阿尔伯特，让他知道他的看法与耐蒂的看法相同。塞利还要阿尔伯特猜猜谁是非洲人眼里的蛇。"我们，毫无疑问，"阿尔伯特答道。塞利点头称是，解释说，因为被他们的黑人父母抛弃了，所以白人才这么痛恨我们，"无论他们在哪里看到我们，他们都决意要打死我们，就像他们对待蛇一样"(281)。

塞利还对阿尔伯特谈了非洲人对于未来的看法。那些被抛弃的白人将继续残杀黑人，直到他们自己变成无论出现在哪里都会被黑人打死的"新蛇"。因此，有些非洲人认为，白人和黑人的这种你死我活的斗争将永远持续下去。但也有不同观点，有些非洲人认为，解决矛盾的唯一方法就是"承认大家都是上帝的孩子，或同一个母亲的孩子，无论他们相貌如何、行为怎样"。还有一些非洲人崇拜蛇，觉得它们有可能是人类的"亲戚"(282)。听了这些，阿尔伯特不禁赞叹这些非洲人善于思考，同时也向塞利坦率地承认自己用了这么长的时间才发现她是"这么好的一个伙伴"。塞利也觉得阿尔伯特"开始变成一个我可以与他交谈的人"(283)。①

这里，塞利与阿尔伯特所做的并不是一般的交谈，他们谈的是另一个世界、另一种观念，涉及宗教、历史、性别关系和种族关系等方面的大问题。正是由于耐蒂的教育，塞利才有了如此开阔的视野，对于什么是开化

---

① 关于《紫色》中的男性人物，唐纳利基本上还是同意那些认为作品贬低男性的观点。尽管她列举了作品中的正面男性形象，包括接纳了塞利的孩子和妹妹的塞缪尔、索非亚的男友巴斯特、索非亚的姐姐敖德萨的丈夫杰克等，以说明作品里男性并非都坏，但她还是明确指出，这些好男人只是"次要人物"，而"那些主要的男性人物却没有温柔的时候"。(Donnelly, *Alice Walker*: *The Color Purple and Other Works*, 89.) 她的这一结论似乎忽视了发生了巨大变化后的阿尔伯特对塞利所表现出的温柔。

第五章　神学与女性命运:沃克的《紫色》　187

什么是愚昧、什么是自然什么是不自然、什么是进步什么是落后等问题才有了如此深入的思考,对于推进她与阿尔伯特的交谈、改变阿尔伯特对她的看法才能产生如此大的效果。这样的交谈使得阿尔伯特进一步认识到思考大事对于人生的重要意义:"我个人以为,我们活着就要思考。要思考。要质问。在思考大事和质问大事的过程中,人们也许自然而然地就能理解小事。但人们始终都对那些大事一无所知。思考得越多……我爱的也越多。"(290)①

小结

不想大事,就不懂小事,这是经塞利帮助而发生变化的阿尔伯特的认识,也是之前经舒格和耐蒂等人的帮助而发生变化的塞利的认识。若是按照沃克的叮嘱把《紫色》看成"神学作品",这句话的意思也可以理解为:不想上帝,就不懂人类。② 这一理解在塞利的人生经历中得到了较为充分的印证。塞利是在14岁时接受了继父强加给她的上帝。这是一个外在的、高高在上的、要人俯首帖耳的权威。缺乏思考能力和知心朋友的塞利迷信上了这个上帝,开始给他写信向他祈祷,但她从未得到他的指教和保护,结果变得越来越愚昧和懦弱,在继父和丈夫的手里饱受折磨。迷惘中她在舒格的引导下重新思考上帝问题,发现了内在于一切并赋予一切以平等和自由的新上帝。这个新上帝给了她自信、方向和勇气,使她告别了消极被动的服从、忍受和祈祷,变得能够独立地思考、自信地表达和智慧地改造,最终不仅改变了自己的命运,也改变了包括阿尔伯特在内的周

---

① 唐纳利注意到阿尔伯特的变化,说他后来不再是"单面"人,而是表现出一定的"复杂性和敏感性"。她也注意到宗教在《紫色》里的重要性,说到宗教是作品的"关注重点之一"、"上帝是书里的重要人物"。(Donnelly, *Alice Walker: The Color Purple and Other Works*, 92.) 分属于两节的这两个观点虽然出现在同一页上,唐纳利却没有关注它们之间的关系,即阿尔伯特的变化与宗教和上帝有什么关系。在前一页上,她甚至把塞利与阿尔伯特而不是上帝的良好关系看作"最大的希望"。
② 费尔巴哈曾说过,作为人类的产物,"宗教是人类最早的也是间接形态的自我认识",也就是说,"对上帝的意识就是自我意识,对上帝的认识就是自我认识"。Feuerbach, *The Essence of Christianity*, xxi.

围人的思想观念和生活态度,与同受压迫的兄弟姐妹们一起踏上齐心开创美好未来的新征途。①

---

① 对塞利前后两种不同状态起了重要作用的两个上帝,能令人想到卡普托关于上帝可分为强上帝和弱上帝以及弱上帝比强上帝更有力量的观点。卡普托所说的强上帝,就是传统"强神学"中的那个"凌驾于宇宙之上的统治者",也就是继父强加给塞利的那个上帝。这个上帝是统治阶级用于麻痹被统治阶级、维护自己的统治地位的工具。卡普托所说的弱上帝是无权无势的下层人的上帝。这个上帝的"弱力量""沉淀于下层,于存在的隐秘裂缝中"。但这个地位卑微的弱上帝其实要比地位显赫的强上帝更有力量,因为它有可能从下层颠覆整座大厦,于裂缝中破坏整个体系。用卡普托的话说,这个弱上帝是"一种召唤和扰乱现实的呼叫,一种给现实增加意义和刺激、使世界和现实不再可能稳固和封闭的事件"。John D. Caputo, *The Weakness of God: A Theology of the Event* (Bloomington: Indiana University Press, 2006), 9, 39。

第六章　宗教与种族关系：鲁宾逊的《基列德》

玛里琳·鲁宾逊被誉为当代美国"最具代表性"①、"文笔最美"②的作家之一,其作品被认为"具有当代小说中罕见的精神力量"③。她的四部小说都得到很高评价。《管家》(*Housekeeping*, 1980)曾获海明威基金会/国际笔会最佳小说处女作奖和普利策奖提名,被《时代》周刊评为"1923年至2005年一百部最佳英语小说"之一。《基列德》④获2004年度美国全国书评家协会奖、2005年度普利策奖和2005年度使节图书奖。《家》(*Home*, 2008)入围2008年度美国全国图书奖终审,获2009年度柑橘小说奖。《莱拉》(*Lila*, 2014)入围2014年度美国全国图书奖终审,获2014年度美国全国书评家协会奖。

---

① Sarah Fay, "Marilynne Robinson, The Art of Fiction No. 198," *The Paris Review* (Fall 2008): 37—66.
② Shaffer et al eds., *The Encyclopedia of Twentieth-Century Fiction*, 804.
③ James Wood, "Acts of Devotion," *New York Times* 28 November 2004.
④ 作为《圣经》里的地名和族名,Gilead通常被译作基列。作为美国缅因州牛津县的小镇,Gilead又被译作吉利厄德(中国地名委员会编:《外国地名译名手册》[中型本],北京:商务印书馆,2009年版,第263页)。在鲁宾逊的小说里,Gilead既不是《圣经》中的基列,也不是缅因州的吉利厄德,而是一个虚构的位于艾奥瓦州的小镇。为了区别于基列和吉利厄德,也考虑到它与《圣经》有一定关系,这里便把它译作基列德。

一、种族关系主题

关于鲁宾逊小说的文化力量,坦纳在研究《基列德》的论文里提出了一个相当独特的看法:"鲁宾逊文本的文化力量不只是来自它抒情地表现了日常经验,还来自它有力地揭示了死亡如何决定人类知觉的感官和心理动力。"[①]基于这一看法,坦纳就没有去关注鲁宾逊作品里的"日常经验",而是集中讨论鲁宾逊如何"有力地揭示了死亡如何决定人类知觉的感官和心理动力"以及这一做法所蕴含的独特文化力量。

坦纳所说的"人类知觉",指的主要是《基列德》的叙述者艾姆斯的知觉。这位 76 岁的牧师因为心脏不好,觉得自己随时都可能离世,便决定给年幼的儿子写一封信将来帮助他成长,不料这封信越写越长,最后竟然把它写成了一部长篇小说。在这封长信里,艾姆斯经常提到自己来日无多,记叙了一些他平时没有注意到或关注不够的事情。他甚至不止一次地假设自己已经入土,通过"在坟墓里回头看"来想象将会出现的情景,使得他被临终感所强化的感知力延续到他身后。

在其论文里,坦纳列举了多种生理学和心理学理论,以说明衰老和临终感如何能够增强注意力和感知力以及艾姆斯的案例具有怎样的代表性。但坦纳感兴趣的并不是艾姆斯所体现的共性,而是他的个性,即他的感知力在强化过程中所体现的独特文化力量。关于这种独特文化力量,坦纳主要谈了三点。一是艾姆斯被强化的感知力并不只是被动地接受外部的刺激,相反,他的意识积极参与其中,不断将他"未来的缺席变成可感的在场",因此他就能更加逼真地描绘"在坟墓里回头看"时所看到的情景。二是艾姆斯的感知活动修改了梅洛-庞蒂(Maurice Merleau-Ponty)所建立的感知模式。梅洛-庞蒂的感知模式是一种"交叉模式",强调感知者与感知对象之间密不可分的交叉关系,而艾姆斯的感知活动发生在他

[①] Laura E. Tanner, "'Looking Back from the Grave': Sensory Perception and the Anticipation of Absence in Marilynne Robinson's *Gilead*," *Contemporary Literature* 48, no. 2 (Summer, 2007): 227—252.

不断接近生命终点的过程中,再加上意识的不断参与,因此坦纳认为他的感知与感知对象之间的关系不像梅洛-庞蒂的模式所认为的那么紧密,而是有着较大的而且不断增大的距离。第三点也是坦纳眼里最重要的一点,那就是艾姆斯的感知活动彻底突破了笛卡尔(René Descartes)对大脑和肉体的区分。笛卡尔的区分导致了双重的掩盖,一方面掩盖了大脑隐藏在脆弱、有限、独特的肉体中的根基,另一方面掩盖了隐含在关于肉体脆弱性、有限性和独特性的意识中的悲剧性。而艾姆斯敏锐的感知活动在坦纳看来既肯定了过好每一天的积极的生活态度,又通过不断"在坟墓里回头看"揭示了人生的悲剧性。小说这么写,坦纳指出,会对读者产生非常积极的影响,因为它所呈现的"预感的缺席不仅能增强对现时的欣赏,还能改变未来,让个人态度、社会空间、文化边界减轻而不是加重丧失感所造成的负担"。也就是说,《基列德》能帮助读者学会既珍视当下的生活,又轻松面对未来的死亡。这在坦纳看来就是鲁宾逊小说的最大文化力量之所在。

  坦纳的论文具有很强的启发性和说服力,但也难免会引发一些疑问。第一个疑问是,坦纳所说的"鲁宾逊文本的文化力量不只是来自它抒情地表现了日常经验"中的"日常经验"究竟指什么?由于坦纳没有作任何解释,人们也许会猜想它可能指那些司空见惯、无足轻重的经验。尤其是对于不太了解鲁宾逊的读者,坦纳的论文会让人觉得除了"死亡如何决定人类知觉的感官和心理动力",鲁宾逊的作品里就没有别的值得关注的经验了。其实,《基列德》里写了不少重要经验,其中尤为重要的,也是坦纳在文中只字未提的,就是那些有关种族关系的经验。① 小说里的现在时是以民权运动为标志的20世纪50年代,过去时是以废奴运动尤其是布朗

---

① 坦纳不但在这篇专论中只字未提书里种族关系方面的经验,在评介鲁宾逊的全部创作的文章中也没有提及这方面的经验。在谈到包含更多种族经验的《家》时,她只说它写了"真正的悲剧",但没有谈这一悲剧与种族矛盾的关系。Shaffer et al eds., *The Encyclopedia of Twentieth-Century Fiction*, 805。

(John Brown)①在堪萨斯领导的武装废奴运动为标志的19世纪50年代。这两个时间段,再加上艾姆斯的教子杰克返回基列德的动机,就决定了种族关系在这部小说里的重要地位。② 不重视、不联系小说的这个时间和主题框架,对于小说里的任何现象(包括坦纳所研究的临终感知和想象)的研究,多少都会出现偏差。

坦纳的论文所引发的第二个疑问,就是小说里这一有关种族关系的重要经验与坦纳所强调的艾姆斯的被强化的感知力之间有什么关系?或者说,由于不重视、不联系小说里种族关系方面的经验,坦纳在研究艾姆斯的感知力的过程中出了什么偏差?其实,被坦纳选作论文题目的那句话("在坟墓里回头看")在小说里一共出现了两次③,都与艾姆斯有一次布道时看到杰克与他妻子、儿子坐在一起那一幕有关。坦纳用这句话做题目,也许是因为这句话很好地反映了艾姆斯的敏感程度,即他能敏感地猜想到他死后杰克会与他妻子、儿子组织一个新家庭,而且会出于他的恶劣本性伤害他们。这句话确实很好地反映了艾姆斯的敏感程度,然而在这句话出现的上下文里我们不难发现,艾姆斯的这一猜想其实是一个错误,作家这么写不是在肯定他,而是在批评他。艾姆斯的错误就在于他不知道杰克之所以在离家20年后又要回家的真正原因,也没有想到这一原因会涉及种族关系。即使后来艾姆斯亲耳听杰克说了他回来是想了解具有辉煌废奴传统的基列德能否容纳他的黑人妻子和混血儿子,亲眼看了杰克一家三口的合影,他也一时不敢相信这是真的,因为他从未碰到过这种情况,也从未想到会出现这种情况。可以说,艾姆斯即使再敏感,若不是杰克亲口告诉他,他也是感觉不出杰克回家的真正原因及其背后的种

---

① 布朗(John Brown,1800—1859),美国废奴主义者,1855开始在堪萨斯领导武装废奴运动,1859年被捕就义。他所领导的运动极大地激化了内战前的南北矛盾。

② 斯科特在强调种族主题在鲁宾逊作品中的重要地位时说:"《家》和《基列德》是有关家庭、友谊和衰老的奇书。但它们是……有关美国人生活中的种族和宗教问题的伟书。"A. O. Scott, "Return of the Prodigal Son," *The New York Times* 19 September 2008.

③ Marilynne Robinson, *Gilead* (New York: Farrar, Straus and Giroux, 2004), 141, 185. 以下小说引文在文中标注页码,不另作注。

族问题的。这就是说,坦纳所强调的艾姆斯的敏感性其实是很有限的。艾姆斯对有些事情敏感,对有些事情则不敏感,对有些事情甚至过度敏感,敏感到十分错误和荒唐的地步,比如把杰克接近他家庭的目的看成想在他身后取代他。

艾姆斯在种族问题上的不敏感或麻木,是小说的种族主题的一个重要方面。通过艾姆斯的麻木,小说想表现基列德这个曾为废奴运动和种族和谐作出很大贡献的小镇已经堕落到何种程度,以探讨这一堕落背后的文化原因。① 在很大程度上,《基列德》写的是一部历史,一部从19世纪50年代到20世纪50年代的美国种族关系史,一部以基列德为代表的美国在种族关系方面的百年蜕变史。小说里,这部蜕变史的运动轨迹主要体现在四个名叫约翰·艾姆斯的人物身上,他们分别是叙述者的祖父、父亲、本人和教子杰克。祖父16岁时因为梦见戴着镣铐的耶稣叫他去解放黑奴,从缅因来到堪萨斯。他在堪萨斯参加了布朗领导的武装废奴运动,后来又参加了南北战争并在一次战斗中失去了右眼,还动员其教会的信众参战,为废奴作出了积极贡献。到了父亲这一代,争取种族平等的热情开始冷却。父亲信奉和平主义,反对一切暴力,包括祖父所参加的废奴活动。二人争执不下,祖父便离家出走,最后客死他乡。在父亲担任牧师期间,基列德的种族关系开始恶化,发生了黑人教堂被烧事件。艾姆斯接管教会后,种族关系恶化到极点,黑人居民全都搬离基列德。在他的叙述中,艾姆斯没有记录自己歧视黑人的任何言行,但有些细节能够表明,他对镇里的种族歧视是放任的,对于黑人的疾苦是麻木的。比如他并不认为黑人教堂被烧是什么大不了的事,还不止一次地强调黑人教堂被烧时火势不大。另外,黑人牧师在带领黑人居民搬离基列德之前,曾把黑人教

---

① 鲁宾逊说她非常关注废奴主义者在南北战争之前联合不同教会和不同城镇共同倡导的种族平等理想如何因"后来在文化中发生的某种变化"而"消退"和"被忘"。她说:"一种文化竟能如此健忘,这是一件惊人的事,一件非常可怕的事。"Jennie Rothenberg Gritz, "Gilead's Balm," *The Atlantic* December 2004, <https://www.theatlantic.com/magazine/archive/2004/12/gileads-balm/303644/>. Accessed 7 June, 2023。

堂门前的植物挖了一袋送给艾姆斯,对他说他们为离开基列德而深感"难过",因为小镇对于他们有过"很大意义"(36—37)。艾姆斯只是接受了植物,没有思考黑人为什么难过、小镇对于黑人有过什么意义、这一意义后来怎么消失了。就是在这一种族关系严重恶化、黑白通婚极不可能的背景之下①,杰克与黑人姑娘迪莉娅相爱了并生下一个男孩,给小镇蜕变了百年的种族关系带来了一线转机。然而,这一转机却因为艾姆斯的麻木和过度敏感而被完全误解。听了杰克亲口解释,艾姆斯才明白杰克回家的原因,才意识到小镇的堕落和自己对于这一堕落的责任,但他已无力改变小镇的种族生态,除了送杰克离开和给他祝福,不能提供任何实质性帮助。

二、种族关系恶化的宗教原因

讨论《基列德》的文化力量和艾姆斯的感知能力,除了应联系书里种族关系方面的经验,还不能不联系另外两种重要经验,即宗教经验和写作经验。它们也被坦纳当作无足轻重的"日常经验"而忽略了。

《基列德》里有不少牧师人物,比如艾姆斯、他的祖父和父亲、杰克的父亲、迪莉娅的父亲、基列德的黑人牧师等,还有被迪莉娅看作牧师的杰克和他们想当牧师的儿子等非正式牧师。这些牧师的思想言行使小说具有了浓重的宗教色彩,在小说的几乎所有主要事件的发生发展过程中都起了重要作用,对于强化艾姆斯的感知力也产生了一定的影响。

宗教对于书里主要事件尤其是那些与种族关系有关的事件的重要作用,可见于鲁宾逊着力描写的一些细节。艾姆斯的祖父是听了耶稣的嘱咐后来堪萨斯投身废奴运动的。作为牧师,他不但让布朗及其随从藏身于他的教堂里,还积极参加了他们的行动。南北战争爆发后,他穿着血

---

① 从1691年弗吉尼亚州最先通过反通婚法开始,美国共有41个州有反通婚法。从1780年宾夕法尼亚州最先废除反通婚法至今,共有25个州先后废除反通婚法。基列德所在的艾奥瓦州1839年通过反通婚法,1851年废除。截至杰克返回基列德的1956年,仍有25个州有反通婚法,包括与艾奥瓦接壤的密苏里、内布拉斯加和南达科他三州。

衣、别着手枪登台布道,强调有奴隶就无和平,动员信众积极参战,其中有不少人在战争中负伤或牺牲。南北战争后,镇里种族关系的变化也反映在宗教活动中。黑人教堂失火事件发生不久,艾姆斯的父亲在布道中赏析《圣经》里叫人关注百合花如何生长那段经文,祖父听了五分钟就离开了。来到黑人教堂里,听到黑人牧师只谈爱你的敌人,祖父也非常失望。最后,祖父又听从耶稣的指点,独自返回了他为废奴而战斗过的堪萨斯。艾姆斯"在坟墓里回头看"的想象也是发生在教堂里。看着台下杰克和自己的妻子、儿子坐在一起如同一家人,站在讲坛上的艾姆斯既忌妒又恐慌。不过他并不像坦纳所说的那样无能为力。布道中,艾姆斯开头按事先准备谈的是年迈的亚伯拉罕,说亚伯拉罕把孩子留在荒野里是出于无奈,但也反映出他对上帝的坚定信仰,即相信荒野里会有天使保佑他的孩子。但说着说着,他就把话题扯到了杰克身上,说出"任何人都会在经验中看到,我们当中有许多父亲虐待自己的孩子,或者抛弃他们"。说完此话,他就敏感地注意到杰克的脸色变了,变得"苍白如纸"。然而,艾姆斯并没有就此罢休,而是引用耶稣的一句话加大对杰克的打击力度:"凡使这信我的一个小子跌倒的,倒不如把大磨石拴在这人的颈项上,沉在深海里。"①这时,艾姆斯发现妻子脸上出现了"焦虑",同时也觉得"会众中的其他人也会认为这篇布道针对的是他"(130),因为大家都知道杰克上大学时引诱过一个姑娘,和她生下一个女儿,后来又抛弃了她们。

艾姆斯家三代牧师的故事表明,在基列德,种族关系的衰落与宗教的衰落是同时发生和密切相关的。对于这一点,艾姆斯直到最后,直到他看到自己对于杰克的猜疑完全错了之后,才有所意识。一天早上,他醒来之后意识到,小镇变得如同地狱,责任就在自己身上。他想到,自己一生虽然经历了许多灾难和三场战争,却从未考虑过上帝通过这些灾难训示了什么。他还想到,"牧师"一词来自意为"先知"的古法语词,而一个先知若

---

① 《新约·马太福音》18:6。小说原文:"If anyone offend these little ones, it would be better for him if a millstone were put around his neck and he were cast into the sea."译文引自《旧新约全书》,香港:浸信会出版部,1980年,第23页。

不能从灾难中发现任何意义,那么他还有什么用呢?(233)之前,艾姆斯曾读过一篇题为《上帝与美国人》的文章,对于文中认为美国人宗教水平低下还自以为是等观点吹毛求疵,对于杰克所肯定的一个观点(美国人对待黑人的态度说明他们缺少宗教诚意)也不置可否。现在,意识到了小镇的堕落和自己的责任,他对那篇文章的看法也应该有所改变。

不无讽刺意味的是,这一堕落的宗教仍能增强艾姆斯的感知力。他对儿子说,"宗教能帮人集中注意力"(7),给小猫施洗也能使牧师"真正感知它的神秘生命和你自己的神秘生命"(23)。不过,这一宗教在增强感知力方面的效用非常有限,因为它已经严重脱离社会生活。如果说在祖父年轻时宗教与生活的关系紧密,宗教能够增强祖父对种族歧视等重大问题的感知力的话①,那么到了艾姆斯这一代,宗教除了帮他注意到一些琐碎小事,已经无助于他感知和思考重大问题了。杰克和莱拉等人物的敏锐感觉和丰富见识,包括对一些神学问题的深刻理解,主要是来自生活而不是宗教。对此,艾姆斯在感觉正确时还是有所察觉的。当莱拉来他的教堂寻找"意义"时,他觉得自己精心准备的布道词如同"灰烬"(21)。当杰克来他的教堂寻找"活的真理"时,他发现自己使用的只是"死的词语"(233)。最能说明这一点的或许是关于预定论的那场讨论。杰克提出失足者是否必然下地狱的问题其实是在表达他对预定论的怀疑,而艾姆斯转弯抹角地强调本质是固定不变的。最后,还是莱拉明确地指出,如果没有变化,救赎就没有意义,并根据自己的生活经验提出了"一切都会变"(154),令艾姆斯无言以对,同时也给了杰克以安慰和支持。

---

① 其实,祖父年轻时,宗教并没有增强所有人对种族歧视的感知力,不少人甚至利用宗教为奴隶制辩护,因此道格拉斯认为罗宾逊所介绍的美国宗教史不够客观全面,存在"偏颇与狭隘"等缺点。[Christopher Douglas, "Christian Multiculturalism and Unlearned History in Marilynne Robinson's *Gilead*," *Novel: A Forum on Fiction* 44, no. 3 (Fall 2011): 333—353.]道格拉斯的这一观点值得重视,但也应该看到,罗宾逊不是历史学家,她对历史背景的介绍受到艺术构思、作品内容的实际需要以及作品篇幅等方面的制约,难以做到面面俱到;另外,罗宾逊笔下的宗教并非完美无缺,也有麻木不仁、种族歧视等严重问题,对祖父身后镇里的宗教堕落和种族关系恶化负有直接责任。

小说里，艾姆斯自己也是一直在变的，不仅被莱拉、杰克等他人所改变，也被他自己想要真实表现历史和现实的写作活动所改变。艾姆斯给儿子写信的初衷很简单，主要是想介绍一些个人的经验教训帮助儿子顺利成长。可是写着写着，这一初衷就发生了变化。内容方面，信里加进了大量的历史回顾和以艾姆斯与杰克的复杂关系为核心的现实描写。性质方面，此信也从艾姆斯对于自己思想品德的介绍变成有关一个老人努力理解难解之事这一过程的记录。① 正是艾姆斯不断深化的写作活动，包括回忆、观察、思考、想象、归纳、验证和修改等，使得他不断发生变化，变得感知力越来越强，能够越来越客观地认识现实（尤其是小镇在种族关系和宗教等方面的堕落）、他人（尤其是祖父和杰克）和自己（尤其是他在小镇堕落中的责任）。② 用艾姆斯自己的话说，是写作把他"拉回这个世界"(238)。写作之所以有这样的力量，一个重要原因就是艾姆斯基本实现了他对写作的要求，那就是要使写作不像只说不听的"布道"，而像既说又听的"思考"(28—29)。

三、宗教和种族关系的未来

深入的写作和思考把艾姆斯"拉回这个世界"，让他在即将结束此信之际开始理解杰克。在送杰克离开基列德的路上，艾姆斯在杰克的脸上看到了一丝讽刺，讽刺他自己曾对这个可悲小镇抱有希望。艾姆斯知道这是一个什么希望，那就是在基列德过一种"不受干扰的"平静生活(242)。他也知道，这并不是一个新的、杰克个人的希望，而是一个古老的、普遍的希望，一个两千多年前就被希伯来先知西番雅生动描绘过的希望："耶路撒冷的街道上将会有老翁和老妪居住；男人们无论老少都会拿着手杖。城

---

① 伍德还注意到，艾姆斯写信的语言也一直在变，变得越来越"简练、可爱、深沉"。James Wood, "Acts of Devotion," *New York Times* 28 November 2004.
② 艾姆斯被视为"绝对可靠的叙述者"，主要原因是他能够意识到自己是个"多么容易犯错的叙述者"。Ann Hulbert, "Amazing Grace," *Slate* 6 December 2004.

里的街道上将到处都有的男孩和女孩在玩耍。"(242)①

过一种不受干扰的平静生活,这在坦纳眼里可能又是一种没有多少文化意义可言的"日常经验"。然而,这种生活对于某些人的不可能性却是罗宾逊在其创作中经常探讨的一个重要话题。除了《基列德》里的杰克,罗宾逊的处女作《管家》里的女主人公西尔维也想过而没有过上这种生活。如同杰克,西尔维也是很早就离家出走,流浪多年之后又返回家乡(西尔维回家是为了照顾已成孤儿的外甥女,没有杰克回家原因中的种族因素),希望从此能过上不受干扰的平静生活,但芬格本镇的镇民们不让,原因是她的管家方式与众不同。② 她喜欢敞开门窗,喜欢让动物和树叶进屋,喜欢黑暗,喜欢不修边幅,喜欢让外甥女自由生活。这些喜好并没有给他人造成任何伤害,却仍然招来了学校、教会和镇政府的关注、调查和干涉。他们甚至要拆散她的家庭,把她的外甥女鲁思强行带走。最后,西尔维只好放火把家烧了,带着鲁思离开芬格本,重新过起流浪的生活,希望在"一无所有"的流浪生活中找到不受干扰的平静,包括平静的死亡,就像鲁思所说的那样:"一无所有更好,因为至少我们的骨头可以落地。"③

《管家》以对房子的描写结束,把房子比喻成"坟墓",把烧房子比喻成"打开坟墓"让"房子的灵魂逃脱"(211—212)。罗宾逊的第三部小说《家》以对房子的描写开始。这是杰克的父亲退休牧师老博顿的房子,比起周围的房子来显得"极为高大",同时也非常"严厉"和"自负"④。正是在这所房子里,通过杰克的妹妹格劳瑞的叙述,杰克20年前离家出走的故事与他20年后回家不久又再次出走的故事衔接起来,全面而又深入地表明,在这样的房子和环境里,不受干扰的平静是不可能得到的,杰克是不可能不出走的。

---

① 《旧约·西番雅书》8:4—5。
② 史密斯在谈到《基列德》与《管家》的相似点时指出:"两部小说写的都是局外人以及他们的社会遭遇。"Ali Smith, "The Damaged Heart of America," *The Guardian* 16 April 2005。
③ Marilynne Robinson, *Housekeeping* (New York: The Noonday Press, 1980), 159.
④ Marilynne Robinson, *Home* (New York: Farrar, Straus and Giroux, 2008), 3.

第六章 宗教与种族关系：鲁宾逊的《基列德》

如果说《管家》里让西尔维不得平静的主要是治安官、《基列德》里让杰克不得平静的主要是艾姆斯，那么《家》里让杰克不得平静的主要就是老伯顿。① 对于这个老伯顿，小说在写了他的房子如何"严厉""自负"不久，就借他邻居托洛茨基夫人之口指出了他在为人方面的问题，包括占地不种也不让人种、利用镇民的无知贪婪敛财、无视穷人的疾苦反复撒谎、自己家里有小偷和酒鬼还恬不知耻地教人如何生活等。托洛茨基夫人显然是把老伯顿看成了美国的一个代表，所以才会得出这样的结论："没有什么正义可言，即使在美国。"（12）托洛茨基夫人所说的小偷和酒鬼指的就是杰克。至于杰克变成小偷和酒鬼的原因，叙述者没有明确交代，但书里的许多细节能够表明，那与老伯顿的严厉和自负密切相关。根据书里的一些描写，杰克天生就与别的孩子不太一样，喜欢安静和独处，老伯顿却容不得神秘和差异，总想弄懂神秘、消除差异，因而就给了杰克更多关注。老伯顿总说自己关注杰克是出于爱，为了帮助他健康成长，但杰克在这种关注中看到的并不是对他的爱，而是他对自己的声誉、地位和利益的爱。杰克说他小时候最怕父亲那双"明察秋毫"的眼睛（289）。也许偷窃和酗酒是杰克反抗父亲监视、体验个人自由的手段，尽管他说自己当时并不清楚为什么偏要那么做。

杰克当时不清楚，20年后就清楚了。他对格劳瑞不无保留地承认："大多数时候我是迟钝的畜生。但如果有一样东西我知道自己能够识别的话，那就是不被喜欢。"（88）他知道自己20年前不被喜欢，20年后依然不被喜欢，不但不被镇民和教父等外人喜欢，也不被自己的父亲喜欢，尽管父亲总把原谅和喜欢挂在嘴上。杰克回来不久，镇里就发生了一起盗窃案，老伯顿没有任何凭据就断定是杰克干的，他之前所说的原谅和喜欢从他的表情和语言里消失得无影无踪。后来，警察经过调查发现，实施盗窃的不是杰克，也不是坏人，而是几个平时表现不错的高中生。这几个高

---

① 伍德将老伯顿看作"推动作品"的人物，认为他的力量来自他的"凶狠、严厉和自负……想原谅他的儿子却又不能"。James Wood, "The Homecoming," *The New Yorker* 8 September 2008: 76—78.

中生只是玩了一场恶作剧,却让杰克进一步看清了镇民和父亲对他的成见多么根深蒂固。

《家》从格劳瑞的角度讲述了艾姆斯在《基列德》里写过的一件事,那就是老伯顿和艾姆斯两家人聚会时对于预定论的讨论。两本书写同一件事,而且在观点上和语言上都非常接近,这可以印证这件事的真实性,也可以凸显它的重要性。讨论预定论这件事之所以重要,是因为对于预定论的看法能够很好地反映人物的思想认识和道德品质,有助于回答文化力量和个人努力是否必要等问题。如果预定论正确、一切都由上帝预定而没有变化的可能、坏人和好人都一成不变,那么一切就简单了,好人只要消灭了坏人就能过上不受干扰的平静生活。然而事实并非如此,一切都有变化的可能,坏人有可能变好,好人也有可能变坏,因而就总有好人或并非百分之百的好人或已经变坏的好人不让已经变好的坏人过不受干扰的平静生活等复杂情况发生。① 杰克在离家后的20年里一直在变,尤其在遇到真心爱他、信任他的黑人妻子之后。他20年后重返基列德,就是他已经变好的一种证明,因为他回来是为了了解安家的可能性,是在履行一个丈夫和父亲(而且还是一个为当时社会所不容的黑人妻子的丈夫和混血儿子的父亲)的责任,他已经不是20年前的那个抛弃女友和孩子的杰克了。对于杰克的这种变化,相信预定论的老伯顿和艾姆斯是无法想象的,就像他们无法想象他们自己以及他们所代表的宗教和基列德的堕落一样。

无论在《基列德》还是《家》里,对待回头浪子的态度和对待黑人的态度都是连在一起的,这一联系中的一个决定性因素也都是预定论。预定论不仅使以老伯顿和艾姆斯为代表的基列德人看不到和不理解杰克的变化,也严重限制了他们对黑人的看法。对于当时电视上正在报道的黑人民权运动,杰克密切关注、深表同情,老伯顿则以"政治家"的姿态强烈反

---

① 鲁宾逊明确否定过那种认为一切都黑白分明、一成不变的现实观。她说:"我更喜欢'人皆神圣,又皆犯错'的现实模式。"Missy Daniel, "Interview: Marilynne Robinson," *Religion & Ethics Newsweekly* 18 March 2005.

对,支持政府镇压。他指责民运混乱无序违背《圣经》(98),还说黑人若想被白人接受就无须接受教育改变自己(155)。也就是说,在老伯顿眼里,种族不平等是上帝预定的,是应该尊重和维护的,任何试图改变这种状态的努力都不可能成功,只会导致混乱。托洛茨基夫人指责老伯顿无视穷人疾苦、《基列德》和《家》里的那篇题为《上帝与美国人》的文章批评美国宗教虚伪等观点,都在老伯顿对待民运的态度上得到很好的印证。他的冷漠虚伪与他的预定论思想结合到一起,使他成为杰克回基列德安家的最大障碍。这就是为什么杰克宁愿跟艾姆斯谈自己回家的原因而不愿跟老伯顿谈,为什么他最后又离家出走,而且是在老伯顿临终之时。

虽然杰克最后还是走了,可是他给家里留下了多方面的变化。他修剪了房子外墙上的藤蔓,撤换了台阶的踏板,在门口摆放了鲜花,翻种了荒芜的花园,修好了破旧的家具和汽车。这一切使房子"冷峻外貌减弱"(86),使家里"生气重现"(300)。杰克也多少改变了家里的人。格劳瑞对杰克说:"你差点儿没把我们吓死。不过,这确实是你的杰作。"(303)杰克的"杰作"的一个主要内容,就是证明了预定论是错误的,一切都有变化的可能。

小结

总之,鲁宾逊小说的文化力量中确实包含坦纳所说的那一种,即通过艾姆斯和老伯顿等临终牧师的知觉教人如何珍惜光阴和面对死亡。这里想要补充和强调的是,在鲁宾逊的实际描写中,艾姆斯和老伯顿所代表的主要是脱离生活实际、丧失引领作用的堕落宗教和无视黑人和下层人疾苦、反对改变现状的预定论世界观,因而他们所体现的文化力量是相当有限的。① 比较而言,鲁宾逊小说的文化力量更多地表现在杰克和莱拉等人物在"日常经验"中所获得的"一切都会变"的认识上,以及艾姆斯的祖

---

① 斯科特注意到,尽管鲁宾逊对艾姆斯和老伯顿怀有某种"喜爱",但她对他们的批评也是"坚定而严厉"的。A. O. Scott, "Return of the Prodigal Son," *The New York Times* 19 September 2008。

父、杰克和西尔维等人物为推动社会变革、争取种族平等和不受干扰的宁静生活而对各种干扰力量所作的顽强抗争上。鲁宾逊说过,当代人对后代缺乏责任心,很少有人会问"我们是否在留下一个比我们的所见更加美好的世界?"这样的问题了。① 以上讨论或许能表明,鲁宾逊及其所塑造的艾姆斯的祖父、杰克、莱拉和西尔维等人物都属于能问这一问题的人。

---

① Missy Daniel,"Interview: Marilynne Robinson," *Religion & Ethics Newsweekly* 18 March 2005.

第七章 宗教与恐怖主义：厄普代克的《恐怖分子》

厄普代克的小说《恐怖分子》写了恐怖主义，表现了一个名叫艾哈迈德的恐怖分子驾驶一辆装有四吨硝酸铵炸药的货车去炸连接新泽西和曼哈顿的林肯隧道，尽管这一恐怖行动因为艾哈迈德在最后时刻改变主意而流产。《恐怖分子》也写了宗教，表现了艾哈迈德如何从 11 岁就开始信奉伊斯兰教，以及他的《古兰经》导师拉希德如何将他变成一个恐怖分子。可以说，《恐怖分子》写的主要是恐怖主义与宗教的关系，为我们研究恐怖主义与宗教的关系提供了一部很好的教材。[①]

---

① 《恐怖分子》是一部较有争议的作品，有不少批评它的意见，包括批评它对宗教的写法。谢宁批评厄普代克写恐怖主义与宗教的关系不够直接，认为在厄普代克的"温和"描写中，"支配艾哈迈德的不是其信仰的力量，而是其对于失去它的恐惧"。（Jonathan Shainin, "The Plot Against America," *Nation* 10 July 2006: 27—30.）戈什认为《恐怖分子》是厄普代克的败笔，说书里的人物"不可信"，只有杰克和特里萨这两个白人才"部分可信"。至于导致这一问题的原因，戈什认为主要有两个：一是肤浅，即厄普代克过于关注肤色，使得"褐色皮肤及其不满成为小说的中心"；二是狭窄，即厄普代克虽然"认真阅读"了《古兰经》，"深入钻研"了有关研究，但"不能使他的褐色人物摆脱文本、经典和意识形态"，没有注意描写"人性、家庭、友谊、体育、诗歌、爱情、欢笑"等方面对于塑造人物具有更大意义的生活内容。戈什甚至怀疑厄普代克是否真能理解"为什么行走在地球上的几十亿非美国人不都去搞自杀式爆炸"的问题。（Amitav Ghosh, "A Jihadist From Jersey," *The Washington Post* 4 June 2006.）但也有不少肯定《恐怖分子》的评论。在其比较《恐怖分子》和汉尼·阿布-阿萨德（Hany Abu-Assad）的电影《天堂》（*Paradise Now*）的论文里，托马斯指出，尽管《恐怖分子》受到"很多批评"，但仍然能为读者认识"9·11"（转下页）

一、"9·11"与宗教

《恐怖分子》写恐怖主义与宗教关系的一个主要背景,就是"9·11"恐怖袭击。小说多次直接提到"9·11",包括"9·11"发生那天的天气、劫持飞机的那 19 个恐怖分子、世贸中心大楼起火后的跳楼人等。小说还用多种手法暗示故事的"9·11"背景。书里反复提到的位于新景象市市中心的那个瓦砾湖,就能令人联想到世贸中心大楼倒塌后所形成的瓦砾堆。①

对于"9·11",厄普代克曾在一个短篇小说里直接描写过。这个短篇小说就是他在"9·11"发生后的第二年发表的《宗教经验种种:短篇小说》("Varieties of Religious Experience: A Short Story")②。作品的标题显然借自詹姆斯(William James)的《宗教经验种种:人性研究》一书的书名。厄普代克之所以要借用一部宗教著作的书名,可以说是为了强调这个短篇小说里与恐怖主义有关的宗教主题。这一主题主要体现在世贸大楼坍塌过程的目睹者丹、劫机者穆罕默德、世贸大楼上的跳楼者吉姆、被劫飞机上的乘客凯若琳这四个人物身上。通过他们,故事表现了"9·11"发生过程中的不同宗教经验,具体表现为人们对于上帝的能力、信仰的力量、生与死的意义、人类的现状与未来、宗教的价值等问题的思考与体验。简单了解一下这个短篇小说的主题以及故事里的丹和穆罕默德等人物,

---

(接上页)事件前后美国人的心态和文化提供"独特的具有启发性的框架"。[Samuel Thomas, "Outtakes and Outrage: The Means and Ends of Suicide Terror," *Modern Fiction Studies* 57, no. 3 (Fall, 2011): 425—449.] 笔者比较同意托马斯的意见,在这里试图做的,就是通过细读作品,探讨厄普代克在写恐怖主义与宗教的关系方面的具体做法和成就。

① 加久谷批评厄普代克的人物不是来自破碎家庭,不是阿拉伯人,与真正的"9·11"恐怖分子没有共同之处,因而《恐怖分子》对于认识真正的恐怖分子没有价值。(Michiko Kakutani, "John Updike's 'Terrorist' Imagines a Homegrown Threat to Homeland Security," *New York Times* 6 June 2006.) 但维特称《恐怖分子》为"第一部真正写'9·11'的小说",说它"对'9·11'的原因及后果都给予了关注"。Darryl Whetter, "The First Real Novel about 9/11," *Toronto Star* 4 June 2006。

② John Updike, "Varieties of Religious Experience: A Short Story," *The Atlantic* November 2002: 93—95.

对于我们理解《恐怖分子》是很有帮助的。

《宗教经验种种：短篇小说》以丹的想法开头，也主要以他的想法收尾。故事开头，丹在目睹世贸中心南楼倒塌的那一瞬间突然意识到："根本没有上帝。"家在辛辛那提的丹来纽约为看望女儿和外孙女，无意中在女儿住宅的顶楼上看到世贸中心大楼遭遇袭击。他之所以意识到"根本没有上帝"，就是因为他眼睁睁地看着世贸中心遇袭倒塌，却不见上帝提供任何救助。故事结尾，回辛辛那提住了半年的丹再次来到纽约的女儿家。这时，对自己依然健在而心存感激的丹已经意识到，自己内心仍有一个"模糊的上帝"。他发现："人类的意识有着奇妙的特性。无论事物有多大，它总能容纳它们，仿佛它比它们都大。而且它总要把他的生活变成一段叙述，无论他人的生活受到怎样无意义的删节——被刹那间压碎，或从产床上被突然掠走。"由于重新找到上帝，丹对于"9·11"和被毁的世贸中心也有了较为积极开通的新看法。他对女儿和外孙女说："我们还需继续前进，不是吗？作为一个国家。那两座大楼超过了它们应有的高度。那些阿拉伯人说得对——它们太过分了。"①

丹的故事分两个部分先后出现在《宗教经验种种：短篇小说》的开头和结尾，构成一个能为整篇作品奠定主题基调的框架。在这个框架内，厄普代克还写了分别以劫机者穆罕默德、世贸大楼上的跳楼者吉姆、被劫飞机上的乘客凯若琳这三个人物为主角的三个故事。吉姆和凯若琳的故事表现的主要是以他们为代表的世贸大楼里的工作人员和被劫飞机上的乘客在生死关头的本能反应、理智决定和精神升华。比较而言，正面描写恐怖分子的穆罕默德的故事与《恐怖分子》的关系更密切，因而更值得关注。

穆罕默德的故事并不是发生在"9·11"那天上午，而是在"9·11"前一周的一个傍晚，地点是佛罗里达东海岸的一家靠近他的飞行学校的脱

---

① John Updike, "Varieties of Religious Experience: A Short Story," *The Atlantic* November 2002: 95.

衣舞酒吧。当时,穆罕默德和同伴纳瓦夫正在这里吃饭。通过描写穆罕默德吃饭期间的所见、所想和所为,厄普代克塑造了一个恐怖分子的形象,表现了这个恐怖分子眼里的美国以及他要参与针对美国的恐怖袭击的原因。

穆罕默德和纳瓦夫都是虔诚的穆斯林,他们来脱衣舞酒吧这种"不干净"的地方吃饭是为了按照上级的指示深入了解美国。在脱衣舞酒吧里,他们看到的是"营养不良的荡妇在肮脏的舞台上机械地扭动",听到的是"不成调子的音乐",吃到的是"连流浪狗都不适合吃的垃圾"。在穆罕默德眼里,美国是一个"被极其松弛的法律和充满虚假机会和乐趣的电子谵妄所扭曲的不净社会"。但就是这样一个国家的文化正在毒害他的家人和其他穆斯林。他发现,他的姐姐们没有意识到,她们所看的美国电视节目其实是来自撒旦,正在把她们引向"永恒的泥沼"。他的父母爱穿西方的衣服,爱用西方的标准来衡量他们的物质生活。他们在穆罕默德看来已经变成了"瞎子",看不到他们对孩子产生的恶劣影响,看不到无所不能的上帝将会愤怒地把这个充满诱惑的世界变成沙漠。穆罕默德内心就装着这样一片"崇高的沙漠",因此他参与针对美国的恐怖袭击是出于一个神圣的目的,那就是使他内心的这片沙漠在美国变成现实,确保他姐姐、父母和伊斯兰世界不再遭受美国的引诱和伤害。

在脱衣舞酒吧里,穆罕默德不仅看了和想了,也用行动稍微表现了一下他的信仰和品格。有个女招待担心穆罕默德他们无钱买单,曾过来催过他们,现在又带着一个男招待过来了。纳瓦夫紧张起来,想拉穆罕默德赶紧离开,穆罕默德却拍了一下他的手臂要他镇定,自己站立起来。酒吧里的顾客都把脸转向他们,期待着一场冲突。这时的穆罕默德不想与人发生冲突,不想让任何琐事影响他心里的"巨大机密"。但他也毫不畏惧,因为"至仁至慈的真主在保佑他",让他觉得自己力大无比,甚至能够"搬走大山"。他先打开钱包,让那个男招待看到里面有足够的钱,然后又简单亮了一下航校学生证和飞机驾驶证,把他彻底镇住。总之,坚定的信仰使得穆罕默德具备了有胆有识等英雄特点,而美国人只认印有"这个没有上帝的民主国家的已故英雄"的美钞,已在很大程度上丧失了产生英雄的可能。

当然,这个脱衣舞酒吧并不能代表整个美国,美国也没有完全丧失产生英雄的可能。在《宗教经验种种:短篇小说》里,厄普代克通过被劫飞机上的乘客凯若琳的观察,写了一个"有教养的年轻人",讲述了他如何彬彬有礼、尊重传统、勤奋工作,如何在飞机被恐怖分子劫持时带领乘客与恐怖分子搏斗、最后使得飞机中途坠落、没有让国家蒙受更大损失的故事。这个年轻人也许是这篇小说里最为正面、最接近英雄的形象。但这样的年轻人已不多见,就像他在大学毕业后仍打橄榄球一事让凯若琳觉得罕见而"惊讶不已"一样。这个"有教养的年轻人"在故事里受到的关注也比较少,绝对没有穆罕默德多。在观察这个"有教养的年轻人"同时,凯若琳也把不少注意力给了一个劫机者。这个劫机者也是年轻人,身材细长,穿着黑牛仔裤和红格子衬衫,像个硅谷的电脑专家,不像传说中的恐怖分子。凯若琳发现,他的手动起来时带着"动人的优雅和迟疑",他身上散发出"紧张激动的气息",他允许乘客打电话,他的眼睛不看任何人,他后来掏出的武器只是一把开纸箱用的小刀。这个劫机者后来很快就倒在了以那个会打橄榄球的"有教养的年轻人"为首的一群乘客的拳脚之下。

这个举止带着"动人的优雅和迟疑"的劫机者和内心装着"崇高的沙漠"的穆罕默德,是厄普代克在《宗教经验种种:短篇小说》里用墨较多的两个恐怖分子。这两个恐怖分子并不那么可恶,而且与一般美国人尤其是脱衣舞酒吧里的那些招待相比,还显得更有文化教养和人格魅力。厄普代克这么写当然不是要肯定这些恐怖分子及其活动,也不是想说"9·11"是上帝通过这些恐怖分子给予美国的一种惩罚①,但这种写法起码可以表明,在厄普代克看来,恐怖分子并不仅仅是恶的化身,而是有

---

① 不过,故事里也确实有些细节让读者这么去想,比如丹注意到,"9·11"事件之后,美国的教堂里人满为患,人们变得"像狗一样",又爬回教堂里"舔上帝的手",就仿佛上帝给了不信上帝的美国人"重重的一脚"。

着相当的复杂性①,是有研究价值的,尤其是在恐怖主义与宗教的关系等问题上。② 也许就是基于这一认识,厄普代克在写了《宗教经验种种:短篇小说》之后又开始构思长篇小说《恐怖分子》,试图对恐怖主义与宗教的关系作更加深入的研究。

《宗教经验种种:短篇小说》里的核心人物是丹。他63岁,职业是律师,信仰是主教派基督教。相对于那些外来的受命于基地组织的恐怖分子,他代表的是美国,故事的开头和结尾写的主要是他对"9·11"事件的观察与思考。而在《恐怖分子》里,核心人物则是一个名叫艾哈迈德的恐怖分子。他18岁,职业是货车司机,信仰是伊斯兰教。与《宗教经验种种:短篇小说》里的穆罕默德等恐怖分子不同,艾哈迈德不是外来的,而是土生土长的美国人③,只是他父亲是埃及人,在艾哈迈德3岁时离开了他和他母亲特里萨返回埃及。艾哈迈德的这种特殊背景增加了作品里恐怖分子问题的复杂性。在《宗教经验种种:短篇小说》里,恐怖分子都是外来的,美国人都不是恐怖分子,恐怖分子和美国人界线分明,作家写起恐怖分子来相对容易。而在《恐怖分子》里,艾哈迈德既是恐怖分子,又是美国人,恐怖分子和美国人的界限模糊,作家写起来难度就大了。作家之所以要这么写也许与他在《宗教经验种种:短篇小说》里暗示过的一个观点有关,即美国国内也有滋生恐怖分子的土壤。在目睹世贸大楼遇袭倒塌之后,丹就曾想到美国国内也有人在制造各种惨剧,其手段的残暴程度不亚

---

① 赫尔曼认为,厄普代克的《恐怖分子》"突破了那些(二元对立、简单绝对)的常见写法,就穆斯林和恐怖主义提供了一种更广阔、更复杂的理解"。[Peter C. Herman, "Terrorism and the Critique of American Culture: John Updike's *Terrorist*," *Modern Philology* 112, no. 4 (May 2015): 691-712.] 其实,这种"更广阔、更复杂的理解"在《宗教经验种种:短篇小说》里就开始出现。

② 《宗教经验种种:短篇小说》的题目就包含了这样一种认识,即恐怖分子与美国的矛盾跟不同宗教信仰之间的矛盾密切相关。

③ 阿什布鲁克曾问厄普代克:"一位76岁的小说家还能走到哪儿去呢,甚至还走进了一个18岁阿裔美国人的头脑?"厄普代克回答说,艾哈迈德"是美国人,这是关键。我不想尝试表现巴勒斯坦恐怖分子或伊拉克自由战士等人物的内心。但我的确认为我能够处理一个自己改变了信仰的11岁美国人。"John Updike, "John Updike's *Terrorist*," interview by Tom Ashbrook (audio), "On Point with Tom Ashbrook," 13 June 2006, <https://www.wbur.org/onpoint/2006/06/13/john-updikes-terrorist>. Accessed 18 April, 2024。

于恐怖分子,比如一个母亲蓄意淹死她的五个孩子、神父们对托管的儿童大肆进行性骚扰、每周都有丈夫疯狂地杀害自己的妻子和孩子。可以说,在《恐怖分子》里塑造一个土生土长的恐怖分子,厄普代克想达到一箭双雕的效果,即既写穆斯林,又写美国社会。①

在《恐怖分子》里,美国社会与穆斯林的矛盾贯穿始终。小说的第一句话以"魔鬼"开头,这是艾哈迈德在骂不信上帝的美国人"想夺走我的上帝"②。小说的最后一句话也以"魔鬼"开头,这是艾哈迈德又在骂那些不信上帝的美国人"夺走了我的上帝"。鉴于这样的开头和结尾,可以说美国社会与穆斯林的矛盾在小说里主要表现于美国人夺走艾哈迈德的上帝的过程。既然美国人可以夺走艾哈迈德的上帝,就说明艾哈迈德有上帝,这就有一个他是如何得到上帝的问题,所以小说在写美国人如何夺走艾哈迈德的上帝的同时,也写了他如何得到上帝。另外,既然美国人能够夺走艾哈迈德的上帝,就说明他的信仰还不够坚定,保护上帝的能力还不够强。虽然他的信仰比他的《古兰经》导师拉希德阿訇坚定,既是穆斯林又是美国人的艾哈迈德从来就不是一个百分之百的穆斯林。美国社会与穆斯林的矛盾经常发生在他内心,他不时感到内心有魔鬼出来提问或发表异议。也就是说,在写美国人夺走艾哈迈德的上帝的过程中,小说既写了外在的看得见的美国人与艾哈迈德的斗争,也写了内在的看不见的美国人与艾哈迈德的斗争。

艾哈迈德是如何得到上帝、成为穆斯林的这一重要问题,与美国没有上帝、腐败堕落的社会现状密切相关。小说开头,叙述者刚说完艾哈迈德

---

① 赫尔曼说,《恐怖分子》通过穆斯林人物的独特视角表达了厄普代克"对于物质主义的、自我毁灭性的美国文化的长期批判"。[Peter C. Herman, "Terrorism and the Critique of American Culture: John Updike's *Terrorist*," *Modern Philology* 112, no. 4 (May 2015): 691—712.] 其实,《宗教经验种种:短篇小说》就已经开始这么做了。

② 厄普代克在称呼艾哈迈德的信仰对象时既用"God"又用"Allah",用"God"的时候更多,这可能跟小说里有更多的非伊斯兰教场合以及小说面对的主要是非穆斯林读者有关。这里就根据厄普代克的实际用词来译,而不是根据艾哈迈德的伊斯兰教信仰把出现在他思想言论中的"God"都按"Allah"的译法译。

骂魔鬼般的美国人想夺走他的上帝,就开始介绍艾哈迈德眼中的美国人都是些什么样的魔鬼。这时的艾哈迈德还是新景象市中央高中毕业班的学生,他周围的美国人主要是学生和教师,但就是这些通常最不应该是魔鬼的人也都成了魔鬼。女生们衣着暴露、搔首弄姿,浑身散发着诱惑。男生们游手好闲、冷漠蛮横,全不把世界放在眼里。教师们没有信仰、不讲道德,是大众文化和商业文化的奴隶。这些教师是"撒旦政府"雇来灌输美德和民主价值的,但他们自己不走正道,背地里酗酒、离婚、搞同居,生活作风腐化。教学上,他们只相信盲目、冰冷、静止、可度量的科学,把其余一切都看作短暂的梦幻。总之,中央高中的教师失职、学生堕落,完全不像一个教书育人的场所。学校不适合培养合格的公民,政府又是恶魔的化身,整个国家毫无希望,这就是艾哈迈德眼里的美国。它既是艾哈迈德用穆斯林视角得出的观察结果,也是他之所以要变成穆斯林的社会背景。

艾哈迈德是11岁时走进清真寺和伊斯兰教的。他最初是从信奉伊斯兰教的黑人同学那里了解到清真寺的地点以及清真寺不要求信徒捐钱等情况的。当时他不懂宗教,去清真寺不是为了宗教信仰,也不是为了当恐怖分子,而是为了寻找父亲和关爱。艾哈迈德的父亲是埃及人,当年为了求学来到美国,由于始终不能融入美国社会,最后舍弃了美国妻子特里萨和3岁的儿子艾哈迈德,又独自返回埃及。艾哈迈德最初进清真寺是以为在阿拉伯人中间能了解到父亲的下落。至于艾哈迈德为什么要寻找父亲,一个较为明显的原因就是他缺少关爱。他不能从母亲特里萨那里得到足够的关爱。特里萨非常忙,除了忙于薪水微薄的护士工作,还要在业余利用自己的特长作画卖钱贴补家用,空了还会接二连三地结交男朋友,所以没有多少时间陪伴艾哈迈德。按照叙述者的说法,一天24小时里,特里萨与艾哈迈德在一起的时间还"不足1小时"(9)[①]。艾哈迈德也

[①] John Updike, *Terrorist*, New York: Ballantine Books, 2006. 以下小说引文在文中标注页码,不另作注。

没有兄弟姐妹,因此叙述者猜想,"如果艾哈迈德有一个哥哥,他就不会这么孤独"(195)。

了解艾哈迈德为什么要进清真寺并变成穆斯林,对于我们理解他为什么会变成恐怖分子、认识厄普代克在《恐怖分子》里所表现的恐怖主义与宗教的关系、判断那些指责厄普代克错误地把伊斯兰教写成恐怖主义的源头的批评意见的可靠性,具有重要意义。艾哈迈德变成恐怖分子当然与他的清真寺尤其是他的《古兰经》导师拉希德有关,但是如果我们知道导致艾哈迈德进清真寺变成穆斯林的直接原因是他缺席的父亲和失职的母亲,我们就不会把他变成恐怖分子与他变成穆斯林简单等同起来。如果我们进一步了解到,艾哈迈德的父亲之所以离开美国返回埃及是因为美国的生存环境完全不适合他,艾哈迈德的母亲之所以对艾哈迈德没有尽责是因为她信奉美国放任自流的价值观念①,我们就可以说,艾哈迈德变成恐怖分子的根本原因还是在美国,在美国的价值观念和生存环境,在美国的特殊宗教,即艾哈迈德所说的"美国的自由宗教"(167)。关于美国如何把艾哈迈德变成恐怖分子的问题,后面会作详细讨论,下面先接着艾哈迈德11岁时走进清真寺这一不少人眼中的变故,谈一下清真寺在艾哈迈德变成恐怖分子过程中的作用。

二、恐怖主义与伊斯兰教

艾哈迈德所进的这座清真寺叫作"伊斯兰教中心"(231),位于新景象市中东移民聚居区的一幢三层小楼里。小楼的一层是一家美甲店和一个兑款台。二层原先是一个舞蹈班的训练厅,后来被伊斯兰教中心租来用作礼拜厅。三层是清真寺的阿訇拉希德为小学生开办的一个《古兰经》学习班。七年前,11岁的艾哈迈德刚来时,学习班里有八九个孩子,年纪在9岁至13岁之间。陆陆续续地,其他孩子都走了,如今只剩下艾哈迈德

---

① 艾哈迈德的中学辅导员杰克·莱维曾向艾哈迈德的母亲特里萨求助,请她说服艾哈迈德毕业后升学深造、争取一个"与其潜力相符的未来",但特里萨却说人不是"可塑的泥团",人生"不可控制",只能"顺其自然"(91)。

一个学员。艾哈迈德不大喜欢拉希德,只是按照《古兰经》和《穆罕默德言行录》①里的要求尊敬他,坚持学了下来,在这里获得了"新生"(99)。

关于拉希德的个人情况,包括他的家庭背景、生活经历和内心活动等,《恐怖分子》并没有提供多少信息。书里有一些零星简介,但也留下了很多疑问,比如书里提到他的祖籍是也门、来美国生活有 20 年了、已经熟练地掌握了英语并为此而深感自豪(168),但没有交代他为什么要离开也门移民美国、怎么掌握的英语、受过什么样的教育。另外,这个神秘的来路不明者的最后去向也无人知道。书里最后只说他"消失了"(300),没有交代他是如何消失的或他的消失是如何被发现的。此类信息的缺失给读者对他的想象和把握造成了不小的困难。把散见于书里的只言片语集中起来,我们只能为他的外貌绘制这样一幅简图:他身材瘦削,"如同一把匕首"(145);面色苍白,也许是因为他祖上都是"裹扎严实的也门武士"(13);身上散发着一种"危险的诡秘",灰色的眼睛却带有几分"女子气"(145),曾经见过他的特里萨觉得他有同性恋倾向,艾哈迈德对此也有所"警觉"(166)。艾哈迈德来清真寺是为了寻找父亲,这一点拉希德清楚,但他不把艾哈迈德看作埃及人,而是把他看作美国人,认为"父亲缺失"是美国这个"堕落的无根社会"的标志之一(145),艾哈迈德的身份危机就是这个社会所导致的必然结果。另外,他年纪比艾哈迈德"大不了多少"(7),可能大出十来岁,因此他看艾哈迈德时的眼神里有"兄长""嘲笑"和"敌对"的成分(145),并没有为艾哈迈德提供一个他所渴望的慈父角色,尽管叙述者曾把拉希德称作艾哈迈德的"代理父亲"(7)。

在清真寺里没有找到父亲的艾哈迈德却出乎意料地找到了比父亲重要得多的上帝,从而获得了更大意义上的"新生"(99)。② 这一新生的一个明显表现,就是艾哈迈德对待商品的态度发生了根本的改变。他记得小时候跟母亲逛商场,走在堆满商品的货架之间的一条条散发着"香气"

---

① 《古兰经》的补充文献。
② 叙述者说道,自从找到上帝,上帝就成了艾哈迈德"无形但可感的伙伴,永远都和他在一起",成了"他幸福的来源"。(39—40)

的通道里,寻找着自己"梦寐以求的"电子游戏或其他商品,经常会不由自主地迷失在"购物的虚假快感"和"产品极大丰富的诱人假象"之中。是伊斯兰教给了他抵御物质诱惑的"免疫力",使那些花哨无用的商品在他眼里变成了"魔鬼",使他在那些催人消费的卡通漫画中看到了"谋杀",使他认识到"来世的纯乐"才是真实的快乐,而不是"空洞的神话"。也正是因为有了这一脱胎换骨的物质观,艾哈迈德后来在雇他为送货司机的旧家具店里看到堆满家具的库房时,立即就闻到了一股"死亡之气",想到了库房的地板和天花板所反映的那种"无上帝生活"的"局限""堵塞"和"绝望"(151—152)。

作为艾哈迈德的这种新生的第一见证人,他母亲特里萨对于他的变化深有感触。她说她对伊斯兰教"感谢不尽",因为伊斯兰教使艾哈迈德成为一个"好孩子",从来也没有给她制造任何"真正的麻烦",与她医院同事的孩子们完全不同。那些孩子要什么家里就给什么,结果却变得"极为害己害人"。艾哈迈德则从小就"听话""顺从",结果顺利地长大成人,如愿地当上了薪水可观的货车司机,不但长得像他父亲一样"英俊",还"完全没有他的懦弱"(239—240)。

艾哈迈德不仅是母亲眼里的好孩子,也是学校老师和单位老板眼里的好孩子。中央高中的辅导员杰克第一次接触艾哈迈德,就发现这孩子身上有某种他所"喜欢"的东西,那就是他的"庄重"和"礼貌"(34)。杰克知道艾哈迈德的学习成绩不错,所以就建议他高中毕业后进大学深造。艾哈迈德却决定按拉希德的建议高中毕业后就工作,不上大学,说大学里教的都是"低劣的哲学和低劣的文学",对于穆斯林只有"腐蚀作用"。他还认为,由于不信上帝,整个西方文化都腐败不堪,充斥着"色情和奢侈品"(38),电视总是借性来推销商品,学校里教的历史完全是殖民主义的历史,包括基督徒对印第安人搞种族灭绝、在亚洲和非洲搞颠覆、现在又对伊斯兰世界发动军事打击。发现自己无法改变艾哈迈德有关毕业去向的想法,杰克就问他是否真的认为信仰至关重要。艾哈迈德给了他一个不容置疑的回答,说上帝"在我体内,在我身边",还说他11岁时就找到了信仰。杰克觉得这太"奇特"(42)了,因为他自己11岁开始叛逆,什么都不信。

经拉希德介绍,拿到货车驾照的艾哈迈德在来自黎巴嫩的两兄弟哈比卜和莫里斯开办的旧家具店里找到了运送家具的工作。来家具店面试那天,艾哈迈德见到了哈比卜及其儿子查理。交谈中,他们父子二人似乎有意地表达了相反的观点,想看艾哈迈德怎么判断和选择,以检查他是否真的像拉希德在介绍中称赞那样"非常虔诚"。哈比卜表达了他对美国的好感,认为在美国"一切都简单明了","生意好做",尤其是在20世纪60年代他刚来美国的那个时期:"基督徒、犹太教徒、阿拉伯人,无论谁,还有夹在中间的黑人、白人——所有人都相处融洽。"他不能理解眼下出现的这些仇恨,认为在这个"诚实、友好的国家"里,人们仍然拥有美好的未来:"我们将不会有任何问题。"查理则表达了完全不同的观点。他也从20世纪60年代谈起,说那时不同种族并非"相处融洽",那时就有黑人争取民权的斗争,而且类似的斗争无时无刻不在发生:"在美国,没有任何东西是无偿的,一切都是斗争。……看看美国在国外的所作所为吧——战争。他们把一个犹太人国家硬塞进巴勒斯坦,恰好是在中东的喉咙那里,现在他们又入侵伊拉克,要把它变成一个小美国,占有那里的石油。"(147)①查理一边说一边观察艾哈迈德的反应,并且直接询问他的看法。艾哈迈德明确表达了批判美国的立场,说人们在这个国家寻找"正道""不容易",因为这里的道路"太多",而"毫无目标的自由就变成一种牢笼"。(148)接过牢笼这一话头,查理又谴责美国囚禁的人太多、在关塔那摩集中营里虐待战俘等做法。对此哈比卜表示反对,说那些战俘太"危险",应该受到惩

---

① 有评论说《恐怖分子》没有写美国的对外政策这一导致恐怖主义的主要原因。瓦尔什就曾批评厄普代克写艾哈迈德的行为没有涉及"美国在中东事务中的任何问题",忽视了"美国的掠夺性外交政策"是致使"阿拉伯和穆斯林世界痛恨帝国主义阴谋"的根本原因。(David Walsh, "John Updike's *Terrorist*," *World Socialist* Web Site, 25 August 2006, <http://www.wsws.org/articles/2006/aug2006/updi-a25.shtml>. Accessed 9 June, 2023.) 这类观点有欠客观。《恐怖分子》其实多次写到美国的外交政策,涉及的具体问题包括支持以色列、向中东输出价值观、派兵入侵、掠夺那里的资源等,仅直接或间接提到伊拉克战争的地方就有十多处。

罚,因为他们所发动的是旨在"消灭美国"的"圣战"。发现哈比卜对于穆斯林的"圣战"有误解,艾哈迈德立即纠正道:"圣战不一定指战争。它指努力,沿着上帝指引的道路。它可以指内心的斗争。"①听了此话,哈比卜一直在打量着他的眼光里又显露出一种"新的兴趣"。他"真诚"地称赞艾哈迈德道:"你是个好孩子。"查理搂着艾哈迈德的肩膀对他说,他父亲的评语十分难得:"他不是对任何人都那么说的。"(149)

哈比卜还在其他场合对艾哈迈德作过类似评价。劳工节②前不久的一天,艾哈迈德跟查理运送家具忙了一整天。看到艾哈迈德任劳任怨的样子,想到艾哈迈德进店以来整个夏天都是这样兢兢业业,哈比卜忍不住夸他是"极好的孩子"(215),并问他是否愿意在店里继续干下去。艾哈迈德表示愿意,说他喜欢开车。哈比卜说他觉得艾哈迈德"聪明、顺从",应该接受更多教育。但艾哈迈德否定了这种必要性,认为更多的教育会"弱化他的信仰",高中阶段的教育已经使他对很多东西产生了怀疑,而他却想沿着上帝指引的"更为纯洁的方向"前进。对于这样一个青年,哈比卜不但喜欢,而且信任。当查理问哈比卜是否相信艾哈迈德会在离开家具店前把门窗都关好时,哈比卜反问道:"那还用问吗?他是个好孩子。就

---

① 德亚伯指责厄普代克根据西方的传统视角看待穆斯林,使得《恐怖主义》里的穆斯林"自始至终"都是"暴力的、偏狭的、憎恨生命的"。(Mohammed Deyab, "A Neo-Orientalist Narrative in John Updike's *Terrorist*," *Egypt at the Crossroads: Literary and Liguistic Studies*, *Proceedings of the 9th International Symposium on Comparative Literature*, Cairo, Egypt, 4 November 2008, 1—24.)但《恐怖主义》里的艾哈迈德对于"圣战"这一重要概念的解释显然不符合西方传统,而是符合伊斯兰教传统的。作为50位"全世界最有影响力的穆斯林"之一的著名伊斯兰教学者叶海雅曾这样讨论过"圣战":"在西方,'圣战'被看作完全消极的东西——它被简单地描述为对无信仰者发动神圣的战争。然而,在伊斯兰教里,圣战是积极的东西。它包括两个方面:旨在抑制内心的消极和自毁力量的内部圣战;旨在用语言和行动对抗暴力和暴政的外部圣战。至于后者,它也有交战规则,禁止危及平民、伤害动物甚至砍伐树木。前一种自我内部的圣战被认为是最为重要的。据说穆罕默德,愿上帝给他保佑和安宁,曾说过:'人们所开展的最好的圣战就是使自己对全能真神获得更多认识的那种圣战。'上帝的代言人还说过:'我们目前正在由小圣战返回大圣战(自我内部的那种斗争)。'"见 Harun Yahya, *Islam Denounces Terrorism*(Bristol, England: Amal Press, 2002), 11.

② Labor Day,九月的第一个星期一。

像家里人一样。"(216)

　　这样一个好孩子这天之所以要最后一个离开家具店,是因为查理为他和一个姑娘在家具店库房的二楼上安排了一次幽会。直到上楼见到人,艾哈迈德才知道这个姑娘竟是乔瑞林。比较而言,乔瑞林是艾哈迈德在中学里交流最多的同学,也是他最有好感的女生。乔瑞林对艾哈迈德也有较为深入的了解,为我们提供了一个观察艾哈迈德的可靠角度,尤其是关于他作为穆斯林所理解以及所体现的"好"品质的意味。

　　艾哈迈德与乔瑞林的第一次深入交流,是在他应邀去乔瑞林所在的教堂听她唱歌之后。在陪乔瑞林回家的路上,艾哈迈德称赞乔瑞林的嗓音"很纯",同时也指出她用嗓音的方法"不纯",说她唱得"太感性"(68)。他告诉乔瑞林:"我是个好穆斯林,在这个嘲弄信仰的世界里。"但乔瑞林却把"好"分成两种,一种是好人,另一种是好感觉。她问艾哈迈德:"你是否想过要有好感觉,而不是做好人?"显然,乔瑞林认为做好人和有好感觉不是一回事儿,起码是可以分开的。艾哈迈德则认为它们难以分开:"也许它们是相伴而生的。感觉和人品。"(69)接着,他就应乔瑞林的要求谈了乐趣和为人在他生活中的结合情况。在中央高中的学习之余,他每周要去两次清真寺学习阿拉伯语和《古兰经》。他是学校足球队成员。为了贴补家用,他每周要在商店里工作12个至18个小时。在商店里,观察不同顾客和奇装异服成了他的一种乐趣。伊斯兰教并不禁止人们看电视和上电影院,也不禁止人们以正当的方式与异性交往。所谓正当方式,就是一定要保证双方尤其是女方的纯洁。"纯洁本身就是目的。正如我们所谈到的,那既是好人品,又是好感觉,"(71)艾哈迈德对乔瑞林强调道。至于乔瑞林所问的这种纯洁的意义,艾哈迈德回答说:"如果这个世上没有任何真的东西,那么它就太可怕了,不值得留恋,我就会毫不惋惜地离开它。"乔瑞林听后惊叹道:"你真是一百万人里才可能见到的一个。"同时,乔瑞林又觉得他这么想似乎有点"痛恨生命"(72),痛恨使生命成为可能的肉体。艾哈迈德明确表示他并不痛恨生命,"但也不做它的奴隶"。艾哈迈德这么说着,心里产生一种俯视小爬虫时的"高大"感(73)。

艾哈迈德维护纯洁性尤其是女性的纯洁性的意志，在他与乔瑞林的这次幽会过程中得到了较为充分的表现。查理之所以要安排这次幽会，是想让艾哈迈德获得他从未有过的性经验，但这么做也是要破除他在性方面的纯洁性，即乔瑞林所说的要对他实施"破处"(217)。起初，当查理说艾哈迈德有一个"幽会对象"在楼上等他时，艾哈迈德以为查理为他准备了一笔夏季季度奖，没想到他真的为他找了一个"幽会对象"，因为两个月前查理说到此事时艾哈迈德明确谢绝过。当时，查理说要为艾哈迈德找一个性伴侣，艾哈迈德在感谢了他的好意后说明了他不能接受的原因："不结婚就那么做违反我的信念。"查理就说他想为艾哈迈德找的不是信奉伊斯兰教的好姑娘，而是不信教的妓女，这样艾哈迈德无论对她做什么都没有关系，但艾哈迈德坚持说他"不想要肮脏"(185)。查理就问了一个与乔瑞林的问题相似的问题，即他是否热爱生命及其不可或缺的日常乐趣，艾哈迈德不假思索地答道："但是，如果我如你所言热爱生命，那么我是把它看作一个来自上帝的礼物，给予和收回由上帝决定。"对于信仰如此坚定、思想如此纯洁、工作又是如此积极的艾哈迈德，查理也情不自禁地发出"好孩子"(186)的赞叹。

直到这个好孩子上了楼，他才发现查理真的为他找了一个"幽会对象"，而且这个对象是他所喜欢的高中同学乔瑞林。乔瑞林也没有想到，她的男朋友泰勒诺尔要她提供服务的对象是艾哈迈德。查理是找泰勒诺尔谈的服务要求，并且预付了费用，泰勒诺尔就把任务交给了乔瑞林。由于查理没提服务对象的姓名，泰勒诺尔和乔瑞林就想不到这个服务对象会是他们圣徒一般的高中同学。由于查理不知道泰勒诺尔会找谁提供服务，艾哈迈德也就想不到这个幽会对象会是乔瑞林。这两个中学里的好学生毕业分开后竟在这一场合意外重逢，难免会为对方感叹一番。乔瑞林说："你知道，艾哈迈德，原谅我这么说，在学校时，我原以为你会从事比那要好一点的工作。某种能让你的智力能派上更大用场的工作。"对此，艾哈迈德回应道："哦，乔瑞林，我也可以这么说你。上次我认认真真地看了，你们穿的是唱诗班的长袍。你现在穿着妓女的衣服，说着要为人破处,又是在干吗呢?"(218)总之,他们二人都觉得对方的所作所为与其素质不符。但务实的乔瑞林很快又回到她此行的目的,直截了当地问起艾哈迈德想要什么样的服务。听到艾哈迈德说他"无法忍受"她的说话方式,乔瑞林反问道:"什么样的说话方式呢,艾哈迈德?你的头脑还在天上的阿拉伯乌有乡里吗?我只是想把话说明白了。让我们脱掉一些衣服,再找一张床。"(219)艾哈迈德连忙叫她别脱,对她解释说:"我尊重过去的你,但无论如何不想不按《古兰经》教导,与一个穆斯林好姑娘正式结婚之前破处。"(220)乔瑞林说她知道艾哈迈德喜欢她,艾哈迈德则回应道:"我正是因为太喜欢你,所以不能把你当作妓女。"(221)

最后,在已领服务费、执意要履行合同的乔瑞林的坚持下,艾哈迈德同意让乔瑞林脱掉衣服,自己不脱,为的只是和她躺在一起说说话,不做任何令她"厌恶"(223)的事。艾哈迈德问了乔瑞林唱诗班的情况,得知她已为泰勒诺尔退了出来。乔瑞林问了艾哈迈德的上帝的情况,艾哈迈德坦率地承认自己在上帝的问题上有想不通的地方:一方面他知道想象上帝具有人类的感觉是一种亵渎;另一方面他又总是情不自禁地觉得上帝太孤独,因为自私的人类不为上帝着想。乔瑞林叫艾哈迈德设法超越这些"荒唐的想法",否则就会被它们"逼疯"(225)。发现艾哈迈德的下身并没有因为他们谈论上帝而变软,乔瑞林就叫艾哈迈德不要动,由她这个"肮脏的"女人来承担安拉的"谴责"。这样,乔瑞林既完成了自己的任务,又让艾哈迈德保持了他的贞洁。完事之后,乔瑞林兴奋而又不无戏谑地对艾哈迈德说:"你瞧。你把你的裤子弄脏了,但是……对于你那戴着头巾的新娘,你依然是一个处男。"此刻的艾哈迈德却否定了这样一个新娘的存在,而是把乔瑞林称作"最接近"(226)其理想的新娘。艾哈迈德的评价并不过分,尤其是在乔瑞林的智力方面,因为当乔瑞林提醒艾哈迈德说有人正在"豢养"他时,他还完全不知豢养者是谁以及为什么要豢养他。乔瑞林也不能确定豢养者的身份和目的,但她觉得查理如此关照艾哈迈德,背后定有某种阴谋,所以她才真的像艾哈迈德的妻子那样真诚地建议他"离开那辆货车"。对于这一建议,艾哈迈德并没有采纳,觉得自己就像乔瑞林离不开泰勒诺尔那样离不开那辆货车及其背后的一切:"我们都寻找依靠,无论多么不幸。"(227)这里,艾哈迈德也是在说,他要把自己的信仰坚持到底。

艾哈迈德的伊斯兰教信仰的坚定程度,就连他的导师拉希德也没有达到。在《古兰经》里,艾哈迈德能够发现有关上帝的"仁慈"的意象,拉希德却说那些意象只是表达人们与上帝的"分离之苦"的"比喻",与上帝的"仁慈"无关。艾哈迈德注意到拉希德的眼神"难以捉摸",觉得他的话像中央高中教师的话那样"不可信",甚至还在其中听出"撒旦的声调"。(6)艾哈迈德不能容忍自己所尊敬的导师内心有鬼,所以每当他在拉希德的声音里听到这种声调,他就"想起身把他压碎"。"学生的信仰超过了导师",这也令拉希德非常"害怕",所以他不得不设法"柔化"(4)先知的言语,以维护自己的尊严。在害怕自己丧失尊严的同时,拉希德也无法不喜欢这个在他的《古兰经》学习班里唯一坚持下来的学生,无法不欣赏这个学生的坚定信仰对他的启发。在艾哈迈德决定承担炸毁林肯隧道的任务之后,拉希德也曾坦率地向他承认:"亲爱的孩子,我很怀念我们一起学习《古兰经》、讨论重大问题的那些时光。我也学到了一些东西。你的单纯有力的信仰丰富和强化了我的信仰。像你这样的人太少了。"(232)

拉希德说艾哈迈德的信仰"单纯有力",也是在说艾哈迈德本人"单纯有力",就像好用的工具一样。查理带艾哈迈德去看那辆将由他驾驶的炸药车时,他们曾与两个制造和安装炸药的技师谈到有关工具的话题。首先是这两个技师看上去像工具。艾哈迈德注意到:"他们不可能作出任何人类的反应,表达任何微妙的同情或幽默;他们是工作人员、士兵、部件。"(246)在与他们的交谈中,艾哈迈德和查理先后问到他们对于穆巴拉克、沙特王子、卡扎菲等人的看法。那个年长的技师回答说,他们都是"工具"。听着他们的谈话,看着那辆装满炸药的"丑陋的"白色货车,艾哈迈德感到自己也像工具,跟那辆车一样"可有可无"(249)。在技师的指点下,艾哈迈德很快就学会了如何使用引爆装置,赢得了技师们的肯定。那个年轻的技师夸他"非常勇敢"。那个年长的技师说他想当"安拉的英雄"

是选择了一条"正确的道路"。(250)

那么艾哈迈德是如何在这条"正确的道路"上变成一个恐怖分子的呢？一个主要原因就是他的《古兰经》导师拉希德的影响。那些批评厄普代克的《恐怖分子》敌视穆斯林的人也许没有充分注意到,在《恐怖分子》里,拉希德其实并不能代表穆斯林。前面提到,拉希德的信仰不如艾哈迈德坚定。此外,厄普代克还多次写到拉希德有意曲解《古兰经》。对于艾哈迈德在《古兰经》里发现的那些表现上帝的仁慈的意象,拉希德说它们表现的是人类与上帝分离后的"强烈痛苦"以及人类违背上帝后的"深切懊悔"。(6)不难看出,拉希德这么做是想掩盖上帝的仁慈的一面,突出上帝作为统治者、审判者和惩罚者的形象,为了培养艾哈迈德对上帝的绝对服从和对异教徒的刻骨仇恨。应邀去听了乔瑞林所在的唱诗班的演唱之后不久,艾哈迈德在《古兰经》学习班里向拉希德提出,《古兰经》第3章里的那首写不信教者就无法把上帝所赐的时间当作恩惠的诗以及其他一些类似的诗,是否可以认为其中并不包含"某种虐待狂的意味":"上帝的目的难道不像先知所阐明的那样是使不信教者信教吗？无论怎样,他难道不该善待他们而不是幸灾乐祸吗？"(76)听完这些问题,拉希德先是反问艾哈迈德是否同情在粪便和腐肉上乱爬之后又跑到他食物上的蟑螂和苍蝇。在得到艾哈迈德否定的回答后,他就对不信教者的特点和上帝的态度作了这样的概括:"他们没有感情。他们是撒旦的化身,因此上帝就要在最后的审判那天消灭他们。上帝会因他们痛苦而高兴。你也应该这样,艾哈迈德。认为蟑螂值得同情,就是把你自己置于至慈者之上,就是认定你比仁慈的上帝更仁慈。"艾哈迈德并不能完全接受拉希德的说法,想到乔瑞林不信教也照样富有感情,但又觉得不应与导师争辩,而应"学习"和"服从"(77),便默然接受了。

必须按照上帝的意愿毫不留情地消灭不信教者,这是艾哈迈德从拉希德那里接受来的最主要的观点之一,也是他成为恐怖分子的一个主要思想根源。除了对于不信教者的看法,艾哈迈德还从拉希德那里接受了许多其他看法,包括对于女性的看法、对于美国的看法、对于教育的看法、对于知识和相对主义的看法、对于毕业去向的看法、对于自由的看法。

当乔瑞林在故事里第一次出现、想邀请艾哈迈德去听她的唱诗班演唱时,艾哈迈德以为她对他感兴趣、想靠近他更好地闻一闻他的气味。这时,艾哈迈德立即想起了拉希德对于女人的看法——"女人是易受诱惑的动物",然后就把乔瑞林就看成"盲目的"(10)动物,把她的邀请也不当回事,理直气壮地加以了"指责和拒绝"(11)。

在高中毕业后的去向问题上,艾哈迈德按照拉希德的想法选择了就业。对于这样一个严重干扰了自己工作的阿訇,艾哈迈德的辅导员杰克感到了"厌恶"(37)。他认为艾哈迈德品学兼优,毕业后应该进大学深造。对此,艾哈迈德"勇敢"地借用拉希德对于大学的看法表示反对:"他说,选择上大学将使我遭受不良影响——低劣的哲学和低劣的文学。西方文化中没有上帝。"根据拉希德这一观点,艾哈迈德还作了进一步的发挥:"而且因为它没有上帝,它就沉溺于色情和奢侈品。看看电视,莱维先生,它是多么惯于利用色情向你推销你不想要的东西。看看学校里教的历史,完全是殖民主义。看看基督教如何对美国的土著人搞种族灭绝、在亚洲和非洲搞破坏、现在又开始攻击伊斯兰世界。华盛顿的一切都受犹太人支配,为了使他们自己能继续待在巴勒斯坦。"(38)

杰克没有想到艾哈迈德竟有这么多不上大学的理由,但他不甘心放弃,试图在思维方式上再作些努力。他问艾哈迈德,那位阿訇是否认为,像他这样一个"聪明"的孩子,生活在美国这样一个"多元和宽容"的社会里,他有必要接触"各种不同观点"。艾哈迈德以"令人惊讶的速度"断然加以否定,说拉希德认为:"这样一种相对主义的做法会矮化宗教,使它丧失重要性。你信这,我信那,信什么都行——那是美国的做法。"得知拉希德不但"不喜欢"美国的做法,而且还"痛恨"它,杰克就问艾哈迈德是否也痛恨。艾哈迈德略显"羞涩"地说自己"并不痛恨所有的美国人",但也认为美国的做法是"无信仰者的做法",会陷入一种"可怕的绝境"。(39)

接着,故事叙述者介绍道:"他(艾哈迈德)没有说,美国想夺走我的上帝。他既要在这个疲倦、蓬乱、不信上帝的老犹太人(杰克)面前保护他的上帝,也要保守他的猜疑,即导师拉希德说教时之所以如此极端绝对,就是因为上帝已从他的灰白色也门人眼睛、像非洲妇女一样难以捉摸的灰蓝色眼睛背后悄悄地溜走了。"(39)叙述者这里想说,艾哈迈德既不同于杰克,也不同于拉希德。杰克是嘴上和心里都不信上帝,拉希德是嘴上说信但心里不信,只有艾哈迈德才是嘴上心里都信的真信徒。因此,叙述者归纳说:"艾哈迈德已经习惯于担任上帝的唯一守护者,上帝也成为他的一个无形但可感的伙伴。上帝永远和他在一起。正如《古兰经》第 9 章所言,汝等除了上帝别无其他赞助人或帮助者。上帝如同贴近他的另一个人,是与他身体内外完全连在一起的连体双胞胎,他也可以随时向他祈祷。"(39—40)杰克终于意识到,他是无法改变这样一个学生的毕业去向的,只能"叹气"(40)认输。

　　上述讨论可以表明,尽管拉希德并不是一个真正的穆斯林①,他的信仰不如艾哈迈德虔诚坚定,但他对艾哈迈德的影响非常大。拉希德影响艾哈迈德的方法主要有两个:一是架空经典;二是蓄意曲解。

　　所谓架空经典,主要指拉希德在指导艾哈迈德学习《古兰经》时蓄意突出它的语言特点,忽视它所表达的真实意思及其与现实的联系。《恐怖分子》详细描写了拉希德指导艾哈迈德学习《古兰经》第 105 章《象》②的过程。拉希德先是叫艾哈迈德"带着节奏感"朗读此章,自己"闭上眼睛,为了更好地听"(101)。听到艾哈迈德把一个阿拉伯语单词中的 s 和 h 这两个音连起来读成 sh,拉希德立即加以纠正,说这两个音虽然靠在一起,但应该分开读,就像读英语词 asshole 中的 s 和 h 那样。拉希德还就如何朗读古阿拉伯语对艾哈迈德提了一些别的要求,包括喉塞音不要发得太重、发难音时要注意节奏、要重读行尾音节或押韵音节、要注意重读两个辅音之间的长元音或夹在前单辅音和后双辅音之间的短元音等。拉希德

---

① 格雷认为,宗教对恐怖分子而言不过是旗号和工具,不是虔诚信奉的传统对象。他指出,恐怖分子在思想上"最接近"的是"19 世纪革命性虚无主义",而不是"中世纪宗教"。John Gray, "Why Terrorism Is Unbeatable," *New Statesman* 25 February 2002: 50—53。

② 有关《古兰经》的汉译参考了马坚译:《古兰经》,北京:中国社会科学出版社,2013 年。

还叫艾哈迈德读诗时保持呼吸的流畅,尤其是鼻腔的通畅,以便能让他听到"沙漠上的风"(103)的声音。由此可见拉希德对《古兰经》语言特点的关注程度。有时,艾哈迈德甚至觉得,"他的导师生活在一个由纯语言构成的半真世界里,最喜爱的是《古兰经》里的语言"。至于拉希德之所以关注《古兰经》语言特点的原因,可以从三个方面去思考:一是对语言感兴趣。他也确实有这方面的天赋;书里提到他对自己来到美国不久就掌握了一口"流利的英语"深感"自豪"(168)。二是想在学生面前表现自己的学识,树立自己的权威。三是要把牢解释权,为在《古兰经》里添加自己的想法、改变艾哈迈德的理解作准备。

其实,拉希德指导艾哈迈德学习《古兰经》并没有停留在语言层面上,他也问"说了什么""意味着什么"之类的问题。在《古兰经》的思想内容方面,拉希德主要作了三个方面的指导:首先,他叫艾哈迈德对所读经文进行归纳和解释,然后他就经文的背景和文本提出问题,质疑或推翻艾哈迈德的理解;其次,通过回答自己所提的问题,表现自己和上帝的权威;再次,介绍"敌人"对于《古兰经》的解释,教艾哈迈德明辨敌我、在敌我思想斗争中进一步坚定为圣战和上帝献身的立场。比如,在艾哈迈德读完《古兰经》第 105 章后,拉希德先叫他复述这一章的内容。在给了他的复述一个"大致正确"的评语后,拉希德便说此章有关"stones of baked clay"所构成的墙在鸟群的攻击下倒塌的说法"有点神秘",还说《古兰经》的那些"不完美之处"主要源自"我们的无知"(104),我们甚至都不能确定此章的标题真的是指大象(al-Fil)还是阿布拉哈(Abraha)的君主阿尔菲拉斯(Alfilas),也不能确定此章里的鸟群有无可能是一个隐喻、指的是弹弓射出的弹丸。总之,拉希德想强调,《古兰经》"亟需解释,而过去 14 个世纪里出现的解释各不相同",比如对于在《古兰经》其他章里没有出现过的"abdbil"一词的解释,许多难点可能"只有上帝才能理解"(105)。

最值得关注的是拉希德对西方《古兰经》研究的介绍。在他的介绍中,那些信奉无神论的西方学者"无知而又恶毒",把《古兰经》看作"一堆以最幼稚的顺序仓促堆叠起来的碎片和赝品",其中包含了"无尽的晦涩和疑难";有的西方学者甚至声称,在第 44 章《烟雾》和第 52 章《山岳》里,长期被以为表示"长着黑色大眼睛的处女"的那些词指的其实是"水晶般澄澈"的"白葡萄干"。厄普代克列举这些不同解释,不排除有增加《古兰经》研究描述上的学术性和真实性的意图①,拉希德向艾哈迈德介绍这些"无知而又恶毒"的西方学者的研究却另有意图。介绍完这些研究,指出了有关天堂处女的"重新解释"会使得天堂在许多男青年眼里"魅力大减"之后,拉希德立即向艾哈迈德问道:"作为一个英俊的男青年,你对此怎么看?"问完问题,他"身体更加前倾了一点","嘴唇和眼皮期待地张着"。得知《古兰经》和天堂被如此问题化,艾哈迈德深感"震惊",但他仍然给出拉希德所期待的回答:"我向往天堂。"(106)为了强化艾哈迈德的这种"向往",拉希德连忙补充道,天堂不仅本身迷人,也是所有穆斯林都"热切向往的地方"(106—107)。得到了艾哈迈德的赞同后,拉希德进一步指出,穆斯林都渴望离开这个现实世界,因为它与天堂相比"太黑暗凄凉"。艾哈迈德似乎只能点头称是。拉希德这时又回到之前问过的那个问题,想确认一下艾哈迈德的态度:"即使那些黑眼睛的处女不过是白葡萄干,也不会减弱你对天堂的向往吗?""不会,"艾哈迈德明确答道。总之,通过介绍"敌人"对于《古兰经》的解释,拉希德一步一步地诱使艾哈迈德明确表示,无论在什么情况下都不怀疑天堂的美、不放弃对天堂的向往、情愿为了天堂而放弃现实世界,从而为把艾哈迈德变成恐怖分子奠定了思想基础。

这里还有一点值得注意的,那就是拉希德一直使用二元对立的方法。他称西方学者为"敌人",把他们与穆斯林对立起来。他把现实世界与天堂对立起来,强调天堂的光明美好和现实世界的"黑暗凄凉",提出进天堂就必须以离开现实世界为条件。他还为艾哈迈德制造了其他一些二元对立。比如他叫艾哈迈德不要再去黑人教堂,说"脏东西有亮丽外表,魔鬼

---

① 有评论注意到厄普代克为增加此书的真实性所作的辛勤调研。戈什称赞厄普代克"认真阅读"了《古兰经》,"深入钻研"了有关研究。Amitav Ghosh, "A Jihadist From Jersey," *The Washington Post* 4 June 2006.

善于模仿天使"(109),把黑人教堂和清真寺对立起来,认为清真寺纯洁而黑人教堂肮脏、穆斯林是天使而黑人信徒是魔鬼。拉希德的这种二元对立的思维方式对艾哈迈德产生了很大影响。书里写到拉希德要艾哈迈德朗读《古兰经》第64章《相欺》里的第14首诗,并要他解释为什么诗里说妻子和孩子是敌人。艾哈迈德自觉不自觉地按照二元对立的思路把妻子和孩子与圣战对立起来,说他们之所以是敌人,是"因为他们使你无法全身心地投入圣战,无法全身心地投入使自己神圣、更接近上帝的斗争"。对于这一解释,拉希德给了一个"完美"。对于作出这一完美解释的学生,拉希德给了一个"极好"(108)。这就是说,无论在思想上还是思路上,艾哈迈德这时都已达到其导师心目中理想圣战者的标准。终于有一天,从查理那里得知艾哈迈德愿为圣战献身之后,拉希德给艾哈迈德布置了"任务"——在"9·11"事件纪念日前后,开着装满炸药的货车去实施一项爆炸,向"地球撒旦"传达一个信息:"我们可以随意发动袭击。"(236)

艾哈迈德向查理表示愿为圣战献身一事可以表明,在艾哈迈德变成恐怖分子的过程中,查理也扮演了重要角色。由于查理是美国中央情报局的特工,所以他在使艾哈迈德变成恐怖分子的过程中所扮演的角色,也就是中情局和美国政府所扮演的角色。前面谈到,在厄普代克的描写中,拉希德并不能代表伊斯兰教,他是一个打着伊斯兰教旗号培养恐怖分子、策划恐怖活动的恐怖分子。作为一个打入恐怖组织内部的中情局特工,查理虽然与拉希德有联系,但绝不是拉希德那样的恐怖分子。那么他又为什么要像拉希德那样打着伊斯兰教旗号将艾哈迈德变成恐怖分子,并参与策划恐怖活动呢?原因在于这是中情局设下的一个圈套,为了把真正的恐怖分子吸引出来一网打尽。也就是说,查理并不想让艾哈迈德当一个长期的恐怖分子,只想让他当一个短期的恐怖分子,当到他在无意识中帮助中情局抓到其他恐怖分子为止。中情局的这个圈套拉希德等恐怖分子不知道,艾哈迈德也不知道,直到他开车去执行爆炸任务的途中才听说。在此之前,小说读者对于这一圈套也是一无所知。这一圈套在如此长的时间内不为人知的情况能够说明,查理的伪装工作是相当成功的。

查理的伪装是否成功的一个重要标志,就是他是否赢得艾哈迈德的信任,是否成功地将艾哈迈德变成一个可以被他用来发现其他恐怖分子的恐怖分子。为了赢得艾哈迈德的信任,查理用的一个主要方法就是扮演得比穆斯林还要穆斯林、比恐怖分子还要恐怖分子,尤其是在指责美国方面。查理是拉希德介绍给艾哈迈德的,当时拉希德正在推荐艾哈迈德去查理的父亲和叔叔所经营的旧家具店担任运货司机。他向艾哈迈德介绍查理时说:"查理将……向你传授秘诀。你会喜欢他的,艾哈迈德。他是个非常地道的美国人。"(145)显然,拉希德在此之前就认识查理,对他有了一定的了解,而且喜欢他,把艾哈迈德交给他很放心。可见查理连老奸巨猾的拉希德也瞒住了。

第一次见到查理,艾哈迈德果然就喜欢上了他。查理三十来岁,身材高大,肤色黝黑,生性快乐,能说会道,爱开玩笑。他叫艾哈迈德的名字时把其中"迈德"的发音发成英语词"mad",问他在为什么发疯。他欢迎艾哈迈德来旧家具店工作,向他热心解释旧家具店店名的来历。也就是在这第一次见面的过程中,查理表现出他最吸引艾哈迈德的一面,那就是他批评美国的勇气和见解。他父亲哈比卜刚说完不解为什么如今人们这么仇视美国,查理就表示反对,并要艾哈迈德告诉哈比卜美国多么好战、问题多么严重。哈比卜叫艾哈迈德别信查理的宣传,又说查理心眼好,是个好孩子。查理仰天大笑起来,眼睛却保持警觉,仔细观察艾哈迈德的反应。艾哈迈德的反应肯定了查理对美国的看法。他先是指出,在毫无目标的美国,人们确实难以走上正道,然后又强调说,圣战可以指思想斗争,以保证人们走在上帝指引的道路上,在纠正哈比卜对于圣战的误解的同时进一步肯定了查理的观点。总之,第一次见面,艾哈迈德就喜欢上了查理,查理也成功赢得了艾哈迈德的信任。

艾哈迈德开始在旧家具店工作后,经常和查理一起出车送货,有了更多机会聆听查理批评美国。查理对艾哈迈德谈电视广告,开导"很少看电视"的艾哈迈德说,不看电视,不看电视里的商品广告,就不了解"控制这个国家的那些公司在对我们做什么"(171)。听到艾哈迈德说"电视并不鼓励纯洁的思想",查理非常赞同并反问道,除了"废话""哭哭啼啼的故事"和"彻头彻尾的宣传","那些媒体大亨还能向我们提供什么呢?"他接着又评论道:"那些新势力,那些跨国公司……想把人变成消费机器——鸡笼子社会。"(172)

查理还告诉艾哈迈德,不看电视广告,尤其是那些有关医药保健类商品的广告,就不知道美国已经疾病缠身、苟延残喘。艾哈迈德回应道:"这是一个害怕衰老的社会。不信教者不知道如何去死。"查理表示同意,并"谨慎"地问了一句:"谁知道呢?""真正的信教者,"艾哈迈德答道,"他们知道天堂在等候正派人。"(174)查理连忙用"绝对"和"毫无疑问"加以肯定,还对艾哈迈德说:"如果出现正当理由,我将会很愉快地将它变成现实。而你还太年轻。你的生活道路还长得很。"艾哈迈德没有在查理"生硬的反应"中听出他常在拉希德的声音中听出的那种"疑惑的颤音"和"轻柔的嘲弄"。他知道查理是个"世俗之人",但认为伊斯兰教在他的生活中也是一个不可或缺的部分,因此就坦诚地说出:"与伊朗和伊拉克的许多殉教者相比,我已经活得够长了。"(175)艾哈迈德这是在告诉查理,他也可以随时为伊斯兰教献身。这正是查理在貌似随意的谈话中通过"谨慎"的提问和"生硬"的引导所要探知的。

查理这时又找了一个批评对象。他说,学校里教的历史课上一般只讲华盛顿率领一群勇士于圣诞之夜偷渡特拉华河,打败了驻守在特伦顿城里的德国雇佣兵,俘虏了所有幸存者。查理想说,比这更重要的是,康沃利斯(Charles Cornwallis)①曾率大军从纽约赶往特伦顿围剿华盛顿的军队,以为在特伦顿南部成功实施了包围,没想到华盛顿的军队由林中小路摆脱了包围,挥师北上来到普林斯顿,而且这一切都是将士们在衣不遮体、数日未眠的情况下做到的。在普林斯顿,在战事对大陆军极端不利的关头,华盛顿骑着他的那匹白马率军直插英军心脏,并乘胜追击了溃逃的

---

① 康沃利斯(1738—1805),英国将军、政治家。美国独立战争期间出任北美英军副总司令,起初取得多场战役的胜利,最终在弗吉尼亚的约克敦(Yorktown)战役中大败后率军投降。

英军。艾哈迈德插话说,华盛顿追杀撤退的英军有点"残忍"。查理则启发他说,战争残酷但人却不一定。他告诉艾哈迈德,华盛顿是绅士,在普林斯顿战役结束后曾赞扬一位受伤的英军士兵勇敢。在费城,华盛顿曾保护被俘的德国雇佣兵不受愤怒民众的伤害。这些雇佣兵像大多数欧洲职业军人一样,通常会杀死战俘,因此他们对所受的人道待遇"极为惊讶"(180),以至于他们当中有四分之一的人在战争结束后留了下来成为美国人。

"你似乎对乔治·华盛顿非常痴迷,"艾哈迈德对查理说。发现艾哈迈德"已进圈套",查理就说无法不痴迷,尤其是对于关心新泽西的人,因为这是华盛顿获得声誉的地方。但是,查理更想告诉艾哈迈德的是华盛顿身上的一个"伟大之处",即华盛顿是一个"善于学习的人"(180)。在查理的解释中,华盛顿善于学习的特点主要表现在两个方面:一是他这个单纯封闭的弗吉尼亚农夫学会了如何与曾被他看作"粗野的无政府主义者"的新英格兰人相处,尤其是在如何对待不同种族的态度上,认识到"奴隶制是邪恶的东西";二是华盛顿在与强大英军作战的过程学会了"实事求是",即放弃不顾敌强我弱、固守传统打阵地战的错误做法,摸索出"打打藏藏"的游击战打法。说到华盛顿的游击战,查理便发挥起来,说"他向世界表明了怎么做才能战胜强大对手,战胜超级大国",并说那是越南、伊拉克和一切当地人最终战胜"帝国主义占领者"(181)的方法。最后,查理告诉艾哈迈德,"这些历史上的革命对于我们的圣战很有指导意义"。发现艾哈迈德没有反应,查理就用"试探性语气"问道:"你赞成圣战吧?""我怎么可能不赞成呢?"(183)艾哈迈德反问道,给了查理一个十分肯定的答复。查理谈论历史绕了一个大圈子,最终绕到圣战以及艾哈迈德对待圣战的态度上。这种谈论历史的动机超出了艾哈迈德的想象。这也许就是为什么当查理把美国的独立战争与穆斯林的圣战联系起来时,艾哈迈德一时不知该如何反应。

除了历史,查理也问了艾哈迈德一些日常生活方面的问题,以了解他的态度、坚定他的信念。他告诉艾哈迈德,不出三年,他就能够获得 A 级货车驾驶执照,就可以运送任何货物去任何地方,开始"挣大钱"(184)。

"那为了什么目的呢？像你说的那样，为了消费消费品吗？为我的这个终将变得衰老和无用的肉体提供衣食吗？"艾哈迈德问道，显然不认为金钱和肉体有多少价值。查理提醒说，生活的内容远不只是生与死，还有妻子、孩子等"重大的充满意义的生存问题"，然后就问起艾哈迈德对爱情的看法，说要履行承诺找个姑娘跟他上床。艾哈迈德说不结婚就那么做违反他的信念，查理便说先知本人就不是和尚，还说过一个男人可以娶四个妻子。他向艾哈迈德承诺，他只为他找妓女，不找纯洁的穆斯林姑娘，因此他无论对她做什么她都是"肮脏的不信教者"，对他们俩的声誉没有任何影响。但艾哈迈德明确表示不想要不洁之人。查理就问他到底想要什么、怎么看待活着、是否觉得"吸吸空气、看看白云"也要比死了强。艾哈迈德答道："只有不信教者才绝对怕死。"(185)查理便问艾哈迈德怎么看"日常乐趣"。艾哈迈德说自己热爱生命，但只是因为那是"上帝的恩赐"(186)。也就是说，在艾哈迈德看来，作为上帝的恩赐，生命的最大"乐趣"就是全心全意为上帝服务。

为了充分弄清和坚定艾哈迈德投身圣战的意愿，查理所做的一项重要工作是帮助艾哈迈德端正对"9·11"事件的认识。7月里的一天，在送货回家的路上，查理叫艾哈迈德把车开进了泽西城。他们来到隔河能够看见曼哈顿的公园里。看着哈德逊河东岸的下曼哈顿，查理对艾哈迈德说的第一句话是："看到那两座大楼消失了真好。它们样式丑陋，不协调，本来就不该建在那里。"艾哈迈德只是说，当时人们在新景象市里也能看到它们倒塌。查理提起那两座楼里的死亡者，说其中很多人都住在新泽西。艾哈迈德便说他"同情"他们，尤其是那些跳楼者。查理"连忙""像背诵一样"纠正道："那些人从事金融工作，都是为了增进美利坚帝国的利益，帮助这个帝国支持以色列，每天屠杀巴勒斯坦人、车臣人、阿富汗人和伊拉克人。在战争中，同情心就必须收起来。"艾哈迈德不能完全同意，争辩说："许多人只是保安和服务员。"(187)"在以他们的方式服务这个帝国，"查理强调说。"有些人是穆斯林，"艾哈迈德仍然在坚持。查理于是便语重心长地对他说了下面这番话：

艾哈迈德，你必须把它看作战争。战争就称心不了。总有附带损害。那些被乔治·华盛顿从睡梦中惊醒和击毙的德国雇佣兵，无疑也是些德国好孩子，会把薪水寄给家里的母亲。帝国吸取其臣民血汗的手法太聪明，以至于他们都不知道为什么他们会死、为什么他们没有力量。我们周围的这些敌人，这些孩子和穿短裤的胖子，拿眼睛瞪我们的——你注意到了吗？——是不会把自己看作压迫者和刽子手的。他们认为自己是无辜的，专注于过他们的个人生活。人人都是无辜的——他们是无辜的，那些从大楼上跳下来的人是无辜的，乔治·布什是无辜的，他只是一个来自得克萨斯的头脑简单、改邪归正的酒鬼，爱着他漂亮的妻子和淘气的女儿。然而，就是从所有这些无辜当中，邪恶莫名其妙地产生了。西方列强偷我们的石油，夺我们的土地——（187—188）

"他们夺我们的上帝，"艾哈迈德接着说，显然被查理的逻辑拉了过去。"是啊，"查理赞同道，"我也这么想。他们夺穆斯林的传统和他们的自我意识、他们对于自己的那种人人都有权享有的自豪。"接着，查理向艾哈迈德问道："那么，你会与他们战斗吗？"艾哈迈德说"会"（188）。"你愿意献身吗？"查理追问道。"当然，如果上帝需要，"艾哈迈德给了查理一个肯定的答复。查理便称赞艾哈迈德是"勇敢的好孩子"。为了落实中情局的反恐方案，查理希望艾哈迈德成为这样一个"勇敢的好孩子"，所以听到艾哈迈德说他愿意为圣战献身，查理应该为自己的努力所取得的进展而高兴。但查理毕竟不是恐怖分子，并不希望艾哈迈德成为真正的恐怖分子，不希望艾哈迈德在帮他完成任务后继续当恐怖分子，因此他听到艾哈迈德的庄严表态后内心感到了一种"崩溃"（189）。也就是说，查理非常清楚，在把艾哈迈德培养成恐怖分子的过程中，他负有不可推卸的重大责任。

三、恐怖主义与"美国宗教"

艾哈迈德之所以会成为恐怖分子，除了受被拉希德和查理所扭曲和利用的伊斯兰教的影响，也与作为伊斯兰教的敌人的"美国宗教"密切相关。

其实,在艾哈迈德及其导师拉希德的眼里,美国根本就没有真正意义上的宗教,那么这里所说的"美国宗教"指的是什么呢?"美国宗教"这一说法出现在一段写艾哈迈德对他母亲特里萨的看法的文字中。在艾哈迈德的看法中,特里萨是"典型的美国人,缺乏坚定的信仰及其所产生的勇气和安慰",也是"美国宗教"的典型"受害者"。按照艾哈迈德的理解,"美国宗教"或"美国自由宗教"(American religion of freedom)认为"自由高于一切",也就是说,自由就是它的上帝。① 但这种自由却不能告诉人们"应做什么和为了什么目的"。它就像"在空中爆炸的炸弹",炸完就什么也没有了,只剩下"空虚的空气"。"空虚的空气",在艾哈迈德看来,就是"美国自由的完美象征"(167)。艾哈迈德的这种理解借鉴了他的两位导师拉希德和查理的观点。拉希德和查理都指出:美国"没有能够使富人和穷人并肩膜拜的神圣大法,没有自我牺牲的行为准则,没有作为伊斯兰教核心内容的对于服从的崇尚。相反,这里有的却是各种相互冲突的个人追求,具体表达为'把握今天''谁最落后谁倒霉''上帝帮助自助者'"(168)。②

作为"典型的美国人",特里萨也曾对自己的"美国宗教"作过一番解释。第一次来艾哈迈德家家访时,杰克请求特里萨帮他改变艾哈迈德的想法,使艾哈迈德毕业后上大学而不是找工作。对于杰克的想法,特里萨根据她的"美国宗教"谈了一些不同意见。她说自己从不认为人是"可塑的泥团",因为"形状从一开始就是内在的"(90)。她说自己从艾哈迈德

---

① 布卢姆在其《美国宗教:后基督教国家的出现》一书中指出,"美国宗教"里的"基督是美国人而不是基督",除了"纯粹的内在自由",它"毫无教义可言"。Harold Bloom, *The American Religion: The Emergence of the Post-Christian Nation* (New York: Simon & Schuster, 1992), 25, 26, 28。

② 格里芬也很清楚"美国宗教"在美国至高无上的地位。他指出,在美国的基督徒当中,"美国信仰"(American faith)的地位远高于他们的基督教信仰,因为从未有过一个教会由于不同意他对基督教和上帝的看法而取消他的讲演,却有不止一个教会取消了他揭露"9·11"事件真相的讲演。David Ray Griffin, "9/11 and Nationalist Faith: How Faith Can Be Illuminating or Blinding," <http://rl911truth.org/index.php/related-911-articles/51-griffin-david-ray-911-and-nationalist-faith-how-faith-can-be-illuminating-or-blinding>. Accessed 18 April, 2024。

11岁开始就与他平等相待。他对伊斯兰教感兴趣,她就鼓励他,冬天放学时去清真寺接他。她还说,如果哪天艾哈迈德不信"上帝的诈骗"了,她也会"任其发生"。她认为宗教完全是一种"态度",是对生活说"是"。人必须相信世上存在目的,否则就会消沉。画画就不得不相信美会出现。画抽象画,没有美景或柑橘可以依靠,它就必须完全从你内心出来。你必须闭上眼睛,"飞跃一次",必须说"是"。既然艾哈迈德如此相信上帝,那就让上帝关照他。人的呼吸、消化、心跳是可以控制的,但"人生是不可控制的东西",只可"经历"。所以,特里萨给杰克的结论就是:"任其发生吧。"(91)①

在特里萨的理解中,"任其发生"就是完全遵从"美国宗教"的精神,就是给艾哈迈德充分的自由。但在艾哈迈德的感受中,这么做无异于不负责任和缺乏爱心。在他的记忆中,一天24小时里,他母亲和他在一起的时间"经常不足1小时"(9)。而且就是在这不足1小时的时间里,他母亲和他也没有正常的交流。艾哈迈德曾"坦诚"地告诉查理,特里萨和他"从来就交流不好"(212),并为这一问题找了两个主要原因:第一个原因与他缺席的父亲有关;第二个原因是他们信仰不同。第一个原因主要表现在两个方面:一方面,因为父亲缺席,艾哈迈德就愈加需要他,这就拉开了艾哈迈德与特里萨的距离;另一方面,特里萨谈起艾哈迈德的父亲从来就没有什么好话,不是说他是个没有本事的"失败者"(89),就是说他是个从未给他们寄过支票或者明信片的缺德者,这些损害艾哈迈德的理想父亲形象的话也影响了艾哈迈德对她的看法。至于第二个原因,即特里萨所信奉的"美国宗教"与艾哈迈德所信奉的伊斯兰教在处理家庭关系方面的差

---

① 特里萨的这番话并非毫无道理,甚至还能令人联想到罗素关于理想教育的一段名言:"一个真正善于施教、让年轻人充分成长和发展的人,内心一定充满尊重精神。那些赞同机器做成的铸铁般制度的人,缺乏的就是对别人的尊重……缺乏尊重的教师或官僚就会轻视弱小的儿童。他会认为自己的职责就是塑造儿童:把自己想象成塑造陶土的陶工。"[Bertrand Russell, "Education" in *The Basic Writings of Bertrand Russell*, eds. Robert E. Egner and Lester E. Denonn (London and New York: Routledge, 2009), 379−390.]令人遗憾的是,特里萨所做到的只是不把艾哈迈德当"陶土"或"泥团",却没有做到真正"尊重"艾哈迈德。她给艾哈迈德自由主要是为了自己能有更多自由追求自己的快乐,而不是让艾哈迈德快乐,否则艾哈迈德就不会孤独到离家进清真寺寻找关爱。

异,艾哈迈德作过这样的解释:"美国的习惯就是讨厌家庭和逃离家庭。甚至连父母们都串通一气,欢迎孩子的独立,为孩子的叛逆欢笑。这里没有先知对他女儿法蒂玛所表达的那种亲情:法蒂玛是我身体的一部分,谁伤害她就是伤害我,谁伤害我就是伤害上帝。"(168)根据这一解释,可以说,作为笃信"美国宗教"的"典型的美国人",特里萨也是一个"讨厌家庭和逃离家庭"的人,所以就不可能与艾哈迈德搞好关系。

其实,特里萨给艾哈迈德充分自由、为艾哈迈德的独立着想的做法也是出于她的私心,即为了使她自己能够得到充分的自由,能够自由地过她想过的那种自由散漫的生活。在艾哈迈德眼里,特里萨是一个"上了年纪的女人,却依然有着少女的心",依然"游戏在艺术和爱情的天地里"(168)。除了社区医院的助理护士和业余画家这两项工作,特里萨把她的业余时间基本上都用在与一个接一个的情人的交往上。许多情人来她家里幽会,有的毫不在乎艾哈迈德的感受,公开地与他争夺特里萨的感情。但艾哈迈德说他"不恨"特里萨,因为"她太散乱","太痴迷于追求她的幸福"。(168—169)也就是说,她完全受"美国宗教"支配,只知道自由追求各式各样的幸福,没有什么自我,也无法成为一个被爱或被恨的对象。

《恐怖分子》里,艾哈迈德和特里萨有一段对话写得比较精彩,能够很好地反映艾哈迈德对于特里萨的看法。对话发生于艾哈迈德向特里萨作最终告别的那天早上。刚下早班的特里萨在厨房里碰到早已起来的艾哈迈德,"惊讶地"夸他是只"早起的鸟"。艾哈迈德刚叫了一声"妈",还没来得及说别的,就被特里萨打断了。她叫艾哈迈德"长话短说",因为她40分钟后还要上班。艾哈迈德只好简单地说他想"感谢"她这些年来对他的"容忍"。特里萨没料到艾哈迈德想谢她,感动之余又假惺惺地客气起来。她称艾哈迈德的感谢"太奇怪",说孩子就是母亲"存在的理由",还说倘若没有艾哈迈德这个照顾对象,她可能会陷入"自怜和丑行"的泥潭。接着,她又夸起艾哈迈德来,说他从小就是一个"极乖的孩子",从未给她惹过什么"真正的麻烦",而她的医院同事把"一切"都给了孩子,收获的却是"害己害人"的坏孩子(239)。她十分感谢伊斯兰教使艾哈迈德成为一个好孩子,但无意间也透露出,不愿把"一切"都给予孩子的她当年之所以让艾哈迈德进清真寺,除了她所说的为了尊重艾哈迈德的选择,也有把管教孩子的责任推给清真寺的私念。

特里萨说"伊斯兰教"时用的是"Mohammedanism",不是"Islam",觉得刺耳的哈迈德立即加以纠正,由此而使他们的谈话短暂涉及了宗教以及他们宗教观上的差异。艾哈迈德说,穆斯林从不膜拜穆罕默德,穆罕默德也从不自称上帝,"他只是上帝的先知",因此用"Mohammedanism"称呼伊斯兰教不合适。不无尴尬的特里萨随即就转向她自以为熟悉的罗马天主教,说罗马天主教里"尽是类似的烦琐区分",而所有这些区分所针对的对象都是看不见摸不着的,是那些"歇斯底里"者"虚构"的,后来就作为"信条"流传下来。特里萨说她小时候①学校里的修女们对宗教虚构都"重视得可笑",而这些虚构对她的作用就是帮她"短暂地"看到一个"美妙的世界",使她产生"创造形象表现它的美"的冲动。艾哈迈德提醒特里萨说,创造形象是"亵渎",因为这是在"篡夺上帝的创造权"。特里萨说她知道这一观点,也知道这就是"为什么清真寺里没有任何雕塑或绘画",但她认为把清真寺弄得"过于荒凉"不对,因为"上帝给我们眼睛就是要看东西的"。艾哈迈德问特里萨,教过她的那些修女们是否说过上帝是"无法描绘的"(240),特里萨说她记不得了。为了避免矛盾,她连忙转换话题,说她喜欢"严肃的谈话",还说要不是怕穿那些"闷热的袋状衣服",她也许会按艾哈迈德的意愿加入伊斯兰教。接着,她便惊叫"时间已晚,她必须赶紧走了",也没有时间用车捎艾哈迈德去家具店上班了,叫他自己走,好在"只有10个街区"。"12个,"艾哈迈德纠正道。

其实,艾哈迈德无意指责他母亲对他如此缺乏了解。他此刻真正想说的还是感谢她的话,因为这是他最后的机会。但从一开始就觉得艾哈迈德说话有点"奇怪"的特里萨始终也没有意识到,艾哈迈德这是在跟她作临终告别。她嘴上说"上帝给我们眼睛就是要看东西的",却看不见儿

---

① 特里萨曾说自己16岁时退出了天主教(85)。

子生命中这么重要的一个时刻。她能够看见没有雕塑和绘画的清真寺里的"荒凉",却看不见自己对儿子的感情多么"荒凉"。对于这样一个母亲,艾哈迈德最后仍然说出了"我爱你"。急着要走的特里萨轻轻地吻了一下艾哈迈德的脸,说她也爱他,又用法语说了"那不用说"。可是,艾哈迈德还没有说完。他知道他不应对母亲说他不久将见到上帝,但至于他之所以要感谢母亲的理由,他觉得"一定要说出来":"我想说,那些年,我老想我父亲,而照顾我的却是你。"艾哈迈德一边说一边注意到,特里萨正在快速整理自己和看表,"她的心思已经飞向远方"(241)。所以,尽管特里萨在反应中说了"我知道",艾哈迈德还是"怀疑"她是否真的听到他的话、"知道"他的心。之前,特里萨说她无法捎艾哈迈德去家具店上班,叫他自己走;这时,她又叫艾哈迈德晚饭也自己做,说她晚上要和她的一个画家男友去临摹人体。看着特里萨匆匆消失的背影,艾哈迈德"最后一次"洗好了他吃早饭用的杯子和盘子。他把洗得干干净净的杯子和盘子放到碗架上,发现它们就像窗外"共享苍穹"(242)的月亮和金星。

月亮和金星可以"共享苍穹",杯子和盘子可以"共享"碗架,但住在同一屋檐下的特里萨和艾哈迈德却没有多少可以"共享"的东西。在上面介绍的这段对话里,艾哈迈德之前对查理所说的特里萨和他"从来就交流不好"的这一事实,以及他为此找的两个主要原因,都不难发现。关于特里萨与艾哈迈德交流不好,我们看到,对话一开始,还没有弄清艾哈迈德想说什么,更没有想到艾哈迈德是在作临终告别,特里萨就叫他"长话短说",说她没有多少时间。当艾哈迈德最终说出感谢她的话和理由时,特里萨着急要走,根本就没有认真听。作为他们交流不好的二因之一,艾哈迈德"缺席的父亲"被提到了两次。一次是特里萨说艾哈迈德长相像父亲,但"毫无他的怯懦",也不像他那样"总是寻找捷径"(240)。特里萨这里又在挑他父亲的毛病,破坏他在艾哈迈德心目中的形象。另一次是艾哈迈德承认自己以前"老想"父亲、忽视了母亲。作为交流不好的第二个原因,即特里萨与艾哈迈德的信仰差异,我们可以看到,特里萨对于伊斯兰教和天主教都是既不信也不懂,尽管她曾有过一些修女教师。在她眼里,宗教只是没有什么实际意义的"虚构",不同宗教之间的差异主要在于教堂里有无"雕塑或绘画"、信徒们是否穿"闷热的袋状衣服"等表面现象上。她甚至违反常识用"Mohammedanism"指称伊斯兰教,让艾哈迈德深感不安。

应该承认,有些常识特里萨还是有的,比如她知道好母亲应该把孩子看作自己"存在的理由",也知道"上帝给我们眼睛就是要看东西的",她的问题是说到做不到,语言和行动相脱节。她丝毫察觉不到艾哈迈德即将牺牲自己的存在、正在向她作临终告别这一事实,就能很好地说明这一点。很大程度上,她的这一问题的思想根源就在于她所信奉的以自由为上帝的"美国宗教",在于这一宗教使她不愿意让自己的存在和自由受制于包括她儿子在内的任何别人的存在和自由,不愿看到任何会损害自己的存在和自由的东西。她所谓的给艾哈迈德自由,其实就是放弃自己的责任,让自己有更多自由过她想过的那种自由散漫的生活,让自己的心思像艾哈迈德所说的那样越飞越远,直到她与艾哈迈德没有什么可以像碗架上的杯盘或夜空中的星月那样"共享"的地步。

把特里萨写成"典型的美国人",是厄普代克对艾哈迈德变成恐怖分子、美国滋生恐怖主义等问题所作的探讨的一个部分。家庭往往是社会问题的发源地。得不到足够母爱的孩子更有可能"老想"缺失的父亲。这种想念发展到一定程度,孩子就会外出寻找。艾哈迈德走的就是这样一条路。他11岁时进清真寺,就是为了寻找父亲。在清真寺里,他受到拉希德的伊斯兰教极端主义思想的影响,最后变成恐怖分子。可以说,艾哈迈德之所以变成恐怖分子,还有着比拉希德的伊斯兰教极端主义思想更深的根源,那就是他母亲特里萨这个"典型的美国人"所信奉的以自由主义为核心的"美国宗教"。

关于自由主义在"美国宗教"中的核心地位,《恐怖分子》还在许多其他地方强调过。书里的一个主要场景是艾哈迈德所在的新景象市中央高级中学。这座"学术殿堂"建在新景象市中央的一座小山顶上,能够俯瞰全市。学校主楼正面的一块花岗岩上镌刻着该校的校训:"知识就是自由。"(9)显然,这所学校把获取自由看作学习知识的目标。中央高中的资深教师兼辅导员杰克不止一次地把象征美国的新景象市比作"致命的沼泽"(23、40、92),认为它的"致命"性主要表现在三个方面:(一)资源越来越少;(二)自由越来越少;(三)广告越来越多。自由在这里被看作决定美国生死存亡的一个关键因素。他还认为,随着共运的衰落,美国人"所炫耀的自由"已不值得骄傲了,因为它给恐怖分子提供了方便。《恐怖分子》里地位最高、最能代表美国政府的人物是虚构的国土安全部部长哈芬瑞福。他把那些与美国为敌的恐怖分子称作"自由的敌人"(43),明确地把美国等同于自由,认为反对美国就是反对自由。他指责那些敌人不相信民主和消费主义是人类天生的"自由欲"(48)的产物,就是把自由看作人类天性和民主之源,认为美国是世上最符合人类天性、最能代表自由的国家。所有这些观点都呼应了特里萨这个"典型的美国人"的信仰,都反映了自由主义在"美国宗教"中的重要位置。

同样,"美国宗教"所造成的堕落,也反映在从普通百姓特里萨到政府高官哈芬瑞福等书里所有"典型的美国人"身上。小说就是以这种堕落开始的。这是尚未毕业的艾哈迈德接触最多的、涉及美国的教育和未来的中央高中师生们的堕落。小说里的第一个词"魔鬼"是艾哈迈德在观察这些师生的堕落数年后给予他们的最终评价。接着,叙述者便通过艾哈迈德的视角列举了他们的堕落的具体表现。关于学生的堕落,叙述者描述道:

> 在中央高中,从早到晚,女生们摇摆着、讥笑着、暴露着她们柔软的肉体和诱人的毛发。她们裸露的肚皮上装饰着晶亮的脐钉和下流的紫色刺青,似乎在问:还有什么别的可看的吗?男生们趾高气扬地闲逛着,目光呆滞,用他们凶狠的手势和冷漠的嘲笑表示,这个世界不过如此……(3)

关于教师的堕落,叙述者介绍道:

> 教师们都是些信仰淡薄的基督徒和不守教规的犹太教徒。他们表面

上在讲授美德和节制,他们诡诈的眼睛和空洞的嗓音则透露出他们信仰的缺失。他们是领了新泽西州新景象市的薪水来教这些东西的。但他们缺乏真正的信仰;他们不在正道上;他们不干净。艾哈迈德和另外两千学生看到,一放学,他们就匆匆钻进汽车……他们都是些与其他人一样的男人和女人,充满了欲望、恐惧和对于可购物品的痴迷。作为无信仰者,他们以为安全就在于积聚世上的物品,在于电视上播放的那些堕落的娱乐节目。他们是表现快乐与富足的虚假形象的奴隶。但即使那些真实的形象也是对上帝的有罪模仿,因为只有上帝才能创造。又一天毫发无损地成功摆脱了学生之后的轻松,使得教师们在大厅里和停车场上的告别声极为响亮,就像醉酒者的兴奋叫喊。教师们离开了学校,就会尽情地寻欢作乐。有些人有着酒鬼的粉红嘴唇、难闻气味和浮肿身体。有些人离了婚;有些人不结婚,与人同居。他们的校外生活混乱、放荡、肆意。他们是特伦顿的州政府和华盛顿的邪恶政府花钱雇来灌输美德和民主价值观的,但他们所信奉的却是无关上帝的生物、化学和物理。他们的虚假声音紧密围绕这些学科里的事实和公式,在教室里高声宣扬。他们说,一切都是来自无情、盲目的原子,是这些原子构成了又冷又重的钢铁、透明的玻璃、安静的泥土、骚动的肉体。电子涌入铜线和计算机关口,就连空气自身也会因为水滴相互作用的激发而产生闪电。只有我们能够测量并根据测量推断出来的东西才是真实的。其他的都是不断流逝、被我们称作自我的梦幻。(3—4)

总之,在艾哈迈德眼里,中央高中充满了信仰缺失、道德堕落的"魔鬼",整个学校就是一座"地狱城堡"(18)。

在这座"地狱城堡"里,与艾哈迈德冲突最多、得到的描写也最多的魔鬼男生就是泰勒诺尔。泰勒诺尔从小就被烙上了以自由主义为基础的美国消费主义的烙印;他的名字是他母亲从电视广告上选来的一种"止痛药的药名"(15)。他与艾哈迈德持续冲突的起因是他的女朋友乔瑞林对艾哈迈德有好感,但也深刻反映了"美国宗教"的野蛮与堕落。在乔瑞林邀

第七章　宗教与恐怖主义：厄普代克的《恐怖分子》

请艾哈迈德去黑人教堂听她唱歌的第二天，泰勒诺尔就找他算账来了。他以艾哈迈德"蔑视"乔瑞林及其宗教为由，先是用"铁硬"的手指深掐艾哈迈德的肩胛骨，然后又用刻薄的语言辱骂艾哈迈德是个孤独怪癖的"蠢货"和"同性恋者"。艾哈迈德不想与他纠缠，以为退让一步他就会住手，不料他照着艾哈迈德的腹部就是一拳，打得他"喘不过气来"(16)，让他在哄笑的同学尤其是女生面前大失脸面。艾哈迈德忍痛冲了上去，但没打几个回合上课铃就响了，只好作罢。艾哈迈德知道，对于他的有力反击，泰勒诺尔一定会报复，"至少要打青他一只眼、打掉他一颗牙或打断他一根手指"。艾哈迈德不想让自己的身体受到任何损坏，"想让它保持造物主造它时的样子"，所以"泰勒诺尔的敌意"就成了他想尽早离开这个"地狱城堡"的"又一原因"(18)。

　　黑人教堂的活动（包括乔瑞林的演唱）结束后，艾哈迈德躲在路边的一棵刺槐后面，直到确信泰勒诺尔不在走出教堂的人群中，才出来见乔瑞林。来到她身边，艾哈迈德发现，以前只戴耳环的乔瑞林现在还戴上了鼻环。乔瑞林说那是新戴上的，因为泰勒诺尔喜欢，还说泰勒诺尔非常希望她戴舌钉。艾哈迈德觉得"那太可怕"，立即告诉乔瑞林，穆罕默德要求女性"掩盖她们的饰物"，还说过"好女人配好男人，脏女人配脏男人"(67)。无言以对的乔瑞林只好转换话题，问艾哈迈德是否喜欢她的演唱。艾哈迈德却说他来听演唱是为了了解敌人①，还说所有不信上帝者都是敌人。乔瑞林不懂土生土长的艾哈迈德为什么会这么想，说她从泰勒诺尔那里得知艾哈迈德的母亲是爱尔兰人。艾哈迈德忍不住了，大声喊道："泰勒诺尔、泰勒诺尔。我可以问问，你与这个智慧之源到底走得多近了？他把你看作他的女人了吗？"(68)乔瑞林不得不承认，泰勒诺尔还只是处在"尝试"阶段，"他太年轻，还不能与哪个女性朋友确定关系"(69)。

　　泰勒诺尔不能与乔瑞林确定关系，却要乔瑞林为他破坏上帝给予的

---

① 这能令人想起《宗教经验种种：短篇小说》里穆罕默德进脱衣舞酒吧的相同理由。让恐怖分子"了解敌人"为作家提供了一个观察和描写美国的不同视角。

身体,为他在鼻子和舌头上穿孔打洞佩戴饰物。高中毕业后,他又要乔瑞林按他的意愿退出唱诗班,甚至还要她按他与查理签的合同出卖身体为艾哈迈德破处。泰勒诺尔不但欺负艾哈迈德这样的男生,还没完没了地将自己的意志强加给乔瑞林这样的女生,可见他的堕落程度。然而乔瑞林喜欢他,愿意照他说的做,而且因为不信上帝,也不怕因参与破坏肉体而受上帝惩罚。但艾哈迈德却不愿让自己的身体在圣战之外遭受损害,害怕泰勒诺尔因为一个女生而跟他胡搅蛮缠。这就是为什么在听完乔瑞林演唱10天后的那个晚上,外面的敲门声能将正在专心备考货车驾照的艾哈迈德"惊醒",令他首先想到的是"那个恶霸及其同伙"(76)来找他算账,而不是辅导员杰克来做家访。可是不久后的一个傍晚,在校园里的一个"未受监管的地方",刚结束体育训练、正准备去清真寺的艾哈迈德果真遇到了在那里等候他的泰勒诺尔及其同伙。泰勒诺尔称艾哈迈德"阿拉伯人",指控他去听乔瑞林唱歌并送她回家。但上次与泰勒诺尔打了个平手的艾哈迈德这次并没有畏惧。他承认自己做了那些事,平静地问了一声"那又怎么样?"也许是领教过艾哈迈德的勇气和力量,泰勒诺尔没有像上次那样动用拳头,只是嘲笑艾哈迈德不知如何像自己占有乔瑞林那样占有女生,说艾哈迈德和所有的阿拉伯人"都是同性恋"。只想着如何击倒泰勒诺尔并跑往安全地带的艾哈迈德并没有为泰勒诺尔的这种进攻作好准备。他"满脸羞红","愤怒"(98)地推开泰勒诺尔及其同伙,在他们的哄笑声中快速走开。

　　在一定程度上,泰勒诺尔代表了"美国宗教"教育的结果,他欺辱艾哈迈德的言行反映了美国对待穆斯林的态度。艾哈迈德对于美国的憎恨以及对于反美圣战的拥护,正是他在亲身体尝泰勒诺尔所实施的美国欺辱之后作出的自然反应。也就是说,如果艾哈迈德是反对美国的恐怖分子,那是因为之前就已经有了泰勒诺尔这样的欺辱穆斯林的美国恐怖分子。这些美国恐怖分子出现得更早,早就开始推行只顾自己自由、不让别人自由的"美国宗教"的自由主义教义,他们才是恐怖主义的真正源头。小说题目里的"恐怖分子"一词前面没有定冠词,没有明确的所指,可以指艾哈迈德及其背后的拉希德等穆斯林极端分子,也可以指泰勒诺尔等美国恐怖分子。但在实际描写中,厄普代克似乎想说,泰勒诺尔等美国恐怖分子的危害更大,更值得关注,因为他们对于艾哈迈德等穆斯林的恐怖言行最先制造了仇恨,直接导致了彼方恐怖分子的出现。①

在中央高中,能够反映美国社会滋生恐怖分子的倾向的不只是泰勒诺尔等学生,还有杰克等教师和辅导员。故事开始时,杰克已经 63 岁,睡眠不太好,时常在凌晨三四点醒来,嘴里带着噩梦留下的"恐惧的滋味"。他的噩梦都与痛苦有关,有"世界的痛苦"(19),比如布什发动的伊拉克战争、父母杀害年幼儿女的事件、帮他了解这些痛苦的纸媒日渐衰败的命运、反复播放的电视广告等,还有他"个人的痛苦",那就是他越来越强烈地意识到自己正在接近生命终点。杰克认为,自己已经完成结婚成家、养育子女等人生任务,现在"有待完成的唯一任务"就是死掉,为这个"负担过重的星球"腾出"一小块地方,一小块呼吸的空间"。(20)有时,他觉得自己这一生干得"非常好"(21),不应该太糟践自己。他在中央高中念书时曾是优等生,大学期间非常勤奋,毕业后在军中服役两年,开始从事青年指导方面的工作。退役后,他继续深造拿到了硕士学位,回中央高中教了 30 年的高中历史和社会科学。6 年前,他又出任全职辅导员。然而,在黎明前的"凄凉"时光里,无法再次入眠的"孤独"的杰克又不由自主地陷入有关自己、人类、历史、人类在历史中的地位等重大问题的悲观思虑之中:

> 他意识到,他的生命就是没有必要性的污渍、瑕疵和持续性错误,被强加到这个无神时代原本整洁的表面之上。在这个黑森林般的世界里,他没有找到正确的道路。但存在正确的道路吗?存在本身是否就是错误呢?对于那些不信世界并非始于他们的出生和流行的电脑游戏的学生,他曾用简史告诉他们,即使是那些最伟大的人物,比如

---

① 格雷指出,"这里的威胁并不在艾哈迈德内心里,而在这个想要挑战和囚禁他的世界里。"Richard Gray, *After the Fall: American Literature since 9/11* (Oxford: Wiley-Blackwell, 2011), 33。

查理曼大帝、查理五世、拿破仑、令人厌恶却非常成功而且至少在阿拉伯世界仍被钦佩的希特勒等,也会带着没有实现的愿景成灰入土。历史是一部不断将人类碾成粉末的机器。在杰克·莱维的头脑中,他所给予的指教反复出现,变成互相矛盾的错误表达。他觉得自己就像一个站在岸边的可悲老人,高声地叫喊着,眼睁睁地看着成群的年轻人,在这个资源渐少、自由渐消、广告疯狂地迎合包含永恒的音乐、啤酒和极为苗条健康的女郎的可笑通俗文化的世界里,正在滑入致命的沼泽。(22—23)

这里,杰克注意到美国社会的两个令人沮丧的变化:(一)由于资源和自由的减少以及广告和通俗文化的侵蚀,美国已经变成"致命的沼泽",一种令年轻人只能像泰勒诺尔那样堕落的绝境;(二)在这一"致命的沼泽"里,面对着年轻人的堕落,像杰克这样的教师、辅导员等有责任培养或挽救下一代的成年人,已经变得无能为力。

关于美国的衰变,《恐怖分子》通过杰克的观察提供了许多细节。早起的杰克喜欢独自站在窗前,用他"空虚的脑袋"吸收"月光之下周边地区的景象"(28)。他注意到,周边的"房屋已被压缩成居所"(26)。也就是说,由于地价上涨和空间切割,房屋已经失去传统房屋的形制,变成仅仅满足人们基本需要的狭小、单调、拥挤的居所。另外,周边的树木面临"被根除的危险"。由于汽车变成必需品,数量不断增大,马路就必须不断加宽,树木就必须不断让路。从东海岸到西海岸,美国到处都铺上柏油,已经变成一个"柏油娃",使美国人"都陷在柏油中"。在杰克看来,美国的自由也不再是值得骄傲的东西了,因为它给恐怖分子提供了方便。宗教狂热分子和电脑奇客联起手来,颠覆了信仰和理性的传统对立。世贸中心的袭击者们都受过良好的教育。他们的头领在德国拿的城市规划专业博士学位,应该让他来为新景象市作"重新规划"(27)。杰克想起以前在加缪的书里读到的关于西西弗斯往山上推巨石推上去又滚下来的故事,觉得"他眼前的一切总有一天会全部终结"(29)。杰克似乎在说,新景象市乃至整个美国的衰败,就像被西西弗斯推上山的巨石必然滚落那样,也是一种历史的必然。

杰克的这一看法呼应了小说叙述者所介绍的新景象市衰败史。在叙述者的介绍中，新景象市的市名是两个世纪之前起的。当时之所以起这个名字，一是从瀑布之上的高地上看，这里"景象壮丽"；二是人们当时对这里的未来充满"热切的期待"。果不其然，经过一些艰难曲折之后，工业在这里迅速发展起来，有粮食加工、丝绸印染、皮革制作、机车制造等。进入20世纪，这里发生了一些旷日持久的罢工斗争和流血冲突，经济从此"一蹶不振"(12)。工厂都迁到劳动力较为便宜和较易管理、原料和产品运输较为方便的南部和西部。随着工业的迁离，新景象市的人口结构和分布也发生了明显的变化。以前住在市里的白人现在被或深或浅的有色人种取代了。剩下的极少数经商的白人，近来因为受到来自印度和韩国等国的新移民的挤压，开始挪向仍有白人居住的市郊。夜幕降临后，城里若有白人出现，警察就会迎上前去询问他们是否在寻找毒品贩子，或者提醒他们注意安全。所有这些变化，在杰克和叙述者看来，都是衰败的表现。反映这一衰败的一个重要象征，就是位于新景象市市中心的一个巨大的、能让人联想到世贸中心废墟的瓦砾湖。

新景象市的中央高中，就是坐落在这个瓦砾湖的边上。在这样一个满目疮痍的环境里，这所建成于80年前、比新景象市晚一个多世纪的高中，也无法避免衰败的命运。小说开头，叙述者通过艾哈迈德的视角描写了学校师生们的堕落现状。随着故事的展开，叙述者交代了更多有关学校衰败的细节，包括油漆剥落、涂鸦满墙、路面开裂、设施破旧、校园面积"在受贿官员的许可下受到马路加宽工程和房地产开发项目的严重侵吞"(14)。为了强化学生的思想品德教育，学校不断增加辅导员的人数，使之增至30年前的"三倍"(30)。然而这并没有产生应有的效果。首先是育人环境大不如前。杰克知道，80年前，中央高中刚建成时，学校里没有辅导员办公室。也就是说，辅导员在当时没有太大必要，因为那时"到处都有指导，家里有关爱的父母，外面有重德的大众文化，中间有许多的忠告……一个孩子得到的指导超过他的消化能力"(33—34)。而现在，杰克发现，他所约谈的那些学生"通常似乎没有有血有肉的父母,他们接触世界的唯一途径就是发射穿越拥挤房间的信号、敲击黑色海绵耳塞或被编在视频游戏里表现斗士激烈交锋的复杂程序中的电子鬼魂"(34)。其次,在这个黑森林般的当代世界里,辅导员们自己也找不到正确的道路。他们的这种无能为力状被形象地呈现在一个反复出现在杰克脑中的情景里:他站在岸上高声叫喊,却只能眼睁睁地看着成群的年轻人滑入致命的沼泽(23、40、92)。

对于包括辅导员在内的所有教师,艾哈迈德在小说开头曾作过一个评价,那就是他们都是些"信仰淡薄的基督徒和不守教规的犹太教徒",口头倡导"美德和节制",实际上他们自己"缺乏真正的信仰""不在正道上""不干净"(3)。这一评价非常符合杰克的实际情况。虽然是犹太人,杰克根本不信犹太教。这与他的家庭影响有一定关系。他的祖父移民美国后就完全放弃了宗教,改信美国这个"经过革命洗礼的社会"或"美国宗教",认为在美国,"当权者再也不能用迷信来统治","桌上的食物、体面的住房和庇护取代了无形上帝的空头支票"。(23—24)杰克也是一个"坚决拒绝犹太教的人"(24)。和他祖父一样,他也认为上帝只能开具开空头支票,而且犹太教的上帝从来就开不出太大的空头支票。另外,他也清楚,在近代史上,正统犹太教徒的命运常常是被送进煤气炉。

杰克和艾哈迈德的母亲特里萨都不信教。杰克不信他祖上信过的犹太教。特里萨不信她小时候信过的天主教。他们俩现在都只信"美国宗教"。这是他们俩能产生恋情的一个重要思想基础,让正在备考驾照的艾哈迈德从他们俩的第一次会谈中就能听出,"两个成年人的声音在调情中令人作呕地缠绕到一起,两头上了年纪的无信仰动物都对对方产生了兴趣"(94)。杰克第一次到特里萨家来见特里萨其实并不是为了特里萨,而是为了艾哈迈德。杰克在学校里约谈过艾哈迈德,劝他毕业后升大学而不是找工作,结果被艾哈迈德拒绝了。所以,杰克这次家访是想请特里萨帮他改变艾哈迈德的想法。特里萨听到有人敲门便起身去开,"以为是她的一位男友"(77)。杰克作了自我介绍并说明来意之后,特里萨似乎又有了新的期待,因为杰克"觉察到了她的兴奋"(78)。能够及时觉察到特里萨兴奋的杰克,不久也开始对她产生幻想。当特里萨说到她喜欢喝有助于睡眠的甘菊茶、只是4小时后就得下床时,杰克立即想到那肯定是为了"撒尿"。意识到杰克知道她咽下了什么话,特里萨的脸上顿时"泛起了红晕"(82)。说到单身母亲的孩子通常会将缺席的父亲理想化,杰克注意到坐在凳子上的特里萨直起了腰,便立即想到凳子座上的硬木圈是否"在咬她紧绷的屁股"。听到杰克说单身母亲"了不起"、是"凝聚社会"的重要力量,特里萨平静了一点,开始指责艾哈迈德的父亲,说他15年来连一张明信片也没给他们寄过,更不用说寄什么"操他妈"的支票了。杰克"喜欢"从特里萨口里蹦出来的这个脏词,觉得它能有效缓解紧张气氛。同时,杰克注意到,特里萨穿的是男人的衬衫,使得她的乳房更加突出。特里萨显然没有忽略杰克视线的走向,把胸部向外又多挺了一英寸,一边挺一边向杰克详细描绘起艾哈迈德的父亲的外貌,令杰克想到她可能还会描绘"他那紫红色的第三世界阴茎"。但醋意大发的杰克后来还是设法回到他之所以来见特里萨的意图上,请特里萨一定要帮他改变艾哈迈德的想法,"使艾哈迈德的未来更符合他的潜力"(90)。接着就是特里萨的一大段回应,表达了人不是可塑的泥团、人生必须经历而不是控制、宗教是对生活说是的一种态度、让一切该发生的自然发生等观点,让杰克产生一种"奇怪"的感觉,觉得特里萨好像完全了解他的"苦恼",她所说的话与其说是在叫他别为艾哈迈德过于操心,不如说是在给他作"按摩"。他"喜欢"像她这样的女人"在他面前脱光她们思想的衣服"(91)。接着,特里萨又聊起她的生活,说她在医院从事护理工作,业余搞绘画,那是她所"酷爱"的。她问杰克"酷爱"什么,杰克回答没有什么,同时觉得特里萨"开始显得着了魔"(92)。他还注意到,坐在凳子上的特里萨这时已把身子降低了一点,所以杰克能够透过她少扣了两个扣子的领口看到她"乳房上半部的跳动"。到了谈话结束时,杰克已能肯定"这个女人心里装满了愿意"(93)。

不久,这两个"无信仰动物"果然成了情人。以前总认为别人或年轻人在滑入"致命的沼泽"的杰克,结果自己也无法避免相同的命运。他很清楚自己跟学生母亲搞的这场婚外恋的性质,所以每次都是乘艾哈迈德不在时去特里萨家幽会,每次去之前都要向妻子贝丝编一个冠冕堂皇的借口。不过,他对于这份恋情始终是乐此不疲,其中除了"动物"的生理需求,还有另外两方面的原因。一是在这一恋情中,曾把死亡看作自己"有待完成的唯一任务"的杰克重新发现了生活的意义。他在与特里萨第一次幽会后感叹道:"耶稣啊,这才是生活的全部意义。我已经忘掉了,也从未期待任何人来帮我找回来。"(158)二是与特里萨的交往帮助杰克接近了艾哈迈德,掌握了艾哈迈德的动向。在他任职于国土安全部的大姨子赫尔迈厄尼叫他跟踪艾哈迈德之前,杰克就已经开始关注艾哈迈德与穆斯林的联系了。他这时还没有想到拉希德叫艾哈迈德学开货车会与恐怖袭击有什么关系,但他觉得拉希德不赞成艾哈迈德升学深造是在剥夺艾哈迈德实现自我的权利、践踏崇尚自由的"美国宗教",是在与以他为代表的美国教师和社会争夺下一代。所以,通过特里萨接近艾哈迈德、掌握艾哈迈德与穆斯林的关系,杰克也是在履行自己作为辅导员和公民的义务,在与穆斯林作斗争。

杰克没有宗教信仰,穆斯林跟他也没有宿仇,可他却与"美国宗教"的其他信徒一样敌视穆斯林,尤其是在"9·11"之后。当艾哈迈德告诉杰克,是他的导师建议他毕业后不上大学找工作时,杰克立即就问是哪位导师,宣称任何人想改变学生的毕业去向都必须征求他的意见。得知是艾哈迈德的《古兰经》导师后,杰克随即心生"厌恶",说话嗓音也带上了"愤慨"(37)。杰克的"厌恶"和"愤慨"并不仅仅是因为这位导师在帮艾哈迈德决定毕业去向时没有征求他的意见,还因为这位导师属于他所厌恨的穆斯林。杰克第一次来艾哈迈德家家访时,曾为自己事先没有打通电话向特里萨表示了歉意。听了特里萨说他们之所以更换电话号码是因为"9·11"后他们经常接到反穆斯林者的骚扰电话①,杰克立即就表示"遗

---

① "9·11"事件后,美国穆斯林遭受的"骚扰"远不止于骚扰电话,还有其他"骚扰"是"非常令人震惊"的。巴-育努斯和科恩在他们与厄普代克的《恐怖分子》同年面世的专著里对此作过详细介绍。Ilyas Ba-Yunus and Kone, *Muslims in the United States* (Wesport, Connecticut and London: Greenwood Press, 2006), 112—120。

憾",脸上也摆出"确实感到遗憾"的样子(79)。然而,当特里萨描述艾哈迈德父亲的外貌时,杰克竟然想到她可能还会描述他的"第三世界"下身。这不仅反映了杰克品格上的下流一面,也透露出他内心深处对于穆斯林的歧视。在中央高中的毕业典礼上,四位不同宗教的代表应邀来作赐福祈祷,包括一位阿訇。这位阿訇鼓励毕业生们积极上进走正道,遇到危险时牢记先知的教导——"关于那些在上帝之路上的遇难者,别说他们死了;不,他们还活着。"听到这里,杰克的思绪立即就从毕业生跳到"9·11",跳到这位阿訇所代表的那个应为所有"9·11"遇难者负责的"信仰体系"。想到这里,"他对这位阿訇最初的善意消散了",这位阿訇的白色外衣也变成"卡在这一场合的喉咙里的一根骨头"。(112)杰克也不是认为伊斯兰教没有任何值得肯定的地方。在批评美国社会如今已不能向年轻人提供多少有价值的东西时,杰克说过:"那些疯狂的阿拉伯人说得对——享乐主义、虚无主义,那就是我们所能提供的一切。"(205)但总的来说,杰克是敌视穆斯林的。即使在肯定他们的某个观点时,他也不忘用"疯狂的"等词加以贬低。所以,在对待穆斯林的态度上,杰克与美国的主流民意是一致的,已经难以正视事实、独立思考了。这样的辅导员也就难以给予学生正确的指导,使他们避免滑入"致命的沼泽"、变成恐怖分子。在他与特里萨的最后一次幽会中,连特里萨也不无讥讽地向他建议道:"给你自己一些指导吧。"(209)

杰克非常清楚,无论是指导自己还是指导学生,他都无能为力。他经常是"垂头丧气"地从学校回到家里,对贝丝说:"他们毫不在乎。他们毫无结构的概念。他们想象不出下一次注射毒品、下一次狂欢、下一次与警察或银行或保险公司发生冲突之外的生活。"(136)这就是说,那些"问题学生"没有方向和出路,而且根本不听他的指导。那么包括杰克在内的辅导员们又能提供什么样的指导呢?杰克接着对贝丝说:

"我们"是谁?我想是美国,尽管你难以确切指出哪里出了问题。我爷爷以为资本主义必然灭亡,注定会变得越来越暴虐,最后无产阶级起来冲破阻碍,建起工人阶级的天堂。但那没有发生,资产阶级太聪明,或无产阶级太愚蠢。为了安全,他们把"资本主义"这一标签改成"自由经营",但实际上仍然是太多的狗咬狗。失败者太多,而成功者又获得的太多。但你如果你不让狗互斗,它们就会成天待在狗窝里睡大觉。在我看来,根本的问题是社会渴望体面,而体面却对自然状态不起作用。什么作用也没有。我们都应退回当狩猎者和采集者的时代,那样就会有百分百的就业率和有利于健康的饥饿。(136)

由此可见,作为美国的一个代表,杰克自己也不知美国的病根和出路在哪里,只能把退回原始社会看作唯一的选择。他甚至认为人们应该"认真思考一下,看看人类是否还值得生存,以及卢旺达、苏丹和伊拉克的那些大屠杀策划者们是否也有其道理"(137)。也就是说,在杰克看来,在美国这样一个无可救药的国家,出现一些恐怖分子,搞一些大屠杀,也不一定是坏事。他的这种想法令人想到艾哈迈德在执行爆炸任务前对其积极意义的理解:"由此我们将生命给予一个死亡的国家。也是将复活的可能给予它。"(274)

在《恐怖分子》里,代表美国的还有国土安全部部长哈芬瑞福。与杰克和特里萨不同,哈芬瑞福"坚持上教堂"。但他不是一个传统意义上的信徒。他不信"预定论"和"来世",认为它们都是"黑暗时代"的产物,如果今天还信它们就是在"渴望死亡",而不信它们才能够"真正热爱这转瞬即逝的生命"(48)。把哈芬瑞福的这些看法与他的日常言行联系起来,我们就能看到,他上教堂不过是摆样子,而他真正信奉的还是体现美国价值的"美国宗教"。他认为,"那些敌人不会相信民主和消费主义是所有人天生的向往、是每一个人本能的乐观主义和自由欲的产物"(47—48)。这就是说,在他看来,区分美国人和美国的敌人其实很简单,那就是看他是否相信自由、民主和消费主义。美国人相信这些东西;不相信这些东西的就是美国的敌人。哈芬瑞福相信这些东西,就像相信上帝一样。它们是他的真正上帝。

与杰克一样,哈芬瑞福也清楚美国的堕落。他知道,美国的制造业衰落了,如今"没有一样东西是美国制造的"。他也知道,美国所擅长制造的电影的质量也大不如前。以前的演员严肃认真,能"传递美好诚实的价值,每一次表演,百分之一百一",而现在的演员不是"醉驾"就是搞"婚外孕",造成了恶劣的社会影响,使黑人女孩以为生育没有父亲的孩子是"正当的事"(260)。与杰克不同,哈芬瑞福知道美国的病根在哪里:"要是说这个国家什么地方出了差错的话……,那就是我们权利太多,责任不足。哼,一旦阿拉伯联盟接管了这个国家,人们就会知道什么叫责任了。"(261)哈芬瑞福这么说并不是在夸阿拉伯人。在他眼里,阿拉伯世界是一个"陌生而又可恶"的"充满不眠野人的黑社会"(47)。① 他甚至认为阿拉伯世界的野蛮落后与他们的语言密切相关,声称阿拉伯语里有"某种怪异的东西"使得用这种语言的人"智力低下"(259)。让这些"智力低下"的"野人"来接管美国并告诉美国人什么是责任,显然是不可思议的。因此,哈芬瑞福这么说不是在称赞阿拉伯人,而是在嘲弄他们。其实,在哈芬瑞福心目中,美国就是再堕落,也是全世界最好的,绝对不需要任何阿拉伯人来指教。这就是为什么他说:"我太爱这个讨厌的国家了,以至于我想象不出为什么会有人想弄垮它。这些人又能拿什么来取代呢?"(258)②

但是,"9·11"事件还是发生了。至于它发生的原因,作为国土安全部部长的哈芬瑞福竟然"想象不出",让人不难看出几分"9·11"事件发生的真正原因。哈芬瑞福的下属和心腹赫尔迈厄尼似乎清楚这方面的原因。她在哈芬瑞福说了"想象不出"之后立即就解释说:"他们害怕丧失某种东西,某种对他们有价值的东西。如此有价值,以至于他们可以为它牺牲自己的孩子。……他们自己就是孩子。"(258)赫尔迈厄尼没有说这个

---

① 哈芬瑞福这里所用语言的恶毒程度,与他所咒骂的"野人的黑社会"里的语言(比如拉希德和艾哈迈德谴责美国的语言)相比,可谓是有过之而无不及。他的这种恶让人很难把他与恐怖分子分割开来。博德里亚就曾在"有关除恶的反恐怒吼"等极端反应中看到了"恶"和对于恐怖主义的"不可明说的支持"。Jean Baudrillard, *The Spirit of Terrorism and Requiem for the Twin Towers*, trans. Chris Turner (London: Verso, 2002), 5-6。

② 巴-育努斯和科恩指出,"9·11"事件之后,"许多"美国人都在问"他们有什么反对我们的理由或他们为什么恨我们"这样的问题,而内心的真实想法是美国人"仁慈、慷慨和友好",恨美国人是"极为错误的"。(Ilyas Ba-Yunus and Kone, *Muslims in the United States*, 126.)哈芬瑞福就是这么问、这么想的。

对于恐怖分子极有价值的东西究竟是什么。但无论它是什么,它对于赫尔迈厄尼来说肯定毫无价值,因为她认为这些恐怖分子都是幼稚的孩子,而幼稚的孩子是不可能知道什么是真正有价值的东西。也就是说,这些幼稚的恐怖分子是把无价值的东西当作有价值的东西,然后再叫他们的孩子们去为这些东西作无谓的牺牲。赫尔迈厄尼还认为,这些恐怖分子之所以能得逞,并不是因为他们机智勇敢,而是因为美国的开放和自由为他们提供了机会。她说:"……他们在努力阻止我们。一切地方,任何地方——只需要一枚小炸弹、几支枪。开放社会的防御如此无力,自由的世界如此脆弱。"(132)按照她的说法,"9·11"事件的责任完全在恐怖分子,不在美国。美国并没有对世界造成任何危害,它只是"开放"和"自由",为人们的各种发展提供机会。恐怖分子正是利用了美国的开放、自由和机会进入美国搞袭击,以保护他们害怕失去的"如此有价值"的东西。总之,在赫尔迈厄尼看来,在"9·11"事件中,美国是百分百无辜的受害者,恐怖分子是百分百邪恶的施害者。但在所有这些解释中,赫尔迈厄尼始终没有解释恐怖分子的袭击对象为什么偏偏是美国而不是别国。她说了恐怖分子"害怕"失去某种"如此有价值"的东西,但她没有说他们为什么害怕以及他们的害怕与他们对美国发动恐怖袭击这二者之间有什么联系。她没有说这些,是因为她也不知道。她甚至认为恐怖分子对于美国的仇恨是天生的,就像"蟑螂"和"蝙蝠"天生"仇视光明"(48)一样,背后没有什么需要探讨的深层原因。可以说,在恐怖分子为什么要对美国发动恐怖袭击这一问题上,赫尔迈厄尼知道的并不多于她的上司哈芬瑞福。

国土安全部的高官们无知,并不代表《恐怖分子》里的其他人物以及故事的叙述者也无知。在很大程度上,叙述者强调这些政府高官们的无知,就是在说,他们的无知本身就是"9·11"事件发生的一个重要原因。哈芬瑞福在故事里第一次出现时,他刚作出决定,将新景象市所在地区遭受恐怖袭击的危险级别由黄色提高到橙色。叙述者把作此决定的人称作"右翼小丑"。杰克对这个"右翼小丑"的决定作了这样的解释:"这意味着他们想让我们觉得他们并没有拿着我们交的税钱不干事。他们想让我们觉得他们在处理此事。但他们没有。"(32)这就是说,在叙述者和杰克看来,哈芬瑞福是有政治图谋和人格缺陷的,并不像他自我标榜的那样高尚和无辜,尤其是在与恐怖分子的关系中。关于这位国土安全部部长及其助理赫尔迈厄尼,《恐怖分子》里还有一些别的描写,能够帮助我们进一步看清他们的问题,包括境界低下、人性缺乏、思想简单、思路绝对、作风粗暴等。

前面提到,哈芬瑞福虽然坚持上教堂,但并不是一个虔诚的信徒。他不信"预定论"和"来世",认为相信它们就会"渴望死亡",而不信它们才能"真正热爱"生命。也就是说,他只对看得见、摸得着的现世生活有兴趣,不考虑高远的精神追求。那么他所感兴趣的现世生活主要包括哪些内容呢?先来看两句他对赫尔迈厄尼说的话:"如果新泽西的这件事发生了,我就再也不可能找到肥缺了。也就没有演讲费。就没有预付给我的回忆录的上百万美元稿费。"他这里说的,是拉希德等恐怖分子在新泽西州谋划的旨在炸毁林肯隧道的恐怖袭击如果发生,会对他的现世生活产生什么样的影响。他所提到的"肥缺""演讲费"和"稿费"都能表明,他所感兴趣的现世生活的主要内容就是挣钱,他反恐的主要目的不是保卫国土安全,而是维护个人利益。第一次发现这位令她崇拜不已的顶头上司竟然如此在乎金钱,赫尔迈厄尼感到"震惊",觉得他在她心目中的形象"跌落了"。她立即想到应唤醒他的"完美、无私的公务员"意识,便用不无"辛辣"的语气提醒道:"部长先生,无人能够侍奉二主。钱财是一主;另一主就不应由我来说了。"(261)①哈芬瑞福只好承认自己错了,保证"不再想钱财"(262)。

这里还有一点值得注意,那就是哈芬瑞福对赫尔迈厄尼说那两句"想钱财"的话时的说话方式。他用的是丈夫对妻子交底时的方式。用叙述者的话说,"那是一个男人只有对他妻子才可能作出的一种表白"。对于

---

① 此话源自《新约·马太福音》6:24中基督有关钱财的教导。厄普代克用基督的教导来对照哈芬瑞福的思想言行,更能反映哈芬瑞福宗教虔诚和工作责任感的缺乏程度。

哈芬瑞福的这种说话方式,并不敏感的赫尔迈厄尼也隐约感觉到了。她意识到"他向她靠近了一点",尽管她也因为他太看重钱而觉得他"在她心目中的地位跌落了"(261)。那么哈芬瑞福与赫尔迈厄尼到底有没有类似夫妻的那种关系呢?64岁的赫尔迈厄尼一直未婚。书里没说她何时开始担任哈芬瑞福的助理,但时间肯定不短,因为书里提到哈芬瑞福对她有"感情和信任"(45),所以来华盛顿担任国土安全部部长时把她从哈里斯堡①带来了。蒙受哈芬瑞福的"感情和信任"的赫尔迈厄尼也觉得自己对哈芬瑞福的了解无人能及,包括他妻子:"与赫尔迈厄尼相比,他妻子对他几乎一无所知。"(259)至于哈芬瑞福为什么没娶赫尔迈厄尼,书里没有交代,但提到赫尔迈厄尼对于哈芬瑞福的选择心怀"埋怨"(258),只能从他们每天在一起工作十三四个小时的这种状态中寻找安慰,觉得"他们就像合法夫妻一样"(259)。在此关系中的哈芬瑞福曾在眺望窗外的杰斐逊纪念堂时想到,在"当时的经济条件下",杰斐逊"紧抓其奴隶不放"(261)并不是什么过错。杰斐逊"紧抓其奴隶不放";哈芬瑞福紧抓着崇拜和暗恋他的赫尔迈厄尼不放而又不娶她,让她像奴隶一样年复一年地为他效力。哈芬瑞福为杰斐逊的奴隶主身份辩护,也是在为他自己的奴隶主思想辩护,尽管赫尔迈厄尼并不觉得自己像奴隶。

对于赫尔迈厄尼的迟钝,她的妹妹即杰克的妻子贝丝非常清楚。在贝丝眼中,赫尔迈厄尼总是"匆匆忙忙",说话"直率、近乎粗鲁"(128)。小时候,她们俩一起学习芭蕾,赫尔迈厄尼曾因"脚步沉重"(129)而被芭蕾老师批评为"不懂轻快优雅"。她"认真刻苦""不苟言笑"(263),被贝丝看作她之所以找不到丈夫的主要原因。就是这样一个姐姐,在打给妹妹的电话里大谈美国安全所面临的严峻威胁的可能来源,包括贴着"阿根廷牛皮"或"巴西咖啡"标签的"核武器"、装满"液态丙烷"而不是石油的"油轮"、放在泽西城里或贝永桥②下的"塞姆汀塑胶炸药或硝酸铵炸药",还

---

① 哈里斯堡(Harrisburg),宾夕法尼亚州首府。
② 贝永桥(Bayonne Bridge),连接纽约州和新泽西州的大桥,位于新泽西州贝永市和纽约州斯塔滕岛(Staten Island)之间,桥长1762米,宽26米,1931年建成时是世界上最长的钢铁拱桥。

哀叹"资本主义太开放"、恐怖分子发动袭击的机会太多、"我们再也不快乐——我们美国人"。贝丝对赫尔迈厄尼"把一切都看得这么严重"感到"可悲",便开导说,世上总有危险和灾难,但"大多数人仍然在跌跌撞撞地活着"。赫尔迈厄尼根本听不进去,顺着自己的思路接着说,"在一切地方、任何地方",恐怖分子只要有"一枚小炸弹、几支枪",就能结束我们的性命。她还强调道,现如今,计算机"除了图书馆,还进了厂矿、银行、经纪行、航空业、核电厂……"她有点失控了,告诉贝丝"我可以连续不停地说下去"。"对此我并不怀疑,"贝丝回应道。但赫尔迈厄尼"完全没有领会"贝丝话里的"挖苦意味",真的又说了一大堆,主要意思是恐怖分子可能会针对已经普及的计算机发动"网络袭击",使"一切陷入瘫痪"(133)。这番枯燥无味的谈话最终结束时,贝丝说了"跟你谈话很愉快",明显是在"撒谎"(135),但这也是赫尔迈厄尼无法领会的。让如此自负、迟钝的人担任国土安全部部长助理,部长选用干部的水平和部里各项工作的开展情况是不难想象的。

　　与她的自负和迟钝一样,赫尔迈厄尼简单绝对的思维和说话方式也是她缺乏人性的一种表现。在上面介绍的她与贝丝的谈话中,她就用了"再也不能""一切地方""任何地方""所有人""极其严肃""一切陷入瘫痪"等简单绝对的说法,排除了任何别的可能。更值得注意的是,赫尔迈厄尼的这种简单绝对在国土安全部里是一种普遍倾向,尤其是在对待穆斯林和阿拉伯世界的态度上。赫尔迈厄尼对贝丝透露,哈芬瑞福收到了许多有关新泽西州北部的阿訇们的报告,说"他们全部都在讲道中极力诋毁美国,有的甚至……主张对这个国家采取暴力"(134)。对于这些简单绝对、难以置信的报告,赫尔迈厄尼深信不疑,因为它们完全符合她非此即彼、二元对立的思维方式。这也是哈芬瑞福的思维方式。贝丝在电视上注意到,哈芬瑞福爱搞对立、非常"好战","使得阿拉伯人和自由主义者相互戒备"(130)。赫尔迈厄尼的简单绝对不仅表现在她对待阿拉伯人的态度上,也表现在她对待犹太人的态度上。仅仅因为妹婿杰克是犹太人,赫尔迈厄尼就"从来也不想跟杰克说话"(265)。后来发现杰克有用,能帮她找到艾哈迈德的下落,她才要贝丝去叫他,并说即使他睡着了也要把他叫醒,"就这一次"(266)。"就这一次",赫尔迈厄尼想叫醒杰克,想跟他说话。过了这一次,赫尔迈厄尼是否还想跟他说话就难说了,很可能又会"从来也不想",因为她这一次想跟杰克说的只关乎艾哈迈德,丝毫没有深入了解杰克并与他建立深厚友谊的意向。

贝丝只是在电视上间接地注意到哈芬瑞福"好战"。对于哈芬瑞福的这一特点,《恐怖分子》里还有一些直接的描写。他在书里第一次出现时,叙述者在简介中说他是一个有着"德国佬的名字"的"右翼"分子(32),似乎想预告读者,这是一个冷酷而又封闭的人。此人在书里的最后一次出现是在一个星期天的下午。他"厌恶在星期天被拉回办公室",但这天他被硬拉了回来,所以他就"情绪恶劣"、言行粗暴,令赫尔迈厄尼"畏惧"(255)。使哈芬瑞福星期天不得不回办公室的是一件非常特别的事,令他一想起来就忍不住叫喊"真倒霉!"这件事就是他失去了一个"有价值的人",一个会讲阿拉伯语又效忠美国政府的特工。这个人就是在艾哈迈德执行爆炸任务前夕被恐怖分子识破和杀害的查理。他的尸体是这个星期天的上午被发现的。哈芬瑞福对赫尔迈厄尼说,这个特工之所以被杀,是因为他们没有几个适合被派到穆斯林社区活动的特工,力量太弱,结果就是"我们还没来得及提裤子就被他们(恐怖分子)捉住了"①。认为阿拉伯语使人"弱智"的哈芬瑞福,看到恐怖分子网上聊天记录里的"天空将在西河之下裂成碎片""光明即将来临"等话不知所云,便不耐烦地说:"那说的是他妈的什么意思?"接着,他又叫赫尔迈厄尼原谅他说了"粗话"(259)。总之,这位国土安全部部长语言粗野、脾气暴躁、境界低下、思路简单,确实如叙述者所言,是个"右翼小丑",在很大程度代表了艾哈迈德眼里的美国"撒旦政府"。

哈芬瑞福也不是毫无自我意识。他曾对赫尔迈厄尼透露自己的艰难处境:"无事发生,我就是一个紧张制造者。有事发生,我就是一个拿着国家薪水不干事、让数千人丧命的寄生虫。"(48)为了避免"拿着国家薪水不

---

① 俗语,比喻被打了个措手不及。

干事"的指责,他派查理打入恐怖分子内部,想通过他来摸清新泽西北部恐怖分子的组织及其动向,把他们一网打尽。这未尝不是一个值得尝试的方案,但在具体实施过程中出现了一系列的问题和意外:哈芬瑞福低估了恐怖分子的智力;部里没有足够的合适人力可以投入;打入恐怖分子内部的查理按哈芬瑞福的说法"不按规程办事"(259),因过早暴露身份而被恐怖分子杀害;拉希德等恐怖组织核心成员提前逃走;艾哈迈德开着装满炸药的货车按时开往林肯隧道,若不是杰克在接到赫尔迈厄尼的电话后及时拦截,恐怖分子所说的"天空将在西河之下裂成碎片"的情景就会变成现实。可以说,哈芬瑞福的这一方案基本上是一个失败,尽管它使得这一地区的恐怖组织暴露出来。

就艾哈迈德的个人生活而言,哈芬瑞福的这一方案完全是一场灾难,因为正是在实施这一方案的过程中,查理最终把艾哈迈德变成了恐怖分子。总之,对于艾哈迈德变成恐怖分子的这一结果,除了穆斯林极端分子拉希德的诱导、"美国宗教"及其所导致的恶劣社会环境的逼迫,美国政府的反恐方案也脱不掉干系。

四、"破处"与反恐

《恐怖分子》是写恐怖分子及其恐怖活动的恐怖小说,也是写政府和民间以不同方式与恐怖分子作斗争的反恐小说。

小说里,国土安全部所组织的反恐行动可以说是一个失败,因为这一行动并没有达到把恐怖分子吸引出来一网打尽的目的,还险些损失了林肯隧道。厄普代克这么写,有表现恐怖分子狡猾和政府官员无能的意图,也有对政府的反恐方式是否合适、怎样才能有效反恐等根本问题的思考。这一思考不仅表现在他写了国土安全部反恐行动的失败,也表现在他写了杰克通过劝说成功使得驾驶炸药车进入林肯隧道的艾哈迈德在最后关头放弃引爆炸药的打算,然后调转车头去警察局自首。也就是说,厄普代克在《恐怖分子》里写了文武两种形式的反恐。国土安全部用的是武的形式:先派遣特务打入恐怖组织内部诱使他们暴露,再动用武装力量将他们一网打尽。杰克用的是文的形式:通过交流沟通改变恐怖分子的思想观念,使他们自愿放弃恐怖主义立场。所以国土安全部的失败是尚武的武力反恐的失败;杰克的成功是尚文的思想反恐的成功。在结局不同的两种反恐形式的对照中,不难看出厄普代克的思想倾向。其实,在《恐怖分子》里,厄普代克写的主要是思想斗争,不是武力斗争。这一思想斗争主要表现在艾哈迈德身边的人,包括查理、乔瑞林和杰克等,试图把他从拉希德指引的恐怖主义道路上拉回来的努力上。通过这一斗争,厄普代克试图深入探讨恐怖分子产生的思想原因、他们的主要特征以及从思想上转变他们的可能性。

在厄普代克看来,恐怖分子尤其是艾哈迈德这样的年轻恐怖分子的一个主要特征就是单纯,表现为社会知识缺乏和思维方式简单。因此,要想把他们从恐怖主义的道路上拉回来,就必须增加他们的社会知识,改变他们的思维方式,使他们由单纯变得成熟。① 这个消除单纯、使其变成熟的过程,用查理的话来说,就是"破处"(devirgination)(217)。在《恐怖分子》里,破处最初是查理通过泰勒诺尔对乔瑞林提出的要求,即要求乔瑞林在向艾哈迈德提供性服务的过程中破除艾哈迈德的童贞。雇主出钱找人为自己的雇员破处,这样的事情并不多见,所以乔瑞林警告艾哈迈德说,他雇主这么做显然是在笼络他,背后一定有不可告人的目的,叫他趁早"离开那辆货车"(227)。乔瑞林这里所说的破处是指身体上的,而查理尤其是厄普代克所说的破处指的就不仅仅是身体上的,更主要是思想上的。这种思想上的破处可以分为两个层面:一是使艾哈迈德在亲密接触和深入了解他人的过程中了解现实世界的真实、复杂、魅力和极端化宗教世界的虚幻、简单、乏味,使他对现实和宗教获得新的视角和认识;二是

---

① 赫尔曼没有考虑艾哈迈德的单纯,认为他的问题的主要根源是使他既不属于阿拉伯人又不属于美国人的"混血身份",因而得出结论说,"他决定成为自杀式爆炸者的主要原因不是对美国外交政策的痛恨,而是寻找归宿的愿望"。[Peter C. Herman, "Terrorism and the Critique of American Culture: John Updike's *Terrorist*," *Modern Philology* 112, no. 4 (May 2015): 691–712.] 这一观点有一定道理,但也会导致对作品中许多描写及其政治意味的忽视和曲解。

通过让他了解真实女性的魅力，改变他对天堂里的虚幻仙女乃至整个天堂的看法，动摇他为了进入天堂、得到仙女而投身圣战、牺牲性命的动机。

艾哈迈德的单纯是小说从第一句话就开始表现的。在这第一句话里，艾哈迈德不分青红皂白地把中央高中的师生统统称作"魔鬼"，就是一种简单绝对的单纯做法。书里有一个细节能够很好地说明，他的同学不都是一模一样的。在他们的毕业典礼上，被叫上台去领毕业证的学生虽然穿的学位袍是相同的，但他们袍子下面露出来的鞋子却是不同的，比如有"破烂的耐克鞋""细高跟女鞋""宽松的凉鞋"（111）。这些鞋子多少能反映穿鞋者的家庭条件和个人爱好等方面的差异。但这时的艾哈迈德还注意不到类似的差异。他眼里只有穆斯林和非穆斯林或"魔鬼"之间的差异。这就是为什么乔瑞林邀请他去她的教堂听她唱歌时，他拒绝了。乔瑞林知道艾哈迈德信伊斯兰教，知道"他的宗教使他远离了毒品和恶习"，但也清楚他的宗教"使他清高，超然于他的同学和学业之上"。乔瑞林对他说的第一句话是"高兴一点，艾哈迈德。情况不可能如此糟糕"。艾哈迈德不无保留地应道，"情况是不糟糕。我没有悲哀"。"你表情有点严肃。你应该学会多笑笑，"乔瑞林建议道。"为什么呢？"艾哈迈德问。"别人就会更喜欢你，"乔瑞林说。"我不在乎那个。我不需要别人的喜欢，"（8）艾哈迈德毫不含糊地告诉她。艾哈迈德这里说的别人，指的就是非穆斯林。在了解艾哈迈德的想法的同时，乔瑞林也注意到他的衣服，发现他上身穿的是"白衬衫"，下身穿的是"黑牛仔裤"，黑白分明，与他对待穆斯林和非穆斯林的态度以及他的思维方式有些相似。当乔瑞林向他发出邀请时，艾哈迈德的第一反应是"震惊"和"厌恶"，然后"严肃地"告诉她，"我的信仰跟你的不一样"。乔瑞林的反应倒是"轻轻松松""漫不经心"。她告诉艾哈迈德，她对信仰"并不在乎"，"只是喜欢唱歌"（10）。艾哈迈德便说乔瑞林的想法令他"悲哀"，因为"你如果不在乎宗教，你就不应该去"（10—11）。就这样，他拒绝了乔瑞林的邀请。

艾哈迈德这时的想法很明确，那就是信仰问题不是儿戏，应该认真对待；另外，信仰是无法改变的，持不同信仰者没有必要深入交流，也不应进入对方的教堂。然而乔瑞林也是好学生,又是学校唯一与他彼此都有好感的女生,所以看着快步离开的乔瑞林的背影,艾哈迈德又觉得不该拒绝她的好意,感到"处世困难……,因为世上有魔鬼,在忙于混淆事物、变直为曲"(11)。在这些爱好"混淆"、能使人"变"的"魔鬼"的影响下,艾哈迈德后来还是去了乔瑞林的教堂听她唱歌。有关艾哈迈德进黑人教堂听唱歌一事,厄普代克用了 24 页的篇幅作了详细描写,从艾哈迈德刚进黑人教堂时的感觉一直写到演唱结束后他送乔瑞林回家,显然是将它看成艾哈迈德思想破处过程中的一个重要事件。

一走进黑人教堂,艾哈迈德就感到十分不适。教堂窗户上的彩色玻璃令他"眼花缭乱"。彩色玻璃上描绘着关于基督教上帝"短暂而又不光彩的一生"的故事。在这些故事里,艾哈迈德"找不到丝毫安慰"。想到基督徒崇拜"已死的上帝",艾哈迈德仿佛闻到"一股难以捉摸的臭气"(49)。教堂里男女"混杂"、摆设"混乱"、各种声响"令人头晕",总体氛围有点像"开映前的电影院,而不像神圣的清真寺"(49—50)。穆斯林都是跪在或坐在地板上,以"强调上帝高于他们",基督徒则都是坐在凳子上,令不习惯这么坐的艾哈迈德觉得自己"高得有点晕眩和非礼"。艾哈迈德还觉得,在坐在凳子上的基督徒眼里,上帝就像一个"表演者"(50),演完了就会下台,被别的表演者所取代。总之,坐在他的位子上,艾哈迈德浑身不自在,开始责怪乔瑞林使他进入这样一个"陷阱"。他屏住呼吸,仿佛要躲避什么"污染"(51)。

礼拜仪式终于开始了。先是唱诗班唱了一首歌,接着是一位黑人牧师带领大家祷告。之后,这位牧师来到布道坛上布道。① 他讲的是摩西带领上帝的选民走出奴隶制、后来却在进迦南时没有得到上帝许可的故事。为什么摩西没有得到许可呢?牧师向大家提出了这个问题。大家开始思索原因,牧师便打了一个岔。他说,摩西当时是上帝的代言人,而现

---

① 整个过程的叙述都是通过艾哈迈德的视角。艾哈迈德称牧师为"基督教阿訇"(Christian imam),称布道坛为"敏拜尔"(minbar,即清真寺讲经坛)(52),在语言上将基督教与伊斯兰教作了混合。作品也通过混合不同视角和不同语言制造了一些喜剧效果。

在代言人已经比比皆是,华盛顿的总统有代言人,曼哈顿和休斯敦的公司老板有代言人,有些场合,代言人说话似乎更加"自如"(52)。教堂里响起了笑声。牧师接着说,但这不是"玩笑",而是一种"进化",已经造成了一个严重后果:"再也没有人相信自己能够为自己说话了。"(53)在大家的沉默中,牧师把话头转向自己,说他此时如果有一个代言人,就会回家看电视,再吃上两片美味的法式面包,这种面包他妻子常会在无节制地买了新衣服或鳄鱼皮包后为他做。笑声再次响起。

就在艾哈迈德怀疑牧师是否"已经忘了他为何在此"(53)之时,牧师突然睁开了眼睛,俯身指着讲台上的《圣经》说:"原因就在这里;上帝在《申命记》第32章第51首诗里给了原因:'因为你们在寻的旷野,加低斯的米利巴水,在以色列人中没有尊我为圣,得罪了我。'"①念完之后,牧师发问,令艾哈迈德觉得牧师似乎就是在问他:"那是什么意思?'得罪了我'?'没有尊我为圣'?"没有人知道。牧师又指着《圣经》说:"答案都在这里面,朋友们。你们需要知道的一切统统都在这里面。"(54)接着,牧师就介绍起《圣经》里的记载。摩西在率众离开埃及的路上,派了12个人前去探路。这些人去了内盖夫和约旦河以北,回来以后报告说,他们抵达的那个地方流淌着牛奶和蜂蜜,但那里住着亚纳人,他们都是巨人,一般人在他们跟前小如蚂蚱。闻此消息,许多人不敢前进,心想与其死在那些巨人刀下,不如返回埃及继续当奴隶,法老毕竟还向他们提供食宿,让他们活着。摩西和亚伦(Aaron)同意大家的意见,认为大家离开埃及后流浪得太久,旷野里的生活太艰难。但探路者中的迦勒(Caleb)和约书亚(Joshua)反退主进,认为亚纳人并不可怕,因为"上帝和我们在一起"。他们俩的言论引起普遍不满。人们骂他们为"多嘴的无赖",捡来有棱有角的石头准备砸死他们。就在这时,上帝出现了,告诉摩西,他曾通过许多神迹显现,但人们仍然不信他,"宁要他们认识的魔鬼也不要他们不认识的上帝"(56),坚持要返回埃及、法老和奴隶制。对于这些"没有信仰"的

---

① 译文参考了《旧新约全书》,香港:浸信会出版部,1980年,第254页。

"邪恶的人们",上帝说,"我不能忍受"。他杀死了除迦勒和约书亚之外的所有探路者,判所有其他不信上帝的邪恶之人"毙命旷野",判他们的子女"流浪旷野40年"。上帝的代言人摩西出来为大家求情,上帝断然拒绝,说他"已厌倦了所有这种宽容",他想要"辉煌的转变",想要邪恶者的"尸体"(57)。后来,上帝果然用瘟疫惩罚了邪恶的人们。

介绍完《圣经》里的记载,牧师对大家评论道,上帝其实一直与他们在一起,给他们机会与他一起前进,可是他们最后犹豫了,因为犹豫、谨慎和胆怯而背叛了上帝。摩西和亚伦"随风转舵"(58),言行如同今天的那些普遍相信民调和代言人的政客,因此就没有得到进入迦南的许可。他们没有认真权衡,没有让上帝支配他们的行动;虽有合乎人之常情的善意,但对上帝没有足够的信仰。"上帝是值得信赖的。他说了要做不可能做到的事,他就会做,别说他不能,"牧师说道,令艾哈迈德和周围激动不已的听众一样"兴奋起来"(59)。"信仰,"牧师接着说道:

> 他们没有信仰。那就是为什么他们是群邪恶之人。那就是为什么以色列人遭遇了瘟疫、耻辱和败仗。他们的部族始祖亚伯拉罕有信仰,曾举刀要把他唯一的儿子以撒变成祭品。约拿在鲸鱼肚子里有信仰。但以理在狮窝里有信仰。耶稣在十字架上有信仰——他曾责问上帝为什么要抛弃他,但随后就转向旁边十字架上的那个窃贼,向那个人、那个罪人、那个社会学家眼里"顽固不化的罪犯"承诺,就在那一天,他将和他一起住进天堂。马丁·路德·金在华盛顿的林荫道上有信仰,在被詹姆斯·厄尔·雷杀害时所住的孟菲斯那家旅馆里有信仰——金牧师去那里为支持罢工的环卫工人,那些地位最低的下层人,那些清理我们的垃圾的贱民。罗莎·帕克斯①在亚拉巴马州蒙哥马利市的公交车上有信仰。她坐在了公交车前面的椅子上。

---

① 罗莎·帕克斯(Rosa Parks, 1913—2005),美国非裔民权运动活动家,1955年12月1日在公交车上因没有按司机的命令把自己位于黑人区的座位让给一个在白人区没找到座位的白人而被捕,从而引发了一场大规模反种族隔离的运动。后被美国国会称为"民权运动之母"。

这是那些以色列人所没有做的。他们不敢坐在公交车前面。上帝告诉他们,"过去吧,就在司机背后,在到处是牛奶和蜂蜜的迦南那个地方,那就是你们的座位,"但他们说,"我们不要,谢谢,上帝,我们喜欢坐在公交车后面。我们正在玩赌博小游戏,我们有一品脱的四玫瑰可以分享,我们有极好的小烟斗和海洛因针,我们有未成年的痴情女友,生下私生子我们就放进准备扔掉的鞋盒子里或市郊的废品回收箱里——别叫我们上山,上帝。我们不是那些巨人的对手。我们不是公牛康纳①及其警犬的对手。我们就想待在公交车的后面。这里很好很暗。非常舒适。"(59—60)

说到这里,牧师又开始用自己的嗓音说话,叫大家别学他们,并问大家需要什么,有几个人回答信仰。牧师嫌声音不大,连续问了两次,得到了越来越响亮的答复。牧师问信仰谁,大家回答上帝。牧师又问谁的上帝,得到了许多不同的回答,包括亚伯拉罕的上帝、约书亚的上帝、大卫王的上帝、耶稣的上帝、玛利亚的上帝、拔示巴的上帝、西坡拉的上帝等。牧师大声说,"我们所有人的上帝"(61)。

小说叙述者这时插话说,牧师这是"在与魔鬼搏斗,甚至在与艾哈迈德的魔鬼搏斗"(61)。艾哈迈德原来以为基督徒没有信仰,现在开始发现他们也有。艾哈迈德原来以为基督教的上帝与伊斯兰教的上帝不同,现在开始觉得二者有相通之处。"亚伯拉罕"和"诺亚"等名字艾哈迈德并不陌生。艾哈迈德甚至想起先知在《古兰经》第3章里的教导:"我们相信上帝,相信上帝给予亚伯拉罕、以实玛利、以撒、雅各及其部族的启示,也相信上帝给予摩西、耶稣以及众先知的启示。我们不对他们作任何区分。他周围的这些人也相信神启,尽管方式不同。你们为什么不信神迹?为什么要将信者驱离上帝之道?"(59)

---

① 公牛康纳(Bull Connor,本名 Theophilus Eugene Connor,1897—1973),美国民权运动期间担任亚拉巴马州伯明翰市的公共安全专员,主管伯明翰市的消防局和警察局,曾下令对民权运动参与者使用消防水带和警犬。因实施种族隔离和拒绝黑人民权方面的丑恶言行而被广泛看作种族主义的象征。

这时,乔瑞林所在的唱诗班开始演唱。他们唱的是一首歌颂耶稣的歌,称赞他是人类最好的朋友,为人类分担了所有的罪恶和痛苦,受到朋友的鄙视和抛弃也在所不惜,始终如一地向人类提供关爱和慰藉。歌里唱道,"在祈祷中向上帝倾诉一切是莫大的荣幸",而人类的罪恶和痛苦的根源就在于没有这么做,令艾哈迈德想到自己"爱好祈祷",产生了"让他头脑中的那个无声嗓音向在他身边等候的沉默倾诉时的感觉"。看到唱诗班里的歌手们异口同声、整齐划一,"就像一支部队在前进,毫不畏惧敌人的进攻",艾哈迈德想到了清真寺里的情形,那里只有"阿訇的单一声音在吟咏富有乐感的《古兰经》"(63)。在唱诗班演唱的过程中,风琴演奏者的技艺也给艾哈迈德留下了深刻印象。这位风琴演奏者的身体忽上忽下地蹿动着,常让人觉得他是在跟着自己的感觉弹,而实际上他又是一直在配合着大家。艾哈迈德"从未听过风琴的键盘发出如此多的音调"。与此同时,唱诗班歌手们的激情演唱也"给予那位肥胖的风琴演奏者以表现自我的机会"。这时,乔瑞林终于等到了她的独唱部分。她深深吸了一口气。艾哈迈德的心脏由于担心而几乎停止了跳动。但乔瑞林一开口就令他觉得像是"展开了一根明亮的丝线"。他发现,乔瑞林的嗓音"年轻、纤细、纯洁,在她的紧张消失之前略有一点颤抖"。唱着唱着,"乔瑞林的嗓音放松下来,呈现出一种黄铜色,带有一种尖锐的锉磨声,接着就是一个自由的突升,发出像孩子祈求进门时的叫喊那样的一个高音"(64)。这时,乔瑞林旁边的一位胖女士的嗓音突然加入进来。乔瑞林调整了一下嗓音,与她达成"和谐",她自己的年轻嗓音也开始变得更加"粗犷"和"忘我"(65)。不久,其他歌手都加入进来,歌曲节奏开始加快,风琴声也攀爬和跳跃起来。"耶稣、耶稣、耶稣。谢谢您,耶稣。谢谢您,上帝。谢谢您的爱,整日又整夜,"歌手们越来越快地唱着,台下的呼应也越来越响。到了他们唱完最后一句——"在祈祷中向上帝倾诉一切、一切、一切渺小的往事",艾哈迈德觉得"眼睛发烫,肠胃翻动,快要呕吐"(66)。

总之,在黑人教堂里的这一经历对于打开艾哈迈德的封闭具有一定作用,重视信仰、合作和社会改造的黑人教徒让他对基督教的复杂性有了初步了解,也让他在与基督教的联系中增进了对伊斯兰教的认识。艾哈迈德对乔瑞林有了更多了解,起码了解到乔瑞林的嗓子"极好""非常纯",尽管他觉得它的用法"不纯",没有服务于穆斯林的信仰和上帝。不信穆斯林的上帝就是"无信仰者",而"无信仰者"在艾哈迈德的导师拉希德眼里就是"敌人","必须被消灭"(68)。乔瑞林不懂艾哈迈德怎么会赞同这样的观点。艾哈迈德郑重告诉她:"我是一个虔诚的穆斯林,在这个嘲笑信仰的世界上。"乔瑞林问艾哈迈德除了关注"是"什么,是否也想过"感觉"什么。艾哈迈德说"是"和"感觉"通常"连在一起"(69),"是"好人就会有好"感觉"。乔瑞林问艾哈迈德平时怎么找"乐趣"。艾哈迈德说途径跟其他人差不多,并列举了足球、田径、在商店打工时观察顾客等途径,有意回避了乔瑞林所指的那种乐趣,因为那在"一个虔诚的穆斯林的生活中并不重要"。"因此严格说什么也没发生过,是吧?"——乔瑞林问艾哈迈德,意思是他一定还是个处男。乔瑞林叫艾哈迈德别送她回家,别自找"烦恼"。艾哈迈德坚持要送,同时也承认,伊斯兰教里有禁律,主要为保护女性,因为"她的价值取决于她的贞洁"。乔瑞林不禁喊了起来,"在谁的眼里?……由谁来作这种价值判断?"被乔瑞林的问话逼到"信仰的边缘"的艾哈迈德答道,"在上帝的眼里",上帝通过先知说过:"吩咐那些轻信的女子们避开诱惑、保持纯洁。"(70—71)

为了让艾哈迈德看到其言行之间的距离、走出被其言所封闭的自我,乔瑞林问艾哈迈德是否觉得她暴露了太多的乳房,并说她注意到他视线的走向。听到乔瑞林说出的乳房一词,艾哈迈德心里"乱"了起来,但立即又"凝视前方",严肃地说:"纯洁本身就是目的。正如我们所谈到的,那既是好人品,又是好感觉。"乔瑞林便问,当那些身强力壮的男青年烈士们进入天堂,那里的处女们还能否保持纯洁。艾哈迈德借用导师的话答道,美德所得到的报答是"极乐",那是一种无法用一般语言表达的状态,因此便有了天堂处女这一"意象"。这就是说,被"痴迷于性的西方"拿来"嘲笑"(71)的天堂处处女并不是真实的存在,因而问天堂处女能否保持纯洁这样的问题没有意义。乔瑞林又问:"假如一切都不真实——假如你死了而那里什么也没有,丝毫也没有,那么所有这些纯洁又有什么意义呢?"艾哈迈德答道,如果一切都不真实,那就说明这个世界"太可怕",他就会"毫无遗憾地离开它"。乔瑞林忍不住说他是"百万里挑一",并说清真寺里的那些人一定"爱死他了"。艾哈迈德说清真寺里有许多像他这样的人,并解释说,清真寺教给信徒许多被美国基督教鄙视为不真实的东西,比如"尊重""简朴""节制",而美国的总统鼓动人们做的是"购买""自私自利""追求物质"。"人类的精神,"艾哈迈德总结道,要求的是"自我节制","对物质世界说'不'"(72)。

听了艾哈迈德的上述想法,乔瑞林说艾哈迈德"可怕",似乎"痛恨生命"。她争辩说,精神出自肉体,没有肉体就没有精神,因此恨肉体就是恨人自己,恨"使人成为人的血肉和粪便"(72)。面对这个反对他的"纯洁欲"的女生,艾哈迈德又有了一种居高临下、"俯视"爬虫的感觉。他纠正乔瑞林道,人们不应恨肉体,但也不应成为肉体的奴隶,当下到处都是此类奴隶,有"毒品的奴隶、时尚的奴隶、电视的奴隶、自命不凡的体育明星的奴隶、他人的渎神胡话的奴隶"等。他说乔瑞林有"善良的心",却"懒于思考",所以正"径直走向地狱"。但乔瑞林严厉回击道,真正不知方向和未来的恰恰是他自己:"你才不知前进方向。你才不知将会遇到什么样的糟糕结局。"这时,乔瑞林已经到家。看着乔瑞林家破旧的木质门面,想到自己家的砖房以及自己的那些令乔瑞林生气的言论,艾哈迈德感到了"内疚"(73)。

艾哈迈德这里能感到内疚,如同他在黑人教堂里能感到震撼,也能反映出他的善良和单纯。这些特点使他容易对某些东西产生同情和共鸣,即使这些东西属于自己的"敌人"。对于这样一个善良的单纯者,查理说要找人为他破处,除了乔瑞林猜想的为拉拢他干不可告人的勾当,还有乔瑞林难以猜想的思想破处及其背后的反恐意图。不论乔瑞林如何理解查理的意图,她努力按查理的要求做了,在很大程度上造成了查理所期待的效果,也进一步丰富了书里的人物形象和主题思想。

那天,当查理对艾哈迈德说有个"约会对象"(216)在库房楼上等他时,艾哈迈德没有想到真有个对象而且竟是乔瑞林。乔瑞林也没想到"需要破处的男孩"(217)竟是艾哈迈德。一番寒暄之后,乔瑞林就开始脱衣服,问艾哈迈德喜欢她怎么做。艾哈迈德坚守《古兰经》里的教导,不愿在与一个穆斯林好姑娘正式结婚之前破处,但他也确实喜欢乔瑞林,便同意和她"一起躺一会儿说说话"(221)。于是他们俩就聊了起来,从乔瑞林的男朋友泰勒诺尔聊到艾哈迈德的上帝。乔瑞林说自己为泰勒诺尔卖身挣钱,完全是出于对他的爱。艾哈迈德说自己依然坚持走"正道",伊斯兰教依然是他的"慰藉和向导"。但他也对乔瑞林承认,由于人人只想自己不想上帝,他觉得上帝太"孤独",想去天堂陪他。艾哈迈德对乔瑞林敞开了心扉。了解了他的思想负担的乔瑞林十分同情,告诉他"也许上帝给了我们彼此,就是为了使我们不像他那样孤独",还要他设法超越所有那些荒唐的想法,以免被它们"逼疯"。隔着乔瑞林的皮肤,艾哈迈德感到了乔瑞林的"一颗爱心"(225)。完事之后,乔瑞林对艾哈迈德说:"对于你那戴着头巾的新娘,你依然是一个处男。"但思想已发生变化的艾哈迈德却认为"这样的新娘也许永远不会有了",声称乔瑞林就是"最接近"(226)其新娘的人。

既要履行与查理的合同,又要尊重艾哈迈德的意愿,乔瑞林便选择了隔着牛仔裤为艾哈迈德破处的做法。这种做法虽然没达到肉体上的标准,在精神上却造成了查理想要的效果。当查理再次见到艾哈迈德并问他是否觉得像个"新人"时,艾哈迈德给了一个十分肯定的答复,说自己获得了看待生活的"新镜头"。查理听了连声叫好,说没有任何性经验的人就"没有真正生活过"(230)。这就是说,查理为艾哈迈德所作的这一破处安排的目的,除了让他获得肉体上的满足,更是为了提升他的精神,让他获得了看待生活的"新镜头",了解什么是"真正"的生活。对艾哈迈德而言,这个看待生活的"新镜头"就是与拉希德所提供的镜头不一样的镜头;这种"真正"的生活就是与拉希德所提倡的生活有着本质区别的生活。之后不久,艾哈迈德便有了违背拉希德的期待的想法和决定。

在与艾哈迈德的最后一次会面中,为了坚定他献身圣战的决心,拉希德除了强调圣战的崇高性,还提到艾哈迈德的母亲将收到一笔补偿金。艾哈迈德说他母亲能够自食其力,问拉希德是否可以把补偿金发给一位与他同年的女性朋友,以帮她"获得自由"。拉希德听到这个问题,立即就"睁开了眼睛",盯着艾哈迈德说:"什么是自由?只要我们还存在于肉体之中,我们就是肉体及其必需品的奴隶。……在生命变得破旧不堪、精疲力竭之前把它奉献掉。那是莫大的快乐。"(235—236)拉希德这是在提醒艾哈迈德不要过多考虑肉体以及肉体关系,以免影响献身圣战的决心。拉希德还对艾哈迈德说,如果他"心有畏惧",他可以退出,"圣战的自愿者数不胜数,即使在这个罪恶的反宗教故乡"。有了"新镜头"的艾哈迈德意识到拉希德在"操纵"他,但他接受这种操纵,认为这能调动他体内的"神圣潜能",便说他绝不放弃自己的使命,即使他觉得自己在其中"被压缩成虫子那么大小"(237)。拉希德终于放心了,就叫艾哈迈德把这位比他母亲还重要的女性朋友的姓名给查理,说查理会处理好此事。但艾哈迈德更愿意把她的姓名给拉希德,怕了解她的查理会"看不起"他的决定。拉希德只好同意,尽管他"讨厌"艾哈迈德为了这位女性朋友而制造的这些"麻烦",认为这"玷污"了艾哈迈德的"纯洁"。这个"纯洁"已被"玷污"的艾哈迈德,可以说就是已被"破处"、已获"新镜头"的艾哈迈德。通过这个"新镜头",艾哈迈德发现自己是许多"过季的苍蝇"(238)中的一只,被困在冬天的一间暖房里,不停地往透进明媚阳光的窗户玻璃上撞,不久就会死去。

在为艾哈迈德破处一事上,乔瑞林无疑作出了重要贡献,但她的贡献主要是她的言行所产生的客观效果,不是源自她的主观意图。她请艾哈迈德去黑人教堂,只是为了叫他听她唱歌。她与艾哈迈德上床,只是为了履行服务合同。也就是说,乔瑞林为艾哈迈德破处,并不是出于反恐的目的。当然,她喜欢艾哈迈德,希望艾哈迈德能够安全快乐地活着,不希望他稀里糊涂地落入包括恐怖主义在内的任何圈套、遭遇任何不测,因此她建议艾哈迈德尽快离开出钱找人为他破处的查理,觉得如此善待他的查理一定有什么不可告人的目的。没有反恐意识的乔瑞林想象不到,查理

第七章 宗教与恐怖主义:厄普代克的《恐怖分子》 267

的不可告人的目的就是反恐。这个目的之所以不可告人,一是因为查理是打入恐怖组织内部的中情局特工,其身份不可告人;二是因为查理需要把艾哈迈德变成一个短期的恐怖分子,一个他可以用来发现其他恐怖分子的工具,其任务不可告人。查理为艾哈迈德安排破处,确实有乔瑞林所说的拉拢艾哈迈德的意图,因为查理必须与他搞好关系,把他完全笼络住,以确保他能成为一个可以利用的恐怖分子。但为了能在利用艾哈迈德打掉恐怖组织之后迅速地把他由恐怖分子变成合格公民,查理也必须尽早为他做好思想上的破处工作,以免他在恐怖主义泥沼中陷得太深,最后无法挽救。

乔瑞林为艾哈迈德做的是肉体和情感上的破处,查理为艾哈迈德做的则是思想上的破处,用的主要是他丰富的历史知识。与查理接触没有多久,艾哈迈德就发现查理"对于古代冲突的知识多得惊人"(178)。联系他们所属的新泽西在美国独立战争中的重要地位,查理对艾哈迈德重点谈了独立战争进入艰难时期后华盛顿在新泽西力挽狂澜的历史。查理一上来先介绍了华盛顿所面临的艰难局面:英军长驱直入,大陆军节节败退,同时还遭受了疾病、士兵开小差、严寒、物资匮乏等问题的困扰。当时,在华盛顿的军队里,许多士兵都是衣衫褴褛,光着双脚。但就是在这种极端不利的情况下,华盛顿机智勇敢地率军与强大的英军展开游击战,最后扭转了战局。艾哈迈德一边听一边猜查理对他讲这一"爱国故事"(179)的动机。可以说,查理的主要动机就是增加艾哈迈德对美国历史尤其是美国昔日辉煌的了解,消除美国与伊斯兰世界之间的隔阂,改变艾哈迈德对于美国与伊斯兰世界的简单看法,打开他被宗教极端思想禁锢的头脑,破除他二元对立、非此即彼的僵化思路。简言之,就是在思想上为艾哈迈德破处。

具体说,查理在他讲的"爱国故事"里强调了这么几个要点。他把华盛顿的军队称作"勇敢的自由战士"。这就是说,美国人与穆斯林一样,也曾遭受压迫和歧视,也知道没有自由的滋味。在追求自由解放的路上,他们与穆斯林圣战者一样,也是不畏艰险、不惧牺牲、目标坚定、一往无前。

查理还特意强调了华盛顿带头冲锋陷阵时所骑的那匹战马的颜色,说它是一匹"白马","千真万确",是一匹"地地道道的白马"(179)。查理这么做,似乎是在把骑白马的华盛顿比作骑白马的伊斯兰教先知,强调华盛顿与伊斯兰教先知一样,也是光彩照人、万众敬仰。听到艾哈迈德称华盛顿号召战士乘胜追击溃退的英军是"残忍"(180),查理详细介绍了华盛顿如何肯定被俘英军的勇敢、如何保护他们不受虐待的事迹,向艾哈迈德表明,华盛顿就像伊斯兰教先知那样仁慈和全面。查理还特别强调了华盛顿善于学习的特点,说他学会了如何与新英格兰人相处、如何正确看待奴隶制、如何打游击战。说到游击战,查理又把历史与现实、美国与外国作了联系,说华盛顿就像胡志明,美国人就像基地组织。听到这里,艾哈迈德"倒吸了一口气"(181),显然觉得有些意外。查理接着总结说:"历史不是已经结束和完成的东西,你知道。它也是现在。革命绝不会停止。你割掉它的头,它就会长出两个来。"(182)最后,查理把美国历史与当下的穆斯林圣战挂起钩来:"这些历史上的革命对于我们的圣战很有指导意义。"(183)①

表面上,查理讲这个关于华盛顿的"爱国故事"完全是为了圣战。首先,他在故事里总结了华盛顿以弱胜强的有效做法和宝贵经验,认为它们值得圣战者们借鉴,以确保圣战的胜利。其次,他用故事坚定了艾哈迈德赞同圣战的态度,在讲完故事问艾哈迈德是否"赞成圣战"时,得到了一个

---

① 赫尔曼指出,通过让查理表现美国与基地组织之间的相似性,厄普代克"提出了一个特别的观点,直言不讳地驳斥了后'9·11'时代绝大多数人(认为美国与基地组织不共戴天)的话语",强调了"美国已蜕变成它当年所反抗的敌人"这一事实,同时也"表达并在一定程度上支持了穆斯林对西方的抱怨",从而使《恐怖分子》成为"一部比大多数评论者的所见更值得关注、当然也更具挑战性的小说"。[Peter C. Herman, "Terrorism and the Critique of American Culture: John Updike's *Terrorist*," *Modern Philology* 112, no. 4 (May 2015): 691−712.] 赫尔曼敏锐地注意到书里关于美国与基地组织相似这一被大多数评论者所忽视的写法,对厄普代克之所以这么写所作的两点解释(驳斥那种认为美国与基地组织善恶分明、截然不同的简单绝对的流行观点;通过回顾美国与基地组织先同后异的变化,揭示美国的堕落,支持穆斯林对美国的指责)也很合理,但他的解释只是针对厄普代克为什么要写美国与基地组织的相似性,没有涉及厄普代克为什么要让查理对艾哈迈德强调这种相似性。

十分肯定的答复——"我怎么可能不赞成呢?"(183)然而查理所讲的毕竟是一个颂扬美国民族英雄和辉煌历史的"爱国故事",并不适合培养恐怖分子对于美国的深仇大恨和摧毁美国的坚定意志。而且在讲故事的过程中,查理反复强调华盛顿与伊斯兰教先知以及美国与基地组织之间的相似性而不是差异性,这就难免让读者像艾哈迈德那样猜想查理讲这个故事的真实意图究竟是什么,是加深艾哈迈德对美国的仇恨、激励他参加毁灭美国的圣战,还是培养他对美国的好感和认同、阻止他参加圣战。尤其值得注意的是,在华盛顿的所有特点中,查理强调了他的好学精神,似乎在对艾哈迈德这样年轻单纯的圣战者说,先不要把基地组织和美国之间的差异和矛盾看绝对了、急于参加圣战,而是要像华盛顿那样先好好学习,像他那样敞开思想、尊重实际、在不断摸索和纠错中接近真理和胜利,那样就可能会对自己和世界产生新的看法,就可能不会把圣战看作解决矛盾的唯一途径。所以,查理讲"爱国故事"的动机并不单纯,可以说是打着吸引艾哈迈德的挺恐旗号对他进行反恐教育,为他作思想破处。这也是《恐怖分子》的叙述者一直强调的观点,即反恐要重视思想反恐,要重视学习这一认识和铲除恐怖主义思想根源的有效途径;也是为什么《恐怖分子》里的主要场景都是教学场所,比如中央高中、伊斯兰教中心的《古兰经》学习班以及被查理和杰克变成美国历史、国际政治、社会文化等课的教室的艾哈迈德的货车驾驶室。

在试图通过思想破处来挽救走上恐怖主义道路的艾哈迈德的过程中,中央高中的教师和辅导员杰克起了非常重要的作用。同样是为了艾哈迈德的思想破处,查理用的主要是历史知识,杰克用的则主要是现实知识,包括政治现实和反恐现实等。为劝艾哈迈德升学而第一次约谈他时,听完艾哈迈德说没有上帝的西方大学会"腐蚀"他、没有上帝的西方社会充斥着"性与奢侈品",杰克觉得他的看法过于简单绝对,就问他的《古兰经》导师是否跟他说过,生活在美国这样一个"多元和宽容的社会"里,像他这样的"聪明"孩子应该接触"各种不同观点"。艾哈迈德以"令人惊讶的速度"答了"没有",说拉希德认为:"这样一种相对主义的做法会矮化宗教,使它丧失重要性。你信这,我信那,信什么都行——那是美国的做法。"这就是说,在拉希德看来,穆斯林必须坚持与美国的相对主义做法截然相反的绝对主义做法,为了维护伊斯兰教的地位而坚决灭除其他信仰。了解了拉希德的这种想法,杰克顿时感到了某种危险,就问艾哈迈德是否也"痛恨"美国的做法。听到艾哈迈德说他只恨"无信仰者的做法","并不痛恨所有的美国人"(39),杰克才松了一口气,又换了一个话题。

没能让艾哈迈德放弃就业打算,杰克并不甘心,尤其在发现艾哈迈德的就业打算背后有一个思维方式非常危险的阿訇之后。不久,他就去艾哈迈德家做家访。尽管他此行的主要目的是请特里萨帮助他做艾哈迈德的工作,他还是与艾哈迈德作了一次短暂的思想交锋。见艾哈迈德正在学习货车驾照备考手册,杰克告诉他,年纪不到21岁是拿不到可带拖车、装危险品的货车驾照的。艾哈迈德说他知道,并说货车驾照备考手册很"有趣",想好好学习。杰克发现了一个称赞艾哈迈德的智力并由此再劝他上大学的机会,便说对于艾哈迈德这样"聪明"的年轻人,那方面的知识"颇为简单"。但艾哈迈德反驳说,它其实比杰克想象的要难,因为里面有许多严格的规定,还须为车子维护熟悉所有的部件。杰克只好转换话题,叫艾哈迈德别忽视学业,因为在剩下的一个月里还有许多考试,考不及格就毕业不了。艾哈迈德嘴上说他不会忽视,内心却"憎恨"杰克的"威胁",心想:"他们拼命地要使他毕业,把他打发走。可是毕业了又能进入什么呢?一个偏爱富裕基督徒的帝国主义经济体系。"(80)显然,在这第二次交锋中,杰克输得更惨;他不但没有缓解艾哈迈德心里原有的穆斯林与基督徒之间的宗教矛盾,还引发了穷穆斯林与富基督徒之间的阶级矛盾。

与前两次以守为主、不进反退的态势不同,杰克在与艾哈迈德第三次会面中从头到尾都是主动进攻。这次会面发生在一个极其危急的时刻——打入恐怖组织内部的查理被杀、装满炸药的货车不知去向、美国人的生命和财产随时都有遭受重大损失的可能。杰克的大姨子赫尔迈厄尼从国土安全部打来电话,叫杰克务必找到那个开货车学生的下落。临危受命的杰克迅速来到去林肯隧道的必经之路上,看到艾哈迈德的车子来

第七章　宗教与恐怖主义：厄普代克的《恐怖分子》　271

了立即就一边挥着手示意停车一边扑了上去。正好这时交通信号灯转红，艾哈迈德不得不停。冲到车子跟前的杰克"威严地"敲打车窗，"困惑的"艾哈迈德只好开门。几句关于杰克如何找到艾哈迈德的简短问答之后，杰克就问两个座位中间的那个褐色金属盒是干什么用的。艾哈迈德"厉声"叫他别碰那个盒子，杰克答应了，但毫不客气地叫艾哈迈德也别碰它，说自己在越战期间当过兵，曾"想要证明自己"。接着，他就问艾哈迈德是否理解他所说的"证明自己"的意思，再次使得艾哈迈德"困惑"，令他觉得其思绪就像一些"大黄蜂"正"盲目地往他的脑壳内壁上乱撞"(289)。显然，杰克是有备而来的，就是为了证明自己有勇气和能力阻止这起恐怖袭击。困惑中的艾哈迈德试图"清楚地"告诉杰克，如果杰克想采取任何行动阻拦他，他马上就引爆车上的四吨炸药。说着，他就打开控制箱上的黄色安全阀，让杰克知道下一步只是按下那个红色按钮。杰克说他毫不怀疑艾哈迈德的话，但想说几件他或许想知道的事情。

　　杰克在此紧急关头不采取任何强硬行动，而是要说事情，表明他清楚思想上破处和反恐的重要性。杰克想对艾哈迈德说的主要与查理有关。他告诉艾哈迈德，查理跟他并不是一伙的，而是打入恐怖组织的中情局特工，不知何故引起了恐怖组织的怀疑，在受到拷打之后被割了头，尸体前一天被发现。至于查理的父亲和叔父以及那些接受他们资金的人，除了查理的父亲中风住院、两个准备飞往巴黎的人被捕入狱，都已潜逃。杰克跟艾哈迈德谈这些，是想告诉他，他手里的这项袭击任务其实是一场骗局，他应该遵照他最要好的朋友查理的意愿立即停下："我的意思是，艾哈迈德，你没有必要做此事了。一切都已结束。查理从来也没有让你完成此事的想法。他是想利用你使其他人暴露出来。"但艾哈迈德不愿意停，认为"那将是伊斯兰教的辉煌胜利"，"将给许多不信教者带去死亡和麻烦"。(292)杰克叫艾哈迈德为他母亲想想，艾哈迈德说他对他母亲从来都不重要。杰克说那些受害者都是无辜的，艾哈马斯和哈迈德说无信仰者并不无辜，只有无信仰者才认为他们无辜。艾哈迈德引用上帝在《古兰经》里的话说："要无情对待那些无信仰者。烧死他们，消灭他们，因为他们忘了上帝。他们以为有他们自己就够了。他们爱现世胜过来世。"(294)他还把杰克称作什么也不信的"堕落的犹太人",说若按照《古兰经》里的说法,对于那些放弃信仰的人,"上帝永远也不会接受他们的忏悔"(294)。

显然,要想在思想上为艾哈迈德破处,宗教问题是绝对绕不过去的。杰克便选择从犹太教而不是伊斯兰教入手,说《旧约》里有许多"可恶、可笑"的内容,比如灾难和残杀等,直接从耶和华那里降临人间,不幸被上帝选中的部族遭受无情压制。当时还没有地狱,那是后来基督教发明的,为了"用恐惧来控制人",因此"地狱是折磨","上帝是最大的折磨者"和"种族灭绝的总指挥"。说完,杰克问艾哈迈德是否"赞成这一切"(296)。艾哈迈德没有直接回答,而是为上帝和上帝的代言人辩护了两句,说上帝并不拒绝赔偿人类,还说先知也没有少称赞《旧约》里的亚伯拉罕。接着,他问起杰克以前是否信教,后来又是怎么背离的。杰克说自己生来就是背离者,因为他父亲和祖父都恨犹太教,认为宗教叫人逆来顺受,是世上痛苦的根源,从而改信了共产主义。回答完了问题,杰克说艾哈迈德也许对他说的这些没有兴趣。艾哈迈德却说:"没关系的。我们一起寻找共识是件好事。在以色列出现之前,穆斯林和犹太教徒是兄弟——他们都处于基督教世界的边缘,都是服装怪异的可笑他者,是有钱有势、肤色白皙的基督徒的取悦对象。"听到这里,杰克"又叹了口气"(295),意识到艾哈迈德不但不会放弃针对基督徒的袭击任务,而且还想争取他的同情和支持。

快到林肯隧道时,路上出现了堵车,艾哈迈德叫杰克抓紧下车,说他一进隧道就无法停车了。杰克"勇敢"地拒绝了,非要和他待在一起。艾哈迈德威胁道,如果他不下,他就当场引爆炸药,也能造成不少损失。杰克说他不会这么做,因为他"极其善良"(296),连虫子都不踩。艾哈迈德说自己不踩也不碰虫子只是因为怕它们咬,嫌它们脏。快到收费站时,杰克说艾哈迈德无法通过,因为年龄不够的司机不让开车出州。可是收费站里无人,艾哈迈德顺利地进入了隧道。要不了多久,他们就会到达隧道的最低点,也就是计划中的炸药引爆地。艾哈迈德问杰克是否不希望他说话,想作祈祷了。杰克否定了,叫艾哈迈德继续说。艾哈迈德问起拉希德的下落。杰克说他"销声匿迹了",但回不了也门,也"不可能永远都逃之夭夭"。艾哈迈德说拉希德头天夜里见过他,似乎有点"哀伤",但他一直都是那样,"他的学问要胜于他的信仰"。艾哈迈德这是在挑导师的毛病,在向杰克掏心。杰克便乘势向艾哈迈德问了一个关键问题,即拉希德当时有无告诉他"一切都完了"以及"查理昨天清晨就被发现了"。艾哈迈德说拉希德没有,而是向他"保证"查理将按计划与他接头。杰克对此没有多加评论,只是说"他让你独自负责了",意思是拉希德连那么大的事都瞒着你,对你真够坦诚和信任的。艾哈迈德听出他话里的"轻蔑语气",但似乎不为所动,坚定地说出"我在负责呢"(300)。

  第三次受挫的杰克似乎要豁出去了,他大声叫艾哈迈德"听着":"我还有事情要对你说。我和你母亲上过床。我们整个夏天都睡在一起。她太棒了。我从未想过我还能爱上任何人——身上还能一遍遍地来电。"艾哈迈德"沉思了片刻"说,他母亲是个"开放的现代人",经常和别人上床。但杰克强调说,他母亲对他却极为重要,失去她让他觉得就像做了一次"大手术",只能靠酗酒来止痛解愁。艾哈迈德不无鄙夷地说,他对自己母亲竟与犹太人上床"并不惊讶"。杰克急了,"粗声叫道",生活在这里的都是美国人,爱尔兰裔美国人、非洲裔美国人、犹太裔美国人,甚至阿拉伯裔美国人。艾哈迈德叫他说一个阿拉伯裔美国人的姓名。杰克试了几次,不是拼错姓名就是混淆身份,最后只好转移话题,询问是否到达隧道底了。但艾哈迈德没有轻易放过他,开始问他是否读过埃及诗人和政治哲学家古吐伯(Sayyid Qutub)①,说古吐伯曾批评美国人是"离上帝和虔诚最远的民族"。杰克承认古吐伯的看法"有理",说以后会读他,还说自己准备教公民学,不想当辅导员苦口婆心地劝那些厌世的学生别退学了。"让他们退去吧,这是我的新哲学,"(302)杰克说。"先生,我遗憾地告诉你,你活不了了。再过几分钟,我就能见到上帝的面容。我心里充满期

---

① 古吐伯(1906—1966),埃及作家、教育家、伊斯兰教理论家、埃及穆斯林兄弟会核心成员。1966 年被以密谋暗杀总统纳赛尔(Gamal Abdel Nasser)的罪名处以绞刑。

待,"艾哈迈德对杰克说。这一回合又以杰克的失败而告终。

"见那个混蛋去吧,"杰克"激动"地喊道,"见上帝的狗屁嘴脸去吧,我才不在乎呢。我为什么要在乎呢?"(303)接着,他历数了他之所以不在乎艾哈迈德去见上帝和他自己失去性命的理由,包括他被心爱的女人抛弃、工作上碌碌无为、每天都失眠、妻子贝丝为讨他欢心而开始尝试有致命风险的快速减肥、唯一的儿子远走高飞忘记父母等。总之,他对这个世界感到厌倦,也不想被医院和药店剥夺得身无分文、什么也不能留给贝丝之后再离开人世,因此就想像"9·11"那天被劫飞机上的一个乘客在手机上说的那样死得快一点。说着,他便伸手去按按钮。艾哈迈德一把抓住了他的手,说那应该由他来按,否则"意义就由胜利变成失败"(304)。车子终于来到隧道底部,艾哈迈德的右手离开转向盘放到炸药引爆盒的上方。杰克催他快按,但艾哈迈德没有动,心里想起了别的。他想到了渴望死亡的杰克想借他的手来结束自己的生命,想到了先知在《古兰经》第56章里所说的临终者的灵魂升入喉中的情形就在眼前,想到了在这名为"大事"的同一章里记载的上帝关于他造人还是人造人的问话,想到了"上帝不想毁灭:正是他创造了世界",想到了"他不想要我们用蓄意的杀戮来亵渎他的创造。他想要生命存在"(306)。想到这里,他把右手从按钮上方放回到转向盘上。

艾哈迈德终于改变了主意,在最后关头决定放弃手里的恐怖袭击任务。这一改变与杰克的思想破处工作密切相关。杰克跟艾哈迈德谈查理,帮助他了解查理的真实身份、他们的恐怖袭击任务的真实性质、恐怖组织对待查理的残酷态度。杰克跟艾哈迈德谈宗教变迁,帮助他了解恐惧、地狱乃至上帝如何被用作控制手段。杰克跟艾哈迈德谈拉希德,帮助他了解拉希德的虚伪和冷漠。杰克跟艾哈迈德谈特里萨,让艾哈迈德了解他对特里萨的真情以及对艾哈迈德的坦诚。杰克的这些努力为他成功转变艾哈迈德做了必要的准备或铺垫。杰克最后表明的对待死亡的态度,给了艾哈迈德很大触动。恐怖袭击的价值在很大程度上取决于人们对死亡的畏惧。人们对死亡越畏惧,对恐怖袭击的反应越强烈,恐怖袭击的价值就越大。杰克则让艾哈迈德清楚地看到,像他这样已对世界彻底绝望、把生命看作累赘的人不但毫不怕死,而且还渴望速死,乐意取代艾哈迈德去引爆炸药。这种态度是出乎艾哈迈德意料的。它使得圣战变成帮助厌世者解脱的工具,毫无神圣意义可言。① 这促使艾哈迈德重新审视圣战及其背后的神学依据,使他想到了《古兰经》里既有杀戮也有惜生,想到了上帝既是审判者和惩罚者又是创造者和保护者,而且主要是创造者和保护者:"上帝不想毁灭;正是他创造了世界。"

杰克一开始不敢相信艾哈迈德的新决定,后来弄确定了,便不禁像高中生那样欢叫起来,夸艾哈迈德"干得好",说艾哈迈德使他"信服了"(308)。艾哈迈德小心翼翼地把炸药控制箱上的安全阀重新合上,"这时害怕了"(309)。杰克开始指导艾哈迈德如何返回新泽西,说他们应该先去警察局,并说艾哈迈德由于是中情局特工的培养对象,是受害者,又没有造成任何实际破坏,所以不会被起诉。他称赞艾哈迈德头脑冷静又有口才,说他是块当律师的好材料,还说阿拉伯裔美国人今后会需要大量律师。艾哈迈德一边开车一边集中注意力扫视一下"他周围的这个新世界"。他看到,街上的行人中,只有少数人穿着考究,大多数人衣衫破旧。高楼大厦下,渺小如虫的人们四处奔忙,仅仅为了自己的升迁和生存。看到这里,艾哈迈德的眼里又出现了"魔鬼",脑中形成了这样的念头:"这些魔鬼夺走了我的上帝。"(310)

小结

《恐怖分子》以艾哈迈德的一句话开头,以他的一句话结尾。两句话里的主语和宾语相同,都是"魔鬼"和"上帝"。但两句话里的谓语变了,开头句里的"想夺走"在结尾句里变成"夺走了"。根据这两句话,可以说《恐

---

① 尤尔根斯迈耶指出,"如果没有恐惧的目击者,恐怖主义就会像没有观众的表演一样毫无意义"。[Mark Juergensmeyer, *Terror in the Mind of God: The Global Rise of Religious Violence* (Berkeley: University of California Press, 2000),139.] 他所说的"目击者"和"观众"里显然不包括杰克这样毫不怕死、渴望速死的悲观厌世者。

怖分子》写的是美国那些没有信仰的"魔鬼"如何一步步成功地"夺走了"艾哈迈德所信奉的"上帝"。但这么说也不是毫无问题,因为结尾句的意思并不完全取决于"夺走了"这三个字。在这句话里,艾哈迈德依然把美国人称作"魔鬼",说明他对美国人的看法没有变。这一看法没有变,就意味着他评判美国人的标准没有变,就意味着代表这一标准的最高权威依然是上帝,就意味着上帝依然在他心中,并没有被"夺走了"。所以,对于结尾句的理解不能局限于"夺走了",还应考虑"魔鬼"这个关键词,当然还应紧密结合全书的具体描写。①

  本章主要从恐怖主义与伊斯兰教、恐怖主义与"美国宗教"、"破处"与反恐这三个角度,归纳和讨论了全书对于艾哈迈德的变化的具体描写。他的变化可以分为这么几个主要阶段:(一)由于来自埃及的父亲无法融入美国社会而返回埃及,还由于母亲特里萨信奉"美国自由宗教"而对他很少过问,艾哈迈德11岁时进清真寺寻找父亲和关爱;(二)在清真寺里,艾哈迈德跟阿訇拉希德学习阿拉伯语和《古兰经》,在成为虔诚穆斯林的同时也接受了拉希德的极端主义思想,开始仇视美国;(三)在中央高中,以杰克和泰勒诺尔为代表的堕落师生进一步强化了艾哈迈德对美国的仇视;(四)高中毕业后,艾哈迈德按照拉希德的安排进查理家的旧家具店担任送货司机。为了执行国土安全部打击恐怖分子的计划,中情局特工查理打着穆斯林极端分子的旗号将艾哈迈德培养成权充诱饵的恐怖分子;(五)确认了艾哈迈德愿为圣战献身,拉希德安排他在"9·11"事件纪念日开炸药车去炸林肯隧道;(六)接到国土安全部命令的杰克极力劝阻,最终唤醒了艾哈迈德对于上帝的全面认识,使他主动放弃这一恐怖袭击计划。

  以上回顾可以进一步表明,艾哈迈德最后被以杰克为代表的"魔鬼""夺走"的主要是他通过自杀性爆炸去见上帝的机会,不是他的上帝。也

---

  ① 所以,赫尔曼认为《恐怖分子》结尾里"艾哈迈德的宗教死了"的观点是可以进一步商榷的。Peter C. Herman, "Terrorism and the Critique of American Culture: John Updike's *Terrorist*," *Modern Philology* 112, no. 4 (May 2015): 691—712.

可以说，这个被"夺走"的上帝是拉希德灌输给他的那个只会摧残生命、不会爱护生命的极端上帝，不是《古兰经》里的那个既爱生命又主公正、让艾哈迈德最终放弃爆炸计划的完美上帝。这个完美上帝并没有从艾哈迈德内心被"夺走"，在艾哈迈德放弃爆炸计划后依然在引导他，使他在开车从林肯隧道返回新景象市的途中再次看到现实社会的不完美。

第八章　上帝的改造：多克托罗的《上帝之城》

多克托罗的小说《上帝之城》被誉为他的"最为雄心勃勃"①的作品和"过去50年里最伟大的美国小说"②。它也是多克托罗最为难读的一部作品，不仅内容丰富，涉及文学、艺术、宗教、科学、哲学、历史等众多领域，而且形式复杂，由101个相互似无明显联系的片段组成，这些片段又不连贯地使用了日记、书信、访谈、侦探小说、回忆录、史诗、歌词、学术论文、电影剧本、会议发言等体裁，因此有评论称它为"凌乱的后现代杂物堆"③。

---

① 在肯定《上帝之城》是多克托罗"最为雄心勃勃"的作品的同时，鲍尔也认为它是多克托罗"最可恶""最失败"的作品，主要原因是多克托罗为了突出犹太教而对主教派基督教作了"极端扭曲的描绘"，"让真实性屈从于他的意识形态倾向"。[Bruce Bawer, "The Faith of E. L. Doctorow," *The Hudson Review* 53, no. 3 (Autumn, 2000): 391—402.] 对于鲍尔的指责，怀尔德的观点可被看作一个很好的回应。怀尔德说："显然，这部小说的意图不是要为任何教派辩护，而是要强调伦理在宗教思想中的重要性并就基要主义立场的危险性发出警告。"[Lawrence Wilde, "The Search for Reconciliation in E. L. Doctorow's *City of God*," *Religion and Arts* 10, no. 3 (2006): 391—405.] 路德维希表达了与怀尔德相似的观点，即《上帝之城》关注的不是宗教的"内容"，而是宗教的"本性"。Kathryn Ludwig, "Finding the Prophetic in Failure: A Postsecular Reading of E. L. Doctorow's *City of God*," *Religion and the Arts* 19 (2015): 230—258.

② Eric Miles Williamson, "A Great American Notebook," *Houston Chronicle* 5 March 2000.

③ Julian Keeling, "You Want God?" *New Statesman* 129, no. 4483 (24 Apr. 2000): 56.

对于"凌乱的后现代杂物堆"这一看法,也有人提出了异议。罗德里格斯指出,《上帝之城》并不是那种热衷于相对主义和折中主义的后现代小说,它"通过使用一系列复杂技巧,强调了当代人的渴望,即(再)创造一种强有力的新形而上学,以结束文化相对主义和流行的后现代折中主义"①。这就是说,《上帝之城》表面上"凌乱"②,实际上反对"凌乱"及其背后的相对主义和折中主义,试图发现新秩序、建构新价值体系,从而是一部具有形而上学新追求的新型后现代小说。

为了进一步认识《上帝之城》的这一追求,有必要了解一下两个基本情况:一是多克托罗写《上帝之城》的起由;二是他将这部小说命名为"上帝之城"的原因。关于《上帝之城》的起由,多克托罗说主要与两个意象有关:

> 至于《上帝之城》,我记得有两个意象赋予了我灵感。有一次我去纽约市的一个教堂演讲,内容是关于南非的种族隔离制度。当时我正在等候发言,那是此间曼哈顿区的一个路德教会。我发现讲坛后的墙上挂着的那个巨大的十字架不是垂直的,而是歪斜着的,而且它原来所在的位置上的油漆比其他地方要淡一些。不知何故,那个被挪移了的十字架就在我的脑海里扎下了根。另一个让我颇受启发的意象是一张照片,照片上是二战期间在立陶宛科夫诺隔离区(the Kovno ghetto)里的六个小男孩。他们在一个小木屋前排着队,身体站得笔直,头戴军帽,衣上缝有犹太星。他们是隔离区里的通信

---

① Francisco Collado Rodriguez, "The Profane Becomes Sacred: Escaping Eclecticism in Doctorow's *City of God*," *Atlantis* 24, no. 2 (June 2002): 59—70.

② 这种表面上的"凌乱"在多克托罗看来也是对当代社会的一种真实反映。他曾把这部话题繁杂、转换频繁的作品称作"如今我们所有人大脑都有的样式"。[Diane Rehm, "E. L. Doctorow: 'City of God' (Random House)," <https://dianerehm.org/shows/2000-03-16/el-doctorow-city-god-random-house>. Accessed 7 June, 2023.]多克托罗还曾把小说的叙述者Everett 称作"一种 Everyman",说他的笔记本所呈现的是"所有人脑中的文化碎片"。Bruce Weber, "A Chronicler of the Past Catches Up: Doctorow's Latest Novel Samples the Modern Mind," *New York Times* 9 March 2000。

员,主要任务是为区里的负责人四处通告紧急情报,如"纳粹首领带着满卡车士兵来了,没有证件的人赶紧躲起来",等等。这群小男孩儿就站在那里,他们最终可能会死,或者运往奥斯威辛或达豪(Dachau)集中营。我看着照片上的一个小男孩,他的脸告诉我他对此已有预感,这就是促使我写作《上帝之城》的第二个意象。①

简言之,使多克托罗获得创作《上帝之城》灵感的两个意象分别是一个歪斜的十字架和一张六个犹太小通信员的合影。这两个意象向我们预告了《上帝之城》里的两项重要内容:一项是十字架所代表的基督教;另一项是与犹太小通信员合影有关的犹太人在二战中的遭遇。

了解了基督教在《上帝之城》中的重要地位,有助于我们理解多克托罗为什么把这部小说命名为"上帝之城"。这个书名借自圣奥古斯丁(Saint Augustine)413年至425年间写成的有"基督教的第一部历史哲学著作"之称②、对西方文明产生了深远影响的《上帝之城》。至于多克托罗为什么要借用圣奥古斯丁的书名,被多克托罗写成《上帝之城》作者的小说家人物埃弗里特提供了一个解释。埃弗里特说他虽然不相信圣奥古斯丁关于没受洗的婴儿会下地狱的说法,但喜欢他的《上帝之城》的书名:"'上帝之城',那是个好书名。我喜欢那个意象……"③埃弗里特把圣奥古斯丁的书名借来后作了一点变动,去掉了原名"The City of God"里的定冠词,后面又加了一个副标题"A Novel"。

埃弗里特说他喜欢"上帝之城"这个意象,那么这个意象意味着什么呢?在圣奥古斯丁的《上帝之城》里,上帝之城指天国或基督教会。上帝之城的对立面是世人之城(Earthly City),指人间或世俗国家。按照圣奥古斯丁的解释,世人之城和上帝之城的本质区别在于它们产生

---

① 陈俊松:《栖居于历史的含混处——E. L. 多克特罗访谈录》,载《外国文学》2009年第4期,第89页。
② 王作安等编著:《大辞海·宗教卷》,上海:上海辞书出版社,2013年,第479页。
③ E. L. Doctorow, *City of God: A Novel* (New York: Random House, 2000), 223. 以下小说引文在文中标注页码,不另作注。

于两种不同的爱。世人之城产生于"对自己的爱",上帝之城则产生于"对上帝的爱"①。在上帝之城里,"所有公民都享有相同的、不可分割的自由意志,没有任何灾难,充满美好事物,大家共享永恒的快乐,忘记了罪恶,忘记了痛苦,但不会忘记自己的获救经历,不会忘记救星的恩情"②。借用上帝之城这一意象③,圣奥古斯丁表达了他的社会理想。这也是他的一个标准,可以用来衡量和评判各种世人之城,包括罗马帝国。

其实,圣奥古斯丁的《上帝之城》针对的就是罗马帝国。公元410年,罗马帝国这个罗马人心目中不会灭亡的"永恒之城"被汪达尔人攻陷。一时间,仿佛整个世界崩溃了,人人都开始思考做什么、信什么的问题。那些留恋式微的异教信仰的罗马人认为,正是因为罗马人背离了自己的众神改信基督教上帝,所以众神就抛弃了罗马;另外,基督教上帝没能保住罗马,说明他能力有限,不值得信仰。圣奥古斯丁写《上帝之城》的直接原因就是为了驳斥这些诋毁基督教上帝的言论,安慰和鼓励基督徒。可以说,圣奥古斯丁的《上帝之城》是一本为基督教及其上帝辩护的书。在这一辩护中,圣奥古斯丁阐述了世人之城(包括罗马帝国)必败、上帝之城必胜、世人之城必将被上帝之城取代的历史哲学思想。

在圣奥古斯丁的《上帝之城》面世一千五百多年之后,在目睹了一战、二战、犹太人大屠杀、越战等重大灾难的20世纪告终之际④,多克托罗写《上帝之城》,是否也要像圣奥古斯丁那样为基督教辩护呢?作为其作品起由的那两个意象——歪斜的十字架和犹太小通信员的合影——似乎并不支持这种猜测,因为十字架这一基督教核心象征物的歪斜、犹太儿童奋起反抗信奉基督教的纳粹统治者这样的现象更适合表现基督教的危机。

---

① Augustine, *The City of God against the Pagans*, ed. and trans. R. W. Dyson (Cambridge: Cambridge University Press, 1998), 632.

② Ibid., 1180.

③ 《圣经》里多次出现"City of God"或"Kingdom of God"等名称。

④ 加索恩-哈迪说,多克托罗在《上帝之城》里比格拉斯(Günter Grass)更为成功地"唤起和总结可怕的 20 世纪"。Jonathan Gathorne-Hardy, "The New Saint Augustine," *The Spectator* 22 April 2000。

如果多克托罗写《上帝之城》不是要为基督教辩护,那么他要做什么呢?他又为什么要借圣奥古斯丁《上帝之城》里的上帝之城这一核心意象来命名自己的作品呢?下面就结合作品试从三个方面来探寻这些问题的答案。

一、死上帝,活上帝

多克托罗所说的那个歪斜的十字架意象,在他的《上帝之城》里被发展成一个十字架失窃事件。这个十字架属于潘姆博顿(简称潘姆)牧师所负责的一座名叫圣提摩太的主教派基督教教堂。这座教堂位于曼哈顿东部的一个穷人聚居区。教堂里经常发生失窃事件。潘姆经常能在该区的一些摊点上发现并购回教堂的失窃物品。这些都是没有多少价值的小物品,比如烛台和唱诗班长袍等。对于此类失窃,潘姆已经习以为常了。终于有一天,教堂里高近4米的铜质十字架也不见了。这是潘姆闻所未闻也不敢想象的。他将此事告诉了报社,又去买了几本侦探小说,想从中学到找回十字架的本事。

十字架失窃一事不足以说明《上帝之城》写了死上帝变成活上帝,但潘姆觉得,上帝的这种变化是以十字架失窃为起点的。他在回答《时报》记者提问时说:"那不是桩幸事吗?基督去了需要他的地方。"(19)潘姆这时还不知道十字架去了哪里,也不确定偷它的人对基督有什么"需要",但只要有"需要",基督就有价值,就有恢复生命力的可能,就比一动不动地待在教堂里做没有价值或生命力的神像强,因此潘姆说十字架失窃对于基督是"幸事"。① 对于潘姆和以他为主人公的小说来说,它也是"幸事"。正是由于十字架失窃,潘姆走出了教堂,踏上了寻找十字架的路途以及更为漫长和艰难的寻找"可信上帝"的路途。这后一种寻找贯穿整部作品,构成了作品的主要情节和作品主题的主要载体。

---

① 路德维希非常看重十字架的"这种从静止到关系的运动",甚至把它看作《上帝之城》的"形式和内容的基础"。Kathryn Ludwig, "Finding the Prophetic in Failure: A Postsecular Reading of E. L. Doctorow's *City of God*," *Religion and the Arts* 19 (2015): 230—258.

寻找十字架的过程并不漫长艰难。潘姆是星期一晚上发现十字架被偷。第二个星期一,曼哈顿东部进化派犹太教会堂的拉比乔舒亚给潘姆打电话叫他去一趟。潘姆去了,在乔舒亚的教堂顶上看到了一个十字架,一眼就认出它正是自己教堂丢失的那个。乔舒亚也不知十字架怎么来到他的会堂顶上。是一个匿名男性给他打的电话,说他的会堂顶上"着火了"(30),他来到顶上,没有看到任何火情,却发现了一个十字架,潘姆丢失的十字架就这样找到了。

然而十字架怎么丢失的问题却始终是个谜。十字架丢失的那天晚上,潘姆在教堂的阳台上值班。倦意袭来,他打了个盹,忽听到餐具室里有响声,便立即下楼来到餐具室。发现地上有摔碎的玻璃和餐具,他连忙又从餐具室里追了出来。夜色中,他仿佛看见一个高大的带直角的东西升了起来,"一瞬间"(19)就在拐角处消失了。他再跑回教堂里,就发现祭坛后面的十字架不见了。至于这么大的十字架是怎么被搬到乔舒亚的会堂顶上,这也是一个谜。乔舒亚和他妻子撒拉从未听到房顶上有动静。只是有天早上他们外出了,他们孩子的保姆安吉利娜听到房顶上有轻微响声。"响声持续时间不长"(31),安吉利娜以为是有人在修理什么,就没有太在意。

同样令潘姆困惑的还有偷十字架的动机。潘姆咨询过一位在该区从业10年的职业侦探,得到的答复是,那只是"变态者"所为,因为进教堂行窃的小偷一般都是偷那些手工制作而不是批量生产的东西。他们会偷犹太教会堂里手抄的《旧约》全书,那种书一本至少值五千美元,而绝不会偷十字架,因为那种东西除了当废铜卖,"毫无价值可言"(19)。事实上,小偷偷了十字架后确实没有把它砸碎卖掉,而是把它搬到了犹太教会堂的顶上。是想表达他们的反犹倾向吗?潘姆觉得不可能。他们如何将那么大的十字架从本区的东边搬到西边,又是如何把它搬到乔舒亚的教堂顶上?潘姆也不明白,所以就怀疑那些人是否"不属于这个世界"(31)。

对于小偷为什么要偷十字架,乔舒亚也想不明白,尤其是小偷为什么偏要把十字架放到他的会堂顶上。乔舒亚一开始认为这不可能是犹太人干的,而可能是非犹太人干的,心想他的会堂位于一个多元文化区,"也许有人不喜欢他们的街区有一座犹太教会堂"。后来,他又觉得也不能把犹太人完全排除在外,因为犹太教教徒中也有一些"超正统狂热分子",他们可能会把他和撒拉所开展的反思和改造犹太教传统的工作看作"叛教"。但与潘姆一样,乔舒亚也"不能确定"(40)。

总之,虽然十字架被偷不久就被找到,但谁是小偷、为什么偷十字架、怎么把它搬上房顶等问题的答案却怎么也找不到。找不到也就不找了,相关的人物后来都像忘了这些问题一样,叙述者也始终也没有提供这些问题的答案。但这并不影响十字架失窃所引发的其他事件在书里的发展。

其实,被潘姆称作"幸事"的十字架失窃本身就是一个重要事件。多克托罗曾就这一事件写过一篇题为《盗窃》("Heist")的短篇小说,发表在1997年4月21日的《纽约客》上,一共7页。《盗窃》讲的就是围绕十字架失窃而发生的故事,故事结尾时潘姆正在等待主教因为他连十字架也守护不好的严重渎职行为而对他组织的审查。多克托罗把《盗窃》里的内容都放入他的《上帝之城》里,可见他对十字架失窃这一事件的重视。不过,把《盗窃》放入《上帝之城》后,为了使它符合长篇小说的总体构想,多克托罗也对它作了一些改变。为了满足《上帝之城》的叙述样式和节奏的要求,《盗窃》里的内容被切碎了安插在其他内容的叙述当中,原来7页的内容在《上帝之城》断断续续的叙述中用了41页,而且在这41页里,与十字架失窃有直接关系的内容只占一半左右的篇幅。表面上看,十字架失窃这一事件的重要性在《上帝之城》里有所稀释,其实不然,因为在暂时离开十字架失窃事件期间,叙述者往往是在别的方面发掘和发展这一事件的意义。

聚焦于十字架失窃事件的《盗窃》写的主要是现在,几乎没有写过去或历史,所依据的只是多克托罗所说的给他留下深刻印象的第一个意象,即歪斜的十字架,另一个给他留下深刻印象的意象——小犹太通信员的合影及其相关的历史内容,则没有出现。《上帝之城》对于《盗窃》的一项极有意味的发展,就是把歪斜的十字架和小犹太通信员的合影这两个意象自然地结合起来。《盗窃》里就有乔舒亚和撒拉夫妇及其犹太教会堂,但潘姆除了因为失窃的十字架出现在他们的会堂顶上而与他们接触之外,没有更多接触他们的理由,譬如潘姆已有情人莫拉,不大可能再爱上撒拉,所以《盗窃》里就没有潘姆与撒拉的恋情。而在《上帝之城》里,莫拉被写成埃弗里特的情人,正准备与妻子离婚的潘姆就有了与撒拉进一步接触的可能,尤其是在乔舒亚突然去世以后。乔舒亚的突然去世可被看作那两个意象结合过程中的第二个重要安排。第一个重要安排是那张合影里的六个小犹太通信员中的一个被写成了撒拉的父亲,即乔舒亚的岳父。见岳父念念不忘当年由他交送保管人的那些记录纳粹罪行的日记,乔舒亚就去岳父当年生活过的立陶宛科夫诺寻找,不料在寻找过程中遭遇不幸。这样就有了第三个重要安排,即潘姆接替乔舒亚继续寻找,最后终于找到了那些日记,不久就与撒拉结为夫妻,使那两个意象完全结合到一起。这一结合就使十字架失窃事件走出了现在,有了在指向未来的历史长轴上丰富和发展自己作为"幸事"之意义的巨大可能。

无论在《盗窃》里还是《上帝之城》里,多克托罗在表现潘姆找到十字架后与乔舒亚和撒拉坐在一起喝咖啡时,都写了下面这段话:

> 拉比夫妇请我喝咖啡。我们在厨房里坐了下来。在我们双方的教堂都受到玷污,整个犹太-基督教传统都受到践踏之后,我感到与他们变得相当亲近。(30)

作为基督教核心象征物的十字架从基督教教堂里消失,出现在视基督教为敌的犹太教的会堂顶上,这对于基督教教堂和犹太教会堂都不能不说是一种"玷污",对于两个教堂所代表的犹太教传统和基督教传统都不能说不是一种"践踏"。在这种"玷污"和"践踏"发生之后,拉比夫妇不但没有责备潘姆,还请他喝咖啡,潘姆觉得与他们"相当亲近"就不难理解了。可见,无论在《盗窃》里还是《上帝之城》里,十字架失窃事件从一开始就有了"幸事"的表现,那就是突破了敌对宗教之间的阻隔,让牧师与拉比有幸坐到一起友好交流。①

随着这一交流的深入和相关积极变化的出现,十字架失窃这一"幸事"的意义也不断彰显。也许正是因为失窃的是与上帝密切相关的十字架,牧师与拉比的交流很快就转到有关上帝的话题上。乔舒亚向略微年长的潘姆问了几个问题。这些问题在《盗窃》和《上帝之城》里都出现了,而且措辞相同,可见它们对于两部作品的重要性。乔舒亚问道:

> 汤姆,你年长一点,见识更多,也许你对这些问题作过更多思考。当今世界,无论你去哪里观察,上帝都是属于那些思想保守的人。他们如此狂热,这些人,如此自信,仿佛人类自《圣经》出现以来的全部知识中没有上帝启示的成分似的!我是问问,时间是一个环吗?你也和我一样觉得——一切似乎都在倒退吗?文明在走回头路吗?(40—41)

乔舒亚这里问的其实是有关上帝与人的思想倾向之间的关系以及这一关系对于人类文明走向的影响这样的重大问题。对于这些问题,乔舒亚是有自己的看法的,那就是如今上帝似乎只为思想保守者所拥有,这些人拥有上帝却不执行上帝的启示,用自己的保守思想取而代之,结果造成了文明的倒退。乔舒亚问潘姆问题,是想听听他对这些看法的意见。

对于乔舒亚的问题,潘姆在《上帝之城》里的反应在语言上与《盗窃》里的不太一样,但基本意思相同:

> 哦,我亲爱的拉比。乔舒亚。我能告诉你什么呢?如果那是真的,如果上帝真的属于那些思想保守的人,那么那就是信仰的所是和所为。我们都被困住了,你和我。(41)

从这一反应中,可见潘姆对于这些问题的思考并没有乔舒亚多。但他愿意借鉴乔舒亚认为上帝属于思想保守者的看法,把这一看法与自己对于宗教信仰束缚性的认识结合起来思考,得出"我们都被困住了"的结论。

---

① 怀尔德认为他们的会面对于潘姆是一种"催化剂",让他"找到更有意义地'从事'宗教的途径"。Lawrence Wilde, "The Search for Reconciliation in E. L. Doctorow's *City of God*," *Religion and Arts* 10, no. 3 (2006): 391—405.

潘姆在这一结论后面加上"你和我",是想强调被困的"我们"主要指乔舒亚和潘姆。他们俩之所以是主要的被困者,是因为他们是神职人员,他们的职责就是信仰上帝和教人信仰上帝,更容易被困和成为思想保守者。神职人员如果思想保守了,就会产生更大的消极影响,因为上帝会因为他们保守而变得保守,广大信众会因为上帝保守而变得保守。这种情况已经发生,而且按照乔舒亚的观察非常普遍。要改变这一切,就必须对信仰、上帝和宗教传统进行反思。这项工作乔舒亚和撒拉已经开始做了,所以才会想到可能是那些反对他们"叛教"性反思工作的犹太教"超正统狂热分子"把十字架放在他们会堂顶上。在认识乔舒亚和撒拉之前,对宗教信仰的束缚性有所认识的潘姆还没有正式开始这项工作。是十字架失窃事件让他认识了乔舒亚和撒拉,得知了他们的宗教反思工作,走上了宗教反思之路。

无论在《盗窃》里还是《上帝之城》里,多克托罗都写了潘姆初始阶段的反思。在《盗窃》里,这一描写出现在故事结尾。在270多页的《上帝之城》里,它出现在仍属于故事开头的第41页至第42页。在这一描写中,潘姆一边等待主教对他组织的审查,一边思考如何向他们陈述他对于上帝的真实想法。他想向审查团表明,他的问题绝非"精神危机",尽管他在工作上和生活上遇到了许多麻烦,而且他的祈祷又被上帝所"无视"。此外,如果他在信仰方面有什么问题,那么责任不在他身上,而在别处。关于这个别处,他要向审查团坦陈一些具有"真正的实质"、会令他们"惊恐"(41)的想法,包括:(一)教会的教义已变得"极不可靠",所以正统派才会竭力维护;(二)上帝更在乎和谐的人际关系,而不是非正统的宗教观点;(三)上帝以前能跟人类对话,现在已变成一个不可评议的名字;(四)上帝是人类故事中的人物,是人类创造的,同时又是人类故事的叙述者,在不断创造着人类。这里潘姆想说,应对信仰危机负责、应受审查的是审查团及其所代表的基督教正统派,因为他们在乎的只是维护落后消极的教义和上帝,而不是结合现实反思它们,只是打压勇于反思的非正统派而不是设法让宗教和上帝通过反思和改造获得新生、起到它们应起的积极作用。

在这一内心独白的末尾,潘姆为自己向上帝提了一个问题:"他可以继续追随您吗?上帝?神秘者?"(42)

这个问题在《盗窃》里只能是一个永久的问题,因为故事是以这个问题结束的。而在《上帝之城》里,这个问题还有在其余 230 页里得到解答的可能。在第 88 页上,已把潘姆选作其新作主人公的埃弗里特带着录音机来采访潘姆,所提的一个"重要"问题就是他怎么解释十字架失窃事件。回答中,潘姆说自己保留了古人的那种及时发现预兆的能力,认为他的十字架跑到犹太教会堂顶上是一个预兆,而且"不是一个表示停顿的预兆"(91)。埃弗里特急于知道这一预兆到底意味着什么,甚至猜想搬移十字架的都是支持耶稣的犹太人。潘姆却说预兆的意味不可谈论,"谈论它就是破坏它,那会使它变得毫无意义,就像其他东西一样"。他向埃弗里特解释道:

> 听着:什么样的疯子把它搬到那里或者他们为什么要搬并不重要,你不懂吗?预兆就是预兆。你只要知道它是个预兆,那就够了。那样你就知道它是预兆了。它不是那种能立即显现意义的东西。它不像照亮百老汇的灯光那样明白。它也不是你去找就能找到的东西,它必须得出现在你面前。预兆就是那样,它们出现在你面前。在它出现的过程中,有一刻你会知道,某种事……终于发生了。它既喧闹又静默。我甚至都不该提起它。(92)

尽管如此,埃弗里特还是坚持要潘姆就这一预兆再说点什么。潘姆只补充了一句,那就是把十字架放到犹太教会堂顶上是"一个聪明举动",能够做出他用语言所能表述的"一切事情"(92)。

对于这个表示不能停顿以及一切皆有可能的预兆,埃弗里特后来试图根据自己的观察和想象作出自己的解释。他发现,在潘姆的教堂被改成剧场、主教尚未给他重新安排工作之际,他主动去了一家济贫院,为那些贫穷的临终老人提供服务。在那些老人中间,死亡成了"一种常态",令埃弗里特觉得潘姆把济贫院选作他职业生涯的终点非常"合适",对他所说的预兆有了新的理解：

> 他已经开始在思想上努力实现一个重要过渡，目标他尚不清楚，但他感到自己在变，而且如果他还有任何信仰的话，那就是他相信，当圣提摩太教堂的铜十字架出现在进化派犹太教会堂顶上时，那就是在宣布发生了重大事情。(148)

具体是什么"重大事情"，埃弗里特还不清楚，但他同意潘姆的看法，即预兆是超语言的，"说出来就可能失灵"，而且它"临近非理性"。他知道，这一预兆意味的显现将是一个"漫长的过程"。他也知道，早在十字架被偷之前，圣提摩太教堂里的众多失窃事件就已经使潘姆变得像个"侦探"，潘姆自己也已经决定献身于一种"真正谦卑、执着的侦探工作"(148)。①

潘姆的这种"真正谦卑、执着的侦探工作"不只是为了寻找教堂的各种失窃物品，更是为了寻找所有这些失窃事件背后的原因，尤其是人们对于基督教及其上帝的看法，因此潘姆称自己为"神学侦探"(Divinity Detective)(18)。埃弗里特问过潘姆，他最初到底干了什么，从而使得主教开始考虑对他进行审查。潘姆说，主要是他曾在一次布道中问过大家对一些问题的看法，包括犹太人在欧洲遭受的大屠杀对基督教有什么影响，这一灾难是否只是犹太神学家思考的对象、基督教对于这一灾难的恰当反应是什么——是证明自己的信仰不是自欺欺人的东西，肯定自己的故事的神圣性和正确性，还是让自己也尝尝奥斯威辛和达豪集中营的滋味，也让几百万的基督徒过过浪迹天涯、受人鄙弃的流浪生活。"我明白了，"(49)埃弗里特听完后说道，基本明白了潘姆的主教之所以要组织人审查他的主要原因，以及潘姆的"真正谦卑、执着的侦探工作"的主要内容。

侦探活动离不开智力。潘姆在接受审查时对审查团成员最先做的，

---

① 之前，潘姆常去医院提供临终安慰方面的服务。有临终者找潘姆要药，不要有关上帝的"胡说八道"。有一位寡妇也不要潘姆的"胡说八道"。她在读佩格尔斯(Elaine Pagels)，声称宗教就是政治，因为打败了对手才得以流传，其实是一派胡言。从那里回来后，潘姆就开始当"侦探"探寻"信仰是否应该盲目"(12—13)等问题的答案。

就是强调智力对于信仰的重要性。他说,"真正的信仰不是替代性知识。它不能抛弃智力。它不能带着高傲的微笑来回答智力的提问。在这方面我要求平等。如果你们不说我的智力无关紧要……,我就不把你们的神学观称作妄想"(65)。显然,潘姆并没有被动地接受审查,而是主动出击,一开始就表明了自己对于信仰与智力之间的密切关系的看法,提出不以智力为基础的信仰就不是"真正的信仰"而是"妄想"的观点,为自己理性反思基督教传统的行为作了辩护。

为智力和反思对于"真正的信仰"的必要性作了辩护之后,潘姆便介绍了自己的一些反思结果,主要有四点:(一)《圣经》故事记录的是人类的原始认识,包罗万象,不分科学和宗教,但它们照样是故事,是后世的讲故事者写下来的。(二)故事一般都是由尾及首地倒写出来的,譬如知道了人生的结尾都是死亡,就能写出亚当和夏娃如何一步步走向这一结尾的故事。(三)故事的结尾意味着故事还可以有不同的结尾,只要你设计出特定的冲突和情节,故事就会走向特定的结尾。在潘姆的感觉中,上帝发的是一副做了手脚的牌,亚当和夏娃根本就没有赢的可能,所以"没有比讲故事者更危险的人了"(65)。(四)故事的修订者可能会比讲述者更危险。圣奥古斯丁把《圣经·创世记》第 2—4 章修订成一个关于原罪的故事,把堕落变成一种"社会控制的工具",使得无数人惶惶不可终日,结果他们或主动弃绝现实生活,或被剥夺生存权利,因此潘姆指出,如此"可悲的胡话史"(66)无法让人们认为宗教观点高于一般的理性追求。

说到基督教史中的"胡话史"成分,潘姆又列举了两位著名神学家或"神学侦探"伯克特(Walter Burkert)[1]和佩格尔斯(Elaine Pagels)[2]对于基督教史的反思。通过研究宗教起源,伯克特揭示了宗教起源于非宗教或世俗行为,从根基上质疑了宗教和世俗之间的界线。伯克特指出,无论是动物还是人,在遭遇危险时都会作出一种"本能的生物反应",即"放弃

---

[1] 伯克特(1931 年生),德国学者,瑞士苏黎世大学古希腊与古罗马文学名誉教授。
[2] 佩格尔斯(1943 年生),普林斯顿大学宗教教授。

部分以保护全体"(69),因此就有了被捉的蜥蜴放弃自己的尾巴、被夹的狐狸咬断自己的腿、被困的人交出一个手指或活人。这就是牺牲的功用。后来,随着牺牲的仪式化和符号化,戒指或活羊逐渐取代了手指或活人。让耶稣这一上帝的化身为拯救人类而一个礼拜天接一个礼拜天地不断牺牲,无疑是人类的一项伟大发明,但这一神圣的宗教仪式却有着并不怎么神圣的生物学源头。

佩格尔斯的反思也涉及基督教的源头。通过研究1945年在埃及纳格哈玛迪发现的古卷,佩格尔斯看到,基督教内部从一开始就存在尖锐的分歧和矛盾。依照对耶稣复活一事的不同理解,早期的基督徒分成两大派:一派把耶稣复活看作真事,并据此主张教会应实行使徒传承制;另一派则把耶稣复活看作比喻,比喻通过感情神秘地获得的超越一般知识的知识。由于后一派(通常被称作诺斯替派)反对教会、牧师、主教,没有组织保障,他们在权力斗争中被重视组织建设、纪律约束和殉道教育的前一派打败,所以争夺耶稣、对耶稣的界定权、对耶稣的言论及其阐释的阐释权的斗争是"争夺权力的斗争",是"纯粹的政治"(70)。后来的宗教改革和新教的出现都是为了维护和巩固"耶稣的权威",尽管残余的诺斯替思想曾对基督教里的官僚主义提出过批评。总之,基督教是一种"政治产物",基督教的历史是一部"政治史",耶稣是一个"政治耶稣"(71),尤其是在君士坦丁大帝(Constantine the Great)①于公元4世纪改信基督教以后。天主教所组织的十字军东征和宗教法庭,它与国王和皇帝们的那些争斗和结盟,都能表明基督教的历史是一部积极参与战争的历史。如果说伯克特的研究揭示了基督教与生物的关系,那么佩格尔斯的研究就是揭示了基督教与政治的关系。

潘姆认为,虽然对于基督教的高水平批评已经开展了约150年,但还不够,"我们必须重新审视那些迫在眉睫的问题"。"那些迫在眉睫的问

---

① 君士坦丁大帝(272—337),306年至337年任罗马皇帝,罗马帝国的第一位信仰基督教的皇帝。

题"就包括潘姆与主教及其审查团之间的宗教分歧所反映的在价值观和历史观等根本问题上的分歧。潘姆指出,"我们的差异在于我们如何评价这些……智力的介入。你们认为它们无关紧要。我却希望你们把它们看作挑战"。接受智力的介入或挑战,就是要像那些神学侦探那样透过表面或宗教仪式深入反思宗教的本质或教义:"把我们结合到一起的是圣事,但在教义问题上我们有分歧。"潘姆并不认为圣事和圣迹有人们想象的那么重要,甚至觉得它们已经成了一种"负担"。他认为,欢迎智力介入、反思基督教传统、解决好更为重要的教义等方面的问题,对于基督教的发展更为有益。正是在此意义上,他自信地对审查团成员们宣称:"但我认为我是个好基督徒。这是信仰的表白。"(71)

然而,潘姆这个勇于反思、追求进步的"好基督徒"并没有得到审查团的承认。他的教堂被关闭了,工作没有了着落,他只好去为济贫院里的贫穷临终老人服务,与在那里成为"一种常态"的死亡为伴。关于潘姆的神学侦探活动或宗教反思活动的这一结果,关于他由此而经受的主教所想象的"痛苦",主教对埃弗里特解释说,"那大都是自找的"。作为早在耶鲁念书时就认识潘姆的老朋友,自以为非常了解潘姆的主教为潘姆的这一结局找了三个根源:(一)潘姆的思想仍然停留在20世纪60年代反文化运动时期的水平,仍然绝对、好斗、顽固、追求完美,不知世道早已发生变化。主教承认潘姆身上有一种"真正的传道狂似的热情",但又觉得那不过是"上帝的小玩笑"(161)。(二)潘姆有两个父亲:一个是生父约翰·潘姆伯顿,弗吉尼亚的副主教;另一个是养父詹姆斯·派克,加利福尼亚的主教。约翰是"严厉的信仰卫士",派克则公开质疑纯洁受胎、三位一体等信念,"仿佛卑劣的反文化思想已从(他的)教堂四壁渗了进去"(162)。潘姆内化了这两位父亲的对立倾向,所以内心充满矛盾与冲突,应该去看心理医生。(三)潘姆过于傲慢,对理性的过分强调导致了"自我膨胀"(163),从而忘记了谦卑而又崇高的耶稣。傲慢是罪恶之源,潘姆就是既傲慢又有罪。

鉴于这些根源,主教当然就帮不了潘姆,甚至认为他如果痛苦的话也是活该。他丝毫不知,那个失窃的十字架向潘姆预示的不是停顿,而是无限的可能。他也不曾想到,久未回他电话的潘姆已经去了欧洲,而且不是像他想象的那样去散心消愁,而是去寻找在二战中遗失的犹太隔离区日记。但主教对此也不太惊讶,他告诉埃弗里特,潘姆"念念不忘犹太人遭受的大屠杀",对战后基督教神学持"批评"乃至"鄙视"(161)的态度。

潘姆对待屠杀犹太人和战后基督教神学的态度,是他决定帮撒拉寻找犹太隔离区日记的一个间接原因。他还有一个直接原因,那就是之前已经开始寻找这些日记的乔舒亚遭遇了不测。乔舒亚遇袭住院后,潘姆陪撒拉立即去了维尔纽斯的那家收治乔舒亚的医院。乔舒亚头部和身上有多处重伤,昏迷不醒,不久便去世了。在帮助撒拉走出痛苦的过程中,潘姆对她有了更多了解,觉得她"天使般完美"(97)、既生活在现世又有终极关怀,情不自禁地"爱上了她",准备"改变信仰"。同时,潘姆对已故的乔舒亚的了解和敬意也增加了。他对埃弗里特说乔舒亚曾"勇敢地面对来自现代性、本世纪和宗教人士自己对于上帝的骇人攻击",努力"寻找一个可信的上帝",还说乔舒亚和撒拉都是人们渴望接近的"虔诚之人"。(98)在与潘姆的接触中,撒拉也加深了对潘姆的了解,发现他不因循守旧,"对世界或上帝的期待没得到满足",而且勇于反思和探索,"挨了上帝轰炸"(147)也不退缩。可以说,潘姆自告奋勇接替乔舒亚去欧洲寻找犹太隔离区日记,是出于与乔舒亚和撒拉相同的意愿,那就是"寻找一个可信的上帝"。

在整理乔舒亚的遗物时,潘姆发现了乔舒亚日记本,里面详细记录了他走访过的地方、了解到的情况以及有待走访的地方,为潘姆继续寻找打下了良好的基础。潘姆也注意到乔舒亚生前在读的一些反思宗教史的书,包括肖莱姆(Gershom Scholem)①的《喀巴拉》(*Kabbalah*,1974)和法

---

① 肖莱姆(1897—1982),以色列哲学家和历史学家。现代喀巴拉(犹太教神秘哲学)研究的创始人。耶路撒冷希伯来大学的第一位犹太教神秘哲学教授。

肯海姆(Emil Fackenheim)①的《犹太教与现代哲学》(*Encounters between Judaism and Modern Philosophy*,1973),进一步意识到寻找犹太隔离区日记对于重写宗教史的意义。正是在按乔舒亚设计的路线继续寻找的过程中,潘姆意识到乔舒亚没能接触一位关键人物,那就是保存过隔离区日记的那座被毁教堂的老管理员。从老管理员儿子那里潘姆得知,佩特罗斯卡斯神父当年存放隔离区日记的箱子后来被俄国军队收走了。这样,潘姆就去了莫斯科,在那里找到并买下了那个没有开封的箱子。整个过程中,潘姆觉得自己在神学侦探方面的素养给了他"很大帮助"(201)。

在肯尼迪机场海关的一间办公室里,潘姆从莫斯科带回来的箱子被打开了。潘姆和撒拉在箱子里看到了有关隔离区的三年日记,从1941年直到隔离区被拆毁、幸存者被带往火车站的1944年。这些日记以大量记录、公文原件和图片表现了德国人士如何限制、剥夺和迫害犹太人。其中有德军指挥官施密茨签发的"无数命令",要求没收犹太人的所有家畜、马车、书籍、打字机、照相机、烛台、珠宝,禁止犹太人19点以后上街,禁止犹太人拥有农具,禁止犹太人举行三人以上的聚会等:"一切都被一点一点地拿走,只剩下性命待拿。"在一个装有黑白照片的信封里,撒拉看到一张七个小犹太通信员的合影。这些小通信员身穿不合体的衣服,脸上"没有笑容",眼里流露出"对于死亡的知悉"(205)。在合影的第一排里,撒拉发现了她父亲。这些关于纳粹罪行的日记令潘姆觉得像"圣经",受难的犹太人令他想到了"基督"(204),暂存这些记录的办公室令他觉得像一座"新教堂"(205)。

埃弗里特发现,成功找到隔离区日记后,潘姆就像"变了一个人",变瘦了,但"活力恢复了"(199)。在客观效果上,潘姆寻找隔离区日记的行动与派克寻找真实耶稣的行动形成了一种对照。潘姆对派克的看法比较全面,既不像主教那样完全否定,也不像埃弗里特那样完全肯定。他直率

---

① 法肯海姆(1916—2003),犹太哲学家、改革派犹太教拉比、加拿大多伦多大学哲学教授。主要研究兴趣是犹太人与上帝的关系,认为犹太人遭受的大屠杀必须被看作要求犹太人维护犹太人和以色列国生存的命令。

地向埃弗里特指出,派克在智力方面是"轻量级的"(206),表现在相信巫术和灵魂、冒着生命危险去沙漠里做寻找耶稣那样没有意义的事。但潘姆喜欢派克,"因为他(派克)知道传统教义根本不可信",有勇气"离开教会"去"寻找真实的耶稣"(208)。听到潘姆赞扬派克,埃弗里特问潘姆是否也想像派克那样离开教会,去圣地漫游,把性命交给高温所导致的虚脱。潘姆纠正道,派克想做的其实是"回到起点,回到出错的地方,回到史前"(208)。在给埃弗里特的电子邮件里,潘姆说派克去沙漠里寻找上帝"是个错误",因为上帝就在这个犹太人聚居区里,就在这座老旧的犹太教会堂里,"那个预兆表达的不就是这个意思吗?"(214)但这个意思只有"无家可归的被抛弃的心灵"(215)才能明白,所以潘姆决定退出基督教。

找到了使他进一步认清基督教及其上帝的犹太人隔离区日记,有了退出基督教的意愿,潘姆也有了勇气用上帝创造的语言对上帝说话,忏悔自己当年作为和平队成员去托博克沃岛传教期间所犯的罪。潘姆在岛上见到近似于原始宗教的地方宗教,发现当地人发明的语言也能用来与上帝交流,意识到与当地宗教不同,基督徒"太仪式化"(210),非得有头衔、讲坛和特定的日子才能对上帝说话。在岛上,潘姆与当地的一位姑娘产生了爱情,当地人也为他们举行了婚礼,但潘姆最后却像圣奥古斯丁抛弃其地位低下的女友一样抛弃了她。如今,这位土著女子"真的有鬼魂附身",因为她已经从里到外地接受了潘姆给予她的一切,包括穿戴、教堂、信仰和语言,已经完全基督教化了,成了"托娜·姆巴吉塔牧师"和"传教士全权代表"(213)。自己的罪、圣奥古斯丁的罪、基督徒对犹太人所犯的罪等等,世上有太多的罪可以证明上帝的不公,可以让神学侦探们震惊,所以潘姆不禁叹道:"主啊,我们无法历数你的不公。它们数不胜数,如果我们一一清点,它们就会像海浪一样压垮我们。"(212—213)

关于基督教及其上帝的这些问题,潘姆告诉埃弗里特,主教及其审查团知道的并不比他少,他们与他的差异就在于他们看重"象征""教堂"和"传统",而他却觉得这些已经"不再够用"(221)。潘姆不但与基督教里的那些保守派有差异,与某些批评基督教的神学家也有差异。他对埃弗里特说,杰出的神学家,譬如蒂利希(Paul Tillich)①、巴特(Karl Barth)②、德日进(Pierre Teilhard de Chardin)③、赫歇尔(Abraham Joshua Heschel)④和克尔恺郭尔(Søren Aabye Kierkegaard)⑤等人,无论他们怎么批判宗教,最后又都转而"肯定"(236)他们生于其中的宗教传统。也就是说,在潘姆的眼里,这些神学家的批评并不彻底。至于潘姆能走多远,埃弗里特起初也不能肯定。他问过潘姆,他退出基督教改信犹太教与他想娶撒拉有多大关系。潘姆答道,世俗之人总爱问比例,而他信教的首要理由就是宗教体现了"某种不可分割的大善的可能性"。他说他与撒拉的婚姻是一种"神圣的婚姻",可追溯到他的一种"悲哀",即"耶稣的追随者领错了路",使人们"走了两千年的弯路"(248)。这就是说,潘姆退出基督教加入犹太教,主要出于对基督教的路线错误的清醒认识以及想要彻底纠正这一错误的强烈愿望。

当然,潘姆所加入的并不是正统、保守的犹太教,而是以撒拉为代表的进化派犹太教。这个教派的礼拜活动以学习讨论为主,其核心任务是研究犹太教的历史渊源和神学原则,利用现代学术对它们进行甄别,"把次要的、不能成立的或陈陈相因的……内容与真正重要的和决定性的内容区分开来"。在埃弗里特眼里,撒拉的教会像是一所"从事继续教育的神学院"(247)。在这所"学院"里,潘姆发现了完全符合其理想的氛围、活动和目标。⑥ 他向

---

① 蒂利希(1886—1965),德裔美国存在主义哲学家和神学家,被广泛看作20世纪最有影响力的神学家。
② 巴特(1886—1968),瑞士新教神学家,被广泛看作20世纪最伟大的基督教思想家。
③ 德日进(1881—1955),法国罗马天主教牧师、神学家、哲学家、地质学家、古生物学家。曾在中国生活二十余载,在中国地层、古生物、区域地质研究中作出过重要贡献,是"北京人"的发现者之一。其本名是皮埃尔·泰亚尔·德·夏尔丹;德日进是其中国名字。
④ 赫歇尔(1907—1972),波兰裔美国拉比、哲学家、神学家,20世纪犹太神学及哲学的领袖人物之一。
⑤ 克尔恺郭尔(1813—1855),丹麦哲学家、神学家及作家,被视为存在主义之父。
⑥ 这所"学院"的情况能令人想到多克托罗给民主下的一个定义:"真正的民主能赋予自己多种声音,能确保建立一种有自纠能力的、广为接受的、通过一代又一代人的努力不断接近真理之梦的现实。" E. L. Doctorow, *Reporting the Universe* (Cambridge: Harvard University Press, 2003), 3.

埃弗里特总结自己的学习体会时说,他和撒拉都在回溯,回到"同一个上帝"。这同一个上帝应该就是潘姆理想中的可信上帝,一个超越了正统基督教和正统犹太教所制造的种种差异的上帝。潘姆也知道,这种超越不可能一蹴而就,而是一个持续不断的过程,因为社会在持续不断地变化。他对埃弗里特说,关键的是以赛亚没有挑明,救赎只是一种"期待",只"存在于永远也不可能完全到达这里的过程中"(248)。

埃弗里特记录了撒拉组织的一次活动,尤其是活动过程中发生的一次令人难忘的超越。这次活动的内容是讨论犹太教律法中的613条行为准则。讨论一开始,有人就对这一议题提出了异议,理由是当前恢复犹太教传统的呼声较高,连改革派犹太教的拉比们都开始回归传统,所以进化派犹太教也不应搞"激进主义"(249),另外,"有些东西不可置疑","没有传统"就"没有宗教"(251)。对于这些异议,撒拉谈了三个基本看法:(一)反思行为准则是犹太教传统的一个部分。犹太教历史上的那些"对于准则的注释"以及"对于注释的注释"能够说明,"长期以来,那个集体的声音一直在阐释做文明人的意味"。在这一长期的阐述过程中,犹太教所形成的一大作风就是"思想民主"(249)。(二)时代变了。一方面是有文化者不再局限于拉比,反思传统有了新的可能性;另一方面是世道变了,反思传统有了新的必要性。(三)比起宗教的实质及其真正的作用和目的来,传统并不是那么至关重要和不可变更,因为"传统界定的是我们,不是上帝"(251)。撒拉进一步指出,对待行为准则有两种不同的态度,一种是全盘接受、"机械遵守",另一种是抓住"所有准则的核心",即能使你成为一个善良、公正、慎思之人的"道德标准",比如希勒尔(Hillel)①所说的"己所厌恶,勿施于人"(250),而只有后一种态度才能为上帝增光添彩。

撒拉的观点显然超越了正统派观点的局限性,也引发讨论中的更多超越。有一位发言者指出,拒绝现代知识的"正统派崇拜"就是"祖先崇

---

① 希勒尔(约公元前70年—公元10年),犹太教历史上最重要的人物之一,其思想对犹太教律法书《密西拿》和《塔木德》的编写有很大影响。有两句名言被广泛认为出自他之口:(一)"我不为我谁为我?我只为我我是啥?"(二)"己所厌恶,勿施于人。"

拜",以为祖先离上帝更近、知识更多、他们的发明是"固定不变的"。如果这么做,我们崇拜的就是"我们与上帝之间的物和人"(251),而不是上帝,我们就会离上帝更远。他解释说,古以色列的国土面积不大,希伯来人的知识非常有限,因此他们发明的上帝也有很大局限性。而今天,我们知道宇宙的年龄大约是 150 亿年,知道它是大爆炸的结果而且还在继续扩大,知道空间和时间是一个统一体,知道重力可以使宇宙弯曲,知道空间还有一种能使宇宙免于坍缩的反力,知道宇宙包含多个由数百万星球构成的星系、星系群和有待认识的黑色物质,知道我们的宇宙并非造物主所造的唯一宇宙,知道造物主比这一切都要博大,知道"人类在其意识进化的漫长道路上刚刚开始意识到这一显现的博大",因此传统主义者所留恋的"主""国王""圣父"和"牧羊人"等敬语已"不足以充分赞美"(253)上帝了。

  从埃弗里特那里潘姆得知,这位把讨论引向新的超越的发言者就是他们的中学同学、诺贝尔物理学奖得主塞利格曼。潘姆不禁说他又发现了"预兆"或"上帝的显现",又有了神学侦探的感觉。按潘姆的理解,这一预兆的意味是:"如果我们生活中有一种宗教力量,它必须以我们时代的方式显现出来。绝非来自天上,而是一种隐藏在我们文化之中的显现,它会在地面上,在街道上,随车流而来,无法将它与其他一切分开。它很隐秘,只能慢慢地、一点一点地被发现,最后依靠集体的力量被理解,就像科学规律一样。"(254)

  从出现第一个预兆(潘姆教堂的十字架被搬移到犹太教会堂顶上)开始,在结识乔舒亚和撒拉这对拉比夫妇、帮助撒拉料理乔舒亚的后事、接替乔舒亚寻找撒拉父亲当年经手的犹太隔离区日记、参加撒拉主持的进化派犹太教的研讨等活动中,在犹太人的集体中,潘姆"慢慢地、一点一点地"接近着他这个神学侦探的目标,不断发现新的预兆、新的上帝和新的自我。在潘姆与撒拉的婚礼上,潘姆的主教问埃弗里特谁将致祝祷辞,埃弗里特说潘姆会作一个发言,主教便说,潘姆身上"充满令人吃惊的东西"(262),他认识潘姆都 30 年了,还经常受他惊吓。主教可能也知道这背后的原因,那就是潘姆总在从事神学侦探的活动,总有新发现和新进步。

在潘姆和撒拉的婚礼上,他们二人的亲戚朋友主要因为宗教信仰不同而分别坐在客厅两边。一开头,潘姆说自己虽然即将加入犹太教,但眼下仍是基督徒,所以暂时横跨两个"对立阵营"。这句话给了听众不小的惊吓,大家顿时"骚动""警觉"起来,撒拉却"兴致勃勃"(265)地听着。潘姆接着说,加入犹太教,就不用再考虑基督教日历中的千周年纪念以及"回顾""盘点"等事情了,就将进入一套完全不同的数字系统,同样是一个"主观"(256)人为的系统,但没有那么多的神话意义和媒体关注,所以他和撒拉的婚姻并无多少千周年纪念上的意义,但能使人"反思和回顾"它的发生过程,一个与"灾难"和"死亡"甚至"救赎、希望和全人类的死亡"(265)密切相关的过程。由此他便转入正题,开始了他以基督徒和前基督教牧师的身份所作的"最后的祈祷"(265),主要围绕他要脱离基督教的原因:

> 主啊,如果您能证明真有地狱,不是我们的丰富想象虚构出来的,而是真有,里面关着该下地狱的人,那么我就会像以前那样对您抱有希望……如果您能使恶魔撒旦在超弦宇宙的下界深处称王称霸,就像我们曾经认为他在地球深处所做的那样,使他具有巨大而又冰冷的质量,使他的引力大得什么也逃脱不了他,都被他吸进肚里,就像被吸进宇宙的黑洞里一样……如果您能让他的身体痛苦地由自相矛盾的材料构成,冰和火,既硬又软的奇特皮肤,长着多只充血的眼睛,有着黏腻的利爪和卷须,可以够着他的任何部位,浑身散发臭气、令人厌恶……如果您能让我们看到,本世纪的那些恶名远扬的凶手、部落和国家的凶残首领,都被粘在他的怀里,让他在几十亿年的时间里用恶毒尖刻的语言痛骂他们,把他带有蠕动的虫子和屎壳郎的污物吐向他们,再把他们慢慢吞进他可怕的体内……如果您能使他特别关注德国民社教的那个说话急促、眼球凸出、咬牙切齿的恶棍,俄国革命教的那个强硬、细眼、乡气的蠢货,文明比利时人的那个殖民主义小杂种和实施种族灭绝的国王,南亚丛林里的那个冷面红腮的刽子

手……还有香蕉共和国的所有迫害者,加勒比海和太平洋岛国的暴君们,非洲部落的凶手们,巴尔干半岛诸国搞种族清洗的暴徒们——如果您还能额外加进他们的所有银行家和军火供应商,效忠于他们的大批强奸者、刺人者、割头者、挥棒者、捅刀者、机枪手、砍刀手、绑架谋杀队队员、焚尸炉设计者、奴隶营管理者……让他们玷污存在的邪恶行径像毒刺和过敏原那样折磨撒旦,使他用呼出的火热臭气融化他身上的痛苦之冰,把他们从他身上冲走……而他们则会更加固执地附着于他化脓的皮肤上,遭受越来越大的痛苦,陷入不断增强的意识折磨,当缓慢地……在成千上万个千周年之中,他们饱受折磨的细胞被他逐个地吞入他冰冷的肚内……直到他们与他成为一体,在他体内那黑暗冰冷的地狱中残喘与叫喊,终古不息……若能这样,若能这样,主啊,我想我就能继续当您的牧师……(267—268)

在这段话里,潘姆一共提了六个由"如果"开头的条件,主要与上帝惩罚罪恶的能力有关。潘姆通过列举20世纪出现在世界各地的大小恶首,强调了人类在20世纪的堕落程度以及罪恶的深重和普遍程度。对于这些罪恶,潘姆认为上帝没有制止和惩罚,而是放任自流,因而完全失职了。正是由于世上有那么多的罪恶、上帝有那么多的失职、自己有那么多的疑问,潘姆才提了那么多的条件,郑重表明,如果上帝能满足这些条件,他就继续当他的牧师,如果不能,他就有理由辞职。总之,他在这里说的主要是他为什么不当牧师、为什么要退出基督教的理由。

但是退出基督教加入犹太教并非潘姆的真正目的。他在发言的结尾谈到了他的真正目的:

但是说真的,我认为我们必须改造您。如果我们想改造自己,我们就必须改造您,主。我们需要一个立足点。我们柔弱渺小,蹒跚走在我们的这种文明之中……对于我们的彼此关系、我们的婚姻、我们怀里的孩子,我们只能提供爱,只是这种时涨时落起伏不定的感觉在证明我们意识的合法性,使我们没有脱离这个宇宙。还不够。这还不够。

我们还需要一个立足点。我想有理由希望,我们心灵的这种努力能在您那里找到答案……(268)

可见,潘姆退出基督教加入犹太教是他"心灵的努力"一种表现或一个部分。这种努力的目的是要为"柔弱渺小"的人类寻找一个比"起伏不定"的爱更加稳固可靠的"立足点",以便人类更好地改造自己、更好地生存。而要找到这个立足点改造自己,人类就必须改造上帝,因此潘姆说:"如果我们想改造自己,我们就必须改造您,主。"在《上帝之城》里,这一改造正是始于潘姆教堂里的十字架的移动或死上帝的复活。

二、小上帝,大上帝

死上帝复活,由教堂里的一个脱离现实、仅供膜拜的固定对象变成一个置身世上、有待改造的可变对象,让潘姆看到了"预兆",看到了改造上帝的无限可能。那么潘姆为什么认为改造人类就必须改造上帝?他想怎么改造上帝,或他心目中理想的"可信上帝"是什么样子的呢?

上面提到,决定退出基督教加入犹太教、横跨基督教和犹太教这两个"对立阵营"的潘姆发现,他和撒拉正在回到"同一个上帝"(248)。这同一个上帝就不是正统基督教或正统犹太教为自己创造的那些各不相同甚至互相对立的小上帝,而是超越了它们之间的差异的大上帝。在撒拉主持的研讨会上发言的物理学家塞利格曼认为,现代人不应搞祖先崇拜,而应运用人类对于宇宙的新认识来发展希伯来人在知识极为有限的古代所发明的具有极大局限性的上帝。他还提到,上帝不仅是"他",还是"她"和"它"(253)。塞利格曼提出这些看法,也是在反对小上帝,提倡大上帝。

为了有利于表现上帝应随着人类知识的增加而不断变大的必要性,多克托罗选择了毕业于布朗克斯理科高中、与塞利格曼是同班同学、对天文地理和科学实验具有浓厚兴趣和丰富知识的小说家埃弗里特作叙事者,因此《上帝之城》里就有了不少有关自然知识(天文学、物理学、生物学、动物学等)、科学家[虚构的塞利格曼和真实的爱因斯坦、普朗克(Max

Karl Ernst Ludwig Planck)①、卢瑟福(Ernest Rutherford)②、玻尔(Niels Henrik David Bohr)③、费米(Enrico Fermi)④等]和哲学家(维特根斯坦、柏拉图、圣奥古斯丁、莱布尼茨等)的介绍。

如同《圣经》,《上帝之城》也是以宇宙的起源开头的,不过依据的不是上帝创世说,而是大爆炸理论。⑤ 根据这一理论,原初没有空间和时间,只有一个"空间/时间点"(3)。随着它悄然无声地迅速膨胀,时空开始出现,宇宙有了雏形,由此便开始了宇宙的进化史。这是一个迄今约有150亿年的漫长过程,而且尚未结束。既然宇宙尚未定型,那么如何测量浩渺宇宙的边长就难以想象。一方面是宇宙进化历史漫长,另一方面是宇宙体积大不可测,因此现代宇宙学理论就认为,倘若宇宙背后有一个上帝,那么这个上帝肯定大于在《圣经·创世记》里用6天时间创造了只限于地球上的生存环境和动植物的那个上帝。埃弗里特还根据塞利格曼创立的中微子理论指出,上帝创造的不只是看得见摸得着的东西,还有无数看不见摸不着的东西,比如塞利格曼所发现的中微子。按照这一发现,《圣经》里的上帝所创造的天地之间的那个空间其实不是空的,而是实的,里面充满了中微子,如同不显却在的"鬼魂"。总之,埃弗里特认为,对于一切,"我们刚开始理解我们仅处于理解的初级阶段"(20),包括对于上帝的理解。

《圣经》里,上帝在创世第五天主要创造了两样东西——鸟和鱼。《上帝之城》里有不少有关鸟的描写,因为埃弗里特爱好观鸟。他观察住宅附

---

① 普朗克(1858—1947),德国物理学家,量子论确立者,曾获1918年诺贝尔物理学奖。
② 卢瑟福(1871—1937),英国物理学家,被称为"原子核物理之父",1908年获诺贝尔化学奖。
③ 玻尔(1885—1962),丹麦物理学家,曾获1922年诺贝尔物理学奖。
④ 费米(1901—1954),意大利物理学家,原子弹发明人之一,1939年移居美国,曾获1938年诺贝尔物理学奖。
⑤ 罗德里格斯认为,《上帝之城》的头两页不仅介绍了宇宙大爆炸理论,还介绍了该作品的"主题",即"如何将我们今天对于科学理论和发现的信仰与宗教的传统角色结合起来"。Francisco Collado Rodriguez, "The Profane Becomes Sacred: Escaping Eclecticism in Doctorow's *City of God*," *Atlantis* 24, no. 2 (June 2002): 59—70.

近的鸟,也去其他地方甚至加拿大和西班牙等其他国家观鸟。在住宅附近,他经常见到的鸟有燕雀、乌鸫、嘲鸫、牛鹂、红衣凤头鸟、䴔䴖、金翼啄木鸟、雨燕、剪嘴鸥、鹩、夜鹭等。这些鸟都是《圣经》里没有的。埃弗里特记录它们,目的之一是想表示,现代鸟类学能够让我们看到,上帝的眼界和能力其实要比《圣经》里的那个上帝更大。有一天,埃弗里特发现,他住宅附近的那些常见的鸟中多了一群乌鸦。乌鸦是"内地鸟",通常生活在内地的枫树林里,爱吃松鼠的尸体,但现在它们竟然在海滩上觅起食来,津津有味地啄食海鸥吃剩下的鱼、蟹、蛤蜊。更令埃弗里特惊奇的是,这些个头高大的乌鸦非常"精明",能够"串通一气"驱赶其他的鸟。这种情况令埃弗里特觉得问题"严重"、应该"密切关注",因为它不仅反映了鸟与鸟之间的关系,还能折射人与人之间的关系,所以他认为"码头上的乌鸦是一个混合的隐喻"(52)。

类似的"混合的隐喻"几乎出现在埃弗里特对于鸟的所有描写中。在有关鸟的最后一段描写中,埃弗里特甚至把"鸟之城"与"世人之城"和"上帝之城"相提并论,把它称作"第三城"。这座鸟城坐落在马德里以北的一个名叫瓦尔德明戈梅兹的巨大垃圾堆上。这里有130多种鸟,包括白鹭、朱顶雀、寒鸦、兀鹰、美洲鹫、信天翁、蓝脚鲣鸟、歌鸟、黑羽椋鸟、原鸽等《圣经》里没有收录的鸟。这么多不同种类的鸟"混合"聚居在一起,很容易让人联想到埃弗里特不时写到的多民族聚居的纽约,也能反映创造了如此多物种并让它们相互依存的上帝的强大能力和博大胸襟。另外,"鸟之城"这个"混合的隐喻"还能表现一种《圣经》里所没有的现象和意味,那就是这些鸟与现代文明的"混合"。这座"鸟之城"位于由现代人的废弃物所形成的一个巨大垃圾堆上。这个垃圾堆不是上帝创造的自然环境,但这里的鸟却适应了这一非自然环境,而且与它"混合"得如此之好,以至于它们忘记或放弃了自己的部分自然属性,比如它们不再迁徙、在巨无霸汉堡的包装盒里下蛋、用录音磁带铺窝、在电视柜里休息、在成片的鸡骨头堆上觅食。埃弗里特觉得,这些鸟实属鸟类学中的"另类"(241),因此若想全面认识上帝在创世第五天里所创造的鸟,也有必要研究这些另类的鸟。

上帝在创世第五天还创造了鱼。《上帝之城》里的埃弗里特也写了鱼,想要告诉人们,如果不了解《圣经》之外的鱼类及其海底世界,也难以认识上帝的博大和神秘。埃弗里特写道:"正如陆上有阿尔卑斯山脉、喜马拉雅山脉、安第斯山脉和落基山脉,水下也有山脉,而且更加高大。正如我们有波光粼粼的河水流经其间的大峡谷,海底也有幽深的海沟。正如我们有平原和沙漠,海洋深处也有无边无际的海底平原。"也就是说,就地貌而言,陆地上有的,海底基本上都有,而且通常还会更加高大宽广。在这个广袤的水下世界里,除了那些我们能够叫出名字的鱼类,还有无数的"无名生物"(104),尤其是生活在海洋深处的那些生物。那里没有空气、阳光和温度,按照常识根本不适合生物生存,可偏偏就有"成千上万未知的动植物生活在最深的海底峡谷那漆黑、冰冷的水里……它们的生物量远远超过我们陆地上依赖太阳和空气的动植物"(105)。那些生活在海底的微生物为双壳贝、水母和刺鳅提供了充足的食物。刺鳅具有一种惊人的能力,能在受到攻击或发起攻击时发出荧光。还有一种被称作"手斧"的鱼,无声无息地游弋在黑暗的深海里。它们凸出的眼睛长在有角的头顶上,肛门能发出电光把追捕者的眼睛刺花。但这一能发电光的肛门并不是先天的,而是寄生在肛门里的发光微生物使然。对于上帝作此安排的"目的",埃弗里特指出,"我们尚未弄清"。埃弗里特接着又说,如果我们相信上帝的"神圣审判"和人类的"灵魂转世"的话,那么我们就"有理由"认为,寄生在古老的手斧鱼肛门里的微生物中,有一个是希特勒灵魂的化身,这样他就不得不生活在难以忍受的粪便里,"发着痛苦的微光"。总之,在埃弗里特眼里,这一切都是上帝的宏大"宇宙计划"(105)的组成部分,其中还有许许多多有待我们弄清的内容。

《圣经·箴言》第六章里有一句称赞蚂蚁的话,说蚂蚁当中"没有元帅,没有官长,没有君王",没有首领对它们发号施令,但它们却无时无刻不在辛勤劳作,"在夏天预备食物,在收割时聚敛粮食",因而值得那些"懒惰之人"好好学习。《上帝之城》里也有对蚂蚁的称赞,但称赞的理由却不同于《圣经》里的,能让我们再次看到《圣经》作者对上帝及其世界的了解的局限性。《上帝之城》对于蚂蚁的称赞是通过埃弗里特的观察和感觉表达出来的。埃弗里特记得,他曾在纽约的中央公园和孩子们一起观察蚂蚁,发现这些生物虽然"极小",又"没有大脑",却能建设一座"地下之城"(240)。埃弗里特认为蚂蚁极其勤劳,"终生都在工作",这一看法与《圣经》相同。一个不同之处,或《圣经》里没有涉及而埃弗里特想要强调的方面,就是蚂蚁具有难以置信的协调能力。《圣经》说蚂蚁"没有元帅,没有官长,没有君王",意思是没有权威在发号施令要求它们工作,也意味着没有权威在协调它们的工作。而在埃弗里特的描写中,蚂蚁当中还是有权威的,那就是蚁后这一"会产卵的而且其生殖力能决定(蚂蚁)社会未来的君主"。蚁后并不是只发号施令要求其他蚂蚁工作而自己不工作,它自己也工作终生——产卵。但它更值得关注的是协调其他蚂蚁工作的能力。它能使不同角色的蚂蚁,无论它负责的是护理、作战、警卫还是食物采集,都能在一个明确的目标之下协调起来,那就是"都为蚁后而工作",以至于"没有任何生物具有比它们更强的目的性、纪律性和责任心"(242)。

至于蚂蚁的协调方式,埃弗里特始终觉得是一个谜。由于找不到任何"明显的中央决策机构",埃弗里特就猜想它们是通过触角的接触来互相传递蚁后的指令,从而能像"并行处理机"或人类的"皮层神经元结构"那样作出"一致的反应"。埃弗里特甚至猜想,个体没有大脑的蚂蚁们可能有一个"集体大脑",每一只蚂蚁都构成这一"集体大脑"里的一个细胞。这个"集体大脑"位于它们的上方或身旁,是一个"隐形的集体思想器官"(242),任何单个蚂蚁的脑力都无法理解它,但它却又无时无刻不在发挥协调作用,指导分工明确、合作默契的蚂蚁集体建设"地下之城"这样的浩大工程。

如同鸟和鱼,蚂蚁也是埃弗里特的"混合的隐喻"。埃弗里特的思路很自然地就从中央公园里的蚂蚁过渡到中央公园里的人,从蚂蚁的"隐形的集体思想器官"过渡到促使人们来公园游玩的那种东西。究竟是什么东西促使那么多不同地方的不同的人不约而同地在星期天来到公园的呢？埃弗里特觉得应该是"城市超脑"："虽然我们作为个体是不同步的，都在以不同的方式、不同的目的、不同的方向行动，但与此同时，我们又构成了城市超脑中交流活跃的细胞，无论我们对此多么茫然无知。"(243)也就是说，正是这个人们对其并无多少意识却又始终存在的"城市超脑"，使得不同地方的不同的人不约而同地在星期天来到公园享受美好的闲暇。人们并无多少意识的，还有"我们使用公园的愿望取决于其他人也这么做的愿望""公园的构想内在于邀请我们在美好的日子里思考我们的巨大神经形态的基因里"。这些也都是"城市超脑"的表现。人类的这个"城市超脑"有点像蚂蚁的"集体大脑"或"隐形的集体思想器官"，也是隐形的，通常也是在我们没有意识的情况下起协调作用。如果我们听从"城市超脑"，比如在星期天去了公园，我们就会看到许多人也这么做了，就有可能对所有这些相同做法背后的"城市超脑"有所意识，就有可能对我们自己的局限性以及他者和集体的必要性有所意识，就有可能对这一集体中的所有成员之间相互协调的重要性有所意识。

之前，在去纽约东村寻找潘姆的教堂的路上，埃弗里特穿过纽约这个"文学、艺术、社会矫饰、地铁隧道公寓之都""人们不用工作就能挣大钱之都""人们操劳一生却最终破产之都""含有大片无名、单调、每天都有天才诞生其中的公寓房地区之都""各种音乐之都""枯树之都"(10)。在这个多重意义上的首都里，在这个"非自然世界中最为壮观的现象"里，埃弗里特无法不意识到自己的渺小，同时也开始意识到某种宏大的东西："有一种共识是我们永远不会承认的。那就是存在一个最大超灵。无论人们在争取公共空间时多么谨慎和冷漠，我们若想描述自己，就必须周围有人。城市或许起源于市场、贸易站、河流交汇处，但它其实依赖的是人类想行走在陌生人中间的需要。"这个"超灵"，如同那个协调蚂蚁建造地下之城的"隐形的集体思想器官"，或使得人们倾向于在星期天去公园游憩的"超脑"，也是一种隐形的却又难以违抗的协调力。它能使人们意识到，在这个世上不能只有自己，而是"必须周围有人"，为了"描述自己"，为了互相帮助和更好地生存。它能使人们从建小市场或小贸易站开始,一步一步地、势不可挡地不断扩大建设规模,直至建起纽约这么巨大的万都之都,直至纽约街上的所有人——"邋遢的、过大的、过小的、古怪的、肥胖的、或干瘪的或瘸腿的或嗓音小的或外国人模样的或头发发绿趾高气扬的、凶狠的、疯狂的、愤怒的、痛不欲生的"——都成为"纽约人",直至国家从世上消失,"任何人都可以成为任何人,身份变得捉摸不定"(11)。

在所有这些对于宇宙、鸟、鱼、蚂蚁、纽约中央公园、纽约的观察和描写中,埃弗里特反复强调的一个观点,就是与现代自然和社会知识所反映的上帝相比,古人所创造的那个上帝太小了,因此就必须对他进行解放、改造和扩大,否则他就会限制我们的认识,妨碍社会的进步,造成各种不幸和痛苦。

埃弗里特的这一观点在书里的许多其他人物那里得到响应,仿佛他们在这一点上都经过上帝的协调。在观点与埃弗里特相同或埃弗里特深受他们启发的人物当中,最值得关注的是爱因斯坦和维特根斯坦。这两个被赋予了真人的姓名及许多真实经历和思想的人物具有很强的真实性。他们的声音也具有很大的权威性。

与潘姆和埃弗里特一样,爱因斯坦也非常关注上帝问题。他说自己研究物理学就是为了"追踪上帝"。他也认为上帝比我们所认识的要大。在他的理解中,上帝的主要特点包括"年迈""不可复制""包罗万象"和"没有性别"等。(25)所谓"包罗万象"和"没有性别",就是说上帝是无穷大的,不受人类划定的任何界线的制约,用埃弗里特的话来说,就是其身份是"捉摸不定"的。爱因斯坦之所以对上帝有这种看法,与他的犹太人身份以及从小就因为这一身份而受到的歧视密切相关。他是在德国纳粹的诞生地慕尼黑上的小学。由于不适应过分严格、扼杀天性的学校纪律,上课注意力不够集中,他被老师盯上了。一天,老师在课堂上掏出一根锈铁钉,一边看着爱因斯坦一边对大家说,"就是这样的大钉子穿透了基督的手和脚"(46),令爱因斯坦在他身上看到一个结合了"强权"和"好战"等因素的基督徒,看到了欧洲的基督教和国王利用种种手段将犹太人"妖魔化"和"种族化"(52)的历史。根据欧洲文明的堕落现状,爱因斯坦得出这样的结论:"传统宗教中的上帝观再也不应认真维护了","应在《圣经》之外的其他地方寻找上帝",应把宇宙中"最基本的规律"看作上帝的显现,因为它们"冷漠、永恒、无形",能给人"安慰"(53)。

爱因斯坦说不应在传统宗教和《圣经》中寻找上帝,意思就是传统宗教和《圣经》中的上帝太小了,受到了无知和偏见或爱因斯坦所说的"怪异的虚假历史"(46)的太多限制和扭曲。爱因斯坦说应在宇宙及其"冷漠、永恒、无形"的基本规律中寻找上帝,意思就是上帝是无限大的,永远都是客观公正、不偏不倚的,永远不会受到种族、民族、性别、国家、党派等任何人类划分方式的影响,永远都在倡导博爱、建立联系、进行协调。这个上帝,爱因斯坦在他刚开始记事和走路时就见过。他所"记得的第一样东西",就是他在其出生地乌尔姆蹒跚学步时所走过的那些铺路石。每一块铺路石的大小形状都不尽相同,但经过铺路工人的巧妙布置,它们"如此美妙地镶嵌在一起"。如此结合起来的石头就超越了个体的石头,产生了某种奇迹:"所有这些石头共同代表了一个大计划之下的无数决定,代表了修筑一条康庄大道的意图。"这个上帝还显现在爱因斯坦幼年就开始学习的音乐中。他发现,音乐是不同乐音互相"联系"的产物;一首优美的乐曲就是"一个成分完备、合乎逻辑的结构"(44),就像一个"完全可靠的宇宙"。巴赫、莫扎特、舒伯特等杰出音乐家"决不会辜负你";他们的作品就像"数学推理"那样含有一种"必然性"(45)。

无论是石头铺成的道路,还是乐音构成的音乐,都涉及不同成分的和谐组合以及这种组合所遵循的客观规律。这些和谐组合和客观规律,在爱因斯坦看来,就是宽容、公正的上帝的显现。如果不搞组合、破坏和谐、违背规律,那么无论一个人表现得多么虔诚,他所信的只会是受无知和偏见束缚的小上帝,不可能是真正的大上帝。那个歧视爱因斯坦和所有犹太人的小学教师的上帝就是这样的。在学术上受到爱因斯坦质疑的牛顿的上帝也是这样的。按照爱因斯坦的说法,他质疑牛顿的古典力学、发明相对论的全部工作,依据的是一个"非常简单"的观点,那就是"绝对运动和绝对静止是错误的"。所谓"绝对运动"和"绝对静止",就是指物体的运动和静止可以不依赖其他物体或任何参照。牛顿对此坚信不疑,而爱因斯坦认为这不可能。爱因斯坦指出,宇宙中没有不参照其他物体的绝对运动,"永远要有参照物"(36)。也就是说,"绝对"是错误的,唯一可以"绝对"的就是要有参照:"关于空间,我们所能肯定的就是,那是你应该用尺子度量的东西。而关于时间,我们所能说的就是,那是我们应该用钟表计量的东西。"(38)没有任何东西能脱离与其他东西的关系,就连每秒走约30万公里的光也不能。爱因斯坦曾提出光也受万有引力影响的假设,不久果然被他的同事米利肯(Robert Andrews Millikan)[1]证实了。星光也能因万有引力而发生弯曲,这被爱因斯坦称作"第一圣事"(54)。它之所以是"第一圣事",或许是因为它最能说明上帝的"宇宙计划",说明这一计划中的一切都是相互联系的。

　　对于爱因斯坦的成就,《上帝之城》里的维特根斯坦参照自己的成就给予了很高评价。他说爱因斯坦和他一样都是"革命家",在揭示世界原貌上成就"相当":爱因斯坦"推翻了牛顿错误的宇宙论";他自己则"颠覆了柏拉图及其所有追随者"(191)。维特根斯坦与爱因斯坦不但成就相当,还有许多其他相似之处,比如都是犹太人、都喜爱音乐、说话都晚[2]、话都不多、都爱好思考。当然,他们最大的相似之处还是在"革命"上,在反思传统、揭示谬误、突破禁锢、解放思想上。但也正是在解放思想的问题上,维特根斯坦强调了自己与包括爱因斯坦在内的自然科学家之间的区别。在对爱因斯坦的新物理学作了深入思考之后,维特根斯坦指出:"即使所有的科学问题都被解决了,我们的问题仍然还丝毫没被触及。"(87)维特根斯坦想说的是,科学家,包括爱因斯坦在内,所研究和解决的是自然界的问题,不是人类自身的问题。那么人类自身的问题,或维特根斯坦感兴趣而科学没有触及的"我们的问题",指的是什么呢?

---

[1]　米利肯(1868—1953),美国物理学家,曾获 1923 年诺贝尔物理学奖。
[2]　维特根斯坦说自己"早就能说话",只是因为"被世界吓着了",所以"选择了沉默"。(86)

在维特根斯坦的理论中,"我们的问题"指的主要是我们的意识问题。这个问题之所以重要,是因为没有我们对于世界的意识,"就没有世界":"一切存在物都是通过我们在我们包含世界的自我的形成过程中而存在。"但要想客观研究意识又是非常困难的,因为人的意识并非存在于真空里,无法独立于世界以及前人对于世界的解释。维特根斯坦发现,我们的意识其实已经"被世界所充满,因此无法跳到世界外面观察世界里面的自己",所以研究意识就必须与世界及其解释联系起来做,用维特根斯坦的话说,就是使"独立于我对它的感知而存在的真实世界"与"只能在我对它的感知中存在的世界"这两个世界"合并"(125)。而要发现这个"真实世界"、实现这一"合并",就要做好两项基础工作:一是整理好我们的意识,清理掉那些错误的观念;二是进入世界,深入了解它。

关于第一项工作的重要性,维特根斯坦从小就有所意识。爱因斯坦记得的第一样东西是石头路上的铺路石,而维特根斯坦记得的第一样东西是他家在维也纳的豪宅里的"豪华楼梯"。楼梯有34级大理石台阶,3米宽,上面铺着由代表奥匈帝国的红、绿、白三色彩线织成的华丽地毯。每两级台阶衔接处的地毯由一根锃亮的铜杆压着。每一个梯台周边都装有瘦花瓶状雪花石膏栏杆。楼梯两侧的墙砖用的是淡红色卡拉拉①大理石。楼梯上方的天花板四边镶有花饰和金线,中间是波斯风格的图案。楼梯尽头的墙上挂着壁毯画。画的跟前摆着德累斯顿花盆。花盆两边蹲着两条中国铜犬。这一豪华楼梯成为维特根斯坦的第一记忆的原因之一,就是它"奢华的巴洛克风格"令他"恶心"(86)。这种"恶心"后来在他青年时期又发展成一种"对于世纪末文化的广泛绝望"。他的父母为爬此楼梯不惜"交出生命"。之前,他们的祖父母为了能在社会阶梯上升迁,不惜放弃犹太教信仰改信天主教。维特根斯坦却因为"恶心"而决定彻底改变这一切。从一战战场上回来后,他把自己继承的财产全都分给姐姐哥哥们,为一个精神濒临危机的姐姐设计了"一个极端简朴、毫无雕饰的

---

① 意大利北部一地,盛产大理石。

家",自己便去乡下过起自食其力的清贫生活。他一边教乡下孩子数学一边研究哲学,逐渐意识到西方哲学思想的语言就像自己的家族,"已被巴洛克式的矫揉造作所窒息"(87)。

不清除"巴洛克式的矫揉造作"和其他一切"窒息"意识的错误观念,不整理好我们的意识,我们就无法做好第二项基础工作——进入和认识世界,就无法实现意识与世界的"合并"。正是基于这一认识,正是由于太多的"巴洛克式的矫揉造作"充斥着包括哲学在内的各个领域,维特根斯坦建议人们在各个领域里都开展大清除和大决裂。他提出:若想按真正的哲学精神生活,就别当哲学家;若是真爱,就必须与所爱的对象分开;若想做个真正的人,就必须抛弃一切社会价值;富人若想活命,就必须变成穷人。之所以要这么做,就是因为哲学会扼杀我们的意识,使它"无法应对真实的世界";爱情会由于肉欲而变得"不可相信";社会价值会"玷污我们的灵魂";财富是一种"致命的条件"。维特根斯坦建议那些想研究哲学的人"放弃哲学",去当"木匠、护士、泥瓦工",用自己的双手做一点"简单真实的事情",这样就更有可能认识"真实的世界"。(154—155)他说他研究哲学的"唯一目的"就是使认识及其表达"简单得如同此地此时的世界"。但他的哲学"越简单",人们就觉得它"越难懂"。总有人叫他解释自己的哲学,不知"解释"它就是"否定"它,因为他的哲学已经达到了某种"不可解释的显然性"。他说他全部研究的"着眼点"就是发现"只有什么才是可说的",结果发现这种东西并不太多,因此便总结道,"对于不可说的东西,人们应该沉默"(154)。

通过区分"可说的"和"不可说的"、划定语言恰当的使用范围、把超语言的东西让给我们"无声的敬畏",维特根斯坦"挽救"了语言,也把思想"从欧洲文化的沉重锁链之下解放出来",因此他说他和爱因斯坦一样,都是"革命家"。但维特根斯坦觉得爱因斯坦还"不够深刻"(191)。他想像但丁那样担任"向导",带领爱因斯坦等科学家参观地狱里"人类理性的垃圾""无法重组的意识碎片""真实世界的污物""我们与上帝的失败恋情",这样才能深化他们的认识,因为"新地狱是我们的探索的起点"(192)。

揭示"人类理性的垃圾"和"我们与上帝的失败恋情",在"垃圾"和"失败"之上进行新的"探索":这也是《上帝之城》里的一个名叫米德拉什的爵士乐四人组合所做的事。这个乐队的名字"米德拉什"(Midrash)在英语里指早期犹太学者对《圣经》所作的具有一定自由度的注释。在《上帝之城》里,这个乐队一共演唱了五首经典歌曲——《我和我的影子》《星尘》《晚安宝贝》《黑暗中跳舞》和《歌是你》,对它们作了新的阐释。

在米德拉什组合演唱的第一首经典《我和我的影子》里,"我"和"我的影子"一起走在回家的路上,互相无法交流,无法倾诉彼此的"烦恼"。12点时,"我们"爬上楼梯,不用敲门,因为家中无人,只有"孤独"和"忧郁"。唱完这首经典,米德拉什组合接着唱起他们自己的歌,表达他们对于这首经典的理解。他们唱道,《我和我的影子》唱的是人如何"被孤独变成影子",因而此歌的原唱歌手或许就是"他自己的影子",他所唱的也就是关于"我和已变成我的影子的我"。这位歌手在歌里提到无名大街上空无一人,是想说"人类的堕落是痛苦"(21),茫茫人海中"没有一个是我","我"就只能孤苦伶仃地将自己的影子投在铺满阳光的大街上,"和我的影子锁在一起,疾走在当牛做马的道路上"。听到12声钟响,歌手不能确定是中午还是半夜,也不知是到了时间的终点还是上帝耐心的终点。歌手自问:如果门里没有天堂或别的什么,为什么还要让"我"来到世上?影子又意味着什么?他想到影子也许意味着"太阳在它的天空",意味着"世界不由你掌控",那是"上帝的世界"。上帝的世界里有善也有恶,我们必须学会区分,认识到你之所以有影子,是因为你"不透明","仁慈上帝的光芒不能穿透你"(22)。当然,如果死了进入天堂,整天沐浴在上帝的光辉里,也就不再会有孤独和忧郁。歌手唱道,人生的"最大麻烦"就是没有述说麻烦的对象。如果能有人听你述说,麻烦就会消失。米德拉什组合认为,这是一首"有关失去的爱情的挽歌",当年那美满幸福的一对如今只剩下他一人与影子为伴。那天有可能是庆祝复活节的日子,整个城市兴高采烈,只有他在吟唱"失去的浪漫"(23)。独自一人的吟唱"不成调",也"不和谐"。歌手到达了"目的地"。这里的人都是"影子人"。这里的房子是"最安静和神秘的"。他还没有敲门,门就开了。他走进"上帝投下的影子里",不得不承认:"在上帝的影子里,我什么也不是,连影子也没有。"时间从早上到中午再到晚上,影子从出现到藏匿再到消失。既然影子已经消失,歌手最后问道:"如果没有天堂只有门,那又怎么样呢?"(24)

米德拉什组合对这首经典的阐释主要围绕"我"孤独的原因。在他们看来,原因主要有两个。其中最重要的原因,也是"我"的"最大麻烦",就是"我"没有述说麻烦的对象。没有人听他诉说、与他分担、帮他化解他的麻烦,他的麻烦就越来越多,孤独感也就越来越强烈,他就难免会想到用死亡来结束一切。那么他为什么不找一个听他诉说的人呢?这就涉及他之所以孤独的第二个原因。这个原因就是他找不到合适的人,用他的话说,就是茫茫人海中"没有一个是我"。合适的人他以前有过,他有过"爱情",但它已经"失去"。他忘不了它,不断地唱这首"有关失去的爱情的挽歌"。可是越忘不了,他就越无法去找新的爱情和合适的人,就越孤独越念旧,这样就进入一个恶性循环。这一恶性循环的严重程度表现为他已变成一个"不透明"的人,连上帝的光芒也不能穿透。"不透明",用维特根斯坦的话说,脑子里装满"垃圾"和"失败",就无法开始新的"探索"。上帝的光芒不能穿透他,一般人就更不可能走近他,按照爱因斯坦的说法,他就没有参照,就没有可能在与他者的关系中、在上帝的"宇宙计划"中认识和完善自己,克服其歌曲"不成调"和"不和谐"的问题。

《黑暗中跳舞》是米德拉什组合演唱的另一首经典。歌曲的原歌部分唱道:乐曲快要结束,我们在黑暗中跳舞,把疾逝的时光花在这里,为了寻找新爱情的光明,以照亮黑夜;我找到了你,和你一起共同面对音乐,在黑暗中跳舞。在歌曲的阐释部分,米德拉什组合试图把在黑暗中跳舞与"在这里的生存意义"联系起来。他们通过"我"问道:"这里"是哪里?"我们"是谁?"你"是否真在这里?如果在,那么两个人是否都知道人生短暂、都在寻找"光明"(156),就像双方都一见钟情那样?如果答案是肯定的,"我们"依偎跳舞就是一种"安慰",尽管如何"面对"(157)音乐的问题难以解答。"我们"摇摆、旋转、滑动,"异常和谐"地在这"幸福的黑暗"中跳着,觉得"我们"是"世界的中心"、"我们"的爱情"意义重大"。然而随后米德拉什组合就把"我"由"中心"挪到边缘,把"我"的身份由舞者变成乐手。这时,舞会变成了好莱坞的夜总会,一切"全是假的",是电影里的一个场景。两位舞者是电影里的人物,表演的是在此场景中坠入爱河的故事。"我"和其他乐手为他们演奏,"笑容满面"(158),因为能领到报酬。临时演员们坐在一旁观看,他们也有报酬。"在这些明星舞者的生活中,我们都是临时演员。""我们"之所以来这里,是因为夜总会外面"厄运"降临,国家破产,人人失业,沙尘肆虐,路有饿殍。乞丐们等在夜总会外面,期待着影星们完成"黑暗中跳舞"乘车离开时扔给他们一些零钱。但这不会发生。两个影星跳个不停,他们是"被指定的收钱者"(159),要把"我们"的微薄收入搜刮干净,而"我们"这些"乞丐"却还"坐在黑暗中",所以那两个舞者也许能"照亮""我们"所有的夜晚,直到"我们"的时间结束,统统消失。"我们"生活在黑暗中,人生"短暂得如同一首歌"。"跳舞是我们的生活",而"我们"却"只能在黑暗中跳我们的人生"。人生有限,"黑暗获胜"。舞会有终,"音乐不停"(160)。

  在米德拉什组合的上述阐释中,经典歌曲《黑暗中跳舞》里的那种脱离实际、天真幼稚的乐观主义是他们的主要关注对象。他们一开始就提出与社会背景和舞者身份有关的问题,想把歌里那种理想化的愿望满足型跳舞拉回到现实中。现实中有厄运、破产、失业、沙尘、乞丐和饿殍,有靠虚构现实来诱人消费的电影。在现实中,人类并非"世界的中心",爱情也不是那么"意义重大",那个自视为"世界中心"的"幸福"舞者"我"其实是金钱世界边缘上的乞丐。而且无论是谁,生命都有终结之时,短暂得如同一首歌或一支舞。相比之下,黑暗的力量却强大而又持久。米德拉什组合的阐释所呈现的这一悲惨世界折射出《黑暗中跳舞》中的乐观主义的浅薄和虚幻,强调了反思经典对于人类重新认识自我、世界和上帝的"宇宙计划"的意义。

  《歌是你》是米德拉什组合演唱的最后一首经典。这首歌里的"我"对"你"唱道,"你"就是"我"的音乐,是"我"所知道的一切的"美好主题",但

第八章 上帝的改造:多克托罗的《上帝之城》 315

"为什么我不能让你知道"这首"甜美""真挚"的歌就是你?至于如何阐释这首经典,米德拉什组合没有自己尝试,而是请此歌的作者和原唱辛纳特拉(Frank Sinatra)①来"说说他自己"(223)。辛纳特拉说他愿意"试试",为自己阐释的权威性预留了余地。他首先说自己写歌是为了"谋生",叫大家别把他写的"爱是心里的歌"这样的词太当真,可把它看作对此行当的一种"小小的宣传"(224)。他之所以不能让歌里的"你"知道,也不是因为害羞。他母亲为了要他放弃唱歌曾骂他、打他。他父亲从不倾听孩子的声音。无论在家里、街上还是教堂里,大家都毫不害羞、吵吵嚷嚷,"牧师的嗓门最大"。贫民区里的这种"粗野文化"(225)造就了贫民区孩子的品格。在家受到叱骂之后,少年时代的辛纳特拉经常坐5分钱车来到码头上,坐在野鸭粪和螃蟹壳中间,遥望河对岸的纽约这座由白色石料建成的"美丽城市",意识到自己是生活在"非环境"中的"非人",而"真正的生活在那边"(226),所以歌里"你"可以指"真正的生活"。有一次,辛纳特拉从锁眼里瞥见一个来找他母亲作人工流产的姑娘的肉体,感到了前所未有的兴奋,认为那是上帝给他的机会,因此他说"心里的歌"是骗人的鬼话,真正的歌来自"下身的咆哮""脑里的尖叫"和"对于上帝的炫目杰作的一瞥"(227)。再后来,他的女朋友安吉拉跟他分了手,说他辍学唱歌"没有自尊""没有抱负",尽管绝望的辛纳特拉说自己的抱负就是想拥有她。这也是"谁是歌"(229)的答案之一。当时,独自在码头上演唱就是辛纳特拉"严肃的演唱"。他想用自己的嗓音"一根线一根线地上下来回编织",把整个纽约"包裹"起来,所以《歌是你》中的"你"指的主要是纽约,而且永远都是:"你永远都是我歌,坐落在漂满油污的大河对面……"此歌成功后又过了一年,辛纳特拉才有机会过河来到纽约,只见这里车水马龙、热闹非凡,不知"谁在组织它,他们怎么使它运作?人们怎么知道该进哪个门。他们怎么能安然待在40层高的大楼里"(231)。这个"朋克小孩子"发誓

---

① 辛纳特拉(1915—1998),意大利裔美国歌手和电影演员,20世纪最著名的流行音乐歌手之一。

要用"情歌"和"流行曲调"去"引诱"和"征服"纽约。他将"全心全意地唱",圣母玛利亚就会从大理石座椅上走下来,擦去他额头的汗水。"我当时是个毫无经验的小孩子,"辛纳特拉说,不知世界正被"纳粹""小日本"等势力变成"残害人类的血腥竞技场",自己却在荒唐地高唱"为什么我无法让你知道我的心唱的歌……歌是你!"(232)

作为著名歌曲作者和歌手,辛纳特拉熟悉经典歌曲的样式,也清楚这些样式与作者的真实经验和所指之间的差距。他在其阐释中反复强调了这种差距。他用自己真实经验中一个又一个的事例说明,《歌是你》中"你"的所指有多个,不是一个。像理解一般情歌那样认为"你"只有一个所指,指的是与歌曲作者情投意合、不离不弃的姑娘,这在辛纳特拉看来是荒唐可笑的。按照他的阐释,"你"的主要所指并不是人,而是纽约。这是一个为他心目中"真正的生活"提供了理想环境的地方,让他一生魂牵梦萦、含辛茹苦、梦想成真的地方,是他"永远"的歌。"你"也可以指姑娘,但指的是两位,不是一位,而且这两位姑娘中的一位是他从锁眼里瞥见的陌生人,另一位是不喜欢他辍学唱歌而跟他分手的安吉拉,都不是跟他情投意合、不离不弃的恋人。除了这些,"你"还可以指上帝和信仰。辛纳特拉一踏上纽约,看到如此多的不同成分和谐共处,不禁问起"谁在组织",开始意识到上帝的存在和伟力。他在创作中博采众长、"全心全意"的态度和做法反映了他对规律和上帝的信仰,所以才能得到圣母玛利亚的鼓励,最后获得成功。辛纳特拉也意识到《歌是你》的缺陷,那就是他当年创作此歌赞美纽约多元协调的理想生活以及使这种生活成为可能的上帝时,不知道一些法西斯野心家正在世界其他地方制造对立、发动战争、残害生命、破坏上帝的"宇宙计划"。

与潘姆和撒拉对宗教传统的反思、爱因斯坦对物理学传统的反思、维特根斯坦对哲学传统的反思、米德拉什组合和辛纳特拉对经典歌曲的反思同样值得注意的,还有越战老兵对埃弗里特的 20 世纪战争史的反思。埃弗里特主要以他父亲的一战经历和他哥哥的二战经历为依据,以"作家传记"为题用史诗形式写了 20 世纪的两次世界大战,表现了那些目无上帝、妄自尊大的野心家们给人类造成的深重灾难。

在"作家传记"上篇中,埃弗里特首先介绍了他的家庭成员——母亲露丝、父亲本、哥哥罗纳德和他自己,提到他是发生经济大萧条那一年出生于纽约市布朗克斯区。他说作此介绍是为谈论"本世纪"的"巨大的历史恐怖事件"确定自己的"时空位置"和"微弱权威"。但他也承认,描述本尤其是他早年的一战经历和感受非常"困难",因为他去世已有 40 年,而且随着时间的推移,那些经历和感受变得越来越"神秘"和"复杂"(128)。本是 1917 年在海军基地受训后乘运兵船开赴欧洲的。在那里,他没有被安排在军舰上,而是被任命为"地面战争通信的海军观察员",整天在战壕里执行任务,从而有更多机会了解现代战争的残酷性。他不久就发现,陆军通信无法使用海军的信号灯和旗语,所依赖的电报电话也毫无用处。事先铺设好的线缆每次都被德军进攻前的炮弹炸飞,使得将军就像普通士兵一样"对于其战役的真实情况一无所知",回答他问话的只有"远处那持续不断的巨大爆炸声"所传递的"无法破译的战争代码"。曾几何时,"战争成了人类思想的新特性"(131)。炮弹在空中呼啸、震荡,大地像大海一样时起时伏,本这个海军信号官这时穿上已故信号连中尉的衣服,在线缆被炸碎、信鸽被射杀的情况下,组织信号连幸存的士兵跑步向司令部传递前线的消息。到了战局非常不利于协约国的 1917 年,英法已经有四百多万将士阵亡。本所属的美国第二军归法国指挥,奋战在从比利时到瑞士一线的广阔战场上。在迫击炮和野战炮的掩护下,德军开始大举进攻,死神像"足球"一样飞来,本的信号连只剩下他一人。他疾速跑到司令部报告战况,带回了撤退的命令,却发现:

战壕里尸体堆在一起
仿佛在悲痛中为他们遭受的伤害
而互相安慰
他们或者站着,上好了刺刀,带着鲜红的警觉
准备迎接进攻
在炮弹爆炸产生的震荡真空中

他们的内脏都已破裂。

在蜿蜒曲折的战壕里奔跑的本没有遇到一个可以传达命令的活人,只见到那些存活下来的老鼠"在大量饼干和残肢中穿梭"。正当他驻足哀悼一个因无法忍受战争的残酷而将"步枪枪口插进嘴里"开枪自尽的年轻战士之时,德军步兵的进攻开始了:

……那来自机械却又像人声的可怕噪声,
令他想到古人捶着胸膛雷鸣般高声宣泄着
挑战性的、残酷的、野蛮的、报复性的大怒,
这时一辆坦克出现在他上方,沾满烂泥的履带
在空中暴跳,
在疾速碾压的巨大轰鸣中
跨过战壕,在黑暗中
将一阵油雨洒在他身上。(134)

坦克过去之后,德军士兵涌入协约国阵地,在战壕里搜寻幸存者。本急中生智,冒充起德军军官,用记得的几句意第绪语命令德军士兵迅速离开战壕向前冲击。德军士兵照办了,他躲过一劫,最终平安回国。

在"作家传记"下篇里,埃弗里特描写了他哥哥罗纳德的二战经历。罗纳德生于1922年,1943年去了欧洲战场,加入驻扎在英国的空军大队,在有"能飞的堡垒"之称的B-17轰炸机上担任报务员。有一次,罗纳德所在的飞机带着五千磅炸弹与其他飞机一起去轰炸德国内地的军工基地。进入德国领空后,他们受到德军梅塞施密特109战斗机和狐狼战斗机的轮番攻击,飞机不幸中弹。罗纳德的手受了伤,无线电设备被彻底毁坏。副驾驶的脖子被弹片切断,顿时死亡。其他的轰炸机有的起火爆炸,有的失控打转,有的垂直坠落。飞机的尾流和枪弹的烟迹在空中纵横交错,传递出"无法破解的信息"(176)。被炸碎的飞机和人体的残片横飞,构成了飞机不得不从中穿过的大量空中垃圾。出发时的140架B-17轰炸机中,只有大约60架最后到达目标上空。投弹完毕,罗纳德的那架飞

机突然失控,只能朝着一个方向作低空飞行。夜幕降临,在黑暗中盲飞的飞机遇上了暴风雨。闪电使机上电路发生短路,飞机开始燃烧,罗纳德他们不得不弃机跳伞。在"他所见过的最黑的黑暗"中,作好了死亡准备的罗纳德最后还是降落到地面。听到脚下发出的贝壳一样的声音,他以为落到了海滩上。直到发觉从身边捡起的两根骨头分别是人的尺骨和胫骨,他才意识到自己落到尸骨坑里,落到"被这场战争的流弹重新炸开"的老战场上。胳膊脱臼、筋疲力尽的罗纳德在尸骨坑里待了一夜。这一夜里:

> 他了解到,有了一定年头的骨头
> 就空了,没有重量,微风就能使它们立起,
> 就像麦秆或竹子做的笛子。
> 它们演奏,它们呼应,它们轻柔碰撞
> 如敲手鼓,
> 它们像火车轨道哒哒作响,像洗牌
> 发出颤动和摩擦声,
> 它们像风铃叮当作响,像猫头鹰轻声啼叫。(183)

第二天早上,一个法国农夫发现了罗纳德,把他藏在家里养好伤,用渔船把他送回英国。罗纳德就这样成为全机组唯一的幸存者。

在讲述父亲和哥哥战争经历的过程中,埃弗里特不止一次提到他们的"沉默"(133、174),因此他缺乏足够的素材,不得不依靠想象,无法保证叙述的可靠性。埃弗里特清楚自己叙述的不可靠性,问过"我们怎么能保证我们的故事/能像参加游行的老兵那样毫不犹豫呢?"这样的问题,也经常因为不能确定自己的说法是否正确或合理而犹豫。但无论怎样,他觉得不能不说,不能不告诉孩子们"不要在错误的时间出现在错误的地方,/就像参加第二次世界大战的约三千万人"(178)。

对于埃弗里特回顾历史的上述动机,《上帝之城》里的越战老兵无疑是肯定的。对于埃弗里特在"作家传记"里表达的一些历史观念,越战老

兵也非常赞同。他根据个人经历所叙述的越战史,就是以埃弗里特的一个观念开头的:

> 你说全部的历史都设法
> 将这种啤酒倒进我的杯里
> 并给那些瓶子背后的镜子以
> 独特的晦暗……(215)

这就是说,越战老兵和埃弗里特一样,也认为历史给人的影响是"独特"的,每个人对历史的接受和理解不尽相同。然而越战老兵尖锐地指出,埃弗里特的这一观念并没有牢靠的基础:"你的战争故事是二手的/你父亲的个人经历,你哥哥的,但不是你的。"(215)"二手的"材料并非毫无价值,并非绝对产生不了有用价值的历史观念,但越战老兵的叙述不久就表明,没有一手材料,人们对历史的理解在广度和深度上就会受到意想不到的限制。越战老兵在越战中失去了双腿和脾,所以在他看来,历史的实质就是"一个无穷系列的之前和之后",比如他"之前"有腿,"之后"没有了,"之前"有脾,"之后"没有了。越战老兵还认为,讲述历史不能用"词汇和句子",用了就是在"撒谎",而应该用"言语"。他也许想说,"词汇和句子"属于讲究形式、脱离实际的局外人的语言,因此用这样的语言就可能"撒谎",而"言语"虽然离不开"词汇和句子",却比"词汇和句子"更有机完整、更贴近实际,因此他说,使用言语的叙述就会是"上帝的叙述"(216)。但越战老兵又补充道,即使这种叙述也不一定绝对正确和广被接受,因为"痛苦是特异的/它不求同,突触(synapse)不会发生/在心灵之间,/无论是有基督还是无基督……"(217)

在越战老兵的叙述中,那种认为美国人在越南打了一场仗的想法本身就是"错误的"(217),因为那场所谓的战争没有结果,没有造成任何变化,在整个过程中没有持久的胜利,没有相应于撤退的进攻,没有大规模的"有组织的抵抗"(218)。越战老兵反复强调,它从头到尾都"不是战争"(217、218、219、220),"它只是我们中的那些愿意/屈尊的旅游者/来地球上的这一魔鬼之域的顺便一游……"(218)在这个"魔鬼之域"里,有"武装起来的树木"、行走像"鼓槌敲地"的大蚂蚁、"赤身裸体的儿童爬到/恍惚的水牛身下/喝它们奶头上滴下的血"、行走"如同黑豹"的猴子、把从越战老兵身上射掉下来的皮肉迅速叼走的"长毛老鼠"、时而"鼓起"的土地、由"丛林植物、蝙蝠和干蟋蟀和螳螂头"组成的"雨"、"浮沫状的黄色稻子像烟花一样突然升起"、"无法理解的语言"、阳光下被血粘住的甲虫和黄蜂、从发黑的一摊摊人血上振翅飞起的"鸟般大小的蝴蝶"、被尸堆的臭味"熏得失控的小黄蜂"、钻进熟睡哨兵的尿道并使他不得不割去阴茎的蚂蟥、能吐出提琴弦粗细的丝线并把捆住的士兵吸成"瘪球胆状"尸体的提琴蜘蛛。总之,越战老兵指出:

> 这不是战争,尽管我们美国人
> 认为它是,
> 而是客观公平的生活,
> 将自己给予一切需要它的东西,
> 从浑身是毛的猛犸象到
> 在深海海底的喷口上
> 爬行的硫化虫。
> 当我们审视这个魔鬼星球
> 上的各种各样的生命,
> 无论有什么样的形状和颜色,有什么样的生存
> 技能和愚蠢意图,
> 我们都难以为作为它们中的一员
> 而自我庆贺,
> 我们能吗,好伙计?(220)

越战老兵这里谈论的不只是越战,也包括一战、二战和一切战争。他所表达的核心观点是:上帝是"客观公平的",上帝所安排的生活是"客观公平的",而且从宏观、长远的观点来看,这种生活是不可颠覆的。尽管人类中

的某些人无视上帝及其安排,为了各种狭小卑微的目的发动战争、杀戮他人,把上帝的宇宙中的这个星球变成了"魔鬼之域",他们的行径最终必然失败。就像越战老兵在描述自己的越战经历时所说的那样,尽管美国军队在越南没有遇到大规模的"有组织的抵抗",他们却遇到了没有组织的却又无处不在的"抵抗"。无论是微小的蚂蚁还是硕大的提琴蜘蛛,都对美军构成威胁,连树木也都"武装起来"。这是大自然的"抵抗",是最全面、最顽强、最持久、最不可战胜的"抵抗"。这种"抵抗"看上去没有组织,如同日夜忙碌的蚁群和周末上公园的人群,其实是有组织的,它的组织者就是"客观公平的"上帝。这就是为什么越战老兵说:

> 这不是战争,这是生活,现在是,
> 过去是,未来也都是,
> 它是上帝给我们的,
> 就像他给予我们
> 提琴蜘蛛这种
> 地球上的
> 魔鬼王国里的大型蜘蛛类动物。(219)

正是在上帝所给的这种"现在是,/过去是,未来也都是"的"客观公平的生活"中,任何破坏这种生活的战争终将失败。用爱因斯坦的话说,这是上帝在"宇宙计划"里安排好的。

三、恶上帝,善上帝

这个能制订"宇宙计划"、能提供"客观公平的生活"的上帝是心里装着全宇宙的大上帝、善上帝。那些发动一战、二战和越战的战争贩子们的上帝则是代表小团体利益、无视大多数人利益的小上帝、恶上帝。在很大程度上,潘姆和撒拉对于宗教传统的反思、爱因斯坦对于物理学传统的反思、维特根斯坦对于西方哲学传统的反思、米德拉什四人组合和辛纳特拉对于经典歌曲的反思、越战老兵对于战争史的反思,都是为了认识上帝变小、变恶的原因,探讨使上帝变大、变善的途径。爱因斯坦提出应在最基本的科学规律中寻找上帝,认为这样的上帝最"冷漠、永恒、无形",也最客观公平、最大、最善,完全不同于那个被他的德国老师用来恐吓犹太学生的上帝。那个德国老师信奉的就是支持纳粹、排斥犹太人的小上帝和恶上帝,让深受伤害的爱因斯坦从小就认识到,"传统宗教中的上帝观再也不应认真维护了","应在《圣经》之外的其他地方寻找上帝"。这个"《圣经》之外"的上帝,就是爱因斯坦理想中不受《圣经》、基督教和任何其他力量限制和扭曲、能够公平对待全宇宙的大上帝和善上帝。

《上帝之城》里,比爱因斯坦的那个德国老师更能代表恶上帝的,是统治科夫诺市犹太人隔离区的德国军官施密茨。① 在隔离区里,犹太人完全被看作劳动工具,劳动力成为施密茨允许犹太人生存的唯一理由。"工作效率不够高的"(54)会被处死,孕妇、老人、孤儿、残疾人都被视为"不合法"(55)的存在。学校全都关闭了,撒拉的父亲耶和书亚当时不到10岁,与在大学教授经济的父亲和正在攻读英语博士学位的母亲一起离开了学校。耶和书亚的父母每天外出做工,把他锁在家里叫他偷偷地自学。耶和书亚有时跟家教学习音乐,总要设法把琴声掩盖起来,以免德国人听到。耶和书亚每天都祈祷,祈求上帝保佑父母平安回来。每次他们平安回来了,耶和书亚心里就对上帝充满感激。有一次,德国人把隔离区唯一的医院封起来烧了,把65个伤寒病人活活烧死,包括23个儿童。之后不久,耶和书亚的父亲辞去了隔离区政务会里的职务,认为政务会不应该把施密茨他们当人看,徒劳地与他们见面和谈话,试图用"道德劝说"来改变这些以系统地奴役和残害犹太人为"娱乐"的"放肆的恐怖力量"(59)。在他看来,生活在基督徒当中的犹太人一代一代地被基督徒"扭曲成他们仇

---

① 米格尔认为施密茨这个人物值得重视,因为他所代表的纳粹德国的灭犹运动是《上帝之城》里的"黏合剂"和"最为有力和突出的意象"。María Ferrández San Miguel, "'No Redress but Memory': Holocaust Representation and Memorialization in E. L. Doctorow's *City of God*" in *Memory Frictions in Contemporary Literature*, eds. María Jesús Martínez-Alfaro and Silvia Pellicer-Ortín (Cham, Switzerland: Palgrave Macmillan, 2017), 187—205。

恨的对象",因为"只有把我们变成犹太人,他们才能成为基督徒"(60)。对于耶和书亚的父母这样有文化、能思考、敢反抗的知识分子,德国人不久就设计把他们集中起来秘密处决了。耶和书亚从此就再也没有见过他的父母。

耶和书亚成了孤儿后,隔离区政务会立即给他起了一个新名字——耶和书亚·门德尔松,安排他去给孤寡老裁缝司雷布尼茨基当外孙。第一次见到耶和书亚,老裁缝说上帝"智慧地"给了他一个外孙,但愿上帝还能把死于立陶宛反犹分子手下的妻子、女儿和女婿也还给他,表达了他对那个忽视犹太人的上帝的怀疑。老裁缝家里只有一本《圣经》,那是德国人允许犹太人拥有的唯一的书。耶和书亚开始"仔细"读它,发现了一些令他"困惑"的描写。老裁缝眼里露出"胜利"的神色,向耶和书亚指出了书里的"矛盾和荒谬",对他说,《圣经》里的故事都是骗人的"胡话",编这些故事的人的学识不如今人。他告诉耶和书亚:"你想要上帝吗?别在《圣经》里找,在所有其他地方找,在行星上,在星座上,在宇宙中。在昆虫或跳蚤身上找。在天地万物中的许多奇观上找,包括在纳粹身上。"(63—64)① 听了老裁缝的这些话,耶和书亚感到了"异常的安慰",因为他自己

---

① 老裁缝认为纳粹也有上帝的观点是有事实依据的。作为纳粹党党魁和法西斯德国元首(1934—1945),希特勒一直强调基督教和上帝对于纳粹党和法西斯德国的重要意义。他在1933年2月15日的演讲中说:"目前领导德国的是基督徒,不是国际性的无神论者。"[Adolf Hitler, *My New Order*, ed. Raoul de Roussy de Sales (New York: Reynal and Hitchcock, 1941),148.] 在1933年3月23日的演讲中,他说:"德意志帝国的政府……把基督教视为道德和国家道德规范不可动摇的基础。"Hitler, *My New Order*, 157. 在1934年8月26日的演讲中,他说纳粹党"站在真正的基督教立场上",遵循的是"基督教的原则"。[Adolf Hitler, *The Speeches of Adolf Hitler: April 1922 — August 1939*, trans. Norman H. Baynes (London, New York, and Toronto: Oxford University Press, 1941),157.] 在他执政末年的一次演讲中,他说:"万能的上帝创造了我们的国家。我们保卫它,就是保卫他的业绩。"(Adolf Hitler, "Text of Hitler's Twelfth Annual Speech to Reich," *New York Times* 31 January 1945: 4.) 老裁缝这里想对耶和书亚强调的是,现实中的上帝会非常不同于《圣经》里的上帝,比如纳粹所信奉的那个上帝。至于纳粹的上帝如何被政治化为迫害犹太人的"许可证",可参见 Michael Lackey, *The Modernist God State: A Literary Study of the Nazis' Christian Reich* (New York: Continuum, 2012),尤其是其中的第六章"The Making of Hitler and the Nazis: A Tale of Modern Secularization or Christian Idealism?"。

也"一直怀疑《圣经》里的上帝"(64)。老裁缝对待上帝的态度还令耶和书亚想起他父亲的态度,因为他父亲就是既遵守犹太教的某些传统,又相信犹太复国主义和科学。

老裁缝关于应在宇宙中而不是《圣经》里找上帝的话,无论在观点上还是表述上,都能令人想到爱因斯坦的话。他们都觉得《圣经》里的上帝不够大、不够善,都认为大上帝善上帝应该胸怀宇宙、一视同仁,不能偏爱少数、容忍不公。但全家人都死于反犹分子手下的老裁缝要比爱因斯坦更清楚上帝可以有多小、多恶。他说上帝还应在纳粹身上找,就是想说,现实生活中,上帝并不像在《圣经》里那样单一,而是有什么样的人就有什么样的上帝:善人有善上帝,恶人有恶上帝,罪大恶极的纳粹有罪大恶极的上帝。老裁缝还有一点与爱因斯坦不同的地方,那就是他并不试图以任何方式回避纳粹及其恶上帝。对此,耶和书亚有非常深入的了解。他发现,大多数时间,老裁缝都是沉默无语,埋头在窗边的工作台上裁剪缝纫,用他那双灵巧漂亮的手说着一种"哑语",似乎在表达着"他对有关上帝的一切谎言的挑战以及他对隔离区里普遍的绝望情绪的抵抗"(64)。

老裁缝的这种"挑战"和"抵抗"的最为明确的表达,还是在他与"所有恐怖行为的指挥官和执行官"(75)施密茨少校的直接交锋中。当带着"轻蔑的微笑"的施密茨穿着老裁缝刚为他做好的制服走出老裁缝家、准备上车离开时,老裁缝"腼腆"而又勇敢地问了一句:"但你不付钱吗?"施密茨笑了起来,不屑一答。"司雷布尼茨基的漂亮活计,连袖子都做了里子,所有针脚走的都是双行,连一分钱也不值吗?"老裁缝坚定地问道,自己也笑了起来。"下了这么大工夫的老裁缝,为第三帝国的英俊少校做了这么一件衣服的艺术家,连一根烟也挣不到吗?"老裁缝毫不退缩地再问,然后与施密茨都对这个关于"犹太人期待得到报酬"的"笑话"大笑起来。突然,老裁缝说新衣服上还有个线头要剪,就拿着剪子上去了。施密茨正仰头等待着那"达到完美的最后一剪",没想到老裁缝抓住新衣服的翻领一剪刀就把新衣服的前胸从上往下剪到了底,随即就有一大块布料从施密茨的新衣服上耷拉到他的膝上。"你自己去缝吧,盗贼!"老裁缝厉声说道,

"盗贼，你们就是这种人，你们只是这种人。你们所有人，盗贼，我们劳动的盗贼，我们性命的盗贼！"施密茨"惊呆了"(76)。他的司机跑过来用枪柄将老裁缝击倒在地，使劲踢他，还准备朝他开枪，被施密茨拦住了。第二天早上，德国人把隔离区的犹太人集中起来，要当众对老裁缝实施绞刑。当老裁缝被带上来时，躲在人群里的耶和书亚发现他已被折磨得"半死"(80)，他的那双曾令耶和书亚羡慕不已的"细长、灵巧"的双手已变成"伤痕累累、血迹斑斑的肿块"。他走不了路，是被拖上绞刑架的。就在老裁缝脚下的架子被踢倒前的最后一刻，耶和书亚看到他从"痛苦的恍惚中苏醒过来"，抬起头"欣赏"了一下眼前的宏大场面，仿佛"从中看到了他的荣誉"。绞刑完毕，德国人下令将老裁缝尸体悬吊24小时，还在他的脖子上挂了一个牌子，上面写着"此犹太人胆敢对德国军官动手"(81)。

事过之后，耶和书亚才意识到，"胆敢对德国军官动手"的老裁缝当时完全可以用剪刀捅死施密茨，他之所以没有那么做，可能就是不想让任何个人的过激行动殃及大家。耶和书亚最后认定，老裁缝所做的其实是一种"自我牺牲的、经过调整的反抗，其灵巧和准确程度就如同他做衣服一样"。这是老裁缝给他印象最深的一件事。还有一件事也令他终生难忘，那就是这位"脾气不好""藐视权威""满腹怨恨"的老裁缝，总能在耶和书亚的鞋子和衣服变小的时候及时注意到，而且总能设法帮他弄一双新鞋，把他的衣服放大。"旧鞋不再合脚时就弄双新的"(81)，这不仅是老裁缝在生活上对耶和书亚的关心，也是在思想上对他的一种教诲，能令人联想到老裁缝教耶和书亚如何读《圣经》和找上帝时的说法，即《圣经》里的上帝已经太小了，不再适应发展至今的人类社会，如果不用一个新的更大的上帝换掉，那么人类的发展就必然会遭遇限制和灾难。

然而，生活中总有一些人思想保守、拘泥传统，不能适应新的现实，结果遭遇意想不到的灾难。听到德国人要将老裁缝的尸体悬吊24小时，一位"思想传统的"拉比觉得这是一种"无法容忍的不敬"(81)，便去找隔离区政务会副会长巴巴内尔，要求他设法制止。巴巴内尔一听就来了火，冲他喊道："不敬？告诉我，什么不是不敬？把他（老裁缝）杀了，那是什么——你还有别的词来表达它吗?"(82)哑口无言的拉比转身走了,自己去找了一个帮手,二人直奔广场。他们爬上绞刑架,正要割断吊老裁缝的绳子,德国人开了枪,把他们二人都击毙在老裁缝的身下。不能说这位拉比不善良、不勇敢,但巴巴内尔批评他也不是毫无道理,因为在巴巴内尔看来,他太落后了,以至于看不到在德国人统治下的充满不敬的新形势下,任何赤手空拳违抗德国人命令、维护传统价值的努力,无异于以卵投石、自取灭亡。老裁缝至少还剪坏了施密茨的制服,并把反抗的代价"调整"到仅限于牺牲自己一个人的程度,而这位拉比的行为不但对于改变充满不敬的现状毫无实际意义,还让牺牲的范围扩大到他的帮手。

犹太人中有赤手空拳救护尸体的拉比,也有荷枪实弹抢救生命的游击队。这些游击队员重视现实,了解形势,清楚在犹太人的生存问题上做什么有用、做什么无用,鄙视正统犹太教的一切形式主义和教条主义。就在二战进入僵持期、隔离区里的人们预感到"大难"临近、生存希望开始"减弱"(117)之时,一天夜里,三位游击队代表按约来隔离区与政务会成员密谈。密谈地点安排在一个有地道连接的不起眼的仓库里。三位游击队代表"摆手谢绝了任何的帮助",一个个都是靠自己的力气爬出地道口,包括一位女游击队员。在场的耶和书亚发现,"这些都是不向任何人求助、不向任何神祈祷的人。一举一动都传达着蔑视。他们的眼里充满冷静和急切,甚至连那位女代表也是这样"(118)。他们为一个救人计划而来。随着俄军的逼近,害怕战后遭受指控的德国人开始屠杀犹太人,以消除其战争罪行的证人和证据。游击队代表说,他们每晚可以带走30或40人。他们有150个武装人员,已经为200个老百姓提供了保护。隔离区这边出席密谈的除了政务会的正副会长,还有一位拉比。这位拉比腿上放着一本祈祷书,不时点头动唇默默祈祷。他和会长都认为游击队代表的提议执行起来有难度,一方面是德国人对逃跑者的处罚十分严厉,另一方面是城市出生的犹太人难以适应游击队的生活。游击队代表对副会长巴巴内尔说:"你们有道德责任告诉人们,说我们可以带他们出去。你们不能代替他们作选择。哪怕是这个男孩(耶和书亚)。我们现在也有一些孩子跟我们在一起;他们会用枪了。但如果你们在这件事情上把你们的权威强加于人,你们就同纳粹一样坏。"(120—121)游击队代表还对拉比说:"既然你的祈祷如此有效,而且已经产生了那么多益处,我猜你就会选择留下,祈求你的上帝救护你的信众。"后来,选择留下继续做通信员的耶和书亚发现,游击队"确实知道他们在做什么",而且"效果惊人"(121),在计划结束之前带走了大约250人。

就在那次密谈中,游击队代表责备政务会及其所管理的犹太人当奴隶太久,以至于"别的什么都不知道"。对此,巴巴内尔情绪激动地反驳说:"我们像你们一样在勇猛战斗。你们太不了解我们了。"(120)隔离区犹太人与德国人的"战斗"除了耶和书亚的父亲、老裁缝等人公开反对德国人野蛮行径的言行,还包括为有劳动能力者争取权益,为丧失劳动能力者、孕妇和孤儿提供保护等。巴巴内尔当时没有时间向游击队代表们列举这些"战斗"。还有一场极为"勇猛"的"战斗"可能是巴巴内尔即使有时间也不会说的,而它却在《上帝之城》叙述者那里得到极为详细的描述,那就是巴巴内尔记录德国人罪行的行动,以及耶和书亚将这些日记先后交给玛格林小姐和特劳斯克斯神父收藏的行动。如果说游击队开展的主要是武的"战斗",那么巴巴内尔他们开展的则主要是文的"战斗",而且就其影响的深远程度和德国人的惧怕程度而言,也许是一种更为重要的"战斗"。在整部小说里,这一"战斗"也占据了非常重要的位置,主要表现在三个方面:(一)它与那张给多克托罗留下深刻印象的小通信员合影密切相关,具有小说起源方面的意义;(二)寻找这些日记的行动使得潘姆和撒拉重聚、相爱、成家,在推进小说情节的发展上起了重要作用;(三)这些日记真实展现了纳粹的罪行以及被他们变小变恶的上帝在这些罪行中的作用,具有非常重要的主题方面的意义。

  那时我是通信员。我的任务就是把消息或指示从政务会送到各家各户。或把信息从一个政务会成员送给另一个成员。或在广场附近或桥头望风。如果那辆敞篷轿车来了,后面跟着装有半车士兵的卡车,那就意味着又会有坏事发生,我就会去向他们报告。我会像风一样穿过身后的巷子和小街,去通风报信。所以,我肩负着超过我年纪的责任。我们一共7人,7个男孩,干通信员。……巴巴内尔先生,社区首领柯尼希医生的主要副手——他说我是他最好的通信员。有了最重要的任务,他都是找我。因此,就有了这样的结果,我就有了外衣上的一颗星和一顶军帽,我就成了明星通信员,我当时就是那么看自己的。

  我想叫你记住。我当时只有10岁。虽然生活在这种幻觉之中,有时甚至还暗自羡慕我们的敌人的制服,但我完全清楚正在发生着什么。我怎么会不清楚呢?(54)

这是耶和书亚向女儿撒拉回忆二战期间他在犹太隔离区生活经历的开头两段,其中主要谈了两点:一是他刚10岁就开始担任通信员,就参加了与德国人的战斗,而且特别勇敢机智,成了最受政务会信任的"明星通信员";二是他虽然只有10岁,还有一些孩子的幻觉,但他"完全清楚"德国人与犹太人的关系以及犹太人在德国人统治下的生活状态。其实,他当通信员,工作并居住在政务会里,是一种万不得已的选择,因为在此之前,他的父母以及以外祖父名义收养他的老裁缝都已先后被德国人杀害。

  耶和书亚耳闻目睹了太多的苦难和死亡,以至于他从小就向往能使人摆脱苦难的死亡或对苦难毫无感觉的无生命体。每当他看到德国人在隔离区里抓捕和虐待犹太人,他就会有一种"自杀的冲动"(55),想冲上去跟德国人拼命。父母被德国人杀害后,他被带到政务会办公室里听候安排。在这里,见到有人使用打字机,他就"喜欢"上了没有生命却安全可靠的打字机及其发出的"清晰、准确的啪嗒声"(62)。带着"耶和书亚·门德尔松"这一新名字来给老裁缝当外孙后,他又"羡慕"起老裁缝家用铁丝做的一男一女两个"无生命"衣模,因为"什么也无法伤害它们":"你可以把它们吊起来,朝它们开枪,你可以用锤子把它们砸得面目全非,把它们又押又拧,拉成一根长长的铁丝,但它们对此不会有感觉,它们也不在乎。"这种无生命状态在耶和书亚的理解中成了一种"超然的状态"(64)。老裁缝被绞死后,耶和书亚又必须换姓,巴巴内尔用玩笑的口吻称他为"耶和书亚·X"(78),安排他干起了通信员。巴巴内尔藏有一个短波收音机,经常在夜里拿出来收听英国新闻广播。这个收音机产自德国,其波段标示板上的数字耶和书亚全都认识,令他想到数字是"不可改变的",它们的顺序是"固定的、普遍真实的……对于任何地方的任何人都是相同的",因此他觉得"它们一定是上帝装在我们脑子里的",是"真正出自上帝之手的不朽之作。(这是那些纳粹分子永远也不会理解的)"(97)。这里,耶和书亚又在无生命的数字里发现了超越,发现了超越了纳粹分子的上帝的大而善的上帝,就像爱因斯坦在基本自然规律中发现的那个上帝。

当通信员没有多久,耶和书亚就发现巴巴内尔在记日记,记下"所发生的一切,以及有关的证据、最新的规章、处决执行令、死者情况、政务会会议记录、臭名昭著的指挥官施密茨所签署的命令、放逐令、声明、包含工作细节的身份证明——所有可以想象得到的项目都进入他的这部历史"。耶和书亚经常看到他在书写,印象很深,以至于几十年后,他闭上眼睛仍能看见巴巴内尔的字迹——"书写整齐的意第绪语,就像缝在纸上的针脚,字体很小,一行行的词语从他的笔端飞出,他急于写出我们隔离区生活中每天每刻所发生的事,那种想灵活、敏捷地将一切都写下来的意志,想把这些当作对人类具有重大意义的事件做成不可毁灭的记录"。这么做是"违法的",因为"对他们的罪行很有意识"的德国人禁止任何未经批准的记录或拍照。耶和书亚有一次问巴巴内尔是不是"职业历史学家",巴巴内尔说自己是历史学家,但那不是他的"职业"(他以前是木材商),而是他的"必需"(94)。耶和书亚知道了巴巴内尔的日记并承诺要为他保密之后,巴巴内尔就派他把日记送给有关人员保管,大约每周一次,先是送给巴巴内尔在隔离区医院里当护士的女友玛格林小姐,玛格林小姐被特务盯上后,又改送给河对岸科夫诺市中心一座天主教教堂里的佩特劳斯克斯神父。

当巴巴内尔把送日记给佩特劳斯克斯神父的任务交给耶和书亚并告诉他这一任务的重要性时,耶和书亚为自己的"明星通信员"身份得到进一步肯定、有机会执行这么重要的任务而感到"兴奋",尽管他知道自己将会遇到更大的"被捕""受刑"和"枪毙"的危险。每次出发前,都有人给他化妆,使他"尽可能不显眼或不像犹太人"(100)。每次过了河进入科夫诺市区,他都会产生一种"极为压抑的认识",那就是这边有着"现代文明"的城市与那边的隔离区形成了鲜明的对照,使他对隔离区所遭受的"可怕损失"和"灾难"更加敏感。但他的警觉和机智从未受到任何外来影响的干扰,他每次都能顺利地将日记交到佩特劳斯克斯神父手里。佩特劳斯克斯神父的教堂不大,而且位于工人聚居区,来这里的德国人不太多。佩特劳斯克斯神父对耶和书亚很友善,令他想到神父或许是"改信了天主教的犹太人",尽管他觉得这么想是在"诽谤"(102)天主教。

在当时那个特殊环境里,巴巴内尔不可能向一个小通信员介绍多少有关其联系人的情况。耶和书亚认为佩特劳斯克斯神父是好人,这主要是他自己的判断,依据的是他自己的观察,那就是佩特劳斯克斯神父敢于帮助犹太人保存记录德国人对犹太人所犯罪行的日记,而且每次在收到日记后都会给耶和书亚弄点吃的才让他离开。然而,耶和书亚也知道,天主教教徒对待犹太人并不都这么友善,所以他就把佩特劳斯克斯神父想象为"改信了天主教的犹太人"。也就是说,在耶和书亚的理解中,是佩特劳斯克斯神父的犹太人身份,而不是他的天主教神父身份,使他如此善待一个犹太小孩。这种认为善良与敌视犹太教的天主教无关的想法之所以让耶和书亚觉得是对天主教的"诽谤",而不是对实际情况的概括,主要原因就是有权有势的天主教已经使它与犹太教之间的界线变得神圣不可逾越。当然,明知这么想不是诽谤的耶和书亚却担心被看作诽谤,除了能反映强势话语的霸道,也能反映弱势群体的厚道。

强势话语的霸道的一个表现就是容不得差异,强行画界线和搞隔离,把自己置于一个优越的地位,把他者置于一个低劣的地位,比如把他们打发到条件恶劣的隔离区。而弱势群体的厚道的一个表现就是对世上的差异具有较大的开放性,能对各种强加的界线进行穿越。把日记交给佩特劳斯克斯神父后,"我通常是在夜幕降临时离开,"耶和书亚回忆道,"按原路返回,先坐电车到城市边上,在我应下车的那个街角的前一站或后一站下车,再从那里沿小路走到河边准备过河。这时,我会再次脱下我的那双立陶宛男孩的鞋子,爬过高架桥,进入隔离区。回到驻地,我通常已是筋疲力尽了,先去找巴巴内尔先生报告任务顺利完成,然后就像演出结束后的演员那样再换回我的衣服,再把我的那顶通信员帽牢牢地戴在头上。"(103)耶和书亚把自己比作"演员",恰当地概括了他扮演不同角色、穿越不同界线的能力。在这一段回忆里,他扮演了立陶宛男孩,穿越了科夫诺市区和隔离区之间的界线。在此之前,自从德国人占领科夫诺之后,他穿越的界线还有从有学上到无学上、从有父母到无父母、从有家到无家、从有人家领养到无人家领养、从有姓名到无姓名、从有身份证到无身份证等。这些经历对于他早熟、成为明星通信员、痛恨纳粹、怀疑纳粹的上帝等特点和倾向的形成,无疑具有很大影响。但这些经历并不是人们所欢迎的,因为它们充满了痛苦。有谁为了能认清纳粹的上帝而愿意让纳粹杀害自己的父母呢?而如果某人的父母仅仅因为是犹太人而被纳粹以上帝的名义杀害了,那么这个人又怎么不会认为纳粹是恶的化身,又怎么不会把纳粹的上帝看作恶之源和恶上帝呢?这就是为什么耶和书亚当时还不到10岁,却能在听到老裁缝质疑《圣经》里的那个上帝时感到"异常的安慰"。

老裁缝和耶和书亚都是犹太人,都没有得到《圣经》里的那个上帝的保佑,他们的亲人都因其犹太身份而被纳粹及其拥护者杀害。他们以及书里其他人物的苦难有力说明了这样两个道理:(一)上帝并不单一,而是有善上帝和恶上帝之分。这跟人有关,有什么样的人就有什么样的上帝,善人有善上帝,恶人有恶上帝。同时上帝也能对人产生巨大影响,有什么样的上帝就能造就什么样的人,善上帝造就善人,恶上帝造就恶人。因此,对待上帝就像对待一切事物一样,也必须一分为二、区分善恶,以便抑制恶上帝、弘扬善上帝。(二)即使是善上帝也必须为适应新时代、满足新要求而不断接受改造,就像老裁缝为个子和双脚不断长大的耶和书亚不断放衣服和换鞋子一样。否则,再善的上帝也会蜕变成限制进步、制造痛苦的恶上帝。

小结

在多克托罗的《上帝之城》里,由潘姆教堂里十字架失窃所引发的对于上帝的反思,通过小说家叙述者埃弗里特的叙述中众多人物的集体反思,包括潘姆对基督教传统的反思、约书亚和撒拉对犹太教传统的反思、爱因斯坦对物理学传统的反思、维特根斯坦对西方哲学传统的反思、米德拉什四人组合和辛纳特拉对经典歌曲的反思、越战老兵对战争史的反思、多个人物通过巴巴内尔的日记对纳粹罪行的反思,从死上帝和活上帝、小上帝和大上帝、恶上帝和善上帝等方面向读者展现了僵化、狭隘的上帝观给20世纪人类所造成的灾难,以及改造上帝对于改造人类、建成上帝之城的必要性。小说的这一主题是撒拉及其前夫约书亚创办犹太教传统研讨班的初衷,也是撒拉在全美宗教研讨会上发言的要旨。

在这篇发言中,撒拉首先指出,在20世纪结束之际,人类的"伟大文明力量"似乎由信仰变成了"怀疑"①,因为那些所谓的"真正的信徒"已经把上帝变成"杀人的许可证",总是打着上帝的旗号革除他人的教籍、搞妖魔化和种族清洗。对于这样的上帝不再笃信、进行怀疑,就有可能使人转而关注和遵从道德规范,真正地"按上帝的精神前进"。撒拉表示,在宗教教义中,她更相信那些具有"象征"意味的说法,而不是那些"重申重要担保"的说法,因为在实际生活中,就连那些正统宗教的铁杆捍卫者们也不能恪守它们。她指出,"真正的信徒"读经,正如柯尔律治谈文学阅读时所言,是"心甘情愿地暂停了怀疑"(255),因而他们所持的并不是盲目单纯的信仰,而是"妥协性信仰",也就是说,人们无法与之妥协的那些小上帝、恶上帝和死上帝就难以成为信仰的对象。离开了这些上帝的权威,宗教的"行为戒律"和"积极的社会价值"并非像康德以为的那样就失去了保护。事实上,现代民主国家的法律虽然规定了政教分离,但仍以"犹太-基督教伦

---

① 多克托罗曾根据自己对生活的观察表达过与撒拉一致的观点。他说:"在我自己的生活经历中,我发现地球上的伟大文明力量似乎是怀疑。" Doctorow, *Reporting the Universe*, 115。

理体系中的精华"为基础,尽管这一基础被那些"情绪激扬的牧师们"忽视了。撒拉认为,在一个充满"神圣的世俗主义"的环境里,上帝可以被看作"某种进化的东西",随着文明的进化而被"重新定义"和"重新塑造"。人类历史的发展是有"目的"的,这个"目的"的"唯一实质性表现"就是人类"生活在道德结果之中",因此"最高权威"不应是被神圣化、被赋予了外形和语言、被供在神殿里顶礼膜拜的上帝,而是"只能在我们不断进化的道德感中被感知和描述的"上帝。20 世纪是一个"失乐园"(256)的世纪,而在 21 世纪,全球人口将达到百亿,对资源的争夺将更加激烈,神学家们的任务也将更加艰巨,因此撒拉号召神学家们进一步"解放自己",全面普及道德和尊重所有人人权的观念,为人类的神圣追求发现新的可能。

《上帝之城》以埃弗里特创作的电影剧本里的一个场景结尾。这个场景用形象表现了撒拉在其发言结尾的预测。在此场景中,地球上已经人满为患,没有工作、住房和食物的人群在街上游荡。天空烟雾笼罩,因全球变暖而造成的极端天气和自然灾害使人类的生活雪上加霜。城区的扩大导致城市边界模糊、形状消失,地区之间的阶层差异不再明确。破坏财产类案件不断增加。停电次数越来越多。饮用水受到污染。警察全副武装起来。通货膨胀使得货币贬值。预言家们出来宣布,上帝开始惩罚"过度傲慢"的"世人之城"。"不受关注""时隐时现"的上帝"愤怒地"再现。政治家们站了出来,想按各自的抽象方案改造世人之城。怪病开始出现,医生们束手无策。学校关闭,被改作军械库。瘟疫流行,医院走廊变成陈尸所。民选的领导人们发布了戒严令,到处都是部队。脏乱的贫民窟在市郊出现,经常遭受机枪的扫射。一群群"满脑子上帝"(271)的穷人冲向城市,惨遭屠杀。军队发动了政变,把召他们进来的民选领导人囚禁起来。新领导班子关闭了电视台和广播电台,宣布家庭电脑违法。富人领地周围筑起高墙和岗楼。极权主义管理方式、强迫性绝育措施、基因合格者方可生育的政策、就医严格按病情严重程度排队的做法等,似乎成了"未来文明的唯一希望"。对此,就连那些具有左倾民主思想的理论家们也不再反对。就在这一片混乱与绝望之中,电影中出现了一对"极具宗教

第八章　上帝的改造：多克托罗的《上帝之城》　335

热情"的夫妇，他们在管理着一个"进步的"（272）犹太教小会堂。①

这对夫妇很有可能一个是帮潘姆找到十字架的撒拉，另一个是帮撒拉找到犹太隔离区日记的潘姆。他们在犹太教小会堂里组织的反思宗教传统、改造上帝的研讨活动究竟能对解决 21 世纪的问题提供多大帮助还有待进一步观察②，但他们对于历史尤其是 20 世纪的回顾与反思无疑能帮助我们进一步理解书里强调的两个基本观点：（一）"上帝总是杀人的许可证。"（255）（二）"如果我们想改造自己，我们就必须改造您，主。"（268）

---

①　代格南说多克托罗在小说结尾里写了具有"英雄品质"和"信仰"的人，但没有写恶："多克托罗最终对世上的大恶说了什么吗？"［Tom Deignan, "Are You There, God? In Another New York-based Novel of History, E. L. Doctorow Strives to Refashion Religion for the New Millennium," *World and I* 15, no. 6 (June 2000): 260.］其实，"大恶"贯穿《上帝之城》全书，包括一战、二战、二战期间的犹太人隔离区、越战以及这些"大恶"背后的终极"大恶"，即老裁缝司雷布尼茨基叫耶和书亚在纳粹身上找的那个恶上帝。潘姆在全书里跟随乔舒亚和撒拉寻找"可信的上帝"，就是在寻找善上帝这一有助于克服"大恶"的终极大善。多克托罗在小说结尾里写这对新婚夫妇在犹太教会堂里继续从事这种寻找，就是继续在写"大恶"，即"大恶"仍然存在的现实及其终将被克服的命运。

②　多克托罗在其谈话中一直拒绝宿命论，肯定有信仰的斗争。他说自己"信仰作为一种思想体系的小说"，称小说为"一种古老的认知方式"。［E. L. Doctorow, "Fiction Is a System of Belief," *Michigan Quarterly Review* 30 (1991): 439—456.］他还说过，他渴望写出"某种能够让某人用来带领我们进一步接近任何可能的命运的作品"。这里的"可能的命运"主要指"启蒙"和"救赎"。［E. L. Doctorow, "E. L. Doctorow, Novelist," in Christopher D. Morris, *Conversations with E. L. Doctorow* (Jackson, Mississippi: University Press of Mississippi, 1999), 147—164.］伍兹很好地归纳了多克托罗对小说的理解："对多克托罗而言，小说容量巨大、包罗万象，旨在开展中肯的文化批评，为改善人类提供服务。"Michael Wutz, "E. L. Doctorow" in Shaffer et al eds., *The Encyclopedia of Twentieth-Century Fiction*, 522—523。

结　语

　　本书所讨论的后世俗小说并不是按出版的先后顺序排列的,而是按它们内容的相关特点和本书各章的话题来排列的,基本上是按话题的范围由大到小、话题的年代由远到近这么两个顺序。这样,出版最晚的《上帝存在的 36 个理由》被放到第一章,而出版最早的《紫色》被放到第五章。没有按作品出版的先后顺序,并不意味这个顺序没有意义。拿出版最早的《紫色》来说,沃克当年想把它写成"神学作品"并在其神学内容被批评界长期忽视期间反复强调它,这两件事本身在后世俗美国小说史上就是很有意义的,能让我们看到,被麦克卢尔认为肇始于 20 世纪 60 年代的后世俗美国小说即使发展到 80 年代,能被称作"神学作品"的小说还很罕见,否则像沃克这样富有创意的作家就不会尝试它;另外,当时的批评界还没有后世俗意识,否则这部小说的神学内容就不会长期被忽视,以至于沃克在纪念它发表 30 周年的访谈中还要重申女主人公改变命运的成就与她上帝观的转变之间的紧密关系。

　　沃克写"神学作品"的目的很明确,那就是通过改写神学和重构心灵来改变人类,尤其是作为社会底层的贫穷非裔女性的命运。这一目的能让我们想起多克托罗在《上帝之城》里让潘姆说的"如果我们想改造自己,我们就必须改造您,主",但要早出近 20 年。同样是在《紫色》面世的 20 世纪 80 年代,在美国的神学领域,也有一个值得关注的事件,那就是以建构性后现代主义为理论基础的后现代神学的出现,代表作是被称作"当今犹太-基督教的预言传统中最重要的作者"①的格里芬(David Ray Griffin)为建构性后现代主义系列丛书所著的《后现代世界的上帝与宗教:后现代神学论集》(*God and Religion in the Postmodern World: Essays in Postmodern Theology*, 1989)。格里芬写此书的目的与沃克写"神学作品"《紫色》的目的是一样的。他在序言里开宗明义,说他写此书是为了"使神学思考返回公共领域",两个主要理由是:(一)神学是对"神圣的"或"最重要的"东西的"理性思考",人类的一切决定归根结底都出于对这些"神圣的"或"最重要的"东西的信仰;(二)在现代世界,尤其是在"最为现代的"美国,这种神学思考已经"退出"了公共领域,导致了"灾难性"后果,致使公共政策所依据的不再是人们的"最深感知"和"最高理想",而是那些最有权势的少数人的"狭隘利益"。② 格里芬对于重构神学的目的和理由的这一陈述,很好地解释了为什么沃克那么重视写"神学作品"。其实,格里芬的后现代神学及其所依据的建构性后现代主义,对于我们进一步理解其他后世俗作家的作品乃至本研究所借鉴的哈贝马斯的后世俗理论,进一步认清麦克卢尔的后世俗小说研究及其所依据的解构性后现代主义的不足,都是很有帮助的。本结语的主要任务就是先介绍一下格里芬的理论,然后再依据这一理论回顾总结一下本书的研究。

我们先从格里芬后现代神学的理论基础建构性后现代主义谈起。按照科布的说法,"建构性后现代主义"这个名称是由格里芬本人在20世纪80年代为纽约州立大学出版社主编建构性后现代主义系列丛书时"发明"的。③ 建构性后现代主义的基本思想早在20世纪20年代就

---

① John B. Cobb, Jr., "Truth, 'Faith,' and 9/11" in *The Impact of 9/11 on Religion and Philosophy*, ed. Matthew J. Morgan (New York: Palgrave Macmillan, 2009), 151−168.

② Griffin, *God and Religion in the Postmodern World: Essays in Postmodern Theology*, xiii.

③ John B. Cobb, Jr., "Constructive Postmodernism," <https://www.religion-online.org/article/constructive-postmodernism/>. Accessed 7 June, 2023.

出现在怀特海的哲学著作里。怀特海在《科学与现代世界》(*Science and the Modern World*,1925)一书里指出"现代科学"已被相对论和量子理论等新理论所取代,在一定意义上就是在宣告现代的结束和后现代的到来。在《过程与实在》(*Process and Reality*,1929)一书里,怀特海试图根据后现代科学理论建构一个面向后现代世界的后现代形而上学体系,尽管他当时没有用"后现代"一词。因此,科布认为,"怀特海的哲学为建构性后现代主义的基本假设提供了最为系统明确的描述"。科布还谈到,包括他自己在内的怀特海研究者们在20世纪60年代曾用过"后现代",但后来就不怎么用了,之后流行的解构性后现代主义跟他们无关。1973年,科布与格里芬在克莱蒙特大学设立机构研究怀特海的过程哲学,将它命名为"过程研究中心",没有用"后现代"之类的修饰语。

作为建构性后现代主义系列丛书的主编,格里芬在丛书总序里对当时流行的解构性后现代主义和该丛书所倡导的建构性后现代主义作了区分。他写道,解构性后现代主义受维特根斯坦、海德格尔和德里达等哲学家的影响,"通过废除世界观来反对现代世界观:它把上帝、自我、目的、意义、真实世界、对应的真理等世界观的必要成分都解构或清除了"。尽管解构性后现代主义这么做有避免"极权主义体制"等方面的善良动机,却造成了危害不亚于现代世界观的"相对主义甚至虚无主义"。所以,解构性后现代主义"也可被称作极端现代主义,因为它所做的清除工作就是那些现代前提发展的必然结果"。与解构性后现代主义的做法"相反",该丛书所倡导的建构性后现代主义"不是通过彻底清除世界观来反对现代世界观,而是通过建构一种修正了现代前提和传统概念的后现代世界观"。这种建构性后现代主义不反对科学,但反对仅让现代科学建构世界观的科学主义。它的建构方式是博采众长,"对科学、道德、美学和宗教等领域的知识进行新的组合"[①]。

---

① Griffin, *God and Religion in the Postmodern World: Essays in Postmodern Theology*, x.

重新组合各种知识、建构新的后现代世界观的目的,按格里芬的解释,不只是要修正现代世界观,还要满足后现代世界的需要:"超越现代世界将包括超越它的个人主义、人类中心主义、男权统治、机械主义、经济主义、消费主义、民族主义和军国主义。建构性后现代思想支持当代生态保护、和平、女性及其他领域里的解放运动,而且强调全面的解放必须以现代性自身为基础。"可见,在解构现代和前现代的传统世界观的弊端方面,建构性后现代主义与解构性后现代主义是一致的。但它们在两个方面不一致:一是在解构传统世界观的目的方面;二是在对待传统世界观的态度方面。在解构传统世界观的目的方面,建构性后现代主义不像解构性后现代主义那样为解构而解构,而是为建构能满足后现代世界需要的世界观,最终建起"后现代全球秩序"。在对待传统世界观的态度方面,建构性后现代主义不像解构性后现代主义那样全盘否定,而是更加全面和科学,注意在克服其弊端的同时保留和发展其合理的部分。因此,格里芬猜想,在解构性后现代主义眼里,建构性后现代主义可能会显得相当"过时",即既现代又前现代,因为它既采纳人类自我、历史意义和相对真理等现代概念,又采纳神圣实在、宇宙意义和神秘自然等前现代概念。而在建构性后现代主义倡导者的眼里,格里芬断言,这种后现代主义"不但更符合我们的经验,也是更加真正的后现代",因为它"不是只把现代前提发展到其逻辑的尽头,而是批判和修改这些前提",为了"创造性地综合现代的和前现代的真理和价值"①。

那么,在他为建构性后现代主义系列丛书所著的《后现代世界的上帝与宗教:后现代神学论集》里,格里芬又是怎样在神学领域"创造性地综合现代的和前现代的真理和价值"的呢?前面提到了他写此书的目的("使神学思考返回公共领域")以及之所以这么做的两个主要理由(信仰是人类一切决定的根源、神学思考已退出美国的公共领域)。要达到这一目

---

① Griffin, *God and Religion in the Postmodern World: Essays in Postmodern Theology*, xi.

的,后现代神学①就要纠正现代否定宗教信仰的真理性的先验地位、把它限制在个人领域等做法,要说明宗教认知对于建构世界观的重要性以及公共生活和个人生活的不可分离性。当然,对于现代否定宗教信仰做法的最有力的纠正,还是建构一种真正具有"内在价值""自身连贯""合乎经验""阐释力强"、经得起"公众的详细审查""其蕴含的价值能够取代支配公共政策的现代世界观的价值"②的后现代神学。在《后现代世界的上帝与宗教:后现代神学论集》里,格里芬用八章围绕"上帝、宗教、创造、科技、人的灵魂、不灭、精神修养和道德"等主题作了这方面的尝试。下面就来归纳一下这一后现代神学的主要观点以及这一神学中的上帝的主要特点。

　　后现代神学面对的是后现代社会。在之前的现代社会里,人们相信经济和科学,认为它们的发展足以帮助人类获得最终解放,因而神学没有地位。伴随着后现代社会的出现,人们对物质进步能够救世的信心开始减弱。相对论和量子论突破了狭隘机械的物质主义世界观,广受科学家支持的后现代世界观开始出现。人们开始关注后现代形式的共同体和精神生活,对神学的性质和作用有了新的理解和期待。与信奉世俗主义和虚无主义的现代自由主义神学不同,后现代神学要表达有关现实世界的真正宗教意义上的看法。与现代保守主义及基要主义神学不同,后现代神学不仅不反对科学和理性,而且还欢迎它们,要以对后现代现实更理性、更切实的认识来挑战现代世界观。与前现代神学的超自然主义有神论和现代神学的自然主义无神论不同,后现代神学信奉自然主义有神论。

---

① 这里借用格里芬自己的称谓把他的神学称作后现代神学。他在书里就他为什么用"后现代神学"而不是"过程神学"来命名自己的神学的问题作了两点解释:(一)过程神学不必通过比较前现代、现代和后现代来解决现代的问题和恢复后现代的价值;(二)许多过程哲学学者更关注的是怀特海的现代特点,不是他的后现代特点。(Griffin, *God and Religion in the Postmodern World: Essays in Postmodern Theology*, 10—11.)格里芬后来也曾把自己的神学称作"重构性神学"(reconstructive theology),为了"更好地表明传统的概念之前已被解构"。David Ray Griffin, "Reconstructive Theology" in *The Cambridge Companion to Postmodern Theology*, ed. Kevin J. Vanhoozer (Cambridge: Cambridge University Press, 2003), 92—108.

② Griffin, *God and Religion in the Postmodern World: Essays in Postmodern Theology*, xiv.

自然主义源自崇尚经验、反对形而上学的经验主义和实证主义,认为自然就是全部实在,否认一切超自然物,与有神论势如水火。后现代神学的自然主义有神论之所以能把自然主义和有神论结合到一起,是因为它在认识论基础和本体论基础两个方面不同于现代世界观。现代世界观的认识论基础是感官感知,本体论基础是自然机械论,这两个基础派生出大多数现代人所信奉的二元论和物质论。前者导致精神与肉体的关系无法解释,后者导致精神遭受否定。与现代世界观不同,后现代神学的认识论基础是比感官感知更为基本的非感官感知,本体论基础是泛经验主义。非感官感知指的是怀特海所说的"摄入"(prehension),能让人直接进行广泛的感知,从而使得泛经验主义成为可能。所谓泛经验主义,就是相信构成自然的所有实在都具有感觉和内在价值,这样就既肯定了实在论,又避免了二元论和物质论。以这种泛经验主义为本体论基础的自然主义有神论认为,经验是自然的,人的灵魂是自然的,作为宇宙灵魂的上帝是一种自然实在,上帝与世界的互动是自然过程的一部分,人能够获得神圣的包罗万象的经验不足为奇。

　　除了经验,自然主义有神论还强调创造性,认为所有经验都是创造性经验。创造性被视为终极实在,体现于从上帝到电子的所有实在。根据自然主义有神论,上帝不是创造性的唯一拥有者,不能中断或单方面控制世上的事件,这样就解决了为什么会出现恶这一曾经难倒超自然主义有神论的问题。自然主义有神论为重新认识科学和自然的关系奠定了基础。它反对那种认为进化论与上帝创世论必然矛盾的现代观点,认为神学不必用超自然主义创世论拒绝进化论,也不必放弃上帝创世论,使自己屈从于无神论的虚无主义进化论。在重新界定上帝、世界、科学和进化等概念的基础上,它建立了能让上帝与进化论兼容的有神进化论。在这一进化论里,上帝不是宇宙的外在创造者,而是其内在灵魂。由于创造物都有一定的创造性,上帝创世就不能单独行动,必须与创造物合作,因而上帝的创世方式是劝说,不是强迫。创世也由一个短期行为变成一个漫长的充满曲折和缺陷的进化过程。这样,有神论与进化论就结合起来。

这一后现代神学注意克服现代神学理论脱离实际的问题。格里芬在其书的开头明确表示,他重构神学的目的是使它重返公共领域,帮助人类解决社会难题。他认为这么做不仅必要,也有可能,因为人类具有模仿宇宙至高权威的宗教本能。鉴于这一本能,可以说不同的至高权威就能产生不同的人。在以超自然主义和物质主义为基础的现代神学中,至高权威是一个全能的强迫者,所以它产生的就是蛮横的十字军武士或务实的擅权者之类的人。而在以自然主义有神论为基础的后现代神学中,至高权威是一个劝说者,这就有助于产生爱好和平的新人,有助于人类克服邪恶,尤其是帝国主义、核武器主义、军国主义等危害和平与生存的现代大恶。

关于这一后现代神学中的新上帝的主要特点,格里芬在《后现代世界的上帝与宗教:后现代神学论集》里谈到了八个:(一)上帝是宇宙的灵魂和心智,是一种只向非感官感知显现的自然存在,感官是感知不到的。(二)作为宇宙的灵魂和心智,上帝仍是宇宙的至高权威,但上帝的权威主要表现为拥有最多的创造性和同情心,而不是拥有决定和控制一切的权力,因为一切创造物都拥有上帝所无法剥夺和限制的一定程度的创造性和自由。另外,上帝影响宇宙的方式不是从外部决定,而是在内部劝说。(三)上帝仍是创世者,但不是唯一的创世者,具有一定创造性和自由的创造物都参与创世,所有创造物都是上帝和创造物共同创造的结果。创世也不是世界的绝对开端,不是一个从无到有的过程,而是一个从混沌到有序、从简单到复杂的过程。在此过程中,上帝向创造物提供目标和实现目标的可能,从而能影响所有创造物,但不能完全决定它们,因为创造物都有一定的创造性和自由,能否自我实现最终取决于它们自己。另外,创世是一个没有始点和终点、充满曲折和瑕疵的漫长进化过程,上帝不能保证在此过程中不出现恶。(四)在影响宇宙的同时,上帝也接受宇宙的影响,从而能保持其作为"创造力的至高无上、宽容无比的化身"[1]的身份。

---

[1] Griffin, *God and Religion in the Postmodern World: Essays in Postmodern Theology*, 64.

(五)上帝是道德标准的来源。(六)上帝是人生意义的保证。(七)上帝是善终将战胜恶的靠山。(八)上帝是唯一值得崇拜的对象。

这八个特点构成了格里芬的新上帝的基本面貌。这些特点有的也能在传统上帝身上找到,但格里芬对它们作了改造和发展,尤其是前四个特点。按照格里芬的解释,建构这个新上帝主要有四个方面的意义:(一)有了这个上帝,世界就有了客观价值和潜在目的,就更有可能克服相对主义和虚无主义;(二)这个精神意义上的上帝使世界成为一个以精神为本质的基体,从而有助于人类摆脱物质主义,进入真正的真实;(三)这个只劝说、不强迫的上帝有助于改变人类的行为方式,使人类放弃军国主义,尤其是核武器主义;(四)知道了人类拥有共同的神圣来源、生活在共同的神圣现实中、面向共同的神圣目标,人类就有了生命的永恒意义。

建构性后现代主义的这一神学理论对于后世俗小说研究也是很有意义的。尽管其中没有"后世俗"一词,它却充满了哈贝马斯所说的后世俗意识和他所倡导的教俗对话。哈贝马斯是从社会学角度倡导教俗对话,目的是要发展能协调教俗关系的民主常识,以避免教俗矛盾及其引发的社会问题。格里芬是从神学角度倡导教俗对话,目的是要建构克服了传统神学局限的后现代神学,让它重返公共领域帮助克服威胁人类生存发展的社会弊病。也就是说,尽管他们的角度不同,但他们在强调对话和建构这两点上是一致的。本书绪论主要围绕这两点讨论了哈贝马斯的后世俗观与麦克卢尔强调批判和解构的后世俗观之间的差异,指出了不少后世俗小说在后世俗观上更靠近哈贝马斯而不是麦克卢尔。由于格里芬与哈贝马斯的相似性,这些在后世俗观上更靠近哈贝马斯的后世俗小说也很容易与格里芬产生共鸣,尤其是在神学层面上。与哈贝马斯一样,格里芬对于我们认识和克服麦克卢尔的不足也很有帮助。麦克卢尔着眼于信仰,试图通过减弱信仰来减少信仰对象的危害。格里芬则着眼于信仰对象,试图通过建构新的信仰对象来消除信仰对象的危害。面对有害的旧信仰对象,"部分信仰"有其必要性。面对有益而且开放的新信仰对象,"部分信仰"就没有必要了。也就是说,如同哈贝马斯,格里芬也有助于克服麦克卢尔的局限,而且还能在神学方面弥补哈贝马斯的不足,①所以尽管麦克卢尔在《部分信仰》里一次也没有提到他,尽管他与后世俗理论的关系不像哈贝马斯那样密切,我们还是有必要了解他。② 下面就结合他的后现代神学回顾一下本书所讨论的后世俗小说,按照作品出版的先后顺序。

《紫色》里的塞利最初信奉的就是格里芬所说的那个超自然主义有神论里的上帝,以为这个超然物外的上帝无所不知、无所不能。但正如格里芬所言,这个上帝其实是非常脆弱和有害的。他的脆弱表现在对世上的恶束手无策,不能应塞利的祈求帮她理解她所遭受的痛苦,更不能帮她消除这些痛苦及其根由。这就是为什么在经历了太多痛苦并得知其真实根由之后,塞利就彻底放弃了这个上帝,连"部分信仰"也没有保留。说这个上帝有害,是因为他高高在上、独断独行,为那些欺压女性的男性提供了负面榜样。肆意欺压塞利的继父和丈夫都是这个上帝的信徒。而舒格向告别了这个上帝的塞利介绍的新上帝则类似于格里芬所说的自然主义有神论里的上帝。这是一个作为宇宙灵魂和心智的上帝,内在于一切创造物,用劝说的方式与一切创造物共同进行创造。塞利的自信、独立和在创

---

① 哈贝马斯在其著作里还没有提到过格里芬。格里芬在《后现代世界的上帝与宗教:后现代神学论集》等前期著作里也没有提到哈贝马斯,但在后来的《脱离超自然主义的再魅化:宗教过程哲学》(*Reenchantment without Supernaturalism*: *A Process Philosophy of Religion*, 2001)、《怀特海的极为独特的后现代哲学:论它的当代关联性》(*Whitehead's Radically Different Postmodern Philosophy*: *An Argument for Its Contemporary Relevance*, 2007)和《史无前例:文明能在二氧化碳危机中幸存吗?》(*Unprecedented*: *Can Civilization Survive the CO_2 Crisis?*, 2015)等著作中多次提到他,在《怀特海的极为独特的后现代哲学:论它的当代关联性》里甚至以"以于尔根·哈贝马斯为例"为题用了一节的篇幅讨论他。格里芬在这些著作里把哈贝马斯看作"后形而上学哲学家"和"当代最著名的社会哲学家",肯定了他对道德和民主等问题的重视,但也反复指出,他的"最大弱点"就是不能解释人类为什么需要道德和民主,不能为人类追求道德和民主的行为提供"根本的动机"。

② 汤一介曾向国内热情介绍作为"第二次启蒙运动"的建构性后现代主义。他在文中提到了过程哲学的创始人怀特海(他译为"怀德海")和过程哲学的主要奠基人小约翰·科布,谈到了建构性后现代主义"基于过程哲学",但没有提及被科布称作术语"建构性后现代主义"发明人的格里芬及其根据建构性后现代主义建构的后现代神学。汤一介:《儒家思想及建构性的后现代主义》,载《人民论坛》2013年7月23日,第70—73页。

业道路上取得的成就都与她改信的这一上帝密切相关，也都有力地说明了这个上帝的积极意义。

《死前一课》里，格兰特起初之所以不愿承担将杰弗逊由"猪"变成人的任务，若从格里芬的角度看，主要原因并不是格兰特所说的时间不够，而是他没有信仰。格兰特上大学前是有信仰的，后来之所以放弃，也有格里芬为现代人信仰缺失问题所找的两方面原因：一方面与传统上帝观有关，另一方面与现代世界观有关。在传统上帝观里，上帝是超自然的，被给予过高的地位和过大的权力，却从未帮助非裔改善其悲惨境况，因此许多非裔就认为上帝属于白人，不值得非裔信仰。格兰特和杰弗逊都这么看，因此都没有信仰，都患有虚无主义和失败主义等现代病。在现代世界观里，世界是物质和机器，感知主要靠感官，上帝这样看不见摸不着的精神存在广遭唾弃。格兰特既没有物质条件又没有精神力量，所以他起初认为转变杰弗逊的任务不可能完成。格兰特是后来在为杰弗逊组织圣诞演出过程中开始看到上帝的召唤力。这一精神力量巨大效应的最好表现，就是在广大非裔的共同帮助下，自暴自弃的杰弗逊的创造性被激发出来，最后果然像耶稣那样从容就义。

若用格里芬的理论来分析《马丁·德莱斯勒》，马丁的悲剧可被看作人类模仿超自然主义上帝所遭遇的不幸，整部作品可被看作对超自然主义神学的批判。在超自然主义神学的创世说里，全知全能的上帝完全是按照自己的想法单枪匹马地凭空创世，根本不考虑格里芬在其自然主义神学的创世说里所强调的那些要素，包括物质基础、与自身具有一定创造力的创造物的合作、创世过程的长期性和复杂性。在创业前期连获成功之后，马丁的自我过度膨胀起来。从他给最后一个项目所起的"大宇宙"这个名称，就可看出他赶超上帝的愿望。在建设这一项目的过程中，他没有考虑继承与创新的辩证关系，没有了解市场的需求，没有听取合作者们的意见，而是像超自然主义上帝创世那样将自己的大宇宙方案强加给世界。所以，马丁的失败不仅是一个脱离实际的梦想家的失败，也是他刻意追随的超自然主义上帝的失败。

如同格里芬,《上帝之城》里的潘姆也清楚人类具有模仿宇宙至高权威的宗教本能以及上帝的品格对于塑造人类品格的重要性,因而提出要通过改造上帝来改造人类。尽管他不了解格里芬为理想上帝所列的八个特点,但由于认为人类走了"两千年的弯路",他也应该同意格里芬的这一看法,即现代世界之所以多灾多难,与过去很长一段时间内上帝的形象被扭曲、上帝的追随者偏离正确方向有很大关系。这个使人类走了弯路的上帝就是格里芬所说的超自然主义上帝。这个上帝丧失了爱心和创造性,变成撒拉所说的"杀人的许可证"以及格里芬眼里的个人主义、人类中心主义、男权统治、机械主义、经济主义、民族主义、军国主义、帝国主义、核武器主义等诸多现代错误思想的主要根源。由于其特殊的环境和经历,潘姆看不到格里芬所展示的改造基督教上帝的可能性①,最终退出了基督教,加入了撒拉领导的进化派犹太教。但他和撒拉在进化派犹太教里所做的工作在性质和目标上与格里芬在基督教里所做的工作一样,都是用当代知识和思想改造上帝,为了更好地改造人类和建设充满和平与幸福的上帝之城。

《夜不能寐》里的约翰修女当初决定当修女时,以为进天堂就像进修道院那样容易,不曾想到她修炼了 28 年也没有见到上帝,而且还会作出即使永远见不到上帝也要继续修道的决定。约翰修女的修道经历很好地反映了格里芬所说的创造活动的过程性。在后现代神学里,宇宙的终极实在是创造性,一切创造物都在创造和被创造的过程中。上帝是创造性的最大代表,但也有局限,在创世过程中必须与具备一定创造性的创造物合作,不能单方面决定,因而创世是一个漫长的过程,常会出现曲折和瑕疵,恶也在所难免。就创造性非常有限的创造物的自我创造而言,这一过

---

① 与格里芬一样,科布也对基督教及其上帝观的改造持乐观态度,在回答"基督徒能为后现代世界作贡献吗?"的问题时给出十分肯定的答复,提出了"基督教既是障碍又是资源"的观点。John B. Cobb, Jr., *Postmodernism and Public Policy: Reframing Religion, Culture, Education, Sexuality, Class, Race, Politics, and the Economy* (Albany: State University of New York Press, 2002), 12。

程就更加漫长艰难,更有必要寻求合作和广泛摄入。约翰修女原以为,过去几年里她之所以能见到上帝并能在创作上超群出众,都是她个人努力的结果,所以她很难接受自己得了癫痫、自己的成就来自癫痫引起的幻觉等事实。这是她自我创造过程中的一大危机,也是她正确认识自己、开放自己、争取真实进步的一大契机。她把握住了这一契机,摄入了来自修道院内外各方面的有益影响,最终作出了正确的决定,以坚实的步伐重新踏上自我创造的漫长征程。

《基列德》里的艾姆斯牧师相信预定论,认为上帝创世一蹴而就、一成不变,没有过程和变化。这显然不符合后现代神学的创世论,是后现代神学所批判的那种前现代神学里的错误观点。所以,艾姆斯刚表明他对预定论的赞同态度,就受到生活经验丰富、清楚一切都会变的莱拉的反驳。《基列德》里的最大变化发生在杰克这个被艾姆斯认为永远也不可能变好的浪子身上。艾姆斯根本没有想到,这个20年前遗弃过女友和女儿的杰克,在离家出走20年后回来竟然是为了保护他的黑人妻子和儿子,而且他娶黑人姑娘为妻一事竟然是发生在种族隔离极为严重、黑白通婚广受谴责的民权运动爆发前夕。在为杰克的巨变深感震惊的同时,艾姆斯自己也开始发生变化,开始意识到基列德这个曾为废奴事业作出重要贡献的小镇已在种族关系方面严重堕落,开始意识到这种堕落与他的失职有关。

《恐怖分子》表现了劝说在反恐中的重要作用,非常符合将上帝由强迫者变成劝说者的后现代神学的精神。后现代神学将强迫者上帝变成劝说者上帝主要基于两方面考虑:一方面,创造物都有一定的创造性,并非全知全能的上帝创世必须与创造物合作,因此上帝必须予以尊重,不能强迫;另一方面,上帝的劝说者形象有助于人类克服自己的强迫者倾向,变成爱和平、讲道理的劝说者。《恐怖分子》里写了两种劝说:一种是以拉希德为代表的宗教极端分子把艾哈迈德变成恐怖分子的劝说;另一种是以杰克为代表的爱好和平者阻止恐怖活动、挽救艾哈迈德的劝说。比较而言,拉希德所作的其实不是劝说,而是欺骗,因为他介绍给艾哈迈德的是一个被扭曲的、不合《古兰经》原意的强迫者上帝。杰克所作的才是劝说,他向艾哈迈德介绍真实情况，表达真实想法，让他自己想起作为生命创造者和爱护者的上帝，最后自觉自愿地放弃了恐怖袭击的任务。

《上帝存在的36个理由》里，卡斯的知识结构和神学观点应该是后现代神学家们所赞许的。格里芬、科布以及他们所追随的怀特海都学识渊博、志向远大，都试图针对困扰当代世界的难题借鉴各种知识来建构他们的理论。他们的理论强调过程和关系，具有很强的思想性和开放性。卡斯小时候就爱用不同视角审视和思考，上学后涉足了自然科学、人文学和社会科学等不同领域，前妻和两位女友分别从事诗歌创作、人类学和博弈论等不同专业的工作。总之，他一直处于过程哲学所提倡的那种广泛联系和摄入、不断丰富和发展的过程之中。在宗教研究上，他凭借出众学力深入浅出地分析评价了36种有关上帝存在的传统理由，还重视在教堂内外直接观察和体验，最终得出了宗教幻觉有积极和消极之分、不能全盘否定的结论，完成了享誉世界的论著《宗教幻觉种种》。

以上回顾能让我们看到，后世俗小说在神学立场上非常接近格里芬的后现代神学，这一理论确实有助于后世俗小说研究，能够从不同于哈贝马斯的社会学角度的神学角度进一步彰显后世俗小说倡导教俗对话的核心特点。无论是后世俗理论、后现代神学还是后世俗小说，它们倡导教俗对话都是为了完成崇高而又艰巨的任务，包括克服物质主义、恢复精神世界，克服相对主义和虚无主义、重建价值标准，克服军国主义和核武器主义、建成和平幸福的上帝之城。这些任务都难以在短时间内顺利完成，都是需要广泛摄入各种积极因素逐步推进的漫长曲折的过程。在此过程中，按照后现代神学的说法，上帝只是通过劝说向人类提供目标和实现目标的可能，而目标的最终实现还要靠人类自己。在此过程中，许多人会像《夜不能寐》里的约翰修女那样看不到目标的实现，但仍会像她那样不懈努力，秉持她那样的清醒认识：

> 那些树都往上伸展。它们至死也不可能达到太阳的高度，但在此期间，它们却能提供阴凉、美感和氧气。倒下后，它们能为下一代树木提供肥料。

引用文献

Abell, W. Shepherdson. "Critics' Choices for Christmas." *Commonweal* 129 no. 21 (6 Dec. 2002): 23.

Abrams, Dennis. *Ernest J. Gaines*. New York: Chelsea House, 2010.

Andrews, William L., Frances Smith Foster, and Trudier Harris, eds. *The Concise Oxford Companion to African American Literature*. Oxford and New York: Oxford University Press, 2001.

Aubry, Timothy. "*Partial Faiths: Postsecular Fiction in the Age of Pynchon and Morrison*: A Review." *Studies in the Novel* 41, no. 4 (Winter 2009): 492—494.

Augustine. *The City of God against the Pagans*, edited and translated by R. W. Dyson. Cambridge: Cambridge University Press, 1998.

Baudrillard, Jean. *The Spirit of Terrorism and Requiem for the Twin Towers*, translated by Chris Turner. London: Verso, 2002.

Bauman, Zygmunt. *Alone Again: Ethics After Certainty*. London: Demos, 1994.

Bawer, Bruce. "The Faith of E. L. Doctorow." *The Hudson Review* 53, no. 3 (Autumn 2000): 391—402.

Ba-Yunus, Ilyas and Kone. *Muslims in the United States*. Wesport, Connecticut and London: Greenwood Press, 2006.

Bell, Bernard W. *The Contemporary African American Novel: Its Folk Roots and Modern Literary Branches*. Amherst: University of Massachusetts

Press, 2004.

Bendixen, Alfred, ed. *A Companion to the American Novel*. Oxford: Wiley-Blackwell, 2012.

Bercovitch, Sacvan, ed. *The Cambridge History of American Literature*, vol. 7. Cambridge: Cambridge University Press, 1999.

Biggar, Nigel. "Not Translation, but Conversation: Theology in Public Debate about Euthanasia." In *Religious Voices in Public Places*, edited by Nigel Biggar and Linda Hogan, 151—193. Oxford: Oxford University Press, 2009.

Biggar, Nigel and Linda Hogan, eds. *Religious Voices in Public Places*. Oxford: Oxford University Press, 2009.

Bloom, Harold. *The American Religion: The Emergence of the Post-Christian Nation*, New York: Simon & Schuster, 1992

—, ed. *Bloom's Modern Critical Views: Alice Walker*. New York: Chelsea House, 2007.

Boer, Roland. *In the Vale of Tears: On Marxism and Theology*, V. Leiden and Boston: Brill, 2014.

Bruce, Steve. *Secularization: In Defence of an Unfashionable Theory*. New York: Oxford University Press, 2011.

Burkhart, Marian. "Epilepsy or Ecstasy?" *Commonweal* 128, no. 7 (6 Apr. 2001): 25.

Campbell, Anthony. "*Lying Awake*." <http://www.acampbell.org.uk/bookreviews/r/salzman.html>. Accessed 7 June, 2023.

Caputo, John D. *On Religion*. New York: Routledge, 2001.

—. *The Weakness of God: A Theology of the Event*. Bloomington: Indiana University Press, 2006.

Carmean, Karen. *Ernest J. Gaines: A Critical Companion*. Westport, Connecticut: Greenwood Press, 1998.

Carver, Terrell, ed. *The Cambridge Companion to Marx*. Cambridge: Cambridge University Press, 1991.

Cassuto, Leonard, Clare Virginia Eby, and Benjamin Reiss, eds. *The Cambridge History of the American Novel*. Cambridge: Cambridge University Press, 2011.

Clark, Keith. *Navigating the Fiction of Ernest J. Gaines: A Roadmap for Readers*. Baton Rouge: Louisiana State University Press, 2020.

Cobb, John B. Jr. "Constructive Postmodernism." <https://www.religion-online.org/article/constructive-postmodernism/>. Accessed 7 June, 2023.

—. *Postmodernism and Public Policy: Reframing Religion, Culture, Education, Sexuality, Class, Race, Politics, and the Economy*. Albany: State University of New York Press, 2002.

—. "Truth, 'Faith,' and 9/11." In *The Impact of 9/11 on Religion and Philosophy*, edited by Matthew J. Morgan, 151—168. New York: Palgrave Macmillan, 2009.

Crosby, Donald A. *Faith and Reason: Their Roles in Religious and Secular Life*. Albany: State University of New York Press, 2011.

Cutter, Martha J. "The Novel in a Changing America: Multiculturalism and Other Issues (1970—Present)." In *A Companion to the American Novel*, edited by Alfred Bendixen, 109—125. Oxford: Wiley-Blackwell, 2012.

Daniel, Missy. "Interview: Marilynne Robinson." *Religion & Ethics Newsweekly* 18 March 2005.

Dawkins, Richard. *The God Delusion*. Boston: Houghton Mifflin, 2006.

Deignan, Tom. "Are You There, God? In Another New York-based Novel of History, E. L. Doctorow Strives to Refashion Religion for the New Millennium." *World and I* 15, no. 6 (June 2000): 260.

Dennett, Daniel. *Breaking the Spell: Religion as a Natural Phenomenon*. London: Penguin, 2006.

Derrida, Jacques. *Specters of Marx: The State of the Debt, the Work of Mourning, and the New International*, translated by Peggy Kamuf. London and New York: Routledge, 1994.

—. *The Gift of Death*, translated by David Wills. Chicago: The University of Chicago Press, 1995.

Deyab, Mohammed. "A Neo-Orientalist Narrative in John Updike's *Terrorist*." *Egypt at the Crossroads: Literary and Liguistic Studies, Proceedings of the 9th*

International Symposium on Comparative Literature. Cairo, Egypt, 4 November 2008, 1—24.

Doctorow, E. L. *City of God: A Novel*. New York: Random House, 2000.

—. "Fiction Is a System of Belief." *Michigan Quarterly Review* 30 (1991): 439—456.

—. "Heist." *New Yorker* 21 April 1997: 82—88.

—. *Reporting the Universe*. Cambridge: Harvard University Press, 2003.

Donalson, Melvin. "African American Traditions and the American Novel." In *A Companion to the American Novel*, edited by Alfred Bendixen, 274—290. Oxford: Wiley-Blackwell, 2012.

Donnelly, Mary. *Alice Walker: The Color Purple and Other Works*. New York: Marshall Cavendish, 2010.

Douglas, Christopher. "Christian Multiculturalism and Unlearned History in Marilynne Robinson's *Gilead*." *Novel: A Forum on Fiction* 44, no. 3 (Fall 2011): 333—353.

Eagleton, Terry. *Culture and the Death of God*. New Haven and London: Yale University Press, 2014.

—. *Reason, Faith, and Revolution: Reflections on the God Debate*. New Haven and London: Yale University Press, 2009.

Egner, Robert E. and Lester E. Denonn, eds. *The Basic Writings of Bertrand Russell*. London and New York: Routledge, 2009.

Fay, Sarah. "Marilynne Robinson, The Art of Fiction No. 198." *The Paris Review* (Fall 2008): 37—66.

Feuerbach, Ludwig. *The Essence of Christianity*, translated by George Eliot. Amherst: Prometheus Books, 1989.

Ford, Luke. "Novelist Rebecca Goldstein—The Mind-Body Problem. I Spent 90-minutes over the Phone with Her Tuesday Afternoon, April 11, 2006." <www.lukeford.net/profiles/profiles/rebecca_goldstein.htm>. Accessed 7 June, 2023.

Gaines, Ernest J. *A Lesson Before Dying*. New York: Vintage, 1994.

—. *Mozart and Leadbelly: Stories and Essays*. New York: Vintage, 2005.

—. "Writing *A Lesson before Dying*." In *Mozart and Leadbelly: Stories and Essays*, edited by Ernest J. Gaines, 52—62. New York: Vintage, 2005.

Gathorne-Hardy, Jonathan. "The New Saint Augustine." *The Spectator* 22 April 2000.

Ghosh, Amitav. "A Jihadist From Jersey." *The Washington Post* 4 June 2006.

Gilmour, Peter. "Life in the Convent." *U. S. Catholic* 66, no. 2 (Feb. 2001): 6.

Goldstein, Rebecca Newberger. *36 Arguments for the Existence of God: A Work of Fiction*. New York: Pantheon Books, 2010.

Gray, John. "Why Terrorism Is Unbeatable." *New Statesman* 25 February 2002: 50—53.

Gray, Richard. *A History of American Literature*, Second Edition. Oxford: Wiley-Blackwell, 2012.

Gray, Richard. *After the Fall: American Literature since 9/11*. Oxford: Wiley-Blackwell, 2011.

Griffin, David Ray. *God and Religion in the Postmodern World: Essays in Postmodern Theology*. Albany: State University of New York Press, 1989.

—. "9/11 and Nationalist Faith: How Faith Can Be Illuminating or Blinding." <http://rl911truth.org/index.php/related-911-articles/51-griffin-david-ray-911-and-nationalist-faith-how-faith-can-be-illuminating-or-blinding>. Accessed 18 April, 2024.

—. "Reconstructive Theology." In *The Cambridge Companion to Postmodern Theology*, edited by Kevin J. Vanhoozer, 92 — 108. Cambridge: Cambridge University Press, 2003.

—. *Reenchantment without Supernaturalism: A Process Philosophy of Religion*. Ithaca and London: Cornell University Press, 2001.

—. *Unprecedented: Can Civilization Survive the CO_2 Crisis?*. Atlanta: Clarity Press, 2015.

—. *Whitehead's Radically Different Postmodern Philosophy: An Argument for Its Contemporary Relevance*. Albany: State University of New York Press, 2007.

Gritz, Jennie Rothenberg. "Gilead's Balm." *The Atlantic* December 2004. <https://www.theatlantic.com/magazine/archive/2004/12/gileads-balm/303644/>. Accessed

7 June, 2023.

Habermas, Jürgen. "Faith and Knowledge." In *The Frankfurt School on Religion: The Key Writings by the Major Thinkers*, edited by Eduardo Mendieta, 327−338. New York and London: Routledge, 2005.

—. *Religion and Rationality: Essays on Reason, God, and Modernity*. Edited by Eduardo Mendieta. Cambridge, Massachusetts: MIT Press, 2002.

—. "Reply to My Critics." In *Habermas and Religion*, edited by Craig Calhoun, Eduardo Mendieta, and Jonathan VanAntwerpen, translated by Ciaran Cronin, 605−681. Cambridge, UK: Polity Press, 2013.

Hankinson, Stacie Lynn. "From Monotheism to Pantheism: Liberation from Patriarchy in Alice Walker's *The Color Purple*." *Midwest Quarterly: A Journal of Contemporary Thought* 38, no. 3 (Spring 1997): 320−328.

Harris, Sam. *The End of Faith: Religion, Terror, and the Future of Reason*. New York and London: W. W. Norton, 2004.

Haught, John F. *God and the New Atheism: A Critical Response to Dawkins, Harris, and Hitchens*. Louisville, Kentucky: Westminster John Knox Press, 2008.

Herman, Peter C. "Terrorism and the Critique of American Culture: John Updike's *Terrorist*." *Modern Philology* 112, no. 4 (May 2015): 691−712.

Hill, Michael. "Toni Morrison and the Post-civil Rights African American Novel." In *The Cambridge History of the American Novel*, edited by Leonard Cassuto, Clare Virginia Eby, and Benjamin Reiss, 1064−1083. Cambridge: Cambridge University Press, 2011.

Hitchens, Christopher. *God Is Not Great: How Religion Poisons Everything*. London: Atlantic, 2007.

Hitler, Adolf. *My New Order*. Edited by Raoul de Roussy de Sales. New York: Reynal and Hitchcock, 1941.

—. *The Speeches of Adolf Hitler: April 1922−August 1939*. Translated by Norman H. Baynes. London, New York, and Toronto: Oxford University Press, 1941.

—. "Text of Hitler's Twelfth Annual Speech to Reich." *New York Times* 31

January, 1945: 4.

Hoover, Herbert. "Statement on the Death of Thomas Alva Edison." 18 October 1931. < https://www. presidency. ucsb. edu/documents/statement-the-death-thomas-alva-edison>. Accessed 7 June, 2023.

Hungerford, Amy. *Postmodern Belief: American Literature and Religion since 1960*. Princeton and Oxford: Princeton University Press, 2010.

—. "Religion and the Twentieth-century American Novel." In *The Cambridge History of the American Novel*, edited by Leonard Cassuto, Clare Virginia Eby, and Benjamin Reiss, 732—749. Cambridge: Cambridge University Press, 2011.

Huyssteen, J. Wentzel Vrede van, et al. *Encyclopedia of Science and Religion*. New York: Macmillan Reference USA, 2003.

Jackson, Gregory S. "Religion and the Nineteenth-century American Novel." In *The Cambridge History of the American Novel*, edited by Leonard Cassuto, Clare Virginia Eby, and Benjamin Reiss, 167—191. Cambridge: Cambridge University Press, 2011.

James, Henry. *The American Scene*. London: Chapman & Hall, 1907.

—. *The Letters of William James*, vol. 2. Boston: Atlantic Monthly Press, 1920.

—. *Varieties of Religious Experience: A Study in Human Nature*. London: Routledge, 2002.

Juergensmeyer, Mark. *Terror in the Mind of God: The Global Rise of Religious Violence*. Berkeley: University of California Press, 2000.

Kakutani, Michiko. "John Updike's 'Terrorist' Imagines a Homegrown Threat to Homeland Security." *New York Times* 6 June 2006.

Kasper, Catherine. "Steven Millhauser." In *The Encyclopedia of Twentieth-Century Fiction*, edited by Brian W. Shaffer et al, 705—706. Oxford: Wiley-Blackwell, 2011.

Keats, John. *Selected Letters of John Keats*. Edited by Grant F. Scott. Cambridge, Massachusetts and London, England: Harvard University Press, 2002.

Keating, Gail. "Alice Walker: In Praise of Maternal Heritage." In *Bloom's Modern Critical Views: Alice Walker*, edited by Harold Bloom, 101—114. New York: Chelsea House, 2007.

Keeling, Julian. "You Want God?" *New Statesman* 129, no. 4483 (24 April 2000): 56.

Kelly, Adam. *American Fiction in Transition Observer-Hero Narrative, the 1990s, and Postmodernism.* New York and London: Bloomsbury Academic, 2013.

Lackey, Michael. *The Modernist God State: A Literary Study of the Nazis' Christian Reich.* New York: Continuum, 2012.

Lauret, Maria. *Alice Walker*, Second Edition. London: Palgrave Macmillan, 2011.

Lloyd, Carol. "Mark Salzman." <https://www.salon.com/2001/01/10/salzman/>. Accessed 18 April, 2024.

Louis, Erik K. St. "*Lying Awake.*" *Medscape* 4, no. 1 (2002). <http://www.medscape.com/viewarticle/429422>. Accessed 7 June, 2023.

Lowe, John, ed. *Conversations with Ernest Gaines.* Jackson: University Press of Mississippi, 1995.

Ludwig, Kathryn. "Finding the Prophetic in Failure: A Postsecular Reading of E. L. Doctorow's *City of God.*" *Religion and the Arts* 19 (2015): 230–258.

—. "Postsecularism and Literature: Prophetic and Apocalyptic Readings in Don DeLillo, E. L. Doctorow and Toni Morrison." Dissertation Purdue University, 2010.

MacGowan, Christopher. *The Twentieth-Century American Fiction Handbook.* Chichester, West Sussex: Wiley-Blackwell, 2011.

Marx, Karl. "Critique of Hegel's Philosophy of Right." In *Marx on Religion*, edited by John Raines. Philadelphia: Temple University Press, 2002.

McClure, John A. *Partial Faiths: Postsecular Fiction in the Age of Pynchon and Morrison.* Athens and London: The University of Georgia Press, 2007.

Mendieta, Eduardo. "Appendix: Religion in Habermas's Work." In *Habermas and Religion*, edited by Craig Calhoun, Eduardo Mendieta, and Jonathan VanAntwerpen. Cambridge, UK: Polity Press, 2013.

—, ed. *The Frankfurt School on Religion: The Key Writings by the Major Thinkers.* New York and London: Routledge, 2005.

Miguel, María Ferrández San. "'No Redress but Memory': Holocaust Representation and Memorialization in E. L. Doctorow's *City of God.*" In *Memory Frictions in*

Contemporary Literature, edited by María Jesús Martínez-Alfaro and Silvia Pellicer-Ortín, 187—205. Cham, Switzerland: Palgrave Macmillan, 2017.

Millard, Kenneth. *Contemporary American Fiction*. New York: Oxford University Press, 2000.

Millhouser, Steven. *Martin Dressler: The Tale of an American Dreamer*. New York: Crown Publishers, 1996.

Montagne, Renee. "Interview: Author Mark Salzman Discusses His New Book *Lying Awake*." *Morning Edition*: 1, Washington, D. C. : National Public Radio (24 Oct. 2000).

Morris, Christopher D. *Conversations with E. L. Doctorow*. Jackson, Mississippi: University Press of Mississippi, 1999.

Neuman, Justin. "*Partial Faiths: Postsecular Fiction in the Age of Pynchon and Morrison*: A Review." *Studies in American Fiction* 36, no. 2 (Autumn 2008): 252—255.

O'Donnell, Patrick. *The American Novel Now: Reading Contemporary American Fiction Since 1980*. Malden, MA: Wiley-Blackwell, 2010.

Pinker, Steven. *Enlightenment Now: The Case for Reason, Science, Humanism, and Progress*. New York: Viking, 2018.

Raines, John, ed. *Marx on Religion*. Philadelphia: Temple University Press, 2002.

Rehm, Diane. "E. L. Doctorow: 'City of God' (Random House)." <https://dianerehm. org/shows/2000 — 03 — 16/el-doctorow-city-god-random-house>. Accessed 7 June, 2023.

Robinson, Marilynne. *Gilead*. New York: Farrar, Straus and Giroux, 2004.

—. *Home*. New York: Farrar, Straus and Giroux, 2008.

—. *Housekeeping*. New York: The Noonday Press, 1980.

Rodríguez, Alicita. "Architecture and Structure in Steven Millhauser's *Martin Dressler: The Tale of an American Dreamer*." *Review of Contemporary Fiction* 26, no. 1 (Spring 2006): 110—126.

Rodriguez, Francisco Collado. "The Profane Becomes Sacred: Escaping Eclecticism in Doctorow's *City of God*." *Atlantis* 24, no. 2 (June 2002): 59—70.

Rose, Gloria. *Cliffs Notes on The Color Purple*. Lincoln, Nebraska: Cliffs Notes,

Inc. , 1986.

Russell, Bertrand. "Education." In *The Basic Writings of Bertrand Russell*, edited by Robert E. Egner and Lester E. Denonn, 379—390. London and New York: Routledge, 2009.

Saltzman, Arthur. "A Wilderness of Size: Steven Millhauser's *Martin Dressler*." *Contemporary Literature* 42, no. 3 (Autumn, 2001): 589—616.

Salzman, Mark. *Iron & Silk*. New York: Vintage, 1990.

—. *Lying Awake*. New York: Vintage, 2000.

Sánchez, Rosalía. "'San' Jürgen Habermas." <http://www.elmundo.es/elmundo/2011/10/07/cultura/1317980044.html>. Accessed 6 June, 2023.

Schleiermacher, Friedrich. *On Religion: Speeches to Its Cultured Despisers*. Edited and translated by Richard Crouter. Cambridge: Cambridge University Press, 1988.

Scott, A. O. "Return of the Prodigal Son." *The New York Times* 19 September 2008.

Shaffer, Brian W., et al eds. *The Encyclopedia of Twentieth-Century Fiction*. Oxford: Wiley-Blackwell, 2011.

Shainin, Jonathan. "The Plot Against America." *Nation* 10 July 2006: 27—30.

Simons, Jake Wallis. "There's a Third Person in this Marriage—Spinaza." *The Times* 12 March 2010.

Smith, Ali. "The Damaged Heart of America." *The Guardian* 16 April 2005.

Spinella, Michael. "*Lying Awake*." *The Booklist* 97, no. 2 (Sep. 15, 2000): 219.

Steiner, Wendy. "Postmodern Fictions, 1970—1990." In *The Cambridge History of American Literature*, edited by Sacvan Bercovitch, vol. 7, 425—538. Cambridge: Cambridge University Press, 1999.

Tanner, Laura E. "'Looking Back from the Grave': Sensory Perception and the Anticipation of Absence in Marilynne Robinson's *Gilead*." *Contemporary Literature* 48, no. 2 (Summer, 2007): 227—252.

Taylor-Guthrie, Danille, ed. *Conversations with Toni Morrison*. Jackson: University Press of Mississippi, 1994.

Thiselton, Anthony C. *A Concise Encyclopedia of the Philosophy of Religion*. Oxford: Oneworld, 2002.

Thomas, Samuel. "Outtakes and Outrage: The Means and Ends of Suicide Terror."

Modern Fiction Studies 57, no. 3 (Fall, 2011): 425—449.

Thyreen, Jeannine. "Alice Walker's *The Color Purple*: Redefining God and (Re)Claiming the Spirit Within." *Christianity and Literature* 49, no. 1 (Autumn 1999): 49—66.

Turner, Denys. "Religion: Illusions and Liberation." In *The Cambridge Companion to Marx*, edited by Terrell Carver, 320—338. Cambridge: Cambridge University Press, 1991.

Updike, John. "John Updike's Terrorist." Interview by Tom Ashbrook (audio), "On Point with Tom Ashbrook," 13 June 2006. <https://www.wbur.org/onpoint/2006/06/13/john-updikes-terrorist>. Accessed 18 April, 2024.

—. *Terrorist*. New York: Ballantine Books, 2006.

—. "Varieties of Religious Experience: A Short Story." *The Atlantic* November 2002: 93—95.

Vanhoozer, Kevin J., ed. *The Cambridge Companion to Postmodern Theology*. Cambridge: Cambridge University Press, 2003.

Varallo, Anthony E. "*Lying Awake*: A Novel." *The Missouri Review* 24, no. 2 (2001): 209—210.

Walker, Alice. "Alice Walker Calls God 'Mama,'" interview by Valerie Reiss."<http://www.beliefnet.com/wellness/2007/02/alice-walker-calls-god-mama.aspx>. Accessed 7 June, 2023.

—. "Alice Walker on 30th Anniv. of *The Color Purple*: Racism, Violence Against Women Are Global Issues." <https://zcomm.org/zvideo/the-30th-anniv-of-the-color-purple-racism-violence-against-women-are-global-issues-by-alice-walker/>. Accessed 7 June, 2023.

—. "Preface to the Tenth Anniversary Edition." In *The Color Purple*. New York: Harcourt, 1992.

—. "Saving the Life That Is Your Own: The Importance of Models in the Artist's Life." Quoted in *The Cambridge History of American Literature*, edited by Sacvan Bercovitch, vol. 7, 507. Cambridge: Cambridge University Press, 1999.

—. *The Color Purple*. New York: Pocket Books, 1982.

Walsh, David. "John Updike's *Terrorist*." *World Socialist* Web Site, 25 August

2006. < http://www.wsws.org/articles/2006/aug2006/updi-a25.shtml >. Accessed 9 June, 2023.

Washington, Durthy A. *Cliffs Notes on Gaines' A Lesson Before Dying*. Lincoln, Nebraska: Cliffs Notes, Inc., 1999.

Weber, Bruce. "A Chronicler of the Past Catches Up; Doctorow's Latest Novel Samples the Modern Mind." *New York Times* 9 March 2000.

Wendorf, Thomas A. "Body, Soul, and Beyond: Mystical Experience in Ron Hansen's *Mariette in Ecstasy* and Mark Salzman's *Lying Awake*." *Logos: A Journal of Catholic Thought and Culture* 7, no. 4 (Fall 2004): 37—64.

Whetter, Darryl. "The First Real Novel about 9/11." *Toronto Star* 4 June 2006.

Whitman, Walt. "Democratic Vistas." In *American Literature, American Culture*, edited by Gordon Hutner, 121—138. New York: Oxford University Press, 1999.

Wilde, Lawrence. "The Search for Reconciliation in E. L. Doctorow's *City of God*." *Religion and Arts* 10, no. 3 (2006): 391—405.

Williamson, Eric Miles. "A Great American Notebook." *Houston Chronicle* 5 March 2000.

Wolpe, David J. *Why Faith Matters*. New York: HarperCollins, 2008.

Wood, Henry. *Ideal Suggestion Through Mental Photography*. Hollister, MO: YOGeBooks, 2015.

Wood, James. "Acts of Devotion." *New York Times* 28 November 2004.

—. "The Homecoming." *The New Yorker* 8 September 2008: 76—78.

Wutz, Michael. "E. L. Doctorow." In *The Encyclopedia of Twentieth-Century Fiction*, edited by Brian W. Shaffer et al, 522—523. Oxford: Wiley-Blackwell, 2011.

Yahya, Harun. *Islam Denounces Terrorism*. Bristol, England: Amal Press, 2002.

Zappen, James P. "New York City as Dwelling Place: Reinventing the American Dream in Steven Millhauser's *Martin Dressler*, Joseph O'Neill's *Netherland*, and Atticus Lish's *Preparation for the Next Life*." *The Journal of American Culture* 39, no. 2 (June 2016): 151—164.

陈俊松：《栖居于历史的含混处——E. L. 多克特罗访谈录》，载《外国文学》2009 年第 4 期，第 86—91 页。

恩格斯:《致弗里德里希·阿道夫·左尔格》(1888年9月10日),载中共中央马克思恩格斯列宁斯大林著作编译局译:《马克思恩格斯全集》(第三十七卷),北京:人民出版社1971年版,第84—87页。

国家宗教事务局党组理论学习中心组编:《中国特色社会主义宗教理论学习读本》,北京:宗教文化出版社2014年版。

吕大吉、高师宁:《马克思主义宗教理论研究》,北京:中国社会科学出版社2011年版。

马坚译:《古兰经》,北京:中国社会科学出版社2013年版。

汤一介:《儒家思想及建构性的后现代主义》,载《人民论坛》2013年7月23日,第70—73页。

王作安等编著:《大辞海·宗教卷》,上海:上海辞书出版社2013年版。

中共中央、国务院:《中共中央、国务院关于加强宗教工作的决定(中发〔2002〕3号)》,载国家宗教事务局党组理论学习中心组编:《中国特色社会主义宗教理论学习读本》,北京:宗教文化出版社2014年版,第153—175页。

后 记

写完此书,回顾起来,有一点《死前一课》结尾里格兰特观看蝴蝶那样的感觉。一只蝴蝶忽然飞来,落到格兰特面前的牛草山上,让他开始思考山上究竟有什么吸引蝴蝶的东西,开始关注这座从未关注过的普通山岗。后世俗小说是我的蝴蝶,让我开始关注当代美国小说这座山上的一些不曾关注的东西。格兰特的蝴蝶停了又飞,时隐时现,最后完全淡出他的视野。同样,后世俗小说纷繁复杂,不断发展变化,也会有许多超出我们视野的东西。此书中,我在这些后世俗作品里没有看到或者看错的地方在所难免,有待以后继续观看认识,也欢迎读者批评指正。

在写作此书的过程中,我有幸得到多方的帮助,特借此机会表达谢意。首先要感谢全国哲学社会科学工作办公室的认可和资助,使我有了信心和条件来整理自己近年来的零散读书体会。凯思琳·修姆(Kathryn Hume)、鲁书江(Shujiang Lu)、菲利普·詹金斯(Philip Jenkins)等美国学者为本研究提供了不少很有价值的建议和资料,我的研究生唐微、韩秀、欧阳蕾蕾、方舒琼等同学在我的当代美国小说研究课上参与了部分作品的讨论和资料收集,我的同事申丹教授和韩加明教授审阅了本书的有关章节并提出了很好的建议,全国哲学社会科学工作办公室为本项目结项所请的五位匿名评审专家对本书初稿给予了充分肯定并提出了一些宝贵意见,本书的一些章节在《国外文学》《比较文学与世界文学》《欧美文学论丛》和《英语研究》等刊物上发表时曾得到有关编审的指教,北京大学出版社外语编辑部的吴宇森编辑为本书的编辑出版付出了艰辛的劳动,在此一并表示由衷的感谢。最后,我要特别感谢我的妻子张桂珍这些年始终如一的信任和支持。

刘建华

2024年5月于京北清河文苑